Axel S. Meyer, geboren 1968 in Braunschweig, studierte Germanistik und Geschichte. Während seines Studiums arbeitete er unter anderem als Comiczeichner. Er lebt heute in Rostock, wo er als Reporter und Redakteur der «Ostsee-Zeitung» tätig ist. Mit dem «Buch der Sünden» gewann er den ersten Preis im Wettbewerb «Historischer Roman des Jahres» des Rowohlt Verlags.

Faktensatt und spannend: Für die Fans von Bernard Cornwell.

Axel S. Meyer

Das Buch der Sünden

Historischer Roman

Rowohlt Taschenbuch Verlag

Für Gunnar,
der viel zu früh gegangen ist.

Originalausgabe

Veröffentlicht im Rowohlt Taschenbuch Verlag,
Reinbek bei Hamburg, August 2010

Karten auf den Seiten 6/7 Peter Palm, Berlin
Umschlaggestaltung any.way, Cathrin Günther
(Foto: akg-images/Erich Lessing)
Satz Apollo MT PostScript, InDesign, bei
Pinkuin Satz und Datentechnik, Berlin
Druck und Bindung GGP Media GmbH, Pößneck
Printed in Germany
ISBN 978 3 499 25380 5

Ich bezeuge allen,
die da hören die Worte der Weissagung dieses Buches:
Wenn jemand etwas zu diesen Dingen hinzufügt,
so wird Gott zusetzen auf ihn die Plagen,
die in diesem Buch geschrieben stehen.
Und wenn jemand etwas wegnimmt
von den Worten des Buches dieser Weissagung,
so wird Gott wegnehmen seinen Teil vom Baum des Lebens
und von der heiligen Stadt,
und von den Dingen, die in diesem Buch geschrieben stehen.

Offenbarung des Johannes 22, 18–19

N
S
KGR. DÄNEMARK
Nordsee
Haithabu
Starigard
Wagrier
Arkona
Hedinsey
Ruja
Ralsvik
Ranen
Charenz
Reric
Kessiner
L'ubici
Obodriten
Mikelenburg
Hammaburg
REICH DER
ANGELSACHSEN
London
Canterbury
Corbie
Rouen
Seine
Paris
Tours
Loire
WESTFRÄNKISCHES
REICH
BURGUN
AQUITANIEN
Rhône
0
100
200
300 km

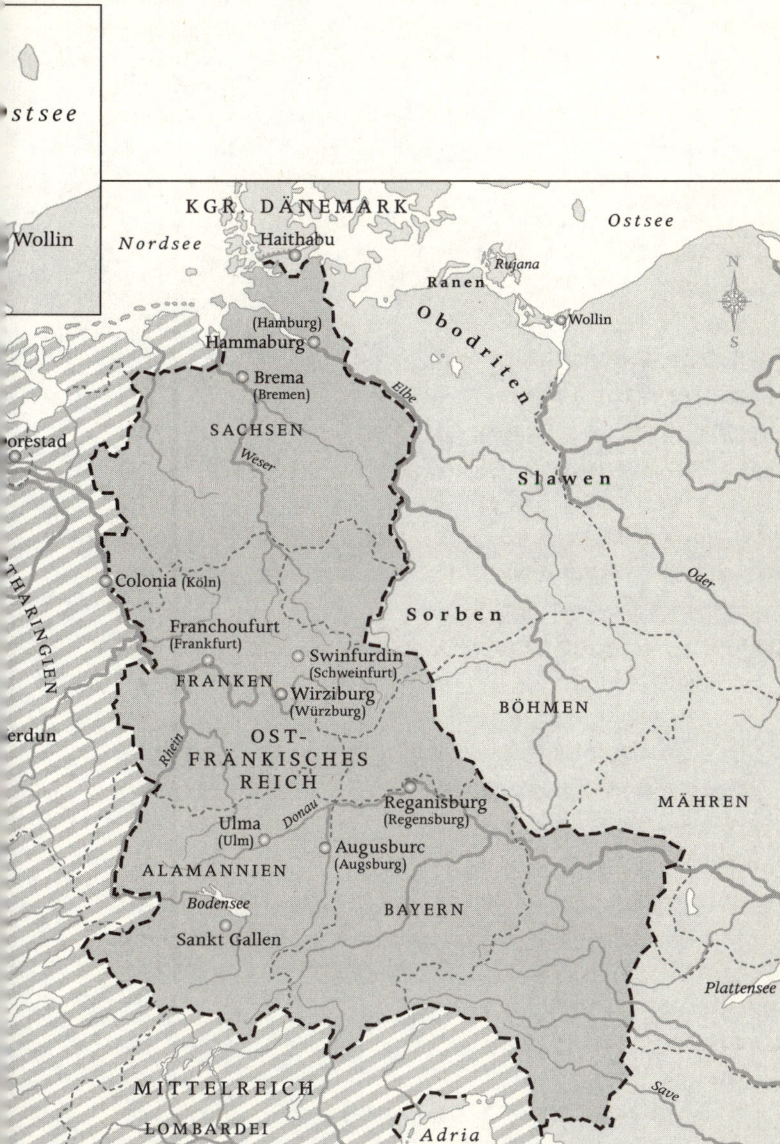
stsee
Wollin
KGR. DÄNEMARK
Ostsee
Nordsee
Haithabu
Rujana
Ranen
Obodriten
Wollin
N
S
(Hamburg)
Hammaburg
Brema
(Bremen)
Elbe
SACHSEN
orestad
Weser
Slawen
Oder
Colonia (Köln)
THARINGIEN
Sorben
Franchoufurt
(Frankfurt)
Swinfurdin
(Schweinfurt)
FRANKEN
Wirziburg
(Würzburg)
BÖHMEN
erdun
Rhein
OST-
FRÄNKISCHES
REICH
Reganisburg
(Regensburg)
MÄHREN
Ulma
(Ulm)
Donau
Augusburc
(Augsburg)
ALAMANNIEN
Bodensee
BAYERN
Sankt Gallen
Plattensee
Save
MITTELREICH
LOMBARDEI
Adria

TEIL I

PARIS

Ostern 845

Und ich hörte eine laute Stimme aus dem Tempel,
die sprach zu den sieben Engeln:
Geht hin und gießt die sieben Schalen
des Zornes Gottes auf die Erde!

Und der erste ging hin und goss seine Schale aus auf die Erde;
und es ward ein böses und schmerzhaftes Geschwür
an den Menschen, die das Malzeichen des Tieres hatten
und die sein Bild anbeteten.

Offenbarung des Johannes 16, 1–2

1.

Die Normannen brachten den Tod nach Paris.

Odo hatte Angst – so große Angst wie niemals zuvor in seinem Leben. Als wäre der Teufel hinter ihm her, rannte der achtjährige Junge die Steintreppe zum Wehrgang hinauf.

Die Nachricht, dass der Däne Ragnar Loðbrœk mit einer Flotte von einhundertundzwanzig Drachenschiffen gegen die Seineinsel vorrückte, hatte sich wie ein Lauffeuer in der Stadt verbreitet. Auf den Stadtmauern drängten sich Hunderte Soldaten und Bürger. Hier oben stieß Odo endlich auf seinen Vater Siegfried von Lutetia, den Grafen der Stadt. Siegfried brüllte den Menschen Kommandos zu und verschaffte sich mit rudernden Armen Platz. Seine Soldaten, die mit Schilden, Schwertern und Lanzen bewaffnet waren, wirkten ratlos und verunsichert.

Der Junge folgte seinem Vater, der mit versteinertem Gesicht durch die panische Menschenmenge stürmte. Viele Bürger hatten sich bereits für das Osterfest herausgeputzt, das die Stadt am morgigen Sonntag feiern wollte. Immer wieder war Odo versucht innezuhalten, um sich zum Rand der Mauer hochheben zu lassen. Er musste sehen, was sich am gegenüberliegenden Flussufer abspielte. Es schien grauenvoll zu sein.

Wortfetzen drangen an seine Ohren. «Heiden, Mörder, Gottlose, Brandschatzer», riefen die aufgebrachten Menschen.

Und immer wieder: «Tod! Tod! Tod! O Gott, Allmächtiger – die Normannen, die Pagani, die Heiden, sie bringen den Tod!»

Die Luft war erfüllt von Brandgeruch.

Odo rannte weiter. Er durfte nicht zurückbleiben und seinen Vater im Gewühl verlieren. Erst als der Graf den Eingang zum Turm oberhalb der südlichen Brücke erreichte, hielt er an, um nach ihm zu schauen. Er packte den Jungen am Handgelenk und zog ihn hinter sich her in das finstere Gemäuer. Über eine Wendeltreppe kamen sie auf das runde, von Zinnen umgebene Plateau des höchsten Wachturms der Stadt. Hier trafen sie auf Männer, deren Kleidung verriet, dass sie zu den Befehlshabern der Stadt gehörten.

Siegfried wandte sich sogleich an einen dicken, rotwangigen Mann, der das Eintreffen des Grafen scheinbar gleichgültig zur Kenntnis nahm. Der Mann mit dem kugelrunden Bauch hieß Ratpot. Er war Siegfrieds Stellvertreter, der zweite Befehlshaber der Stadt. Ein linkischer Kerl mit verschlagenem Blick, von dem man hinter vorgehaltener Hand sagte, er warte nur auf einen günstigen Zeitpunkt, um Siegfried aus seinem Amte zu drängen.

Während die Männer beratschlagten, wagte sich Odo bis an den Rand des Turms. Der Ausblick raubte ihm den Atem. Von Osten her floss der große Strom, die Seine, an fruchtbaren Äckern und Weinbergen vorbei. Die Wasserfläche glitzerte geheimnisvoll im Widerschein der am Horizont blutrot untergehenden Sonne.

Da die Mauern hier oben niedriger waren als am Wehrgang, reckte Odo sich auf die Zehenspitzen und schob seinen Kopf über die Brüstung – und dann sah er den Grund für die Panik.

Tausende Krieger waren auf Drachenschiffen von Norden her gekommen, um Tod und Verderben über die Stadt zu bringen, deren strategische Bedeutung darin lag, dass über Paris der für das westfränkische Reich lebenswichtige Nord-Süd-Verkehr abgewickelt wurde.

Die Schiffe hatten am gegenüberliegenden Ufer festgemacht. Die Krieger wüteten in der Vorstadt und erschlugen jeden Menschen – egal ob Mann, Frau oder Kind –, der ihnen vor die Schwerter und Äxte kam. Die Gassen waren mit Leichen übersät; die Schreie der Sterbenden drangen bis zu Odo hinauf.

Aus den Häusern quoll schwarzer Rauch. Flammen durchschlugen die Dächer.

Die Vorstadt, in der die arme Landbevölkerung lebte, war nicht wie die Insel durch Mauern geschützt. Daher konnten die angreifenden Horden ohne Gegenwehr eindringen. Die Außenposten des Heeres hatten sich auf die Seineinsel zurückgezogen, als sie die Flotte der Barbaren bemerkt hatten. Man hatte die Stadttore geschlossen und die Menschen jenseits der Mauern ihrem Schicksal überlassen.

Als der Junge ganz in der Nähe gellende Schreie vernahm, schob er sich weiter zwischen den Zinnen hindurch, bis er die Brücke im Blick hatte, unter der die Seine gurgelnd und glucksend die Felsen umspülte. Dutzende Vorstadtbewohner rannten wie eine von Wölfen gehetzte Schafherde über die Südbrücke – direkt in eine tödliche Falle. Immer mehr Menschen stürmten gegen das massive Eichenholztor an. Diejenigen, die als Erste das Tor erreichten, wurden von den nachrückenden Massen zerquetscht. Einige konnten rechtzeitig von der Brücke springen, doch sie wurden von den Fluten der Seine mitgerissen und ertranken. Der Angriff hatte eine Massenpanik ausgelöst, die mehr Opfer forderte als die Schwerter der wilden Horden.

Odo konnte nicht begreifen, was er sah. Der Anblick der Menschenmenge, die sich in Todesangst gegenseitig umbrachte, überstieg alles, was der Achtjährige bisher gesehen hatte.

Unterdessen trieben die Angreifer in der Vorstadt etliche Männer zusammen, die sie hinunter zum Flussufer drängten. Tatenlos mussten die Soldaten auf der anderen Flussseite vom Turm und den Wehrgängen aus beobachten, wie man die Gefangenen an eilig errichteten Galgen aufhängte. Unter dem Gejohle und höhnischen Gelächter der Angreifer starben Dutzende Männer.

Eine schwere Hand legte sich auf Odos Schulter. Siegfried zog seinen Sohn mit einem Ruck von der Brüstung fort. Er kniete vor ihm nieder und schaute ihm fest in die Augen. Das Gesicht des Grafen war von Sorgenfalten zerfurcht.

«Was sind das für Krieger?», fragte Odo.

Siegfrieds Blick wurde hart. «Sie stammen aus Ländern, die jenseits des großen Nordmeeres liegen. Man nennt sie Normannen, Männer des Nordens. Es sind blutrünstige Barbaren. Sie haben auch unsere Klöster Rouen und Jumièges geplündert. Aber …» Er schüttelte verbittert den Kopf. «Wir haben ihren Mut unterschätzt. Wir dachten, diese Heiden könnten sich nur an wehrlosen Mönchen vergreifen. Niemals hätten wir geglaubt, dass sie so tief ins Landesinnere eindringen und unsere Stadt angreifen würden.»

«Warum töten sie die Menschen?»

«Weil … weil sie uns Christen ihrem Gott opfern wollen.»

«Aber es gibt doch nur einen Gott, den Heiligen Vater.»

«Ja, sicher», erwiderte Siegfried aufgebracht. «Aber die Heiden glauben an einen Götzen.»

«An welchen?»

«Sie nennen diesen Teufel Odin.»

«Werden sie auch uns aufhängen für diesen Odin?», entgegnete Odo aufgeregt.

Siegfried presste die Lippen zusammen. «Nein. Unsere Wehranlagen werden dem Ansturm standhalten, ganz sicher.»

«Und unsere Soldaten sind sehr stark, oder?»

«Ja, die Soldaten unseres Königs sind die stärksten.»

Der Graf rief einen seiner Männer herbei und befahl ihm, Odo nach Hause zu begleiten. Bevor sie den Wachturm verließen, drehte Odo sich noch einmal nach seinem Vater um. Er sah, wie Siegfried erregt auf Ratpot und die anderen Heeresführer einredete.

Außer sich vor Wut, rief Siegfried: «Was haben diese Kerle vor? Sie erschlagen zahnlose Bauern und alte Frauen, von denen sie nicht mehr als rostige Spaten und Nägel rauben können. Warum greifen sie uns nicht an? Sie müssten doch wissen, dass die Schätze, auf die sie es abgesehen haben, in unserer Stadt sind.»

«Vielleicht wollen sie uns aushungern», warf einer der Soldaten ein.

«Diese Barbaren sind Feldkämpfer, keine Belagerer», entgegnete Siegfried. «Nein, da steckt etwas anderes dahinter.»

2.

Am Morgen nach dem ersten Angriff trat Alexandra noch vor Sonnenaufgang mit einer Kerze an das Bett ihres einzigen Kindes. Sie strich Odo zärtlich über die Stirn. Als sie sah, dass er erwachte, küsste sie ihn auf die Wange und flüsterte: «Ich liebe dich, mein Junge.»

Odo öffnete die Augen. «Wo ist Vater?»

«Er hat die ganze Nacht mit seinen Männern beraten.»

«Werden diese Normannen uns alle töten?»

Alexandra bemühte sich um ein Lächeln und sagte: «Nein, ganz bestimmt nicht.»

Odo streckte eine Hand aus, um ihre im Kerzenschein schimmernden pechschwarzen Haare zu berühren. Er versuchte in ihrem Gesicht zu lesen, ob sie die Wahrheit gesagt hatte. Aber die dunklen Augen seiner Mutter blieben undurchdringlich und geheimnisvoll.

Alexandra stammte aus einem Land, das weit entfernt im Süden lag. Dort lebten die Menschen in Häusern aus Sand, und es gab viel weniger Bäume als im westfränkischen Reich. Siegfried hatte Odo erzählt, dass man diese Menschen Sarazenen nannte und dass sie die schönsten seien, die es auf der ganzen Welt gab.

Und Alexandra war von all diesen Menschen die Herrlichste.

Sarazenen. Odo liebte den Klang dieses Wortes, denn in ihm schwang all das Herrliche mit, das er in seiner Mutter sah: Schönheit, Güte, Weisheit, Wärme, Vertrauen und Liebe – bedingungslose Liebe.

«Dein Vater möchte, dass du uns einen Gefallen tust»,

sagte Alexandra. «Er möchte, dass du in die Kirche gehst und für uns betest. Würdest du das tun?»

Odo kletterte aus dem Bett.

Sie stiegen die Treppe hinab, die in die untere Etage des Hauses führte. In der Küche setzten sie sich an den Tisch. Das Hausmädchen Allisa hatte ihn bereits mit frischem Weizenbrot und in Mandelmilch eingelegtem Hühnerfleisch gedeckt, das mit Speck und Honig verfeinert worden war. Nachdem sie das Frühstück schweigend zu sich genommen hatten, brachen Odo und Allisa auf. Alexandra begleitete sie nicht, da sie ungeduldig auf Nachricht von Siegfried wartete.

Der Himmel über dem Regierungsviertel graute bereits. Das Haus des Grafen stand unweit des Palais, in dem König Karl bisweilen zu residieren pflegte. Während seiner Abwesenheit – und das war eher die Regel als die Ausnahme – führte Siegfried die Geschicke der Stadt.

Odo und die vierzehnjährige Allisa, ein hübsches Mädchen mit langem braunem Haar und üppigem Busen, schlichen im frühmorgendlichen Zwielicht durch das Regierungsviertel. Hier standen die massiven Steingebäude, die bereits von den Römern errichtet worden waren.

An das Regierungsviertel schloss sich die Bürgerstadt an. Die Gassen waren trotz der frühen Stunde voller Leute, die auf dem Weg in die Kathedrale waren, wo sie auf den Schutz Gottes hofften, und so trieb ein steter Strom aus Menschen zwischen den aus Lehm und Holz erbauten Häusern hindurch, der aufgehenden Sonne entgegen.

Über der sonst so lebhaften und bunten Stadt lag eine bleierne Stille, die Odo erschauern ließ. Schweigend schleppten sich die Menschen voran. Der erste Schreck über den Angriff der Barbaren war der Sprachlosigkeit gewichen. Niemand fand mehr Worte für das Grauen, das jenseits der Mauern wütete. Inzwischen war bekannt geworden, dass die Angreifer genau einhundertundelf Menschen am Seineufer gehängt hatten. Die Zahl der Erschlagenen und Ertrunkenen konnte noch niemand abschätzen; aber es war schon jetzt sicher, dass es Hunderte Todesopfer gegeben hatte.

3.

Die Menschenmassen erreichten den östlichen Teil der Stadt, den Sitz der geistlichen Macht. Außer der Kathedrale befanden sich hier auch das Bischofspalais und der Kapitelbezirk.

Die Kathedrale!

Odo legte staunend den Kopf in den Nacken. Er schaute hinauf zu Saint Etienne, dem dreihundert Jahre alten Gotteshaus, das das prächtigste seiner Art in König Karls Reich war.

Der imposante Anblick gab Odo immer wieder ein Gefühl von Ehrfurcht – und von Sicherheit. Eine Stadt, die eine solche Kathedrale besaß, würde niemals das Opfer von wilden, Gott verachtenden Menschen werden, wie es die Normannen waren.

Diese verfluchten Heiden!

Odo und Allisa tauchten in die unterhalb der beiden Türme gelegene Eingangshalle ein. Die mehr als fünfzig Schritt breite Basilika, deren Schiffe von gewaltigen grauen Marmorsäulen voneinander getrennt waren, war bis auf den letzten Platz gefüllt. Als die Menschen den Sohn des Grafen anhand des Wappens auf seinem Mantel erkannten, ließen sie ihm und dem Mädchen den Vortritt. Denn auf dem Grafen ruhte all ihre Hoffnung: Die Menschen waren der festen Überzeugung, dass nur Siegfried von Lutetia in der Lage war, sie vor dem Bösen zu bewahren.

Odo und Allisa schoben sich vor bis in die erste Reihe, nur wenige Schritte entfernt von Priester Jakob, einem hochgewachsenen, hageren Mann mit durchdringendem Blick und strengen Zügen, der im Chor eine Schale mit Weihrauch schwenkte.

Odo quetschte sich zwischen Allisa und einen Mann mittleren Alters, der den Gestank von Zwiebeln ausdünstete. Der Junge erkannte in dem Mann den Gemüsehändler Ceparius. Er hatte das kantige Kinn vorgestreckt und beobachtete mit skeptischem Blick jede Bewegung des Priesters.

Das Gemurmel verebbte, als Jakob die Weihrauchschale auf dem Altar abstellte. Er breitete die Arme aus wie ein Adler seine Schwingen. In festliche Gewänder gekleidete Knaben traten daraufhin herbei, stellten sich im Chor nebeneinander auf und richteten die Blicke auf die in der Basilika versammelten Menschen.

Es wurde totenstill.

Die Osterfeier war der Höhepunkt einer arbeitsfreien Woche, die viele Stadtbewohner für die Vorbereitungen des Auferstehungsfestes genutzt hatten. Niemals zuvor waren die Messen so gut besucht gewesen, und niemals zuvor waren die Bitten um Gottes Gnade so inständig gewesen wie in den vergangenen Tagen.

Im Spätsommer des vergangenen Jahres, dem Jahr des Herrn 844, hatte eine vom Südostwind herbeigewehte Heuschreckenplage das Pariser Umland heimgesucht. Binnen weniger Tage hatten die Tiere alles Getreide von den

Feldern gefressen. Die verwesenden Insektenleichen hatten eine Seuche ausgelöst. Es kam zu einer Hungersnot, die in dem strengen Winter vielen geschwächten Menschen den Tod brachte.

Dieser Katastrophe hatten die Pariser am heutigen Ostersonntag gedenken wollen. Doch nun war eine neue Plage über sie hereingebrochen – eine Plage, deren Ausmaß das der Heuschrecken und der Hungersnot bei weitem zu übertreffen drohte.

«Et ecce terraemotus», rief Priester Jakob mit schnarrender Stimme. «Siehe, ein großes Erdbeben entstand. Denn ein Engel des Herrn stieg vom Himmel herab.»

Und die Knaben im Chor stimmten ein: «*Erat autem aspectus* – sein Anblick war wie der Blitz, sein Gewand aber wie Schnee.»

«Das ist Kuhscheiße», knurrte Ceparius. Er warf Odo einen verschwörerischen Blick zu und sagte: «Mit Psalmen wird der Pfaffe die Wilden nicht besiegen.»

Der Gemüsehändler ballte demonstrativ die Hand zur Faust. «Gewalt ist die Sprache, die sie verstehen. Diese Pagani, diese Heiden!»

«Psst!» Eine ältere Frau tippte dem Mann von hinten auf die Schulter. Daraufhin schwieg er und wandte sich mit mürrischem Gesicht wieder dem Priester zu.

Jakob zitierte mit beschwörender Stimme aus der Offenbarung des Johannes: «Ich sah einen Stern, der vom Himmel auf die Erde herabgestürzt war. Diesem Stern wurde der Schlüssel zu dem Schacht gegeben, der in den Abgrund hinunterführt. Als er den Schacht zum Abgrund aufschloss, quoll Rauch heraus wie aus einem riesigen Schmelzofen und erfüllte die Luft; sogar die Sonne wurde davon verdunkelt. Aus dem Rauch kamen Heuschrecken hervor, denen die Fähigkeit gegeben war, wie Skorpione zu stechen. Sie schwärmten über die ganze Erde aus …»

«Kuhscheiße!», wiederholte Ceparius, dieses Mal so laut, dass Jakob seine Predigt unterbrach und fassungslos in die Menge sah. «Niemand interessiert sich für deine verfluchten Heuschrecken, Priester.»

«Er hat recht», rief ein junger Kerl, «die Heuschrecken sind Vergangenheit – der Priester soll etwas zu den Normannen sagen!»

Irgendwo in der Basilika warf ein Mönch die Arme in die Höhe und brüllte: «*De furore Normanorum libera nos, Domine* – Befreie uns, Herr, von der rasenden Wut der Normannen!»

Jakob hob beschwichtigend die Hände. «Bitte, bitte – Ruhe! Bitte!»

Als die Aufregung sich nach einer Weile gelegt hatte, fuhr er in seiner Predigt fort: «Die Heuschrecken hatten lange Haare wie Frauen und Zähne wie die eines Löwen. Ihr Rumpf war wie mit Eisen gepanzert, und ihre Flügel machten einen Lärm, als würde ein ganzes Heer von Pferden und Streitwagen in den Kampf ziehen. Der König dieser Heuschrecken ist der Engel aus dem Abgrund; er heißt: der Verderber …»

Der Gemüsehändler an Odos Seite drohte erneut mit der Faust. «Halt endlich dein Maul, Priester! Wir wollen wissen, wie wir die Barbaren vernichten können!»

Sofort lebten die Gespräche wieder auf. Ein Teil der Kirchenbesucher stellte sich auf Ceparius' Seite, die anderen wollten die Predigt hören.

Odo hing wie gebannt an den Lippen des Priesters, der mit immer leiser werdender Stimme sagte: «… das erste

Unheil, das der Wehruf angekündigt hat, ist vorüber; das zweite und das dritte stehen noch bevor ...»

Odo war fasziniert von Jakobs Worten: Vor seinem inneren Auge sah er Heuschrecken, in deren Mäulern riesige, spitze Zähne steckten und die in goldbeschlagenen Streitwagen durch die Lüfte sausten.

Und er sah Dämonen, deren König der Verderber war. Der Teufel!

Plötzlich wurde die Kirchentür aufgerissen.

Jakob verstummte.

Allisa stieß einen schrillen Schrei aus.

Ein Mann stürzte in die Kirche. Er öffnete den Mund, als wolle er den Menschen etwas zurufen. Doch anstatt der Worte quoll ein Blutstrom zwischen seinen Lippen hervor und ergoss sich über sein Leinenhemd.

Männer, Frauen und Kinder drängten kreischend beiseite.

Der Mann taumelte drei, vier Schritte vorwärts, dann stolperte er über seine eigenen Füße und schlug der Länge nach hin. Zwischen den Schulterblättern steckte eine Axt. Sie war tief in den Rücken eingedrungen. Der Körper zuckte noch zwei-, dreimal, dann erschlaffte er inmitten einer Blutlache.

Für einen Augenblick schien die Zeit stillzustehen. Niemand in der Kathedrale wagte es, sich zu rühren. Auf den Gesichtern der Menschen zeichnete sich sprachloses Entsetzen ab; dann, nach einer Weile, begann jemand zu schreien, und sofort breitete sich Panik aus.

Der Verderber, schoss es Odo durch den Kopf. Der Engel aus dem Abgrund, er kommt ...

Da hastete ein zweiter Mann durch das Kirchentor. Es

war ein Markthändler, bei dem Odo und Alexandra hin und wieder getrockneten Fisch kauften. Er hielt sich den Oberarm, Blut rann zwischen seinen Fingern hindurch.

Der Mann schaute sich um, Todesangst im Blick, und rief: «Die Normannen! Sie sind in der Stadt. Sie sind überall!»

«Schließt die Tür!», befahl Jakob.

Er versuchte, die Gemeinde zu beruhigen. Aber es war aussichtslos. Sofort versuchten einige, aus der Kirche zu fliehen. Sie trampelten über den Körper des erschlagenen Mannes hinweg. Gleichzeitig drängten andere Menschen von draußen in das Gotteshaus. Während die einen auf den göttlichen Schutz in den festen Mauern der Kathedrale hofften, befürchteten die anderen, Saint Etienne könne zu einer tödlichen Falle werden. Man rempelte und schubste, stieß und schlug zu.

Allisa, die einen Kopf größer war als Odo, krallte sich an ihm fest. Tränen strömten aus ihren weit aufgerissenen Augen.

Jakob bekreuzigte sich. «Bleibt hier», rief er laut. «Die Heiden werden es nicht wagen, unsere Kirche anzugreifen.»

Odo erinnerte sich jedoch an die Worte seines Vaters. Die Normannen hatten die Mönche in den Klöstern Rouen und Jumièges getötet. Warum also sollten sie Saint Etienne verschonen? Kurz entschlossen ergriff er Allisas Hand und zog das weinende Mädchen hinter sich her. Sie drängten sich durch die kreischende Menge – aber die Eingangshalle war versperrt. Eine undurchdringliche Wand aus Menschenleibern verstopfte das Portal. Männer und Frauen prügelten aufeinander ein, um sich den Weg in die jeweilige Richtung freizukämpfen.

Odo und Allisa waren gefangen, sie konnten weder vor noch zurück. Der Druck der sich immer dichter zusammenschiebenden Meute schnürte Odo den Atem ab, als plötzlich Bewegung in die Menge kam. Ceparius, der neben ihm gestanden hatte, schob die Menschen mit brachialer Gewalt wie eine Bugwelle vor sich her.

«Ihr Feiglinge!», brüllte er. «Los, raus mit euch – kämpft!»

Andere Männer schlossen sich ihm an. Mit vereinten Kräften drückten und schoben sie. Als ziehe man den Korken aus einer Weinflasche, löste sich der Stau in der Eingangshalle auf. Odo, Allisa und alle anderen Menschen, die sich im Gang vor dem Portal aufgehalten hatten, wurden mit aus der Kirche geschwemmt.

Auch auf der Straße herrschte ein heilloses Durcheinander. Einige Leute waren hingefallen, Nachkömmlinge purzelten über sie hinweg. Ein undefinierbares Knäuel aus Köpfen, Armen und Beinen wälzte sich auf der staubigen Straße.

Odo konnte gerade noch rechtzeitig zur Seite springen, um nicht ebenfalls über die Menschen zu stolpern. Er zog Allisa hinter sich her und kam atemlos neben dem Eingang zum Stehen.

Kurz darauf erschien Ceparius in der Tür. «Kommt her, ihr Barbaren», brüllte er und schaute sich siegessicher um. Dann entdeckte er etwas, das ihn verstummen ließ. Sein Gesicht verklärte sich zu einem Grinsen.

Odo folgte dem Blick, und zum ersten Mal in seinem Leben sah er einen leibhaftigen Normannen aus nächster Nähe.

Der Anblick war irritierend. Odo hatte einen kräftigen Krieger erwartet, an dessen Gürtel die Schädel geköpfter

Mönche baumelten. Aber dieser strohblonde Normanne, der ihnen Worte in einer fremden Sprache entgegenschleuderte, war kaum größer als Allisa. Er war höchstens fünfzehn Jahre alt, und auf seinem Kinn spross anstatt eines dichten, wilden Bartes nur ein zarter Flaum. Auch das kurze Schwert, das er fest umklammerte, war kaum das eines todbringenden Kriegers.

Ceparius hatte mit einem Mal eine blutverschmierte Axt in der Hand. Mit einem Schaudern begriff Odo, dass es die Waffe war, die im Rücken des Getöteten gesteckt hatte. Die Axt schwenkend, kletterte der Mann über den Menschenberg hinweg und bewegte sich auf den Jungen zu, der jedoch keinerlei Anstalten machte zurückzuweichen.

«Fahr zur Hölle, Abschaum», zischte der Gemüsehändler und holte aus.

Der Junge zuckte zurück. Doch das Beil traf sein Gesicht und schlug eine Wunde, die von der Stirn bis zum Kinn reichte. Als Ceparius erneut ausholen wollte, um dieses Mal einen tödlichen Schlag auszuführen, fiel ihm die Axt plötzlich aus der Hand. Er sackte mit einem gurgelnden Laut in sich zusammen. In seinem Nacken steckte eine Lanze, die seinen Hals durchbohrt hatte und deren Spitze unter dem Kinn wieder ausgetreten war.

Da sprangen plötzlich mehrere Männer mit ohrenbetäubendem Gebrüll hinter der Kirche hervor, wo sie auf ihren Einsatz gewartet hatten. Sie waren mit Äxten, Schwertern und Lanzen bewaffnet; buschige Bärte hingen ihnen über ihre Kettenhemden, die unter dichten Brauen fast verborgenen Augen blitzten angriffslustig.

Allisa zog Odo am Ärmel, aber er konnte sich nicht von dem Anblick losreißen.

Ein Normanne, ein großer Kerl mit gewölbter Stirn und stahlblauen Augen, stemmte einen Fuß auf Ceparius' Schädel, als trete er auf einen Holzklotz. Mit einem Ruck zog er die Lanze aus dessen Hals.

Der junge Normanne stand noch immer mit blutüberströmtem Gesicht unbeweglich da. Jetzt verzog er seinen Mund – und lachte. Er fuhr sich mit der Rechten durch das Gesicht und leckte sich das eigene Blut von der Hand, als wäre es süßer Honig.

Der ältere Krieger klopfte dem Jungen anerkennend auf die Schulter. Dann ließ er ihn vortreten zu den vor der Kirche liegenden Menschen, die bei dem Anblick der wilden Männer erstarrt waren. Die Krieger bauten sich vor den wehrlosen Menschen auf – darunter alte Männer, Frauen und Kinder –, und auf das Kommando des Blauäugigen hin schlug der Knabe mit seinem Schwert einem um Gnade flehenden Mann eine tiefe Wunde ins Gesicht.

Die Krieger johlten vor Begeisterung. Dann begannen sie mit ihrem gnadenlosen Mordwerk. Der Geruch von Blut und Schweiß vermischte sich mit dem Duft der Frühlingsluft, die mit einer sanften Brise von den Weinbergen her in die Stadt geweht wurde. Stahl blitzte auf. Menschen brüllten vor Angst und Schmerz.

Und die Mörder lachten.

Niemals wieder würde Odo den Anblick dieser von der puren Lust am Töten getriebenen Meute vergessen.

Schließlich gelang es Allisa, Odo fortzuzerren. Fort von diesem schrecklichen Ort. Aber je weiter sie durch die Stadt liefen, desto deutlicher wurde das Ausmaß des Angriffs. Überall stießen sie auf Krieger, die wahllos und wie vom Wahnsinn getrieben die Stadtbewohner hinschlachteten.

Wie durch ein Wunder nahmen die Normannen von dem Jungen und dem Mädchen keinerlei Notiz, und so erreichten die beiden unbehelligt den Marktplatz, auf dem die Pariser bereits alle Vorbereitungen für das heutige Osterfest getroffen hatten. Auf der Mitte des Platzes hatte man ganze Wagenladungen voll Holz für ein gewaltiges Feuer aufgeschichtet. Ringsherum waren Buden aufgebaut worden, in denen die Händler geräucherte Würste, Käse und Bonbons verkaufen wollten.

Gestern noch war Odo voller Vorfreude über den Platz gelaufen. Er hatte hinter diesen und jenen Stand geschaut und es kaum erwarten können, am nächsten Tag mit seinen Eltern all die Freuden zu genießen, die das große Fest bereithielt.

Heute jedoch war der Marktplatz ein Ort des Grauens. Normannenkrieger zogen in Gruppen umher und trieben sich die Flüchtigen gegenseitig in die Arme. Der Boden war mit Blut getränkt, abgehackte Gliedmaßen lagen verstreut herum wie auf dem Hinterhof einer Schlachterei.

Und inmitten der Mörderschar sah Odo plötzlich einen Krieger, dessen Anblick ihm das Blut in den Adern gefrieren ließ.

Der mit einer Fellhose bekleidete Mann überragte die anderen Barbaren um Haupteslänge. Auf dem Kopf trug der graubärtige Krieger einen silberglänzenden Helm, unter dem schneeweißes Haar in Strähnen hervorquoll und ihm bis auf die Schultern fiel, um die er sich das Fell eines Braunbären geschlungen hatte. Seine Arme waren mit blauen Ätzungen übersät. Mit beiden Händen hielt er ein zweischneidiges Langschwert, mit dem er eine verheerende Schneise in die zusammengetriebene Menschenmenge schlug.

Der Verderber!

Odo hatte keinen Zweifel: Wenn der Teufel wirklich menschliche Gestalt annehmen konnte, dann war eine davon die dieses Kriegers, der mit ausdruckslosem Gesicht tötete, als gelte es, niemanden auf dieser Erde am Leben zu lassen.

Als der Barbar sich mit kreisender Klinge einer jungen Frau näherte, die ein in Tücher gewickeltes Baby schützend an ihren Busen drückte, sprang ihm ein Mönch in den Weg. Der Krieger zog die buschigen Augenbrauen zusammen und hielt inne.

Mit zum Himmel gerichteten Blick flehte der Mönch: «Herr! Lass dein Angesicht leuchten über deinem Knecht – rette uns durch deine Gnade! Herr, lass uns nicht zuschanden werden, denn ich rufe dich an! Zuschanden werden sollen die Gottlosen, verstummen im Totenreich ...»

Das linke Augenlid des Kriegers zuckte nur einmal, bevor er zuschlug. Der Kopf des Mönchs flog in hohem Bogen durch die Luft und landete unweit der Stelle, an der Odo und Allisa verharrten. Für den Augenblick eines Wimpernschlags schaute der Krieger zu Odo hinüber. Es kam dem Jungen vor, als bohre sich der Blick des Normannen wie ein Feuerstrahl in sein Herz.

Dann riss Odo sich von dem Anblick los und rannte davon. Allisa folgte ihm dicht auf den Fersen. Bald darauf kamen sie in eine enge Gasse, die unterhalb der Stadtmauer in den westlichen Teil der Insel führte. Dieser Weg, der sich im Schatten der Häuserrückseiten entlangzog, wurde schon lange nicht mehr als Passage genutzt. Stattdessen entledigten sich die Bewohner hier ihres Mülls; der Unrat stapelte sich an manchen Stellen mannshoch.

Odo und Allisa kletterten über alte Fässer, Balken und

zerbrochene Möbel und hatten beinahe das Ende der Gasse erreicht, als ihnen zwei Krieger entgegenkamen.

Schnell warfen sich die Kinder hinter einer alten Truhe zu Boden.

Die Barbaren kamen immer näher, wobei sie ihre Lanzen links und rechts in den Unrat stießen, um Flüchtige aufzuscheuchen. Rasch näherten sie sich dem Versteck. Odo schloss die Augen und begann lautlos zu beten. Die Normannen polterten an den Kindern vorbei, schenkten aber der Truhe keine Beachtung. Für einen kurzen Moment dachte Odo, der Herrgott habe sein Flehen erhört. Doch plötzlich begann Allisa unter der Anspannung und dem Druck zu schreien.

Sofort machten die Männer kehrt.

Während Allisa schrie und schrie, zog sich Odo noch tiefer in das Gerümpel zurück. Er machte sich so klein wie möglich, wagte nicht zu atmen.

Schreckliche Gedanken rasten durch seinen Kopf. Es war vorbei, gleich würden die Krieger sie entdecken und töten.

Aus den Augenwinkeln sah er schemenhaft riesige Hände auftauchen. Die Pranken griffen hinter die Truhe, bekamen Allisas Haare zu fassen und zerrten das Mädchen mit einem Ruck aus dem Versteck.

Odo konnte es nicht fassen. Sollten die Männer ihn verschonen?

Starr vor Angst, spähte er durch einen Spalt in die Gasse. Er sah, wie die bärtigen Männer Allisa die Kleider vom Leibe rissen. Ihre Haut war weiß wie frisch gefallener Schnee, so unschuldig und unberührt.

Sollte er Allisa helfen? Doch was konnte er gegen diese Hünen ausrichten, gegen diese übermächtigen Krieger? Sie waren groß wie Bären, und er war klein und schmächtig.

Odo biss sich auf die Unterlippe. Tatenlos musste er mit ansehen, wie die Krieger sich über das wehrlose Mädchen hermachten wie ausgehungerte Wölfe über ein zartes Lamm. Tränen schossen ihm in die Augen. O Gott, Allisa! Er liebte sie wie eine Schwester. Sie gehörte doch zur Familie!

Er weinte still, bis die Normannen endlich von ihr abließen. Erst als er sicher war, dass die Männer verschwunden waren, krabbelte er vorsichtig hinter der Truhe hervor. Er beugte sich über Allisas geschundenen Körper. Seine Tränen tropften auf ihre schneeweiße Haut.

Es war kein Leben mehr in ihr.

4.

Die städtische Streitmacht hatte sich vor dem Palais versammelt. Mindestens einhundert bewaffnete Soldaten scharten sich um ihren Anführer. Graf Siegfried erteilte brüllend Befehle. Er musste versuchen zu retten, was noch zu retten war.

Siegfrieds harter Gesichtsausdruck ließ erkennen, dass er zu allem bereit war. Noch gab er diesen Kampf nicht auf. Mut, Entschlossenheit und Gottesfurcht waren die Tugenden, mit denen es der ehemalige Seidenhändler Siegfried von Lutetia, ein Mann mit römischen Wurzeln väterlicherseits, bis auf diesen Posten geschafft hatte. Er war in der bedeutenden Stadt Paris der erste Stellvertreter des westfränkischen Königs Karl – und er war sich seiner Position bewusst.

Odo näherte sich taumelnd den Soldaten. Beinahe wäre er vor Erschöpfung zusammengebrochen, als Siegfried seinen Sohn endlich bemerkte und ihn in die Arme schloss.

«Verzeih mir», stieß Siegfried gepresst hervor. «Verzeih mir bitte, mein Sohn, dass ich dich in die Kathedrale geschickt habe. Ich hätte auf dich achtgeben müssen.»

Rasch brachte er Odo nach Hause, während seine Männer ungeduldig auf die Befehle zum Angriff warteten. Die Barbaren wüteten bereits in fast allen Stadtteilen. Die ersten Häuser brannten. Schwarze Rauchschwaden erhoben sich über den Dächern der Bürgerstadt.

Der Eingang von Odos Elternhaus wurde von zwei Soldaten bewacht, die zu Siegfrieds Garde gehörten. Diese ausgewählte Truppe bestand aus einer Handvoll kampferprobter Männer. Siegfried hatte die beiden abkommandiert, damit sie – notfalls mit ihrem Leben – seinen größten Schatz verteidigten: seine Familie, Alexandra und Odo.

Die Soldaten traten zur Seite und öffneten die Tür. Siegfried küsste seinen Sohn auf die Wange, eine Geste, die dem harten Mann einen weichen Zug verlieh. Dann kehrte der Graf zu seinen Männern zurück, um sie in die Schlacht zu führen.

Odo trat ins Haus. Als die Tür sich hinter ihm schloss, wurde es stockfinster.

«Leg den Riegel vor.» Das war Alexandras Stimme, irgendwo aus der Dunkelheit; sie klang mühsam beherrscht.

Odo tastete nach dem Balken und sicherte die Tür von innen. Als sich seine Augen an die Dunkelheit gewöhnt hatten, erkannte er seine Mutter im schwachen Lichtschein, der durch die Ritzen in den Fensterläden sickerte. Alexandra saß zusammengesunken am Tisch, den Kopf in die Hände gebettet.

«Komm zu mir, mein Junge», flüsterte sie, rückte vom Tisch ab und nahm Odo auf den Schoß.

Er schmiegte sich an ihren weichen Busen und lauschte ihren flachen Atemzügen. Der vertraute Geruch seiner Mutter gab Odo allmählich das Gefühl von Geborgenheit zurück.

«Ich habe gewusst, dass du noch lebst», sagte sie. «Ich habe es gewusst … habe es immer gewusst. Niemand darf meinem Jungen etwas antun.»

Odo löste sich. Er schaute in ihre tränenfeuchten Augen. «Wie sind die Normannen in die Stadt gekommen?», fragte er.

«Jemand hat ihnen das Tor geöffnet.»

Odo sprang entsetzt auf. «Das Tor geöffnet? Aber wer hat so etwas getan?»

Alexandra zuckte mit den Schultern. Sie erhob sich seufzend und ließ Odo mit seiner Frage allein. Kurz darauf kehrte sie mit einer brennenden Kerze an den Tisch zurück.

«Siegfried glaubt, jemand habe uns verraten», sagte sie niedergeschlagen.

Ihre Finger spielten mit dem kleinen Kreuz, das sie an einer feingliedrigen Silberkette um den Hals trug. Siegfried hatte es ihr vor vielen Jahren geschenkt. Es war ein Glücksbringer, der alles Unheil von ihr fernhalten sollte. Das Kreuz glitzerte im Schein der Kerze wie die beiden herrlichen, mit verschiedenen Symbolen geprägten Silberringe, die Alexandras Hände schmückten.

Odo betrachtete das Gesicht seiner Mutter, das, obwohl

in diesem Moment von tiefer Sorge überschattet, so anmutig war wie immer. Ihre Haut schimmerte wie das Licht der aufgehenden Sonne; sie hatte volle rote Lippen, und in ihren dunklen Augen spiegelte sich die flackernde Kerzenflamme, als loderten auf ihren Pupillen winzige Feuer.

Es waren diese Augen, die Odos Vater um den Verstand gebracht hatten und es noch immer taten. Vor vielen Jahren hatte er Alexandra auf einer Handelsreise kennengelernt, die ihn bis weit in den Süden geführt hatte, jenseits des großen Mittelländischen Meeres. Sie war die Tochter eines arabischen Geschäftsmannes, der Siegfried kostbare Seidenstoffe angeboten hatte, die dieser in Paris gewinnbringend weiterverkaufen wollte. Doch als er Alexandra in dem Haus des Alten erblickte, vergaß er alles Geschäftliche und warb so lange um ihre Hand, bis der Araber einwilligte.

Und so kehrte Siegfried zwar ohne Seide, aber dafür mit einem weitaus wertvolleren Schatz nach Paris zurück. Um der Liebe seines Lebens nahe sein zu können, gab er seinen Beruf auf und trat in die Armee ein, in der er es rasch zum Hauptmann brachte und schließlich vom König als Graf eingesetzt wurde.

Es schien, als füge sich alles zum Besten in dieser Verbindung voller Glück und Liebe, die bald von einem gesunden Sohn gekrönt wurde.

Odo war vom exotischen Aussehen her ganz nach seiner Mutter geraten. Seine Hautfarbe war dunkler als die anderer Pariser Kinder, ebenso sein Haar und seine Augen. Seine Zielstrebigkeit und den unerschütterlichen Willen hatte er jedoch von seinem Vater geerbt.

«Ich bringe ihn um», fauchte Odo.

Alexandra ließ das Kreuz los. «Was redest du da?»

«Den … den Verräter, der die Normannen in die Stadt gelassen hat. Ich werde ihn töten!»

«Nein», entgegnete Alexandra. «Das überlässt du deinem Vater. Er wird den Schuldigen ausfindig machen und einer gerechten Strafe zuführen. Wenn …» Sie verstummte.

Aber Odo konnte ihr ansehen, was sie hatte sagen wollen: *Wenn wir diesen Tag überleben.*

Stattdessen fragte sie: «Wo steckt eigentlich Allisa?»

Odo schluckte. Stockend berichtete er, dass die Normannen Allisa misshandelt und umgebracht hatten.

Alexandras Augen füllten sich mit Tränen. «Und du musstest das alles mit ansehen.»

Odo nickte stumm.

«Du darfst dir keine Schuld an ihrem Tod geben», sagte Alexandra sanft. «Du konntest nichts dagegen tun, und Allisa hätte bestimmt nicht gewollt, dass die Normannen dich ebenfalls töten. Aber das Wichtigste ist, dass du entkommen bist.» Sie schaute ihrem Sohn tief in die Augen. «Du bist mir das Wertvollste, das …»

In dem Moment hämmerte jemand von außen gegen die Tür. Alexandra lief zu einem der Fenster und öffnete den Laden einen Spalt.

«Allmächtiger», entfuhr es ihr.

Als Odo ihr folgen wollte, drehte sie sich zu ihm um und drängte ihn ohne Erklärung in eine Ecke. Dort stand ein Eichenschrank, in dem Wäsche und Haushaltsgeräte aufbewahrt wurden.

«Schnell! Hilf mir, ihn wegzuschieben», forderte sie Odo auf.

Er stellte sich neben sie, damit sie gemeinsam das schwere Möbelstück zur Seite rücken konnten. Sie hatten es kaum eine Handbreit von der Stelle bewegt, als es abermals gegen die Tür hämmerte.

Dann rief jemand: «Aufmachen!» Es war die Stimme eines der Gardesoldaten. «Öffnet die Tür, Herrin.»

«Weiter, weiter», zischte Alexandra Odo zu. Schweiß trat ihr vor Anstrengung auf die Stirn.

Stück für Stück bewegte sich der Schrank. Plötzlich erkannte der Junge eine kleine Öffnung in der Wand, die hinter dem Schrank verborgen war und die er nie zuvor gesehen hatte.

Der Soldat rief immer ungeduldiger: «Herrin! Herrin, aufmachen!»

Endlich hatten sie die in das Mauerwerk eingelassene Öffnung freigelegt. Alexandra beugte sich zu ihrem Sohn hinunter und küsste ihn auf die Stirn.

Sie flüsterte: «Wir holen dich wieder raus, wenn alles vorüber ist.»

Odo kniete nieder und kroch in das dunkle Loch. Es war nur wenige Fuß tief, und er musste sich mit angezogenen Beinen hineinquetschen. Als er vollständig in dem Loch verschwunden war, begann Alexandra sofort damit, den Schrank wieder an seine alte Stelle zu schieben. Odo hörte sie stöhnen. Es war ihm ein Rätsel, woher sie die Kraft nahm.

Im Hintergrund war noch immer die Stimme des Soldaten zu vernehmen, der nun mit einem harten Gegenstand auf die Tür einschlug, vermutlich mit dem Griff seines Schwerts.

«Warte! Ich komme», rief Alexandra, woraufhin der Soldat endlich verstummte.

Vor Odos Augen verschloss sich allmählich die Öffnung. Da entdeckte er einen kleinen glänzenden Gegenstand, der vor dem Loch auf dem Boden lag. Odo streckte seine Hand danach aus. Es war Alexandras silbernes Kreuz.

Sie hatte ihren Glücksbringer verloren.

Der Junge hörte sie ein letztes Mal keuchen. Dann erstarb das kratzende Geräusch, das der über den Boden rutschende Schrank verursachte. Es wurde stockfinster.

Ihm war hundeelend zumute. Er begann zu bibbern. Warum hatte seine Mutter ihn in dieses schreckliche Loch gesteckt?

Er konnte hören, wie die Haustür entriegelt wurde, und vor seinen Augen wurde plötzlich ein Lichtstreifen sichtbar. Odo beugte sich vor – und tatsächlich: Er konnte das vor ihm liegende Wohnzimmer überblicken, das nun, da die Haustür weit offen stand, vom Tageslicht durchflutet wurde. Der Schrank war nicht ganz an seine alte Stelle zurückgeschoben worden. Zwischen dem Möbelstück und dem Rand der Öffnung war ein schmaler Spalt frei geblieben.

Durch diesen Spalt spähte Odo. Er sah Alexandra. Sie hatte ihm den Rücken zugekehrt, das Gesicht auf die Haustür gerichtet, in der einer der Wachposten stand. Er war verletzt, blutete aus einer Wunde an der Schläfe, bemühte sich aber, Haltung zu bewahren.

Dann sah Odo seinen Vater. Siegfried humpelte herein, ohne sein Schwert. Seine Kleidung war zerrissen, er hatte einen Schuh verloren. Alexandra wollte sich auf ihn stürzen. Doch er wies sie mit einer energischen Handbewegung zurück.

Und dann fiel ein Schatten in den Raum. Odo unterdrückte mit Mühe einen Schrei des Entsetzens, als eine riesenhafte Gestalt den Raum betrat.

Der Verderber!

5.

Sie belauerten sich, schweigend, abwartend.

Siegfried saß auf der einen Seite des Tisches, der Krieger auf der anderen. Zwei Männer, deren Gesichtszüge aussahen wie aus Stein gemeißelt. Zwischen ihnen lag das gewaltige Schwert des Normannen, die Spitze zeigte auf Siegfried.

Auch wenn der Graf dem durchdringenden Blick des Normannenhäuptlings standhielt, so waren die Rollen doch eindeutig verteilt. Die Normannen hatten die Schlacht gewonnen, viele Bewohner und Soldaten getötet und zahlreiche Häuser in Brand gesteckt. Die städtische Streitmacht hatte verloren, und die Barbaren konnten nun in Paris schalten und walten, wie es ihnen beliebte.

Siegfrieds Verhandlungsspielraum war verschwindend gering.

Der Häuptling winkte einen seiner Krieger heran und redete auf ihn in einer merkwürdigen Sprache ein, die Odo niemals zuvor gehört hatte. Daraufhin verschwand der Krieger im hinteren Bereich des Hauses, wo sich die Küche und das Vorratslager befanden. Gleich darauf kehrte er mit einem Weinfass zurück. Das Fass wurde geöffnet. Man reichte dem Häuptling ein gefülltes Gefäß, das aussah wie ein Stierhorn. Er leerte es in einem Zug, rülpste und verlangte nach mehr. Auch die anderen Normannen schenkten sich kräftig ein.

Alexandra, die hinter Siegfried stand, beugte sich zu ihrem Mann vor und flüsterte ihm etwas ins Ohr. Als der Häuptling das bemerkte, knallte er sein Trinkhorn so hart auf den Tisch, dass der Wein bis an die Wände spritzte.

Alexandra schreckte zurück, auch die anderen Krieger verstummten.

Der Häuptling winkte einen Mann zu sich, der zwar zu den Normannen zu gehören schien, sich aber in seiner schlichten Kleidung und seinem glattrasierten Gesicht von den Kriegern unterschied. Er war von gedrungener Statur, sein Blick wirkte verschlagen.

Nach einer kurzen Unterredung sagte der Mann, dessen Akzent auf eine Herkunft aus dem Rheinland schließen ließ: «Der große und mächtige Ragnar ist der Meinung, dass es nun an der Zeit ist, sich gegenseitig vorzustellen.»

Siegfried verzog verächtlich die Mundwinkel. «Der Mann weiß doch längst, wer ich bin …»

«Du hast zu antworten, Graf», unterbrach ihn der Mann. «Der große Ragnar besteht darauf, die Form zu wahren. So, wie es sich für ehrenhafte Männer gehört!»

Siegfried zuckte mit den Schultern. Er nannte seinen vollständigen Namen und seine Stellung in der Stadt.

Der Rheinländer übersetzte, und Ragnar hörte aufmerksam zu. Dann sprach er.

Als Ragnar geendet hatte, sagte der Übersetzer zu Siegfried: «Der große Ragnar Loðbrœk entstammt dem Geschlecht der dänischen Skjoldunge. Ragnar hat auf der ganzen Welt Kriege geführt und in Irland mit seinen eigenen Händen den König Melbrighde getötet. Für deine Stadt hat er einhundertundzwanzig Langschiffe aufgeboten. An einem einzigen Tag hat er deine Festung eingenommen, die du für deinen König Karl hättest bewachen sollen …»

Bei dem Stichwort Karl unterbrach Ragnar den Mann und rief ihm etwas zu. Der Übersetzer sagte mit dem Anflug eines Lächelns: «Du sollst von Ragnar wissen, Graf, dass dein König nicht mehr ist als ein fettes, feiges Weib. Er soll herkommen, um sich Ragnar im Kampfe zu stellen. Ragnar hat keine Achtung vor Männern, die …»

Aber der Rheinländer brachte den Satz nicht zu Ende. Von der Tür her hatte jemand Siegfrieds Namen gerufen.

Ragnars Augen blitzten gefährlich auf.

«Wer wagt es, den großen Ragnar zu unterbrechen?», rief der Übersetzer.

Ratpot, der Stellvertreter des Grafen, betrat den Raum. «Ihr könnt euch wohl kaum beschweren», sagte er großspurig. «Ohne meine Hilfe hättet ihr diese Stadt niemals erobert.»

Dem Häuptling entglitten die hochmütigen Gesichtszüge, nachdem ihm die Worte übersetzt worden waren.

Siegfried starrte Ratpot entgeistert an. «*Du* hast in der Nacht das Stadttor für die Barbaren geöffnet?»

«Ja, das war ich», erwiderte Ratpot, überheblich lächelnd. «Ich soll dir einen Gruß ausrichten von Kaiser Lothar, dem rechtmäßigen Herrscher über das gesamte fränkische Reich.»

Siegfried war fassungslos. «Du paktierst mit Lothar!»

«Nenn es, wie du willst. Du hast doch nicht wirklich geglaubt, dass Lothar sich auf Dauer mit dem Mittelreich zufriedengibt, flankiert von seinen hinterhältigen Brüdern.»

«Aber der Frieden ist vor zwei Jahren mit dem Vertrag von Verdun besiegelt worden», warf Siegfried ein.

Im Jahre 843 hatten sich die heillos zerstrittenen Brüder Karl, Ludwig und Lothar, die Enkel Karls des Großen und die Söhne Ludwigs des Frommen, in der Stadt Verdun auf eine Dreiteilung des ehemaligen Großreiches geeinigt.

Karl hatte das Westfrankenreich erhalten, Ludwig das Ostfrankenreich und Lothar das Mittelreich von Friesland bis Burgund sowie die Kaiserwürde.

Ratpot machte eine wegwerfende Handbewegung. «Verträge kann man aufkündigen. Lothar ist der rechtmäßige Erbe des gesamten Reichs.»

Siegfried sackte mutlos zusammen. «Jetzt wird mir einiges klar», sagte er. «Lothar lässt von den Normannen Paris einnehmen, um Karls Macht zu schwächen und somit den Krieg wieder aufzunehmen.»

Ratpot grinste. «Du bist schlau, Siegfried. Karl hat dich nicht ohne Grund zum Grafen gemacht.»

Siegfried ballte die Hände zu Fäusten. Odo konnte seinem Vater ansehen, dass er sich nur mit größter Mühe zurückhalten konnte, den Verräter nicht auf der Stelle zu töten.

«Und was springt für dich dabei heraus?», zischte Siegfried.

«Kannst du dir das nicht denken? Ich werde natürlich der neue Graf – in einem Paris, das von Lothar regiert wird.»

Plötzlich ließ donnerndes Gebrüll alle Anwesenden zusammenfahren. Ragnar war aufgesprungen, hatte sein Schwert ergriffen und zielte damit auf Ratpot, der erschrocken zurückwich.

Der Übersetzer sagte: «Der große Ragnar hat genug von eurem Gerede. Du wirst ihm sofort seine Belohnung auszahlen.»

Ratpot wirkte verunsichert. «Aber ich habe die Schätze nicht hier. In wenigen Tagen werden Lothars Soldaten in Paris eintreffen. Dann soll Ragnar seine Belohnung erhalten.»

«Er lügt», rief Siegfried dazwischen. «Lothar wird Ragnar niemals etwas geben. Lothar ist ein Vertragsbrecher – ein schamloser Lügner und Betrüger. Er ist eine ebenso falsche Schlange wie Ratpot.»

Nachdem Ragnar sich Siegfrieds Worte hatte übersetzen lassen, machte sich zum ersten Mal ein Anflug von Verunsicherung auf seinem Gesicht breit. Zögernd schaute er von Siegfried zu Ratpot.

Dann hob Ragnar sein Schwert, sein linkes Augenlid zuckte.

Odo biss sich in die Hand, um einen Schrei zu unterdrücken.

Als Ragnar zuschlug, kreischte Alexandra auf und hielt sich die Hände vor die Augen.

Mit einem wuchtigen Schlag spaltete Ragnar dem Verräter Ratpot den Schädel. Der Normannenkrieger ließ sich wieder auf den Stuhl sinken. Er nahm einen großen Schluck Wein, während seine Männer Ratpots Leiche in einer Blutspur aus dem Haus schleiften.

6.

Die Nacht brach herein.

Man hatte alle verfügbaren Lampen und Kerzen aus dem Haus herbeigeschleppt, um den Raum zu erleuchten. Dann endlich – es kam Odo vor, als sei eine Ewigkeit vergangen – gab Ragnar dem Übersetzer ein Zeichen und erklärte ihm, was zu tun sei.

Der Rheinländer sagte: «Der Häuptling dieser Stadt, Siegfried von Lutetia, soll seinem weibischen König Karl eine Botschaft des großen Ragnar überbringen. Ragnar wird die Stadt niederbrennen, und er wird alle Gefangenen töten, wenn ihm der König nicht spätestens in zwei Tagen sieben Ochsenkarren voll Silber bringen lässt.»

«Sieben Wagen!», erwiderte Siegfried. «Aber das sind doch mindestens siebentausend Pfund Silber!»

Der Übersetzer zuckte mit den Schultern. «Du hast gehört, was der große Ragnar angeordnet hat. Und ich rate dir, seine Gutmütigkeit nicht länger zu strapazieren. Sorg dafür, dass die Dänen ihr Geld erhalten.»

Siegfried drehte sich zu Alexandra um, die erschöpft an der Wand lehnte. Aber sie beachtete ihren Mann nicht, sondern starrte zu dem Schrank hinüber, hinter dem ihr Sohn seit Stunden in einem winzigen Loch steckte.

Und allmählich dämmerte es auch Odo, was der flehende Blick seiner Mutter zu bedeuten hatte. Wenn sich Ragnar zwei weitere Tage in dem Haus aufhalten würde, wäre er dazu verdammt, es so lange in dem Versteck auszuhalten. Ohne Wasser, ohne Nahrung, ohne eine Möglichkeit, seine Notdurft zu verrichten …

Siegfried schien vom Schicksal seines Sohnes nichts zu wissen, zumindest nicht, dass der Junge sich in unmittelbarer Nähe befand. Odo nahm an, dass Alexandra ihm vorhin nur mitgeteilt hatte, dass er sich um seinen Sohn keine Sorgen zu machen brauche.

«Was geschieht, wenn ich Ragnars Aufforderung nachkomme?», wollte Siegfried wissen.

«Dann wird er deine Stadt verschonen und wieder davonfahren», antwortete der Übersetzer.

Siegfried nickte. «Ich werde noch in dieser Nacht aufbrechen. Aber ich brauche fünf bewaffnete Männer als Begleitschutz und frische Pferde. Karl hält sich in einer Residenz auf, nur wenige Meilen entfernt. Wenn ich ihm von den Plänen seines Bruders Lothar berichte, dann wird Karl zahlen. Ich könnte bereits morgen früh mit dem Silber zurück sein.»

Als Ragnar von Siegfrieds Zustimmung erfuhr, nickte er scheinbar ungerührt, aber seine Augen blitzten gierig auf.

Und da war noch etwas anderes im Blick des Häuptlings, als er seinen Kopf ganz langsam Alexandra zuwandte. Odo konnte sich diesen Ausdruck nicht erklären. Aber er machte ihm große Angst.

7.

Ein lautes Poltern riss Odo aus unruhigem Schlaf.

Durch die eingezwängte Haltung spürte er jeden Knochen. Er versuchte, seine Arme seitwärts auszustrecken, um seinen Körper zu dehnen, stieß aber sogleich gegen die harte Steinmauer. Er hörte wieder das laute Geräusch. Es klang, als habe jemand einen Stuhl umgestoßen.

Und dann hörte er Alexandra schreien.

Er spähte durch den Spalt. Und als er sah, was er zu sehen gezwungen war, entfuhr seiner ausgetrockneten Kehle ein heiseres Krächzen.

Alexandra war nackt. Man hatte ihr die Kleider ausgezogen und achtlos auf einen Haufen geworfen. Sie lag rücklings auf dem Tisch. Auf Höhe ihrer Schultern standen zwei Krieger, die ihre Arme und ihren Kopf festhielten, ein dritter und ein vierter Mann hatten ihre Füße gepackt und spreizten ihre Beine.

Alexandra versuchte sich zu wehren, sich zu drehen und zu wenden. Sie keuchte und stöhnte, weinte und flehte. Aber die Griffe der Männer waren fest wie Schraubzwingen.

Der Übersetzer lehnte lässig an der Wand. «Mach nicht so einen Aufstand, Frau. Beiß einfach die Zähne zusammen, dann ist es gleich vorbei. Denk einfach, dein Graf würde es dir besorgen.»

Alexandra gelang es, den Kopf zu heben. Sie spuckte dem Übersetzer ins Gesicht. Die Krieger lachten. Der Rheinländer wischte sich mit einer gleichgültigen Geste das Gesicht ab.

Dann erschien der Häuptling. In der einen Hand hielt er sein Trinkhorn, mit der anderen machte er sich an seiner Fellhose zu schaffen. Der Wein hatte dem Mann schwer zugesetzt. Er wankte hin und her. Beinahe wäre er umgefallen, als er sich die Hose herunterziehen wollte. Sofort sprang ein Krieger herbei, um den Häuptling zu stützen. Doch Ragnar schüttelte die helfenden Hände ab und stieß grunzende Laute aus.

Der Übersetzer meinte zu Alexandra: «Der große Ragnar verlangt, dass du sagst, er sei der schönste Mann, den du jemals gesehen hast. Und dass sein … sein Hammer …» Der Rheinländer deutete vorsichtig auf Ragnars entblößten Unterleib. «… dass er der gewaltigste ist, den du jemals spüren durftest.»

Seine Miene wurde ernst. «Solltest du dich jedoch weigern, wirst du anstatt Ragnars Hammer sein Schwert in dir spüren. Erspare uns das, Frau. Ich musste das schon einmal mit ansehen. Ekelhaft.»

Alexandras Augen sprühten Feuer, als sie den Kopf hob und Ragnar zurief: «Du bist abgrundtief hässlich, du Ausgeburt der Hölle!»

Ragnar schaute den Übersetzer fragend an. Der nickte

dem Häuptling zustimmend zu, als wolle er ihm verdeutlichen, dass sich die Frau lobend über ihn geäußert hatte. Ragnar schien zufrieden zu sein.

Odo schwanden die Sinne. Er versuchte, seine Finger durch den Spalt zu quetschen, um den Schrank zur Seite zu drücken und seine Mutter zu retten. Er drückte und presste gegen Stein und Holz, riss sich dabei die Fingernägel auf und die Kuppen blutig.

Aber es war aussichtslos. Er musste hilflos mit ansehen, wie der Verderber mit seiner Mutter das machte, was die anderen Krieger mit Allisa gemacht hatten.

Als Odos Wut keine Grenzen mehr kannte, wollte er wie von Sinnen aufspringen, um seiner Mutter zu Hilfe zu eilen. Doch er prallte mit dem Kopf gegen die Steine und sackte bewusstlos zusammen.

8.

Odos Körper war vom Wassermangel ausgezehrt. Er fieberte, halluzinierte und dämmerte vor sich hin.

Als er sich irgendwann aufraffen konnte und durch den Spalt in das Wohnzimmer schaute, sah er, dass es leer war. Die Haustür stand offen. Es war helllichter Tag.

Seine Mutter, der Häuptling und die anderen Normannen waren verschwunden. Die Stühle und das Weinfass lagen zerbrochen am Boden. Den Tisch hatte man umgekippt. Und mitten im Raum lag ein menschlicher Körper, regungslos und mit unnatürlich verdrehten Gliedmaßen. Sein abgeschlagener Kopf war in eine Ecke des Raums gerollt.

Als Odo den Toten erkannte, fiel er abermals in eine tiefe Bewusstlosigkeit.

Er bekam nicht mit, wie kurz darauf fränkische Soldaten ins Haus seiner Eltern kamen und die Leiche entfernten.

Vielleicht hätte man die Gebeine des Jungen erst Jahre später entdeckt. Aber eine junge Frau, die ein außerordentlich gutes Gehör hatte, hörte die leisen Atemzüge des Jungen, als sie am folgenden Tag das Blut wegwischte und dabei dem Schrank nahe kam. Die junge Frau war die Tochter eines Mannes namens Wilpert. König Karl hatte diesem Mann, der ein ehemaliger Gardesoldat war, das Amt des neuen Grafen der Stadt Paris übertragen.

Zu diesem Amt gehörte auch Odos Elternhaus, in das Wilpert und seine Familie nun einzogen.

9.

Der Mönch, dessen Name Gregor war, sprang von dem Eselskarren herunter und verschwand mit verkniffenem Gesicht hinter einem Ginsterstrauch. Geduldig wartete der Esel, bis Gregor sich des Bieres entledigt hatte, von dem er sich bereits zum Frühstück einen ganzen Krug gegönnt hatte und zu Mittag einen zweiten und dann, als Nachtisch, einen dritten.

Gregor war kein Kostverächter. Er hatte die seltene Gelegenheit genutzt, die sich ihm durch die Ausfahrt bot. In Paris hatte er sich an starkem Schwarzbier, knusprig gebratenem Schweinefleisch und in Schmalz gebackenen Vögeln gelabt – Köstlichkeiten, die den Mönchen im Kloster Saint Geneviève, das einst zu Ehren der Apostel Peter und Paul gegründet worden war, niemals aufgetischt wurden.

Der Mönch war von seinem Abt zu Priester Jakob auf die Seineinsel geschickt worden, wo er in aller Herrgottsfrühe einen Jungen abgeholt hatte, den er in das Kloster bringen sollte. Dort hatte man zwar keinen einzigen freien Platz. Aber Jakob, dem der Abt aus alten, gemeinsamen Tagen verbunden war, hatte all seine Überredungskunst aufgeboten, damit der Junge als Novize aufgenommen wurde.

Odo sollte Mönch werden.

Der Junge kauerte ganz hinten auf dem Karren, in derselben verkrampften Haltung, in der man ihn vor mittlerweile zwei Wochen aus dem winzigen Loch geborgen hatte. Er drückte die Stirn auf die Knie, seine Arme umschlangen fest die Beine. Seine rechte Hand war zur Faust geballt.

Gregor stapfte hinter dem Ginster hervor und strich sich die Kutte glatt.

«He, Junge», rief er, trat von hinten an den Karren und tippte Odo auf die Schulter. «Kannste den Mund halten?»

Odo hob den Kopf. Er starrte Gregor aus ausdruckslosen Augen an.

«Ich meine, kannste nicht vielleicht einfach vergessen, dass ich ein bisschen Schwarzbier genascht habe? Musste ja keinem erzählen, wenn du weißt, was ich meine.»

Odo nickte.

Gregor rülpste zufrieden. Kichernd hielt er sich eine Hand vor den Mund. Dann kletterte er wieder auf den Karren und schlug dem Esel mit der Peitsche auf das Hinterteil, woraufhin sich das Tier träge in Bewegung setzte.

Odo schaute zurück auf die immer kleiner werdende Seineinsel. Über der Steinmauer erkannte er auch aus dieser Entfernung noch die Dächer des Regierungsviertels auf der einen und die Türme von Saint Etienne auf der anderen Seite.

Der Karren rumpelte weiter gen Süden, bald hatten sie die Vorstadt hinter sich gelassen. Die Bewohner waren damit beschäftigt, die Spuren des verheerenden Überfalls zu beseitigen. Sie besserten abgebrannte Dächer aus und errichteten eingestürzte Wände neu. Die frisch ausgehobenen Gräber waren mit Steinen bedeckt und mit schiefen Holzkreuzen markiert worden.

Siegfried von Lutetia hatte seine letzte Ruhestätte im Regierungsviertel auf einem kleinen Friedhof gefunden. Der Bischof hatte die Grabrede gehalten. An die Einzelheiten der Rede konnte Odo sich nicht erinnern, nur dass sein Vater ein Mann von beeindruckendem Mut gewesen sei; Siegfried habe die Schändung seiner geliebten Ehefrau Alexandra mit dem Schwert rächen wollen und dafür mit seinem eigenen Leben gebüßt.

Aber all das hatte Odo bereits gewusst.

Nach seiner Rettung war Odo zunächst von Jakob aufgenommen worden. Der Priester hatte ihm erzählt, dass Siegfried tatsächlich am Morgen nach dem Einmarsch der Normannen mit einem Lösegeld in Höhe von siebentausend Pfund Silber zurückgekehrt war. Der Überfall schien ein glimpfliches Ende zu nehmen. Doch als der Graf von der Vergewaltigung seiner Frau erfuhr, griff er Ragnar an und wurde vom Häuptling erschlagen.

Was aus Alexandra geworden war, wusste niemand. Einige Soldaten waren der Überzeugung, dass die Normannen sie zusammen mit anderen Frauen auf ihre Langschiffe verschleppt hatten. Die meisten Überlebenden glaubten jedoch, dass Odos Mutter tot war. Einige wollten gar gesehen haben, wie die Heiden eine Frau, deren Haar pechschwarz gewesen sei, vom höchsten Wachturm der Stadt geworfen hatten. Ihr Körper sei bei dem Aufprall auf den Felsen zerschmettert und anschließend von den Fluten mitgerissen worden.

Immer wieder fragte sich Odo, ob es sich bei dieser Frau um seine Mutter gehandelt hatte. Er presste die Faust fester zusammen, ohne darauf zu achten, dass das, was sich in seiner Hand befand, schmerzhaft in seine Finger bohrte.

Die hölzernen Räder des Karrens holperten über einen kaum befestigten Weg, der sich durch Felder und Brachland schlängelte. Hin und wieder sang Gregor ein Lied, wenn er nicht gerade damit beschäftigt war, den störrischen Esel anzutreiben.

Am frühen Abend erreichten sie die Anhöhe von Saint Geneviève. Gregor meldete seine Fracht beim Pförtner an. Das schwere Tor öffnete sich.

Als es sich hinter ihnen wieder schloss, fand Odos bisheriges Leben endgültig sein Ende. Man nahm ihm seine Kleidung ab, gab ihm dafür zwei Kukullen – Obergewänder mit Kapuzen – und zwei wollene Tuniken mit kurzen Ärmeln in der grauen Farbe der Benediktinermönche sowie Überwurf, Strümpfe und Schuhe. Dann brachte man ihn in den Novizenraum.

Trotz beharrlicher Überredungsversuche gelang es den Brüdern nicht, den Jungen dazu zu bewegen, seine Faust zu öffnen. Sollte sich darin nämlich ein weltliches Gut befinden, so hätte er es abgeben müssen. Es war den Gottesdienern bei Strafe verboten, Eigentum zu besitzen. Alles sei allen gemeinsam, und keiner nenne etwas sein Eigen, so lautete die Regel des heiligen Benedikt. Odo musste Keuschheit und Gehorsam geloben – und Besitzlosigkeit.

Erst in tiefster Nacht, als die zur Matutin, dem nächtlichen Stundengebet, vorgetragenen Psalmen verklungen waren, öffnete Odo seine Hand und befühlte zärtlich das silberne Kreuz.

Alexandras Glücksbringer.

Jedes Mal, wenn Odo in der folgenden Zeit das Kreuz ansah, schwor er im Angesicht des silbernen Schmuckstückes, dass er eines Tages den Dämon vernichten würde, der die Welt mit Unheil und Finsternis überzog: Ragnar Loðbrœk, der Häuptling der Normannen, der Pagani!

Er, Odo, Sohn des Siegfried von Lutetia und der Sarazenin Alexandra, würde den Heiden für seine Sünden richten, ihn, den Engel aus der Tiefe.

Den Verderber.

TEIL II

SANKT GALLEN

Herbst 861 – Frühjahr 862

Und der zweite Engel goss seine Schale aus ins Meer;
und es wurde zu Blut wie von einem Toten
und alle lebendigen Wesen im Meer starben.

Offenbarung des Johannes 16, 3

1.

Die Mörder kamen über die Flüsse.

Bestärkt durch Ragnars Erfolg, Karl dem Kahlen siebentausend Pfund Silber abgepresst zu haben, drangen immer neue Flotten der Normannen in das westfränkische Reich ein. Wie die Heuschrecken fielen sie über Klöster, Dörfer und Städte her, vor allem über jene, die an den großen Flüssen lagen. Die Barbaren brandschatzten und vergewaltigten; sie töteten und versklavten die Menschen. Tausende waren in jenen Jahren auf der Flucht. Hunger und Unruhen waren die Folge. Mehrmals waren die Heiden auch nach Paris zurückgekehrt, hatten die Stadt ausgeplündert und viele Menschen erschlagen.

Im Jahr des Herrn 861 bat eines Tages ein fremder Mönch um Aufnahme in Saint Geneviève. Der zerlumpte und halb verhungerte Mann stammte von der Klosterinsel Noirmoutier, die an der Mündung der Loire lag. Diese Gegend war einst ein Zentrum des Wein- und Salzhandels gewesen, in der Vergangenheit aber immer wieder von Normannen heimgesucht worden. Seither nutzten die Barbaren die von den Mönchen verlassene Klosterinsel als Winterlager und Stützpunkt für ihre Raubfahrten ins Landesinnere.

Nachdem man den Bruder in Saint Geneviève gewaschen und mit reichlich Essen versorgt hatte, berichtete er im Kapitelsaal von den teuflischen Werken der Barbaren, die im ganzen Reich ihr Unwesen trieben.

Auch Odo, der inzwischen vierundzwanzig Jahre alt

war, befand sich an jenem Abend im Kapitel und hörte die Worte, die von einem Klosterbruder niedergeschrieben und auf diese Weise für die Nachwelt dokumentiert wurden.

«Die Zahl der Schiffe nimmt beständig zu», berichtete der Mönch aus Noirmoutier. «Der endlose Strom der Normannen hört nicht auf zu wachsen. Überall sind wir Christen die Opfer von Massakern, Brandstiftungen und Plünderungen. Die Heiden erobern alles, was am Wege liegt, und niemand kann sie daran hindern. Sie erobern Bordeaux, Périgueux, Limoges, Angoulême und Toulouse. Angers, Tours und Orléans sind vernichtet. Das Unglück wird immer größer. Rouen liegt zerstört, geplündert und niedergebrannt da; Paris, Beauvais und Meaux werden angegriffen. Die Befestigungen von Melun sind völlig zerstört, Chartres wurde erobert, Evreux und Bayeux geplündert und jede Stadt belagert.»

Als der Mönch mit seiner Aufzählung geendet hatte, legte sich eine bleierne Stille über den Kapitelsaal. Das einzige Geräusch war das der auf Pergament kratzenden Feder des Schreibers, der das Grauen schriftlich festhielt.

Melun, Chartres, Evreux …

Der Schreiber hatte Mühe, der Auflistung der zerstörten Städte nachzukommen.

Die Dämonen des Teufels breiten sich aus, dachte Odo. Vor seinem geistigen Auge erschien – wie so häufig – das Bild des Wesens, dessen irdische Gestalt der Satan angenommen hatte: Ragnar Loðbrœk.

Sechzehn Jahre und damit zwei Drittel seines Lebens hatte Odo nun schon im Kloster verbracht. Seine anfänglichen Fluchtgedanken hatte er bald aufgegeben und sich mit dem entbehrungsreichen Klosterleben abgefunden.

Trost fand er im Glauben an Gott, dem er im Gebet all seine Sorgen und Ängste anvertraute.

Doch seine Eltern hatte Gott ihm nicht ersetzen können, und die Frage nach dem Schicksal seiner Mutter nagte nach all den Jahren noch an ihm wie Mäuse an den harten Brotlaiben im Klosterkeller. Trotz der Geborgenheit, die er im Kloster meist verspürt hatte, war die Flamme der Sehnsucht nie erloschen. Odo nährte das Feuer mit seinen Gedanken an das, was damals in Paris geschehen war. Es waren die Bilder des Grauens, die er niemals würde verdrängen oder gar vergessen können; Bilder, die ihn heimsuchten in zahllosen Nächten, in denen er schlaflos im Dormitorium lag.

In diesen Bildern sah er den abgeschlagenen Kopf seines Vaters Siegfried auf dem Fußboden liegen. Er sah die Normannenkrieger, die wie Wölfe über Allisa herfielen. Er sah das schrecklichste aller Wesen: den Mann mit dem riesigen Schwert, Ragnar Loðbrœk, den Verderber! Und er sah, wie dieser Teufel sich über seine Mutter hermachte.

Gott, das bedeutete in Odos stetig gewachsenem Glauben Liebe und Vergebung. Aber Gott stand auch für Gerechtigkeit. Und Gerechtigkeit würde es auf Erden erst geben können, wenn der Verderber für seine Sünden gerichtet sein würde.

Das Kloster Saint Geneviève besaß eine kleine Bibliothek. Unzählige Stunden hatte Odo bei Kerzenschein in den heiligen Schriften gelesen, hatte sie wieder und wieder studiert, Seite für Seite, Wort für Wort, immer auf der Suche nach einem Hinweis, wie er den Verderber würde finden und vernichten können. Aber nirgendwo hatte er eine entsprechende Passage entdeckt. Er bedauerte, dass ihm nicht noch mehr Bücher zur Verfügung standen, die

Auswahl der Werke in Saint Geneviève war überschaubar.

Im vergangenen Jahr hatte ihm ein reisender Bruder von einer großen Bibliothek im Kloster Sankt Gallen am nördlichen Rand der Alpen erzählt. Dort gebe es Hunderte Bücher und Schriften, in denen man auf jede Frage eine Antwort finden könne.

Sollte Odo in das Kloster Sankt Gallen reisen, um dort die Bücher zu studieren? Um Antworten zu finden? Wieder und wieder hatte er darüber nachgedacht, sich aber bislang nicht zu einer Entscheidung durchringen können.

Der Mönch berichtete ihnen in den folgenden Tagen noch von vielen Grausamkeiten der Normannen. Mit jedem Beispiel, das er nannte, wuchs das Entsetzen seiner Zuhörer. Bei der Erstürmung der Stadt Nantes, so sagte er, hätten sich die Normannen die Säuglinge der Eroberten gegenseitig auf die Spieße geworfen. Auch sei dort der Bischof am Altar seiner Kathedrale ermordet und der Glockenturm in Brand gesetzt worden. In Tours hätten die Heiden das Kloster des heiligen Martin in Flammen aufgehen lassen und Dutzenden Mönchen die Köpfe abgeschlagen.

Die Franken gaben vor allem ihrem schwachen König die Schuld. Denn Karl war nicht in der Lage, sein von Zwietracht erfülltes Reich vor den Normannen zu schützen. Anstatt die Flüsse zu sperren, hatte er die Gegenden um die Flüsse Seine, Loire oder Garonne den Angreifern preisgegeben. Immer wieder waren die Franken gezwungen, sich von den Eroberern freizukaufen. Ob durch kleinere Beträge wie sechs Pfund Silber für das Kloster Jumièges oder die unvorstellbare Summe von siebentausend Pfund für Paris.

Die von den Nordmännern erpressten Tribute erhielten bald den Beinamen *Danegeld*, das Dänengeld.

Odo war jedoch davon überzeugt, dass die Ursache für die Hilflosigkeit der Christen nicht die Schwäche des Königs war. Es war das Wachsen des teuflischen Einflusses. Mit jedem Tag gewann der Verderber an Macht. Mit jedem Tag, an dem der gefallene Engel nicht vernichtet wurde.

Wenn die Brüder schliefen, holte Odo aus dem Versteck hinter einem losen Wandstein Alexandras Silberkreuz hervor. Dort hatte er das Schmuckstück verbergen müssen, nachdem die Mönche ihm mit Ausschluss gedroht hatten, wenn er seine Faust nicht öffnen würde. Er hatte nachgegeben und seine Faust geöffnet: Sie war leer. Odo hatte niemandem von seiner Reliquie erzählt.

«Mutter», flüsterte er in die Stille. «Mutter – lebst du? Herr, gib mir ein Zeichen!»

Doch wie immer geschah nichts.

2.

Wenige Tage nach der Ankunft des Mönchs aus Noirmoutier bot sich für Odo nach langer Zeit einmal wieder eine Gelegenheit, die Klostermauern zu verlassen. Nach der Laudes, dem Morgenlob, nahm ihn der Prior von Saint Geneviève zur Seite. Er bat ihn, den Bruder zum Hafen von Paris zu begleiten, von wo aus dieser seine Weiterreise antreten wolle. Bei dieser Gelegenheit könne Odo auch gleich einen Sack Salz kaufen, denn der Cellerar, der eigentlich für derartige Besorgungen zuständig war, lag mit einer Fiebererkrankung im Bett.

Odo sagte zu, und sie brachen im Morgengrauen auf.

Am späten Nachmittag erreichten sie die Stadt. Odo führte den Mönch zum Hafen, wo sie sich trennten. Während der Bruder sich nach einer geeigneten Mitreisemöglichkeit umschaute, schlenderte Odo über die Landebrücken. Staunend betrachtete er die Schiffe, die aus aller Welt mit ihren Waren nach Paris gekommen waren. Mannshohe Stoffballen gab es hier sowie Fässer voller Wein und Bier, außerdem Kisten mit Räucherfisch und prallgefüllte Säcke mit Getreide.

Odo erinnerte sich an den Auftrag des Priors. Er ging zu einem Schiff, das unter anderem Salz geladen hatte. Als er nach dem Seemann, der die Mannschaft befehligte, Ausschau hielt, vernahm er plötzlich eine eigenartige Sprache, deren Klang ihm das Blut in den Adern gefrieren ließ.

Es war die Sprache der Normannen, die Odo seit dem Angriff auf Paris nicht mehr gehört hatte. Sofort tauchten die grauenvollen Bilder wieder vor seinem geistigen Auge auf, und für einen winzigen Augenblick glaubte er, Ragnar vor sich zu sehen.

Doch das Bild verblasste, als sich mit einem Mal ein gedrungener, breit grinsender Mann vor ihm aufbaute. Odo wich einen Schritt zurück. Der Mann hob beruhigend beide Hände.

«Ihr braucht keine Angst vor mir zu haben, Bruder», sagte er. «Bitte tut mir einen Gefallen und segnet mein Schiff.»

Odo fing sich wieder. Gerade wollte er erwidern, dass er dazu nicht befugt sei, denn Segnungen waren Priestern vorbehalten. Aber er besann sich eines Besseren, schlug das Kreuz zunächst vor seiner Brust und wiederholte dann die Geste in Richtung des Schiffes.

Der Seemann, der aus Paris stammte, dankte es Odo mit

einer kurzen Verbeugung. «Wenn ich Euch nun meinerseits einen Gefallen tun kann, so sagt es nur», forderte er Odo auf.

Odo verschwendete keinen weiteren Gedanken an das Salz. «Ich habe soeben gehört, wie man sich auf Eurem Schiff in der Sprache der Normannen unterhalten hat. Sind diese Männer Dänen?»

Der Seemann nickte. «Es sind zwar wilde und trinkfreudige Kerle, aber sie sind zäh und ausdauernd.»

Odo gab sich einen Ruck. «Ich bin auf der Suche nach einem Dänen. Sein Name lautet Ragnar Loðbrœk. Vielleicht habt Ihr von ihm gehört?»

Bei der Erwähnung des Namens veränderte sich schlagartig der Gesichtsausdruck des Seemanns. «Natürlich», erwiderte er finster. «Jeder Seefahrer kennt den Namen dieses Piraten.» Er spuckte verächtlich ins Wasser. «Gott sei tausendmal gedankt, dass dieser Mörder endlich tot ist.»

Odo stockte der Atem.

«Es ist schon einige Jahre her», fuhr der Seemann fort, «dass der damals in Northumberland regierende König Ella den verfluchten Dänen in eine Grube voller Giftschlangen hat werfen lassen. Das geschah dem Bastard recht. Allerdings versetzen seither seine Söhne Ivar, Halfdan und Ubbe England und das ganze nördliche Meer in Angst und Schrecken.»

Der Seemann spuckte abermals aus. «Diese Plage …»

Odo unterbrach ihn aufgeregt. «Habt Ihr vielleicht auch etwas von einer Frau gehört, die sich in Ragnars Begleitung befunden haben könnte? Eine schöne Frau, eine Sarazenin, mit langem schwarzem Haar und bronzefarbener Haut?»

«Eine Sarazenin?»

Odo nickte heftig.

Der Seemann steckte Daumen und Zeigefinger seiner Rechten in den Mund und pfiff laut zu seinem Schiff hinüber. Als die Männer aufblickten, winkte er einen von ihnen zu sich. Es war ein grobschlächtiger Kerl mit wildem Bart und blaugeätzten Tätowierungen auf den Oberarmen.

«Das ist Guttorm», sagte der Seemann zu Odo. «Er ist vor vielen Jahren in Ragnars Flotte gefahren.»

«Auch zu der Zeit, als die Normannen Paris angegriffen haben?», wollte Odo wissen.

Der Seemann zuckte mit den Schultern. Er sprach Guttorm auf Dänisch an. Der Däne musterte Odo, dann nickte er.

«Fragt ihn nach der Frau – bitte!», sagte Odo.

Als der Seemann Guttorms Antworten übersetzte, kam es Odo vor, als würde sich unter seinen Füßen die Erde auftun und er in einen Höllenschlund stürzen. Ihm wurde abwechselnd heiß und kalt.

Er erfuhr, dass Ragnar nach dem Angriff auf Paris tatsächlich eine außergewöhnlich schöne, schwarzhaarige Frau, deren Haut recht dunkel gewesen sei, mit ins dänische Reich genommen habe. Nachdem Ragnar dem Dänenkönig Horick dem Älteren einen Teil der Beute und einen Pfosten der Stadt Paris überreicht habe, habe er auch im darauffolgenden Jahr die Frau bei sich gehabt, als der Häuptling seine Schiffe zunächst gegen Dorestad, einen großen friesischen Handelsplatz, geführt habe. Im Spätherbst habe Ragnar die Stadt angegriffen und in Brand gesteckt. Dann sei er weiter gegen England gesegelt, um dort Krieg zu führen.

Odo schlug entsetzt die Hand vor den Mund. «Dann war sie also noch bei ihm, als er hingerichtet wurde?»

Guttorm schüttelte grinsend den Kopf und redete weiter.

Irgendwann unterbrach ihn der Seemann. Er legte die Stirn in Falten. «Das Wort *úhraustr* kenne ich nicht.»

Daraufhin deutete Guttorm mit seiner Hand einen deutlich gewölbten Bauch an.

«Ich glaube, er will sagen, dass die Frau schwanger war», meinte der Seemann.

Odo zitterte am ganzen Leib. «Was … was ist mit ihr geschehen?»

Mit spitzen Lippen verfolgte der Seemann Guttorms weiteren Bericht. Dann übersetzte er, wobei er Odo einen entschuldigenden Blick zuwarf: «Tut mir leid, Bruder Mönch. Aber Ragnar soll die Frau über Bord geworfen haben, als er die Schwangerschaft entdeckt hatte.»

«Bei Gott!», stammelte Odo. «Wo ist das geschehen?»

Als der Seemann dem Dänen diese Frage stellte, verschränkte Guttorm demonstrativ die Arme vor der Brust.

«Er will, dass du ihn für seine weiteren Auskünfte bezahlst», sagte der Seemann.

Odo zögerte keinen Augenblick, alle Münzen hervorzuholen, die ihm der Prior für den Kauf des Salzes gegeben hatte. Die Augen des Dänen leuchteten gierig. Doch bevor er nach dem Geld greifen konnte, nahm der Seemann es Odo aus der Hand.

Zerknirscht fuhr Guttorm fort. Nachdem er geendet hatte, meinte der Seemann: «Er sagt, dass sich die Sache mit der Frau etwa fünfzig Meilen westlich von Dorestad, vor der Küste Flanderns, ereignete, unmittelbar bevor man Kurs auf England nahm.»

Die Gedanken rasten durch Odos Kopf. Er dankte den Männern und eilte zum Kloster zurück. Das Salz hatte er völlig vergessen. Zur Strafe für die angeblich auf dem Weg verlorenen Münzen wurde er für eine Woche vom Essen und den Gebeten ausgeschlossen.

In dieser Nacht fand Odo keinen Schlaf. Wieder und wieder rief er sich die Worte des Dänen ins Gedächtnis zurück. Nach dem Überfall auf Paris habe Ragnar eine Frau ins dänische Reich verschleppt. Eine wunderschöne, schwarzhaarige Frau! War es Alexandra gewesen?

Unruhig drehte er sich in seinem Bett hin und her. Die anderen Brüder schliefen bereits. Allmächtiger, dachte Odo. War *sie* es?

Plötzlich richtete er sich auf. Er würde niemals Ruhe finden können, solange er diese Frage nicht geklärt hätte. Er musste nach Alexandra suchen. Sofort!

Lautlos kleidete er sich an und schlich in die Zelle des Cellerars, wo er aus der Börse des schlafenden Mönchs eine Handvoll Münzen nahm. Er fühlte sich nicht wohl dabei. Aber er glaubte, keine andere Wahl zu haben, und hoffte, Gott würde ihm diese Tat verzeihen. Dann verließ er das Kloster.

So viele Jahre hatte er Gott um ein Zeichen gebeten – und nun hatte er es endlich erhalten.

3.

Zwei Wochen später, im Herbst des Jahres 861, erreichte Odo die Küste des großen Nordmeeres.

Seine Mönchskutte hatte er gegen weltliche Kleidung eingetauscht. Er trug einen schlichten Kapuzenmantel aus Leinen und eine Baumwollhose, als er an einem stürmischen Tag an der Küste Flanderns stand und in die tosende Brandung starrte.

Am Horizont kämpfte ein Schiff gegen Wind und Wellen an.

Hier, überlegte Odo, hätte es stattgefunden haben können. Vielleicht war es ein Tag wie dieser gewesen. Ein stürmischer Tag, an dem die grauen Wolken so tief hingen, dass sie die Oberfläche des Meeres beinahe berührten.

Donnernd rollten die Wellen vor Odos Füßen aus. Feine Wassertropfen wirbelten durch die Luft. Sie benetzten sein Gesicht unter der Kapuze und vermischten sich mit den Tränen, die über seine Wangen liefen.

Úhraustr, hatte der Däne gesagt.

Sie sei schwanger gewesen. Schwanger vom Samen des Teufels.

Plötzlich hörte Odo in seinem Rücken eine helle Stimme. Er drehte sich um. Ein altes Weib, das mit beiden Händen ihr Kopftuch festhielt, rief nach ihm.

«Tu es nicht, Junge», rief die Alte gegen den brausenden Sturm an. «Es ist eine Sünde!»

Odo trat von den Wellen zurück. Seine Hosenbeine waren bis zu den Knien durchnässt.

«So ist es besser», sagte die Alte. «Allein der Herr bestimmt den Zeitpunkt des Todes. Es verstößt gegen göttliches Recht, sich selbst zu richten.»

Odo musterte die Frau. Ihr Körper war gebeugt und ihr Gesicht faltig und voller Warzen. Er hatte nicht erwartet, in dieser wilden Gegend eine Christin anzutreffen. Zumeist beteten die Menschen hier noch ihre alten heidnischen Götzen an, die sie Wotan oder Donar nannten.

«Wohnst du hier?», fragte Odo.

«Schon mein ganzes Leben. Ich kenne jeden Mann, jeden Hund und jeden Baum. Aber dich habe ich hier noch niemals gesehen.»

«Ich komme aus einer großen Stadt. Sie heißt Paris.»

Die Alte schaute ihn an, als höre sie diesen Namen zum ersten Mal.

Odo fragte: «Kannst du mir sagen, Frau, ob in dieser Gegend hin und wieder Menschen an die Küste geschwemmt werden?»

Ihr Gesicht verhärtete sich. Ein misstrauischer Blick traf Odo.

«Ich meine Menschen, die ohne Absicht über Bord gehen», sagte Odo schnell. «Fischer, oder vielleicht Seeleute. Keine Selbstmörder.»

«Das kommt vor», sagte die Alte.

«Auch Frauen?»

«Nein. Nur Selbstmörderinnen.» Das letzte Wort spie sie mit großer Verachtung aus.

Odo wandte sich wieder dem Meer zu. Da riss ihm eine Böe die Kapuze vom Kopf. Die Alte stieß einen spitzen Schrei aus, als ihr Blick auf Odos noch nicht nachgewachsene Tonsur fiel.

«Ihr seid ein Mönch! Gelobt sei der Herr.» Ihre Stimme klang nun sehr viel freundlicher. «Kommt mit in mein Dorf. Wir sind zwar arm, aber einem Diener Gottes geben wir mit vollen Händen.»

Odo winkte ab. «Ich will nur wissen, ob vor etwa fünfzehn Jahren irgendwo in dieser Gegend eine Frau angespült worden ist.»

«Nein. Davon hätte ich erfahren. Wen sucht Ihr denn?»

«Meine Mutter.»

«Das tut mir leid.»

«Lass mich nun bitte wieder allein, Frau.» Odo kehrte der Alten den Rücken zu.

Doch sie blieb an seiner Seite. «Darf ich Euch noch einmal anschauen?», fragte sie nach einer Weile vorsichtig.

Odo drehte ihr sein Gesicht zu.

«Eure Haut ist dunkler als die der meisten Menschen hier.»

«Hm.»

«Vor fünfzehn Jahren, sagtet Ihr?»

Odo schaute sie fragend an.

Die Alte schien nachzudenken. «Es war ein harter Winter, in jenem Heilagmanoth im Jahr des Herrn 846. Männer aus einem Nachbardorf haben damals eine unbekannte Frau entdeckt. Aber nicht im Wasser, sondern im Wald.» Sie wies in westliche Richtung. «Nicht weit entfernt von hier, sieben oder acht Meilen.»

«Wie sah sie aus?», fragte Odo.

«Es hieß, sie habe dunklere Haut gehabt als die Menschen von hier.»

«Und ihre Haare? Waren sie lang und schwarz?»

Die Alte zuckte mit den Schultern.

«Hat … hat sie noch gelebt?»

«Nein. Der Winter, versteht Ihr. Sie war ganz steif gefroren.» Die Alte wies abermals nach Westen. «Es wird das Beste sein, Ihr sucht jene Menschen auf, die die Frau damals gefunden haben.»

Sie erklärte Odo den Weg zu dem Dorf, einer Ansammlung von einem halben Dutzend Holzhütten. Die Menschen dort seien sehr misstrauisch, besonders Fremden gegenüber. Wenn er sich aber auf sie berufe, werde man ihm weiterhelfen.

Sie nannte Odo ihren Namen, und er dankte ihr.

Der älteste Bewohner des Dorfes, ein wortkarger, hagerer Mann, führte ihn zu der Stelle, an der man damals die Leiche entdeckt hatte. Es war zwar erst Nachmittag, doch unter dem dichten Blätterdach hatte sich bereits die Walddunkelheit ausgebreitet. Die Luft duftete nach Moos und feuchtem Laub. Durch die Äste der Buchen und Birken heulte der Wind.

Der Alte bewegte sich geschickt durch das Unterholz. Odo hatte Mühe, ihm zu folgen. Schließlich blieb der Mann stehen. Er deutete auf eine kleine Lichtung, die mit Farnkraut bewachsen war. Umgekippte Bäume lagen kreuz und quer auf dem Erdboden.

«Da vorne hat sie gelegen», murmelte der Mann, während er Odo am Ärmel hinter sich herzog.

Odo beugte sich über einen alten Baumstamm. Dahinter befand sich eine kleine Erdmulde, die mit Laub und trockenen Zweigen gefüllt war. Nichts deutete nach all den Jahren darauf hin, dass hier ein Mensch gelegen haben könnte.

Er versuchte sich vorzustellen, wie jemand an diesem Ort seine letzten Tage verbracht hatte. Allein. Hungernd, frierend. Aber war es wirklich seine Mutter gewesen?

Die Beschreibung des alten Mannes passte durchaus auf sie. Für eine Frau sei sie recht groß gewesen, ihre Haut und ihr Haar eher dunkel, soweit das noch zu erkennen gewesen sei. Dass sie schön gewesen war, hatte der Alte nicht bestätigen können. Tiere hätten den teilweise verwesten Leichnam ausgegraben und das gefrorene Fleisch von den Knochen genagt. «Ausgegraben?», fragte Odo überrascht.

Der Alte erzählte ihm, dass jemand Erde über den Körper geworfen hatte. Die Frau war demnach nicht allein gewesen.

Nach einem Moment der stillen Andacht drehte sich Odo zu dem alten Mann um. «Was ist mit der Leiche geschehen?»

«Wir haben sie verbrannt und ihre Asche ins Meer gestreut.»

«Ihr Bauch ...», meinte Odo. «Ist euch an dem Bauch etwas aufgefallen?»

Der Alte verstand nicht.

«War die Frau schwanger?», fragte Odo.

Der Alte schüttelte den Kopf.

«Hatte sie irgendwelche Schmuckstücke bei sich? Einen Ring oder Armreif?»

Der Alte wiegte den Kopf hin und her, als wäge er seine Antwort genau ab. War es eine Sünde, den Schmuck einer unbekannten Toten aufzubewahren?

Dann sagte er schließlich: «An einem Finger der linken Hand steckte ein Ring.»

Odo hob die Augenbrauen. «Würdest du mir diesen Ring zeigen?»

Als er seine Mutter das letzte Mal gesehen hatte, hatte sie zwei Ringe getragen, einen an der linken und einen an der rechten Hand. Odo verspürte plötzlich große Angst davor, mit dem Ring dieser Leiche konfrontiert zu werden – und damit womöglich mit der schrecklichen Wahrheit. Noch immer glomm ein Funken Hoffnung in ihm, dass seine Mutter nicht die tote Frau gewesen war. Vielleicht – ja, bei Gott, vielleicht! – hatte Ragnar sie ja doch mit nach England genommen, wo sie noch immer lebte.

Der alte Mann führte Odo zurück ins Dorf und bat ihn in eine Hütte. Es war ein in den lehmigen Boden gesetztes Grubenhaus. Odo musste beim Abstieg den Oberkörper beugen und den Kopf tief einziehen, um nicht gegen die Decke zu stoßen. An einem wärmenden Feuer in der Mitte des einzigen Raumes hockten ein Mann, eine Frau und sechs Kinder unterschiedlichen Alters dicht beieinander und starrten den jungen Mönch mit großen Augen an. Es stank fürchterlich nach Rauch. Niemand sprach ein Wort.

Der Alte beugte sich zu dem Hausherrn hinunter und sprach mit gedämpfter Stimme auf ihn ein. Schließlich erhob sich der Angesprochene widerwillig. Er schlurfte zu einer Kiste, aus der er einen kleinen, glänzenden Gegenstand nahm und dem Alten reichte. Odo schluckte. Im Hintergrund hustete eines der Kinder.

«Hier», sagte der Alte und hielt Odo auf seiner geöffneten Handfläche den Ring entgegen. «Aber er will ihn unbedingt zurückhaben. Er glaubt, das Schmuckstück sei sehr wertvoll.»

Zitternd griff Odo nach dem Ring. Das Licht in dem Grubenhaus war zwar schlecht, aber es reichte aus, um Odo Gewissheit zu verschaffen. Die Erkenntnis bohrte sich wie eine glühende Lanzenspitze in sein Herz.

Es gab keinen Zweifel mehr: Es war einer ihrer Ringe – und seine Mutter war die tote Frau in dem Wald gewesen.

Als sich Odos Faust um das Schmuckstück schloss, starrte ihn der Hausherr grimmig an. Odo fischte aus seinem Beutel einige der Silbermünzen, die er dem Cellerar entwendet hatte. Die Miene des Mannes hellte sich auf, und er verkaufte dem Mönch den Ring.

Als er das Dorf verließ, war die Dämmerung hereingebrochen. Der alte Mann hatte ihm angeboten, die Nacht in der Hütte zu verbringen, bei der Familie seines Sohnes. Aber Odo hatte abgelehnt. Er wollte allein sein mit seinen Gedanken.

Er folgte dem Pfad, bis er wieder an die Küste kam. Dort lehnte er sich mit dem Rücken gegen eine windschiefe Birke und lauschte den Geräuschen der nachtschwarzen Brandung, fröstelnd vor Kälte und Angst. Die Wellenschläge hallten wie Schreie in seinen Ohren wider.

Der Verderber lacht über mich, dachte er und erschauerte.

Doch je länger er den Stimmen der Nacht lauschte, desto mehr wandelte sich das Entsetzen über die bittere Gewissheit, dass seine Mutter tot war, in Wut, ja, in blanken Hass. Dieses Gefühl verdrängte die eisige Kälte aus seinem Bewusstsein, und in seinem Inneren begann ein Feuer zu brennen. Das Feuer der Rache.

Ich bin Gottes Knecht – und Gottes Schwert, dachte er und bekreuzigte sich. Ragnar Loðbrœk war zwar tot, aber das galt nicht für den Verderber. Odo war überzeugt, dass der Normannenhäuptling dem Teufel nur als menschliche Hülle gedient hatte und dass er sich längst anderer Körper bemächtigt hatte, um das Böse immer tiefer in der Welt zu verankern.

Ich werde den Verderber suchen und finden.

Und vernichten.

4.

Er floh vor den Geräuschen des Meeres, dem grollenden Wellenlachen der Dämonen.

Doch die Schatten des Verderbers verfolgten ihn. Regen

prasselte auf ihn nieder. Der Herbstwind fegte in Böen über das Land, riss das letzte Laub von den Bäumen, knickte ihre Äste und heulte sein dämonisches Lachen.

Neun Tage lief Odo nun schon durch das Land, über befestigte Straßen, verschlungene Wege und Knüppelpfade, die ihn nach Süden führten. Er aß nichts, trank nur manchmal etwas Regenwasser. Hin und wieder musste er kurze Pausen einlegen. Wenn die Erschöpfung ihn übermannte, schlug er sich ins Unterholz. Er rollte sich in seine klamme Decke und schlief flach und unruhig, von Albträumen geplagt, für wenige Stunden.

Sobald er erwachte, vor Kälte bebend, setzte er seinen Marsch fort. Aber es war nicht Odos Bewusstsein, das ihm die Richtung wies. Es waren seine Füße, die ihn vorwärtstrugen. Sie hatten die Führung übernommen und brachten ihn einem Ziel näher, von dem er nicht hätte sagen können, wo es lag oder was es war.

Nur von einem war er fest überzeugt: Gott hatte ihn zu der Stelle geführt, an der seine Mutter gestorben war, an der sie erfroren und ihre Knochen anschließend von Tieren blank genagt worden waren. Gott wusste alles, Gott war alles. Daher würde der Allmächtige auch Odos weiteres Schicksal in die Hand nehmen – und seinen Knecht dorthin geleiten, wo er sein sollte, und wenn er bis an die Küsten des Mittelländischen Meeres würde laufen müssen.

So weit kam er nicht. Am Nachmittag des neunten Tages brach er zusammen. Seine Füße trugen ihn einfach nicht mehr weiter, keine zweihundert Schritt von einer kleinen Wegkreuzung entfernt, irgendwo im Niemandsland zwischen der Küste des Nordmeeres und Paris.

Seine Knie knickten ein, seine Beine sackten weg. Er

stürzte mit dem Gesicht voran auf den aufgeweichten Boden und schmeckte Erde auf der Zunge, dann verlor er das Bewusstsein.

5.

Der siebenjährige Hatho und seine jüngere Schwester blieben wie angewurzelt stehen, als sie am frühen Abend auf den leblosen Körper stießen, der mitten auf dem Pfad ihren Weg blockierte.

Nach einer Weile wagte sich der Junge vor und stupste mit der Fußspitze gegen die Schulter des Mannes, dessen Gesicht schlammverschmiert war. Das Haar trug er auf dem Haupt kurzgeschoren, wie die Mönche, die bisweilen in dem Heimatdorf der Kinder vorbeischauten.

«Ist er tot?», fragte seine Schwester ängstlich hinter seinem Rücken.

Hatho nickte und bückte sich, um in den Taschen des Mannes nach brauchbaren Gegenständen zu suchen, die dieser sowieso nicht mehr benötigen würde. Doch kaum hatte er dessen Mantel berührt, als plötzlich ein Stöhnen aus der Kehle des Mannes drang.

Schreiend rannten die Kinder ins Dorf, das sich, versteckt im Wald, in der Nähe der Wegkreuzung befand. Nachdem Hatho von dem Mönch berichtet hatte, eilten sein Vater und drei weitere Männer zu der Stelle. Sie legten den Bewusstlosen auf einen Handwagen und karrten ihn zur Hütte des Dorfältesten, wo er fürs Erste unterkommen sollte.

Noch am gleichen Abend hielten die Dorfbewohner eine Versammlung ab. Sie berieten, ob man den Mann in das drei Tagesmärsche entfernte Kloster Corbie bringen sollte. Angesichts des Dauerregens und des sicherlich bald einsetzenden Schneefalls verwarf man diesen Plan jedoch. Stattdessen erklärten sich der Dorfälteste und seine Frau bereit, den Mann zu pflegen, so gut es eben gehen würde.

Die Frau bereitete noch in der Nacht einen Trank aus Heilkräutern, den sie dem Unbekannten einflößte. Tag und Nacht wachte jemand an seinem Lager. Auch Hatho und seine Schwester ließen es sich nicht nehmen, bei der Versorgung des abgemagerten Mönchs zu helfen. Dann endlich, nach drei Tagen, schlug der Mönch die Augen auf.

Wenige Tage vor dem Geburtstagsfest des heiligen Jesus bat ein reisender Priester um Obdach in dem zugeschneiten Ort. Odo hatte inzwischen wieder so viel Kraft geschöpft, dass er sich vom Krankenlager erheben konnte, um zusammen mit den anderen in einer der größeren Hütten die Predigt des Priesters zu hören.

Der Mann, der sich Aaron nannte, erzählte von der Geburt des Heilands und segnete die Dorfbewohner, die ihn so gütig aufgenommen hatten. Es stellte sich bald heraus, dass er ein ebenso guter Trinker wie Geschichtenerzähler war. Gebannt hingen die Menschen an seinen Lippen. Der Abend schritt voran, und in dem Maße, in dem sich das Bierfass leerte, wurde die Stimme des Priesters lauter und seine Worte mahnender und eindringlicher.

Mit donnernder Stimme und Bierschaum im Bart berichtete Aaron vom heiligen Antonius, der einst in der Nitrischen Wüste, jenseits des Mittelländischen Meeres, das Leben eines Eremiten geführt und sich in einer einsamen Höhle den Versuchungen der menschlichen Laster erwehrt habe. Die Spannkraft von Antonius' Seele sei in dem Maße gewachsen, in dem die Begierden seines Körpers ohnmächtiger wurden. In der Nähe zu Gott habe der Heilige gelernt, den Dämonen der Sünde zu widerstehen. Er habe in ihnen den Teufel erkannt, in seinem ganzen verheerenden Ausmaß.

«Denn der Teufel ist der Vater aller Sünden!», wetterte Aaron.

Der Teufel ist der Vater aller Sünden!, wiederholte Odo in Gedanken. Gierig saugte er jedes Wort auf, das aus Aarons Munde kam.

Wer die Sünden vernichtet, der überwindet den Teufel, dachte Odo.

Dann dämpfte Aaron plötzlich seine Stimme, als habe er Angst, jemand könne von draußen lauschen. Odo und die Dorfbewohner rückten näher heran. «Es existiert eine heilige Schrift», sagte der Priester in verschwörerischem Ton. «In dieser Schrift wird die Vernichtung all jener Dämonen beschrieben, die den heiligen Antonius bedrängten und die die Geißel der Menschheit bedeuten. Es sind die …» Nach einem großen Schluck Bier fuhr er flüsternd fort: «Es sind die sieben Kapitallaster – die auch die sieben Todsünden genannt werden. Doch nur ganz wenige Menschen wissen von der Existenz dieses Buches, das an einem geheimen Ort versteckt gehalten wird. Es soll sich in einer Bibliothek befinden. Habe ich gehört.»

Aaron hielt den leeren Becher in die Höhe, und sofort wurde ihm nachgeschenkt. Doch zu Odos Enttäuschung ging der Priester nicht weiter auf dieses geheimnisvolle Buch ein, sondern sprang plötzlich schwankend auf und setzte, beide Fäuste fest auf die Tischplatte gestützt, zum Höhepunkt seiner Predigt an: «Gott wird sich erheben. Seine Feinde werden sich zerstreuen, und die, die ihn hassen, werden vor ihm fliehen! Wie Rauch verschwindet, so sollen sie verschwinden. Wie das Wachs schmilzt vor dem Feuer, so werden die Sünder vergehen vor dem Angesicht Gottes …»

Atemlose Stille breitete sich in der Hütte aus. Alle Anwesenden starrten den Priester an, dessen Augen sich mit einem Mal in den Höhlen zu drehen begannen. Dann war von den Augäpfeln nur noch das Weiße zu erkennen, und er kippte hintenüber, prallte mit einem dumpfen Geräusch auf dem Boden auf und blieb regungslos liegen.

Aber seine Worte hallten in Odos Ohren nach.

Der Teufel, die Sünden, die Dämonen …

Das geheime Buch!

6.

Der Winter ging vorüber. Mit den ersten wärmenden Sonnenstrahlen kündigte sich der Frühling des Jahres 862 an. Als der letzte Schnee getaut war und die Waldwege wieder passierbar waren, zog der Priester weiter. Auch Odo fragte sich, wohin er nun gehen sollte.

Die Antwort traf kurz darauf in Form einer Gruppe von Mönchen im Dorf ein. Es waren fünf Diener Gottes, die zu Fuß das Kloster Corbie verlassen hatten. Auf dem Rücken eines Esels führten sie eine Holzkiste mit sich.

Als Odo von der Ankunft der Mönche erfuhr, ging er zu der Hütte, in der sie Unterschlupf für die Nacht gefunden hatten. Er stellte sich als ein Bruder aus dem Kloster Saint Geneviève vor und fragte sie nach dem Ziel ihrer Reise.

«Wir sind auf dem Weg zu der alten Römerstadt Colonia, um diese Kiste römischen Legaten zu übergeben, die damit ins Kloster Sankt Gallen weiterreisen werden», antwortete einer der Mönche. Es war ein ergrauter Dekan mit irischen Wurzeln, der auf den Namen Murcherat hörte.

Ein Blitz durchzuckte Odo. Sofort erinnerte er sich an Aarons Worte über das Buch, in dem die Vernichtung der Sünden beschrieben wurde. Und dann dachte er an die sagenumwobene Bibliothek Sankt Gallens. Wo, wenn nicht dort, würde er die geheime Schrift finden?

Das war das Zeichen! Gott hatte ihm diese Brüder geschickt, damit sie ihn in das Kloster führten – und somit zu dem Buch!

Als er die Mönche bat, sie begleiten zu dürfen, legte sich ein Schatten über Murcherats Gesicht. Er schien es bitter zu bereuen, Odo das Reiseziel verraten zu haben. Auch die anderen Mönche verzogen die Mienen.

«Das geht nicht», widersprach Murcherat.

Odo schaute ihn verdutzt an. «Aber ihr seid doch Mönche, vom Orden des heiligen Benedikt – so wie ich. Wir sind Brüder im Glauben, warum …»

Murcherat brachte ihn mit einer energischen Handbewegung zum Schweigen. «Also gut», knurrte er. «Aber halte dich von der Kiste fern.»

Odo schaute den Alten fragend an.

«Das geht dich nichts an!», zischte der Dekan. Damit war das Gespräch beendet.

Die Mönche brachen im Morgengrauen auf.

Weil Odo befürchtet hatte, sie könnten doch ohne ihn weiterziehen, hatte er die ganze Nacht kein Auge zugetan. Bereits am Vorabend hatte er sich im Dorf bei seinen Lebensrettern für alles bedankt, was sie für ihn getan hatten.

Dann hatte er sich vor dem schmalen Fenster in der Hütte des Dorfältesten auf die Lauer gelegt, um den Aufbruch der Mönche nicht zu verpassen.

Missmutig empfing ein verschlafener Murcherat den Bruder aus Saint Geneviève. «Bleib vom Esel und der Kiste weg», befahl er erneut in scharfem Ton.

Odo nickte, und während des gesamten Marschs hielt er gehorsam einen Abstand von mindestens zwanzig Schritt zu dem Tier. Er fragte sich, was es mit dieser geheimnisvollen Lieferung auf sich hatte. Aber viel mehr freute er sich über die Gelegenheit, in Gesellschaft reisen zu können – und zwar nach Sankt Gallen!

Sie zogen ostwärts durch das Frankenreich, durchquerten Lotharingen und erreichten am Ende des Monats *aprilis* die alte, von den Römern erbaute Steinstadt Colonia. Ohne Umschweife führte Murcherat die Gruppe zum Rheinhafen hinunter.

Nach einer Weile kehrte er in Begleitung zweier prächtig gekleideter, älterer Männer zurück. Der eine, Gunther, war kleinwüchsig und aufgedunsen, der andere, Radoald, von längerer, hagerer Statur. Sie stellten sich als Legaten, als Gesandte des römischen Papstes Nikolaus, vor und erkundigten sich sofort nach der Kiste aus Corbie.

Odo war beeindruckt. Der Inhalt erschien ihm immer geheimnisvoller, wenn sogar der Papst seine Männer danach ausschickte. Und die Gesandten waren nicht allein in den Norden gekommen, sondern reisten in Begleitung von einem Dutzend schwerbewaffneter römischer Soldaten.

Zwei dieser Soldaten trugen die Kiste auf das Schiff, das an einer der Landebrücken festgemacht hatte. Doch einer der Männer stolperte, und der Holzkasten rutschte ihm aus der Hand, knallte auf die Brücke, und der Deckel sprang auf. Die Legaten und die Mönche, allen voran Murcherat, stießen entsetzte Schreie aus, als sich der Inhalt über die Bohlen verteilte.

Odo riss die Augen auf. In der Kiste befanden sich Bücher und Urkunden. Bevor er jedoch nach einem der Bücher greifen konnte, zogen die Soldaten ihre Schwerter und riegelten die Landebrücke ab. Hastig verstauten die Mönche die Schriften wieder in der Kiste und verschlossen sie.

Während die Schiffsmannschaft kurz darauf alles für die Abreise vorbereitete, verabschiedeten sich Murcherat und die anderen Mönche von den Legaten, um die Heimreise nach Corbie anzutreten. Es war offensichtlich, dass sie froh darüber waren, die Last dieser Lieferung los zu sein.

Odo hingegen hatte die Neugier gepackt. Welche Geheimnisse bargen die Bücher, wenn sie unter einen solchen Schutz gestellt werden mussten? Und wie viele geheimnisvolle Schriften würde es noch in der großen Bibliothek von Sankt Gallen geben?

Odo war überzeugt, dass er in Sankt Gallen Antworten finden würde auf seine Fragen – und nur dort!

Er bot sich dem Schiffsführer als Rudermann an, und da noch eine tüchtige Hand an Bord fehlte, erhielt er den Zuschlag für die Mitfahrt, stromaufwärts, nach Süden, dem Kloster Sankt Gallen entgegen.

7.

Sankt Gallen.

Odo hielt andächtig inne, als er die beiden Türme der Kathedrale erblickte. Sie erhoben sich weithin sichtbar am Ende eines staubigen Pilgerweges über die von Eichenwäldern umgebene Klosteranlage. Eine eigentümliche Stille lag über diesem Ort, als ginge von dem Kloster eine Kraft aus, die selbst den Wind verstummen ließ.

Sie sind hier, dachte Odo. Die Worte, die Gott mir eingeben will – sie sind hier!

Neben dem Pfad, der zum Kloster führte, plätscherte ein Flüsschen dahin. Odo schöpfte eine Handvoll Wasser in sein vom Laufen erhitztes Gesicht. Nachdem er mit den Legaten an Land gegangen war, hatten sie sich Pferde besorgt und waren mit den Soldaten und der Kiste vorausgeritten. Odo war den abweisenden Männern, die niemanden in ihre Nähe ließen, zu Fuß gefolgt, da er sich kein Pferd leisten konnte. Drei Tage war er marschiert und hoffte inständig, dass die Legaten noch nicht nach Rom weitergezogen waren.

Der Weg führte Odo geradewegs zum Portal der großen Kirche, einer dreischiffigen Basilika mit den beiden freitragenden Türmen, die das Zentrum der Anlage bildete. Odo stellte fest, dass es keine Pforte gab, die den Besuchern den Zutritt zur Kirche hätte verwehren können. Er kam an Stallungen vorbei, in denen die Mönche Schafe, Ziegen, Schweine und Rinder hielten. Unterhalb der Kirche, in südlicher Richtung, befanden sich weitere Versorgungsgebäude wie Getreidespeicher, Werkstätten, Bäckerei und die klostereigene Brauerei.

Odo trat vor den Eingang der Kirche.

Als er ein Geräusch hörte, drehte er sich um. Er bemerkte einen jungen Mönch, der mit einem Bündel Schafwolle beladen aus einem der Ställe kam. Sein Haarkranz war blond, der Blick klar und offen.

Odo trat zu ihm und sprach ihn an: «Gott zum Gruß, Bruder. Ich bin fremd. Bitte nehmt mich auf.»

Der Mönch legte die Wolle auf dem Boden neben dem Stall ab. «Wie lautet Euer Name, F-f-fremder?»

«Odo von Lutetia. Ich bin ein Bruder aus dem Kloster Saint Geneviève. Es liegt im Westen, bei der Stadt Paris.»

Der Mönch nickte. «Ich heiße N-n-notkar. Notkar Balbulus, auch genannt der St-st-stammler. Ihr seht aus, als könntet Ihr ein Bad und eine Rasur vert-t-tragen.»

Odo strich sich über den struppigen Bart.

Notkar geleitete ihn zum Pförtner, dessen Wohnung sich an der Nordseite der Kirche befand. Nachdem Notkar mehrfach laut gegen die Tür geklopft hatte, wurde sie von einem älteren Bruder geöffnet, dessen verquollene Augen verrieten, dass er gerade geschlafen hatte. Notkar stellte Odo als Ordensbruder vor, doch der Pförtner schüttelte mürrisch den Kopf.

«Die für reisende Ordensbrüder vorgesehene Wohnung ist belegt», sagte er. «Er soll ins Pilgerhaus gehen.»

Bevor er die Tür wieder schloss, konnte Odo sehen, dass der Schlüssel für die Pforte neben der Tür an einem Wandhaken hing.

«Tut mir l-l-leid», meinte Notkar, als sie wieder allein waren. «Gestern erreichte uns eine Gesandtschaft des P-p-papstes!»

Notkar deutete zu einem Gebäude hinüber, das sich

gegenüber der Pförtnerwohnung befand. Er dämpfte die Stimme: «Die L-l-legaten wohnen in diesem Haus. Ihre Soldaten haben nebenan die Sch-schule belegt sowie die Wohnung des Lehrers und die für die reisenden B-b-brüder.»

Er machte mit ausgebreiteten Armen eine entschuldigende Geste. «Ich bringe Euch zum Pilgerhaus. Es befindet sich auf der anderen Seite der K-k-kirche.»

Aber Odo rührte sich nicht. «Erlaubt mir eine Frage, Bruder Notkar.»

«Hm?»

«Ich habe Geschichten gehört über Euer wundervolles Skriptorium und Eure Bibliothek. Ihr müsst wissen, Bruder, dass diese Bibliothek der Grund ist, warum ich nach Sankt Gallen gereist bin.»

Stolz spiegelte sich auf Notkars Gesicht. «So, so, G-g-geschichten erzählt man sich über uns.»

Odo nickte. «Wäre es wohl möglich, die Bücher Eurer Bibliothek zu studieren?»

«Nun, darüber müssen die Kl-kl-klosteroberen entscheiden. Ich werde sie befragen.»

«Wann?»

Notkar hob die Augenbrauen. «Warum habt Ihr es damit so ei-ei-eilig?»

«Weil … weil ich so neugierig bin. Man hat mir wahre Wunderdinge von den Schätzen hier erzählt.» Etwas Besseres war Odo auf die Schnelle nicht eingefallen. Schließlich konnte er nicht den wahren Grund seines Besuchs verraten.

Notkar grinste. Er warf einen Blick auf die Wohnung des Pförtners, doch der hatte sich vermutlich wieder hingelegt, anstatt die Pforte zu bewachen.

Daher gab Notkar Odo einen Wink und drückte die Pforte auf. «Sie ist nur bei Nacht v-v-verschlossen», flüsterte er verschwörerisch.

«Viel Hoffnung mache ich Euch aber n-n-nicht», meinte er, während sie an der Kirche entlanggingen. «Es ist bald Zeit für die Komplet, und nach dem Tagesabschluss darf niemand mehr die B-b-bibliothek betreten.»

Als sie an der Schule vorbeikamen, hörte Odo laute Stimmen und Gelächter. Ungewöhnliche Geräusche in einem Kloster, das ein Ort der Stille und Andacht sein sollte, dachte Odo.

Notkar zog ein säuerliches Gesicht. «Das sind die Soldaten. Bestimmt sind sie b-b-betrunken.»

Sie hatten nun die rückwärtige Seite der Kathedrale erreicht. In einem steinernen Anbau zwischen dem Ostchor und dem Querschiff der Basilika waren das Skriptorium und darüber die Bibliothek untergebracht. Dem Anbau gegenüber befand sich das Haus mit den Wohnungen der Klosteroberen: Dort wohnten der Abt, der Prior sowie der Subprior.

Notkar bat Odo zu warten und verschwand im Abthaus.

Odo schaute sich um. Die Tür zum Skriptorium stand einen Spalt weit offen. Schnell riskierte er einen Blick in die Schreibstube, die alles bot, was die Mönche zum Fertigen ihrer kunstvollen Schriften und Zeichnungen benötigten. Es gab große Fenster und ein gutes Dutzend schräge Schreibpulte, die Arbeitsplätze der Skribenten. An der gegenüberliegenden Wand standen Tische für die Vorbereitung der Pergamente. Hier wurden die Tierhäute nachgeschliffen, kalziniert, zugeschnitten und schließlich liniert. Es gab mehrere Regale, in denen sich Pergamentrollen und Lagenpakete stapelten und wo Werkzeuge, Schreibgeräte, Tinten und Farben aufbewahrt wurden.

Auf der anderen Seite der Schreibstube entdeckte Odo eine Holztreppe, die in einen darüberliegenden Raum führte – in die Bibliothek.

In dem Moment hörte er hinter sich eine Tür zuschlagen und zog sich schnell vom Skriptorium zurück.

In Notkars Begleitung war ein dunkelhaariger Mönch von großer, hagerer Statur, dessen schwarze Kutte darauf schließen ließ, dass es sich um einen der Oberen handelte. Der Mann hatte eine vorspringende, hakenförmige Nase und dunkle stechende Augen. Seine schmalen Lippen waren fest zusammengepresst. Er verzog keine Miene, während er Odo eingehend musterte. Das Äußere des Mannes erinnerte Odo an einen Habicht. Odo verbeugte sich, küsste den Ring des Mönchs und trat wieder einen Schritt zurück.

Die Lippen des Mannes bewegten sich steif. «Mein Name lautet Raban Bibliothekarius. Ich bekleide das Amt des Subpriors von Sankt Gallen. Und wie heißt der Peregrinus?»

Odo stellte sich vor. Im Stillen ärgerte er sich darüber, dass er sich vor dem Betreten des Klosters nicht ordentlich zurechtgemacht hatte. So heruntergekommen, wie er aussah, musste er als *peregrinus,* als Fremder, unweigerlich Argwohn wecken.

«Bruder Notkar meint, du möchtest die Bücher unserer Bibliothek studieren», sagte Raban. Seine Stimme war kalt wie ein Wintermorgen.

«In Saint Geneviève, woher ich stamme, besitzen wir nur eine kleine Bibliothek», antwortete Odo. «Ich habe alle diese Bücher gelesen. Mein Geist dürstet nach mehr Wissen.»

«Wissen, hm?» Raban machte keinen überzeugten Eindruck. «Ich allein besitze die Oberaufsicht über die Bibliothek. In drei Tagen soll der Peregrinus mich erneut aufsuchen. Dann werde ich über sein Ersuchen entscheiden. Bis dahin soll der Gast im Pilgerhaus verweilen.»

Im Weggehen sagte Raban zu Notkar: «Sorge dafür, dass man ihm den Bart abnimmt. Er sieht aus wie ein Strauchdieb.»

Odo badete vor dem Pilgerhaus in einem Zuber mit kaltem, dreckigem Wasser, in dem sich zuvor Dutzende Pilger gewaschen hatten. Anschließend nahm er seinen Bart im Schein einer Tranlampe ab. Dafür benutzte er ein scharfes Rasiermesser, das Notkar ihm geliehen hatte.

Büschelweise rieselte schwarzes Haar auf Odos Füße. Seit er vor fast einem Jahr das Kloster Saint Geneviève verlassen hatte, hatte er sich den Bart wachsen lassen. Nach der Rasur ließ er Notkars Messer in die Tasche gleiten und betastete Kinn und Wangen. Unter seinen Fingern spürte er an einigen Stellen noch spitze Stoppeln.

Die Sonne war bereits untergegangen, und die Mönche sangen im Kloster die Komplet. Die Pilger schliefen längst. Sie hatten am Tage die Reliquien des heiligen Gallus angebetet und würden morgen früh weiterpilgern.

Doch Odo wusste, dass er keine Ruhe finden würde. Er *musste* einen Blick auf die Bücher werfen, da er befürchtete, die Legaten könnten nach ihrem Aufenthalt in Sankt Gallen mit den Schriften nach Rom weiterziehen. Auch wenn ihm bei dieser Sache nicht wohl war. Es war unrecht, ohne Erlaubnis in die Bibliothek einzudringen. Aber er hatte keine andere Wahl. Was wäre, wenn sich das Buch, das er suchte, ausgerechnet in der Kiste befand? Notkar hatte ihm erzählt, dass die Legaten sie in die Bibliothek gebracht hatten. Er durfte diese Gelegenheit nicht ungenutzt verstreichen lassen!

Odo seufzte. Er war überzeugt, dass Gott ihm sein Eindringen verzeihen würde. Der Herrgott selbst war es doch gewesen, der seinem Knecht den Weg nach Sankt Gallen gewiesen hatte.

Das Schnarchen des Pförtners drang durch die geschlossene Tür. Odo öffnete sie vorsichtig und tastete nach dem Schlüssel neben der Tür.

Der Nachtwind strich sanft über sein Gesicht, während er an der Schule vorbeischlich. Nirgendwo waren Stimmen zu hören. Im Eichenwald jenseits der Klostermauern krächzte ein Rabe. Der Mond leuchtete fahl am klaren Nachthimmel.

Der Allmächtige weist mir den Weg, dachte Odo.

Er legte seine Hand an die Tür des Skriptoriums. Sie war unverschlossen. Odo atmete auf. Schemenhaft erkannte er die Schreibpulte der Skribenten, die Tische und Regale. Er erreichte die Treppe, deren Stufen beim Hinaufgehen unter seinen Füßen knarrten. Als sich vor ihm die Bibliothek öffnete, erstarrte er vor Ehrfurcht. Mondlicht, das durch die Fenster drang, schien auf die raumhohen Regale. Niemals zuvor hatte er so viele Schriften gesehen; es mussten Hunderte sein.

Doch wo befand sich die Bücherkiste aus Corbie?

Er hatte nicht viel Zeit, danach zu suchen, vielleicht nur diese eine Nacht. Langsam schlich er an den Regalen entlang, als er plötzlich von unten aus dem Skriptorium Geräusche vernahm.

Schritte und Stimmen näherten sich. Es waren mindestens zwei, vielleicht auch drei Männer. Odo schaute sich panisch um. Wo sollte er hin?

Auf der anderen Seite des Raums entdeckte er eine dunkle Ecke und hastete hinüber. Zwischen der rückwärtigen Wand und dem letzten Regal befand sich eine schmale Nische. Er schlüpfte gerade noch rechtzeitig hinein. Schon zeichneten sich auf den Wänden die flackernden Schatten mehrerer Gestalten ab, die mit Tranlampen in den Händen eintraten. Die Stimmen waren jetzt deutlich zu vernehmen.

«Her mit den Sachen», sagte einer der Männer im Befehlston.

Odo glaubte, die Stimme des Legaten Radoald zu erkennen.

«Zwei Tage hältst du uns nun schon hin», murrte er. «Wir verlieren Zeit. Hast du mich verstanden, Mönch?»

Etwas schabte über die Holzdielen. Odo schob sein Gesicht dicht an den Rand des Regals. Sein Herz trommelte. In der Mitte der Bibliothek beugten sich die beiden Legaten sowie der Subprior Raban über die geheimnisvolle Kiste.

«Nennt mich nicht Mönch», erwiderte Raban. «Ich bin Prior.»

«Prior?» Radoald blickte gereizt auf. «Subprior, soviel ich weiß – Raban Bibliothekarius.»

Dann wandte er sich wieder den Schriften zu. «Ich sehe hier Sammlungen von Konzilen und päpstlichen Briefen», murmelte er. «Und hier die Kapitularien der fränkischen

Könige. Alle diese Schriften stammen aus Corbie. Sie sind verfasst worden …» Radoald schlug eines der Bücher auf und las: «… von einem gewissen Isidor Mercator.»

Gunther kicherte.

Radoald brachte ihn mit einem eisigen Blick zum Schweigen. «Aber ein Buch fehlt noch», sagte er zu Raban. «Es sollte hier in Sankt Gallen den anderen Schriften beigelegt werden.»

Der Subprior straffte die Schultern und drehte sich mit einem Ruck in Odos Richtung. Sofort glitt Odo in den Schatten zurück und hielt den Atem an. Plötzlich tauchte unmittelbar vor ihm Rabans knochige Hand auf. Wie Spinnenbeine legten sich die Finger auf eines der Bücher, zogen es aus dem Regal und verschwanden damit.

Odo atmete wieder aus, dann lugte er um die Ecke und sah, wie Raban dem Legaten das Buch überreichte. Gunther hielt die Lampe, und Radoald las lange darin, schlug Seite um Seite um, während seine Augenbrauen sich immer weiter zusammenzogen.

«Von wem stammen diese Worte?», fragte er schließlich mit heiserer Stimme.

Raban, der sich die ganze Zeit nicht gerührt hatte, antwortete: «Von dem Heiligen, dessen Namen Ihr darin gelesen habt.»

Radoald schüttelte energisch den Kopf. «Aber wie ist das möglich? Die Urschrift wurde schon beim Konzil von Karthago im Jahre des Herrn 367 bestätigt und in den Kanon der heiligen Schriften aufgenommen. Dies hier ist gottlose Ketzerei.»

«Seid Ihr Euch dessen so sicher?» Raban wiegte den Kopf hin und her. «Wenige Jahre zuvor hatte das Konzil von Laodizea die Schrift noch nicht einmal aufgeführt.

Woher also wollt Ihr wissen, welches die wahrhaftige Version ist?»

«Aber schaut Euch doch die Pergamente an», warf Radoald ein. «Das Werk ist noch viel zu jung. Außerdem hat der Apostel seine Vision auf Griechisch verfasst, nicht auf Latein.»

Raban nickte steif. «Es handelt sich selbstverständlich um eine Übersetzung.»

«Ach! Und wer hat sie verfasst?»

«Ich selbst. Als junger Mönch. Seht her!» Er schlug den Einband auf und tippte auf die Aufschlagseite. «Hier ist der Ort vermerkt, an dem das Buch abgeschrieben wurde: Sankt Gallen, das Kloster des heiligen Gallus!»

Radoald legte die Stirn in Falten. «Dann weißt du also auch, wo sich das Original befindet?»

«Natürlich.»

«Wo?»

«An einem sicheren Ort.»

«Nenn mir diesen Ort – im Namen des Papstes!»

Raban schwieg eine Weile. Dann sagte er: «Wer nach der Vernichtung der Sünden strebt, muss ihre Vollkommenheit erkennen.»

Radoald starrte Raban entgeistert an, da er offenbar annahm, dass der Subprior sich über ihn lustig machte. Aber er ließ sich nicht provozieren, sondern fragte stattdessen: «Wie viele Abschriften gibt es?»

«Nur diese eine.»

«Wer weiß davon?»

«Ich – und jetzt auch Ihr. Der Abt, der mich damals mit der Abschrift beauftragt hatte, ist vor vielen Jahren gestorben.»

Gunther trat nervös von einem Fuß auf den anderen.

Radoald schaute auf das Buch in seinen Händen, dann wieder zu Raban.

«*Alaetheia Apokalypsis*», murmelte Radoald. «Die wahrhaftige Offenbarung.»

Odo überlief ein eisiger Schauer.

Gunther bekreuzigte sich. «Wenn jemand zu diesen Dingen etwas hinzufügt, so wird Gott zusetzen auf ihn die Plagen, die in diesem Buch ...»

«Halt den Mund», herrschte Radoald ihn an. An Raban gerichtet, sagte er: «Dieses Buch ist eine Waffe, eine sehr mächtige Waffe. Das ist dir doch bewusst, Subprior?»

«Selbstverständlich.»

«Wenn sich die Prophezeiung dieser Worte erfüllt, dann ... dann ...»

«Dann wird Gott seine Feinde vernichten», sagte Raban.

Radoald klappte das Buch zu. Er strich mit der linken Hand zärtlich über den Ledereinband. «Ich bin sicher, dass Papst Nikolaus sich dir gegenüber erkenntlich zeigen wird. Ich werde ihm berichten, wem wir dieses Buch zu verdanken haben. Du hast sicher von der Krise gehört, in die die verdorbenen Königsbrüder uns gestürzt haben. Lothar und Ludwig!» Radoald spie die Namen verächtlich aus.

Er fuhr fort: «Um Nikolaus' Position gegenüber den heidnischen Kräften zu stärken, benötigen wir diese Dekretalen und Konzile aus Corbie. Kennst du die Besonderheit dieser Schriften?»

Raban nickte ein Mal. «Sie sind gefälscht.»

«Du weißt viel, Subprior. Nun gut. Ob aber dieses Buch, das den Titel ‹wahrhaftige Offenbarung› trägt, wirklich wahrhaftig ist, wird sich zeigen müssen.»

Raban verneigte sich kurz. «Es spricht, der dies bezeugt: Ja, ich komme bald! Amen.»

Er forderte von Radoald das Buch zurück und legte es zu den anderen Schriften in die Holzkiste. Diese verschloss er mit einem Schlüssel, der mit einem Band an der Kordel um seinen Bauch befestigt war. Dann schob er die Holzkiste wieder unter eines der Regale.

Radoald zögerte mit dem Aufbruch. Gunther sah ihn fragend an.

«Ich habe es mir anders überlegt», sagte Radoald. «Wir reisen bereits morgen ab, beim ersten Tageslicht. Wir müssen so schnell wie möglich nach Rom zurückkehren.»

«Aber die Soldaten …», sagte Gunther.

«Diese Schweinebande», zischte Radoald. «Beweg deinen fetten Hintern, Gunther, und sorg dafür, dass die Kerle nüchtern werden. Wer von ihnen morgen früh noch betrunken ist, den lasse ich barfuß über die Alpen laufen.»

Kurz darauf hörte Odo die Treppenstufen knarren, dann sich entfernende Schritte auf den Dielen. Eine Tür wurde zugeschlagen.

Er war wieder allein in der Bibliothek, allein mit dem Buch.

Das Blut rauschte in seinen Ohren. Er konnte es immer noch nicht fassen: Er hatte das Buch tatsächlich gefunden! So nah war er seinem Ziel. Doch er musste sich beeilen. Wenn Gunther die bierseligen Soldaten erst geweckt hatte, konnte es bereits zu spät sein.

Odo tastete unter dem Regal nach der Kiste, zerrte sie hervor und ließ seine Finger über das Schloss gleiten. Ohne Werkzeug würde er es nicht aufbekommen.

Unten im Skriptorium entdeckte er eine feste, etwa zwei Ellen lange Leiste aus Eisen, mit der die Schreiber die Pergamente fixierten. Diese Leiste steckte er hinter das Schloss, um es damit aufzuhebeln. Das Eisen bog sich unter seinem Gewicht. Doch das Schloss hielt dem Druck stand. Beim zweiten Versuch zerbrach die Leiste. Odo stieß einen Fluch aus.

Von draußen drangen Stimmen durch die Bibliotheksfenster. Als Odo hinunterspähte, sah er, wie Gunther eine Handvoll schlaftrunkener Soldaten vor sich hertrieb, vermutlich zu einem Brunnen, um sie mit kaltem Wasser zu übergießen.

Da fiel Odo das Rasiermesser ein, das Notkar ihm gegeben hatte. Es war zwar klein, aber scharf. Odo setzte es am Schloss an, dessen Halterung mit Nägeln im Holz befestigt war. Er begann zu schaben. Winzige Späne rieselten zu Boden. Es dauerte lange, viel zu lange.

Unterdessen kehrten die Soldaten lamentierend zurück.

Odo schabte und schabte. Bald hatte er rings um die Halterung mehrere tiefe Kerben in das Holz geritzt. Als er glaubte, sie ein wenig gelöst zu haben, holte er aus dem Schreibraum eine weitere Leiste. Dieses Mal gab das Schloss ein wenig nach. Das Holz knirschte und knackte. Dann riss die Halterung mit einem lauten Knall von der Kiste ab. Odo öffnete den Deckel, griff nach dem zuoberst liegenden Buch und ging damit zu einem Fenster.

Der Mond war beinahe hinter der östlichen Kirchenmauer verschwunden, sodass das Licht bald verlöschen würde.

Mit pochendem Herzen schlug Odo das Buch auf.

Alaetheia Apokalypsis, stand auf der Aufschlagseite und darunter die lateinische Übersetzung: Die wahrhaftige Offenbarung.

Ihm wurde schwindelig.

Er war versucht, darin zu lesen, um die Worte aufzunehmen, wie ein Verdurstender, der sich an einer sprudelnden Quelle labt. Noch schien der Mond, und die Soldaten waren nirgendwo zu sehen.

Nur einen Blick wollte er darauf werfen, nur einen ganz kurzen Blick. Doch je mehr er las, desto mehr zog ihn die Schrift des heiligen Johannes in ihren Bann. In Paris hatte der Priester Jakob aus dem Text zitiert, und auch in Saint Geneviève hatte es natürlich eine Ausgabe der Offenbarung gegeben. Aber diese hier war anders.

Die Offenbarung war die Prophezeiung der Wiederkunft Christi, die Verkündung einer neuen Welt, in der allen Gläubigen eine herrliche Zukunft gegeben ist und in der der Verderber in den Schwefelsee geworfen und vernichtet wird.

Odo überflog die ersten Seiten.

Der Prophet richtete seine Worte, die Jesus ihm eingegeben hatte, an die sieben Gemeinden. Er sah das Lamm, das Jesus war, ein Buch mit sieben Siegeln öffnen. Sieben Engel ließen sieben Posaunen erklingen. Die sieben Zornschalen Gottes wurden auf der Erde vergossen; sieben große Katastrophen plagten die Menschen, und dann wurde die auf sieben Hügeln errichtete Hure Babylon zerstört.

Odo las fieberhaft weiter.

Das glückliche Ende kündigte sich an. Christus ging als Sieger hervor aus dem Kampf gegen den Teufel. Der Verderber wurde für eintausend Jahre in den Abgrund verbannt. Doch nach dieser Frist kehrte er aus der Tiefe zurück, verführte die Heidenvölker, und man rüstete zur letzten Schlacht. Heiden, so viele wie Sand am Meer, zogen gegen die heilige Stadt, gegen Jerusalem. Doch der Herrgott ließ Feuer regnen. Die Heiden wurden vernichtet. Gott hielt Gericht, und die neue, himmlische Erde … sie kam … nein, sie kam nicht!

Odo stockte. Er las die Stelle noch einmal. Niemals zuvor hatte er diese Worte in der Offenbarung gesehen.

Schweiß trat ihm auf die Stirn. Das also war es, was die Legaten entsetzt hatte. Den Worten des Propheten war etwas hinzugefügt worden, obwohl dieser selbst in der Schrift eindringlich davor gewarnt hatte.

Odo las die Worte ein drittes Mal, und ihm war, als sauge ihn eine unsichtbare Macht in die Schrift, als stoße sie ihn in einen Kampf mit den Dämonen.

Hier, in dieser Schrift bekamen sie Namen. Hier nahmen die Feinde Gottes Gestalt vor Odos geistigem Auge an. Hier wurden sie beinahe greifbar:

Der Dämon *Avaritia*, der Geiz;

der Dämon *Acedia*, die Trägheit;

der Dämon *Gula*, die Völlerei;

der Dämon *Luxuria*, die Wollust;

der Dämon *Ira*, der Zorn;

der Dämon *Invidia*, der Neid.

Und der Dämon *Superbia*, der der Teufel selbst war – der Hochmut, die Erhabenheit über Gott.

Sieben Dämonen. Sieben Sünden.

Die Todfeinde der Menschheit, der Glückseligkeit, des Friedens, der Freiheit und der Sicherheit.

Odos Herz raste. Taumelnd vor Glück, klappte er das Buch zu. Endlich hatte er es gefunden. Endlich besaß er ein Werkzeug, mit dem er dem Verderber gegenübertreten konnte. Nun schien alles klar, als habe sich ein Schleier gelichtet.

Es war Odos Bestimmung, den Teufel zu vernichten, den der Herr ihm in menschlicher Gestalt gezeigt hatte. Nun war die Zeit der Vergeltung gekommen. Gott hatte ihn zu der wahrhaftigen Offenbarung geführt, in der der Prophet beschrieben hatte, wie die Dämonen zu vernichten seien, einer nach dem anderen, und der Verderber zuletzt.

Dann würde die Prophezeiung wahrhaftig werden.

Odo rannte die Treppe hinunter, ohne auf die knarrenden Stufen zu achten. Er verstaute das Buch in einer Tasche, die auf einem der Schreibpulte lag, und hängte sie sich über die Schulter. Behutsam drückte er die Tür auf.

In der Schule, gegenüber der Kirche, schimmerte Licht durch einen halb geöffneten Holzladen. Gedämpfte Stimmen waren zu hören. Die Soldaten waren mit den Vorbereitungen für die Abreise beschäftigt. Lautlos schlich Odo an dem Gebäude vorbei. Er schloss die Pforte hinter sich und hängte den Schlüssel in der Pförtnerwohnung an den Haken.

Als er sich dem Pilgerweg zuwenden wollte, vernahm er das Schnauben eines Pferdes. Da kam ihm eine Idee. Leise lief er zum Gästehaus, in dem die Legaten wohnten, trat ganz dicht an die Tür heran und legte lauschend sein Ohr dagegen. Nichts regte sich dahinter. Die Gesandten hielten sich vermutlich bei ihren Soldaten in der Schule auf. Odo grinste. Sie machten es ihm leicht, eines ihrer Pferde zu nehmen. Er sattelte das Tier und führte es zum Weg. Dort saß er auf, beugte sich über den Kopf des Pferdes und flüsterte ihm ins Ohr: «Lauf, mein Freund, lauf nach Norden! Führe mich zu den Dämonen.»

8.

Das Land stand in voller Blüte, als Odo an einem Frühlingstag im Jahre des Herrn 862 die Hammaburg erreichte.

Die von einem hohen Palisadenzaun geschützte Burg befand sich hoch im Norden des vom ostfränkischen König Ludwig regierten Sachsenlandes. Ihren Namen verdankte die Burg der Lage auf einer schmalen Landzunge, einer *ham*. Sie war umgeben von Moorwiesen und Sümpfen sowie einem träge dahinfließenden, gewaltigen Strom, der Elbe.

Odo hatte schreckliche Dinge gehört über diesen Ort, der wie Paris im Jahre 845 von den Normannen eingenommen worden war. Es hieß, die Angreifer seien damals mit einer unglaublichen Flotte von 600 Schiffen über die Hammaburg hergefallen. Die meisten Bewohner wurden getötet, die Stadt ausgeplündert und niedergebrannt. Mittlerweile jedoch, siebzehn Jahre später, waren die Spuren des Überfalls auf den ersten Blick nicht mehr zu erkennen. Die Kaufleute, Handwerker und Händler hatten ihre Flechtwerkhütten, Grubenhäuser und Marktbuden längst wieder aufgebaut. Auf dem Fischmarkt herrschte dichtes Gedränge und lautes Geschrei. Im Hafen lagen Dutzende Schiffe aus aller Welt an den Landebrücken; dicht an dicht schaukelten ihre Masten.

Odo fragte sich bis zur Kirche durch.

Als er zu dem Gotteshaus kam, sah er, dass die Spuren des Barbarenangriffs doch noch deutlich zu sehen waren. Einst war die Hammaburg der Sitz des Bischofs und Nordmissionars Ansgar gewesen. Nach dem Normannenüberfall hatte der Gottesmann diesen Sitz jedoch an den weiter westlich gelegenen Fluss Weser verlegt, in die sumpfige Siedlung Brema. Das bischöfliche Langhaus auf der Hammaburg war von den Heiden niedergebrannt worden. Man hatte die Ruine abgerissen und den Platz mit Wohnhäusern überbaut. Zwischen die neuen Gebäude duckte sich eine jämmerliche Kirche, die kaum mehr war als eine Hütte mit schiefen Wänden und undichtem Dach und einem morschen Holzkreuz, das vor der Hütte im Erdboden steckte.

Beim Anblick dieser Kirche, die ihren Namen nicht verdiente, lief Odo ein Schauer über den Rücken. Offensichtlich hatten die Christen ihre Zuflucht in der Hammaburg dem Verfall preisgegeben.

Odo betrat die Hütte. Durch Löcher im Strohdach und Ritzen in den Holzwänden pfiff der Wind ein Klagelied. Auf einem Dreibein kauerte mit hängenden Schultern ein zahnloser Mann. Er blickte Odo aus Augen an, die so müde zu sein schienen, als schliefe er im nächsten Augenblick für immer ein. Doch dann hellte sich seine Miene plötzlich auf, als er in Odo einen Mann Gottes erkannte. Er öffnete den Mund zur Begrüßung, spuckte aber anstatt der Worte nur Blut aus, das er sich mit dem Ärmel seiner Kutte vom Mund wischte.

Erst beim zweiten Anlauf konnte er sich vorstellen; er hieß Adamnanus.

Odo schlug das Kreuz über dem Priester. Der bemitleidenswerte Mann war ein Sinnbild für den Zustand des Christentums auf Erden, das immer mehr unter den Einfluss des Teufels geriet.

Ein Lächeln legte sich über Adamnanus' Gesicht, als Odo sich zu ihm setzte. Vorsichtig befragte er ihn nach dem Bischof Ansgar, denn dieser Mann hatte viele Nordländer bereist und galt als Kenner der Barbaren. Wenn jemand wusste, wo der Teufel zu suchen war, dann der Missionar, das hoffte Odo zumindest.

Doch Adamnanus musste ihn enttäuschen. «Man hat Ansgar seit vielen Jahren nicht mehr auf der Hammaburg gesehen», sagte der Alte. «Er ist zwar noch immer der Bischof unserer vereinigten Diözese, zu der Brema und die Hammaburg gehören. Aber viele Menschen hier glauben, er liegt bereits auf dem Sterbebett.»

«Und was denkt Ihr?», warf Odo ein.

Adamnanus runzelte die Stirn. «Nun, es gibt auch Stimmen, die besagen, dass Ansgar eine dritte Missionsreise in den Norden unternommen hat, allerdings auf eigene Faust und ohne päpstlichen Auftrag ...»

Odo hörte Adamnanus' Erzählung noch eine Weile aufmerksam zu, bis dieser von einem so heftigen Hustenanfall geschüttelt wurde, dass er nicht mehr weitersprechen konnte. Daraufhin legte Odo den Priester auf ein von Mäusen zerfressenes Lager und betete für ihn. Erst nachdem Adamnanus eingeschlafen war, ließ Odo ihn schweren Herzens allein.

Als er später durch die belebten Straßen der Hammaburg lief, ging ihm ein Wort nicht mehr aus dem Sinn, das er aus Adamnanus' Munde vernommen hatte. Zunächst unbewusst, dann immer bewusster murmelte Odo das Wort vor sich hin. Es war der Name einer Stadt, und er lautete Haithabu.

Haithabu!

«Es ist eine große Hafenstadt im Norden, an der Grenze zum Reich der Dänen», hatte Adamnanus gesagt, «und in dieser Stadt hat Ansgar vor vielen Jahren die erste Kirche auf nordischem Heidenland errichtet – mit Erlaubnis des Dänenkönigs.» Sogar eine Glocke hätten die Christen dort läuten dürfen. Zwar hätten die Heiden den Glockenturm wenige Jahre später wieder abgerissen und die Glocke eingeschmolzen, um aus dem Material Waffen zu schmieden. Dennoch sollte es in dieser Heidenstadt noch immer einige Christen geben, allen Erniedrigungen und Anfeindungen zum Trotz.

«Haithabu», murmelte Odo.

Ein Schauer der Erregung lief ihm bei dem Klang des Wortes über den Rücken. Es klang weich und angenehm, beinahe friedvoll. Daher erinnerte es ihn unweigerlich an eine Stadt, deren Name ebenfalls über die große Sünderin hinwegtäuschte – an die große Hure Babylon.

Er rief sich die Worte aus der Offenbarung ins Gedächtnis: *Gefallen, gefallen ist Babylon, die Große, und ist eine Behausung der Dämonen geworden und ein Gefängnis aller unreinen Geister und ein Gefängnis aller unreinen und verhassten Vögel. Denn von dem Zorneswein ihrer Hurerei haben alle Völker getrunken … Wehe, wehe, du große Stadt Babylon, du gewaltige Stadt, in einer Stunde ist dein Gericht gekommen!*

War Haithabu das Babylon des Nordens?

Odo blieb abrupt stehen. «Haithabu», murmelte er noch einmal.

Dann traf er eine Entscheidung. Er würde in diese Stadt reisen, um dort die göttlichste aller göttlichen Prophezeiungen zu erfüllen – so, wie das Weltengericht in dem Buch vorhergesagt wurde.

Odo war schon auf dem Weg zu seinem Pferd, als ihm noch etwas einfiel. Bevor er in den barbarischen Norden ziehen würde, musste er noch einmal zurück zu Adamnanus. Er hatte in der Kirche etwas vergessen, was aus ihm, dem einfachen Mönch, einen Priester machen würde.

Den Priester und Rächer Odo von Lutetia – Gottes Hand und Gottes Schwert!

TEIL III

HAITHABU

Sommer 863

Und der dritte Engel goss seine Schale aus in die Flüsse
und in die Wasserbrunnen,
und sie wurden zu Blut.

Offenbarung des Johannes 16, 4

1.

Ein beißender Gestank lag über der Stadt.

Die Ausdünstungen von Aas, Exkrementen und altem Fisch hüllten Menschen, Tiere und Gebäude in eine, übelriechende Wolke. Seit Wochen schon brannte die Sonne auf die schilfgedeckten Dächer und heizte die Räume auf wie Schwitzhütten. Die Läuse gediehen prächtig. Brunnen versiegten; der Bach, der sich durch die Siedlung zog, war nur noch ein dreckiges Rinnsal, eine Kloake.

Dennoch zog es immer mehr Menschen in die Stadt, die in den vergangenen Jahren aufgeblüht und mit mehr als eintausend Bewohnern inzwischen völlig übervölkert war. Die Menschen kamen, weil Haithabu das Tor zur Welt im Norden war. Es lag im Binnenland, am südlichen Ende eines Fjords, den die Dänen Slien nannten. Diese flussartige Meeresbucht erstreckte sich von der Küste zwanzig Meilen in das Landesinnere. Vor wenigen Jahrzehnten noch war Haithabu eine unbedeutende Siedlung gewesen. Als aber der inzwischen verstorbene Dänenkönig Göttrik die Vorteile des Standorts erkannte, ließ er die Siedlung ausbauen. Die Bedeutung der Stadt beruhte vor allem auf der günstigen Landverbindung zwischen der Bucht und dem schiffbaren Flüsschen Treene, das in das nördliche Meer mündete. Auf diesem Weg konnten Händler aus aller Welt in kurzer Zeit ihre Waren auf Ochsenkarren über eine Landstraße an das Nordmeer transportierten. Eine Passage über das Skagerrak an der Nordspitze des dänischen Reiches dauerte weitaus länger.

Die wachsende und florierende Stadt lockte viele Menschen an. Vor allem Dänen, aber auch Friesen, Sachsen und Slawen lebten hier. Manche hielten sich nur während der Handelsmonate in der Stadt auf; aber viele siedelten sich dauerhaft an. Neue Häuser mussten gebaut werden, gutes Bauland war seit Jahren knapp. Die von Wäldern, Sümpfen und Moorflächen umgebene Stadt dehnte sich keilförmig in die westlich vom Hafen gelegenen Wälder aus. In den äußeren Bereichen, dort, wo der Boden fest war, standen die Grubenhäuser. An den Ufern des Baches, der durch die Stadt floss, drängten sich Hütten und größere Gebäude; auch auf dem Friedhof wurde es allmählich eng.

Der Hafen mit seinem halben Dutzend Landebrücken, an denen von Frühjahr bis Herbst die Handelsschiffe lagen, wurde ständig erweitert. Unweit des Hafens befand sich das Handwerkerviertel, in dem Glasperlenmacher, Lederverarbeiter, Bernsteinschleifer, Schmiede und andere Handwerker lebten und arbeiteten.

Einer dieser Schmiede war der alte Einar, der zwar von schmächtiger Statur, aber sehnig und drahtig war. Er arbeitete härter als mancher Hüne.

An diesem Morgen drangen die metallischen Klänge des Schmiedehammers schon in aller Frühe aus der Werkstatt. Doch plötzlich wurde es still. Man konnte Einar fluchen hören.

«Pass auf, Junge – verdammt nochmal!», schnauzte er seinen Sohn an, den siebzehnjährigen Helgi.

Einar bückte sich wütend nach dem verglühenden Werkstück. Nicht zum ersten Mal hatte der Junge das Eisen auf die falsche Weise gehalten, sodass es vom Amboss gerutscht und zu Boden gefallen war.

Einar reichte Helgi die Zange mit dem darin eingeklemmten Eisenstück.

«Leg es in die Esse», grummelte der Alte.

Helgi entfachte das Schmiedefeuer mit dem Blasebalg, und während er Luft in die Kohle pumpte, beobachtete er lustlos, wie das Eisen allmählich wieder zu glühen begann.

Der Junge war außergewöhnlich groß für einen Dänen. Seine Eltern, Einar und Gullweig, reichten ihm gerade bis zur Brust. Da Helgis Haar außerdem pechschwarz war, das seiner Eltern jedoch blond, nannten ihn einige Leute ehrfurchtsvoll *ímr*, den dunklen Riesen.

Der Rauch stieg kräuselnd über der Esse auf und verschwand in einem Abzug. Während Helgi gedankenversunken dem Rauch nachschaute, spielten seine Finger an dem Ring, den ihm seine Eltern geschenkt hatten. Das silberne Schmuckstück hing an einem Lederband um seinen Hals, denn für seine Finger war es längst viel zu eng geworden.

Helgi gähnte. Die Schmiedearbeit langweilte ihn. Viel lieber schnitzte er weiches Holz wie das der Eibe.

«Bis zum Abend muss das Schwert fertig sein», sagte Einar vorwurfsvoll. «Du weißt, was davon abhängt.»

Helgi nahm das kirschrot glühende Werkstück vom Feuer und legte es wieder auf dem Amboss bereit. Sogleich begann Einar, den Hammer mit geübten Bewegungen zu führen. Die Werkstatt wurde von metallischen Klängen erfüllt. Funken stoben bei jedem Schlag auf, verteilten sich auf dem Boden und flogen gegen die Lederschürzen, die Helgi und sein Vater trugen.

Immer wenn Einar das Werkzeug ruhen ließ, hörten sie andere Hammerschläge, die durch die mit Lehm verputzten Wände drangen. Auch im Nachbarhaus lebte und arbeitete ein Schmied. Sein Name lautete Gizur, aber man nannte ihn meist nur *kryppa,* was so viel wie Buckel bedeutete. Gizur war Einars ärgster Konkurrent. Ihre Häuser waren nur durch einen hüfthohen Weidenzaun getrennt, und zwischen den Wänden war gerade einmal so viel Platz, dass man die Arme ausbreiten konnte.

«Dieser Bastard gönnt sich keine Pause», zischte Einar, als Helgi das Werkstück, das immer mehr die Form eines Schwertes angenommen hatte, erneut in die Esse legte.

Da betrat Gullweig die Werkstatt. «Aber *du* solltest dir eine Pause gönnen», sagte sie.

Helgis Mutter stand in der geöffneten Tür, die zur Schlafkammer führte, und erinnerte die beiden daran, dass nun Zeit zum Essen sei.

Einar verzog das Gesicht. «Ich kann deine Hafergrütze nicht mehr sehen.»

«Ach so?» Gullweig machte einen Schritt auf ihren Mann zu. Sie stemmte die Hände in die Hüften und schaute Einar herausfordernd an.

Helgi musste sich ein Grinsen verkneifen, als er die beiden Streithähne beobachtete. Während Gullweig im Laufe der Jahre ein wenig in die Breite gegangen war, hatte die harte Arbeit Einar schlank bleiben lassen.

«Ja – ach so!», brummte Einar. «Man muss das Eisen schmieden, solange es heiß ist.»

«Also, mir knurrt auch der Magen», warf Helgi ein.

Einar schaute die beiden missmutig an. «Ich glaube, ihr habt immer noch nicht begriffen, worum es eigentlich geht!»

«Doch, das haben wir», erwiderte Gullweig. «Aber

wenn du heute Abend bei dem Wettbewerb vor Hunger und Erschöpfung zusammenbrichst, dann haben wir überhaupt nichts gewonnen.»

Widerwillig musste Einar einsehen, dass seine Frau recht hatte, wie so häufig. Er legte den Hammer beiseite. Gullweig brachte den Topf mit der Hafergrütze in die Schmiede. Schweigend tauchten die drei ihre Holzlöffel hinein. Nach dem Essen wischte sich Einar den Mund am Hemdsärmel ab und knurrte: «Der Fraß schmeckt von Tag zu Tag fürchterlicher.»

«Es ist ja auch mehr Eichelmehl als Hafer darin», sagte Gullweig. «Das Getreide ist teuer. Aber Eicheln haben wir noch genug, seit das Schwein im vergangenen Winter gestorben ist.»

Das einzige Tier, das ihnen geblieben war, war eine alte Ziege, die kaum noch Milch gab.

«Na, siehst du», sagte Einar, «und deshalb muss ich heute Abend den Auftrag erhalten. Eine Waffenlieferung für den Jarl Hovi würde uns Arbeit bis zum nächsten Winter und noch länger sichern. Dann könnten wir ein neues Schwein kaufen und eine Ziege noch dazu …»

«Und geräucherten Fisch, Wurst, Schinken und Käse», ergänzte Gullweig versonnen.

«Wenn der Dreckskerl Gizur uns allerdings den Auftrag vor der Nase wegschnappt», fuhr Einar fort, «dann steht es schlecht um uns. Ich habe unser letztes Geld für das Eisen ausgegeben – und das Zeug wird immer teurer, seit die dänischen Häuptlinge für ihren großen Krieg gegen England rüsten.»

Mit Blick auf Helgi meinte er: «Wenn der Junge sich mehr für die Schmiede als für seine kindischen Schnitzereien interessieren würde, würden wir viel schneller vorankommen. Als ich in seinem Alter war, hatte ich meine Lehrzeit längst abgeschlossen.»

Wie so oft verfiel er in einen belehrenden Tonfall und erzählte: «Ich habe friesische Schmieden besucht, war bei den Sachsen auf der Hammaburg und bin bis nach Ribe gereist, wo ich deine Mutter kennengelernt habe. Ich habe etwas gesehen von der Welt. Und du? Was machst du aus deinem Leben? Ich würde zu gern wissen, welche Flausen du im Kopf hast.»

Helgi verdrehte die Augen. In regelmäßigen Abständen wiederholte sein Vater dieselben Geschichten. Doch er hatte die Erfahrung gemacht, dass man am besten keine Widerworte gab.

Gullweig räumte Schüsseln und Löffel zusammen. Dann machten sich Einar und sein Sohn wieder an die Arbeit. In wenigen Stunden würde sich zeigen, ob sie im kommenden Winter würden hungern müssen oder nicht.

2.

Am frühen Abend war das Schwert fertig.

Einar hatte bis an den Rand der Erschöpfung gearbeitet. Im Laufe des Tages hatte die Sonne, die schon seit Tagen vom wolkenlosen Himmel brannte, die Werkstatt noch zusätzlich aufgeheizt. Jetzt hockte der alte Schmied auf dem Boden, mit dem Rücken an der Wand, und rieb sich seine vom Rauch gereizten Augen. Sein Gesicht glühte wie das Eisen, das er bearbeitet hatte. Schweißtropfen perlten von seiner Stirn und rannen über sein hageres Gesicht. Er keuchte und stöhnte.

Aber das Schwert lag auf dem Amboss.

Obwohl sich Helgi für die Schmiedearbeit nur wenig interessierte, betrachtete er die Klinge doch voller Ehrfurcht. Sie war wundervoll geworden. Die zweischneidige Klinge war gut drei Fuß lang und in der Mitte mit einer Blutrinne versehen. Knauf und Parierstange waren mit Mustern verziert, die aus eingehämmerten, rotweißen Buntmetalldrähten aus Kupfer und Silber gefertigt worden waren.

Der Wettbewerb sollte mit Einbruch der Dunkelheit im Langhaus des Jarls Hovi Oldungr beginnen. Hovi war von König Horick dem Jüngeren als Verwalter der Stadt Haithabu eingesetzt worden. Somit oblag Hovi auch die Waffengewalt. Bei dem Wettbewerb würden alle Waffen in mehreren Disziplinen so lange geprüft werden, bis nur ein einziges Schwert übrig blieb. Der Hersteller des siegreichen Schwerts würde den Großauftrag erhalten und für den Jarl Dutzende Waffen herstellen.

Einars Chancen standen außerordentlich gut, den Auftrag zu erhalten. Er war weit und breit der einzige Schmied, der sich auf eine Methode verstand, bei der man eine Schwertklinge aus einer Kombination verschieden harter Stahl- und Eisensorten herstellte. Diese Schmiedetechnik hatte Einar einst bei den Franken erlernt, wie er seinem Sohn immer wieder vorhielt.

Helgi beobachtete seinen erschöpften Vater. Gullweig saß am Webstuhl.

«Wie viele Schmiede werden heute teilnehmen?», wollte sie wissen. Sie ließ den mit einer Specksteinscheibe beschwerten Holzstab sinken, mit dem sie ihre letzte Schafwolle zu einem Faden spann.

«Vier oder fünf, je nachdem, wo sie alle herkommen», sagte Einar mit schwerer Stimme. «Vielleicht auch sechs oder sieben. Ich weiß es nicht.»

Gullweig sah ein, dass es keinen Zweck hatte, sich weiter mit Einar zu unterhalten. Sie brachte ihm einen Becher lauwarmes Wasser, den er gierig leerte. Dann schleppte er sich in die Schlafkammer, die sich zwischen Werkstatt und Küche befand. Erschöpft ließ er sich auf das mit Reisig und Tierfellen gepolsterte Bett fallen. Bevor der Schlaf ihn übermannte, forderte er Helgi noch auf, ihn zu wecken, sobald die Sonne unterging.

Helgi kehrte in die Werkstatt zurück. Er öffnete die Lade des schmalen Fensters. Draußen, auf dem Weg, unterhielten sich mehrere Nachbarn. Sie trugen festliche Kleider. Ihre Häuser hatten sie mit Stierhörnern und Birkenzweigen geschmückt.

Heute war der längste Tag des Jahres, an dem man das Mittsommerfest feierte.

Helgi rückte einen Schemel vor dem Fenster zurecht, nahm sein Schnitzmesser zur Hand und machte sich an einer kleinen Figur zu schaffen, die er aus einem Stück Eibenholz fertigte. Die Puppe sollte Freyja darstellen, die Göttin der Schönheit und der Liebe.

Gullweig schaute von ihrer Spindel auf. «Willst du nicht auch zum Mittsommerfest gehen? Ich sorge schon dafür, dass Einar nicht verschläft.»

Helgi schüttelte den Kopf. «Hab keine Lust», sagte er knapp.

Gullweig seufzte. «Willst du wieder den Abend damit vertun, auf Gizurs Haus zu starren?»

Helgi zuckte zusammen. Woher wusste sie, dass er das Nachbarhaus beobachtete? «Und wenn schon», entgegnete er.

Gullweig legte Spindel und Wolle auf ihrem Schoß ab und fragte: «Was schnitzt du denn da überhaupt?»

«Eine Figur.»

«Das sehe ich selber. Was für eine ist es denn?»

«Sie ist … sie ist für ein neues Hnefataflspiel», log Helgi.

«Hm», machte Gullweig. «Du hast lange keine Partie mehr mit deinem Freund Ingvar gespielt.»

Dann erhob sie sich und nahm ihm die angefangene Figur aus der Hand. «Sie sieht nicht gerade aus wie ein Hnefi, ein König.»

Gullweig hielt die Figur gegen das Licht. «Es scheint vielmehr eine Frau zu werden. Vielleicht Freyja?»

Helgi konnte seiner Mutter nichts vormachen. Deshalb schwieg er lieber.

«Ich wusste gar nicht, dass man Hnefatafl mit Freyja spielt», sagte Gullweig. Belustigt gab sie ihrem Sohn die Figur zurück.

«Macht man ja auch nicht», brummte Helgi.

Gullweig nickte wissend. Sie legte ihm eine Hand auf die Schulter. «Geh zum Mittsommerfest und trink ein paar Becher Met.»

«Ich habe keine Lust.»

«Aber dann lernst du vielleicht endlich mal wieder ein nettes Mädchen kennen. So eine wie Mardöll. Die ist doch gar nicht übel.»

«Mardöll!» Helgi verdrehte die Augen, als er an die Tochter des Bernsteinschleifers Erik dachte. «Das Weib gackert wie ein Huhn. Gack-gack-gack. Das hält kein Mann aus.»

Gullweig ließ nicht locker. «Aber ich hab gehört, dass Erik eine ordentliche Mitgift zahlen will, wenn jemand Mardöll heiratet. Sie ist immerhin schon fünfzehn Jahre alt, hat ein breites Becken und steht auch sonst gut im

Fleisch. Außerdem soll sie anständig kochen können. Das ist es schließlich, worauf es ankommt …»

«Nein», unterbrach Helgi seine Mutter. «Mit diesem Weib kann man kein ernsthaftes Wort wechseln.»

«Ach?» Gullweig baute sich vor ihm auf, sodass ihm der Blick aus dem Fenster versperrt wurde. «Ernsthafte Worte willst du also mit einer Frau wechseln? Und warum stierst du dann jeden Abend Gizurs Sklavin hinterher? Die ist doch stumm wie ein Fisch.»

Helgi schluckte. Er fühlte sich durchschaut. Gullweig wusste anscheinend genau, was er dachte und fühlte.

Er wollte gerade etwas erwidern, als sich nebenan die Tür von Gizurs Schmiede öffnete. Verzweifelt betrachtete Helgi die fast fertige Figur. Er hatte sie in der Tat für die Sklavin gemacht und wollte sie ihr eigentlich unbemerkt zustecken, wenn sie heute wie jeden Abend Gizurs Haus verließ.

Aber Gullweig machte keine Anstalten, zur Seite zu gehen. Stattdessen sagte sie streng: «Du bist siebzehn Jahre alt, Helgi. Aber du hast weder Frau noch Kinder.»

Helgi beugte sich zur Seite, um an Gullweig vorbei aus dem Fenster zu sehen. Alles, was er jedoch von der Sklavin erkennen konnte, waren ihre zerschlissene Tunika und der Eimer, den sie trug. Dann war sie schon wieder verschwunden. Er ärgerte sich, die Gelegenheit war vertan.

«Na und?», fuhr er seine Mutter an. «Und wie alt seid ihr gewesen, als ihr mich bekommen habt? Ich bin jetzt siebzehn – und ihr werdet beide bald fünfzig! Also hört endlich auf, mir Vorhaltungen wegen meines Alters zu machen!»

Gullweigs Gesichtsausdruck veränderte sich, als sie schuldbewusst zur Seite trat. «Entschuldige», sagte sie leise. «Aber es ist doch, weil … sie nun mal Gizurs Sklavin ist. Er hat für sie bezahlt, und sie gehört ihm – mit Leib und Leben. Wenn du ihr nachstellst, begehst du großes Unrecht. Wer sich an die Sklavin eines anderen Herrn heranmacht, kann dafür mit dem Tode bestraft werden. Das weißt du doch!»

Helgi zuckte gleichgültig mit den Schultern und setzte sein Schnitzmesser an Freyjas Brüsten an.

Gullweig drang weiter in ihn ein: «Wenn du dem Mädchen diese Figur schenkst, bringst du nicht nur dich, sondern auch sie in große Gefahr. Was glaubst du wohl, wird Gizur mit seiner Sklavin machen, wenn er die Holzpuppe bei ihr findet?»

Da öffnete sich die Tür zur Schlafkammer, und Einar trat herein. «Was ist das für ein Krach hier?»

«Haben wir dich geweckt?», erwiderte Gullweig überrascht.

Einar warf einen Blick aus dem Fenster. Es dämmerte bereits. Er zog seinen Mantel über, wickelte das Schwert in ein Leinentuch und setzte seine Kappe auf. «Ich werde auf der Festwiese noch einen Becher Met trinken, bevor ich zu Hovi gehe.»

«Und wann kommst du wieder nach Hause?», fragte Gullweig besorgt.

Einar zuckte mürrisch mit den Schultern. Als er das Haus verließ, knallte er die Haustür hinter sich zu.

3.

Grein war ein *hlenni,* ein Dieb, der den Hals nicht vollkriegen konnte.

Seine Habgier hatte ihn bereits die linke Hand gekostet. Sein Rücken war übersät von den Narben der Peitschenhiebe, die er als Strafe für seine Diebstähle erhalten hatte. Doch gelernt hatte er nichts aus alldem. Erst heute Morgen hatte er in Haithabu zwei Hühnereier von einem Hinterhof gestohlen und war nur mit Müh und Not der Axt des wütenden Hausherrn entkommen.

Grein wusste, dass die Krieger des Jarls wieder einmal ein Auge auf ihn geworfen hatten. Bei seiner nächsten Verfehlung würde er wohl die rechte Hand oder einen Fuß, wenn nicht gar sein Leben einbüßen. Daher hatte er sich vorgenommen, Haithabu bei Tagesanbruch in Richtung Norden zu verlassen, um sich in einer anderen Stadt nach neuen Opfern umzusehen. In Jellinge vielleicht, oder in Ribe.

Doch zuvor hatte er noch etwas zu erledigen.

Im Schutz der hereinbrechenden Dunkelheit pirschte er auf bloßen Füßen durch das Unterholz, behutsam darauf achtend, dass er auf keinen trockenen Ast trat oder sich sein lumpiger Mantel in Dornen verfing. Hinter einem Haselnussstrauch hielt er geduckt inne, bog die Zweige auseinander und schaute auf die Gebäude, in denen die Kuttenträger lebten, diese *munkis*.

Es waren zwei windschiefe, mit Schilf gedeckte Holzhäuser, die unweit des Ufers der weitläufigen Bucht standen, etwa eine Meile nördlich der Stadt Haithabu. Grein bemerkte zwei Baustellen auf dem Gelände. Offensichtlich wollten die Burschen neue Häuser bauen. Bei dem einen war bereits ein Fundament aus großen Steinplatten zu erkennen, bei dem anderen hatte man damit begonnen, die Pfähle für die Wände zu setzen.

Grein hatte im Laufe des Tages Erkundigungen über diese Leute eingezogen und erfahren, dass sie jeden Abend früh zu Bett gingen. Doch zuvor würden sie in dem Haus, vor dem ein Holzkreuz stand, ihrem Gott huldigen.

Was für eine jämmerliche Zeitverschwendung, dachte Grein.

Er hatte auch gehört, dass diese Leute gutgefüllte Vorratskammern hatten, in denen getrocknete Fische, geräucherte Schweine und andere Köstlichkeiten gelagert wurden. Allein beim Gedanken an all die Speisen lief dem Dieb das Wasser im Munde zusammen. Er stellte sich vor, in einen saftigen Schinken zu beißen – es wäre ihm sogar egal, wenn dabei noch die letzten seiner verfaulten Zähne abbrachen.

Er grinste verschlagen. Diese Hohlköpfe waren selbst schuld, wenn er sich ein wenig an ihren Vorräten bediente, schließlich hatten sie ihn selbst darauf aufmerksam gemacht.

Wie dumm sie doch waren, wie dumm!

Heute Mittag hatte ihm einer dieser Munkis, der sich Priester nannte und wohl der Anführer war, ein schönes Stück Wurst geschenkt, als Grein am Stadtrand in einem Müllhaufen nach Essensresten wühlte. Die gestohlenen Eier hatten kaum zum Frühstück gereicht, und die Wurst war das Leckerste gewesen, das er seit langem gegessen hatte.

Grein wollte mehr davon.

Außerdem hatte dieser Priester, ein großer, dunkler

Kerl mit strengem Gesicht, selbst zu Grein gesagt, er könne jederzeit die Gemeinde besuchen und um ein Almosen bitten.

Nur ein Almosen? Lächerlich!

Grein warf einen prüfenden Blick zum Himmel. Heute war der längste Tag und die kürzeste Nacht des Jahres. Aber – wie Grein zufrieden feststellte – allmählich wurde es dunkel. In wenigen Augenblicken würde er sein Versteck verlassen können.

Da kam ein alter Mann mit weißem Bart aus dem Haus, vor dem das Kreuz stand, und befestigte einen Ast an der Tür. Es war ein Birkenzweig. Dann verzog sich der Alte in das andere Gebäude. Sonst war niemand zu sehen. Die Leute schienen tatsächlich zu schlafen.

Grein kratzte sich eine Laus vom Kopf. Dann huschte er wie ein Schatten aus seinem Versteck. Geleitet vom Zwielicht der untergehenden Sonne, rannte er zu dem Kreuzhaus, von dem er annahm, dass es unbewohnt war. Vorsichtig öffnete er die Tür und spähte hinein. Im Innern roch es eigenartig lieblich, wie nach verbrannten Kräutern. Durch die Ritzen zwischen den Wandbrettern schimmerte ein wenig Licht. Das Haus war völlig leer, bis auf ein paar Stühle, buntbemalte Holzkreuze und ein aus Stein gemeißeltes, hüfthohes Becken.

Grein fluchte. Er musste sein Glück in dem anderen Haus versuchen. Da hörte er hinter sich plötzlich eine Stimme.

«Gott segne dich, mein Sohn!»

Grein erkannte die gebrochene Aussprache sofort wieder. Es war die Sprache eines Mannes, der noch nicht sehr lange unter den Dänen lebte. Grein drehte sich mit angespannten Muskeln um. Direkt hinter ihm, nur einen Schritt entfernt, stand der Obermunki, dieser Priester.

«Ich freue mich, dass du auf mein Angebot eingegangen bist», sagte der Munki und lächelte. «Nur in vollkommener Demut und Armut erkennt man Gott. Mein Sohn, wer sich selbst erhöht, wird erniedrigt, wer sich aber selbst erniedrigt, der wird erhöht werden.»

Grein nickte artig. Er verstand nicht, was der Munki da sagte, und es war ihm auch egal. Er wollte nur die Vorratskammer dieser Verrückten finden und ausplündern.

«Wie lautet dein Name, mein Sohn?», fragte der Munki.

«Grein.»

Der Priester spitzte die Lippen. «Du siehst hungrig aus, Grein. Warte hier. Ich werde dir einen Kanten Brot holen.»

Grein ballte die Hand zur Faust. Der Kerl wollte ihn mit einem Kanten Brot abspeisen?

Mit übertrieben freundlicher Stimme fragte er: «Hättet Ihr vielleicht auch ein Stückchen Fleisch oder Käse?»

Er kratzte sich mit dem Stumpf seiner abgeschlagenen Hand am Kopf. Eine Geste, mit der er bei manchen Menschen Mitleid erregen konnte.

«Es darf auch alter Käse sein», fügte er hinzu. «Sonst schmeckt das Brot doch nicht, oder?»

Der Priester lächelte vage. «Ich habe dir heute schon eine Wurst gegeben. Du hättest sparsamer damit umgehen sollen. Aber gut, ich werde dir ein Stück Trockenfisch bringen. Es ist ein ...» Er suchte nach dem richtigen Wort.

«Ein *skreið*?», half Grein aus.

«Ja, ein Dorsch.»

Dann ging der Priester über die Wiese davon. Inzwischen war der Mond aufgegangen. Grein folgte dem Munki. Er musste herausfinden, wo die Kerle ihre Vorräte versteckten.

Die Tür zum Wohnhaus war weit geöffnet, sodass der Dieb Einblick in das von Tranlampen erleuchtete Gebäude bekam. Der Raum war etwa auf der Hälfte durch vom Dach herabhängende Tücher geteilt. Grein vermutete, dass hinter den Vorhängen die anderen Verrückten schliefen. Links vom Eingang war eine weitere Tür, die in eine kleine Kammer führte, die vielleicht der Schlafraum des Priesters war.

Auf der anderen Seite des Raums befand sich die Vorratskammer, in der er den Priester erkennen konnte, der kurz darauf mit einigen Lebensmitteln beladen zu Grein kam. Mit Entzücken stellte er fest, dass es sich dabei nicht nur um ein Brot und einen Fisch handelte, sondern dass auch ein Schinken dabei war – so groß wie eine Männerfaust!

Der Priester reichte Grein Brot und Fisch, den Schinken aber behielt er bei sich.

«Ich möchte dir einen Handel vorschlagen», sagte er und zog die Augenbrauen hoch. «Unsere Gemeinde errichtet eine neue Kirche und ein neues Wohnhaus. Wir können auf der Baustelle jeden tüchtigen Mann gebrauchen. Jeder Helfer wird von mir großzügig entlohnt.»

Er hielt Grein den nach salzigem Rauch duftenden Schinken unter die Nase. «Du erhältst dieses Stück, wenn du morgen früh auf der Baustelle erscheinst.»

Der Duft betörte Grein. Ohne zu zögern, riss er dem Priester den Schinken einfach aus der Hand und rannte lauthals lachend davon.

Ich und arbeiten?, dachte er. Was bildet dieser Munki sich ein?

Noch im Weglaufen biss er herzhaft in das Fleisch. Dabei büßte er einen Backenzahn ein, den er achtlos in das Gebüsch spuckte, in dem er vorhin gelauert hatte.

4.

Odo schaute dem Schatten hinterher, der in die Dunkelheit floh.

Bald darauf waren das kehlige Lachen und die Schritte des Sünders nicht mehr zu hören. Odo schloss die Tür hinter sich. Er ging in die kleine Kammer, die vom übrigen Bereich des Gemeindehauses abgetrennt war.

Unmittelbar nach seiner Ankunft in Haithabu vor etwa einem Jahr hatte er bei den Brüdern auf diesem separaten Wohnraum bestanden. Odo hatte ihnen eine Urkunde vorgelegt, die ihn als Priester auswies, und als solcher hatte er ein Anrecht auf die Zelle. Die Urkunde hatte er aus der Kirche in der Hammaburg mitgenommen. Eigentlich hatte er Adamnanus um diese Legitimation bitten wollen. Odo war überzeugt, der Todkranke hätte für Odos Mission Verständnis gehabt. Doch als er in die Kirche zurückgekehrt war, hatte Adamnanus gerade sein Leben ausgehaucht. Daher war Odo nichts anderes übrig geblieben, als dessen Urkunde an sich zu nehmen. Er hatte noch Adamnanus' Begräbnis in die Wege geleitet und war dann nach Haithabu aufgebrochen. Hier hatte er sich als neuer Priester der Christengemeinde ausgewiesen. Niemand konnte ihm das Gegenteil beweisen, denn er hatte Adamnanus' Namen mit Notkars scharfem Messer sorgfältig vom Pergament gekratzt und seinen eigenen Namen eingefügt. Zwar stand der Gemeinde ein Priester namens Arculf vor, aber der alte Mönch war von Bischof Ansgar nach dessen Abreise nur vorübergehend ernannt worden, bis er durch einen entsprechend ausgebildeten Geistlichen ersetzt werden würde. Wer das sein sollte, hatte Ansgar nie gesagt. Daher nahmen die Christen an, Odo sei der rechtmäßige Nachfolger des Nordmissionars, und überließen ihm bereitwillig die Gemeindeführung und die Zelle im Gemeindehaus.

Der Rückzugsraum war wichtig, damit Odo seine Vorbereitungen treffen konnte für das, was im Sinne Gottes getan werden musste. Ein Jahr lang hatte Odo die Sprache der Dänen gelernt, hatte das Wesen dieser Barbaren studiert und analysiert – und nun hatte er sein erstes Opfer ausgewählt.

Denn heute würde Odo den Anfang machen und den Grundstein legen für die Erschaffung einer neuen Welt.

Er hatte keine Eile, denn er wusste, wo er den Dieb finden würde.

In aller Seelenruhe tastete Odo unter seinem Bett nach dem mit lockerer Erde zugeschütteten Loch, in dem die Sachen versteckt waren, die er für seinen Feldzug gegen das Böse benötigte. Nachdem er einige Hände voll Erde ausgegraben hatte, stieß er auf die etwa einen Fuß lange Kiste. Mit dem Ärmel wischte er die Erdreste vom Deckel ab, klappte ihn auf und nahm die Dinge heraus, die er für Greins Behandlung benötigen würde. Schwarzer Stoff raschelte zwischen seinen Fingern; eiserne Werkzeuge und andere Gerätschaften klapperten.

Ganz unten in der Kiste befand sich Odos größter Schatz: das heilige Buch. Er legte es auf den kleinen Tisch, stellte die Tranlampe davor, setzte sich auf einen dreibeinigen Schemel und begann zu lesen. Ein wohliger Schauer durchfuhr ihn.

Avaritia, las er, die Habsucht, ist die Sünde des unkontrollierten Strebens nach irdischen Gütern. Sie ist Quelle und Wurzel der Hartherzigkeit, des Geizes und der List. Der Dämon – er soll gekocht werden in siedendem Öl!

Odo schloss die Augen. Ja, sagte er leise bei sich, so soll es geschehen.

Nach einem Moment tiefer Andacht faltete er den schwarzen Umhang auseinander und schlüpfte hinein. Odos Gesicht und sein Körper wurden von dem dunklen Stoff vollständig verhüllt, nur für die Augen waren Schlitze vorgesehen. Dann steckte er die Kiste mit den Werkzeugen und dem Buch in einen Lederbeutel, den er sich über die Schulter hängte.

Geräuschlos öffnete er die Tür seiner Kammer und überzeugte sich davon, dass alle Brüder schliefen. Auch der engstirnige Arculf schnarchte. Er war ein notorischer Querulant und der Einzige in der Gemeinde, der es offen wagte, Odo zu widersprechen.

Als Odo in die Nacht hinaustrat, ging er zunächst zur Kirche, um den Birkenzweig von der Tür zu entfernen, den er vorhin bemerkt hatte. Odo war wütend. Arculf hatte den Birkenzweig befestigt, obwohl Odo es den Brüdern verboten hatte, jegliche heidnische Symbolik zu verwenden. Fehlte nur noch, dass Arculf demnächst Ochsen- oder Stierhörner an die Kirche nagelte! Aber all dies zeigte Odo wieder einmal, dass die Macht der Dämonen immer größer wurde.

Er bekreuzigte sich und verschwand in der Dunkelheit.

5.

Grein hatte noch immer nicht genug.

Odo entdeckte den Dieb wie erwartet am Rande der Wiese, auf der die Götzenanbeter ihr heidnisches Mittsommerfest feierten. Der Platz lag auf einem von Buchen und Eichen umgebenen Hügel, etwa auf halber Strecke zwischen Kirche und Hafenstadt. Die Bewohner Haithabus bezeichneten diesen Hügel als Hochburg. Denn lange bevor die Stadt entstanden war, hatte sich hier angeblich ein Lager befunden, das von einem Steinwall umgeben war. Heutzutage wurde dieser Platz nur noch für heidnische Feiern und Wehrübungen genutzt.

Der Priester hatte den Waldpfad verlassen. Im Schutz der Bäume näherte er sich dem Festplatz. Am Fuß einer Eiche hockte er sich nieder und betrachtete aus sicherer Entfernung das Treiben, mit dem die Ungläubigen die kürzeste Nacht des Jahres feierten.

Diese verfluchten Heiden!

Sie tummelten sich auf dem Platz. Einige Hundert Menschen waren zu der Feier gekommen. Einfache Männer und Frauen, Bauern und Handwerker, aber auch der Adel, reich geschmückte Kaufleute und bewaffnete Krieger. In der Mitte des Platzes hatte man trockenes Holz hoch aufgeschichtet; an der Spitze steckte eine mit Blumen geschmückte Birke.

Beim Anblick des Holzhaufens, der beinahe so hoch war wie die umstehenden Bäume, musste Odo an das Osterfeuer in seiner Heimatstadt Paris denken, an dem er vor nunmehr achtzehn Jahren vorbeigekommen war, kurz bevor …

Nein! Er verbot sich die Erinnerung an die Ereignisse. Lange genug hatten diese Gedanken ihn gequält; sie hatten ihm den Schlaf geraubt und beinahe auch seine Seele.

Odo tastete nach dem Lederbeutel. Er spürte die Kiste. Es beruhigte ihn, das Buch bei sich zu wissen.

Auf dem Festplatz hatten sich die Heiden inzwischen um den Holzhaufen versammelt. Odo behielt Grein im Blick. Der Dieb hatte sich etwas abseits der Menge postiert. Vermutlich suchte er ein Opfer, das er bestehlen konnte.

Mit einem Mal schleppte einer der Dänenkrieger eine Leiter herbei und lehnte sie gegen den Holzhaufen. Der Mann war von kräftiger Statur. Sein Gesicht war durch eine lange Narbe verunstaltet. Sie zog sich von der rechten Wange über die schiefe Nase und das linke Auge bis zur Schläfe. Um die Schultern trug er einen Umhang aus Leinen.

Ein anderer Krieger, ein glatzköpfiger Hüne, trat herbei und schüttete aus einer Flasche eine klare Flüssigkeit über den Umhang. Dann ließ sich das Narbengesicht eine brennende Lampe geben und erklomm damit die Leiter.

Ein Raunen ging durch die Menge, als der Krieger oben angekommen war. Er hielt die Lampe an das Holz, das sogleich zu brennen begann. Knisternd schossen die Flammen an der Birke empor. Der Platz wurde in ein gespenstisch flackerndes Licht getaucht.

Der Krieger, der noch immer auf der obersten Sprosse stand, drehte sich zu den anderen um, breitete die Arme aus und rief: «Thor! Gott des Donners! Gott des Feuers! Sohn des Odin! Bruder des Baldur, Gott des Lichts! Ich, Egil Blóðsimlir, der Bluttrinker, spreche zu dir. Wir feiern mit dir den Sieg über Dunkelheit und Tod.»

Plötzlich zuckte im Rücken des Kriegers eine Stichflamme auf. Sein Umhang hatte Feuer gefangen. Genau darauf schien er gewartet zu haben. Mit einem gewaltigen Satz sprang er von der Leiter, einen Feuerschweif hinter sich herziehend, direkt in die Menschenmenge. Die Menschen brüllten, als der Krieger beim Aufprall einige der Feiernden mit sich zu Boden riss. Schmerzensschreie mischten sich in den Jubel.

Doch kurz darauf grölte die Menge wieder vor Begeisterung. Man zerrte dem Krieger den brennenden Umhang vom Leibe. Dem Narbengesicht wurde ein Trinkhorn gereicht, das er in einem Zuge leerte.

Das Volk tobte. Das Fest hatte begonnen!

Man rollte Fässer herbei, schlug Löcher hinein, aus denen Wein, Met und Bier in Strömen flossen. Die durstige Menge füllte ihre Trinkgefäße, labte sich an den Quellen geistiger Umnachtung. Überall auf dem Platz wurden jetzt weitere Holzhaufen entzündet. Junge, von den Getränken berauschte Kerle zogen sich halbnackt aus. Sie sprangen, angefeuert von Mädchen, johlend durch die Flammen und schwärzten sich mit Kohle die Gesichter.

Der Dieb hielt sich noch immer vom Treiben fern. Offensichtlich hatte er nun ein Opfer erspäht.

Odo beobachtete ihn und dachte dabei: Es ist ein Gesetz des Teufels, dass der Schwache sich immer am noch Schwächeren vergreift.

Grein näherte sich einem steinalten Mann, der, das bärtige Kinn auf einen Gehstock gelehnt, auf einem umgestürzten Baumstamm hockte, von wo aus er mit müdem Blick die feiernde Menge beobachtete. Grein ließ sich neben dem Alten nieder und betrachtete eingehend dessen Kleidung. Besonders die Schuhe schienen Greins Interesse geweckt zu haben, denn er konnte seinen Blick gar nicht mehr davon abwenden.

Plötzlich verstummten die Gesänge. Die Tänzer und Feuerspringer hielten inne. Die Trinker ließen ihre Hörner sinken und leckten sich verschütteten Wein aus den Bärten.

Da trat der Krieger, der sich Egil der Bluttrinker genannt hatte, vor die Menge und rief mit donnernder Stimme: «Der Wettbewerb ist entschieden! Und hier kommt Er! Er – der große Hovi!»

Eine gedrungene Gestalt, die in einen roten Umhang gehüllt war, bewegte sich steifbeinig auf einen hölzernen Thron zu, den man unweit des Feuers aufgestellt hatte. Das Gesicht war nicht zu erkennen. Es war durch eine silberglänzende Maske verdeckt. Auf dem polierten Silber spiegelten sich die Flammen wider. Auf Höhe der Augen war die Maske mit Sehschlitzen, im Nasen- und Mundbereich mit kleinen Öffnungen versehen.

Alle Blicke waren auf die Gestalt gerichtet, bei der es sich um den Jarl Hovi handelte. Er wurde von schwerbewaffneten Kriegern begleitet. Den Männern folgten drei halbnackte Mädchen. Viele der männlichen Festbesucher bekamen bei dem Anblick der Mädchen große Augen. Die drei standen in der Blüte ihres Lebens. Ihre Brüste waren prall und fest, ihre Gesichter von anmutiger, unverbrauchter Schönheit. Jedes der Mädchen hatte eine andere Haarfarbe: Eines war rot, eines blond und eines schwarz.

Hovi bestieg von zwei Kriegern gestützt den Thron. Die Mädchen ließen sich zu den Füßen des Jarls nieder, umarmten seine Beine und küssten seine Lederstiefel. Da winkte Hovi Egil heran.

Nachdem sie einige Worte gewechselt hatten, verkündete Egil: «Gleich wird Er durch mich verkünden lassen, wer den Wettbewerb gewonnen hat – und wessen Waffen von den mutigsten und den besten aller Krieger in die Schlacht geführt werden.»

Der Bluttrinker glotzte beifallheischend in die Menge. «Noch bevor der nächste Sommer beginnt, wird der große Hovi wieder in den Krieg ziehen. Um die Schmach zu tilgen, die unser unsterblicher Führer vor drei Wintern erlitten hat. Um mit reicher Beute zurückzukehren! Um zu siegen! Alle erwachsenen Männer, die dem großen Hovi folgen, werden einen Platz an Seiner und an Odins Seite erhalten. In der Walhall!»

«Walhall!», riefen die Krieger. «Walhall! Hovi – wir folgen dir!»

Auch einige Bauern und Handwerker stimmten in die Rufe ein. Aber die meisten einfachen Leute steckten die Köpfe zusammen und begannen zu tuscheln.

Das bemerkte auch Egil und hob zu einer neuen Rede an. In diesem Moment sah Odo, wie der Dieb den auf den Stock gestützten Alten in den Wald geleitete.

Er sprang auf und folgte den beiden.

6.

Am nördlichen Rande der Siedlung, unweit des Nordsüdwegs, hatte sich eine Müllhalde gebildet. In dem Maße, in dem die Bevölkerung von Haithabu wuchs, stieg auch die Menge des Unrats an, der mittlerweile ein ernsthaftes Problem darstellte.

Eine Zeit lang hatten die Bewohner ihre Nahrungsreste oder ausgemusterten Haushaltsgegenstände einfach in den Graben und in die Brunnen hinter ihren Häusern geworfen. Oder sie hatten sie in den See gekippt, der mit dem Fjord durch eine schmale Durchfahrt verbunden war und von den Dänen *noor* genannt wurde. Doch der Hafen wurde von immer mehr Schiffen angelaufen. Man hatte eine Landebrücke nach der anderen errichten müssen, um dem regen Handelsverkehr gerecht zu werden. Allerdings war das Ufergewässer durch den ganzen Müll an vielen Stellen zu flach geworden. Also hatte man die Sachen wieder herausgeholt und damit begonnen, alles Überflüssige auf einer Wiese zu sammeln.

Diese Halde zog immer wieder diejenigen Menschen an, die in den Abfällen nach Verwertbarem suchten. Hier gab es leere Fässer, in denen man schlafen konnte, und Bretter, um ein kleines Feuer zu entzünden. Natürlich gab es auch Nahrungsreste, wenn sie nicht zu sehr verschimmelt waren. Oder man konnte fette Ratten fangen, die einst mit Handelsschiffen nach Haithabu gelangt waren und sich seitdem rasch vermehrten. Die Viecher waren zwar zäh wie Schuhleder, aber wenn man sie ordentlich durchbriet, ging es.

Grein hatte sich hier des Öfteren mit Fleischresten, Knochenmark, alten Fischköpfen, Ratten oder Mäusen versorgt, wenn er auf einem Raubzug leer ausgegangen war. In der heutigen Nacht, in der sich viele Menschen auf der Festwiese versammelt hatten, war die Halde bestens dafür geeignet, den Alten in Ruhe und nach allen Regeln der Gaunerkunst auszunehmen. Natürlich hätte Grein seinem Opfer längst einen festen Schlag auf den Kopf verpassen können – aber das wäre zu einfach gewesen.

Viel mehr Spaß machte es doch, den Alten noch ein wenig zappeln zu lassen.

Grein war erfüllt von grausamer Vorfreude. Er hatte den Alten untergehakt. Der Kerl konnte kaum noch gehen wegen eines angefaulten Beins, das sich nach einem schlecht verheilten Bruch entzündet hatte.

Als sie die Halde erreichten, ließ der Alte sich auf einem Fass nieder. Er keuchte mit rasselndem Atem und sagte: «Dann zeig es mal her, das Fleisch!»

Grein holte den angenagten Schinken aus der Tasche. «Na, was sagst du dazu?»

«Ein Schinken? Wie soll ich den ohne Zähne runterkriegen? Ich dachte, du hättest zartes Fleisch.»

«Na, sieh doch, wie zart er ist», erwiderte Grein. Er zupfte ein Stückchen ab, stopfte es sich demonstrativ in den Mund und schluckte es herunter.

Der Alte leckte sich die aufgeplatzten Lippen. «Aber er ist zu klein. Dafür tausche ich meine Schuhe nicht. Ich will einen größeren Schinken.»

Grein riss eine weitere Ecke ab.

«He!», rief der Alte, «wenn du so weitermachst, ist gleich nichts mehr übrig. Lass mich wenigstens mal probieren. Los, los, gib schon her!»

Grein hielt dem Alten das Schinkenstück mit spitzen Fingern hin. Doch als der Alte es schnappen wollte, zog Grein es wieder weg. Der Alte verlor das Gleichgewicht und rutschte vom Fass herunter.

«Was soll das?», grummelte er. «Hilf mir wieder auf.»

Grein wollte gerade nach dem Stock des Alten greifen, als er ganz in der Nähe ein knackendes Geräusch vernahm. Er hielt inne. Doch in der Dunkelheit war nichts zu erkennen. Plötzlich huschte eine Ratte über seine Füße.

«Blödes Vieh», knurrte Grein und bückte sich nach dem Stock des Alten.

«Gib mir meinen Stock wieder», rief der Alte, der sich inzwischen wieder aufgerappelt hatte und nun vor Grein kniete.

«Ich tausche ihn gegen deine Schuhe», erwiderte Grein grinsend.

«Die kriegst du nicht!»

Grein grinste dreckig. Dann holte er blitzschnell aus und schlug dem Alten den Stock über den Schädel. Sein Opfer stieß einen heulenden Laut aus. Grein schlug ein zweites Mal zu.

«Hör auf! Hör auf!», bettelte der Alte benommen.

Als Grein das dritte Mal zuschlug, zersplitterte der Stock in mehrere Teile. Der Hieb hatte gesessen. Der Alte kippte stöhnend vornüber und verlor das Bewusstsein.

Grein biss genüsslich ein Stück vom Schinken ab. Dann machte er sich daran, seinem Opfer die Schuhe auszuziehen. Sie waren nicht so gut, wie er gehofft hatte. An einigen Stellen war das geschmeidige Ziegenleder bereits durchgescheuert und löchrig. Aber immerhin war es besser, solche Schuhe zu tragen als gar keine. Grein schlüpfte hinein und stellte zufrieden fest, dass sie ihm passten. Er stopfte sich den Rest des Schinkens in den Mund und machte sich dann auf den Weg in die Stadt, um sich in einem der neugebauten, noch nicht bezogenen Häuser am südlichen Stadtrand einen Schlafplatz für die Nacht zu suchen.

Zufrieden stolzierte Grein mit federndem Schritt nach Haithabu. Besser hätte dieser Tag nicht enden können.

Er war so sehr in Gedanken versunken, dass er die vermummte Gestalt erst bemerkte, als er beinahe gegen sie gerannt wäre.

Grein schreckte zurück. «Was … was willst du?»

Die Gestalt deutete auf Greins Füße.

«Meine Schuhe?» Grein hatte seine Fassung wiedergewonnen, und allmählich kehrte auch seine Selbstsicherheit zurück. Wer auch immer sich unter diesem schwarzen Umhang verbarg – Grein würde sich die neuen Schuhe nicht wegnehmen lassen.

«Das sind meine, ich hab sie mir redlich verdient», protestierte er, während er sich so unauffällig wie möglich nach einem Fluchtweg umschaute. Vor ihm stand der Vermummte, links und rechts waren Häuser. Nur nach hinten war der Weg frei.

Grein trat vorsichtig einen Schritt zurück und wirbelte mit einem Satz herum. Aber die Gestalt griff nach ihm und bekam seinen Mantel zu fassen. Grein schlug um sich, um sich loszureißen. Da packte ihn eine kräftige Hand und riss seinen Kopf zurück. Grein spürte etwas Weiches, Feuchtes in seinem Gesicht. Er wollte schreien, doch plötzlich bekam er ein Gefühl, als könne er fliegen; er fühlte sich leicht und schwerelos.

Dann fiel er in ein tiefes, schwarzes Loch.

7.

Odo wickelte den Schwamm wieder in den Lederlappen, damit die kostbaren Zutaten sich nicht an der Luft verflüchtigten. Er hatte die Zubereitung von Schlafschwämmen bereits vor langer Zeit in Saint Geneviève von einem Bruder gelernt, der auf seinen Reisen bis ans Mittelländische Meer gekommen war, wo er die Zutaten erstanden hatte. Aufmerksam hatte Odo damals dabei zugeschaut, wie der Bruder ein Mittel herstellte, mit dem er Schwämme tränkte. Es bestand aus dem Saft einer Alraunenwurzel, kombiniert mit Teilen von Tollkirsche und Bilsenkraut sowie einem Gift, das man Opium nannte. Diese Zutaten hatte Odo auf dem Markt von Haithabu gekauft, auf dem Händler aus aller Welt ihre Waren anboten.

Er hievte den bewusstlosen Grein auf seine Schulter und schleppte ihn zu einem riesigen, jenseits der Stadt gelegenen Baum. Dort zog er sein Opfer bis auf die Haut aus, fesselte und knebelte es und legte anschließend die Gerätschaften bereit.

Er entzündete eine Kerze, schlug das in Schweinsleder gebundene Buch auf und blätterte darin, bis er die richtige Seite gefunden hatte.

AVARITIA!

O ja! Odo wurde von einer angenehmen Wärme erfüllt. Er las den Text immer wieder, bis ein Stöhnen ihm verriet, dass der Sünder zu sich kam. Odo wartete, bis Grein die Augen aufschlug, und hielt ihm dann das Messer vor die Augen. Der Dieb blähte die Nasenflügel und keuchte hinter dem Knebel; sein Blick war von Angst erfüllt.

Odo gab sich zu erkennen, damit der Dämon ihm ins Gesicht sehen konnte. Als er den Umhang vom Kopf nahm, wich die Angst aus dem Gesicht des Sünders. In seiner Miene spiegelte sich nun eine Mischung aus Überraschung und der Hoffnung auf Überleben.

Grein schaute Odo flehend an. Dieser Anblick versetzte Odo einen heftigen Stich. Seine Hand, in der er das Messer hielt, begann heftig zu zittern. Natürlich war Grein vom Dämon der Sünde Habsucht besessen. Aber er war auch ein menschliches Wesen, das lebte und atmete. Ein Wesen, das vielleicht sogar in der Lage war, seine Sünden zu bereuen und dem Verderber zu entsagen …

Nein! Odo schüttelte heftig den Kopf und unterbrach seine eigenen verwirrenden Gedanken.

Er durfte seinen Gefühlen nicht nachgeben. Der Dämon war in diesen Körper gefahren, und der Verderber, der Vater aller Sünden, hatte sich der Seele dieses Mannes bemächtigt.

Odo würde mit diesem Opfer keinen Menschen töten – er würde einen Dämon vernichten!

Er beugte sich tief über Greins Gesicht und sagte mit sanfter Stimme: «Du bist besessen, mein Sohn – besessen vom Dämon Habgier. Er ist es, der dich zu dem gemacht hat, was du geworden bist. Du bist nicht zufrieden mit den Schuhen, die du besitzt. Du bist nicht zufrieden mit dem Essen, das ich dir gegeben habe. Du kannst das, was du hast, nicht genießen. Du musst mehr haben, immer mehr.»

Grein versuchte etwas zu sagen, doch der Knebel ließ ihn nur ein unverständliches Grunzen produzieren.

Odo schüttelte den Kopf. Er schlug das Kreuz über dem Sünder und machte sich ans Werk.

Eine sanfte Brise wehte vom Hafen herüber. Im Baum wisperten die Blätter. Irgendwo über dem Noor kreischte eine Möwe. Die Luft roch nach Brackwasser, Unrat und Blütenpollen.

Das war der Duft des Sommers in Haithabu.

Odo summte eine Melodie, und sie begleitete Greins Todeskampf, während das Blut bis auf den letzten Tropfen aus seinem sterbenden Körper floss.

Und mit jedem vergossenen Blutstropfen starb ein Stück des Dämons.

Avaritia – vergehe!

8.

Einar stank nach Met und Bier.

Helgi rümpfte die Nase, als er sich über seinen Vater beugte. Der Schmied lag rücklings auf dem Bett, voll bekleidet mit Mantel und Schuhen. Er schnarchte wie ein Wildschwein.

Es war früher Morgen. Durch den Spalt zwischen dem oberen Ende der Wand und der schrägen Dachkonstruktion sickerte das erste Tageslicht in den Schlafraum.

Helgi streckte seine Glieder. Er zog Tunika und Hemd über und ging in die Küche, in der Gullweig vor der Kornmühle hockte. Sie bestand aus zwei übereinanderliegenden runden Steinen. In den oberen war ein kreisrundes Loch eingelassen, in das Gullweig eine Handvoll Körner schüttete.

Die alte Frau nahm keine Notiz von ihrem Sohn und begann die Mühle zu drehen. Grobkörniges Mehl rieselte zwischen den Steinen hervor und sammelte sich auf einem gegerbten Ziegenfell, das auf dem Boden ausgebreitet war.

«Weißt du, was das hier wird?», fragte Gullweig, ohne sich zu Helgi umzudrehen.

«Mehl für ein Brot, nehme ich an.»

Seine Mutter hielt inne. «Natürlich wird das ein Brot», erwiderte sie missmutig. «Aber keines, das euch schmecken wird.»

Helgi fuhr sich müde mit der Hand übers Gesicht. «Und was willst du damit sagen, Mutter?»

«Eicheln», stieß sie hervor. «Ich muss mittlerweile drei Teile Eicheln auf einen Teil Mehl nehmen, um ein Brot zu backen, mit dem ich euch wenigstens halbwegs satt bekomme. Ihr fresst wie die Pferde, aber ihr verdient nicht so viel Geld, als dass man damit Fliegen ernähren könnte.»

Helgi war mit einem Schlag hellwach. «Willst du damit etwa sagen, dass Einar den Wettbewerb verloren hat?»

Gullweig wandte sich zu ihm um. «Ich weiß es nicht. Als dein Vater vorhin zurückkam, war er viel zu betrunken. Er brachte kein klares Wort heraus, sondern fiel einfach um, genauso, wie du ihn vorgefunden hast.»

Sie kehrte mit den Händen das Mehl zusammen, streute es in eine Schüssel und schüttete aus einem Eimer Wasser hinzu. Anschließend knetete sie die Masse, bis daraus ein zäher, klebriger Teig entstand. Dann öffnete sie die Luke des kuppelförmigen Lehmofens und prüfte mit der Hand die Hitze. Offensichtlich war er noch nicht heiß genug. Daher machte Gullweig sich daran, zunächst einen weiteren Teig herzustellen.

«Wir haben kein Wasser mehr», sagte sie, während sie den Mühlstein betätigte. «Mach dich nützlich und hol neues.»

Helgi griff nach dem Eimer, um damit zum Brunnen hinterm Haus zu gehen.

«Der Brunnen ist versiegt», rief Gullweig ihn zurück.

«Schon wieder? Wir haben ihn doch gerade erst aufgefüllt.»

«Die Sonne trocknet ihn schneller aus, als wir das Wasser verbrauchen können.»

Helgi nahm noch einen zweiten Eimer und verließ das Haus durch den Hintereingang. Er würde zur Quelle im Wald gehen müssen.

Ihr Grundstück war von dem Nachbarhaus, in dem Gizur mit seiner Frau Herkia lebte, durch einen hüfthohen Weidenzaun getrennt. An diesem Morgen drang kein einziges Geräusch aus Gizurs Haus. Kein Hämmern, kein Schreien, kein Fluchen.

Die Sklavin hielt sich nur am Tage bei ihren Herren auf. Es hieß, Herkia dulde das Mädchen nicht in ihrer Nähe, weil sie eifersüchtig sei. Da sie nicht sprach, hatte man das Mädchen Rúna genannt, was Geheimnis bedeutete. Ob sie allerdings wirklich stumm war, konnte niemand sagen. Vielleicht *wollte* sie einfach nicht sprechen.

Rúna kam jeden Tag am frühen Morgen zur Arbeit in Gizurs Haus. Vor Einbruch der Dunkelheit ging sie zurück zu den Baracken, die sich außerhalb der Stadt befanden. Das Sklavenviertel bestand aus vier verfallenen Häusern, die von der Außenwelt durch einen hohen Holzzaun abgeschirmt waren.

Vorsorglich hatte Helgi an diesem Morgen die Freyjafigur mitgenommen. Sollte er Rúna auf dem Weg zur Quelle begegnen, wollte er ihr die Puppe schenken – auch gegen den Rat seiner Mutter.

Helgi schlenderte durch die Gassen des Handwerkerviertels.

Um ihn herum erwachte das Leben. Frauen traten aus den Türen der Wohnhäuser und schütteten die stinkenden Inhalte der Nachttöpfe in die durch Planken- oder Weidenzäune abgetrennten Vorgärten. Aus den Gebäuden drang Kindergeschrei, hier und da arbeitete bereits ein Metallgießer, Flickschuster oder Kammmacher in seiner Werkstatt.

Am Ende der Gasse begegnete Helgi Björn Fiskari, der

auf dem Weg zu seinem Boot war. Der Fischer schloss gerade die Tür zu seinem Haus, das an dem schmalen Bach stand, der das südliche Ende der Stadt markierte. Björn hatte ein grobmaschiges Netz und einige Hechtangeln bei sich.

Als Björn Helgi bemerkte, rief er ihn zu sich. «Deine Mutter schuldet mir noch das Geld für die Heringe.»

Helgi runzelte die Stirn. «Ich kann mich nicht daran erinnern, wann es bei uns zuletzt Fisch gegeben hat.»

«Kein Wunder, das ist bereits zur Saatzeit gewesen – also vor mehr als drei Monden. Deine Mutter hatte einen Eimer Heringe bestellt und ihn auch bekommen.»

Helgi nickte nachdenklich. «Warum hat sie die Fische nicht bezahlt?»

«Das musst du Gullweig selbst fragen», erwiderte Björn. «Auf jeden Fall will ich mein Geld. Sonst muss ich die Sache Hovi melden.»

Björn schulterte die Angeln und stapfte zum Noor hinunter.

Bloß nicht Hovi, dachte Helgi. Wenn der Jarl seine Krieger zum Schuldeneintreiben losschickte, würde es ungemütlich. Dass sie nicht mehr viel Geld hatten, wusste Helgi. Aber dass es so schlimm um sie bestellt war, war ihm neu. Wo hatte Gullweig wohl noch überall Schulden gemacht?

Gedankenversunken kam er zur Brücke, als er von einer Gruppe von Kriegern eingeholt wurde. Die Männer stürmten an ihm vorbei und drängten ihn von der Brücke. Im letzten Moment konnte sich Helgi mit einem Sprung auf das gegenüberliegende Bachufer retten.

Nachdem die Soldaten die Brücke überquert hatten, teilten sie sich in drei Gruppen auf. Ihr Anführer war Egil

Blóðsimlir, der Hofðingi, der Hauptmann des Jarls. Egil schickte einige der Männer zum Hafen hinunter, andere nach Westen, flussaufwärts am Bachlauf entlang, und die restlichen, deren Leitung er selbst übernahm, verschwanden in südlicher Richtung, in der sich das Sklavenviertel befand.

Daher beschloss Helgi, einen anderen Weg zur Quelle einzuschlagen. Es erschien ihm sicherer, einen großen Bogen um Egil zu machen.

Der Hofðingi schien sehr wütend zu sein.

9.

Die Quelle war nur noch ein Rinnsal.

Noch vor wenigen Tagen war das Wasser zwischen den Steinen hervorgesprudelt. Nun tröpfelte es nur noch. Wenn es nicht bald regnete, würde die Quelle versiegen, und die Bewohner von Haithabu müssten das faulige Wasser aus dem Noor schöpfen.

Helgi stellte einen der Eimer zurecht. Da es einige Zeit dauern würde, bis er gefüllt war, ließ Helgi sich auf einem umgekippten Baumstamm nieder und schaute zum spiegelglatten Noor hinüber. Kein Windhauch kräuselte die Wasseroberfläche.

Plötzlich bildeten sich kleine Wellen. In einer Entfernung von etwa zweihundert Schritt sah Helgi den Fischer Björn, der mit seinem Ruderboot vor einem Schilfgürtel trieb, wo er seine Hechtfallen aufstellte. Dazu bestückte er beidseitig angespitzte Stöckchen mit toten Fischen – Plötzen, die die Dänen *skálgi* nannten – und warf die an einem Seil befestigten Köder ins Wasser. Das andere

Seilende knotete Björn an einem stabilen Ast fest, den er in den Grund rammte. Wenn ein Hecht den Köderfisch fraß und hinunterschluckte, würde sich das Stöckchen im Magen des Räubers quer stellen – und der Fisch hing an der Angel.

Die Methode ist denkbar einfach, überlegte Helgi. Ich könnte ebenfalls mein Glück versuchen.

Ein gebratener Hecht wäre eine schöne Abwechslung auf ihrem Speiseplan. Seit geraumer Zeit gab es kaum etwas anderes als bitteres Eichelmehlbrot und zähe Hafergrütze.

Helgi beschloss, Köderfische zu fangen.

Er stellte sich mit dem Eimer am Ufer auf, um eine der kleinen Plötzen zu fangen, die im Wasser hin- und herflitzten. Manchmal stießen sie an die Oberfläche, wo sie nach toten Insekten schnappten. Da blitzte es unmittelbar vor seinen Füßen auf. Ein Schwarm der fingerlangen Fische hatte sich bis in den flachen Uferbereich vorgewagt. Helgi hob behutsam den Eimer, um die Fischchen nicht zu verscheuchen. Langsam, ganz langsam beugte er sich über ein halbes Dutzend Plötzen, die im kaum knietiefen Wasser verharrten.

Helgi visierte sie an und wollte gerade zustoßen, als direkt vor ihm ein faustgroßer Stein ins Wasser plumpste. Sofort stoben die Fische auseinander.

Helgi wirbelte herum. Wer hatte es gewagt, ihn zu bewerfen? Als er jedoch den Übeltäter erkannte, verflog seine Wut.

Es war Ingvar.

Helgis rothaariger Freund trat zwischen den Bäumen hervor. Er grinste verschmitzt aus seinem von Sommersprossen gesprenkelten Gesicht. In der Hand hielt er einen Eimer, den er ebenfalls an der Quelle hatte füllen wollen.

«Jagst du Libellen?», rief er.

«Nein, eigentlich wollte ich *dir* den Eimer über den Kopf stülpen.»

Ingvar setzte eine gespielt betroffene Miene auf. «Aber ich bin hier und nicht dort im Wasser. Wenn du mich fangen willst, musst du schon herkommen.»

Helgi lachte, und sie umarmten sich herzlich. Seit mehreren Wochen hatten sie sich nicht mehr gesehen. Die Jungen kannten sich seit ihrer Kindheit. Sie waren unzertrennlich gewesen und hatten mit ihren Flausen viele Erwachsene zur Weißglut gebracht. Ingvar war genauso alt wie Helgi, aber gut zwei Köpfe kleiner und von sehr viel schmächtigerer Statur. Seine körperlichen Nachteile – ein Junge war in den Augen der Normannen nur ein richtiger Knabe, wenn er bei Raufereien siegreich war – machte Ingvar durch seine Fröhlichkeit und Schlagfertigkeit wett. Und außerdem hatte er ja mit Helgi einen außergewöhnlich kräftigen Freund, der ihn mehr als einmal beschützt hatte.

Ingvar, der sein Geld als Kammmacher verdiente, war von seiner Mutter allein aufgezogen worden. Seinen Vater hatte er nie kennengelernt. Es hieß, er sei noch vor Ingvars Geburt gestorben. Gullweig hatte allerdings einmal erzählt, Ingvars Mutter habe gar nicht gewusst, wer der Vater sei. Sie sei eine Frau gewesen, die mit vielen Männern ihr Lager geteilt habe.

Woher Ingvar seine Fröhlichkeit nahm, war Helgi ein Rätsel. Seine Mutter war eine merkwürdige Person gewesen, die es mit Recht und Gesetz nicht sehr genau genommen hatte. Sie war vor einigen Jahren zum Tode verurteilt worden. Angeblich hatte sie einen reisenden Händler bestohlen, einen reichen Franken. Hinter vorgehaltener Hand erzählte man sich aber, der Händler, der mit norwegischen Walrosszähnen sein Geld verdiente, habe der Frau schlicht den Liebesdienst nicht bezahlen wollen. Wie auch immer – die Sache war entschieden worden. Auf Hovis Befehl war Ingvars Mutter vor fünf Wintern in einem mit Steinen beschwerten Holzkäfig im Hafen ertränkt worden. Ingvar hatte niemals mehr ein Wort über seine Mutter verloren.

Ob er sie geliebt hatte, ob er ihr nachtrauerte – das hatte Helgi nie erfahren.

Nachdem sein erster Eimer gefüllt war, ließ er Ingvar an der Quelle den Vortritt.

«Hast du etwas vom Ausgang des Schmiedewettbewerbs gehört?», fragte Helgi.

«Wieso ich? Wenn ich mich recht erinnere, ist dein Vater selbst ein Schmied und hat sich um den Auftrag beworben. Warum fragst du nicht deinen Alten?»

Als Helgi von Einars Vollrausch erzählte, konnte Ingvar sich ein Lachen nicht verkneifen.

«Du hättest ihm einen Eimer Wasser über den Kopf schütten sollen.»

Helgi nickte missmutig. «Verdient hätte er es. Er hätte Gullweig wenigstens erzählen können, ob er gewonnen hat oder nicht.»

Ingvar klaubte einen flachen Stein auf und ließ ihn über die Oberfläche des Noors flitschen. «Was machen denn deine Frauen?», fragte er beiläufig, als der Stein nach mehreren Aufsetzern unterging.

«Was meinst du damit?»

«War da nicht etwas mit Mardöll, dieser albernen Pute?»

Helgi verdrehte die Augen. Er hatte gehofft, die Geschichte wäre unbemerkt geblieben. Aber da selbst Gullweig davon erfahren hatte, musste er sich nicht wundern, wenn auch Ingvar Bescheid wusste.

«Es heißt, du willst sie heiraten», sagte Ingvar.

Helgi fuhr auf. «Ich – Mardöll heiraten? Wer erzählt denn so etwas?»

«Sie selbst. Sie sagt, du würdest ihr den Hof machen. Und du hättest ihre Brüste anfassen dürfen.»

Helgi wurde schwindelig. Aber schließlich war er ja selbst schuld an der ganzen Geschichte …

Wie hatte er nur so dumm sein können, sich mit dieser *syrpa*, dieser Schlampe, einzulassen? Es war im vergangenen Winter beim Julfest gewesen, dem kürzesten Tag des Jahres. Ja sicher, Helgi hatte ein paar Becher Met zu viel getrunken. Viel zu viel! Er war nicht mehr Herr seiner Sinne gewesen. Er hätte nein sagen müssen. Stattdessen hatte er sich von Mardöll in das Haus ihrer Eltern schleppen lassen. Der Met hatte ihn leichtsinnig gemacht. Ehe er sichs versah, lag er auf ihrem Bett und sie auf ihm. Sie hatte ihn beinahe erstickt mit ihren Brüsten, die so groß waren wie mit Dinkelbrei gefüllte Schweinemägen. Letztendlich hatte er es Mardölls Vater, dem Bernsteinschleifer Erik, zu verdanken, dass er sich nicht für ewig unglücklich gemacht hatte. Aus irgendeinem Grund war der Alte gerade noch rechtzeitig von der Julfeier nach Hause gekommen, hatte die beiden erwischt und Helgi aus dem Haus gejagt. Denn wenn Helgi es mit Mardöll getrieben hätte, hätte er sich einer Heirat nur schwer entziehen können. Gesetz war nun mal Gesetz.

«Wie war's denn?», fragte Ingvar.

Helgi schreckte aus seinen Gedanken auf. «Wie war was?»

«Na, Mardölls Brüste anzufassen?»

«Hm, eigentlich nicht übel», gestand Helgi ein. «Es fühlte sich an, als ob ... als ob man ... diese wabbeligen, durchsichtigen Wesen anfasst, die manchmal an die Strände des Meeres treiben.»

Ingvar warf ihm einen verwirrten Blick zu. Helgi begann zu lachen. Dann stimmte auch Ingvar ein, sodass die Sommersprossen auf seinem Gesicht tanzten.

Als sie sich wieder beruhigt hatten, meinte Helgi: «Warum fragst du mich nach Brüsten? Ich dachte, du kennst dich damit aus.»

Ingvar, der Helgi gegenüber gerne mit Frauengeschichten prahlte, setzte ein beleidigtes Gesicht auf. «Natürlich tue ich das! Ich hab schon jede Menge Brüste in den Händen gehabt. Was glaubst du wohl? Wollte halt nur mal wissen, was dran ist an den Gerüchten über dich und Mardöll.»

«Nichts ist dran. Überhaupt nichts! Ich kann das Weib nicht ausstehen und werde es ganz sicher nicht heiraten. Da können sich ihre Brüste noch so weich anfühlen. Lieber schließe ich mich Hovis Kriegern an und folge ihnen in den Tod. Das kannst du Mardöll ausrichten, wenn du sie mal wieder siehst.»

«Das werde ich tun, mein Freund», erwiderte Ingvar vergnügt, während er die Eimer unter der Quelle auswechselte.

Dann beobachteten sie eine Weile den Fischer. Björn hatte seine Hechtfallen ausgelegt und war anschließend auf das Noor gerudert, wo er ein Netz einholte und Brachsen und Barsche aus den Maschen pulte.

«Wir könnten mal wieder eine Partie Hnefatafl spielen», meinte Ingvar nach einer Weile.

Helgi musste an die Holzfigur denken und holte sie hervor.

«Soll das eine neue Spielfigur sein?», fragte Ingvar. «Darf ich sie mal sehen?»

Helgi gab sie ihm und sagte: «Das ist Freyja. Ich habe sie aber nicht fürs Hnefatafl gemacht, sondern ...»

Er verstummte.

«Sondern?», meinte Ingvar. «Warum redest du nicht weiter? Irgendetwas stimmt doch nicht mit dir. Das sehe ich dir doch an! Da ist etwas in deinem Blick, so etwas Verträumtes.»

Helgi gab sich einen Ruck. Sie kannten sich seit einer Ewigkeit und vertrauten einander. Warum sollte er seinem Freund nicht von der stummen Sklavin erzählen?

«Du weißt doch, dass auf unserem Markt auch Sklaven verkauft werden», begann er.

Ingvar nickte.

Helgi fuhr fort: «Im vergangenen Herbst brachte ein Schiff eine Ladung Sklaven in die Stadt. Der fette Hrodmar, dem das Sklavenviertel gehört, kaufte alle Unfreien auf und brachte sie auf den Marktplatz, um sie dort weiterzuverkaufen. Unter ihnen war auch eine junge Frau. Sie hatte lange Haare, die bis auf den Rücken reichten und deren Farbe wie von glänzenden Kastanien war. Ihre Augen waren so schwarz wie Kohle, und ihre Haut war so weiß wie frisch gefallener Schnee.»

Helgi wartete neugierig auf eine Reaktion seines Freundes. Doch Ingvar starrte nur abwesend auf den See.

«Hast du das Mädchen gekauft?», fragte er schließlich.

«Nein. Du weißt doch, dass gute Sklaven doppelt so viel kosten wie eine Kuh. Ich könnte mir nicht mal ein

Huhn leisten oder von Björn eine *skálgi*. Zweihundertfünfzig Gramm Silber wollte Hrodmar für das Mädchen haben. Für alle anderen Sklaven hat er nur zweihundert verlangt.»

Ingvars Stimme war mit einem Mal kühl: «Warum hängst du dein Herz an eine Unfreie, die du eh nicht besitzen kannst?»

Helgi zuckte mit den Schultern. «Ich weiß es auch nicht. Seitdem ich Rúna gesehen habe, muss ich ständig an sie denken.»

«Rúna? Ein merkwürdiger Name.»

«Den hat Hrodmar ihr gegeben. Ihren richtigen Namen kennt niemand.»

«Warum denn nicht?»

«Sie … sie redet nicht.»

Ingvar glotzte seinen Freund an wie jemanden, der völlig den Verstand verloren hatte. «Du bist verliebt in eine Sklavin, von der du nichts weißt, die einem anderen Herrn gehört – und die auch noch stumm ist wie ein Fisch? Bei Thor, Helgi, kann es sein, dass du dir beim Schmieden nicht auf den Daumen, sondern auf den Kopf gehauen hast?»

Helgi sah seinem Freund an, dass diese Frage durchaus ernst gemeint war. Er war enttäuscht. Warum verstand sein bester Freund ihn nicht? Verletzt verlangte er von Ingvar die geschnitzte Freyja zurück.

«Ich hätte gedacht, dass ich mit dir darüber reden könnte.» Er nahm seine Eimer und stapfte beleidigt davon.

Ingvar folgte ihm. «Entschuldige», rief er, «es war nicht so gemeint.»

Schweigend gingen sie durch den Wald. In den Bäumen schimpften Eichelhäher. Unter ihren Füßen raschelte Laub, und irgendwo zirpte eine Grille. Sie ließen den Wald hinter sich, gingen über die Wiese und gelangten schließlich zum Sklavenviertel.

Helgi wagte einen Blick durch das Tor, in der Hoffnung, Rúna irgendwo zu sehen.

«Warum interessierst du dich für das Sklavenviertel? Ich dachte, das Mädchen ist verkauft worden», meinte Ingvar.

«Ist es ja auch – und zwar ausgerechnet an Gizur! Er hat ihr die Haare geschoren.»

Ingvar blies die Backen auf. Nachdem er die Luft geräuschvoll hatte entweichen lassen, meinte er: «Der Kryppa! Dann kann sie einem ja wirklich leidtun.»

Helgi nickte. «Eigentlich kann die Sklavin von Glück reden, dass Herkia sie nicht in ihrem Haus haben will. Es heißt, dass Rúna deshalb jeden Abend hierher zurückkehren muss.»

«Ich bin mir nicht sicher, ob sie es hier wirklich besser hat», entgegnete Ingvar.

In dem Moment schwankte ein stämmiger Kerl aus einem der Gebäude auf den kleinen Innenhof. Er gehörte zu Hrodmars Männern. An einem Haufen aus zusammengeworfenem Gerümpel ließ er die Hose herunter, um zu pinkeln. Der Strahl scheuchte einige Ratten auf, und die Nager schossen aus dem Müll hervor.

Nachdem der Mann seine Hose wieder hochgezogen hatte, verschwand er in einem schiefen Langhaus. Das Gebäude sah aus, als müsse man nur mit dem Finger dagegenschnippen, um es zum Einsturz zu bringen. Als der Mann erneut auf den Hof kam, zog er ein junges Mädchen am Kragen seiner Tunika hinter sich her. Sie war etwa sechzehn Jahre alt und damit jünger als Rúna, die Helgi auf achtzehn oder neunzehn schätzte. Das Gesicht des Mädchens war so sehr mit Dreck verschmiert, dass man es kaum erkennen konnte. Man hatte ihr wegen der Läuse den Schädel geschoren, so wie allen anderen Sklaven auch.

«Was hat er mit ihr vor?», fragte Helgi, nachdem der Wächter mit der Sklavin in einem anderen Haus verschwunden war.

«Vielleicht soll sie ihm einen Eintopf kochen», sagte Ingvar ironisch.

Bald darauf überquerten sie den Bach.

Kurz hinter der Holzbrücke trennten sich ihre Wege. Ingvar wohnte am westlichen Stadtrand, in einem Grubenhaus, in dem er sich auch seine Werkstatt eingerichtet hatte. Helgis Elternhaus befand sich im Handwerkerviertel, in der Nähe des Hafens.

Plötzlich stürmte eine Handvoll halbwüchsiger Knaben durch die Gassen auf sie zu. Einer von ihnen rief: «In Yggdrasils Ästen hängt ein Toter! Ein Toter! Ein Mann wurde getötet! In Yggdrasils Ästen hängt ein Toter!» Dann waren die Knaben hinter der nächsten Ecke verschwunden.

10.

Nördlich von Haithabu stand auf einer Feuchtwiese eine gewaltige Esche, etwa auf halber Strecke zur Hochburg und etwas abseits des Nordsüdwegs. Ihre Wurzeln wurden vom glasklaren Wasser eines Baches umspült, der sich dahinter in drei Läufe teilte. Die Bewohner nannten diesen Baum «Yggdrasil», denn in der uralten Geschichte von der Erschöpfung der Welt hieß es, Yggdrasil sei der Götter vornehmster Aufenthalt. Hier an der Esche, deren Zweige die Welt umspannten und deren Wurzeln bis Asgard, Midgard und Niflheim reichten, hielten sie Gericht. Der Totendrache Nidhöggr nage an den Wurzeln; in seinen Ästen sitze ein Adler, der viele Dinge wisse. Ein Eichhörnchen flitze zwischen dem Adler und dem Drachen hin und her. Es erzähle viele Lügen, um Streit und Hass zu säen zwischen den Dingen.

Daran glaubten die Menschen, und sie sahen in der Esche, die bei Haithabu stand, ebenjenen Weltenbaum, den die Götter besingen.

Heute jedoch, am Vormittag eines heißen Tages, einem von vielen in der Gluthitze dieses Sommers, waren weder Adler noch Eichhörnchen zu sehen.

Helgi erschauerte. Auch Ingvar an seiner Seite war entsetzt. Die halbe Stadt schien auf den Beinen zu sein und hatte sich bei dem Baum versammelt. Niemand wagte zu sprechen, bleierne Stille hatte sich breitgemacht. Die Menschen waren wie gelähmt vor Angst.

Der Anblick war grauenvoll. In der Esche hing der ausgeweidete Körper eines Mannes. Seine Leiche war nackt. Man hatte ihn regelrecht geschlachtet. Der Tote war mit Stricken an den Ästen befestigt, sodass es aussah, als schwebe er in einer Höhe von etwa zwanzig Fuß. Man hatte ihm einen Strick um den Hals gezogen, diesen über einen kräftigen Ast geworfen und ihn daran hochgezogen. Der Oberkörper war vom Hals abwärts bis zum Unterleib aufgeschlitzt. Lange, wurstartig in sich verdrehte Gebilde baumelten aus dem Körper heraus wie Taue von einem Segelmast. Klumpenförmige, blutige Innereien waren herausgefallen. Die Leichenteile lagen rings um die Esche verstreut herum auf dem Boden und im Bach. Auf der Wiese standen zudem zwei abgeschnittene Füße, ein linker und ein rechter; diese hatte man dem Opfer samt der Schuhe von den Beinen abgetrennt.

Eine Böe strich vom Slienfjord herauf und verfing sich in Yggdrasils Blättern und Zweigen. Einige der Schaulustigen stießen Schreie aus, als der Wind die Leiche hin- und herpendeln ließ, als sei sie von einer Geisterhand berührt worden.

Helgi stieß Ingvar an. «Schau mal, was da für ein eigenartiges Zeichen auf der Stirn des Toten ist.»

Ingvar nickte. «Vielleicht soll es eine Rune darstellen, wie sie in den Skarthistein an der Straße nach Hygelac gemeißelt sind.»

Helgi kniff die Augen zusammen, um besser sehen zu können. Gullweig hatte ihm die Runenschrift erklärt. Er kannte alle Zeichen und hatte damit häufig seine Schnitzereien verziert.

«Es könnte … es könnte ein *uruz* sein, das Zeichen für den Ochsen», überlegte Helgi. «Oder ein *opalan*, das für Erbbesitz steht. Aber was soll das für einen Sinn ergeben?»

Da ertönten plötzlich laute Stimmen von der Straße her.

«Auseinander! Geht zur Seite! Auseinander!»

Egil Blóðsimlir führte sein Pferd heran. Der Hauptmann des Jarls konnte hier nicht reiten, da die Hufe des Tieres im weichen Untergrund versunken wären. Hinter dem Bluttrinker stapften zwei kahlköpfige Krieger; ihre tätowierten Glatzen glänzten im Sonnenlicht. Die Brüder hießen Hrungnir und Draupnir. Es waren Berserker, Bärenmenschen. Schreckliche Kerle, stark und dumm. Die Menschen von Haithabu zitterten vor ihnen.

Hinter den Berserkern folgte ein gutes Dutzend Soldaten.

«Auseinander! Auseinander!», brüllte Egil.

Sofort wich die Menschenmenge zurück. Egil betrachtete die Leiche mit einer Mischung aus Wut und Verachtung. Als Hrungnir und Draupnir bei dem Anblick des Toten zu kichern begannen, mahnte Egil sie mit finsterem Blick zur Ruhe.

«Holt das da vom Baum», fuhr er die Glatzköpfe an.

Hrungnir und Draupnir glotzten sich an. Jeder der beiden konnte es mit einem halben Dutzend Krieger aufnehmen. Sie konnten sich in einen Zustand des Wahnsinns hineinsteigern, in dem sie mit bloßem Oberkörper und ohne Brustpanzer kämpften wie rasende Wölfe. Sie schreckten weder vor einem Schwert noch vor Feuer zurück. Aber wenn es darum ging, eine Leiche von einem Baum zu holen, waren sie sichtlich überfordert.

Egil wurde ungeduldig. «Los, beeilt euch!»

Daraufhin stellte sich Hrungnir unter einen etwa zehn Fuß hohen Ast und verschränkte die Hände, um seinem Bruder als Leiter zu dienen. Während Draupnir sich nach dem Ast streckte, befahl Egil anderen Kriegern, die Leichenteile einzusammeln.

Da trat ein alter Mann vor und sagte: «Aber die Schuhe gehören mir!»

Egil rief den Alten zu sich.

«Der Dieb hat meine Schuhe gestohlen», sagte der Alte mit Blick auf die Leiche.

«Du kanntest den Mann?», erwiderte Egil verblüfft.

«Ja! Er hat mich reingelegt. Er wollte mir Schinken für

meine Schuhe geben. Aber stattdessen hat er ihn selbst gefressen. Und dann hat er mich mit meinem eigenen Stock niedergeschlagen und mir die Schuhe gestohlen.» Der Alte reckte eine Faust und wünschte dem Toten alle erdenklichen Krankheiten an den Hals.

Egil forderte einen seiner Soldaten auf, ihm die Füße des Toten zu bringen.

Ingvar stöhnte vor Ekel auf, als der Soldat die abgetrennten Füße mitsamt der Schuhe aufhob. Egil riss sie ihm aus der Hand und hielt sie dem Alten vors Gesicht.

«Ja, ja», schnaufte der Alte. «Meine Schuhe sind das. Meine!»

Egils Gesicht wurde steinhart. «Deine Hand und dein Maul sind blutig, alter Mann.»

Verdutzt betrachtete der Alte seine Rechte. «Ich … ich habe ein Stück Kochfleisch gegessen.»

«Gekochtes Fleisch?»

Der Alte nickte. «Sogar in Öl gekocht. Aber innen war es noch blutig. Ein Mann hat es mir gegeben, gestern Nacht, als ich wieder zu mir gekommen bin. Er hat gesagt: ‹Iss das und reinige deine Seele.›»

«Reinige deine Seele? Wie hat der Mann denn ausgesehen?»

Der Alte wirkte ängstlich. «Ich habe ihn nicht erkannt. Er trug einen schwarzen Umhang.»

Da packte Egil den Alten am Ohr und drehte es so kräftig herum, dass der Alte mit einem Schmerzensschrei in die Knie ging.

«Weißt du, was ich glaube?», zischte Egil. «Ich glaube, dass du den Kerl da oben getötet hast.»

Ein Raunen erhob sich unter den Zuschauern.

«Ich habe dem Mann nichts getan», kreischte der Alte.

«Und wie kommt das Blut an deine Hand?»

Der Alte zog einen blutigen Klumpen aus seiner Tasche. «Hier ist das Fleisch.»

Egil betrachtete das etwa faustgroße Stück. Anstatt den Alten jedoch loszulassen, drehte er dessen Ohr noch stärker. Der Alte schrie, als ob das Ohr jeden Moment abreißen würde.

«Seht her!», rief Egil und hob den Klumpen triumphierend in die Höhe. «Dieser Kerl hier hat den Mann getötet. Das Fleisch ist der Beweis. Der Bastard hatte es in seiner Tasche. Er wollte es essen. Es ist – das Herz eines Menschen.»

Die Schaulustigen stöhnten. Egil übergab den Alten seinen Kriegern, die ihn sogleich fesselten und knebelten.

Als wieder Ruhe eingekehrt war, baute sich Egil vor der Menge auf. «Viele von euch haben bestimmt geglaubt, hier seien unheimliche Mächte am Werke. Ihr habt geglaubt, dass diese Mächte unseren Jarl von seinem Krieg abbringen wollen. Niemand kann euch das verdenken. Auch wir, eure Beschützer und Herren, sind nicht immer ohne Zweifel. Aber Hovis Krieg ist gerecht, und unser großer Jarl wird siegen!»

Der Hofðingi schaute in die Runde. «Der oberste Kriegsherr Odin hat unserem Jarl den Auftrag für den Krieg gegeben. Er wird in das Mittelländische Meer fahren, um mit den Tapfersten der Tapferen gegen die Stadt Rom zu ziehen. Die Straßen dieser Stadt sind gepflastert mit Gold und Silber. Die Weiber sind schön und dunkel. Reichtum, Ruhm und Ehre gebühren jedem, der sich Hovi anschließt! Und er, der den größten Ruhm auf sich vereint, wird eines Tages der neue König sein. Unser Hovi! Kommt zu den Waffen, Männer!»

Egil deutete auf die Esche. «Lasst euch nicht verunsichern durch einen geschlachteten Mann. Ich habe den Mörder überführt. Es war nicht das Werk der Götter.»

Er breitete die Arme aus, als wolle er alle Menschen umarmen. «Der nächste König wird Hovi sein! Und jeder, der ihm folgt, soll reich belohnt werden. Denn Odin – Odin! – hat Hovi auserwählt!»

In dem Moment knackte ein Ast. Die Menschen, die gebannt Egils Worten gelauscht hatten, fuhren vor Schreck zusammen. Dann folgte ein lautes Krachen. Dicht hinter dem Bluttrinker schlug zunächst die Leiche auf dem Boden auf, dann der Ast, an dem der Tote gehangen hatte. Mit einem langgezogenen Schrei stürzte Draupnir hinterher und landete direkt auf der Leiche. Die Knochen des Toten brachen unter dem Gewicht des Bärenmannes wie trockene Zweige.

Ob es nun ein Zeichen der Götter war oder nicht – dieser Vorfall war endgültig zu viel für die Menschen. Wie aufgeschreckte Hühner liefen sie über die Wiese davon.

Helgi, der der fliehenden Menge folgen wollte, schaute sich nach Ingvar um. Doch sein Freund war bereits verschwunden. Helgi griff nach seinen Eimern.

Gullweig wartete bestimmt schon ungeduldig auf das Wasser.

11.

Helgi betrat das Haus durch den Hintereingang.

Seine Mutter hockte mit einem Messer in der Hand vor der Ziege, die kaum noch genug Kraft hatte, um den Kopf aufrecht zu halten.

«Sie stirbt», sagte Gullweig und forderte Helgi auf, das dürre Tier bei den Hörnern zu packen. Er sollte es festhalten, damit sie ihm die Kehle durchschneiden konnte.

Helgi stellte die Eimer ab und kniete neben der Ziege nieder, die sie vor sieben Wintern gekauft hatten und die ihnen seither viel Milch gegeben hatte.

«Wir könnten sie doch mit Eicheln füttern», schlug Helgi vor. Zärtlich strich er über das weiße Fell. Die Ziege war ihm ans Herz gewachsen.

«Nein. Die Eicheln brauchen wir selbst», erwiderte Gullweig.

Sie hatte eine Holzschüssel zurechtgestellt, um darin das Blut aufzufangen. Zusammen mit dem Fleisch würde sie später daraus Blutwurst machen.

«Aber wenn Einar den Auftrag bekommen hat, könnten wir doch wieder Futter kaufen», warf Helgi ein.

«Ich hab bereits gesagt, dass sie stirbt», entgegnete Gullweig nüchtern.

Helgi überwand sich und packte die Ziege an den Hörnern. Sie schien zu ahnen, dass ihr Ende gekommen war. Hektisch scharrte sie mit den Vorderläufen und stieß meckernde Klagelaute aus. Doch Gullweig durchtrennte ihr mit einem Schnitt die Kehle. Das Tier stieß ein letztes Meckern aus, dann erschlaffte der Körper, und das Blut rann in die Schüssel.

Helgi erhob sich und klopfte sich den Staub von den Knien. «Schläft Einar immer noch?»

Gullweig nickte, während sie begann, dem Tier das Fell abzuziehen. Anschließend schnitt sie den Leib auf, entnahm die Innereien der Bauchhöhle, zerteilte mit den geübten Bewegungen einer Hausfrau das Fleisch und säuberte die Knochen.

Helgi schaute seiner Mutter eine Weile bei der Arbeit zu. Als die Ziege klein gewesen war, hatte er sie mit einem milchgetränkten Lappen gesäugt.

«Ich werde Einar jetzt wecken», sagte er schließlich.

«Wenn er schläft, schläft er», murmelte Gullweig.

Nicht mehr lange, dachte Helgi. Wütend nahm er einen der mit Wasser gefüllten Eimer und ging damit in die Schlafkammer. Einar lag noch immer schnarchend auf dem Rücken, das verquollene Gesicht zur Decke gerichtet.

Gullweig folgte ihrem Sohn. «Verschwende nicht das Wasser. Was macht es für einen Unterschied, ob wir jetzt gleich erfahren, wie der Wettbewerb ausgegangen ist, oder erst heute Abend?»

Helgi wurde immer wütender. «Es macht einen großen Unterschied, weil ich die Ungewissheit nicht mehr ertragen kann. Schließlich habe ich ihm dabei geholfen, das Schwert herzustellen. Tagelang musste ich seine Launen ertragen. An jedem Schwert hatte er etwas auszusetzen. Sieben verschiedene Klingen haben wir geschmiedet, bis …»

Einar stieß einen Grunzlaut aus. Es schien, als hätte Helgis Stimme ihn geweckt. Aber der Schmied wälzte sich nur auf die Seite und schlief weiter.

Helgi ließ ernüchtert den Eimer sinken. «Ich soll dir von Björn ausrichten, dass er noch Geld für die Heringe bekommt.»

«Wenn ich welches hätte, würde ich es ihm geben.»

«Er wird uns Hovis Soldaten auf den Hals hetzen, wenn du ihn nicht bezahlst.»

Gullweigs Augen füllten sich mit Tränen, dann nahm sie Helgi den Eimer aus der Hand und verließ die Schlafkammer.

Die Essekohle war längst verglüht. Aber in der Luft hing noch immer der Geruch von Rauch und Eisen. Die Lederschürzen hingen am Haken, die Hämmer lehnten an der Wand, und auf dem Amboss lag die Zange bereit.

Niemals zuvor war sich Helgi in der Schmiede so verloren vorgekommen. In diesem Augenblick schwor er sich, nie wieder eine Zange oder einen Schmiedehammer in die Hand zu nehmen, wenn Einar den Auftrag nicht bekommen haben sollte.

Einar war ein alter Mann, dessen beste Jahre vorbei waren. Das war traurig, doch so war es nun einmal. Er war nutzlos geworden wie die Ziege, die kaum noch Milch geben konnte. Junge Schmiede waren in die aufstrebende Stadt Haithabu gekommen. Sie waren begabt, kräftig und tatendurstig. Ihnen gehörte die Zukunft – und nicht einem alten Schmied und dessen Sohn, der nichts mehr hasste als Schmiedearbeit.

Helgi hörte ein vertrautes Geräusch. Aus der Nachbarschmiede dröhnten die Klänge des auf Metall schlagenden Hammers herüber. Gizur hatte seine Arbeit wieder aufgenommen.

Ob Rúna bei ihm war?

Helgi ballte die Hände zu Fäusten. Die ganze Welt schien sich gegen ihn verschworen zu haben. Er sollte eine Arbeit lernen, die er verachtete. Er hatte sich in ein Mädchen verliebt, das einem anderen Mann gehörte. Und dieser Kryppa hatte ihnen womöglich den Auftrag ihres Lebens weggeschnappt.

Wutentbrannt griff Helgi nach der Zange, um sie gegen die Wand zu schleudern, als es plötzlich gegen die Eingangstür hämmerte. Als Helgi den Fensterladen öffnete, sah er vor der Tür einen Mann stehen, der so dick war, dass sich sein Bauch über dem mit einem Kurzschwert behängten Gürtel wölbte. Sein feuerroter Bart war zu zwei Zöpfen geflochten.

«Schmied Einar, öffne die Tür!», brüllte der Rotbart.

Helgi lief ein Schauer über den Rücken. Er war überzeugt, dass Björn sie an den Jarl Hovi verraten hatte und dass dieser Krieger die Heringsschulden eintreiben wollte.

Da wankte Einar aus der Schlafkammer herein. Er sah schrecklich aus: Seine Augen war gerötet und verquollen, seine Haut aschfahl.

«Was ist das für ein Krach?», knurrte er, während er seine Schläfen massierte.

«Draußen steht ein Mann», erwiderte Helgi.

«Ein Dicker mit rotem Zopfbart?»

Helgi nickte.

«Dann lass ihn rein, verdammt nochmal!»

Als Helgi den Türriegel zur Seite schob, drängte der Dicke sofort herein und schob Helgi vor sich her.

«Olaf», entgegnete Einar in einem Tonfall, der Begeisterung ausdrücken sollte. Rasch rückte er dem Besucher einen Schemel zurecht. Der Dicke ließ sich ächzend darauf nieder. Es stellte sich heraus, dass sein Name Olaf Skoðgætir lautete und er Hovis Waffenmeister war.

«Ich muss was trinken», sagte Olaf ungehalten und wischte sich den Schweiß von der Stirn. «Diese verfluchte Hitze! Bei Odin, die macht durstig.»

Einar suchte ein noch zur Hälfte mit Met gefülltes Holzfass hervor und füllte einen Becher ab. Olaf leerte ihn in einem Zug und forderte sogleich mehr. Nachdem er den Becher zum zweiten Mal geleert und ihn ein drittes Mal hatte auffüllen lassen, reichte er Einar einen kleinen Lederbeutel. Einar öffnete ihn, und ein gutes Dutzend Silbermünzen fiel in seine Hand.

«Das ist die Anzahlung», erklärte Olaf. «Und sieh zu, dass du keinen Mist kaufst. Nur das allerbeste Eisen ist gut genug für die Waffen unseres großen Führers.»

Einar nickte und steckte den Beutel ein.

Olaf trank den restlichen Met. Dann ließ er Einar und Helgi wieder allein.

«Soll das bedeuten, dass du den Auftrag bekommen hast?», rief Helgi. Seine Stimme überschlug sich vor Aufregung.

Es kam nur sehr selten vor, dass Einar lachte. Aber nun verzog der Alte sein Gesicht zu einem Grinsen – und dann lachte er, bis ihm die Tränen aus den Augen kullerten. Auch Helgi stimmte mit ein, und er hätte seinen Vater am liebsten vor Freude durch die Luft gewirbelt.

Doch als Einar wieder von einem heftigen Hustenanfall gepackt wurde, erstarb sein Lachen. Sofort eilte Gullweig herbei. Gemeinsam mit Helgi führte sie ihren Mann zu einem Schemel. Es dauerte eine Weile, bis Einar wieder normal atmen konnte. Er wischte sich Schweiß und Tränen aus dem Gesicht. Es war stickig und heiß in der Schmiede.

Er rang sich ein gequältes Lächeln ab. «Hast du etwa an unserem Können gezweifelt, mein Sohn?»

Am Abend servierte Gullweig ihren Männern ein wahres Festmahl.

Einar hatte seiner Frau zwei der Silbermünzen gegeben. Damit hatte sie Björn Fiskari auszahlen können und dazu noch Stockfisch sowie einen goldbraunen Räucheraal bekommen. Anschließend hatte Gullweig auf dem Markt frische Knoblauchzehen, Schmalz, Salz sowie Thymian, Majoran und etwas von dem kostbaren Pfeffer gekauft, den dunkelhäutige Händler von weit her nach Haithabu brachten. Das Ziegenfleisch hatte Gullweig enthäutet und mit den Knoblauchzehen gespickt. Aus Schmalz, Thymian und Majoran rührte sie eine Paste an, die sie auf das Fleisch strich. Während sie das Essen vorbereitete, summte sie vergnügt vor sich hin. Viel zu lange schon hatte sie beim Kochen nicht mehr aus dem Vollen schöpfen können.

Nun briet das mit Salz und Pfeffer gewürzte Ziegenfleisch über dem offenen Feuer und erfüllte das ganze Haus mit köstlichem Geruch.

Einar berichtete unterdessen von dem Wettbewerb. Die Schmiede hatten ihre Schwerter mehreren verschiedenen Prüfungen unterziehen müssen, bei denen schließlich die beiden besten Klingen übrig geblieben waren: Einars Schwert und dasjenige, das Gizur geschmiedet hatte. Doch in der allerletzten Prüfung hatte sich Einar durchgesetzt.

«Und danach habe ich ein bisschen gefeiert», gab er zu. «Aber morgen wird wieder gearbeitet. Gleich nach Sonnenaufgang werden wir uns auf den Weg nach Sliesthorp machen, um Eisen zu kaufen.»

«Wann wirst du den Lohn für deine Arbeit erhalten?», fragte Gullweig, während sie das durchgebratene Fleisch in Holzschüsseln servierte.

«Olaf hat mir einen Vorschuss versprochen, sobald wir die erste Hälfte der angeforderten Waffen hergestellt haben. Den Rest erhalte ich im Frühjahr, wenn alles abgeliefert ist.»

Gierig machten sie sich über das Essen her. Helgi genoss das Fleisch, das trotz des Alters der Ziege angenehm zart war. Es schien eine Ewigkeit her zu sein, seit Gullweig das letzte Mal eine solche Köstlichkeit zubereitet hatte.

«Wo ist der Haken an der Sache?», fragte Gullweig zwischen zwei Bissen.

Einar wischte sich mit dem Hemdsärmel das Fett von den Lippen und sagte: «Es gibt keinen. Wenn ich nicht tot umfalle, bevor das letzte Schwert geschmiedet ist, können wir uns im kommenden Frühjahr ein Ferkel kaufen.»

«… und eine neue Ziege», warf Helgi ein.

«Und eine Ziege», bestätigte Einar.

«Auch ein neues Kleid?», fragte Gullweig.

Mit einem vielsagenden Blick strich Einar ihr über die von der Hitze des Kochfeuers geröteten Wangen. «Vielleicht auch ein neues Kleid, ja, vielleicht auch das.»

Die Dämmerung kroch über das Noor.

Helgi saß vor dem geöffneten Werkstattfenster. Das Schnitzmesser in der einen Hand und die Freyjafigur in der anderen wartete er darauf, dass die Sklavin Gizurs Haus verlassen würde.

Seine Eltern waren gleich nach dem Essen zu Bett gegangen. Lustvolles Stöhnen war aus der Schlafkammer gedrungen, während Helgi an Freyja die letzten Schnitte vorgenommen und hier und da noch eine Kante geglättet hatte. Es war lange her, dass seine Eltern zärtlich miteinander gewesen waren, sehr lange. Bald darauf waren sie eingeschlafen, und Helgi hatte die Holzpuppe fertiggestellt. Er hielt sie gegen das Licht, das durchs Fenster fiel. Mit der Arbeit konnte er zufrieden sein.

Freyja! Die Göttin der Liebenden. Helgis Eibenholzfigur hatte gleichmäßig geformte Brüste, langes, über die

Schultern wallendes Haar und einen schlanken Körper. Eine vollkommene Schönheit, fand er. So wie Rúna.

Und dann erschien sie.

Helgi rückte näher ans Fenster heran. Sein Herz pochte so laut, dass er befürchtete, sie könnte es hören.

Die Sklavin schloss die Tür zu Gizurs Haus hinter sich und trat in die Gasse.

Helgi betrachtete sie eingehend. Ihre Lippen waren voll und rot, und ihr ebenmäßiges Gesicht hatte hohe Wangenknochen und schmale Augen. Aber auf dem von Kohlenstaub verschmierten Gesicht lag ein Schatten, der nicht vom Schmutz der Arbeit herrührte, sondern von ihrer Trauer. Dennoch fand Helgi, dass die Frau in ihren grazilen Bewegungen eine Würde ausstrahlte, die einer Königin zur Ehre gereicht hätte.

Als sie sich auf Höhe des Fensters befand, rief Helgi leise nach ihr.

Sie blieb abrupt stehen und schaute verwundert in seine Richtung.

Helgi steckte seinen Arm durch das Fenster und reichte ihr die kleine Figur. Als die Sklavin jedoch einen Blick darauf warf, verfinsterte sich ihr Gesicht noch mehr, und ihre dunklen Augen funkelten Helgi böse an. Mit einem Kopfschütteln setzte sie ihren Weg fort.

Helgi blieb erschüttert zurück. Sie hatte sein Geschenk mit einem so strafenden Blick bedacht, als wäre er ihr schlimmster Feind. Was hatte er nur falsch gemacht?

12.

Aus Folkes Umhängebeutel drang ein ekelhafter Gestank.

Die anderen Jungen umringten den Knaben, schubsten ihn zwischen sich hin und her und riefen: «Folke stinkt! Folke stinkt nach Fisch!»

Folke suchte vergeblich nach einer Möglichkeit, seinen Peinigern zu entwischen. Fünf gegen einen – was für eine Ungerechtigkeit! Tränen schossen ihm in die Augen. Er flehte sie an, ihn in Ruhe zu lassen. Doch sein Jammern spornte die anderen nur noch weiter an.

«Folke stinkt! Folke stinkt nach Fisch!»

In seiner Verzweiflung griff Folke in den Beutel, in den er seine Kutte gestopft hatte, als er sie vor dem Baden abgelegt hatte. Seine Finger ertasteten eine glitschige Masse. Jemand hatte ihm etwas in den Beutel getan, während er auf das Noor hinausgeschwommen war, um sich abzukühlen.

«Stinker! Stinker!» Die anderen Jungen ließen keine Ruhe.

Folke zog seine Hand aus dem Beutel. Entgeistert betrachtete er den vergammelten Brachsen.

«Friss ihn doch – du Stinker!», brüllte einer der Jungen. Es war Geri, ein kräftiger, ungehobelter Kerl. Die anderen Knaben schlugen sich vor Lachen auf die Schenkel.

Da packte Folke die Wut. Er schleuderte den Fisch in Geris Richtung. Aber der hatte die Attacke vorausgesehen und duckte sich.

Urplötzlich verstummte das höhnische Gelächter, als die Jungen den Priester bemerkten, der von dem Lärm angelockt um die Ecke der Holzkirche gerannt kam.

Der Fisch hatte die Kutte des Mannes getroffen und darauf einen schleimigen Abdruck hinterlassen. Für einen Moment blitzten die Augen des Priesters böse auf. Aber gleich darauf entspannten sich seine Züge wieder. Er wischte mit einer beiläufigen Bewegung die Schuppen vom Umhang und hob den Fisch mit spitzen Fingern vom Boden auf.

«Folke hat ihn geworfen», sagte Geri.

Odo ließ den Brachsen wieder fallen. «Und wer hat den Fisch in seinen Beutel gesteckt?»

Die Jungen starrten auf ihre Füße.

«Ich frage euch noch einmal – wer von euch hat diesen Fisch in Folkes Beutel getan?»

Alle Blicke richteten sich nun auf Geri, der verlegen seine Hände knetete. Mit einem Schritt war Odo bei ihm und drehte ihm das Ohr um.

«Aua», schrie Geri. «Die anderen haben gesagt, dass ich das tun soll!»

Odo ließ Geri frei. Er schickte die Jungen ins Gemeindehaus, wo sie zur Strafe zehn Vaterunser beten sollten. Nur Folke blieb zurück.

«Ihre Natur verlangt es von ihnen», sagte Odo zu dem Knaben, als sie allein waren. «Diese Burschen sind noch wild und ungestüm. Aber die Zeit bei uns wird sie zähmen. Wenn sie erst getauft sind, werden sie zur Besinnung kommen. Auch du warst so wild, als du zu uns kamst, Folke.»

Der Junge schob die Unterlippe vor. «Aber so gemein war ich nie.»

Vor einem Vierteljahr hatte Folkes Vater, ein verarmter Bauer aus der Gegend um Haithabu, den Jungen der Christengemeinde übergeben. Er hatte seinen Sohn nach dem Tod der Mutter nicht alleine durchbringen können. Wie viele andere Männer befürchtete der Bauer wegen der anhaltenden Trockenheit eine Missernte. Daher hatte er sich entschlossen, sein Hab und Gut zu verkaufen, um sich dafür ein als Sax bezeichnetes Kurzschwert, eine Axt und ein Schild zu besorgen. Er wollte sich den Soldaten des Jarls Hovi anschließen und am Krieg teilnehmen. Und da war für den acht Jahre alten Folke kein Platz mehr.

Die Gemeinde hatte sich des Jungen angenommen. Man empfing jeden mit offenen Armen, der sich den Christen anschließen wollte. Von den Dänen wurden sie Munkis genannt, weil sie sie alle für Mönche hielten.

«Gib den Knaben Zeit, mein Sohn», sagte Odo. «In einigen Wochen sind sie ebenso fromm wie du.»

Von den Jungen der Gemeinde mochte Odo den kleinen Folke am liebsten. Er war ein aufgeweckter Kerl, der die Psalmen und Gebete rasch lernte und sich trotz der heidnischen Vorprägung in kürzester Zeit dem christlichen Glauben untergeordnet hatte.

Für Odo war Folke ein leibhaftiger Beweis dafür, dass man die Dämonen bisweilen auch durch Gebete austreiben konnte. Dies gelang jedoch nur sehr selten.

Folke schaute Odo missmutig an. «Sie dürfen mich nicht mehr ärgern, sonst …»

Odo hob mahnend eine Hand. «Begegne ihnen mit einem Lächeln. Wahre Größe zeigt sich nicht in eilfertiger Rache. Der Herrgott sagt: ‹Nur Güte und Gnade werden mir folgen ein Leben lang, und ich werde bleiben im Haus des Herrn immerdar.›»

Er bekreuzigte sich. «Und nun geh zu den anderen und bereite dich auf die Sext vor, die Bruder Arculf mit euch feiern wird.»

Folke nickte stumm. Dabei zog er ein Gesicht, als habe er Essig getrunken. Er trottete zum Gemeindehaus und flüsterte kaum hörbar: «Ich werde Geri töten.»

Die neuen Gebäude entstanden nur einen Steinwurf entfernt von der alten Kirche, und sie würden wunderbar werden.

Als Odo sich mit freudiger Erwartung seiner Baustelle näherte, trat ihm Ulf Uppsmiðan, der Baumeister, entgegen.

«Ist die Lieferung inzwischen eingetroffen?», wollte Odo wissen.

Ulf deutete freudestrahlend auf einen Haufen grober, noch unbearbeiteter Steine. Sie stammten aus einem etwa zwanzig Meilen entfernten Steinbruch. Damit wollte Odo das Fundament und die Wände der neuen Kirche errichten.

Ein Haus Gottes – ganz aus Stein!

Odo konnte es noch immer kaum fassen, dass man wirklich mit dem Bau begonnen hatte. Seit zwei Wochen wurde nun schon an der Kirche und einem neuen Gemeindehaus gearbeitet. Es sollte nach Art eines Langhauses entstehen und wie ein kleines Kloster werden. Hier würden die Brüder in einem abgetrennten Dormitorium schlafen und in einem Refektorium ihre Mahlzeiten zu sich nehmen. Die Gemeinde wuchs rasch, man brauchte mehr Platz.

Als Odo vor etwa einem Jahr in das Babylon des Nordens gekommen war, hatte er hier eine Christengemeinde vorgefunden, wie sie erbärmlicher nicht hätte sein können: Ganze sieben Männer und drei Knaben scharten sich um einen Priester, diesen Arculf, der das geistliche Amt nicht verdiente. Die Gestalten vegetierten vor sich hin. Sie hausten in einer baufälligen Hütte, durch die der Wind pfiff und durch deren Dach der Regen tropfte.

Aber jetzt, allein durch Odos Arbeit, erblühte das christliche Leben wie niemals zuvor: Zweiundzwanzig Männer und dreizehn Knaben zählte die Gemeinde mittlerweile, und einige der neuen Mitglieder hatten sogar ein wenig Geld mitgebracht. Die Christen waren zwar nicht reich, hatten aber ausreichend zu essen, ihre Kleidung war sauber und gepflegt. Außerdem hatte Odo regelmäßige Gottesdienste nach der Ordnung und dem Tagesrhythmus des heiligen Benedikt eingeführt: das Morgengebet zur Laudes, das Mittagsgebet zur Sext und das Abendgebet zur Vesper.

Es war eine Gemeinde, auf die ihr Oberhaupt, der neue Priester Odo von Lutetia, stolz war. Und es war eine Gemeinde, die auf sich stolz sein konnte, vertrat sie doch selbstbewusst den christlichen Glauben auf diesem nördlichen Vorposten, umzingelt von den Dämonen.

Jeden Tag kam Odo auf die Baustelle, um sich vom Fortgang der Arbeiten zu überzeugen.

«Das Fundament der Kirche werden wir bis heute Abend fertigstellen», sagte Ulf.

Sie schlenderten über den Bauplatz, auf dem die Christen gemeinsam mit den Handwerkern arbeiteten.

Odo musterte den Neubau des Gemeindehauses. Dieses Gebäude entstand ganz im Stile gewöhnlicher Häuser der Stadt Haithabu. Bislang hatte man die Pfähle für die Seitenwände gesetzt. Sie waren nicht einfach in den sandigen Boden eingegraben, sondern aus Gründen der Stabilität in eine waagerecht liegende Schwellbohle eingelassen worden. Als Bauholz ließ Odo teures, aber wesentlich haltbareres Eichenholz verwenden. Die Wände würden bald aus ineinandergesetzten Spaltbohlen gezogen und dann mit Flechtwerk, Moos und Lehm abgedichtet werden.

Aber so weit war man noch nicht.

Auch die Kirche war trotz der Vorarbeiten noch nicht als solche zu erkennen. Bislang hatte man das Fundament, bestehend aus den von Steinmetzen bearbeiteten, massiven Bodenplatten, gelegt. Nun machten sich die Arbeiter daran, die Seitenwände hochzuziehen.

Vor Odos geistigem Auge erstrahlte die Kirche bereits in all ihrer Pracht: Es würde eine abgerundete Apsis für den Altar, einen kleinen Chor, ein Langhaus und ein wundervolles Portal geben.

Wie jämmerlich und eines Gotteshauses unwürdig nahm sich da doch die Kirche aus, die Ansgar einst errichtet hatte und in der bis heute die Gottesdienste abgehalten wurden.

Natürlich würde sich Odos Kirche nicht mit der Kathedrale Saint Etienne in Paris vergleichen lassen. Mit der Kirche von Sankt Gallen auch nicht. Aber eines Tages würde er an diesem Ort, von dem aus die Säuberung der sündigen Welt ausgegangen war, eine Kathedrale errichten lassen, die alle bekannten Gebäude in den Schatten stellen sollte. Auch Saint Etienne und Sankt Gallen.

«Morgen beginnen wir mit der Herstellung des Mörtels und ziehen dann die Steine auf», erklärte Ulf. «Außerdem habe ich einige Männer abgestellt, die sich um die Errichtung der Baugerüste kümmern.»

Odo nickte zufrieden. Seit er dem Baumeister Ulf das Kommando gegeben hatte, hatten die Arbeiten eine neue Qualität bekommen. Er hatte Ulf in Haithabu aufgetrieben, wo dieser in einem der Neubauviertel arbeitete. Ulf hatte in seinem Berufsleben schon zahlreiche Holzhäuser errichtet und es dabei zu großem Können und einem guten Namen gebracht. Sein Ruf war weit über die Stadtgrenzen hinaus bekannt.

Aber Ulf war unzufrieden gewesen. Vor einigen Jahren hatte er im Frankenland zum ersten Mal Steinhäuser gesehen. Diese Bauweise hatte ihn sehr beeindruckt. Als Odo ihm anbot, ein Gebäude aus Steinen zu errichten, zögerte Ulf daher keinen Augenblick. Er kündigte noch am selben Tag bei seinem alten Dienstherrn.

Ulf war zwar Däne, und er betete wie die meisten Normannen die heidnischen Götzen an. Trotzdem hatte er viele Tugenden, die eines guten Christen würdig waren.

Eines Tages werde ich auch Ulf zum wahren Glauben bekehren, dachte Odo.

«Wie viel Zeit werden wir für den Bau der Kirche noch benötigen?», fragte Odo seinen Baumeister.

Ulf spitzte die Lippen. «Vielleicht einen Monat, höchstens aber sechs Wochen.»

«Dann sieh zu, dass du es in einem Monat schaffst.» Er klopfte Ulf auf die breiten Schultern. «Wir haben keine Zeit zu verlieren. Kaufe jeden Mann ein, den du bekommen kannst.»

«Aber das wird viel Geld kosten», meinte Ulf. «Schon jetzt verschlingen die Löhne der Handwerker und die Kosten für das Material Unsummen.»

«Mach dir um das Geld keine Sorgen», erwiderte Odo.

Ulf warf dem Priester einen schrägen Blick zu. «Darf ich Euch fragen, woher Ihr das Geld habt?»

Odo setzte ein gütiges Lächeln auf. «Nein, das darfst du nicht, mein Sohn. Und jetzt geh wieder an die Arbeit …»

In dem Moment kam ein Junge aus der alten Kirche gerannt. «Vater! Vater, schnell!»

Es war Torben. Odo ging dem Jungen entgegen.

«Vater, es ist etwas Schreckliches geschehen», rief der Jungen atemlos.

«Nun beruhige dich erst einmal», forderte Odo ihn auf.

«Es ist wegen Folke», japste Torben. «Er hat … er hat ein Messer. Er hat Geri angegriffen.»

Die Nachricht traf den Priester wie ein Faustschlag.

O nein!, dachte er. Nicht Folke!

Odo riss die wackelige Tür zur alten Kirche auf. Der Anblick raubte ihm den Atem.

Arculf, der unfähige Priester, rief mit angstvoller Stimme Gott um Hilfe an, anstatt sich selbst um die Streithähne zu kümmern. Auf dem Boden der Kirche wälzte sich ein Knäuel aus Armen, Beinen und Köpfen. Inmitten der schnaufenden und fluchenden Jungen lag Folke. Der Junge wehrte sich gegen die anderen, die auf ihn einschlugen, ihn kratzten und bissen. Folke blutete bereits aus zahlreichen Wunden.

Odo rannte zu den Knaben, verdrehte ihnen die Arme, packte diesen und jenen im Nacken, um sie von Folke fortzureißen.

Nachdem die Angreifer sich in die hintersten Ecken des Baus verkrochen hatten, stellte Odo den alten Arculf zur Rede. Arculf war bereits über fünfzig; seine Haut war aschfahl, sein Haar grau und sein langer Bart schneeweiß.

Mit zitterndem Finger zeigte Arculf auf Folke. «Der da hat angefangen.»

«Angefangen? Womit angefangen?», rief Odo ungehalten.

Aus einer dunklen Ecke drang ein klagender Laut. Dort lag Geri und wälzte sich einer Blutlache.

«Folke wollte mich töten», schrie er.

Odo kniete nieder, um die Verletzung zu untersuchen. Es schien nicht so schlimm zu sein, wie es auf den ersten Blick aussah. Geri blutete zwar stark aus einem fingerlangen Schnitt in der Beuge zwischen Hals und Schulter, aber es war nur eine Fleischwunde. Als Waffe kam nur ein Messer in Frage – und dieses schien sehr scharf gewesen zu sein.

Was Odo beunruhigte, war die Frage, woher Folke solch ein scharfes Messer hatte. Eine düstere Vorahnung beschlich ihn. Er erhob sich und wies die anderen Jungen an, Geri in das Gemeindehaus zu bringen, wo Liffard, ein heilkundiger Bruder, sich um die Versorgung der Wunde kümmern sollte.

Bald darauf war er mit Folke und Arculf allein in der Kirche. «Wo ist das Messer?», fragte er, mühsam um Fassung ringend.

Arculf, der sich allmählich wieder beruhigt hatte, hielt es Odo hin. «Ich habe dem Jungen das fürchterliche Ding abgenommen.»

Odo tat so, als würde er das Messer nicht kennen, und ließ es in seiner Tasche verschwinden.

Mit einem Anflug von Hochmut, den Odo sehr wohl registrierte, verschränkte Arculf die Arme vor der Brust und warf Folke einen vernichtenden Blick zu.

«Steh auf», sagte Odo zu dem Jungen.

Folke gehorchte. «Geri hat sich über mich lustig gemacht», meinte er trotzig.

«Gott allein vermag über Recht und Unrecht zu entscheiden.»

Folke wischte sich mit dem Handrücken Blut von der Stirn.

«Geh zu Geri und entschuldige dich», sagte Odo streng.

«Entschuldigen?» Folke starrte ihn entgeistert an.

Odo hätte dem Jungen am liebsten eine Ohrfeige verpasst. Aber er hielt sich zurück. «Ich erwarte dich nach der Komplet in meiner Kammer. Du hast mir einiges zu erklären.»

Folke schniefte betroffen. Mit gesenktem Haupt trottete er aus der Kirche.

Arculf verharrte in hochmütiger Stellung.

«Eine Messerstecherei in der Kirche!», zischte er. «Als der selige Ansgar noch unter uns weilte, ist es niemals zu einem solchen Vorfall gekommen.»

Odo stöhnte auf. Immer wieder dieselbe Leier! Er war kurz davor, Arculf zu packen und ihm eine ordentliche Tracht Prügel zu verabreichen. Körperlich war er diesem gebrechlichen Greis weit überlegen. Es wäre ihm ein Leichtes, dem Kerl alle Knochen im Leib zu brechen.

«Ansgar?», entgegnete Odo verächtlich. «Und wo ist er – der selige Ansgar?»

Arculf hob die Augenbrauen. «Er ist dorthin gegangen, wo seine Hilfe am nötigsten gebraucht wird. Er bringt den Menschen im schwedischen Birka Gottes Wort …»

«Ich denke, er liegt in seinem Sprengel Brema auf dem Sterbebett», warf Odo ein.

«Woher wollt Ihr das wissen?»

«Ein Priester hat es mir in der Hammaburg erzählt.»

Arculf schüttelte vehement den Kopf. «Entweder der Priester weiß es nicht besser, oder er spricht die Unwahrheit. Vor zwei Jahren kehrte Ansgar nach Haithabu zurück, um nach Birka zu fahren. Von dort ist er bislang nicht wieder zurückgekehrt.»

Odo zuckte mit den Schultern. «Ob nun in Brema oder Birka – er ist nicht in Haithabu. Er hat seine Gemeinde im Stich gelassen.»

Arculf protestierte: «Uns ging es gut, bis ...»

«... bis ich gekommen bin?», unterbrach ihn Odo erneut. «Ist es das, was du sagen wolltest? Ihr hattet kaum etwas zu essen. Die Brüder waren ausgezehrt und krank. Ihr hattet nicht einmal mehr die Kraft zum Beten, geschweige denn, neue Brüder für die Gemeinde zu werben. Aber einzig darin kann der Sinn einer Mission liegen: so viele Menschen wie möglich zum christlichen Glauben zu bekehren, damit ihre Seelen nicht länger vom heidnischen Götzentum vergiftet werden. Und nun schau dich um in *meiner* Gemeinde. Wir zählen so viele Brüder wie niemals zuvor ...»

«Aber Ansgar hatte *mich* als Priester eingesetzt», rief Arculf.

«Du sollst mich nicht unterbrechen!», schrie Odo den Alten an. «Du hast die Urkunde gesehen, die mich als Priester ausweist. Papst Nikolaus hat mich auf diese Mission geschickt, damit ich das fortführe, was Ansgar begonnen hat. Ich bin es, der den Völkern des Nordens das Evangelium verkünden wird, um den Heiden das zu geben, was sie verdienen!»

Odos Worte prasselten wie Hagelkörner auf Arculf nieder. Der Alte senkte Kopf und Schultern.

«Wisch das Blut auf und dann sieh zu, dass du dich

auf der Baustelle nützlich machst», beendete Odo seine Rede.

Mit diesen Worten ließ er Arculf allein.

Als Odo die Kirchentür von außen geschlossen hatte, lehnte er sich erschöpft an die Wand.

Er dachte an das Messer in seiner Tasche. Wie war der Knabe nur in seine Kammer gelangt? Aber viel schlimmer war, dass Folke das Versteck ausfindig gemacht haben musste. Dabei könnte er auch das Buch gesehen haben. Der Junge konnte zwar noch nicht lesen. Wenn er jedoch die Zeichnungen studiert hatte und von den Vorfällen in der Stadt erfahren würde, könnte sich der intelligente Junge einen Reim darauf machen.

Odo wusste, was das bedeutete. Er würde Folke beseitigen müssen. Mit einem bitteren Gefühl begab er sich in seine Kammer.

Es würde ihm leidtun um Folke.

13.

Einar japste gierig nach Luft. Seine Augen quollen aus den Höhlen.

«Jetzt reicht es!», rief Gullweig streng. Sie kniete sich neben ihren Mann und sagte: «Leg dich sofort ins Bett. Heute rührst du keinen Hammer mehr an!»

Doch Einar wischte ihre Hand fort. «Lass mich in Ruhe! Ich allein entscheide, wann und wie lange ich arbeite.»

Helgi, der die beiden beobachtete, legte die Zange beiseite, in der noch der halbfertig geschmiedete Axtkopf steckte.

«Mutter hat recht», warf er ein. «Dein Husten wird immer schlimmer.»

«Husten?», keuchte Einar, mühsam einen neuen Anfall unterdrückend. «Dass ich nicht lache! Das hier ist gar nichts gegen den Husten, den ich mir damals in dem verfluchten Winter eingefangen habe, als du geboren wurdest, Junge. Das war ein Husten. Aber das hier …»

Einar stockte, sein Gesicht lief rot an. Er presste die Lippen zusammen, blies die Wangen auf wie eine Erdkröte. Der Husten brach erneut aus ihm hervor wie Wasser aus einem gebrochenen Damm, und Einar krümmte sich vor Schmerzen.

Gullweig forderte Helgi auf, den Vater in die Schlafkammer zu tragen. Helgi hob Einar hoch, was ihm keinerlei Schwierigkeiten bereitete. In seinen Armen war Einar leicht wie ein junger Hund.

Gullweig folgte den beiden. «Ich werde ihm ein krampflösendes Mittel zubereiten», sagte sie.

Sie betteten Einar auf das Schlaflager, zogen ihm Schmiedeschürze und Tunika aus und wischten ihm den Schweiß von der fiebrigen Stirn.

Gullweig verschwand seufzend in der Küche.

«Bitte hör auf Gullweig, Vater», sagte Helgi. «Sie meint es gut mit dir.»

Einar starrte ihn aus glasigen Augen an. «Aber wir … wir dürfen keine Zeit verlieren. Wir müssen die erste Hälfte der Waffenbestellung bis zum Herbst abliefern. Sonst bekommen wir keinen Vorschuss.»

Sie hatten das von Olaf erhaltene Geld längst ausgegeben. Der größte Teil davon war für die Eisenbarren draufgegangen, die Einar in der etwa zehn Meilen entfernten Eisenhütte bei dem Ort Sliesthorp, auf der anderen Seite des Fjords, eingekauft hatte. Die Fische und auch das meiste Getreide waren inzwischen aufgebraucht. Ihr Speiseplan bestand wieder aus dem mit bitterem Eichelmehl hergestellten Brot und Hafergrütze.

Helgi ging in die Küche. Dort war Gullweig mit der Herstellung einer eigenartigen Substanz beschäftigt. Dafür zerstieß sie die im Rauch getrockneten, hodenförmigen Drüsensäcke eines Bibers mit einem Mörser in einer kleinen Specksteinschale. Sie gab Essig hinzu, bis eine harzartige Masse entstand. Diese Medizin brachte sie in die Schlafkammer.

Einar rümpfte die Nase. «Was ist das?»

«Bibergeil. Es wird deine Hustenkrämpfe lindern.» Gullweig hielt ihm einen Löffel vor den Mund.

«Bibergeil?», knurrte Einar. «Was für ein merkwürdiger Name.»

Gullweig zuckte mit den Schultern. «Ich habe das Rezept von meiner Großmutter. Sie hat gesagt, dass es die Blutungen der Frauen fördert, den Fötus und die Nachgeburt austreibt. Außerdem ist es gut gegen Blähungen, Schlafsucht – und gegen Krämpfe.»

«Aber ich habe weder Blutungen noch einen Fötus im Leib – sondern Husten.»

«Mach den Mund auf!»

«Das Zeug stinkt schlimmer als Gizur unter den Achseln.»

«Nun mach schon!»

Einar würgte den Trank angewidert herunter. «Bist du nun zufrieden?», maulte er.

Gullweig schüttelte den Kopf. «Erst wenn du alles getrunken hast.»

Der Alte starrte in die noch zur Hälfte gefüllte Schale.

Er stieß einen Seufzer aus und schluckte die bittere Medizin bis auf den letzten Löffel. Dann ließ er sich auf die Felle sinken.

Er winkte Helgi zu sich. «Du musst erst einmal allein weitermachen, Junge.»

Helgi war entsetzt. «Ich habe bislang nur Hufeisen und Nägel geschmiedet, aber noch keine Waffen.»

«Keine Ausreden! Du schaust mir seit Jahren bei der Arbeit zu.» Einar rollte sich auf die Seite und schloss die Augen.

Kurz darauf fand sich Helgi in der Werkstatt wieder.

Eine Weile stand er unschlüssig herum, betrachtete die Werkzeuge, die Esse und den Amboss und fragte sich immer wieder, wie er allein eine Axt oder ein Schwert herstellen sollte. Dann beschloss er, sich trotz der Zweifel an die Arbeit zu machen.

Zunächst würde er das Feuer wieder entzünden müssen. Er schaufelte die verglühten Kohlereste aus der Esse und schüttete eine neue Schicht hinein, in deren Mitte er eine kleine Mulde aushob. Darin entzündete er trockenes Holz. Als die Kohle glimmte, begann Helgi den Blasebalg zu betätigen. Er blies so lange Luft ins Feuer, bis die Kohle abgeflammt war. Denn – so hatte Einar es ihm beigebracht – erst nachdem die dunkelblauen Flammen und der gelbbraune Qualm, der sich vom Schmiedefeuer in den Abzug erhob, verschwunden waren und die Kohle glühte, konnte man den Stahl hineinlegen, ohne dass er brüchig wurde.

Nun drückte Helgi ein Stück Eisen ins Feuer, bis es von der Glut umhüllt wurde. Anschließend häufelte er mit einer Schaufel eine weitere Schicht darüber, während er unablässig den Blasebalg betätigte. Ab und an legte er das Eisen frei, um dessen Farbe zu kontrollieren. Als es kirschrot glühte, nahm er es aus dem Feuer.

Zügig, aber ohne Hast beförderte er nun das Eisen mit der Zange zum Amboss, nahm den Hammer und begann damit, das Werkstück zu bearbeiten. Dabei führte er den Hammer so, wie er es Einar abgeguckt hatte. Immer wieder hatte der Alte ihm eingebläut, dass der Hammer genau die Stelle treffen müsse, die auf dem Amboss auflag. Ansonsten würde das freie Ende des Stahls durch die Wucht des Aufpralls weggerissen.

Allmählich gewann Helgi an Sicherheit, seine Schläge wurden kräftiger und präziser – und was ihn am meisten verwunderte: Er fand immer mehr Gefallen an der Arbeit.

Da nahm er plötzlich vor dem geöffneten Fenster eine Bewegung wahr. Aus den Augenwinkeln sah er, dass jemand vor dem Haus stehen geblieben war und in seine Richtung schaute.

Es war Rúna!

Von ihrem Anblick abgelenkt, schlug Helgi den Hammer auf die falsche Stelle. Das Eisen löste sich aus der Zange. Helgi sprang geistesgegenwärtig zur Seite. Nur um Haaresbreite verfehlte das glühende Stück seine Füße.

Als er wieder durch das Fenster schaute, war das Mädchen verschwunden.

Fluchend schleuderte Helgi den Hammer in eine Ecke.

«Das sah doch gar nicht schlecht aus», sagte Gullweig. Sie lehnte mit verschränkten Armen in der Tür zur Werkstatt.

Helgi starrte seine Mutter an. «Wie lange beobachtest du mich schon?»

«Lange genug, um zu wissen, dass aus dir ein guter

Schmied werden kann – allerdings nur, wenn du dich nicht von einer Frau ablenken lässt.»

Helgi stöhnte auf. Manchmal wurde ihm angst und bange angesichts der Aufmerksamkeit seiner Mutter. Nichts, aber auch gar nichts schien ihren wachsamen Augen zu entgehen.

«Ich lasse mich nicht von Mädchen ablenken», maulte er.

Er klaubte das erkaltete Werkstück mit der Zange vom Boden auf und legte es wieder auf den Amboss.

«Du weißt ganz genau, was ich meine», entgegnete Gullweig. Sie wandte sich zum Gehen.

Dann sagte sie: «Es ist besser, wenn du die Arbeit für heute beendest. Dein Vater braucht jetzt Ruhe.»

Nichts lieber als das, dachte Helgi und legte die Werkzeuge beiseite.

«Warum machst du nicht einen kleinen Spaziergang?», fragte Gullweig. Mit einem hintergründigen Lächeln fügte sie hinzu: «Ein bisschen Abwechslung tut dir sicher gut. Und wer weiß, wen du unterwegs so alles triffst.»

Sie warf ihm einen vielsagenden Blick zu und ließ ihn allein.

14.

Von der Sklavin war weit und breit nichts zu sehen.

Helgi war zum Hafen hinuntergelaufen, in der Hoffnung, dass die junge Frau ebenfalls diesen Weg eingeschlagen hatte. Vielleicht sollte sie für Gizur etwas besorgen. Aber offensichtlich hatte sie einen anderen Auftrag gehabt.

Dafür entdeckte Helgi den roten Haarschopf seines Freundes Ingvar, der auf einer Landebrücke mit einem Händler redete. Der Händler gehörte zu einem bauchigen Handelsschiff, einer *knörr*. Das Schiff hatte längsseits an der Brücke festgemacht. Es war ein Segelschiff mit breitem Deck. Mittschiffs besaß es einen offenen Laderaum, der mit Fässern, Kisten, Ballen sowie Pferden und Schweinen vollgestopft war. Die Mannschaft, etwa ein Dutzend bärtiger Kerle, lud das Schiff aus. Man wollte die Waren von Haithabu aus über den Landweg bis zum westlich gelegenen Hafen Hygelac karren. Von dort aus sollten die Güter über das Nordmeer ins Reich der Franken verschifft werden.

Die Häuser von Haithabu reichten inzwischen bis dicht an das Noorufer. Helgi trat zwischen den Gebäuden hindurch. Er ging zur Landebrücke, um Ingvar zu begrüßen.

Überall waren die Geräusche von Hämmern und Äxten zu hören. Die von Hovi bezahlten Arbeiter nutzten jede noch so kleine Freifläche für den Bau der Kriegsschiffe. Schreiner, Stevenmacher, Plankenschneider und einfache Handlanger waren am Werke.

Helgi konnte vier im Bau befindliche Langschiffe ausmachen. Man hatte sie auf Holzgerüsten auf Kiel gelegt. Vorder- und Achtersteven wurden mit Stangen abgestützt. Einige der Rümpfe waren bereits mit Planken versehen, zwischen denen man nun die inneren Stützhölzer einbrachte.

Es war offensichtlich, dass Hovi sich für seinen bevorstehenden Kriegszug Großes vorgenommen hatte. Jedes der Langschiffe würde mehr als fünfzig Männer aufnehmen können. Wenn die Arbeiten weiterhin so rasch voranschritten, würde Hovis Flotte im kommenden Jahr mindestens fünfzehn Schiffe zählen – eine schlagkräftige Armee, mit der er gegen Rom fahren wollte. Vorausgesetzt, er brachte eine ausreichende Anzahl an Kriegern zusammen. Bislang hatte er höchstens einhundert Mann um sich geschart.

Helgi stürzte sich ins Getümmel und schlängelte sich zwischen Schiffbauern und anderen Männern hindurch. Überall wurden Waren aus den Handelskähnen geräumt. Die Sachen schleppte man entweder zu den wartenden Ochsenwagen oder verstaute sie in den Lagerschuppen am Fuß der Landebrücken.

Ingvar hatte Helgi noch nicht bemerkt. Der Kammmacher war in das Gespräch mit dem Händler vertieft. Offensichtlich ging es dabei um den Verkauf einer Ladung Hirschgeweihe, die zu ihren Füßen gestapelt war. Sowohl der Händler als auch Ingvar wirkten angespannt. Sie gestikulierten mit Armen und Händen; ihre Verhandlungen schienen schwierig zu sein.

Helgi wollte seinen Freund nicht stören. Er ließ sich auf einer Kiste nieder. Mit ausgestreckten Beinen genoss er es, einmal gar nichts tun zu müssen, und schaute den anderen bei der Arbeit zu. Seit Wochen bestanden seine Tage darin, Einar von Sonnenaufgang bis Sonnenuntergang in der Schmiede zur Hand zu gehen. Arbeit, Arbeit, nichts als Arbeit.

Plötzlich verstummte das Gemurmel. Handwerker ließen ihre Werkzeuge sinken und schauten zum Fjord hinüber. Auch die Schiffshelfer stellten Fässer und Stoffballen ab. Irgendetwas auf dem Wasser hatte ihre Aufmerksamkeit geweckt.

Helgi kletterte auf die Kiste, um besser sehen zu können.

Ein mit einem einzigen Mann besetztes Boot näherte sich dem Ufer. Es war Björn Fiskari, der sein Boot einhändig rudernd zwischen Landbrücken und Schiffskörpern hindurchmanövrierte. Der Kahn schwankte bedrohlich hin und her. Björn musste all seine Kraft und sein Geschick aufbringen, um nicht zu kentern.

Einige der herumstehenden Männer begannen zu lachen. Dann stimmten immer mehr Männer ein. Ihre Heiterkeit schwoll rasch an zu einem grölenden Gelächter. Denn die Ursache für Björns missliche Lage war ein gewaltiger, mindestens sieben bis acht Fuß langer Fisch, der an Deck des kleinen Bootes einen regelrechten Tanz vollführte.

Noch nie hatte Helgi solch einen grünlich schimmernden Fisch gesehen. Der Schädel des langgestreckten Tiers lief in einer platten Schnauze aus. Seine Flanken waren mit knochenähnlichen Platten besetzt. Der Fisch schlug mit Kopf und Schwanzflosse um sich, während Björn versuchte, mit der einen Hand den Kopf des Tieres festzuhalten und mit der anderen zu rudern. Netze, Schnüre und Angeln flogen über Bord. Den Segelmast hatte der Fisch bereits abgeknickt.

Auch Helgi konnte sich ein Grinsen nicht verkneifen. Er überlegte gerade, ob er dem Fischer bei der Landung beistehen sollte, als sich eine Frau aus der Menschenmenge löste und ans Ufer rannte.

Aber was war diese Frau nur für ein Wesen? Sie war mit Abstand der hässlichste Mensch, den Helgi jemals gesehen hatte. Ein wahres Ungetüm! Sie war so breit wie hoch, ihr Gesicht war eine schwammige Masse, ihre Haut mit eingebrannten und geätzten Mustern verziert. An den Ohren und in den Nasenflügeln steckten Dutzende

Silberringe. Die blaubeerfarbenen Haare waren kurz geschnitten und standen von ihrem Kopf ab wie die Stacheln eines Igels.

Die Frau watschelte auf das Wasser zu. Dort angekommen, raffte sie den Rock. Dadurch entblößte sie ihre fetten, ebenfalls tätowierten Waden und stapfte in den Schlamm. Es kam, wie es kommen musste: Ihr Leib versank nach wenigen Schritten knietief im Schlick. Sie verlor den Halt und kippte kreischend und zeternd mit dem Gesicht voran ins Wasser.

Die Männer tobten vor Begeisterung. Sie brüllten und pfiffen.

Da entdeckte Helgi seinen Freund Ingvar, der hinter der Frau her ins Wasser sprang. Der schmächtige Ingvar packte ihre Schultern. Er versuchte, ihren Kopf über die Oberfläche zu bringen. Aber es gelang ihm nicht. Er war zu schwach und die Frau zu schwer.

Helgi sprang von der Kiste herunter und zwängte sich durch die johlende Meute, um seinem Freund zu Hilfe zu eilen. Mit vereinten Kräften gelang es ihnen schließlich, das Weib an Land zu zerren. Dort blieb es mit ausgebreiteten Armen auf dem Rücken liegen.

Auch Ingvar und Helgi sanken erschöpft zu Boden.

«Danke», keuchte Ingvar, noch ganz außer Atem.

«Kennst du diese Frau?», fragte Helgi.

«Ich … na ja, flüchtig», antwortete Ingvar ausweichend. Er deutete zum Wasser. «Wir sollten Björn helfen.»

Das Fischerboot hatte sich dem Ufer bis auf wenige Schritte genähert. Helgi konnte deutlich die polternden Geräusche des wild um sich schlagenden Fisches vernehmen.

«Holt den Fisch», rief die Frau, die sich inzwischen

wieder aufgerappelt hatte. «Holt diesen verdammten Fisch da raus!»

Auch andere Männer hatten sich nun ein Herz gefasst und liefen zum Boot. Vier Männer waren nötig, um den Fang an Land zu hieven. Aber auch hier gab das Tier nicht auf. Zwei Männer rangen mit dem Schwanz; zwei weitere mühten sich damit ab, den Kopf festzuhalten.

Björn kletterte aus seinem Boot. Er blutete aus einer offenen Wunde an der Schläfe. Mit einem lanzenähnlichen Gegenstand zielte er auf den Schädel des tobenden Fisches.

«Töte ihn!», kreischte die Dicke. Unbeholfen kroch sie auf allen vieren zu Björn, dabei sah sie aus wie eine trächtige Sau kurz vor der Niederkunft.

Björns erster Stoß verfehlte den Kopf. Fluchend zog der Fischer die Lanze aus dem Boden und stieß erneut zu. Dieses Mal hatte er mehr Glück, traf den Schädel aber nur seitlich, sodass die Lanzenspitze abrutschte. Erst der dritte Hieb war tödlich.

Aber die Dicke gönnte ihm keine Pause. «Los, los, pack ihn ein, und dann bringst du ihn mir. Aber ich will ihn am Stück, mit allen Eiern.»

Björn machte einen abgekämpften, aber dennoch sehr zufriedenen Eindruck. Die Männer klopften ihm anerkennend auf die Schultern.

«Was für ein herrlicher Fisch», flüsterte Björn, um Atem ringend. «Was für eine Kraft! Es ist ein *styrja*, ein Stör. Ich dachte, er wäre tot, als ich ihn mit dem Netz an Bord gezogen habe.»

«Ein Stör», raunte einer der Männer bewundernd. «Das ist mal was anderes als Hornhechte oder Flundern.»

Björn nickte stolz. «Die fängt man eigentlich nur weit

draußen im Meer. Wahrscheinlich hat er sich in den Fjord verirrt.»

«Und dann in dein Netz», meinte der Mann. «Dafür kannst du einen guten Preis verlangen.»

Die Dicke drängte den Mann zur Seite und zischte: «Der muss zu mir. Aber lass bloß die Eier drin. Ich kauf dir alles ab. Was willst du dafür haben? Ach was, egal – ich geb dir, was du willst. Kannst alles haben, auch ein Mädchen oder zwei. Aber vor Sonnenuntergang muss der Fisch bei mir sein.»

Björn wischte sich das Blut aus dem Gesicht. «Der Stör hat meinen Mast gebrochen, als ob's gar nichts wäre. So einen Fisch fängt man nur einmal im Leben.»

Die Dicke funkelte ihn an. «Ich kauf dir einen neuen Mast. Aber denk dran – vor Sonnenuntergang.»

Björn nickte. Die Frau verzog das Gesicht zu einer grinsenden Grimasse und watschelte mit rudernden Armen davon. Das Einzige, was von ihr zurückblieb, war eine feuchte Kriechspur.

15.

Odo saß am Tisch in seiner abgeschlossenen Kammer. Um seinen Hals hing die feingliedrige Kette mit dem Silberkreuz, der Glücksbringer seiner Mutter. Auch den Ring, den er damals dem Mann an der Küste des Nordmeeres abgekauft hatte, hatte er auf die Kette gefädelt. Die Schmuckstücke glitzerten im Schein der Kerzenflamme.

Vor Odo lag aufgeschlagen das Buch. Wieder und wieder las er den Text, der überschrieben war mit dem Wort: LUXURIA!

Dann schloss der Sohn des Römers Siegfried von Lutetia und der Sarazenin Alexandra die Augen.

Ragnar, Höllenbrut.

O Mutter!

Der Dämon ist über ihr. Der Dämon ist in ihr. Nackt, weiß. Abgrundtief hässlich. Abgehackte Stöße mit dem Unterleib.

Ihre Haut schimmert bronzefarben. So schön, so wunderschön. Ihre Haare, schwarz und voll. Der Dämon stöhnt und grunzt, sein Bart kratzt ihre Brüste. Speichel rinnt aus seinem Mund.

Sie wendet das Gesicht ab und schaut zu ihrem Sohn. Mutter! Mutter! Ich kann dir nicht helfen. Ich bin so schwach.

So klein.

Odo öffnete die Augen. Er nahm das Messer aus der kleinen Holzkiste und hielt es vor die Kerze. Es waren noch Geris getrocknete Blutflecken darauf. Odo wischte mit einem Tuch darüber, bis die Klinge wieder glänzte, die ihm der stammelnde Mönch Notkar in Sankt Gallen geliehen hatte. Dann riss Odo sich ein Haar aus und prüfte damit die Schneide. Sie war noch immer sehr scharf.

Drei Sünden hatte Odo inzwischen gerichtet und drei der sieben Dämonen vernichtet. Nachdem er der Habsucht das Herz herausgeschnitten hatte, hatte er die Dämonen der Trägheit und der Völlerei besiegt. Jedes Mal war es ihm leichter gefallen, die von den Todsünden Besessenen zu opfern. Merkwürdigerweise hatte es nach der Panik über die erste Leiche, die er in die Esche gehängt hatte, keine weitere Aufregung gegeben. Odo hatte den Verdacht, dass man die Opfer still und heimlich entsorgt hatte, da der verrückte Jarl Hovi jedes Aufsehen vermeiden wollte.

Odo legte das Messer zurück zu den anderen Geräten, klappte die Kiste zu und schob sie zur Seite. Dann widmete er sich wieder dem Buch.

Das Buch!

Es verkündete die Wahrheit, die einzige wahrhaftige Wahrheit. Es war die Schrift des rechten Weges. Seines Weges – der hinführte zum Paradies auf Erden.

Nun – mit dieser Schrift in der Hand – war Odo nicht mehr schwach. Er war nicht mehr zu klein, um seiner Mutter beistehen zu können. Um seinen Vater zu rächen, und Allisa, das geschändete Mädchen. Zahn um Zahn. Blut für Blut.

Denn so stand es in der Offenbarung geschrieben: *Du bist würdig, das Buch zu nehmen und seine Siegel zu öffnen; denn du bist geschlachtet worden und hast uns für Gott erkauft mit deinem Blut aus allen Stämmen und Sprachen und Völkern und Nationen. Und du hast uns zu Königen und Priestern gemacht für unseren Gott. Und wir werden herrschen auf Erden!*

Es klopfte zaghaft an der Tür.

Odo öffnete die Kiste, legte das Buch hinein, nahm das Messer und den Schlafschwamm heraus und verbarg beides unter seiner Kutte. Dann ließ er Folke eintreten.

Der Junge schlich gesenkten Hauptes an ihm vorbei und blieb unschlüssig stehen. Odo betrachtete ihn eingehend. Würde der Knabe es fertigbringen, ihn, seinen Priester, anzulügen? Folke wurde immer nervöser, trat von einem Fuß auf den anderen. Odo ließ ihn zappeln. Erst als Folke scheu den Kopf hob, fragte Odo: «Wie ist es dir gelungen, in meine Kammer einzudringen?»

«Ich … ich bin nicht …»

«Lüg nicht! Du bist hier drin gewesen! Wie hast du die Tür geöffnet?»

Odo tastete nach dem Messer. Wenn er den Knaben töten musste, würde er es hier an Ort und Stelle tun und ihn zu späterer Stunde, wenn alle anderen Brüder schliefen, in die Stadt bringen, damit der Mordverdacht auf die Heiden fiel.

Folkes Augen füllten sich mit Tränen. Er nestelte an seiner Tunika und zog schließlich einen gebogenen Draht aus seiner Tasche.

«Hiermit», flüsterte er. «Aber Ihr dürft mich nicht verraten, Vater!»

«Was ist das?»

«Damit kann man Schlösser öffnen.»

«Mit einem Stück Eisen?»

Folke nickte, ging zur Tür und stocherte mit dem Draht so lange im Schloss herum, bis es aufschnappte.

Odo war beeindruckt. Er nahm Folke das Eisen aus der Hand und verschloss die Tür wieder mit seinem Schlüssel.

«Woher hast du dieses Ding?», fragte er streng.

«Ich habe es Ulf gestohlen.»

«Ulf, dem Vorarbeiter?»

Folke nickte betrübt. «Ich habe gehört, dass Ulf damit früher in die Häuser eingebrochen ist, die er selbst gebaut hat.»

Ulf – ein Dieb? Odo war entsetzt. Er hatte einem Dieb die Verantwortung auf der Baustelle gegeben.

Diese Heiden! Diese verfluchten Heiden!

Odo schaute dem Jungen fest in die Augen. «Wo hast du das Messer her?»

«Aus dieser Kiste da», antwortete Folke und zeigte zum Tisch. «Sie lag in einem Erdloch unter Eurem Lager.»

Der Junge hatte sich offensichtlich entschieden, die Wahrheit zu sagen. Aber die Frage, von deren Antwort Leben oder Tod des Knaben abhing, hatte Odo noch nicht gestellt. Das tat er nun.

«Was befindet sich außer diesem Messer in der Kiste?»

Folke schaute ihn ängstlich an. Eine Träne kullerte über seine Wange.

Dann brach es aus ihm heraus: «Aber … aber ich wollte mir das Messer doch nur ausborgen. Die anderen ärgern mich immer. Ich wollte ihnen Angst machen. Ich hatte gedacht, dass Ihr vielleicht einen Dolch oder so etwas habt. Deshalb habe ich Ulf den Draht gestohlen und Eure Kammer durchsucht – verzeiht mir, Vater. Ich wollte nichts Unrechtes tun. Es … es soll niemals wieder vorkommen.»

Der Junge tat Odo leid. «Ich will von dir wissen», sagte er streng, «was sich noch alles in dieser Kiste befindet. Was hast du gesehen?»

Folke schluckte. «Da waren so spitze Dinger und Zangen und etwas, das in ein Tuch eingewickelt war. Mehr weiß ich nicht. Ich habe nur das Messer genommen.»

Odo glaubte ihm. Folke hatte das Buch nicht entdeckt. Seine Stunde war noch nicht gekommen.

16.

Es war zum Verrücktwerden. Achtmal hatte Helgi am Nachmittag beim Hnefatafl, dem Spiel des Königs, gegen Ingvar verloren. Achtmal!

Nach dem unfreiwilligen Bad im Hafen waren sie zu Ingvars Grubenhaus gegangen. Sie hatten ihre Kleidung zum Trocknen über das Feuer gehängt und sich die Zeit mit einigen Partien Tafl vertrieben.

Es war lange her, dass Helgi dieses Spiel gespielt hatte, bei dem es galt, den König, den Hnefi, mit Hilfe seiner Verteidigerfiguren durch die Linien der feindlichen Angreifer in eine der vier Ecken zu manövrieren. Helgi war völlig außer Übung. Ingvar hatte ihm einen Sieg nach dem anderen abgerungen.

Und dann hatte ihn sein Freund auch noch mit dieser merkwürdigen Geschichte durcheinandergebracht. Ingvar hatte erzählt, dass es nach der Leiche, die in Yggdrasils Ästen gebaumelt hatte, noch zwei weitere Tote gegeben habe. Der eine sei der verfressene Sklavenhändler Hrodmar gewesen, den man mit durchstochenem Herzen in einem Schweinetrog entdeckt habe. Gestorben sei er jedoch an etwas anderem. Vor seinem Tode habe man den Mann nämlich so lange mit Kröten, Ratten und Schlangen vollgestopft, bis er daran erstickt sei. Auch dem dritten Opfer, Sudri, genannt der Faule, habe man zwar die Kehle durchgeschnitten, ihn aber zuvor in eine Grube geworfen, die mit zwanzig Kreuzottern gefüllt worden war.

All das war völlig neu gewesen für Helgi, und er fragte sich, woher Ingvar davon wusste, wenn nicht einmal seine neugierige Mutter Gullweig davon erzählt hatte. Zwar hatte Ingvar angedeutet, dass Hovi die Morde geheim gehalten habe. Der Jarl habe vermeiden wollen, dass die Taten als schlechte Zeichen der Götter gedeutet werden könnten, denn Hovi benötigte ja noch jede Menge Männer für seinen Kriegszug.

Aber auf welche Weise Ingvar von den Toten erfahren hatte, das hatte er Helgi nicht verraten. Stattdessen hatte er ihm die plumpe Ausrede aufgetischt, er habe es von einem Mann gehört, der einen Kamm bei ihm bestellt hatte. Helgi glaubte ihm nicht.

Doch warum sollte Ingvar seinen Freund belügen?

Am Abend saß Helgi in der Werkstatt seines Vaters, vor sich ein Holzbrett, das Tafl. Das Spielfeld bestand aus elf mal elf Feldern. Helgi wollte üben.

Gullweig betrat den Raum und schaute ihrem Sohn über die Schulter. «Dein Hnefi ist ja eine Göttin», sagte sie belustigt.

Helgi verwendete verschiedenfarbige Kieselsteine für die Figuren, die die Verteidiger und die Angreifer darstellten. Als König nahm er die Freyjafigur aus Eibenholz, die er für die Sklavin geschnitzt hatte.

Helgi zuckte die Achseln. «Ich hab keinen anderen König.»

Er schob den Hnefi in eine Falle, die er sich selbst gestellt hatte.

Gullweig setzte sich zu ihm. «Es ist zwar ein Spiel für Männer. Aber auch ich habe früher Tafl gespielt. Mein Großvater hat mir den einen oder anderen Trick verraten, mit dem ich die Jungs in unserem Dorf zur Verzweiflung bringen konnte.»

«Oh, zeig mir doch einen deiner Tricks», bettelte Helgi. Er berichtete von den schmachvollen Niederlagen, die Ingvar ihm zugefügt hatte.

Gullweig schob die Figuren auf dem Feld in die Ausgangsposition zurück, wobei zwölf braune Steine in der Mitte des Spielfeldes ein Kreuz um den zu verteidigenden König bildeten. Die Angreifer bezogen an den Seitenrändern des Feldes Stellung. Dann begann Gullweig, die Figuren hin- und herzuschieben.

«Ich weiß nicht mehr genau, wie es funktioniert, aber ich versuche mich zu erinnern», meinte sie nach einer Weile. «Wie geht es denn Ingvar? Du kannst ihn gern mal wieder zu uns einladen. Er muss sich doch sehr einsam fühlen, seit … seit seine Mutter den Tod gefunden hat.»

«Seine Geschäfte laufen nicht gut», meinte Helgi. «Es wird immer schwieriger, Kämme zu verkaufen. Es gibt zu viele Kammmacher in Haithabu.»

«Ich würde ihm ja gern einen Kamm abkaufen …» Gullweig fuhr sich durch das lange, weiße Haar, das sie tagsüber mit einer Spange zusammenhielt. Nun trug sie es offen, da sie auf dem Weg ins Bett gewesen war. «Mein Kamm hat schon die Hälfte seiner Zinken verloren. Aber ein neuer kostet Geld …»

«Ich werde ihn fragen, ob er dir einen Kamm macht», sagte Helgi. «Wenn wir den Vorschuss bekommen, kann ich Ingvar bezahlen.»

Gullweig nickte. Sie schob die Figuren zu immer neuen Anordnungen zusammen. Aber keine schien ihr zuzusagen.

«Schläft Einar?», fragte Helgi.

«Hm. Das Bibergeil hat ihm gutgetan. Ich soll dir sagen, dass er morgen weitermachen will. Gleich nach Sonnenaufgang. Geh also nicht zu spät ins Bett heute Abend.»

Dann endlich hatte sie die Lösung gefunden. Sie erklärte: «Wenn du der Angreifer bist, dann darfst du nicht gleich auf den König losstürmen. Du musst dich gedulden und so schnell wie möglich alle vier Ecken versperren.»

Vor jedem der vier Eckfelder, die der König erreichen musste, um das Spiel zu gewinnen, stellte Gullweig eine diagonale Dreierkette auf. «Und erst jetzt, wenn du alle Ecken abgesichert hast, machst du dich daran, die Verteidiger zu schlagen.»

Mit geschickten Zügen nahm sie einen Verteidiger nach dem anderen gefangen, indem sie ihn entweder in einer horizontalen oder vertikalen Linie in die Mitte nahm. Dann kreiste sie schließlich den König ein, sodass er keine Bewegungsfreiheit mehr hatte.

Freyja war gefangen.

«Siehst du», sagte sie mit verschwörerischer Miene. «Bevor du dich nicht nach allen Seiten hin abgesichert hast, darfst du dein Netz nicht auswerfen – sonst verlierst du alles.»

Sie gab Helgi die kleine Holzfigur zurück, strich ihm über den Kopf und ging schlafen.

Die Doppeldeutigkeit ihrer Bemerkung war Helgi nicht entgangen. Er nahm ihren Gedanken auf und ersetzte die Spielfeldecken durch die Hindernisse, die er überwinden musste: Gizur besaß das Mädchen, und das Gesetz kettete es an ihn. Er hatte es für so viel Geld gekauft, wie Helgi es in den nächsten Wochen und Monaten niemals würde verdienen können. Es sei denn, Einar würde seinem Sohn einen großen Teil des Vorschusses abgeben, womit nicht zu rechnen war.

Und dann war natürlich die Sklavin selbst ein Hindernis, wenn nicht sogar das größte. Denn woher sollte Helgi wissen, ob sie seine Gefühle überhaupt erwiderte? Sie hatte schließlich sein Geschenk zurückgewiesen und ihn dafür mit einem bitterbösen Blick gestraft.

Helgi grübelte. Vielleicht gefielen ihr seine schwarzen Haare nicht. Vielleicht fand sie ihn sogar abstoßend. War seine Nase zu groß? Oder sein Kinn zu kantig? Seine Arme zu kräftig?

Plötzlich vernahm er ein Geräusch. Jemand hatte die Tür des Nachbarhauses zugeschlagen.

Helgi sprang zum Fenster. Die Sklavin! Mit gesenktem Blick ging das Mädchen schnell an Helgis Haus vorbei.

Die Gassen waren menschenleer. Aus Gizurs Haus war kein Laut zu hören. Über dem Noor breitete sich die Dunkelheit aus.

Einen günstigeren Zeitpunkt gab es nicht.

17.

Nachdem Helgi die Brücke überquert und die Stadt hinter sich gelassen hatte, schlug er sich in Sichtweite des Sklavenviertels in ein Gebüsch. Von dort aus beobachtete er im Licht der untergehenden Sonne die eingezäunten Gebäude. Das Tor stand offen.

Die Sklaven, die in zerschlissene, graubraune Lumpen gehüllt waren, versammelten sich auf dem Hof. Rúna kam als Letzte hinzu.

Ein bartloser Krieger trat vor die Sklaven. Mit seinem aufgedunsenen Gesicht sah er aus wie eine Erdkröte. Er begann, die geschorenen Häupter durchzuzählen. Helgi vermutete, dass es sich bei dem Mann um Feng handelte, den Sohn des getöteten Sklavenhändlers Hrodmar. Als der schwammige Kerl die Anzahl der Sklaven überprüft hatte, nickte er einem der Wächter zu. Es war derjenige, den Helgi und Ingvar neulich beobachtet hatten. Der Mann trieb die Sklaven mit einem Knüppel zu einem der Langhäuser. Als sie darin verschwunden waren, legte er von außen den Riegel vor.

Nun kehrte Ruhe ein. Die Wächter und ihr Anführer verschwanden im Gebäude gleich neben dem Eingangstor.

Helgi wartete noch eine Weile, dann verließ er sein Versteck.

Vom Noor waberte der Geruch des morastigen Wassers herüber. Der Gestank wurde immer intensiver, je näher Helgi dem unmittelbar am Ufer gelegenen Viertel kam.

Vor dem noch immer geöffneten Tor hielt er inne.

Jetzt hörte er Gelächter aus dem Haus der Wächter. Fenster und Türen waren geschlossen. Das Haus war ordentlich mit Lehm verputzt; das Dach schien frisch eingedeckt zu sein.

Helgi wischte sich eine Mücke aus dem Gesicht.

Auf dem Hof wurde der Gestank immer ekelerregender. Es roch nicht mehr nur nach dem faulen Noorwasser, sondern auch nach vergammeltem Fisch, Rauch und Fäkalien.

Eine Ratte huschte über den Hof. Auf einem der Dächer keckerte eine Krähe.

Unbemerkt erreichte Helgi das Langhaus, dessen Strohdach an einigen Stellen eingesackt war. Neben der verriegelten Tür war eine quadratische Öffnung in die Wand eingelassen.

Er schob sich an das Fenster heran, spähte in den Raum

und erstarrte. Der Boden war übersät mit apathisch herumhockenden Sklaven. Einige lagen zusammengekauert zwischen den anderen. Vermutlich waren sie vor Erschöpfung sofort eingeschlafen.

Ein älterer Mann sagte etwas in den Raum hinein, in einer Sprache, die Helgi nicht verstand. Aber er glaubte, diese Sprache auf dem Markt gehört zu haben, wenn sich Händler unterhielten, die aus den Ländern im Osten stammten.

Nun erhoben sich einige Männer. Sie schlichen zu einem leblosen Körper, auf den der alte Mann zeigte. Es war ein Mädchen. Helgi erkannte es als jenes wieder, das der Wächter in das andere Gebäude gezerrt hatte. Es schien tot zu sein. Die Männer schleiften den Körper in eine Ecke, wo sie ihn ablegten.

Helgi suchte nach Rúna. Er entdeckte sie unterhalb des Fensters, durch das er schaute.

Sie war keine zehn Schritt von ihm entfernt. Sie kauerte neben einer älteren Frau, hatte ihren Kopf an deren Schulter gelehnt und starrte ins Leere.

Plötzlich begann jemand ein leises Lied anzustimmen. Nach und nach fielen auch andere ein, bis alle Sklaven mitsangen. Einzig Rúnas Lippen blieben fest verschlossen. Es war eine Melodie, die trauriger klang als alles, was Helgi bislang gehört hatte.

Helgi nahm die Holzfigur aus der Tasche und stellte sie auf das Fensterbrett. Er wollte sich gerade zum Gehen wenden, als Rúna den Kopf hob und in seine Richtung schaute. Ihre Augen verrieten Verwunderung. Dann veränderte sich ihr Ausdruck, und – Helgi konnte es kaum fassen – sie lächelte!

In dem Moment ertönten Stimmen in Helgis Rücken.

Er wandte sich vom Fenster ab und huschte geduckt hinter einen Müllhaufen. Feng und der Hüne waren auf den Hof getreten. Sie unterhielten sich gedämpft. Kurz darauf verschwand Feng wieder im Haus. Der Hüne, an dessen Gürtel ein Kurzschwert hing, bewegte sich torkelnd auf das Langhaus zu.

Helgi spannte seine Muskeln an.

Der Mann war beinahe so groß wie Helgi. Aber er schien gut zehn Jahre älter zu sein. Vermutlich war er ein geübter Kämpfer.

Als der Wächter die Tür fast erreicht hatte, hielt er plötzlich inne. Er wechselte die Richtung und torkelte auf den Müllhaufen zu, hinter dem Helgi in Deckung gegangen war. Der Kerl war so betrunken, dass er sich kaum auf den Beinen halten konnte. Schwankend baute er sich breitbeinig auf, um zu pinkeln.

Helgi entdeckte ein Kantholz, das aus dem Müll hervorschaute. Er zog es vorsichtig heraus. Der Wächter erleichterte sich noch immer. Leise schlich Helgi um den Müllhaufen herum, griff den Wächter von hinten an und schlug ihm das Holz so fest auf den Schädel, dass es zersplitterte. Der Hüne verlor sofort das Bewusstsein, kippte vornüber und landete im Dreck.

Im Wächterhaus grölten die Männer Trinksprüche. Aus dem Langhaus drang verhalten der dumpfe Murmelgesang.

Helgi warf einen letzten Blick zurück. Die Figur war vom Fensterbrett verschwunden.

18.

Helgi musste seine Gedanken und Eindrücke mit jemandem teilen. Seine widersprüchlichen Empfindungen. Er wollte sich jemandem anvertrauen, von den schrecklichen Dingen erzählen, die er im Sklavenviertel gesehen hatte.

Sklaverei war völlig normal, von den Göttern gegeben. Die Unfreien gehörten zum Alltag wie Essen und Trinken. Sie waren eine Handelsware. Wer genug Silber besaß, konnte sich jederzeit einen Sklaven kaufen. Er war dann sein Eigentum, wie ein Schwein, ein Hund oder eine Ziege. Die Unfreien mussten arbeiten, konnten ausgebeutet werden. Sie besaßen keine Rechte. Ihr Herr konnte sie schlagen, missbrauchen, vergewaltigen. Man ließ sie bis zum Umfallen schuften oder verweigerte ihnen die Nahrung. Erst aßen die Herren, dann die Hunde und das Vieh, und wenn noch Knochen übrig waren, durften die Sklaven sie abnagen. Unfreie, die sich auflehnten, wurden getötet und außerhalb der Stadt oder des Gehöfts verscharrt.

So lauteten die Gesetze, und Helgi kannte sie. Jeder Däne kannte sie.

In Haithabu gab es vor allem in den Handelsmonaten, wenn der Slienfjord eisfrei war, eine unüberschaubare Auswahl an Sklaven. Sie wurden meist aus den im Osten gelegenen Ländern hergebracht. Entweder, um sie hier an Ort und Stelle an Freie – Bauern, Handwerker oder Soldaten – zu verkaufen, oder um sie weiter nach Westen in die fränkischen Reiche zu transportieren. Ob Frauen oder Männer, Mädchen oder Knaben, blutjung oder steinalt – jeder Wunsch wurde erfüllt.

Auch Helgis Eltern würden sich einen Sklaven halten,

wenn sie genug Geld hätten. Gullweig wäre froh über eine tüchtige Haushaltshilfe. Helgi war jedoch überzeugt, dass ein Sklave bei ihnen ein ordentliches Leben hätte. Denn das hatten seine Eltern Helgi gelehrt: Der Mensch bleibt ein Mensch, auch wenn er aus einem anderen Land stammt oder ein Sklave ist. Bei ihnen zu Hause wäre niemand an Hunger krepiert. Er hätte menschenwürdig gelebt. Man hätte ihn nicht wie Schlachtvieh in einen undichten Stall gepfercht.

Hätte Helgi damals, im vergangenen Herbst, genug Geld gehabt, hätte er Rúna, das Mädchen mit den rosafarbenen Wangen und den dunklen Haaren, auf dem Sklavenmarkt gekauft. Das stumme Mädchen – es hatte sein Herz angerührt wie kein anderes jemals zuvor. Man hatte sie geschoren. Nun sah sie aus wie alle anderen Sklaven. Abgemagert, verhärmt, dreckig, kahl und blass.

In Helgi reifte ein Entschluss. Er würde Rúna befreien.

Er setzte sich in Bewegung. Es war bereits dunkel geworden, etwa eine Stunde nach Sonnenuntergang. Wahrscheinlich lag Ingvar bereits im Bett.

Aber er war sein Freund, und Helgi brauchte ihn jetzt.

Als Helgi in die Gasse einbog, die zu Ingvars Grubenhaus führte, bemerkte er eine Gestalt, die sich an einem der Gebäude zu schaffen machte. Beim zweiten Hinsehen erkannte Helgi, dass es sich dabei um das Haus seines Freundes handelte. Und schließlich wurde ihm klar, dass es nur Ingvar selbst sein konnte, der mitten in der Nacht sein Haus verließ.

Merkwürdig. Was hatte Ingvar vor? Er kam in Helgis Richtung. Einem Impuls folgend, verbarg sich Helgi hinter dem Weidenzaun eines Vorgartens.

Ingvar schien bester Laune zu sein und summte eine fröhliche Melodie, als er mit federnden Schritten an Helgis Versteck vorbeiging.

Helgi glaubte, seinen Augen nicht zu trauen. War Ingvar etwa geschminkt? Hatte er sein Haar nicht mit klebriger Paste hinter die Ohren gekämmt? Er trug einen dünnen, auffälligen roten Mantel, der mit bunten Bändern verziert war. An seinen Schuhen bimmelten winzige Glöckchen.

An einer Weggabelung bog Ingvar auf eine Straße ab, die in westlicher Richtung aus Haithabu führte.

Helgi verließ das Versteck und folgte seinem Freund in einer Entfernung von etwa fünfzig Schritt. Sie kamen am Friedhof vorbei. Eine Weile marschierte Ingvar über die ausgebaute Straße in Richtung Hygelac. Hin und wieder hielt er inne, um sich umzuschauen. Doch Helgi duckte sich jedes Mal rechtzeitig, sodass Ingvar ihn nicht bemerkte.

Mit einem Mal war er verschwunden. Helgi fluchte leise. Er rannte zu der Stelle, an der er Ingvar zuletzt gesehen hatte. Nach einigem Suchen entdeckte er schließlich einen Trampelpfad, der linker Hand von der Straße in den dunklen Wald führte.

Da ahnte Helgi, wohin Ingvar unterwegs war: zum Badehaus, diesem verruchten Ort!

Das Badehaus war ein Hort der Ausgestoßenen, des Abschaums. Helgi hatte darüber die schrecklichsten Geschichten gehört. Von Ausschweifungen war die Rede gewesen. Von zügellosen Gelagen. Von frauenähnlichen Wesen mit großen Brüsten und langen Schwänzen, die Männer verführten, um sie zu töten und ihr Blut in einen Bach zu entleeren.

Gullweig hatte das Badehaus gar mit einer Quelle verglichen, die Hwergelmir hieß und aus dem Reich der Götter hervorsprudelte.

«In Hwergelmir ist es am schlimmsten», hatte Helgis Mutter mit erhobenem Zeigefinger gemahnt. «Da saugt der Totendrache Nidhöggr die Leichen der Entseelten aus. Dort unten, tief unter der Erde, in Hel, der Hölle, hausen die Toten, dort halten sie sich auf, bis in alle Ewigkeit.»

Es waren nur Geschichten, sicher. Aber sie hatten ihre Wirkung nicht verfehlt. Helgi hatte immer aufgepasst, dass er um diese Gegend einen weiten Bogen machte. Die Vorstellung, von mannstollen Weibern aufgefressen zu werden, war nicht sehr verlockend.

Aber was hatte Ingvar hier verloren?

Helgi musste es herausfinden. Er tauchte in den finsteren Wald ein. Hier und da schimmerte Mondlicht durch das Laubdach. Der Weg war nur schemenhaft zu erkennen. Dornenbüsche rissen an Helgis Hose; herabhängende Äste zerkratzten sein Gesicht. Einmal versank er in einer Pfütze. Je tiefer er in den Wald kam, desto morastiger wurde der Untergrund.

Von Ingvar war weit und breit nichts mehr zu sehen. Helgi wollte beinahe wieder umkehren, als er plötzlich einen Lichtschein bemerkte. Zwischen den Bäumen leuchtete ein großes Feuer.

Hwergelmir! Das Badehaus. Hier musste es sein.

Kurz darauf öffnete sich der Wald zu einer weiten Lichtung. Auf der freien Fläche stand ein Langhaus. Hinter dem Gebäude schlängelte sich ein Bach durch die mit niedrigen Büschen bewachsene Wiese.

Stimmen waren zu hören. Gelächter und Musik erklangen. Instrumente wurden gespielt.

Auf allen vieren kroch Helgi an den Rand der Lichtung, wo er hinter einer Buche in Deckung ging.

Vor dem Langhaus loderte ein Lagerfeuer. Ein gutes Dutzend Männer stand lachend und trinkend herum. Helgi sah Ingvar, der von den Männern begrüßt wurde. Man umarmte sich. Die Männer tanzten ausgelassen zu den Klängen einer Knochenflöte.

Über einem anderen Feuer drehte sich ein Spieß. Darauf steckte der Stör. Er war so groß, dass zwei Männer nötig waren, um das Tier zu wenden, damit es von allen Seiten gleichmäßig gebraten wurde. Auch der Fischer Björn war dabei. Er erzählte allen, die es hören wollten, wie er den Fisch besiegt hatte.

Plötzlich vernahm Helgi neben sich ein Geräusch. Blätter raschelten. Ein Zweig knackte bedrohlich nah. Jemand stieß einen stöhnenden Laut aus.

Dann sagte eine Stimme: «Na, Junge, traust du dich nicht näher ran?»

Helgi wirbelte herum und blickte in das tätowierte Gesicht der fetten Frau, die er aus dem Hafenbecken gefischt hatte. Sie hockte keine drei Schritt von ihm entfernt mit gespreizten Beinen über dem Boden und erleichterte sich.

«*Skíta*», murmelte sie und grinste.

Als sie fertig war, wischte sie ihren Hintern mit trockenen Blättern ab. Dann erhob sie sich und schüttelte ihr sackartiges Kleid zurecht.

Sie grinste Helgi zahnlos an, streckte sich und kniff ihm in die Wange. «Du bist ja ein ganz Süßer.»

Helgi wich angewidert zurück.

«Ich heiße Sif.»

Helgi war unwohl.

«Irgendwo hab ich dich doch schon mal gesehen», überlegte sie.

«Am … Hafen», erwiderte Helgi und schaute sich dabei nach einer Fluchtmöglichkeit um.

Sif nickte begeistert. «Das warst du.»

Ehe Helgi sichs versah, hatte ihn das Weib am Arm gepackt und auf die Lichtung geschoben.

«Guckt mal, was ich gefunden hab!», rief sie den Männern am Feuer zu.

Der Musiker ließ die Flöte sinken, die Männer unterbrachen ihre Gespräche.

Erleichtert stellte Helgi fest, dass Ingvar nirgendwo zu sehen war.

Stattdessen trat ihnen ein geschminkter Mann entgegen. Er hatte seine Stirn und seine Wangen mit bunten, wellenförmigen Strichen verziert. Die Ränder seiner Augen waren mit Kohle geschwärzt.

«Wen bringst du uns denn da, Sif?», fragte der Mann lachend. «Ein Prachtexemplar! Schaut euch nur einmal an, wie groß er ist.»

Als der Mann noch näher herantrat, glaubte Helgi, unter der Schminke jenen Soldaten wiederzuerkennen, der die Leichenfüße bei Yggdrasil hatte einsammeln müssen.

«Finger weg, Swarim», bellte Sif und schubste den Mann zur Seite. «Das ist kein Spielzeug für euch.»

Swarim setzte ein gespielt beleidigtes Gesicht auf und verzog sich. Der Musikant setzte die Flöte an. Kurz darauf lebten Gelächter und Musik wieder auf.

Ehe Helgi sichs versah, hatte Sif ihn zum Langhaus geschoben. Schon stieß sie die Tür auf. Ein ohrenbetäubender Krach schlug Helgi entgegen. Schreie, Musik, Gelächter. Im Haus wurde ein ausgelassenes Trinkgelage gefeiert. Helgi hatte einige Jul- oder Mittsommerfeiern erlebt. Auch zum Erntedankfest ging es auf der Hochburg hoch her. Aber er konnte sich nicht erinnern, dass jemals eine dieser Feiern so ausgeartet wäre wie dieses Fest.

Das Haus war völlig überfüllt. Dutzende Männer, Frauen und Mädchen drängten sich dicht an dicht. Ein Meer aus wogenden, schwitzenden, entblößten Leibern. Die Luft war stickig. Der Gestank nach Rauch und Schweiß war unerträglich. Männer grölten, Frauen kreischten. Bier, Wein und Met flossen in Strömen. Musikanten spielten wie besessen auf Flöten und birnenförmigen Saiteninstrumenten.

An der linken Wand hatte man aus Brettern und Fässern einen langen Tisch aufgebaut. Hier wurden die Trinkschläuche gefüllt. In einer anderen Ecke planschten nackte Mädchen mit dicken Männern in dampfenden Waschzubern. Helgi gegenüber, im hinteren Bereich, verdeckten Vorhänge einen Durchlass. Er führte in einen schmalen Gang, in dem immer wieder Männer und Frauen verschwanden.

Helgi wurde von der Menge bis zur Theke geschoben. Er drehte sich nach Sif um, aber sie war nicht mehr bei ihm. Als er den Tisch erreichte, drückte ihm ein Mädchen ein Trinkhorn in die Hand. Ihre Brüste waren unverhüllt und hingen über den Ausschnitt ihrer Tunika.

Um seinen Blick von dem Busen zu reißen, fiel Helgi nichts Besseres ein, als einen Schluck aus dem Trinkhorn zu nehmen. Es war Wein, und er schmeckte fürchterlich sauer.

Da näherte sich plötzlich ein dicker Mann. Helgi erkannte in ihm Olaf Skoðgætir. Im Arm hielt der Waffenmeister ein zartes Mädchen, das von seinen Fleischmassen fast erdrückt wurde. Am Tisch ließ Olaf sich von der Barbusigen nachschenken, während er rülpste und unverständliches Zeug lallte. Seinen Körper auf das zierliche Mädchen gestützt, wankten sie schließlich zum Vorhang und verschwanden dahinter.

Helgi hatte genug gesehen. Er wollte hier raus, bevor Ingvar ihn entdeckte. Doch da tauchte Sif wieder auf.

«Die ist für dich!», rief sie.

Sie hatte ein Mädchen mit lockigem haselnussbraunem Haar im Schlepptau. Ein spindeldürres, junges Ding, dessen Alter Helgi nicht einschätzen konnte. Die Augenränder waren schwarz nachgezeichnet, die Lippen grellrot bemalt.

«Ich glaube … ich muss jetzt gehen», stammelte Helgi.

Sif warf ihm einen finsteren Blick zu. Dann riss sie die Tunika des Mädchens auf und präsentierte Helgi stolz die faustgroßen Brüste.

«Für ein Silberstück», sagte Sif, «kannst du damit machen, was du willst.»

Sie schubste ihm das Mädchen entgegen.

Helgi fing es auf.

Das Mädchen warf ihm einen flehenden Blick zu. «Wenn du mich nicht mitnimmst, schlägt sie mich», flüsterte es.

Helgi spürte, wie Wut in ihm hochkochte. Er wollte sich gerade auf Sif stürzen, um der tätowierten Hurenmutter eine kräftige Ohrfeige zu verpassen, als sein Blick auf den Eingang fiel. Ingvar trat in den Festraum.

Schnell führte Helgi das Mädchen zum Vorhang.

Die Kammern, in denen sich die Männer mit den Huren vergnügten, gingen wie schmale Stallboxen vom Mittelgang ab. Die Böden der Liebeshöhlen waren mit Stroh ausgelegt.

Hinter jeder Ecke sah Helgi kopulierende, stöhnende Paare.

Das Mädchen dirigierte ihn zu einer am Ende des Ganges gelegenen Kammer. Eine Tranlampe in einer Nische spendete mattes Licht. Ohne zu zögern, zog das Mädchen sich die Tunika über den Kopf.

«Warte», sagte Helgi. «Du brauchst das nicht zu tun.»

Das entblößte Mädchen starrte ihn entgeistert an. «Aber ich muss das machen. Sif ist meine Herrin. Wenn ich mich nicht um dich kümmere, schlägt sie mich mit der Peitsche.»

«Wie heißt du?», fragte Helgi.

«Liska.»

Sie legte sich in das zertrampelte Stroh und spreizte die schlanken Beine. Dann legte sie eine Hand an ihre dunkle Scham.

«Komm», flüsterte sie.

Helgi kniete neben ihr nieder. Er betrachtete ihre Beine, dann ihr Geschlecht mit dem verklebten Haar. Die Haut um das schwarze Dreieck war rotgescheuert; vermutlich verursachten Flöhe und Läuse einen unerträglichen Juckreiz. Helgis Blick fiel auf Liskas Bauch, ihre Brüste. Überall hatte sie blaue Flecken, Blutergüsse und Schürfwunden.

«Wer hat dir das angetan?», fragte er.

Liska schwieg.

«Sif?»

«Ja, sie und die Männer. Viele Männer mögen es, wenn sie Mädchen schlagen können. Nur im Gesicht dürfen sie es nicht tun. Sonst will uns niemand mehr haben.»

Sie wandte beschämt den Blick ab.

«Woher kommst du?», fragte Helgi.

«Aus einer Stadt, sie liegt am Ladogasee. Sie heißt Nowgorod und ist ganz weit weg. Man hat mich geraubt, als ich noch ein Kind war. Dann kam ich nach Haithabu. Aber Kinder können nicht hart arbeiten. Deshalb hat man mich an Sif verkauft. Die will immer ganz junge Mädchen, die noch kein Baby kriegen können.»

«Wie alt bist du?»

Liska zuckte mit den Schultern. «Damals, als man mich mitgenommen hat, war ich vier. Jetzt bin ich vielleicht elf oder zwölf …»

Sie stützte sich auf die Ellenbogen. «Du bist anders. Du hast gute Augen. Für dich werde ich es gerne machen.»

Sie berührte ihn vorsichtig am Arm. «Komm zu mir», flüsterte sie.

«Ich … ich habe kein Geld», sagte Helgi.

Liska setzte sich abrupt auf. Wieder schossen Tränen in ihre Augen. «Aber dann wird Sif …»

Sie verstummte. Auf dem Gang näherte sich jemand.

«Seid ihr fertig?», fragte jemand.

Helgi erstarrte. Er hatte Ingvars Stimme wiedererkannt.

Ohne sich umzudrehen, antwortete Helgi mit verstellter Stimme: «Wir sind noch nicht so weit.»

Ingvar rief in den Gang: «Hier hinten ist auch besetzt.»

Da sprang Liska plötzlich auf. Hastig zog sie sich an und rief: «Fertig!»

«Nun doch?», fragte Ingvar. Er war auf dem Gang stehen geblieben, um jemandem den Vortritt in die Kammer zu lassen.

Helgi hockte noch immer wie erstarrt auf dem Boden. In seinem Blickfeld tauchte der geschminkte junge Mann auf. Swarim? Was wollte der hier? War nicht eben noch Ingvar …? Ingvar und Swarim? Bei Odin!

Helgi sprang auf. Er wollte mit abgewandtem Gesicht an Ingvar vorbeistürmen und hoffte, dass dieser ihn in dem schwachen Licht nicht erkennen würde. Doch als Helgi herumwirbelte, stieß er mit Liska zusammen. Sie kamen ins Straucheln und fielen hin. Sofort versuchte Helgi, sich von ihr freizumachen.

Da rief Ingvar entsetzt: «Helgi? Was …?»

Helgi stieß ihn zur Seite und rannte an ihm vorbei. Niemals wieder würde er Ingvar in die Augen schauen können.

Niemals!

Helgi rannte mit voller Wucht in die ausgelassen feiernde Menschenmenge.

Blindwütig zerrte er umschlungene Leiber auseinander, um sich einen Weg ins Freie zu bahnen. Als Helgi die Hälfte des Raums durchquert hatte, erstarb plötzlich die Musik.

Irgendwo kreischte Sif: «Er will nicht bezahlen! Haltet ihn auf!»

Ein kräftiger Mann versperrte Helgi den Weg. Er ballte die Fäuste und grinste dümmlich. Offensichtlich wollte er Sif imponieren. Vielleicht freute er sich auch einfach auf eine Schlägerei.

Helgi zögerte keinen Augenblick. Mit einer blitzschnellen Bewegung rammte er dem Mann seine Rechte ins Gesicht. Der Getroffene taumelte, dann stürzte er rücklings zu Boden, wobei er etliche Leute mit sich riss.

Helgi stürmte aus dem Haus. Ins Freie.

Draußen hatte man von dem Tumult noch nichts mitbekommen. Der Stör war angerichtet. Um den Spieß herum hatte sich eine Menschentraube gebildet. Man ließ sich saftige, fetttriefende Fleischstücke aus den Flanken des Tiers schneiden.

Dann platzte Sif aus der Tür. «Haltet den Scheißkerl auf!» Das fette Weib rannte erstaunlich schnell hinter Helgi her.

Einige Männer begannen zu lachen. Der Anblick der aufgebrachten Sif belustigte sie. Niemand kam ihr zu Hilfe. Helgi sprang in den Wald. Wo war der Pfad? Da! Er rannte davon, so schnell er konnte. Immer wieder stolperte er in der Dunkelheit über Wurzeln, schlug sich die Knie auf, stieß gegen Baumstämme. Dennoch gelang es ihm, den Abstand zu vergrößern. Sifs keifende Laute wurden leiser.

Helgi wähnte sich bereits in Sicherheit, als er plötzlich mit voller Wucht gegen ein Hindernis prallte. Jemand hatte ihm den Weg versperrt. Helgi strauchelte und fiel auf den Hintern. Er schaute zu der Gestalt auf, die ihn zu Fall gebracht hatte. Sie trug einen schwarzen Umhang.

Im Hintergrund war Sifs Stimme zu hören. Sie kam näher. Helgi sprang auf. Die schwarze Gestalt trat zur Seite. Helgi rannte an ihr vorbei.

Hinter ihm ertönte ein Lachen.

19.

Die polierte Oberfläche der Holzpuppe schmiegte sich in ihre Hand.

Es war eine hervorragende Arbeit. Eine daumenlange Figur mit ausgeprägt weiblichen Formen. Ein breites Becken, üppige Brüste. Der dunkelhaarige junge Mann hatte sie auf dem Fensterbrett zurückgelassen, und sie hatte sie genommen.

Rúna wälzte sich auf die andere Seite. Die Puppe versteckte sie in ihrer Rechten. Niemand hatte die Figur bemerkt. Die anderen Sklaven waren abgelenkt gewesen, als sie das tote Mädchen betrauerten, das erst vor wenigen Wochen nach Haithabu gekommen war. Es war den Strapazen und dem Dreck nicht gewachsen gewesen, wie so viele andere auch. Sklaven kamen und gingen. Niemand von ihnen verließ diese Stadt in Freiheit. Der einzige Ausweg führte in den Tod.

Der Tod.

Häufig hatte sie an ihn gedacht in den vergangenen Monaten. Sie hatte ihn herbeigesehnt. Allem ein Ende machen. Ruhe finden und Frieden, ja Frieden.

In den ersten Tagen und Wochen, nachdem man ihr Dorf überfallen und sie verschleppt hatte, hatte der Gedanke an Flucht ihr Denken beherrscht. Sie hatte auf einen günstigen Moment gelauert. Doch der war nicht gekommen. Damals nicht, als man ihre Mutter und ihren Vater getötet hatte. Auch nicht, nachdem man sie auf ein Schiff verschleppt hatte. Und nicht, nachdem man sie wie ein Stück Vieh auf einem Marktplatz verkauft hatte.

Damals hatte sie sich geschworen, dass niemals wieder ein Wort über ihre Lippen kommen würde, solange sie in Sklaverei leben musste.

Man hatte sie Rúna genannt, weil sie niemandem ihren wirklichen Namen verraten wollte. Rúna, das bedeutet Geheimnis, hatte man ihr erzählt. Geheimnis? Lächerlich! Das einzige Geheimnis, das es für sie gab, war die Frage, warum sie noch lebte.

Sie sah keine Zukunft, und die Erinnerung an ihre Vergangenheit verschwamm von Tag zu Tag mehr. Die Gegenwart, in der sie zu leben gezwungen war, bestand aus Arbeit und den Misshandlungen ihres Herrn. Es war das Schrecklichste, was sie jemals hatte erleben müssen.

Ihr Herr hieß Gizur. Sein Körper war untersetzt, sein Rücken durch einen hässlichen Buckel verunstaltet.

Der Schmied war ein lebendig gewordener Albtraum. Er ließ seine Frau dahinsiechen und zwang sie, dabei zuzuschauen, wie er sich an seiner Sklavin verging. Um für die Außenwelt den Schein seiner Ehe zu wahren, musste Rúna ihre Nächte im Viertel außerhalb der Stadt verbringen.

Hier war es eng und stickig. Es stank fürchterlich, und sie war der Willkür der Wächter ausgesetzt. Dennoch war es nichts im Vergleich zu ihrem Herrn.

Gizur empfand pure Lust, wenn er seine Sklavin schlug, wahrscheinlich noch mehr, als wenn er es mit ihr trieb. Meist verwendete er für seine Züchtigungen eine Lederpeitsche, manchmal auch eine Haselnussgerte. Anlässe dafür, sie zu schlagen, fand er genug. Es genügte ein wenig verschüttetes Mehl oder ein zu langer Blick auf die Ehefrau, um nach der Peitsche zu greifen.

In den Monaten ihrer Gefangenschaft hatte das Mädchen gelernt, was es hieß, jemanden abgrundtief zu hassen. Zunächst hasste Rúna nur die Männer, die ihr Heimatdorf überfallen hatten. Sie hasste den Verräter, der ihr Volk hintergangen und ihren Vater getötet hatte. Sie hasste die Sklavenhändler, die sie mit dreckigen Fingern begrapschten. Diese Männer fassten unter die Röcke der Sklavinnen und untersuchten anschließend ihre Zähne. Rúna hatte diese Männer so sehr gehasst, dass sie glaubte, niemals noch mehr Abneigung gegen irgendwelche Menschen empfinden zu können.

Doch dann wurde sie an den Schmied verkauft, und sie begriff, dass Schmerz und Hass ins Unendliche steigerbar waren.

Aber der Hass schien auch sein Gutes zu haben. Er hatte sie bislang überleben lassen. Hass war ein starkes Gefühl, stärker als Liebe, und solange Rúna fühlte, lebte sie.

Wahrscheinlich war dies die Antwort auf die Frage, warum sie noch lebte.

Im Schutz der Dunkelheit öffnete sie abermals ihre Hand.

Die Figur. Sie war ein Geschenk. Der Junge hatte sie nicht zufällig in das Fenster gestellt. Nein, er hatte die Holzpuppe für sie gemacht. Für sie! Für eine Sklavin, die seinem Nachbarn gehörte. Das war gefährlich, sogar lebensgefährlich. Sowohl die Sklavin als auch er konnten dafür schwer bestraft werden, womöglich mit dem Tode.

Warum hatte er das getan? Es gab viele junge Mädchen in Haithabu. Sie waren viel schöner als eine Sklavin mit rasiertem Schädel, dreckiger Haut und Narben von Peitschenhieben. Warum ausgerechnet sie?

Sie war wütend gewesen, als er gestern versucht hatte, ihr diese Puppe zu schenken. Wie konnte er nur so dumm sein? Ihr Herr beobachtete sie oft, wenn sie das Haus verließ. Ein einziger Blick hätte gereicht …

Am Abend war ihre Wut verflogen. Sie spürte, wie sich ganz allmählich in ihren Gedanken, den von Hass verseuchten Gedanken, ein anderes, längst vergessenes Gefühl einnistete. Es war aufgetaucht wie die kleinen Wellen, die sich nach einem Steinwurf auf der Wasseroberfläche ausbreiten.

War es Wärme? Oder Zutrauen? So wie eine Kerzenflamme, die das Dunkel ein ganz klein wenig erhellt und erträglicher macht?

Irgendwo in der Baracke schniefte jemand. Eine Frau stöhnte. Ein Mann sagte, dass der Körper des verstorbenen Mädchens kalt sei.

Die Sklavin Rúna streichelte das Geschenk. Durch ihre Körperwärme war das Holz warm geworden. Die glatte Oberfläche schmeichelte ihren Fingern. Ein Kribbeln durchfuhr ihren Körper, von der Kopfhaut bis hinunter in die Zehen.

Da wusste sie es: Das Gefühl, das sich in ihre Gedanken geschlichen hatte, hieß Hoffnung.

20.

«Steh endlich auf!»

Widerwillig öffnete Helgi seine Augen. Einar stand breitbeinig vor dem Bett. Er hatte sich bereits die Lederschürze umgebunden und hielt den Schmiedehammer demonstrativ in der Hand. Tatendurstig sah er aus, der schmächtige Mann.

«Was ist denn los?» Helgi rieb sich verschlafen die Augen.

«Was los ist? Die Sonne ist längst aufgegangen. Die Arbeit ruft. Wir haben jede Menge zu tun. Heb deinen Hintern aus den Fellen! Ich erwarte dich in der Werkstatt.»

Die Tür zur Schmiede knallte hinter Einar zu.

Helgi schlurfte in die Küche. Gullweig hockte an der Kornmühle. Als sie ihren Sohn bemerkte, schlug sie die Hände vors Gesicht.

«Was ist denn mit dir geschehen?»

Helgi schaute an seiner Hose herunter. Sie war verdreckt, das Leinen an mehreren Stellen eingerissen.

«Bin hingefallen», murmelte er.

Gullweig schüttelte vorwurfsvoll den Kopf. «Du musst besser auf dich achtgeben. Wir haben kein Geld für neues Leinen.»

Helgi verzog das Gesicht. Geld, Geld, Geld. Alles drehte sich nur noch um das Geld für Essen oder Kleidung. Dabei brauchte er viel nötiger welches, um die Sklavin freizukaufen.

«Zieh dich aus», sagte Gullweig. «Ich werde dir eine Hose von Einar heraussuchen. So kannst du unmöglich unter die Leute gehen.»

«Ich komme vor lauter Arbeit doch gar nicht mehr aus dem Haus. Wozu brauche ich eine neue Hose?»

Gullweig warf ihm einen strafenden Blick zu. «Diese Arbeit, mein Sohn, ist unser Lebensunterhalt.»

«Ja, ja», maulte Helgi und schlüpfte aus der Hose. Seine Beine waren mit blauen Flecken übersät.

«Wo hast du dich nur herumgetrieben?», fragte Gullweig. «Ich habe dich gehört, als du zurückgekommen bist. Es war sehr spät.»

«Ich … ich war im Wald.»

Gullweigs Augen weiteten sich. «Doch nicht etwa in dem Wald an der Straße nach Hygelac?»

Helgi war überrascht. Wie war sie denn auf diesen Gedanken gekommen?

«Nein», log er, «auf der Hochburg. Ich bin spazieren gegangen und hab mich verlaufen.»

Gullweig tippte sich an die Stirn. «Niemand geht mitten in der Nacht spazieren.»

Dann sagte sie ernst: «Man hat im Wald eine Leiche gefunden. Ich habe es vorhin von Bera erfahren.»

Bera war die Frau eines Glasperlenmachers aus der Nachbarschaft, und Bera wusste alles. Vor ihr konnte man nichts verheimlichen. Sie war noch schlimmer als Gullweig.

«Die ganze Stadt ist in heller Aufregung», fuhr sie fort. «Das ist ja auch kein Wunder, nachdem neulich der tote Mann in Yggdrasils Ästen hing.»

Helgis Gedanken überschlugen sich. Eine Leiche beim Hurenhaus? Das wäre dann bereits das vierte Opfer – und er selbst war ja gestern im Wald gewesen.

«Wer ist der Tote?», wollte er wissen.

«Nicht *der* Tote», erwiderte Gullweig. «Es ist eine Frau. Erinnerst du dich an die Geschichten von Hwergelmir, die ich dir früher erzählt habe? Dort, wo der Totendrache Nidhöggr, der Blutsauger, haust?»

Helgi stockte der Atem.

«Ich habe dir damals diese Geschichten erzählt, damit du dich von dem Ort fernhältst. Das ist nichts für kleine Jungen …»

«… wer ist denn nun die Tote?», warf Helgi ein.

«Ihr Name lautet Sif. Sie ist eine *púta*, eine Hure, der das Badehaus gehört. Heute früh hat man ihre Leiche entdeckt. Sie soll schrecklich zugerichtet worden sein. Bera sagt, man habe ihr die Augen ausgestochen und ihre Brüste abgeschnitten und …» Gullweig schluckte. «… und in ihrem Mund steckte ein Fisch – ein Aal.»

Ein Aal? Helgi konnte kaum glauben, was seine Mutter erzählte. «Weiß man, wer sie getötet hat?»

«Bera meint, dass es der Wolf gewesen sei, der Fenriswolf. Sie glaubt, er habe seine Fesseln zerrissen, um Odin zu verschlingen. Denn das Weltende, *ragnarök*, steht bevor. So heißt es in den alten Geschichten, in der Weissagung der Seherin: Von Fenrirs Geschlecht war eines das schlimmste: des Mondes Mörder übermenschliche Gestalt. Ihn mästet das Mark gefällter Männer, der Seligen Saal besudelt das Blut. Schwarz wird die Sonne in kommenden Sommern; alle Wetter wüten – wisst ihr noch mehr?»

Gullweig holte kurz Luft. «Das bedeutet, der Weltuntergang ist nah. Das sagen die Leute. Und sie glauben, dass die Götter uns zürnen, weil Hovis Kriegszug nach Rom unter einem schlechten Zeichen steht …»

Einar trat in die Küche. «Was redest du da, Frau? Natürlich wird Hovi die Schlacht gewinnen. Hast du vergessen, wer die Waffen für diesen Krieg schmiedet? Ich, dein Mann. Der Schmied Einar! Zusammen mit deinem Sohn – wenn er endlich seinen Hintern in die Werkstatt bewegen würde.»

Mit einem tiefen Seufzer wandte sich Gullweig der Kornmühle zu.

Helgi folgte seinem Vater in die Werkstatt. Widerwillig verrichtete er seine Arbeit. Er musste an die Gestalt im Umhang denken, die ihm den Weg versperrt hatte. Die Hure Sif hatte gebrüllt, und der Vermummte, sicher war er ein Mann gewesen, hatte gelacht.

Im Laufe des Tages schmiedeten sie Beilköpfe, Messer- und Schwertklingen. Einar redete nicht viel; er schuftete, schwitzte und hustete. Helgi schwieg.

Erst als der Abend und mit ihm die Dämmerung kam, lösten sich seine Gedanken von dem schwarzen Mann. Bald würde sich im Nachbarhaus wieder die Tür öffnen.

21.

Ihr Herz setzte einen Schlag aus. Er war wieder da.

Rúna verlangsamte ihre Schritte und drehte den Kopf in seine Richtung. Aus den Augenwinkeln sah sie eine Bewegung. Er stand auf und kam ans Fenster.

Sein Name war Helgi. Das hatte sie den Worten ihres Herrn entnommen. Der Schmied hatte sich im Selbstgespräch über seinen Konkurrenten Einar beklagt. Er war außer sich vor Wut. Es schien sich dabei um einen Auftrag für Waffen zu handeln. Er, Gizur, müsse Nieten, Nägel und Ketten schmieden, während der andere Schwerter herstellen dürfe.

Ihr Herr war so erzürnt gewesen, dass Rúna befürchtet hatte, er könnte sie totschlagen, wenn sich seine Wut wegen einer Nichtigkeit auf sie richten würde. Aber sie hatte Glück gehabt. Der Schmied war zu sehr mit sich und seinem Ärger über den Nachbarn beschäftigt. Er hatte seine Sklavin überhaupt nicht beachtet.

Sie sah aus den Augenwinkeln sein Gesicht, musste aber aufpassen, dass sie nicht zu langsam wurde. Gizur könnte sie beobachten. Ein Schritt und noch ein Schritt. Sie glaubte zu sehen, wie Helgi den Mund öffnete und seine Lippen Worte formten.

Dann war sie am Haus vorbei.

Helgi schaute der jungen Frau hinterher, bis sie aus seinem Blickfeld verschwunden war.

Ob sie die Figur genommen hatte, während er den Wächter niedergeschlagen hatte? Warum gab sie ihm kein Zeichen? Nur ein Lächeln …

Dass sie sich bei ihm bedanken würde, damit rechnete er nicht. Das war zu gefährlich. Nicht auszudenken, wenn Gizur davon Wind bekam.

Aber warum schenkte sie ihm nicht ein Lächeln, ein winziges Lächeln? Sie wirkte immer so ernst und traurig.

Helgi sank ernüchtert auf den Schemel zurück. Die Antwort auf seine Frage erschien ihm eindeutig: Sie wollte nichts mit ihm zu tun haben.

Vielleicht stimmten ja sogar die Gerüchte, die besagten, dass Gizur seine Sklavin zur Frau nehmen würde, wenn sein eigenes Weib erst tot sei. Womöglich war Rúna ihrem Herrn gar nicht so abgeneigt.

Aber die Menschen redeten viel, wenn der Tag lang war. Sie plauderten auch über Fenriswölfe, die ihre Ketten losrissen und alten Huren Aale ins Maul stopften. Und das alles nur, damit Hovi seinen Krieg abblies.

Helgi glaubte nicht an diese Geschichten. Er war überzeugt, dass er den Mörder gesehen hatte. Er hatte dieses Lachen gehört. So lachte niemand, der sich für einen Besuch im Badehaus verkleidet hatte.

Und Helgi glaubte auch nicht, dass sich die Sklavin freiwillig dem buckligen Gizur hingab.

Rúna erreichte die Holzbrücke. In der Ferne tauchten bereits die Umrisse des Sklavenviertels auf. Plötzlich hörte sie hinter sich Schritte.

Ob ihr Herr sie verfolgte? Einige Male hatte er sie in ein Gebüsch unweit des Gefängnisses gezerrt, um sie dort zu vergewaltigen. Wahrscheinlich hatte ihm die Abwechslung besonderen Spaß bereitet.

Es erschien ihr wie ein Wunder, dass sie nicht längst

schwanger geworden war. In den ersten Wochen hatte sie ständig damit gerechnet. Der Gedanke, ein Kind von ihrem Herrn zu bekommen, war unerträglich. Aber es geschah nichts. Wahrscheinlich konnte er keine Kinder zeugen, schließlich war die Ehe mit seiner Frau auch kinderlos geblieben.

Die Sklavin beschleunigte ihre Schritte. Sie warf einen vorsichtigen Blick über die Schulter. Die Gasse hinter ihr war leer. Bestimmt hatte sie sich die Geräusche nur eingebildet. Sie war erschöpft, ihr Kopf vom Rauch des Essefeuers in der Schmiede benebelt.

Auf der Brücke hielt sie kurz inne. Blitzschnell wandte sie sich dem Bach zu und spuckte hinein. Das tat sie jedes Mal, wenn sie sich hier unbeobachtet wähnte. Es war ein Spiel, eine Spinnerei, die das Unerträgliche für einen winzigen Moment erträglicher machte.

Sie stellte sich vor, wie ihre Spucke in den Fjord gespült wurde. Dann immer weiter bis ins Meer und dann zu der Insel, ihrer Insel. Ihrer Heimat.

Kurz schloss sie die Augen, um sich nach Hause zu träumen. Sie sah den großen See, an dem ihre Siedlung lag. Da war ihr Vater, er lebte noch, und er küsste sie und ihre Schwester. Ihr Vater roch immer gut, nach Erde und Wald …

Plötzlich legte sich eine Hand auf ihre Schulter.

Rúna wirbelte herum und schlug panisch zu.

Helgi war ihr bis zur Brücke gefolgt.

Doch dann verließ ihn der Mut. Er ging ein viel zu hohes Risiko ein. Zwar würde es bald dunkel werden, und um diese Zeit war kaum noch jemand in den Gassen unterwegs. Aber jederzeit konnte jemand aus dem Haus treten.

Viele Leute pinkelten in ihre Vorhöfe, oder sie leerten dort ihren Nachttopf aus.

Er versteckte sich hinter einem Bohnenstrauch in einem der Vorgärten. In dem Moment drehte die Sklavin sich um. Wäre er jetzt noch auf der Straße gewesen, hätte sie ihn entdeckt.

Als sie die Brücke erreichte, schaute sie in den Bach hinunter. Aber was tat sie da? Sie begann, hin und her zu schwanken wie ein Halm im Wind.

Sie fällt ins Wasser, dachte Helgi und rannte los.

Nach wenigen Sprüngen war er bei ihr, riss sie zurück und spürte sogleich einen kräftigen Schlag, der sein linkes Auge traf. Benommen taumelte er rückwärts, verlor den Halt, trat ins Leere und stürzte in den schlammigen Bach.

Helgi lag rücklings im dreckigen, stinkenden Wasser.

Viele Bewohner entsorgten hier ihren Unrat. Seit Wochen hatte es nicht mehr geregnet, und der Bach, der im Frühjahr geräuschvoll dahinplätscherte, war zu einer Kloake verkommen.

Unschlüssig darüber, was sie nun tun sollte, beobachtete Rúna, wie Helgi versuchte, sich aus dem Schlamm zu befreien.

Sie schaute sich um. Noch immer war niemand zu sehen. Rasch trat sie an die flache Böschung und reichte ihm die Hand.

Helgi warf ihr einen unsicheren Blick zu. Schließlich gelang es ihm, sich aufzurichten. Er kletterte, ohne nach ihrer Hand zu greifen, die Böschung hinauf. Oben angelangt, schüttelte er sich und wischte sich den Schlick aus dem Gesicht.

Rúna betrachtete ihn ausdruckslos. Er war mindestens zwei Köpfe größer als sie und schien sehr stark zu sein. Er hatte kantige Gesichtszüge, die ihm etwas Herrschaftliches verliehen. Seine Haut war dunkler als die der meisten Menschen, die hier lebten.

«Ich bin zu schwer für dich», erklärte er schließlich. «Ich hätte dich mit reingezogen.»

Wie alt er wohl sein mochte?, dachte die Sklavin. Sie selbst war neunzehn. Er schien etwas jünger zu sein.

«Die Figur», sagte er, «ich habe sie für dich geschnitzt.»

Sie nickte.

«Es ist das Abbild unserer Göttin Freyja», fuhr er fort. «Sie lebt im Himmel, ganz weit da oben, an einem Ort, der Folkwang heißt. Ich würde dir gern von ihr erzählen.»

Die Sklavin konnte seine Unsicherheit spüren. Er stammelte und stotterte, als stünde er zum ersten Mal einer Frau gegenüber.

Dann sagte er: «Wir sollten hier nicht stehen bleiben. Es könnte uns jemand sehen.»

Er deutete auf eine Ansammlung von Gebäuden, etwa fünfzig Schritt bachaufwärts. «Wir könnten dort hingehen. Diese Häuser sind noch unbewohnt. Du brauchst keine Angst vor mir zu haben. Ich möchte nur mit dir reden. Dir von Freyja erzählen …»

Die Sklavin war hin und her gerissen. In wenigen Augenblicken würden die Wächter vor die Sklaven treten und nachzählen, ob alle rechtzeitig zurück waren. Wer zu spät kam, dem drohten Stockhiebe.

«Ich weiß, dass du in das Viertel musst. Ich habe euch gestern beobachtet. Die Wächter erscheinen aber erst nach

Einbruch der Dunkelheit. Wir hätten also noch ein bisschen Zeit.»

Sie überlegte kurz. Sie würde ihr Leben aufs Spiel setzen – aber was war ihr Leben schließlich noch wert?

Sie nickte.

Sie kam mit!

Sie kam wirklich mit! Helgi konnte sein Glück kaum fassen. Er hatte schon befürchtet, alles verdorben zu haben.

Während sie zu den Häusern schlichen, betastete er sein Auge. Die Sklavin hatte einen festen Schlag.

Sie kamen auf einen Hinterhof, auf dem man damit begonnen hatte, einen Brunnen anzulegen. Man hatte eine etwa fünf Fuß tiefe Grube ausgehoben, daneben lag ein Tannenholzfass, wie es in Haithabu häufig als Verschalung für Brunnen genutzt wurde.

Sie ließen sich an der frisch mit Lehm verputzten Flechtwerkwand nieder. Zwischen ihnen blieb ein gebührender Abstand.

Die Farbe des Himmels wechselte allmählich von dunkelblau zu schwarz. Hier und da leuchteten die ersten Sterne auf. Die Zeit wurde knapp.

Helgi sagte mit Blick auf den Nachthimmel: «Dort oben lebt sie, in einer Wohnung, die Folkwang heißt und in der es einen großen und schönen Saal gibt, den Sessrumnir. Freyja ist die Tochter des Gottes Niörd, dem Beherrscher des Windes, des Meeres und des Feuers. Wenn sie auszieht zum Kampf, dann reitet sie in einem von zwei Katzen gezogenen Wagen auf das Schlachtfeld. Nach dem Kampf muss sie Allvater Odin die Hälfte der Toten abgeben, denn Odin ist der mächtigste aller Götter. Aber Freyja ist die Schönste und die Herrlichste.»

Helgi wandte der Sklavin sein Gesicht zu. Sie schien ihm aufmerksam zuzuhören.

Er erzählte weiter: «Vom Namen Freyja rührt es her, dass man einige Weiber auch Frauen nennt, das sind die schönen, die … «

Helgi verstummte. *Das sind die schönen, die man liebt*, hatte er sagen wollen, doch er brachte es nicht über die Lippen.

Stattdessen erzählte er lieber die Geschichte, in der der Thursenfürst Thrym einst die Göttin Freyja zum Weibe hatte nehmen wollen, wobei er jedoch eine Abfuhr erhielt, was der gehörnte Thrym mit folgenden Worten kommentierte: «Wie furchtbar flammen der Freyja die Augen, mich dünkt, es brenne ihr Blick wie Glut.»

Als die Geschichte zu Ende war, wandte sich die Sklavin ihm zu und schaute ihm in die Augen.

Ihr Blick bohrte sich in Helgis Innerstes. Er hatte das Gefühl, dass sie alles sehen konnte, was in ihm vorging. All seine Gedanken, seine Geheimnisse. Niemals zuvor hatte er ein so intensives Gefühl verspürt. Es raubte ihm den Atem. Die Zeit schien stehenzubleiben.

Ein Schwarm Möwen zog keifend über die Stadt hinweg. Und irgendwo, ganz weit entfernt, heulte ein Wolf.

Dann, nach einer halben Ewigkeit, erhob sich die Sklavin, strich ihre Tunika glatt, klopfte den Staub ab und wandte sich zum Gehen. An der Hausecke drehte sie sich noch einmal zu ihm um und kam zurück. Sie zog etwas aus ihrer Tunika und reichte es ihm.

Es war seine Figur, die aus Eibenholz geschnitzte Freyja.

Als Helgi wieder aufschaute, war das Mädchen verschwunden.

22.

Das Buch lag aufgeschlagen auf dem Tisch. Die Kerze war längst niedergebrannt. Aber nun sickerte das erste Tageslicht durch die Ritzen der undichten Wände. Odo rieb sich die Augen. Er hatte eine weitere schlaflose Nacht hinter sich.

Der Abschnitt in dem Buch, den er nun, wie die anderen drei zuvor, ein für alle Mal würde schließen können, war mit einem wundervollen Bild illustriert.

Darauf waren hohläugige Weiber zu sehen, deren Brüste herabhingen. Es waren liederliche Gestalten, die sich spitzköpfigen, gehörnten Drachenwesen hingaben. Die lasterhaften Weiber spreizten ihre Beine und kopulierten mit den Dämonen, diesen Ausgeburten der Hölle. Am Rande dieser Illustration befand sich – kaum erkennbar – eine Kirche. Es war ein aus Stein errichtetes Gotteshaus, mit einem Brunnen davor und einem Baum, an den man eines der Weiber, eine der Huren, gefesselt hatte.

Odo beugte sich über dieses Detail, studierte die Zeichnung und lächelte zufrieden. Er hatte alles richtig gemacht.

Zwei blutige Löcher klafften im Oberkörper der Hure. Man hatte ihre Brüste abgeschnitten und sie ihr zu Füßen gelegt. In ihrem Geschlecht steckte eine Lanze; aus ihrem Mund ragte der Schwanz eines Aals. Der Fisch hatte sich in ihrem Hals festgebissen und war ebenso wie die Hure erstickt.

Über der entstellten Leiche schwebte ein Buchstabe in den Himmel. Es war das «L» – und es bedeutete Luxuria, die Wollust. Es war das Zeichen des Dämons, der dieses

Weib beherrscht hatte, dessen Sünde gesühnt und der nun vernichtet worden war.

Odo atmete tief ein. Während er ganz langsam wieder ausatmete, blätterte er die Seite um. Der nächste Abschnitt über die fünfte der sieben Sünden war überschrieben mit dem Buchstaben «I» – dem Zeichen für Ira, den Zorn.

Odo markierte die Seite mit einem Lesezeichen, wickelte das kostbare Buch in ein Tuch und verstaute es mit der Kiste in dem Erdloch unter seinem Bett.

23.

Der Tag brach an.

Nach den Laudes, dem Morgenlob, bei dem die Brüder die von der Regel des heiligen Benedikt vorgegebenen Psalmen gebetet hatten, begab sich Odo auf die Baustelle. Die ersten Arbeiter waren gerade gekommen. Werkzeuge wurden verteilt und Arbeiten zugewiesen. Bald darauf waren die Schläge der Hämmer und Äxte zu vernehmen. Die Geräusche klangen wie Musik in Odos Ohren.

Die Mauern der Steinkirche wuchsen rasch in die Höhe. Es ging schneller, als er zu hoffen gewagt hatte. Die Umrisse des Gotteshauses waren bereits auszumachen. Damit das Baumaterial nicht ausging, würde man bald eine neue Lieferung aus einem entlegenen Steinbruch herankarren müssen.

Odo war zufrieden mit sich und seiner Gemeinde. Abgesehen von dem Querulanten Arculf, der ihm mit seiner Nörgelei und seiner Verehrung für den greisen Ansgar gehörig auf die Nerven ging.

Als hätte Arculf Odos Gedanken erraten, erschien der

ehemalige Priester auf der Baustelle. Er betrachtete die Arbeiten skeptisch und zupfte an seinem weißen Bart, der aus seinem Gesicht hervorwuchs wie ein zu Eis erstarrter Wasserfall.

Als er Odo bemerkte, der sich auf einem Bretterstapel niedergelassen hatte, bewegte er sich zögernd in dessen Richtung.

«Diese Kirche da», sagte der Weißbart und deutete hinter sich, «sie wird dem Jarl nicht gefallen. Mehr noch, Vater, sie wird seinen Zorn heraufbeschwören.»

Odo schenkte dem Alten ein gütiges Lächeln. «Sag, Arculf, warum führst du das harte Wort ‹Zorn› in deinem Munde, und warum sorgst du dich um das Seelenheil des Götzenanbeters Hovi?»

«Ich sorge mich nicht um die Seele des Jarls. Aber ich befürchte das Schlimmste für unsere Gemeinde.»

«Und ich fürchte, dass du nicht auf die Größe und die Macht unseres Herrgotts vertraust, Bruder.»

Arculf schüttelte mürrisch den Kopf. «Darum geht es nicht, und das wisst Ihr genau. Als Ansgar einst unsere bescheidene Kirche erbauen ließ, wurde das dänische Reich von Horick dem Älteren regiert. Er war ein König, der von Ansgar die Taufe erhalten hatte. Aber die Zeiten haben sich geändert …»

Odo fiel ihm ins Wort. «Du sagst es: Die Zeiten haben sich geändert.»

Arculf ließ sich nicht beirren. «Auch der jetzige König, Horick der Jüngere, wird sich von Ansgar taufen lassen», fuhr er unbeirrt fort. «Bis es jedoch so weit ist, sollten wir uns in Bescheidenheit üben. Hovi ist kein Freund der Christen. Wir müssen zunächst die Gnade des Königs und seiner Grafen erbitten, bevor …»

«Du redest wie ein altes Weib», unterbrach ihn Odo erneut. «Ansgar hat geglaubt, wenn er erst einmal die Herzen dieser Heidenführer gewonnen hat, dann kriecht auch das Volk zu Kreuze. Aber das ist Unfug. Einen Dreck geben die einfachen Leute darauf, welchen Glauben ihre Obrigkeit vorgibt. Ich wiederhole mich, wenn ich dir vorrechne, wie viele Heiden ich bislang habe bekehren können und wie viele Ansgar um sich geschart hatte. Nein, der Weg zur Bekehrung eines Volkes verläuft nicht von oben nach unten – sondern umgekehrt. Die Saat geht in der Erde auf!»

«Aber …», warf Arculf ein.

«Halt jetzt den Mund», zischte Odo, dessen Geduld mit diesem aufsässigen Burschen am Ende war. Arculf war ein rückwärtsgewandter Sturkopf.

Der Alte zog ein säuerliches Gesicht. Doch noch schien er sich nicht geschlagen zu geben. Er wollte gerade zu einer weiteren Gegenrede anheben, als ihn ein Schrei verstummen ließ.

Beide wandten den Kopf zur Baustelle und sahen, wie ein Eichenstamm, mit dem das Dach abgestützt werden sollte, langsam umkippte und einen der Bauarbeiter unter sich begrub.

Odo lief sofort zur Unfallstelle. Die Arbeiter waren damit beschäftigt, den Verunglückten unter dem Balken hervorzuholen. Sie hoben den schweren Stamm auf und trugen ihn ein Stück weiter. Der Mann, der daruntergelegen hatte, stöhnte vor Schmerzen. Sein linker Arm war unnatürlich verdreht. Das Schultergelenk schien ausgekugelt zu sein.

«Wie konnte das geschehen?», herrschte Odo die Herumstehenden an.

Der Vorarbeiter Ulf löste sich aus der Menge. «Es ist meine Schuld», stammelte er. «Ich hätte mehr Männer abstellen sollen, um den Balken in der Senkrechten zu halten.»

Wut wallte in Odo auf, als er Ulf sah. Er erinnerte sich sofort daran, was Folke über dessen Diebereien verraten hatte.

«Bringt den Verletzten zu Bruder Liffard», rief Odo den Arbeitern zu. «Er soll die Schulter untersuchen. Vielleicht ist der Arm noch zu retten.»

Dann wandte er sich an Ulf. «Du bist entlassen. Verschwinde! Ich will dich hier nicht mehr sehen.»

Ulf entglitten die Gesichtszüge. «Aber das könnt Ihr nicht machen! Der Mann wird wieder auf die Beine kommen. Ich werde von nun an noch besser achtgeben. Das verspreche ich Euch, Priester Odo. Ich habe meine ganze Kraft in dieses Gebäude gesteckt. Die Steinkirche ist mein Werk. Ich *muss* sie vollenden!»

Ein anderer Arbeiter trat vor. «Wir werden ohne Ulf nicht weitermachen können. Er allein kennt die Pläne. Nur er weiß, auf welche Weise die Kirche gebaut werden muss, ohne dass sie über uns zusammenfällt.»

Odo schaute in die Runde. Die Männer sahen verunsichert aus. Sie hatten ihre Arbeitsplätze verlassen und bildeten einen Kreis um den Priester und den Vorarbeiter Ulf, der mit hängenden Schultern dastand und mit den Tränen kämpfte.

«Du da!» Odo winkte einen breitschultrigen Dänen namens Ospak herbei, einen versierten Balkenspalter und Steineklopfer.

Er hatte Ospak erst vor wenigen Tagen von der Baustelle des Walls abgeworben, der südlich von Haithabu die

Grenze zum fränkischen Reich verstärken sollte. Hovi ließ diesen Wall im Auftrag des Königs errichten, um damit die bestehende Grenzanlage entlang der Wegverbindung zwischen Haithabu und Hygelac zu ergänzen. Dieser zweite Dänenwall sollte sich eines Tages vom Fjord im Osten bis zu den Niederungen der Rheider-Au im Westen hinziehen. Er sollte ein unüberwindbares Bollwerk gegen die vom ostfränkischen König Ludwig regierten Sachsen im Süden darstellen.

«Welche Aufgaben hattest du bei der Befestigung der Grenze?», fragte Odo den etwa dreißig Jahre alten Mann.

«Ich habe eine der Kolonnen beaufsichtigt, die den Wall mit Holzpalisaden verkleiden.»

«Du hast die Arbeiter also angeleitet?», bohrte Odo nach.

Ospak nickte vage.

«Gut», sagte Odo. «Ich werde dich in die Baupläne der Kirche einweihen. Ab sofort bist du der neue Vorarbeiter.»

Dann wandte er sich wieder an Ulf. «Pack deine Sachen zusammen! Noch vor Mittag bist du verschwunden.»

Der stämmige Ulf sackte in sich zusammen wie ein Unschuldiger, über den man soeben das Todesurteil verhängt hatte.

«Aber ich habe noch niemals ein Steinhaus …», warf Ospak ein.

Odo lächelte milde. «Du wirst es schaffen. Ich werde dir jede Unterstützung geben, die du brauchst.»

Natürlich war Odo bewusst, dass Ulfs Rauswurf einen Rückschlag für den Fortgang der Bauarbeiten bedeutete. Er war bei den Männern beliebt, konnte sie zu harter Arbeit antreiben. Außerdem war er der beste Bauleiter, den

Odo hatte finden können. Ohne ihn würden sie mit der Fertigstellung der Kirche um Tage, wenn nicht um Wochen, zurückgeworfen.

Aber Ulf war ein Dieb – und Diebstahl war eine schwere Sünde. Wer anderen Menschen etwas wegnahm, machte sich der Habsucht schuldig, so wie der Dieb Grein es getan hatte.

Denn so hatte Moses es einst den Menschen verkündet: Du sollst nicht stehlen!

Ulf sank schluchzend vor Odo auf die Knie. «Wenn Ihr mir diese Arbeit nehmt, nehmt Ihr mir mein Leben», flehte er. «In der Stadt werde ich keine andere Arbeit finden, weil ich mich Euch angeschlossen habe. Hovi droht jedem mit harter Strafe, der einen Mann beschäftigt, der zuvor von den Christen abgeworben wurde. Wenn ich keine Anstellung finde, wird meine Familie verhungern. Meine Frau hat uns gerade ein Mädchen geboren, unser fünftes Kind.»

«Das hättest du dir früher überlegen müssen», erwiderte Odo schulterzuckend.

Er wollte sich gerade zurückziehen, weil ihm das kindische Gejammer auf die Nerven ging, als einige Arbeiter aufgeregt auf den Weg deuteten, der nach Haithabu führte.

Eine Gruppe Reiter näherte sich der Baustelle. Es waren die Krieger des Jarls, in vollem Galopp und schwer bewaffnet.

Zuvorderst ritt der narbengesichtige Krieger, Egil Blóðsimlir, flankiert von zwei glatzköpfigen Hünen, den Berserkern. Ihnen folgte ein gutes Dutzend Krieger mit gezückten Waffen.

Die Arbeiter steckten aufgeregt die Köpfe zusammen. Angst machte sich breit.

Hauptmann Egil ließ seine Männer etwa dreißig Schritt vor der Baustelle halten. Sofort verzogen sich die Arbeiter und Christen hinter die Steinhaufen und Bretterstapel, wo sie sich in Sicherheit wähnten.

Odo wich als Einziger nicht von der Stelle. Er breitete seine Arme aus und rief den Kriegern entgegen: «Gnade sei mit Euch und Friede von dem, der ist und der war und der kommt!»

Egil verzog sein Gesicht und spuckte auf den Boden. «Halt dein Maul, Kuttenträger!», schnauzte er, die Hand am Schwertknauf. «Bist du der Führer dieser feigen Kerle, die sich vor uns verkriechen wie die Ratten?»

Odo nickte. Auch er verspürte Unbehagen beim Anblick der wilden Männer, deren Waffen im Sonnenlicht glänzten. Doch er durfte seine Unruhe nicht zeigen. Er musste den Arbeitern und den Brüdern ein Vorbild an Standhaftigkeit sein.

Lächelnd trat er daher den Kriegern entgegen.

Egil hob überrascht die Braue über dem unvernarbten Auge. Dadurch wurde sein entstelltes Gesicht auf unheimliche Weise verzerrt.

Die Berserker knurrten angriffslustig.

Erst als Odo so dicht an den Hauptmann herangekommen war, dass er diesen direkt anschauen konnte, hielt er inne und fragte: «Was führt euch zu uns?»

Egil lächelte schief. «Was baust du hier, Kuttenträger?»

«Eine Kirche, ein Haus Gottes.»

Egil murmelte den Glatzköpfen etwas zu, woraufhin die beiden Hünen in ein so schallendes Gelächter ausbrachen, dass ihre Pferde schnaufend hin- und hertrampelten.

«Von welchem Gott redest du?», rief Egil. «Von Odin? Thor? Von Balder?»

Odo bemühte sich weiterhin um ein gütiges Lächeln. «Ich rede von Gott, dem Allmächtigen. Unserem Herrn.»

Egils Augen verengten sich zu Schlitzen. Offensichtlich hatte er kein Interesse an einer theologischen Diskussion. Er drückte seinem Gaul die Hacken in die Flanken und trabte langsam auf Odo zu, bis das Pferd nur noch eine Armeslänge vom Priester entfernt war. Als das Tier die Nüstern blähte, spürte Odo den Atem auf seinem Gesicht.

Egils Finger schlossen sich um den Schwertgriff. Die Knöchel unter der Haut traten weiß hervor. Er beugte sich nach vorn und zischte: «Du wirst hier kein Steinhaus errichten, Munki. Der große und mächtige Hovi duldet das nicht. Die Arbeiten werden sofort eingestellt.»

Odo hielt Egils Blick stand. «Es ist Gottes Wille, dass wir an diesem Ort eine Kirche erbauen. Gott ist der Schöpfer aller Dinge, und nach seinem Willen wurde alles ins Dasein gerufen und erschaffen.»

Egil gab seinen Kriegern ein Zeichen. Sie schlossen zu ihm auf.

Er grinste: «Dann werden wir wohl alle deine Häuser zerstören müssen.»

Odo hob besänftigend die Hände. «Was haben wir eurem Jarl getan?»

«Du wirbst die Arbeiter ab», erwiderte Egil. «Diese Männer, die sich wie feige Ratten da vorne hinter Steinen und Brettern verkriechen, sind Hovis Männer. Der große Jarl braucht in der Stadt und am Wall jede tüchtige Hand.»

Er zog die Klinge aus der Scheide und zeigte damit auf die alte Holzkirche. «Und jetzt werden wir …»

Da schrie jemand: «Nein!»

Mit einem Blick über die Schulter sah Odo, dass Arculf über einen der Steinhaufen geklettert war und nun den Kriegern entgegenrannte. Der Alte mochte zwar dem Kirchenbau kritisch gegenüberstehen, aber er war Christ – und daher würde er es niemals zulassen, dass die Heiden die Symbole des Glaubens zerstörten.

Dieser Narr!, dachte Odo.

«Die Gemeinde hat den Segen eures Königs», rief Arculf im Laufen.

Egil glotzte den Alten an. «Was will dieser Wurm?»

«Achtet nicht auf ihn», sagte Odo schnell. «Lasst mich mit eurem Jarl reden. Wir werden eine Lösung finden.»

Egil schaute zwischen dem Priester und dem heranstürmenden Alten hin und her.

Da drehte sich Odo zu Arculf um und rief: «Halt ein! Zurück mit dir!»

Aber der Dummkopf war außer sich. Er rannte an Odo vorbei und griff nach dem Hals von Egils Pferd, das sich sogleich wiehernd aufbäumte. Die Hufe sausten durch die Luft, nur eine Handbreit an Odos Kopf vorbei, der sich mit einem Seitwärtssprung in Sicherheit brachte.

«Ihr dürft diese Kirche nicht zerstören», kreischte Arculf. «Der König hat's gestattet! Der König hat's gestattet!»

Egil, der alle Mühe hatte, sein Pferd zu beruhigen, rief wutentbrannt: «Draupnir, greif dir den Munki!»

Einer der glatzköpfigen Hünen glitt von seinem Pferd. Mit zwei gewaltigen Sätzen war er bei Arculf, packte den Alten im Nacken und schleuderte ihn zu Boden. Dann setzte er nach und schlug mit seinen Pranken auf den Christen ein. Der Krieger schnaufte wie ein rasender Bär. Das Knacken von Arculfs Knochen hallte über die Baustelle. Sie brachen unter den wuchtigen Schlägen wie trockene Äste. Auch als Arculf sich längst nicht mehr regte, ließ der Hüne nicht von ihm ab. Er zerrte an den Gliedmaßen, verdrehte Arme und Beine, zerriss die Sehnen und verbiss sich im Nacken, bis das Blut zwischen seinen Zähnen hervorspritzte.

Drei Soldaten und der andere Berserker waren schließlich nötig, um den wahnsinnigen Krieger von seiner Beute wegzuzerren. Es schien eine Ewigkeit zu dauern, bis der Blutrausch sich gelegt hatte und der Hüne wieder auf seinem Pferd saß. Zufrieden leckte er sich das Blut von den Lippen.

Egil schob das Schwert zurück in die Scheide. Mit Blick auf den im Staub liegenden Arculf sagte er zu Odo: «Du solltest deine Männer besser im Griff haben, Kuttenträger. Du wirst von uns hören.»

Dann gab er den Kriegern das Zeichen zum Aufbruch, und sie galoppierten in Richtung Stadt davon.

Odo achtete nicht auf Egils Worte. Er schaute auch nicht hinter den davonreitenden Kriegern her. Er starrte nur wie benommen auf den zerfetzten Körper des toten Bruders Arculf.

Diese Raserei, diese pure, nackte Gewalt!

Odo war fasziniert. Er hatte den Dämon gesehen. Ja, das war er gewesen: der Zorn. Ira!

Diese Angsthasen!

Jähe Wut erfasste Odo. Hatte er den Arbeitern nicht soeben gezeigt, wie man diesen Barbaren die Stirn zu bieten hatte? Nicht, indem man sich verkroch und hoffte, das Gewitter würde an einem vorbeiziehen und der Blitz beim Nachbarn einschlagen. Nein! Auch nicht, indem man die Beherrschung verlor, wie Arculf, der dafür mit seinem Leben gebüßt hatte. Und ganz sicher nicht, indem man vor den Barbaren zu Kreuze kroch.

Das Entsetzen unter den Gemeindebrüdern und den Arbeitern war noch immer groß. Man hatte Arculf in einem Sarg aufgebahrt und zu einer abseits gelegenen Stelle getragen. Dort bestattete die Gemeinde ihre Toten in sandiger Erde.

Odo hatte ein Gebet gesprochen. Er hatte Arculfs Leben und Wirken in höchsten Tönen gelobt – was ihn weniger Überwindung kostete, als er befürchtet hatte. Dann hatten sie den Körper in die Grube herabgelassen und sie anschließend mit Erde aufgefüllt.

Nun standen die Männer und auch Folke und die anderen Knaben, die an der Zeremonie teilgenommen hatten, vor ihrem Priester. Sie scharrten betreten mit den Füßen im Dreck.

Odo schäumte innerlich.

Er hatte die Arbeiter nach der Beerdigung wieder auf die Baustelle schicken wollen. Doch sie hatten sich standhaft geweigert. Als ihren Sprecher hatten sie Ospak auserkoren, den Odo erst vor wenigen Stunden als neuen Vorarbeiter eingesetzt hatte. Der Däne hatte ihm zu verstehen gegeben, dass die Männer nicht mehr an der Kirche weiterarbeiten würden.

«Wir werden zurück zum Wall gehen», sagte Ospak. «Ihr habt doch gehört, was Egil gesagt hat: Der große Hovi braucht dort jetzt jede Hilfe. Er wird uns wieder in Lohn und Brot nehmen.»

Da platzte es aus Odo heraus: «Wie könnt ihr nur so dumm sein? Natürlich wird Hovi euch Arbeit geben. Aber er wird euch nichts dafür zahlen. Er hat euch jetzt genau da, wo er euch haben wollte. Ihr kriecht zu ihm zurück und bettelt um Anstellung – weil ihr um euer Leben fürchtet. Weil ihr glaubt, dass diese wahnsinnigen Krieger mit euch genau dasselbe anstellen werden, was sie mit Arculf getan haben. Aber Hovi wird euch nicht einmal die Hälfte von dem bezahlen, was ihr früher bei ihm verdient habt.»

«Aber ich bekomme lieber weniger Geld, als dass ich totgeschlagen werde», warf ein Steinmetz ein. «Davon hat meine Familie nämlich auch nichts.»

Die Umstehenden stimmten ihm zu.

Odo stand auf verlorenem Posten. Er brauchte diese Steinkirche, und zwar genau so eine, wie er sie im Buch gesehen hatte. Ohne ein solches Gotteshaus würde sich die Prophezeiung nicht erfüllen. Ohne die Kirche wäre alles umsonst gewesen.

Er musste die Arbeiter, die er so mühsam angeworben hatte, zurückgewinnen – um jeden Preis.

Mit einem Mal tauchte Ulf auf, der die Beerdigung aus einiger Entfernung beobachtet hatte. Er sagte: «*Ich* bleibe bei Euch, Priester. Aber natürlich nur, wenn Ihr meine Hilfe noch annehmt.»

Dann wandte Ulf sich an die anderen. «Der Priester spricht die Wahrheit. Hovi wird euch mit einem Hungerlohn abspeisen. Ihr werdet ihm dankbar dafür sein müssen, überhaupt noch Arbeit zu haben. Er wird euch ausnutzen und zu den niedrigsten Aufgaben anhalten.»

Die Männer steckten tuschelnd die Köpfe zusammen.

«Aber was ist, wenn Egil zurückkommt?», wollte Ospak

nach einer Weile wissen. «Wer garantiert dann für unsere Sicherheit?»

«Egil hat gesagt, dass Hovi jeden Arbeiter braucht», erwiderte Ulf. «Aber das ist nur das eine. Hovi braucht auch Soldaten. Er muss Männer anwerben für seinen Krieg. Er kann es sich nicht leisten, wehrlose Arbeiter anzugreifen. Wenn das die Runde macht, werden ihm viele Männer die Gefolgschaft verweigern.»

Odo hörte Ulf mit wachsender Begeisterung zu. Warum war er darauf nicht selbst gekommen? Der ehemalige Vorarbeiter mochte zwar ein Dieb sein, aber er war auch ein gerissener Hund.

«Ich werde euren Lohn erhöhen», rief Odo, um die Arbeiter zu überzeugen.

Ospak zupfte nachdenklich an seinem Ohrläppchen. «Um wie viel?»

Jetzt hatte Odo sie. «Um das Doppelte!»

Ein Raunen ging durch die Menge.

Odo triumphierte innerlich. Diese Heiden waren wirklich einfach zu überzeugen. Sie brauchten nur das Wort «Geld» zu hören, und schon folgten sie seinen Anweisungen wie dumme Lämmer. Dabei hatte Odo gar nicht vor, den Männern den vollen Lohn zu zahlen, der erst bei Fertigstellung der Kirche fällig werden würde. Zwar besaß er noch Reserven von den Geldern der Gemeindemitglieder, mit denen er die Baumaterialien bezahlte und den Arbeitern hin und wieder einen kleinen Vorschuss gönnte. Aber wenn die Kirche erst einmal eingeweiht und der letzte Dämon vernichtet war, würde Gott alle Ungläubigen ins ewige Feuer verbannen. Und in der neuen Welt Gottes brauchte niemand Geld!

Um auch noch den letzten Zweifler zu überzeugen,

zeigte Odo auf Ulf und sagte: «Und dieser Mann hier soll euer Vorarbeiter sein!»

Es dauerte keine halbe Stunde, bis auf der Baustelle wieder die Geräusche der Hämmer und Äxte erklangen.

Odo war zufrieden. Er hatte nicht nur alle Arbeiter behalten, sondern auch Egil Blóðsimlir die Stirn geboten. Der Hauptmann hatte, ohne es zu wissen, Odo zwei große Dienste erwiesen. Zum einen hatte der Bluttrinker das Problem mit dem Querulanten Arculf erledigt. Und zum anderen hatte er Odo einen weiteren Dämon an die Hand geliefert.

Wie war noch der Name dieses Wahnsinnigen gewesen? Draupnir? Ja, Draupnir.

Der Hüne war der leibhaftig gewordene Zorn. Odo würde so schnell wie möglich alle Vorkehrungen treffen müssen, um ihn zu töten. Um den fünften Dämon zu vernichten.

24.

Sie hatte eine große Dummheit begangen, die sie nun zutiefst bereute.

Drei Nächte war es her, seit sie Helgi die Holzfigur zurückgegeben hatte. An jedem der vergangenen Abende war sie mit klopfendem Herzen am Nachbarhaus vorbeigegangen, aber das Fenster war immer verschlossen gewesen. Er hatte nicht auf sie gewartet.

Wunderte sie sich darüber? Nein, natürlich nicht. Sie hatte es sich selbst zuzuschreiben. Wie anders hätte er ihre Geste denn verstehen sollen, als dass sie sein Geschenk und damit ihn abgewiesen hatte?

Dabei wollte sie nur nicht, dass er sich Hoffnungen machte. Sie war eine Sklavin. Sie gehörte ihrem Herrn. Wie konnte er das nur vergessen?

«Pass doch auf, Weib!»

Sie zuckte zusammen. Gizur hatte die Küche betreten. Sie war gerade damit beschäftigt, Getreide zu mahlen, um Brot zu backen. Jetzt stand der Schmied hinter ihr und hatte gesehen, wie sie das Mehl verschüttet hatte. Rasch kehrte sie es mit den Händen zusammen und tat es in einen Eimer. Dann ließ sie eine Handvoll Weizen in das Loch des Mühlsteins rieseln und begann damit, den Stein zu drehen. Aber die Anwesenheit ihres Herrn, der jeden ihrer Handgriffe beobachtete, machte sie so nervös, dass der obere Stein sich verkantete. Getreide und Mehl rieselten aus der Mühle.

Sie erstarrte.

Der Schmied atmete vernehmlich aus. Er beugte sich zu ihr herunter. Seine Lippen waren ganz dicht an ihrem Ohr, als er zischte: «Ich habe dich gewarnt.»

Dann richtete er sich wieder auf. «Scher dich zu der Alten. Sie stinkt.»

Rúna wischte sich die mit Mehlstaub verschmierten Hände an der Tunika ab. Dann ließ sie den Schmied in der Küche allein, wo er sich wie jeden Morgen an die Zubereitung des Tranks machte. Er behauptete, es sei eine Medizin, die er seiner Frau gegen ihre Schmerzen verabreichen müsse. Das Gebräu bestand aus Bilsenkraut, getrockneten Pilzen und anderen Dingen, die die Sklavin jedoch nicht kannte.

Die alte Frau lag regungslos auf einem mit Reisig gepolsterten Lager. Die Schlafkammer wurde vom Schein glimmender Holzscheite matt erhellt. Rúna streute Zweige auf die Glut und fachte das Feuer neu an. Dann ließ sie sich neben der Frau nieder.

Ein Schauer lief der Sklavin über den Rücken. Die Alte bot einen schrecklichen Anblick. Herkias Augen waren weit geöffnet und starr auf die Decke gerichtet. Aus ihren Mundwinkeln tropfte Speichel. Rúna betrachtete das eingefallene Gesicht, aus dem die Wangenknochen hervorstachen, als ob sie sich durch die fahle Haut bohren wollten. Die Frau war so runzlig, dass sie aussah wie ein verschrumpelter Apfel.

Früher schien sie sehr schön gewesen zu sein. Als Rúna zum ersten Mal das Haus betreten hatte, war Herkia zwar schon bettlägerig, aber ihre anmutigen Gesichtszüge waren noch deutlich zu erkennen, ihre Haare voll und blond gewesen. In den vergangenen Monaten hatte sich ihr Zustand jedoch rasch verschlechtert. Es schien nur noch eine Frage weniger Tage zu sein, bis sie ihren Lebenswillen endgültig verlieren würde.

Sie streichelte Herkias Wange. Ihre Haut war weich wie die eines Babys. Unter der sanften Berührung entspannten sich die Züge. Die Atmung wurde gleichmäßiger, ihre Lippen öffneten sich.

Rúna beugte sich herunter. Aus dem Mund der Alten kam ein krächzender Laut, als wolle sie dem Mädchen etwas mitteilen.

Da betrat der Schmied die Schlafkammer. «Hast du die Alte sauber gemacht?»

Die Sklavin streifte hastig Herkias Tunika hoch. Sie wickelte die als Windeln genutzten Tücher ab, die sie der Frau am Vorabend um den Unterleib geschlungen hatte. Als sie Herkia die ersten Male gesäubert hatte, war ihr regelmäßig so übel geworden, dass sie sich hatte übergeben müssen. Doch mittlerweile hatte sie sich an den Gestank gewöhnt, und sie reinigte die Kranke umsichtig mit geübten Handgriffen.

Der Schmied beobachtete seine Sklavin. Nachdem sie seine Frau abgewischt und neu angekleidet hatte, schickte er sie aus der Kammer. Sie sollte die alten Tücher auswaschen.

«Mach den Mund auf», hörte sie Gizur seine Frau anschreien.

Rúna blieb in der Tür stehen und sah, wie Herkia die Lippen fest zusammenpresste.

Gizur versuchte, ihren Widerstand zu brechen, indem er ihr die Nase zuhielt. Als Herkia keine Luft mehr bekam, öffnete sie widerwillig den Mund. Sofort flößte Gizur ihr das Getränk ein. Der von der Krankheit gezeichnete Körper begann krampfartig zu zucken.

Eines Tages, dachte die Sklavin, wird der böse Mann für alles bestraft werden.

Sie kniete in der Küche über dem Wassertrog und wrang die Tücher aus.

Der Schmied kam mit der leeren Schüssel herein und sagte: «Und jetzt zu dir. Dreh dich um!»

Sie gehorchte und legte langsam die Tücher beiseite.

Ihr Herr weidete sich an der Angst, die sich in ihren Augen spiegelte. Er starrte auf die vor ihm kniende junge Frau. Dann holte er aus und schlug ihr mit der flachen Hand so kräftig ins Gesicht, dass ihr Kopf zur Seite geschleudert wurde. Sie biss die Zähne zusammen, um einen Schmerzensschrei zu unterdrücken. Doch sie wusste, das würde ihn nur noch wütender machen. Ihre Wange brannte wie Feuer.

«Weißt du, was das verdammte Getreide kostet?», schrie er.

Sie schüttelte den Kopf. Woher sollte sie das wissen? Die Einkäufe erledigte der Schmied allein.

«Wegen der verfluchten Hitze sind die Preise in die Höhe geschossen wie noch nie. Wenn es nicht bald regnet, wird es in diesem Jahr überhaupt keine Ernte geben.»

Er schlug erneut zu, dieses Mal traf er ihre andere Wange.

«Diese Dreckskerle nebenan lachen mich aus», rief er. «Diese Nichtskönner, diese Anfänger. Sie haben mir den Auftrag vor der Nase weggeschnappt – mir, dem besten Schmied von Haithabu!»

Rúna kauerte zu seinen Füßen. Sie wusste, was nun kommen würde. Die Ausbrüche begannen immer auf dieselbe Weise. Ihr Herr regte sich über zu hohe Preise, über das heiße Wetter, über seine Konkurrenten auf. Und wenn er sich in seine Wut auf die ganze Welt hineingesteigert hatte, ließ er sie an seiner Sklavin aus.

Sie schloss die Augen. Ihr Herr schimpfte und zeterte. Er ballte die Faust, als drohe er einem unsichtbaren Gegner. Das Haus war erfüllt von seinen Schreien.

Rúna blendete die Außenwelt aus. Ihre Gedanken schweiften ab zu Helgi. Warum hatte sie sich nur so dumm benommen? Es tat ihr leid, unendlich leid. Trotz der Gefahr hätte sie sein Geschenk nicht abweisen dürfen. Durch ihn hatte sie einen Moment lang neue Hoffnung geschöpft. Sie musste es wiedergutmachen. Sie musste sich bei ihm entschuldigen, musste ihm zeigen, dass sie ihm dankbar war.

Und zwar noch heute Abend. Natürlich war es riskant, lebensgefährlich. Aber sie sah keinen anderen Weg. Sie brauchte einen Freund. Sonst würde sie zugrunde gehen. Sie brauchte ihn.

Gizur zerrte sie hoch und riss ihr die Kleidung vom Leib. Er hatte die Peitsche in der Hand. Rúna drehte sich langsam um, mit dem Gesicht zum Backofen, in den sie nachher das Brot schieben würde. Die Peitsche klatschte auf ihren Rücken. Alte Wunden rissen auf.

Wie sollte sie Kontakt zu Helgi aufnehmen?, fragte sie sich. Sie musste ihm eine Nachricht zukommen lassen.

Gizur schleuderte die Peitsche in eine Ecke. Rúna beugte sich vor, sie wusste, was nun kam. Sie hörte den schweren keuchenden Atem ihres Herrn. Hastig zog er seine Hose herunter und drang in sie ein. Sein Glied war klein, aber hart wie ein Stock. Seine Stöße übertrugen sich auf sie. Sie wankten hin und her, während er immer lauter stöhnte.

Ihr Blick fiel auf den Brennholzhaufen, der neben der Hintertür lag. Von dem alten Holz war Rinde abgeplatzt. Da hatte sie eine Idee.

Ihr Herr grunzte. Als er fertig war, zog er seine Hose wieder hoch und verschwand in der Schmiede.

Sie wischte sich die Oberschenkel ab, zog sich ihre Kleidung wieder an und begann, den Mühlstein zu drehen.

Je mehr sie über ihre Idee nachdachte, desto besser gefiel sie ihr.

25.

Die Zange entglitt seiner Hand.

«Pass doch auf! Wo bist du nur mit deinen Gedanken?», maulte Einar seinen Sohn an.

Eine Entschuldigung murmelnd, bückte sich Helgi nach der Zange, in die das Werkstück geklemmt war. Einar hatte es gerade bearbeiten wollen, als Helgi es beim ersten Hammerschlag fallen gelassen hatte.

Lustlos legte Helgi das Eisen in die Esse, um es wieder zum Glühen zu bringen. Er drückte auf den Blasebalg und beobachtete die Funken, die über dem Feuer tanzten wie brennende Fliegen.

Warum ging ihm diese Sklavin nicht aus dem Kopf? Die Sache war doch erledigt. Ein für alle Mal! Sie wollte sein Geschenk nicht – sie wollte ihn nicht. Warum konnte er sich nicht damit abfinden? Es hatte ihn schwer getroffen, dass sie ihm die Figur zurückgegeben hatte. Freyja, die Göttin der Liebenden! Dabei hatte er zunächst den Eindruck gehabt, sie würde ihn mögen. Hatte sie ihm doch zugehört, als er ihr die Geschichten erzählte. Aber dann …

«Das Eisen soll nicht schmelzen», rief Einar.

Helgi legte den glühenden Barren wieder auf den Amboss.

Einar schwang den Hammer. Dieses Mal gab Helgi besser acht. Nach und nach bekam das Eisen unter den Schlägen eine neue Form. Es sollte eine Schwertklinge werden, eine von vielen, die sie bereits in Hovis Auftrag hergestellt hatten.

Am Nachmittag war die Klinge beinahe fertig, als ein lautes Klopfen sie bei der Arbeit unterbrach. Einar ließ den Hammer sinken und warf einen Blick aus dem Fenster.

«Was will der denn hier?», flüsterte er und öffnete die Tür.

Herein trat der Waffenmeister Olaf Skoðgætir, der wie immer seinen langen Bart zu zwei Zöpfen geflochten hatte.

Helgi erstarrte. Erst vor wenigen Tagen war er Olaf im Hurenhaus begegnet. Er versuchte in Olafs Gesicht zu lesen, ob der Kerl ihn wiedererkannte. Aber der Waffenmeister interessierte sich offensichtlich nur für den Schmied, nicht für den Sohn. Olaf verschränkte die Arme über seinem kugelrunden Bauch und baute sich vor Einar und Helgi auf.

Übel gelaunt sagte er: «Zeig mir die Waffen!»

Einar öffnete eine Truhe. «Sie sind hier drin.»

Olaf beugte sich über die Kiste. Er strich über seine Bartzöpfe. «Wie viele sind das?»

«Zwölf Axtköpfe, fünf Messer und sieben Schwertklingen.»

«Hovi verlangt fünfzig – und zwar fünfzig von jeder Waffenart», knurrte Olaf.

«Aber wir haben damit noch Zeit bis zum nächsten Frühjahr. Sei unbesorgt, Olaf. Wir werden den Auftrag erfüllen.»

Der Waffenmeister schaute sich in der Schmiede um. Sein Blick fiel auf Helgi, der neben der Esse stand. Olaf musterte ihn eingehend von oben bis unten.

Helgi trat der Schweiß auf die Stirn.

«Ist das dein Sohn?», fragte Olaf.

Einar nickte.

«Ein kräftiger Bursche», meinte der Waffenmeister. «Warum hat ein Schwächling wie du einen so riesigen Jungen?»

Einar schaute betreten zu Boden. «Das ist nun mal so», murmelte er.

Olaf legte den Kopf schief. «Irgendwo habe ich den Knaben schon mal gesehen.»

«Das bleibt nicht aus, wenn man in einer Stadt lebt», erwiderte Einar.

Olaf richtete das Wort an Helgi: «Kannst du mit Waffen umgehen?»

Doch Einar antwortete für seinen Sohn. «Helgi ist ein Schmied, kein Krieger. Er kann den Hammer führen, aber kein Schwert …»

«Lass den Jungen selbst reden, Alter», warf Olaf ein und wandte sich erneut an Helgi. «Du hast kräftige Arme und große Hände. Du könntest ein Langschwert führen. Hovi zahlt guten Lohn, wenn du ihm in den Krieg folgst. Ein ehrenvoller Tod in der Schlacht öffnet dir das Tor nach Walhalla. Du würdest einen Platz an Odins Seite bekommen!»

«Ich brauche Helgi in der Schmiede», fuhr Einar dazwischen.

Olaf warf Einar einen scharfen Blick zu. Er hasste es, wenn man ihn unterbrach.

Da stieß Gullweig die Tür zur Schmiede auf. Offensichtlich hatte sie gelauscht, und nun schien ihrer Meinung nach der richtige Moment gekommen zu sein, um einzugreifen. Sie entspannte die Situation mit weiblicher Weitsicht.

«Einar», rief sie vorwurfsvoll. «Was bist du nur für ein schlechter Gastgeber! Warum bietest du diesem netten Mann nichts zu trinken an?»

Olafs Miene hellte sich schlagartig auf. «Dein Weib hat recht, Schmied. Wenn du mir einen Becher Met spendierst oder auch zwei, dann bist du mich schneller los, als du glaubst. Lass uns zusammen trinken, denn ich muss dir noch etwas erzählen. Deshalb bin ich überhaupt in deine schäbige Hütte gekommen.» Er lachte donnernd.

Gullweig brachte einen bis an den Rand mit Met gefüllten Becher. Olaf leerte ihn in einem Zug. Er rülpste, lobte das Getränk und verlangte mehr davon. Einar schickte Helgi aus der Werkstatt. Es würde ein Gespräch unter Männern sein.

Immer wieder lief Gullweig zwischen Schmiede und Küche hin und her, um Olafs schier unendlichen Durst zu stillen. Als Helgi merkte, dass sich das Gespräch hinzog, verließ er das Haus durch den Hintereingang.

Es war bereits später Nachmittag. Die Sonne brannte unerbittlich vom blauen Himmel. Über den Dächern flimmerte die Hitze. Die Luft war erfüllt vom Gestank der Kloaken. Fliegenschwärme schwirrten umher wie schwarze Wolken.

Helgi beschloss, sich hinter dem Ziegenstall in den Schatten zu setzen. Als er den kleinen Hinterhof betrat, stieß sein Fuß gegen ein handtellergroßes Stück Holz. Es war auf der einen Seite flach und glatt, auf der anderen borkig. Ein Stück Eichenrinde. Er wollte es gerade auf den Brennholzstapel werfen, als er etwas bemerkte. Es sah aus, als ob jemand etwas auf die glatte Seite gemalt hatte, mit Kohle vielleicht.

Helgi betrachtete die Rinde eingehend. Es gab keinen Zweifel, die Striche sollten etwas darstellen. Sie waren zu gleichmäßig ausgeführt, als dass sie zufällig daraufgekommen sein konnten.

Aber was sollte diese Zeichnung darstellen? Helgi drehte und wendete die Rinde, bis er glaubte, in den Linien eine gewisse Struktur erkennen zu können.

Und dann verstand er. Die Zeichnung zeigte eine Brücke über einem Bach und eine Figur, eindeutig eine weibliche, mit großen Brüsten und langen Haaren.

Helgi schaute irritiert zum Nachbarhaus hinüber. Im

hinteren Bereich, wo sich vermutlich die Küche befand, gab es ein schmales Fenster. Dessen Laden war allerdings immer verschlossen.

Die Sklavin. Natürlich. Irgendwie musste es ihr gelungen sein, das Fenster zu öffnen und das Rindenstück auf Helgis Grundstück zu werfen.

Es war eine Botschaft. Was sie ihm damit mitteilen wollte, lag auf der Hand: Sie wollte ihn wiedersehen – an der Brücke. Und er sollte die Holzpuppe mitbringen.

Die Nachricht konnte noch nicht lange hier liegen. Das letzte Mal hatte Helgi das Haus am Mittag durch den Hintereingang verlassen. Da hatte er noch nichts bemerkt. Das konnte nur bedeuten, dass sie ihn noch heute Abend treffen wollte.

Helgi hätte am liebsten einen Luftsprung gemacht. Er war außer sich vor Freude, vergessen waren all die Zweifel, die ihn nach ihrem ersten Treffen gequält hatten.

Sie war interessiert. Sie wollte das Geschenk annehmen. Freyja – die Göttin der Liebenden.

Doch dann fiel ihm ein, dass er die Figur gar nicht mehr besaß. Er hatte sie vernichtet, hatte sie wütend in die Esse geworfen. Mit Genugtuung hatte er beobachtet, wie die Holzpuppe, an der er viele Tage geschnitzt hatte, verbrannt war. Für einen Augenblick war sie aufgeflammt, dann in sich zusammengefallen. Nur ein Klumpen Asche war zurückgeblieben. Unmöglich würde er bis zum Abend eine neue Göttin herstellen können.

Doch er hoffte, dass es dem Mädchen nicht nur um die Figur ging. Nein, natürlich nicht. Helgi war sich sicher. Es steckte mehr dahinter! Die Figur war ja auch für ihn nur ein Vorwand gewesen, um mit der Sklavin ins Gespräch zu kommen.

Er ließ die Nachricht wie einen wertvollen Schatz unter seiner Lederschürze verschwinden. Heute Abend! Er würde auf sie warten.

Als er in die Küche zurückkehrte, kam ihm Gullweig entgegen. Sie schäumte vor Wut. «Der Kerl hat fast das ganze Fass ausgesoffen. Jetzt können wir zusehen, wo wir neues Met herbekommen.»

«Ist er noch da?»

Gullweig schüttelte den Kopf. «Er hat gerade das Haus verlassen. Ohne zu wanken! Jeder andere Mann wäre nach einem Dutzend Bechern Met so betrunken gewesen, dass er nur noch hätte kriechen können. Aber das fette Ungetüm hat es geschluckt wie Wasser.»

«Und Einar?»

«Der hat zum Glück nur zwei Becher getrunken.»

Sie verschwand in der Küche.

Helgi betrat die Schmiede. Einar stand an der Truhe. Grübelnd betrachtete er die Waffen. Sein Gesicht war von Sorgenfalten zerfurcht.

«Ich muss mit dir reden», sagte er, ohne sich umzudrehen.

Helgi blieb abwartend in der Tür stehen. Der Tonfall seines Vaters verhieß nichts Gutes.

Einar klimperte mit einem Lederbeutel. «Silbermünzen. Ein halbes Dutzend. Olaf hat mir eine Anzahlung gegeben.»

Helgis Miene hellte sich auf. «Das ist doch wunderbar. Dann können wir neues Met kaufen und endlich wieder einmal etwas Gutes zu essen. Björn hat bestimmt einen fetten Hecht gefangen, den wir …»

Einar schüttelte den Kopf. «Nein, keinen Hecht. Unsere Eisenvorräte gehen zur Neige. Wir müssen so schnell wie möglich neue Barren kaufen. Aber es gibt kaum noch Eisen, weder in Haithabu noch in der Umgebung. Das war es, was Olaf mir mitteilen musste. Und deshalb hat er mir das Geld gegeben. Wegen der starken Nachfrage sind die Preise gestiegen. Aus Schweden kommt kaum noch Nachschub, und im dänischen Reich rüsten sich viele Kriegsherren für das nächste Jahr. Es heißt, eine große Flotte soll gegen England ziehen.»

Einar seufzte schwer. «Wir können froh sein, wenn wir überhaupt noch so viel Material auftreiben können, dass wir damit bis in den Herbst kommen.»

«Wo willst du das Eisen kaufen?»

Einar wiegte den Kopf hin und her. «In Sliesthorp. Olaf meinte, in Högirs Eisenhütte könnte es noch Restbestände geben.»

Helgi hatte seinen Vater in den vergangenen Jahren einige Male zu der Handwerkersiedlung begleitet. Sie lag nördlich von Haithabu, am Ufer des Fjords. Man benötigte etwa einen halben Tag, um Sliesthorp zu erreichen.

«Wir können morgen früh aufbrechen», schlug Helgi vor.

Einar schüttelte den Kopf. «Das ist zu spät. Olaf muss auch die anderen Schmiede in Haithabu informieren. Wahrscheinlich sitzt er jetzt drüben bei Gizur. Wenn der Kryppa sich ebenfalls mit Eisen eindeckt, kauft er uns womöglich den letzten Barren vor der Nase weg. Wir werden uns sofort auf den Weg machen.»

«Sofort?», rief Helgi entsetzt. «Das ist unmöglich.»

Einar warf seinem Sohn einen schiefen Blick zu. «Was soll das heißen? Willst du deinen alten Vater im Stich lassen?»

«Aber du bist doch auch sonst ohne mich …»

«Nein! Dieses Mal geht das nicht. Die Zeit drängt, und du bist jung und stark. Ich brauche deine Hilfe. Gullweig soll uns Brot und Zwiebeln einpacken.»

Einar zog seine Lederschürze aus und hängte sie an den Haken. Dann ging er hinaus, um den einrädrigen Handkarren zu holen. Mit dem Gefährt, dessen Rad quietschte, würden sie das Eisen über das unwegsame Gelände transportieren.

Helgi blieb wie erstarrt in der Schmiede zurück. Er versuchte, einen klaren Gedanken zu fassen. Die Sklavin. Die Brücke. Das geheime Treffen am Abend. Eben noch schien alles klar gewesen zu sein. Doch von einem Augenblick auf den anderen drohte das Vorhaben zu scheitern. Was würde Rúna denken, wenn Helgi nicht an der Brücke erschien? Sie würde glauben, dass er nichts mehr mit ihr zu tun haben wolle.

Helgi musste einen Ausweg finden, um hierbleiben zu können. Er hatte kein gutes Gefühl dabei, seinen Vater zu hintergehen. Aber der Alte würde Helgis Grund niemals akzeptieren. Die Arbeit ging bei ihm immer vor. Außerdem war das Mädchen eine Sklavin. Verdammt nochmal!

Seine Verzweiflung und Ratlosigkeit machten Helgi wütend. Er hörte Geräusche aus der Küche und drehte sich um. Die Tür zur Schlafkammer war geöffnet. In der Küche sah er seine Mutter hantieren. Sie packte Brote und Zwiebeln in einen Beutel.

Helgi wollte die Schmiede verlassen. Er zog den Kopf ein, um sich unter dem Türrahmen zu ducken. Doch er zögerte. Er hatte eine Idee.

26.

Sie konnte nicht verstehen, welche Dinge die Männer hinter der Schmiedetür zu bereden hatten.

Rúna kniete mit blut- und schleimverschmierten Händen auf dem Küchenboden und nahm einen Fisch aus. Ihr Herr hatte heute einen großen Brachsen gekauft. Die Dänen nannten diese schleimigen Tiere *aktaumr*. Sie kosteten nicht viel, denn sie waren voller Gräten und Schuppen. Dort, wo sie herkam, gab es so viele andere Fische, dass man es sich leisten konnte, Brachsen ausschließlich als Futter für die Schweine und Rinder zu verwenden.

Die Sklavin gab sich größte Mühe, die Gräten aus dem weißen Fleisch zu lösen. Würde ihr Herr sich an einer Gräte verschlucken, würde er ihr die Schuld dafür geben. Vielleicht würde er sie erneut missbrauchen. Vielleicht würde er sie aber auch ins Gesicht schlagen. Dann müsste sie Helgi mit einem blau geschlagenen Gesicht vor die Augen treten.

Sie hörte Herkia stöhnen. Es war früher Abend. Die Frau würde Hunger haben, oder ihre Windeln waren voll. Rúna wischte sich die von den Innereien besudelten Hände an einem Tuch ab und ging in die Schlafkammer. Doch die Frau schlief.

Rúna setzte sich an das Bett und nahm die Hand der Kranken. Die Haut fühlte sich weich an.

Das letzte Tageslicht sickerte durch die Ritzen unterhalb der Dachschrägen in die Schlafkammer. Bald würde die Sonne untergehen. Ob Helgi ihre Nachricht erhalten hatte?

Aus der Schmiede drang derbes Männerlachen. Es war

ungewöhnlich, dass ihr Herr Besuch empfing. Er hatte keine Freunde.

Sie hatte den Besucher vorhin kurz gesehen, als er in die Werkstatt gekommen war. Er war dick, und sein Bart war zu Zöpfen geflochten. Ihr Herr hatte sie nach Met geschickt. Ein ganzes Fass hatte sie ihnen bringen müssen. Der Besucher schien großen Durst zu haben.

Sie dachte an den Fisch. Doch als sie wieder in die Küche gehen wollte, wurde die Tür zur Schmiede aufgerissen.

«Du sitzt hier rum und hältst mit der Alten Händchen?», fauchte Gizur.

Rúna erhob sich rasch.

«Hol mehr Met, Weib», rief Gizur ihr hinterher.

Sie entdeckte in der Vorratskammer ein weiteres Fass und rollte es in die Werkstatt.

Gizur und sein Besucher hatten glasige Augen. Ihr Herr lallte, seine Bewegungen waren fahrig. Der andere Mann schien sich besser im Griff zu haben.

Als Rúna den Raum betrat, hob der Zopfbart die Augenbrauen. Er musterte die Sklavin aufmerksam. «Was ist denn das für ein Prachtweib?»

«Meine Sklavin», erwiderte Gizur. «Ich hab sie im Griff, Olaf.»

Sie stellte das Fass ab und wollte wieder gehen. Da fasste der Gast plötzlich nach ihrem Arm. Ehe sie sichs versah, hatte der Mann sie zu sich herangezogen und auf seinen Schoß gesetzt.

«Ganz schön dreckig, die Kleine. Und sie stinkt wie eine Ziege. Ist sie unter ihrem Kleid auch so schmutzig?»

«Sie wird dir nicht antworten», warf Gizur ein. «Sie redet nicht.»

«Stumm?» Der Mann, der Olaf hieß, betrachtete ihren

Ausschnitt, in dem die Ansätze ihrer Brüste zu erkennen waren. Er fuhr sich mit der Zunge über die Lippen.

«Wie ist es denn mit einer Stummen?»

Gizur rutschte unruhig auf seinem Schemel hin und her. «Lass uns die Becher füllen, Olaf. Wir trinken noch einen. Du wolltest mir gerade erzählen, wo es noch Eisen gibt.»

Der Griff um ihren Arm löste sich. Sofort sprang Rúna auf und trat zwei Schritte zurück.

Der Zopfbart starrte ihr hinterher. «Deine Sklavin gefällt mir, Schmied. Sie ist dünn und hat große Brüste. Das mag ich. Du solltest sie aber mal waschen.»

Gizur wedelte mit der Hand, um seiner Sklavin zu verstehen zu geben, dass sie sich entfernen sollte.

Olaf beugte sich zum Schmied hinüber und sagte verschwörerisch: «Ich könnte bei Hovi ein gutes Wort für dich einlegen, Gizur. Du willst doch noch immer den Auftrag, oder?»

Der Schmied nickte heftig.

Olaf grinste. «Sorg dafür, dass das Weib die Schenkel öffnet, wenn ich das nächste Mal zu dir komme. Wenn sie es mir besorgt, soll es dein Schaden nicht sein.»

Rúna verließ eilig die Schmiede. Kurz darauf hörte sie die Haustür schlagen.

Sie hatte gerade damit begonnen, die Brachsenfilets zu entgräten, als ihr Herr die Küche betrat. Sein finsterer Blick verriet Wut. Die Sklavin zog unwillkürlich den Kopf ein.

«Du bist geschoren und dreckig», brüllte er. «Trotzdem drehen sich die Männer nach dir um. Aber du gehörst mir, mir ganz allein! Ich werde dich mit keinem anderen teilen. Ein Ohr sollte ich dir abschneiden oder die Nase.

Ich mach dich so hässlich, dass dich keiner mehr anschaut. Und schon gar nicht dieser Olaf. Niemals wird er mir den Auftrag besorgen können. Hovi hat das alles längst entschieden.»

Er packte sie im Nacken. Sie spürte seinen heißen Atem an ihrem Ohr.

«Ich lasse nicht zu, dass andere Männer dich begehren. Du glaubst wohl, du wärst etwas Besseres als dein Herr. Nur weil ich diesen verfluchten Buckel habe. Du lachst doch über mich, du Púta! Ja, du machst dich lustig! Alle machen sich lustig über mich, über den Buckligen, den Hässlichen. Den Kryppa! Das Weib, das da drüben im Bett liegt und hoffentlich bald zugrunde geht, hat mich auch verhöhnt. Hinter meinem Rücken hat sie mit den anderen getuschelt. Aber ich hab's gemerkt. Sie hat mir die Krätze an den Hals gewünscht. Doch – und das merk dir gut! – niemand lacht über Gizur. Wenn die Alte gestorben ist, dann wirst du mein Weib, und du wirst mir gehorchen!»

Dann ließ er sie abrupt wieder los. «Ich habe noch was zu erledigen. Mach die Alte sauber! Den Fisch essen wir morgen.»

Kurz darauf hörte sie ihn in der Schmiede poltern. Die Tür knallte zu. Er hatte das Haus verlassen.

Sie betrachtete das Küchenfenster, durch das sie das Rindenstück zum Nachbargrundstück hinübergeworfen hatte. Ihr Herr hatte noch etwas zu erledigen. Den ganzen Abend? Wo wollte er hin?

Sie atmete auf. Er würde nicht da sein, wenn sie nachher zur Brücke gehen würde. Das war das Wichtigste.

Sie fütterte Herkia mit Getreidebrei, säuberte die Windeln und wusch anschließend Schüsseln und Löffel ab.

Draußen dämmerte es allmählich. Als sie das Haus verlassen wollte, fiel ihr Blick in der Küche auf die Kiste, in der ihr Herr die Zutaten für den Trank aufbewahrte.

Sie klappte den Deckel auf. Ein unangenehmer Geruch schlug ihr entgegen. In der Kiste befanden sich getrocknete Pilze und verschiedene Kräuter. Bilsenkraut war eines davon. Diese Pflanze war eine gefährliche Medizin. In ihrer Heimat wurden mit diesem Kraut viele körperliche Gebrechen behandelt. Die Samen wurden bei Husten oder Magenschmerzen angewandt. Ein mit Mehl oder Graupen vermischter Bilsenkrautsaft half gegen Ohrenleiden oder Fußentzündungen. Aber man tötete auch Ratten und Mäuse damit. Es gab Fischer, die mit einem Sud aus Bilsenkraut ihre Köder bestrichen, um damit die Fische zu betäuben. Und wenn ein Mensch zu viel davon zu sich nahm, trieb es ihn in den Wahnsinn.

Sie stellte die Kiste zurück und ging zu der alten Frau. Sie schlief, doch ihre Lippen bewegten sich. Sie atmete stoßweise und stieß dabei Laute aus, die eher nach einem Tier als nach einem Menschen klangen.

Die arme Frau ist wahnsinnig, dachte Rúna.

27.

Helgi war nicht da.

Zwei Weiber kippten von der Brücke aus Eimer voller Fäkalien in den Bach. Lauthals beschwerten sie sich dabei über die Kloake, zu der das Gewässer immer mehr verkomme. Das sei wegen der Trockenheit und die komme von den Göttern, weil sie nicht wollten, dass ihre Männer in den Krieg zögen …

Als sie die Sklavin bemerkten, verstummten sie und gingen in die Stadt zurück.

Rúna blieb auf der Brücke stehen. Am Horizont glühten die Strahlen der untergehenden Sonne.

Die Sklavin beschloss zu warten. In einem der Häuser wurde eine Tür geöffnet. Eines der alten Weiber trat heraus, um mit einem Reisigbesen den Vorhof zu fegen. Immer wieder blickte sie verstohlen zu der Unfreien hinüber. Herrenlose Sklaven, die sich in der Stadt herumtrieben, waren immer verdächtig.

Rúna konnte nicht länger hierbleiben. Enttäuscht setzte sie ihren Weg zum Sklavenviertel fort. Doch als sie an einer Reihe dichter Haselnusssträucher vorbeikam, hörte sie jemanden leise ihren Namen rufen.

Ihr Herz begann vor Aufregung zu trommeln.

«Rúna!»

Sie blieb stehen.

Die Baracken waren noch etwa zweihundert Schritte entfernt. Jederzeit konnte einer der Wächter vor das Tor treten.

«Rúna – hierher!»

Die Sträucher raschelten.

Sie schaute sich um. Beim Sklavenviertel war niemand zu sehen, auch auf dem Weg nicht, der von der Stadt hierher führte.

Schnell sprang sie in das Gebüsch.

«Hierher!»

Er war es. Seine Stimme lotste die Sklavin durch das dichte Buschwerk. Dann tauchte er mit einem Mal lächelnd vor ihr auf. Er sah merkwürdig aus. Sein Kopf war bandagiert. Unter dem Tuch schauten seine schwarzen Haare hervor.

Grinsend tippte er sich an die Stirn. «Ich bin gegen den Türrahmen gestoßen. Die Häuser sind zu klein für mich.»

Er reichte ihr seine Hand. Zögernd streckte sie ihm ihre entgegen. Er führte sie hinter einen Haselnussstrauch, wo sie sich mit dem Rücken an die Zweige gelehnt niederließen. Er hielt noch immer ihre Hand, und sie hockten eine Weile still nebeneinander.

Die Luft duftete nach Gräsern und Blumen. Grillen zirpten. Eine Möwe kreischte. Der Himmel verdunkelte sich.

Sag doch etwas, dachte sie. Ich kann es nicht. Oder doch?

An seiner Seite fühlte sie sich geborgen. Ein angenehmer Schauer fuhr durch ihren Körper. Sollte sie …

Sie öffnete die Lippen, um sich dafür zu entschuldigen, dass sie sein Geschenk abgewiesen hatte. Doch aus ihrem Mund kam nur ein Krächzen.

Er wandte ihr sein Gesicht zu. «Du bist nicht stumm», sagte er.

Es klang wie eine Frage, aber es sollte eine Feststellung sein.

Als ihre Augen sich mit Tränen füllten, legte er einen Arm um ihre Schultern. Sie bettete ihren Kopf an seine Wange. Dann brach ein Damm, und sie begann leise zu weinen.

Eine Weile saßen sie schweigend unter dem Haselnussstrauch. Ein leichter Wind raschelte in den Blättern. Erst als die Nacht hereingebrochen war, nahm er seinen Arm von ihren Schultern.

«Du musst jetzt gehen», sagte er.

Eingehüllt in Dunkelheit, standen sie sich gegenüber.

Sie versuchten in den Augen des anderen zu lesen. Dabei musste Rúna den Kopf in den Nacken legen, um zu Helgi aufzuschauen. Er strich ihr sanft über den Kopf. Dann beugte er sich zu ihr und küsste ihre Stirn.

Sie schloss die Augen. Seine Lippen waren warm und weich.

«Ich hole dich da raus», versprach er flüsternd.

Er folgte ihrem Schatten.

Beim Holzzaun blieb Helgi zurück und schaute durch das geöffnete Tor. Die Sklaven hatten sich auf dem Innenhof versammelt. Im Schein brennender Fackeln zählten die Wächter die geschorenen Köpfe durch. Dann scheuchten sie die Unfreien wie eine Viehherde ins Langhaus. Die Tür wurde wie immer von außen verriegelt.

Die Aufpasser verschwanden in ihrem Gebäude neben dem Tor.

Gedankenversunken machte Helgi sich auf den Heimweg. Er war glücklich und wütend zugleich. Glücklich, weil sie sich von ihm hatte berühren und küssen lassen; wütend, weil er nicht mit ihr zusammen sein durfte.

Seine Mutter erwartete ihn in der Küche. Sie hatte ihre Arme über den Brüsten verschränkt und wirkte ungehalten.

«Sieh mal einer an!» Ihre Stimme ließ Schlimmes befürchten. «Der Herr scheint ja wirklich schwer verletzt zu sein.»

«Ich hab nur mal kurz Luft geschnappt», log Helgi und berührte vorsichtig den Kopfverband.

«Du bist spazieren gewesen? So wie neulich? Was treibt dich nur um, dass du immer nachts durch die Wälder streifst?»

«Mutter – ich kann tun, was ich will. Ich bin siebzehn! Ein Mann …»

«Nein! Ein Mann macht nicht solche Dummheiten.» Ihre Stimme wurde lauter, je mehr sie sich in ihren Ärger hineinsteigerte. Sie schien ihm kein Wort zu glauben.

Dann sagte sie: «Du stellst der Sklavin nach.»

«Ich … Nein.» Er wusste nicht, was er sagen sollte. «Mein Kopf tut weh. Ich gehe jetzt ins Bett.»

Sie versperrte ihm den Weg in die Schlafkammer. «Du hast deinen Vater im Stich gelassen. Ich habe gesehen, wie du deinen Kopf absichtlich gegen den Türbalken gestoßen hast. Aber ich habe nichts gesagt, solange dein Vater hier war. Es hätte ihm das Herz gebrochen, von seinem eigenen Sohn hintergangen zu werden.»

Helgi senkte den Blick und scharrte mit dem Fuß Holzspäne zusammen, die auf dem Boden herumlagen.

Gullweig war noch nicht fertig mit ihm. «Du bringst uns alle in Gefahr. Wenn herauskommt, dass du die Sklavin triffst, verliert dein Vater den Auftrag. Und euch beide wird man hart bestrafen.»

Helgi wich ihrem Blick aus. «Ich werde sie freikaufen.»

Gullweig starrte ihn an, als habe er den Verstand verloren. «Wovon denn, du Dummkopf?»

«Wenn wir erst den Auftrag …» Er brachte seinen Satz nicht zu Ende. Gullweig schlug die Hände vors Gesicht. Helgi hörte, dass sie schluchzte.

Er berührte sie sanft an der Schulter. «Sobald es hell wird, laufe ich Einar entgegen. Das verspreche ich dir, Mutter. Er wird bestimmt in Sliesthorp bei den Eisenschmelzern übernachten. Ich helfe ihm. Dann sind wir vielleicht schon am Nachmittag wieder zurück.»

Ohne die Hände vom Gesicht zu nehmen, schüttelte Gullweig den Kopf. Helgi wollte sie trösten und strich über ihr langes weißes Haar. Doch sie schüttelte ihn ab und rannte in die Schlafkammer. Dort fand er sie auf ihrem Lager. Ihre Wangen glänzten von den Tränen. Sie schniefte.

«Mutter», sagte er, «ich bringe ihn dir morgen zurück. Ihn und seine Eisenbarren. Dann können wir den Auftrag zu Ende bringen.»

Sie schaute ihn traurig an. «Ich habe den Kryppa gesehen. Er hat auch seinen Handkarren hervorgeholt.»

«Gizur?» Helgis Stimme überschlug sich. «Wann?»

«Kurz nachdem Einar aufgebrochen ist.»

Helgi fiel ein, dass Olaf auch zu der anderen Schmiede gegangen war.

«Einar wird früher bei den Eisenschmelzern gewesen sein», sagte er. «Er bekommt das Eisen.»

Gullweig ließ die Schultern hängen. «Das ist es nicht.»

«Was denn?»

«Ich habe Angst um ihn. Der Kryppa ist gefährlich.» Sie pustete die Trankerze aus und legte sich hin, ohne sich zu entkleiden.

Helgi lauschte auf ihre Atemzüge. Sie tat so, als würde sie schlafen.

«Ich bringe dir deinen Mann zurück», flüsterte er in die Dunkelheit. «Das schwöre ich dir, Mutter. In Odins Namen!»

28.

Als der Morgen graute, packte Helgi einen Kanten Brot, einen gefüllten Wasserschlauch und – man konnte ja nie wissen! – ein Messer in einen Beutel.

Sliesthorp war etwa sieben Meilen entfernt. Helgi verließ Haithabu zunächst in nördlicher Richtung. Er folgte dem Pfad, der unterhalb der Hochburg entlangführte.

Die Luft war noch frisch. Es duftete nach den Kräutern und Wiesenblumen, auf denen der Morgentau schimmerte. Über dem Noor erhob sich drohend die Sonne und schickte ihre ersten Strahlen in den blassblauen, wolkenlosen Himmel.

Er ließ die bewaldete Hochburg hinter sich. Kurz darauf öffnete sich der Blick auf den Fjord. Helgi sah die Hütten, in denen die Munkis lebten. Er hörte hämmernde Geräusche und laute Rufe. Auf einer Baustelle arbeiteten mehrere Dutzend Menschen. Die Munkis bauten neue Häuser.

Die Männer, die sich Christen nannten, waren ein eigenartiger Menschenschlag. Sie hielten nichts von Raufereien und Trinkgelagen und hüllten sich selbst bei größter Hitze in schwarze Kutten. Anstatt an mehrere Götter, so wie die Dänen, glaubten sie nur an einen einzigen, den sie den Allmächtigen nannten.

Am Waldrand hielt Helgi inne, um das Treiben auf der Baustelle zu beobachten. Unweit der beiden alten Holzhäuser, die schon zu Helgis Kindheit hier gestanden hatten, errichteten die Munkis zwei weitere Gebäude. Das eine schien ein typisches Langhaus zu werden, von denen es in Haithabu viele gab. Man hatte die Wände bereits hochgezogen. Jetzt wurde das Flechtwerk mit Lehm bestrichen, um es abzudichten.

Das andere Gebäude war außergewöhnlich. Die Wände bestanden aus Steinen. So etwas hatte es in Haithabu noch nie gegeben. Steine waren als Baumaterial sehr teuer, teurer noch als Eichenholz. Helgi staunte. Das Bauwerk bestand aus einem länglichen Mittelteil. An der Vorderseite war der Eingang, die gegenüberliegende Seite wurde von einem rundlichen Anbau versehen.

Nun erschien ein großgewachsener Mann, der mit einer schwarzen Kutte bekleidet war, auf der Baustelle und rief die Arbeiter zu sich. Den einen oder anderen davon kannte Helgi vom Sehen. Sie hatten auf den Baustellen in Haithabu gearbeitet.

Helgi wollte seinen Weg fortsetzen, als er unter den Arbeitern einen jungen Mann sah, den er hier niemals erwartet hätte. Helgi schaute ein zweites Mal hin. Tatsächlich: Es war Ingvar!

In der einen Hand eine Axt und in der anderen ein Brett, ging er vom Langhaus zum Steingebäude. Dort unterhielt er sich mit einem Mann namens Ulf.

Helgi wunderte sich, dass ein so bekannter Bauherr für die Munkis arbeitete. Ulf demonstrierte Ingvar, wie er die Axt halten musste, um damit das Brett zu bearbeiten. Dann machte sich Ingvar ans Werk.

Helgi ging rasch weiter. Er wollte nicht, dass Ingvar ihn bemerkte. Schmerzlich erinnerte sich Helgi an ihre letzte Begegnung im Hurenhaus.

Auf halber Strecke nach Sliesthorp legte er eine Rast ein.

Er ließ sich auf einem umgekippten Baumstamm nieder, der mit Moos bewachsen war, und aß das Brot, das er mitgenommen hatte.

Die Sonne stand jetzt hoch am Himmel. Er hätte gern sein Hemd ausgezogen, denn er schwitzte aus allen Poren. Aber der Wald war voller Mücken. Sein Gesicht und seine Hände hatten sie bereits zerstochen. Die freien Hautstellen waren mit juckenden Quaddeln übersät. Er hatte es bald aufgegeben, sich gegen die Insekten zu wehren, denn auf jede getötete kamen fünf neue Mücken.

Wenn doch Einar ihm nur bald entgegenkäme! Dann könnte er sich den Rest des Weges nach Sliesthorp sparen. Doch weder von Einar noch von irgendeinem anderen Menschen war etwas zu sehen oder zu hören.

Helgi überlegte, ob sein Vater vielleicht einen anderen Pfad für den Rückweg gewählt hatte. Es gab zur Eisenhütte auch eine westliche Verbindung. Diese Strecke war zwar länger, führte aber dafür nicht durch sumpfiges und von Mücken bevölkertes Gelände.

Die Möglichkeit, dass Einar diesen Weg eingeschlagen hatte, erschien Helgi jedoch nicht wahrscheinlich. Einar würde es eilig haben und würde daher die Mücken in Kauf nehmen.

Hin und wieder hatte Helgi Radspuren entdeckt. Es war aber nicht möglich gewesen festzustellen, ob sie von Einars Handkarren stammten. Räder waren Räder, da sah ein Abdruck aus wie der andere. Zumal sie auf dem ausgetrockneten Weg nur schwer auszumachen waren.

Helgi beendete seine Rast. Ein Stück weiter gab es eine sumpfige Stelle, durch die der Weg hindurchführte. Er kniete nieder und untersuchte den weichen Boden. Er entdeckte die Spuren von drei Rädern und mehreren Fußabdrücken. Zwei Fußspurenpaare führten nach Norden und eines in die entgegengesetzte Richtung, aus der Helgi kam.

Helgi überlegte. Die Spuren von drei Karren und drei Männern. Die nach Norden führenden Abdrücke könnten Einar und Gizur gewesen sein. Aber zu wem gehörten die anderen?

Bis zum Mittag war Helgi zwei Drittel der Strecke marschiert, als der Weg erneut durch sumpfiges Gelände führte. Auch hier gab es Spuren von Karren und Schuhen. Allerdings waren es nun die Abdrücke von vier Rädern, zudem vier Schuhpaare, jeweils zwei hin und zwei zurück.

Helgi vermutete, dass einer der Karrenschieber zwischen den beiden Stellen einen anderen Weg eingeschlagen hatte. Das war eigenartig, er hatte nirgendwo einen anderen Weg gesehen.

Er lauschte auf die Waldgeräusche. Wind rauschte in den Baumwipfeln. Mücken surrten um ihn herum. Irgendwo im Wald keckerte eine Krähe. In der Ferne kreischten über dem Fjord die Möwen. Sonst nichts – kein quietschendes Rad, keine Schritte.

Bald darauf erreichte er das mit einem Holzzaun umfriedete Gehöft der Eisenschmelzer.

Es bestand aus einem schilfgedeckten Langhaus sowie zwei kleineren Nebengebäuden. Im Langhaus lebten Högir, der Herr des Anwesens, seine Familie und die Angestellten sowie einige Sklaven. In den beiden anderen Gebäuden wurde in speziellen Öfen das Eisen verhüttet.

Als Helgi das Gehöft betrat, rief ihn ein Mann zu sich. Sein Gesicht war von der Hitze gerötet. Er trug eine durch den Kohlenruß schwarz verfärbte Lederschürze.

«Wenn du Arbeit suchst, kannst du gleich wieder nach Hause gehen», rief er. Es war Högir.

«Nein, keine Arbeit», erwiderte Helgi, «ich suche den Schmied Einar.»

«Einar? Da bist du zu spät. Der war gestern hier.»

«Hat er denn nicht bei euch übernachtet?»

Högir musterte Helgi von oben bis unten. « Du kommst mir bekannt vor. Ich hab dich doch schon mal gesehen …»

«Ja, ich bin Einars Sohn. Mein Name ist Helgi.»

Högir nickte. «Der Sohn, ach ja. Ich dachte erst, du bist einer dieser Kerle, die auf der Suche nach Arbeit durchs Land ziehen. Gerade vor wenigen Tagen war einer hier. Ich musste ihn wieder wegschicken. Wir haben kaum noch genug zu tun für unsere eigenen Leute. Roheisen ist im Moment sehr knapp. Wer sich bis jetzt nicht mit Vorräten eingedeckt hat, der geht schlechten Zeiten entgegen.»

«Hast du Einar etwas verkauft?»

«Er hat sich den ganzen Karren vollgeladen und gut dafür bezahlt.»

«Und dann ist er gleich wieder gegangen?»

«Er meinte, dass er den Weg auch im Dunkeln finden würde. Hatte es wohl sehr eilig.»

Da kam Helgi ein Gedanke. «War gestern Abend noch ein anderer Schmied bei dir?»

Der Eisenschmelzer dachte nach. «Das kann ich dir nicht sagen. Nachdem Einar wieder losgezogen ist, habe ich mich schlafen gelegt. Aber warte mal …» Högir deutete zu einer der Hütten. «Vielleicht kann Sven dir weiterhelfen.»

Högir blähte den Brustkorb und brüllte über den Hof. Ein Junge in Helgis Alter steckte den Kopf aus einer Tür. Högir winkte ihn heran.

«Du warst gestern Abend der Letzte am Ofen, Sven. Hattest du da noch Besuch?»

Sven wischte sich den Schweiß aus dem Gesicht. «Ja. Habe den Mann aber wieder wegschicken müssen. Der wollte zwanzig Pfund Eisen.» Der Bursche tippte sich an die Stirn. «Zwanzig Pfund! Zwei Barren hätte ich ihm vielleicht noch verkaufen können …»

«Hatte der Mann einen Buckel?», fuhr Helgi dazwischen.

Sven nickte. «Ein hässlicher alter Troll. Und bösartig. Er hat einen Aufstand gemacht. Wenn der nicht von allein wieder gegangen wäre, hätte ich ihm eins drübergegeben.»

Helgi wankte zu einem Bretterstapel.

«Alles in Ordnung mit dir?», fragte Högir und schickte Sven schnell nach einem Becher Bier.

Doch Helgi winkte ab. «Ich muss weiter.»

«Du kannst über Nacht bleiben», entgegnete der Eisenschmelzer. «Bei den Arbeitern ist noch ein Lager frei. Und zu essen haben wir auch. Mein Weib schlachtet ein Huhn. Du siehst aus, als könntest du ein Stück Fleisch vertragen.»

Helgi schüttelte den Kopf.

«Genauso ein Sturkopf wie der Vater», meinte Högir achselzuckend.

Helgi rannte zu der Stelle zurück, wo der Weg durch den Sumpf führte.

Vier Räder. Beim genaueren Hinsehen erkannte Helgi jetzt, dass sich eine der Radspuren tiefer in den weichen Boden gedrückt hatte als die anderen. Schritt für Schritt arbeitete er sich vorwärts. Seine Augen suchten den Waldboden ab. Hier waren es noch vier Spuren, nachher nur noch drei. Wo war die vierte abgeblieben?

Er war etwa dreihundert Schritt weit gekommen, als es im Unterholz raschelte. Helgi griff nach dem Messer.

Aber es war nur eine Waldmaus, die aufgeschreckt davonhuschte. Da hörte Helgi ein scharrendes Geräusch.

Er verließ den Weg nach rechts, ging in den Wald hinein. Die Bäume standen dicht an dicht. Alte Baumstämme und herabgefallene Äste lagen herum. Nach einigen Schritten fiel das Gelände in eine Senke ab.

Da war es wieder, das Geräusch.

Helgi sah ein Tier mit rotbraunem Fell. Es war ein Fuchs. Er fegte aufgeregt um etwas herum, das in der tiefsten Stelle der Senke lag und auf die Entfernung aussah wie ein Erdhaufen. Der Fuchs stupste mit der Schnauze dagegen, zog und zerrte daran. Unter seinen Pfoten wirbelte Laub auf. Dann bekam das Tier etwas zwischen die Zähne. Es riss ein Stück heraus. Es sah aus wie Stoff. Schmutzig grauer Stoff.

Da erkannte Helgi, was dort lag. Er wollte schreien, doch die Stimme erstickte in seiner Kehle. Er rannte in die Senke hinunter. Der Fuchs jagte davon. Helgi warf sich auf die Knie. Sein Herz trommelte. Die Hand, die er ausstreckte, zitterte. Er drehte den Körper auf den Rücken.

Es war Einar.

Sein Gesicht war farblos. Seine Augen waren getrübt und starrten leer.

Schwarze Fliegen stoben vom Leichnam auf. Aus den dünnen blonden Haaren krabbelte ein Käfer hervor. Die Haare waren verklebt mit einer braunen Masse aus Blut und Erde. Die rechte Schädelseite war zertrümmert. Eine offene Wunde.

Helgi wischte den Käfer fort und schloss seinem Vater die Augen.

«*Bani*», stieß er hervor und ballte die Hand zur Faust. «Mörder!»

Der Handkarren lag, einige Schritt entfernt, umgekippt in einem Gestrüpp. Helgi stellte ihn auf das Rad. Er fand nur einen einzigen Eisenbarren. Alle anderen waren fort. Der Mörder musste sie mitgenommen haben, nachdem er Einar erschlagen hatte.

Der schreckliche Verdacht, den Helgi im Innersten gehegt, aber verdrängt hatte, war nun bittere Gewissheit geworden. Der Kryppa war Einar von Sliesthorp aus gefolgt und hatte ihn bald eingeholt, denn sein Karren war unbeladen und daher leichter gewesen. Das erklärte die vier Spuren, von denen eine tiefer eingedrückt war. Zwei führten hin nach Sliesthorp, zwei zurück. Dann hatte Gizur Einar feige und hinterrücks erschlagen, die Barren gestohlen und seinen eigenen Karren damit gefüllt.

Mühsam gegen seine Trauer, Wut und Verzweiflung ankämpfend, gelang es Helgi, seinen Vater auf die Ladefläche des Karrens zu legen, den Kopf nach unten, die Beine baumelten vornüber. Die Leichenstarre hatte noch nicht eingesetzt.

Das Rad quietschte, als Helgi den Karren die Böschung hinaufschob. Einar hatte es reparieren wollen, weil es nicht rund lief. Aber er hatte keine Zeit gehabt, musste den Auftrag abarbeiten.

Dieser verdammte Auftrag, dachte Helgi. Er hat Einar den Tod gebracht.

29.

Herkias zahnloser Mund schnappte nach dem Essen, gierig wie ein Säugling nach der Brustwarze. Rúna tauchte den Holzlöffel in den Brei. Sie wunderte sich nicht über den Appetit der alten Frau: Der Schmied hatte ihr heute noch keinen Trank eingeflößt. Anfänglich hatte sich Rúna darüber gewundert, dass er Herkia regelmäßig dieses Mittel verabreichte. Aber dann war ihr bald klar geworden, dass ihr Herr seine Frau vergiften wollte.

Als Rúna an diesem Morgen das Haus betreten hatte, hatte ihr Herr noch geschlafen. Erst gegen Mittag war er aufgestanden. Er war kurz angebunden gewesen und hatte das Dinkelbrot und die entgräteten Brachsenfilets, die sie ihm gebraten hatte, verschmäht. Stattdessen hatte er sich einen Becher Met vollgeschenkt und gleich darauf einen zweiten. Dann hatte er in der Werkstatt weitergetrunken. Am Nachmittag war er besoffen.

Die Sklavin hatte sich der Pflege der alten Frau widmen können. Ohne den Einfluss des Giftes schien sie wie verwandelt zu sein. Einmal hatte sie sogar gelächelt.

Die Sklavin wischte Herkia den Brei von den Lippen und berührte ihre Wange. Die Alte seufzte. Dann drehte sie sich auf die Seite und schlief ein.

Rúna ging in die Küche und begann damit, das Geschirr abzuwaschen. Sie stellte Holzschüsseln, Löffel und die Specksteinschale, in der sie den Brei angerührt hatte, in das Regal. Den kalt gewordenen Fisch warf sie in einen Eimer und begann damit, das Brot für den nächsten Tag vorzubereiten.

Sie dachte an gestern Nacht, an Helgi. Sie hatte es genossen, mit ihm zusammen zu sein.

Ein polterndes Geräusch riss sie aus ihren Gedanken. Dann hörte sie die Stimme ihres Herrn. Er rief nach ihr, nein, er brüllte.

Rúna befürchtete das Schlimmste. Schnell säuberte sie ihre Hände und eilte in die Werkstatt.

Er hockte auf dem Boden, inmitten von Dutzenden Eisenbarren, die um ihn herum verstreut waren. Er wandte ihr sein Gesicht zu, griff plötzlich nach einem der Barren und schleuderte ihn gegen die Wand.

«Die gehören alle mir», brüllte er. «Hörst du! Gehören alle mir! Mir allein. Ich hab sie geholt. Bin mit dem Karren durch den Wald. Verfluchter Weg, überall Mücken. Glaubst du, ich mache einen solchen Weg umsonst und lasse mir die Barren wegnehmen? Nein! Ich nicht. Das ist alles meins!»

Gizur griff nach einem weiteren Barren und holte aus. Im letzten Moment erkannte Rúna, dass er damit in ihre Richtung zielte. Gerade noch rechtzeitig konnte sie den Kopf einziehen. Das Eisen sauste über sie hinweg und prallte gegen die halb geöffnete Tür. Der Schmied lachte dröhnend.

Sie hatte Todesangst. Sie durfte sich nicht gegen ihren Herrn wehren. Wenn sie sich ihm verweigerte oder gar die Hand gegen ihn erhob, würde er sie töten, und niemand würde ihr beistehen.

Der Schmied rappelte sich auf und kam schwankend auf die Beine.

«Du», zischte er. «Du gehörst mir! Niemand anderes darf dich haben. Alles gehört mir! Das Eisen! Der Auftrag! Das Geld!»

Er wankte wie ein Halm im Wind. «Bald bin ich reich», rief er. «Dann kaufe ich mir noch zwei von deiner Sorte. Ich kann so viele Weiber haben, wie ich will. Frisches Fleisch. Niemand lacht mehr über mich.»

Er kam auf sie zu. Sein Gesicht war rot und aufgequollen von unzähligen Mückenstichen.

Die Sklavin trat einen Schritt zurück. Sie wusste, dass

sie das nicht durfte, aber sie konnte nichts dagegen tun. Ihre Beine bewegten sich wie von selbst.

«Bleib stehen», brüllte er. «Du gehörst mir!»

Seine Hand schoss vor, griff jedoch ins Leere. Die Sklavin war unter ihr weggetaucht. Jetzt war alles zu spät. Sie hatte sich ihrem Herrn entzogen und somit ein schweres Verbrechen begangen. Er schrie nach seiner Lederpeitsche und drohte, sie damit totzuschlagen.

Rúna rannte an ihm vorbei, riss die Haustür auf und sprang auf die Straße. Es gab kein Zurück mehr.

Es dämmerte bereits. Hinter ihr, in der Schmiede, war das Brüllen ihres Herrn zu hören. Er schleuderte die Barren gegen die Wände und schrie nach ihr. *Rúna! Rúna!*

Oh, wie sehr sie diesen Namen hasste.

Sie knallte die Tür ins Schloss, entdeckte im Vorhof ein leeres Fass und rollte es vor die Tür, um sie damit zu blockieren. Ihr Herr würde einige Zeit brauchen, um sich aus dem Haus zu befreien.

Sie schaute sich verzweifelt um. Die Gasse war menschenleer. Niemand kümmerte sich um den Lärm. Es war nichts Außergewöhnliches, wenn der Schmied brüllte. Jetzt rüttelte er von innen an der Tür.

Sie musste fort. Aber wo sollte sie hin? Zu Helgi? Sie würde ihn in Lebensgefahr bringen, wenn man sie bei ihm fände. Nein, das durfte sie nicht riskieren. Oder doch?

Sie näherte sich dem Nachbargrundstück. Vor dem Eingang stand ein Handkarren. Sie trat noch dichter heran und hörte plötzlich ein Geräusch, das wie ein leises Schluchzen klang. Hinter dem Weidenzaun hockte jemand auf dem Boden.

Es war Helgi. Er hatte die Knie angezogen und umklammerte seine Beine. Sie konnte sein Gesicht nicht erkennen, sein Kopf war tief gesenkt. Er weinte.

Für einen Augenblick vergaß sie die Gefahr und wollte zu ihm gehen, um ihn zu trösten. Niemals hätte sie gedacht, dass ein so starker Mann weinen könnte. Etwas Schreckliches musste geschehen sein. Sie stand neben dem Weidenzaun, nur eine Armeslänge von ihm entfernt. Sein Körper zitterte, als würde er frieren. Sie streckte die Hand aus, um ihn zu berühren. Da fiel ihr Blick auf den Karren, und sie verstand. Zunächst sah sie die Beine, die von der Ladefläche herabhingen, dann den Kopf des Schmieds. Helgis Vater.

Im Schädel klaffte eine offene Wunde.

Ihr Herz verkrampfte sich. Sie zog die Hand zurück und ging rasch am Nachbarhaus vorbei. Ihre Schritte wurden immer schneller. Sie erreichte die Brücke und kurz darauf das Tor zum Sklavenviertel.

Wohin hätte sie sonst gehen sollen?

30.

Die Werkstatt roch nach kaltem Rauch und verbranntem Eisen. Und nach dem Schweiß ihrer Arbeit. Es war still und finster. Nirgendwo brannte eine Tranlampe, das Essefeuer war verloschen.

Helgi tastete sich vor und hielt eine Hand über die Esse. Die Kohlen waren noch warm. Er stieß einen Schürhaken hinein, die unterste Kohleschicht glimmte. Er entzündete einen trockenen Birkenholzspan an der Glut und hielt ihn an eine Tranlampe, bis eine kleine Flamme emporzüngelte.

Die Werkzeuge lagen dort, wo sie immer lagen. Hämmer, Spachtel, Meißel, Zangen. Einars Lederschürze hing an einem Haken an der Wand, daneben Helgis Schürze. So wie immer.

Für einen Moment glaubte Helgi, er hätte sich alles nur eingebildet. Gleich würde die Tür aufgehen und sein Vater käme herein. Er würde die Schürze abnehmen, sich um den Hals hängen und die Lederbänder auf dem Rücken verknoten. Helgi konnte ihn vor sich sehen, den schmalen, drahtigen Mann. Seine hellen Haare, die Schweißtropfen, die auf seiner Stirn perlten, wenn er den Hammer schwang. Seine Züge waren verhärmt, gezeichnet von einem Leben, das aus harter Arbeit bestand.

Aber er kam nicht. Er würde niemals mehr kommen. Er lag auf dem Karren vor dem Haus, und er war tot.

Mit der Lampe in der Hand trat Helgi in die Schlafkammer. Das Licht fiel auf das weiße Gesicht seiner Mutter. Sie saß aufrecht auf dem Lager, bekleidet mit ihrer schlichten Tagestunika. Ein Blick in ihre Augen, und Helgi war sofort klar, dass sie Bescheid wusste.

Er hatte ihr niemals etwas vormachen können.

Ihre Lippen öffneten sich. «Hast du mir meinen Mann gebracht?»

Helgi nickte stumm.

«Ich werde ihn waschen. Er braucht neue Kleidung. Die anstrengende Reise. Er wird geschwitzt haben.»

«Mutter …»

Gullweig legte einen Finger an ihre Lippen. «Hol ihn jetzt.»

Helgi gehorchte. Nachdem er Einars Leiche in die Schlafkammer getragen hatte, begann Gullweig sich umzuziehen. Sie schlüpfte aus ihrer grauen Tunika.

«Leg ihn dort hin.» Sie deutete auf seinen Schlafplatz.

Aus einer Truhe nahm sie ein Kleid. Der Stoff war mit Walnusssud rotbraun gefärbt und mit einem bunten Blumenmuster verziert, die Ränder mit Stickereien besetzt. Sie zog das Kleid an und befestigte die Schulterträger mit glänzenden Silberspangen, die durch eine feingliedrige Kette miteinander verbunden waren.

Helgi hatte seine Mutter niemals zuvor in diesem prächtigen Aufzug gesehen.

«Ich habe das Kleid nur ein einziges Mal getragen», sagte sie. «Am Tag unserer Hochzeit. Wenn Einar den Auftrag verloren hätte, hätte ich es verkaufen müssen.»

Sie ließ ihr weißes Haar über ihre Schultern fallen, legte sich neben Einar auf das Lager und schmiegte sich an den kalten Körper.

«Komm zu uns», flüsterte sie und streckte ihre Hand nach Helgi aus.

Sie lagen zu dritt nebeneinander. Der steife Einar in der Mitte, Gullweig an seiner linken und ihr Sohn an seiner rechten Seite.

Helgi glaubte, seine Mutter wäre eingeschlafen. Doch nach einer Weile hörte er ihre Stimme. Sie summte leise eine Melodie.

Die Stimme beruhigte ihn. Seine Gedanken wanderten zurück. Acht oder neun war er gewesen. Er hatte sich geprügelt. Drei gegen einen. Es waren derbe Bauernburschen gewesen, älter als er. Sie waren auf Streit aus, schimpften ihn einen *bastarðr*, einen Bastard, der keine Eltern habe, weil er schwarze Haare hatte, seine Eltern aber beide blond waren. Sein Brustkorb ging in die Breite, seine Oberarmmuskeln wölbten sich. Bastarðr! Helgi griff sie an. Verprügelte die Knaben nach Strich und Faden. Einer verlor mehrere Zähne, einem anderen brach er den Arm. Die Bauernburschen hatten ihn niemals wieder beschimpft. Als er dann abends auf seinem Lager gelegen hatte, hatte er seine Mutter gefragt, warum er so anders aussehe als sie und Vater. Da strich sie ihm durch die schwarzen Haare und sagte: «Du bist unser Kind, unser Junge.»

Dann hatte sie die Melodie gesummt, und er war eingeschlafen.

Er erwachte schweißgebadet.

Sein Vater lag neben ihm. Auf der anderen Seite schlief Gullweig. Er hörte ihre gleichmäßigen Atemzüge und schaute, auf die Ellenbogen gestützt, zu ihr hinüber. Sie hielt Einars kalte Hand. Auf ihrem Gesicht lag ein friedlicher Ausdruck.

Helgi fühlte sich noch immer erschöpft. Aber das, was jetzt zu tun war, duldete keinen Aufschub. Er schlich mit der Lampe in die Werkstatt.

In der Truhe fand er, was er brauchte: eine Streitaxt, die Einar für den Jarl geschmiedet hatte. Ihr Stiel war drei Fuß lang, der eiserne Kopf unzerstörbar. Eine tödliche Waffe.

Am wolkenlosen Nachthimmel hing der Mond und leuchtete ihm den Weg seiner Rache. Unzählige Sterne funkelten. Irgendwo da oben saß Odin auf seinem Thron in der Walhalla von Asgard und beobachtete Helgi.

Die Tür des Nachbarhauses stand einen Spalt weit offen. Im Vorgarten lag ein Fass. Helgi dachte sich nichts dabei. Er trat die Tür auf und gab sich keine Mühe, leise zu sein. Der Mörder sollte ihn ruhig hören.

Es war das erste Mal, dass er das Haus des verfluchten Kryppa betrat. Er leuchtete die Werkstatt mit der Lampe aus, sah eine Esse, einen Amboss, das Tauchbecken für die glühenden Werkstücke. Die Tür zum Raum dahinter war geschlossen. Einars und Gizurs Haus waren von gleicher Bauweise. Helgi vermutete, dass der Mörder in der Schlafkammer war.

Als er durch die Schmiede ging, stießen seine Füße immer wieder gegen Gegenstände, die auf dem Boden herumlagen. Er senkte die Lampe und hielt den Atem an. Die Eisenbarren. Es waren Dutzende.

Helgi umklammerte den Axtstiel und trat so fest gegen die Tür, dass sie aus den Angeln brach. Holz splitterte. Mit einem dumpfen Krachen fiel die Tür in den anderen Raum.

Noch immer war kein Geräusch zu hören. Schlief der Kryppa so fest, dass er nichts hörte?

Es gab zwei Schlafpodeste, eines links und eines rechts von der Tür. Dazwischen führte ein Gang in die Küche. Auf einem der breiten Betten lag eine Frau, das andere war leer. Helgi stieß einen Fluch aus. Der Kryppa war nicht hier.

Er beugte sich über die Frau und beleuchtete ihr Gesicht. War das etwa Herkia? Ihre Wangen waren eingefallen, ihre Augen tief in den Höhlen versunken. Ihr Körper bestand nur noch aus Haut und Knochen. Er berührte sie, um festzustellen, ob sie noch lebte. Die Haut war warm. Er hatte Herkia als schöne Frau gekannt, lebenslustig und fröhlich war sie gewesen.

Dieses Wesen jedoch war nur noch ein Schatten jener Frau, die Helgi gekannt hatte.

Er schüttelte sie, und nach einer Weile schlug sie die Augen auf.

«Wo ist Gizur?», herrschte Helgi sie an.

Herkias Blick war ausdruckslos.

«Wo ist er?»

Ihr Kopf fiel auf die Seite.

Helgi ging zurück in die Werkstatt, um auf den Mörder zu warten. Irgendwann musste Gizur schließlich zurückkehren. Mit Blick auf die geöffnete Eingangstür lehnte sich Helgi an den Amboss. Sobald Gizur das Haus betreten würde, würde Helgi ihm den Schädel spalten. Er wollte Vergeltung.

Nach einer Weile hörte er von draußen ein Geräusch, das klang, als ob sich jemand an der Tür zu schaffen machte. Helgi pustete die Tranlampe aus und hob die Axt. In dem Spalt erschien eine Hand, die vorsichtig die Tür aufdrückte. Helgi bemerkte die kleinen Finger, die viel zu dünn waren, um dem Schmied zu gehören.

«Helgi?»

Es war Gullweigs Stimme.

Helgi richtete sich auf. «Geh nach Hause, Mutter.»

Sie trat ein. «Wo bist du? Ich kann nichts erkennen.»

«Mutter – geh!»

«Helgi, es brennt.»

Mit einem Satz war er bei seiner Mutter. «Was sagst du da?»

«Ein Feuer! Bei den Sklaven.»

Er drängte an ihr vorbei in die Gasse und sah sofort den hellen Schein, der in südlicher Richtung über den Dächern der Stadt schimmerte. Das Feuer im Sklavenviertel musste gewaltig sein.

31.

Rúna hatte in der Baracke Zuflucht gesucht.

Sie schmiegte sich in die Arme einer Frau, deren Name Warba lautete. Als sie nach Haithabu gekommen war, hatte Warba sich ihrer angenommen. Sie gehörte einem Ledergerber, dessen Haus zu klein war, als dass die Sklavin dort hätte leben können.

Rúna weinte stumm.

«Was hat sie?», fragte ein Sklave, der in der Nähe saß.

Warba zuckte mit den Schultern und streichelte das Mädchen.

Der Sklave hielt ihr einen Kanten hartes Brot hin. «Mehr gibt mir mein Herr nicht. Mein Magen knurrt zwar wie ein Bär, aber Rúna scheint es nötiger zu haben.»

Warba brach dankend das Brot in zwei Hälften und gab eine dem Sklaven zurück.

Da flog plötzlich die Barackentür auf. Feng, der Sklavenhalter, stürmte herein, an seiner Seite zwei seiner Wächter. Sie schwenkten Fackeln und trieben damit die beim Eingang hockenden Sklaven auseinander.

«Wo ist die Stumme? Diese Rúna?», brüllte Feng.

Rúna krallte ängstlich ihre Finger in Warbas Tunika, und die ältere Frau breitete schnell eine Leinendecke über ihr aus, sodass Rúna darunter verborgen war.

«Her mit dem Weib!», rief Feng. «Ihr Herr verlangt nach ihr.»

Gizur torkelte in den Raum und funkelte Feng an. «Wo ist sie?», zischte der Kryppa.

Feng machte ein ratloses Gesicht. «Vorhin habe ich

deine Sklavin noch gesehen. Sei unbesorgt – uns ist noch niemand entwischt.»

Um seinen Worten Nachdruck zu verleihen, trat er einer Sklavin so hart gegen die Schulter, dass sie schreiend vor Schmerzen umkippte. Als ein Mann ihr zu Hilfe eilen wollte, verpasste Feng ihm einen kräftigen Fausthieb vor die Brust, und er ging keuchend in die Knie.

Fengs Augen blitzten angriffslustig, während er seinen Blick über die vom Fackelschein erhellten Sklaven schweifen ließ. Auf ihren Gesichtern spiegelte sich Todesangst. «Wenn ihr Bastarde nicht sofort das Mädchen rausgebt, lasse ich euch alle auspeitschen!»

Auch wenn einige der Sklaven unruhig wurden, wagte es niemand, Rúna zu verraten. Denn wer das getan hätte, hätte die Rache der anderen fürchten müssen.

«Gut, gut», zischte Feng, «dann wollt ihr es nicht anders.» Er ließ sich von einem seiner Männer eine Peitsche reichen. Sie bestand aus einem Holzknauf, an dem mehrere Lederriemen befestigt waren; normalerweise verwendeten Karrenführer solche Peitschen zum Antreiben störrischer Ochsen.

«Ich frage euch zum letzten Mal: Wo ist das Weib?»

Als er noch immer keine Antwort erhielt, wählte Feng aus der Menge wahllos eine Frau mittleren Alters, die nur wenige Schritt von Warba entfernt saß. Er zerrte sie hoch und forderte sie auf, ihren Rücken zu entblößen. Tränen traten der Frau in die Augen, als sie sich zitternd die Tunika über den Kopf zog. Feng beobachtete sie grinsend dabei, dann schlug er zu. Das schreckliche Geräusch des Peitschenknalls hallte durch den Raum. Schon beim ersten Hieb rissen die Lederriemen die Haut der Sklavin auf.

Rúna zuckte unter der Decke zusammen. Es zerriss sie innerlich, dass jemand für sie leiden musste. Aber Warba hielt sie fest in ihren Schoß gedrückt.

«Jeder von euch», schrie Feng, während er zum nächsten Schlag ausholte, «wird die Peitsche zu spüren bekommen!» Seine Augen blitzten gefährlich, als er die Lederriemen erneut auf die schluchzende Sklavin niederfahren ließ.

Da erhob sich ein junger Sklave. «Bitte – hört auf!»

«Aufhören?» Feng starrte den Mann an. Fassungslos ließ er die Peitsche sinken. «Aufhören? Du verfluchter Bastard sagst mir, ich soll damit aufhören, euch das zu geben, was ihr verdient?»

Er trat auf den jungen Mann zu. Die Peitsche zuckte in seiner Hand. «Für deine Frechheit werde ich dich …»

Ein anderer Sklave stand auf. «Nein, Herr!», rief er.

Feng wirbelte herum. «Wer hat das gesagt?»

«Ich!», rief plötzlich eine Stimme aus einer anderen Ecke des Raums.

Feng erstarrte. Immer mehr Sklaven erhoben sich aus der Menge; erst drei Männer, dann vier, dann ein ganzes Dutzend. Sogar Frauen standen auf.

«Lasst uns in Ruhe, Herr», rief ihm jemand entgegen. «Die Sklavin, die Ihr sucht, ist hier nicht.»

Feng wich zu seinen Männern und Gizur zurück.

«Wir gehören unseren Herren – nicht Euch», rief einer der Sklaven und bewegte sich auf Feng und die anderen Männer zu. Die anderen folgten seinem Beispiel und näherten sich ihm.

Dem Sklavenhalter entglitten die Gesichtszüge. «Das ist … ein Aufstand.»

Er gab seinen Männern ein Zeichen, die sofort die Kurzschwerter zogen. Die Klingen blitzten im Fackelschein auf.

Da riss Rúna die Decke zur Seite. Sie konnte nicht länger zulassen, dass wegen ihr Menschen zu Schaden kamen.

Gizur schrie auf. «Da ist ja mein Weib!»

Warba versuchte, das Mädchen aufzuhalten. «Bleib hier! Der Kryppa wird dich töten. Schau dir doch seine Augen an!»

Rúna schüttelte traurig den Kopf, löste sich von Warba und trat auf den verschlagen grinsenden Gizur zu. Doch als der Schmied seine Hand nach der Sklavin ausstreckte, sprang sie plötzlich zur Seite und lief auf den Ausgang zu. Einer der Wächter versuchte, sie zu packen, aber sie wich ihm geschickt aus. Dabei verlor der Wächter das Gleichgewicht, strauchelte, und seine Füße verfingen sich in einer der herumliegenden Decken. Die Fackel entglitt seiner Hand. Einen Feuerschweif hinter sich herziehend, flog sie durch den Raum und landete auf einem der Strohlager, die den Sklaven als Betten dienten. Das trockene Stroh fing sofort Feuer. In wenigen Augenblicken breiteten sich die Flammen in der Baracke aus. Dichter, beißender Qualm erfüllte den Raum. Das Feuer züngelte an den Holzwänden empor.

Die Sklaven schrien vor Angst und drängten auf den Ausgang zu. Die Wächter versuchten sie aufzuhalten, doch es waren zu viele.

Rúna verlor die Tür aus dem Blick. Der Rauch reizte ihre Augen, und ein Hustenanfall ließ ihren Körper erbeben. Ihr schwindelte. Überall um sie herum waren Schreie und panische Menschen, die versuchten, aus der Baracke zu fliehen, und sich dabei zur Seite stießen. Rúna bekam einen Stoß ab, wankte und wäre beinahe hingefallen, als Warba sie im letzten Moment auffing. Dann taumelten sie Arm in Arm auf den Ausgang zu, durch den sich die Sklaven wie durch einen Trichter quetschten. Auch Rúna wurde schließlich vom Menschenstrom mitgerissen und ins Freie gespült.

Endlich draußen! Am mondklaren Himmel glitzerten die Sterne. Die junge Frau sog gierig die frische Luft ein. Sie schaute sich um. Auf dem Hof herrschte ein heilloses Durcheinander. Sklaven rannten umher. Sie klaubten Eimer und andere Gefäße zusammen, die sie am Brunnen mit Wasser füllten, das sie dann in die Flammen schütteten. Aber die Baracke war nicht zu retten. Rauchschwaden quollen durch das Dach und die Fenster; jetzt stürzten innen Balken herunter.

Rúna stahl sich davon. Gizur oder die Wächter waren nirgendwo zu sehen. Warum war sie nicht gleich geflohen? Warum war sie zu den anderen Sklaven gegangen? Sie war durcheinander gewesen, hatte keinen klaren Gedanken fassen können. Erst die Flucht vor ihrem Herrn und dann der Anblick des traurigen Helgi, dessen Vater tot im Karren gelegen hatte. Es war zu viel gewesen für sie. Sie hatte verlernt, selbständig zu denken. Stattdessen führte sie nur noch Befehle aus und verhielt sich so unauffällig wie möglich, um nicht die Wut ihres Herrn auf sich zu ziehen.

Immer schneller wurden ihre Schritte. Vor ihr tauchte schon das offen stehende Tor auf. Nur noch wenige Schritte. Aber mit einem Mal erschien ein Mann neben dem Tor und zog es zu. Es bestand aus massiven Eichenbrettern und war unüberwindbar.

Sie hielt inne. Der Mann am Tor war der Kryppa!

«Hab ich dich!», zischte Gizur und stürzte sich auf sie.

Er war zwar kaum größer als seine Sklavin, aber er besaß den eisenharten Griff eines Schmieds. Er schleuderte sie in eine finstere Ecke zwischen Wächterhaus und Zaun. Sofort war er über ihr, riss ihr die Kleider vom Leib und wälzte sich auf sie. Sie roch seinen nach Met und fauligem Fleisch stinkenden Atem. Seine Linke knetete ihre Brüste, während er mit der Rechten im Liegen seine Hose herunterzog. Sein harter Schwanz drückte sich auf ihren Oberschenkel.

«Beine auseinander», krächzte er.

Sie reagierte nicht.

«Wirst du wohl – Hure!» Er schlug ihr mit der flachen Hand ins Gesicht.

Ihre Schenkel blieben geschlossen. Nein, dachte sie. Dieses Mal nicht. Niemals mehr.

Er schlug erneut zu. Blut tropfte aus ihrer Nase. Sie hob den Blick und starrte ihren Herrn herausfordernd an.

«Was ...» Er wich vor ihrem Blick zurück. Verunsicherung zeigte sich für einen kurzen Moment auf seinem Gesicht. Doch er fing sich wieder.

«Du Schlampe!», brüllte er. Dann stieß er seine Hände zwischen ihre Oberschenkel.

Sein kurzes Glied steckte wie ein Dorn auf seinem Unterleib. Sie griff danach. Dutzende Male hatte sie es in sich gespürt. In ihrer Hand erschien es ihr noch viel kleiner.

«Lass los», fauchte er.

Sie krallte ihre Fingernägel in sein Glied; ihre Nägel ritzten die Haut auf.

Er zuckte zurück.

Darauf hatte Rúna gewartet. Sie riss ihr rechtes Knie

hoch und rammte es ihm zwischen die Beine. Gizur brüllte.

Aber sie war noch immer zwischen seinen Schenkeln eingeklemmt. Als er sich wieder zu ihr hinunterbeugte, wusste sie, dass es um sie geschehen war. Seine Augen glühten vor Hass. Die kräftigen Schmiedehände legten sich um ihren Hals. Gizur drückte zu.

Da öffneten sich die Lippen des Mädchens. Mit letzter Atemluft stieß sie das erste Wort aus, das ihr einfiel: «Kryppa!»

Der Griff um ihren Hals lockerte sich. «Du kannst ja doch …»

Sie riss ihr Knie erneut hoch. Gizur taumelte zurück und griff sich an den Unterleib. Rúna schlüpfte unter ihm hervor und rannte zum Tor. Gizur hatte den Riegel vorgelegt, einen schweren Balken. Sie versuchte, ihn zu lösen, doch er hatte sich in der Halterung verkantet. Plötzlich erzitterte das Tor. Sie trat einen Schritt zurück. Dann knallte etwas von außen dagegen. Es klang, als ob jemand mit einer Axt gegen das Holz hämmerte. Die Bretter bebten, Splitter lösten sich.

Die Sklavin drückte und zerrte erneut am Riegel. Doch er bewegte sich noch immer nicht. Aus den Augenwinkeln sah sie ihren Herrn, der aus der dunklen Ecke auftauchte. Er hatte seine Hose wieder hochgezogen. Sein Gesicht war schmerzverzerrt. Er presste die linke Hand gegen seinen Unterleib, in der Rechten hielt er einen Knüppel. Humpelnd kam er auf sie zu.

Sie sah keinen anderen Ausweg, ließ vom Tor ab und rannte zurück zum Hof. Dort versuchten Sklaven und Wächter immer noch, die lichterloh brennende Baracke zu löschen.

Inzwischen hatte sich eine Eimerkette vom Brunnen bis zum Feuer gebildet. Die alte Warba stand in der Nähe des brennenden Hauses.

Der Mann hinter ihr stieß sie an. «Hast du das gesehen?»

Warba drehte sich zu ihm um. «Was denn?»

Der Mann vergaß, den ihm gereichten Eimer weiterzugeben. «Da ist gerade jemand in die Baracke hineingelaufen.»

«Wer?»

«Ich glaube, es war Rúna.»

Rufe wurden laut, der Mann solle seinen Eimer sofort weiterreichen. Er gab ihn Warba, die die nächste in der Schlange war.

Warba starrte auf die Tür, aus der die Flammen schlugen. «Dann ist sie nicht mehr zu retten.»

Wie von Sinnen hackte Helgi mit der Streitaxt auf die Bretter ein.

Der Axtkopf traf auf faustdickes Eichenholz, es splitterte und krachte. Helgis Kräfte waren entfesselt. Bald lösten sich unter den Hieben die ersten Bretter. Helgi nahm den Axtstiel als Hebel zu Hilfe und brach weitere Stücke heraus, bis ein Loch entstanden war, durch das er seinen Arm stecken konnte. Er bekam den Riegel zu fassen und öffnete das Tor.

Der Innenhof war voller Menschen. Zerlumpte Gestalten, die versuchten, das Feuer zu löschen. Wo war Rúna? Er rief ihren Namen. Doch niemand achtete auf Helgi.

Nur ein gedrungener Mann, der keine zehn Schritt von Helgi entfernt stand, drehte sich nach ihm um.

Helgi erkannte ihn und schrie: «Bani!»

Sofort stürzte er sich auf den Mörder seines Vaters.

Gizur entglitten die Gesichtszüge. Mit schützend über den Kopf erhobenen Händen wankte er rückwärts. «Nein!», schrie er.

Im Laufen schwang Helgi die Axt und schlug zu. Der Kryppa duckte sich. Um Haaresbreite verfehlte die Axt ihr Ziel, streifte Gizurs Kopf und riss ihm ein Stück des rechten Ohrs ab.

Da gellten Schreie an Helgis Ohren. «Rúna! Rúna!»

Vor dem Eingang der brennenden Baracke stand eine ältere Sklavin und fuchtelte mit den Armen. Immer wieder rief sie den Namen des Mädchens.

Helgi ließ von Gizur ab, der, in Erwartung des nächsten Axthiebs, wimmernd am Boden hockte.

Helgi lief zu der Alten und packte sie an den Schultern. Ihr Gesicht war vom Ruß verschmiert. Tränen hatten Spuren auf ihren schwarzgefärbten Wangen hinterlassen.

Er schrie sie an: «Wo ist Rúna?»

Die Frau zeigte in die Baracke. «Sie ist … dort hineingelaufen.»

Flammen schossen fauchend durch das Dach. Im Innern des Gebäudes stürzten Wände ein. Die Baracke würde jeden Augenblick zusammenstürzen.

Helgi zögerte einen Moment. Dann warf er die Axt entschlossen fort und riss einem Mann einen gefüllten Eimer aus der Hand. Er zog sein Hemd aus, tauchte es in das Wasser, bis der Stoff sich vollgesogen hatte, wrang es aus und hielt es sich vor Mund und Nase. Dann lief er in die Flammenhölle.

Die Hitze versengte seine Haare. Rauch biss in seinen Augen. Überall war grelles Licht, loderndes Feuer. Der

Qualm, der durch den feuchten Stoff drang, schnürte ihm die Kehle zu. Langsam tastete Helgi sich voran, setzte einen Fuß vor den anderen. Mit einem Mal stürzte unmittelbar neben ihm ein brennender Dachbalken zu Boden. Eine Ladung Stroh, mit dem das Dach gedeckt war, fiel hinterher und fing sofort Feuer. Mannshoch schossen knisternde Flammen empor. Helgi wich zurück. Wo war sie? Wo war Rúna?

Er stapfte weiter vorwärts, orientierungslos, wusste nicht mehr, wo der Ausgang war. Niemals würde er wieder aus diesem Glutofen herausfinden. Niemals!

In seiner Verzweiflung nahm er das feuchte Hemd vom Mund und rief nach ihr. Was für eine Dummheit! Sofort atmete er Qualm ein, der in seinen Lungen brannte wie glühende Nadeln. Er hustete, spuckte. Schnell presste er sich das Hemd wieder vor den Mund. Dann wankte er weiter, schabte dabei mit den Füßen dicht über den Boden, tastete nach ihrem Körper.

Links von ihm brach ein Stück der Wand ein. Luft drang in die Baracke, die Flammen fauchten wie Raubtiere. Der Qualm umnebelte immer stärker Helgis Bewusstsein. Er war kaum noch in der Lage, einen klaren Gedanken zu fassen. Er würde hier sterben, ganz sicher würde er hier sterben, irgendwo in dieser brennenden Sklavenbaracke, ebenso wie Rúna, wenn sie nicht schon längst … Da stieß er mit dem rechten Fuß gegen einen weichen Widerstand. Er schaute hinunter, konnte jedoch in dem dichten Qualm nichts erkennen. Vorsichtig kniete er nieder. In seinem Kopf drehte sich alles. Nur noch wenige Augenblicke, und er würde das Bewusstsein verlieren. Wie ein Blinder betastete er mit der freien Hand das Hindernis. Es war ein lebloser Körper. Rúna? Er bekam einen Arm zu fassen, erhob sich, schleifte den Körper hinter sich her zu der Stelle, an der die Wand eingebrochen war – und trat ins Freie.

Als Helgi mit der jungen Frau aus den Flammen kam, warfen die Sklaven die Eimer fort und eilten den beiden zu Hilfe. Sie nahmen Rúna und legten sie vorsichtig auf dem Boden ab.

In Helgis Kopf drehte sich alles. Der giftige Rauch in seinen Lungen raubte ihm das Bewusstsein, und er fiel der Länge nach zu Boden wie eine gefällte Eiche. Ihm war, als stürze er hinab ins Hel, wo der Totendrache Nidhöggr ihn erwartete.

Wasser klatschte in sein Gesicht.

Er öffnete die Augen. Verschwommen sah er die Sterne am Nachthimmel leuchten. Jemand rüttelte ihn. Eine Stimme sprach in sein Ohr: «Komm zu dir, Junge. Beeil dich. Wach auf!»

Die Erinnerungen kehrten zurück. Unter seiner Schädeldecke hämmerten pochende Schmerzen. Helgi schnellte hoch. Er hatte die Sklavin gerettet. Jetzt gehörte Rúna ihm!

Aber er konnte sie nirgendwo entdecken. Um ihn herum waren nur die Gesichter der ausgemergelten Sklaven, hohläugig und rußverschmiert. Noch immer qualmte die Baracke, deren Dach und Wände zusammengefallen waren. Nur noch die seitlichen Stützbalken steckten aufrecht in der Erde, kleine Flammen leckten am schwarzen Holz. Niemand bemühte sich mehr, sie zu löschen. Das Feuer hatte gesiegt.

Eine Frau trat neben Helgi. Er erkannte die Alte wieder, die ihn auf Rúna aufmerksam gemacht hatte. «Das Haus ist eingestürzt, nur wenige Augenblicke, nachdem du Rúna rausgeholt hast.»

«Wo ist sie?», fragte Helgi. Das Reden fiel ihm schwer. Sein Hals brannte wie eine offene Wunde.

Die Alte deutete auf das Haus der Wächter. «Ihr Herr hat sie geholt.»

«Der Kryppa?»

«Ja, ein buckliger Mann. Wir konnten ihn davon abhalten, mit dem Mädchen zu fliehen. Aber er ist in Fengs Haus verschwunden.»

Helgi erhob sich mühsam und schaute sich suchend nach seiner Axt um.

«Wenn du das Beil suchst», meinte die Frau, «das hat der Bucklige auch mitgenommen.»

Helgi fuhr sich mit der Hand durchs Gesicht und ging zu den Sklaven, die unschlüssig auf dem Hof standen. Es mochten gut zwei Dutzend sein, Männer, Frauen und Kinder. Sie wirkten bedrückt und ratlos. Einer von ihnen sprach die alte Frau an, mit der Helgi geredet hatte. Er hörte, dass sie Warba hieß.

«Wie viele Männer sind in Fengs Haus?», wollte Helgi von ihr wissen.

«Sechs: Feng, vier Wächter und der Bucklige.»

«Sind sie bewaffnet?»

«Mit Schwertern. Aber bestimmt haben sie auch Äxte und Messer.»

Helgi nickte düster. Sechs Männer mit Waffen gegen einen einzigen mit bloßen Händen. Doch er hatte keine andere Wahl. Er musste Rúna aus Gizurs Gewalt befreien, und dabei hatte er das Gesetz auf seiner Seite, denn ihr Herr hätte sie sterben lassen. Helgi aber hatte sie gerettet, und damit gehörte sie ihm.

Vor dem Tor hatten sich Dutzende Schaulustige aus Haithabu versammelt, die neugierig in den Hof spähten. Es würde nicht mehr lange dauern, bis Hovis Soldaten auftauchten.

Helgi ballte die Hände zu Fäusten und ging auf das Haus zu.

«Warte», rief Warba.

Auf ihre Anordnung hin sammelten die Sklaven Hölzer und Knüppel auf. Einige griffen nach faustgroßen Steinen. Kurz darauf setzte sich die Gruppe in Bewegung. Helgi übernahm die Spitze, dahinter folgte Warba, dann kamen die anderen Sklaven.

Aus Fengs Haus drang kein Geräusch. Die Tür war geschlossen, doch als Helgi am Griff zog, ließ sie sich ohne weiteres öffnen.

Leise gebot er den anderen, ihn allein hineingehen zu lassen.

Hinter der Tür befand sich ein langer saalartiger Raum. Feng und seine Männer hockten im Halbdunkel um die glimmenden Reste des Hausfeuers herum und starrten in die Flammen. Die Waffen hatten sie neben sich auf den Boden gelegt.

Feng hob seinen Blick. Er sah müde aus. «Was willst du hier, Junge?»

«Ich will die Sklavin holen», erwiderte Helgi.

Feng zuckte mit den Schultern. «Das Weib gehört dir nicht.»

«Ich habe ihr das Leben gerettet, sie wäre verbrannt», entgegnete Helgi entschlossen. «Du kennst das Gesetz. Wer einen Sklaven vor dem Tod bewahrt, der kann über ihn entscheiden.»

Feng machte eine gleichgültige Handbewegung. «Das ist ein altes Gesetz. Es hat schon lange keine Gültigkeit mehr.»

Das überraschte Helgi. Seine Mutter hatte ihm das Gesetz früher einmal erklärt. Sollte sie sich getäuscht haben? Oder hatte er es nur falsch verstanden?

Feng sagte: «Der Sklave gehört seinem Herrn, auch über den Tod hinaus. Nur der Besitzer kann über sein Eigentum entscheiden. Wenn der Herr seinen Sklaven verbrennen lassen möchte – bitte schön. Er kann damit tun und lassen, was er will.»

Fengs Rechte näherte sich einem der Schwerter. «Und jetzt verschwinde.»

«Nicht ohne sie.» Helgi verschränkte die Arme vor der Brust.

Seufzend griff Feng nach seinem Schwert. Die anderen Männer taten es ihm gleich.

Plötzlich öffnete sich an der hinteren Wand eine Tür, in der der Kryppa erschien. Er schob Rúna wie einen Schutzschild vor sich her. In der Rechten hielt er Helgis Axt.

«Das Weib gehört mir», rief Gizur, und an Feng gewandt sagte er: «Der Kerl wollte mich töten. Haltet ihn mir vom Leib.»

«Du hast gehört, was der Schmied gesagt hat», sagte Feng. «Ich will meine Ruhe haben. Ich muss darüber nachdenken, was mit den anderen Unfreien geschehen soll. Sie müssen bestraft werden …»

In diesem Moment drängten die Sklaven herein. Vorsichtig verteilten sie sich im Raum, wobei sie gebührenden Abstand zu den Wächtern hielten. In ihren Gesichtern spiegelte sich eine Mischung aus Angst, Verzweiflung und Wut.

Mit Fengs Gelassenheit war es augenblicklich vorbei. Seine Miene gefror zu einer eisigen Maske. Die Männer rückten enger beim Feuer zusammen, da sie nicht wussten, wie sie mit der Situation umgehen sollten. Das Eindringen der Sklaven hatte sie völlig überrascht.

Warba ergriff das Wort. Ihre Stimme klang brüchig, als sie zu Feng sagte: «Du hast die Baracke niederbrennen lassen. Beinahe wären wir alle darin umgekommen.»

Fengs Mund klappte auf und wieder zu. Die Unverfrorenheit dieser Unfreien raubte ihm den Atem. In seinen Augen war ihr Leben weniger wert als der Dreck unter seinen Fingernägeln. «Verschwindet! Sofort raus aus meinem Haus!», schnaubte er. «Ich werde euch auspeitschen lassen und eigenhändig die Haut vom Leib ziehen.»

Die Sklaven schauten sich unsicher an. Sie alle hatten ihr Leben aufs Spiel gesetzt.

Warba gab sich einen Ruck. «Unsere Herren stehen draußen vor deinem Tor», stieß sie mit lauter Stimme hervor. «Wir gehören ihnen – nicht dir. Sie bezahlen dich dafür, dass du auf uns aufpasst.»

Feng schnappte nach Luft. Doch Warba hatte recht. «Was wollt ihr von mir?» Er musste sich jedes einzelne Wort abringen. Er verhandelte mit Sklaven, mit Dreck.

Warba deutete auf Gizur, der von seiner Ecke aus das Gespräch ungeduldig verfolgte. «Er soll Rúna rausgeben!»

«Niemals», keuchte der Kryppa.

Feng drehte sich zu ihm um. Er schien die beiden Möglichkeiten, die er hatte, abzuwägen. Dann sagte er: «Tu, was die alte Sklavin sagt, und dann lasst mich alle in Ruhe.»

Gizur hob die Axt. «Eher bringe ich das Weib um.»

Jetzt standen Feng und seine Männer auf. Der Sklavenhalter richtete sein Schwert drohend auf Gizur. «Es ist deine Schuld, dass die Baracke abgebrannt ist. Deinetwegen haben wir jetzt den Ärger mit diesem Pack. Lass das Mädchen los, oder ich schneide dir deinen verdammten Buckel vom Rücken.»

Gizur glotzte zunächst Feng, dann Helgi, dann wieder Feng an. Es schien einen Augenblick zu dauern, bis ihm bewusst wurde, dass er verloren hatte. Aber noch gab er nicht auf. Er sammelte seine Kräfte und verpasste Rúna einen so kräftigen Stoß, dass sie gegen Helgi geschleudert wurde.

Helgi verlor das Gleichgewicht und fiel mit der Sklavin in den Armen zu Boden. Sofort sprang Gizur hinterher. Er holte mit der Axt aus und zielte auf Helgis Kopf. Aber Feng war schneller, sprang dazwischen und rang Gizur das Beil aus der Hand.

Der Kryppa war entwaffnet. Feng packte ihn am Kragen und stieß ihn zur Eingangstür.

Die Sklaven traten zur Seite und bildeten eine Gasse, um Gizur vorbeizulassen. Wie ein geprügelter Hund schlich er an ihnen vorbei und verließ das Haus. Er hatte verloren.

32.

Odo genoss die Gottesdienste, auch in der alten Holzkirche. Salbungsvoll hob er die Arme, drehte die Handflächen nach außen und sprach an seine Gemeinde gerichtet: «Dies ist die Offenbarung Jesu Christi, die ihm Gott gegeben hat, seinen Knechten zu zeigen, was in Kürze geschehen soll; und er hat sie durch seinen Engel gesandt und gedeutet seinem Knecht …»

Atemlose Stille. Alle Blicke waren auf Odo gerichtet, der all die Wahrheiten verkündete, die die Brüder hören sollten. Die Brüder, seine Schafe, seine Herde. Er hatte sie längst dort, wo er sie haben wollte: in bedingungsloser Gefolgschaft. Sie würden ihm, Odo von Lutetia, dem Auserwählten, folgen bis zum Ende dieser Welt.

Und der Untergang war nicht mehr weit.

Odo fuhr fort: «... der kundgetan hat das Wort Gottes und das Zeugnis Jesu Christi, alles, was er gesehen hat. Selig ist, der da liest und die da hören die Worte der Weissagung und behalten, was darin geschrieben ist – denn die Zeit ist nahe.»

Die Zeit war nahe.

Bald würde die Steinkirche, das neue Haus Gottes, errichtet sein. Bald würden die letzten drei Dämonen vernichtet sein: Ira, der Zorn, Invidia, der Neid – und die größte aller Sünden, Superbia, der Stolz, die Erhabenheit über Gott.

Dann würde es sich einstellen, das Himmelreich auf Erden, das Neue Jerusalem. Es würde herabschweben auf die Erde. Eine Stadt mit einer großen und hohen Mauer und zwölf Toren; eine Stadt, die so herrlich war wie eine geschmückte Braut.

Das alles verkündete Odo seinen Brüdern, die alles um sich herum vergessen hatten und die an seinen Lippen hingen wie Bienen an Blüten, von denen süßer Nektar tropft.

Befriedigt stellte Odo fest, dass einer von der Predigt besonders fasziniert war. Der Knabe Folke saugte seine Worte in sich auf, wie er selbst es einst beim Priester Jakob getan hatte in Saint Etienne, der prächtigen Kathedrale von Paris. Seine Heimatstadt war ihm in seiner

Kindheit vorgekommen wie das heilige Jerusalem. Bis der Verderber diesen Traum zerstört hatte.

Der Trübsinn, dem Folke bisweilen anheimfiel, schwand mit jedem Wort, das Odo predigte. Als der Priester schließlich zum Ende kam, schien es ihm, als leuchte ein heller Schein über dem Knaben.

Odo sagte: «Ich sah die Toten vor dem Thron stehen, vom Kleinsten bis zum Größten, und Bücher wurden aufgetan. Und ein anderes Buch ward aufgetan, welches ist das Buch des Lebens. Und die Toten wurden gerichtet nach dem, was geschrieben steht in den Büchern, nach ihren Werken.»

Der Priester faltete die Hände zum Gebet, und als die Brüder es ihm gleichgetan hatten, sagte er: «Es spricht, der solches bezeugt: Ja, ich komme bald. Amen, ja komm, Herr Jesus! Amen!»

«Amen!», wiederholte Folke lauter als alle anderen.

Er entdeckte den Knaben im Schuppen, der unweit der Baustelle in einem Birkenwäldchen stand. Die Hütte wurde als Lager für Baumaterialien und Werkzeuge genutzt.

Folke kauerte zwischen Brettern, Eisenbarren und mit Hanffasern gefüllten Säcken. Das Leuchten war wieder von ihm gewichen. Er weinte still.

Überrascht schaute er auf, als Odo eintrat.

«Gottes Wohnung ist bald bei den Menschen», sagte Odo zu ihm. «Ja, Gott wird in unserer Mitte wohnen. Er wird unsere Tränen abwischen.»

Folke schniefte. «Wann kommt er denn endlich?»

«Bald, Folke, sehr bald.»

«Er soll die anderen bestrafen. Sagt Ihr ihm das, bitte?»

Odo runzelte die Stirn. «Von wem sprichst du?»

«Von Geri und den anderen Jungen.»

Odo kniete neben Folke nieder und strich ihm eine blonde Strähne aus dem Gesicht. «Haben sie dich wieder geärgert?»

Folke nickte finster. «Sie haben Pech in meine Hose getan. Es ist alles verklebt.»

«Was hast du dagegen getan?»

«Ich habe versucht, mich zu waschen. Aber es geht nicht ab.»

«Ich meinte, was hast du mit Geri getan?»

Folke hob abwehrend die Hände. «Ich habe mich nicht gerächt, Vater. Ich bin ihm aus dem Weg gegangen, so wie Ihr gesagt habt.»

«Gut, mein Sohn. Du lernst schnell. Du bist anders als die anderen Jungen. Überlasse es dem Allmächtigen, die Sünder zu bestrafen.»

Folke verzog das Gesicht. «Aber am liebsten würde ich …»

«Ich weiß, ich weiß. Doch wenn Gott erst in unserer Mitte wohnt, wird es kein Leid mehr geben und keine Schmerzen. Denn was früher war, ist dann vergangen.»

Der Priester erhob sich, strich seine Kutte glatt und fragte Folke, ob er ihn in die Stadt begleiten wolle. Er habe auf dem Markt einige Besorgungen zu erledigen.

Folkes Miene hellte sich auf. «Ja, gern!», rief er und hüpfte aus dem Schuppen.

Kinder, dachte Odo, sie wechseln ihre Stimmung wie die Fliegen ihre Flugrichtung. Sie vergessen schnell, aber verzeihen, nein, verzeihen werden sie nie!

Als die Sonne ihren höchsten Stand erreicht hatte, kamen sie auf den Marktplatz.

Die Läden der Buden waren heruntergeklappt, der staubige Platz verwaist. Die meisten Händler waren vor der Gluthitze geflohen. Sie zogen es vor, die heißeste Stunde des Tages abseits des Marktplatzes in einer schattigen Ecke zu verbringen, wo sie auf Decken schliefen oder zu Mittag aßen.

Über einer Bude jedoch, einem winzigen Verschlag, stieg dünner Rauch empor. Odo und Folke gingen dorthin. Auf der Auslage gab es eine überschaubare Auswahl an Waren: Amulette in Form des heidnischen Thorshammers sowie Bronzeschüsseln und Schalenfibeln, mit denen Frauen ihre Kleider bestückten.

Odo klopfte gegen die Bretterwand. Hinter der Auslage tauchte der Kopf eines verschwitzten Mannes auf, dem man das linke Auge ausgestochen hatte. Er hieß Gnupa und war ein friesischer Metallgießer. Aus Geldgier hatte er mehrfach gegen Gesetze verstoßen. Gemessen an der Schuld, die er auf sich geladen hatte, war er noch relativ glimpflich davongekommen, von dem fehlenden Auge einmal abgesehen.

Gnupas Miene hellte sich auf, als er Odo sah. «Ah, der Priester! Ich dachte schon, du lässt mich auf deiner Bestellung sitzen.»

Odo verachtete den Kerl. «Hast du das, was ich will?», fragte er kalt.

Gnupa steckte den Kopf aus der Bude. Er schaute sich auf dem Marktplatz um, wobei er den Kopf drehte und wendete wie ein Hahn.

Als er Folke erblickte, fragte er: «Was hängt denn da für ein Rotzlöffel an deinem Rockzipfel?»

«Der Junge gehört zu mir», erwiderte Odo.

Gnupa zog den Kopf zurück und wischte sich den

Schweiß aus dem Gesicht. Mit spitzen Fingern fischte er einen Lederbeutel aus seiner schmierigen Schürze. Odo tat es ihm gleich und holte ebenfalls einen kleinen Beutel hervor.

Doch bevor es zum Geschäft kam, sagte Gnupa: «Der Preis hat sich geändert. Die Zeiten sind gefährlich, Priester, selbst für einen ehrlichen Handwerker wie mich.»

«Wie viel?», erwiderte Odo.

«Das Doppelte.»

Odo hatte damit gerechnet, dass der Betrüger versuchen würde, ihn auszunehmen. Leicht hätte er ihm die geforderte Summe zahlen können, aber er gönnte Gnupa das Geld nicht. Mit einer blitzschnellen Bewegung griff Odo über die Auslage hinweg ins Innere der Bude. Zu Gnupas Entsetzen holte er eine aus Speckstein gefertigte Gussform hervor.

«Wenn ich dem Jarl dies hier zeige, dann wird er dir dein zweites Auge ausbrennen», sagte Odo und hielt das Werkstück in die Höhe.

In die eine Seite des Specksteins war die Form eines Thorshammers eingearbeitet worden. Doch als Odo den Stein umdrehte, erschien dort die Gussform für ein Kruzifix.

Gnupas Auge funkelte böse.

«Der Herr dieser Stadt ist kein Freund von uns Christen», sagte Odo süffisant. «Er wäre wohl kaum von einem gewissenlosen Geschäftemacher angetan, der vorgibt, heidnische Symbole zu fertigen, aber gleichzeitig an uns Christen verdienen will.»

«Gib mir den Stein zurück.»

«Erst gibst du mir das, was ich bei dir bestellt habe.»

Widerwillig reichte der Metallgießer den Beutel über

die Auslage. Odo prüfte den Inhalt und legte daraufhin die Münzen und die Gussform auf die Auslage.

«Verfluchter Halsabschneider», brummte Gnupa und verrammelte seinen Laden.

Auf dem Heimweg fragte Folke den Priester nach der Gussform.

«Es gibt Menschen», erklärte Odo, «die verwechseln Gott mit Geld. Menschen wie Gnupa ist es egal, ob sie Thors Hammer an Heiden oder Kreuze an Christen verkaufen. Ihnen geht es nur darum, aus einem Handel viel Gewinn herauszuschlagen. Wie du gesehen hast, hat Gnupa nichts gelernt aus seinen früheren Verfehlungen.»

«Was ist mit seinem Auge passiert?»

«Der Graf einer fränkischen Stadt hat Gnupa für seine Geschäftemacherei bestraft. Gnupa hatte dort mit den Normannen gemeinsame Sache gemacht. Dabei hatte er kurz zuvor noch für die Franken Silberkreuze gegossen. Er verkauft an Freund und Feind und ist zudem so geizig, dass er für beide dieselbe Gussform benutzt.»

Odo schüttelte angewidert den Kopf. «Auf der einen Seite gießt er das Götzensymbol und auf der anderen das Zeichen unseres Gottes.»

Er dachte an Grein, den Dieb. Auch Gnupa war vom Dämon Avaritia besessen: Er war geizig, unersättlich und habgierig. Um Gnupa würde sich Odo jedoch nicht weiter kümmern müssen. Avaritia war vernichtet. Beim Jüngsten Gericht würden alle Habgierigen die Höllenstrafe erhalten, die ihnen zustand: Ihre Herzen würden gekocht werden, in einem Kessel mit siedendem Öl.

«Warum habt Ihr dem Betrüger etwas abgekauft?», wollte Folke wissen.

Der Junge ist wirklich aufmerksam, dachte Odo. Er öffnete den Beutel, der ein kunstvoll gefertigtes Kruzifix aus feinstem Silber enthielt. Das zumindest musste man Gnupa lassen – er verstand sein Handwerk.

Wenn die Zeit dafür gekommen war, würde Odo das Kreuz Folke schenken.

«Kein anderer Metallgießer hätte sich getraut, in Haithabu ein christliches Symbol herzustellen», antwortete er. «Der Jarl hat es allen verboten, die in seiner Stadt ihrem Handwerk nachgehen.»

Folke nagte an seiner Unterlippe. «Aber wenn Hovi uns Christen so sehr hasst, warum tötet er uns dann nicht?»

«Oh, das würde er sofort tun», erwiderte Odo. «Doch der dänische König hat es ihm untersagt.»

«Ist König Horick der Jüngere denn ein Christ?»

Der Priester schüttelte den Kopf. «Sein Vorgänger, Horick der Ältere, war getauft. Horick der Jüngere jedoch hat die christliche Taufe bislang abgelehnt. Dennoch lässt er uns Christen gewähren. Wahrscheinlich will er es sich nicht mit dem Frankenkönig Ludwig verscherzen.»

Erneut bewies Folke Scharfsinn. «Lassen sich dänische Könige denn nur taufen, um die Franken nicht zu verärgern?»

«Wenn es nur das wäre, mein Sohn. Viele der heidnischen Herrscher legen das Sakrament sogar nur dann ab, wenn sie dafür mit Geld oder Lehen belohnt werden.»

«Aber dann sind sie doch gar keine Christen.»

«Du sagst es.»

Odo blieb abrupt stehen. Durch die enge Gasse kamen ihnen drei Leute mit einem Handkarren entgegen. Es waren zwei Frauen, eine junge und eine ältere, sowie ein außergewöhnlich großer junger Mann, der den Karren schob.

Als Odo und Folke an die Seite traten, sahen sie, dass im Karren die Leiche eines Mannes lag. Sein Fleisch war eingefallen und die Haut von Leichenflecken gezeichnet. Er schien bereits mehrere Tage tot zu sein.

Schweigend zogen die Trauernden vorüber. Der Junge hatte bronzefarbene Haut und auffallend dunkles Haar, was sehr ungewöhnlich für einen Dänen war. Das Mädchen schien eine Sklavin zu sein, ihr Kopf war rasiert. Die Alte hatte weißes Haar, das sie mit einer Spange auf dem Hinterkopf zusammengesteckt hatte.

Nachdem die drei hinter einer Häuserecke verschwunden waren, zupfte Folke Odo am Ärmel. Dann setzten auch sie ihren Weg fort.

33.

Die Friedhofserde dünstete den Geruch des Todes aus.

Helgi schob den Karren auf den Friedhof. Der Boden war so aufgewühlt, dass Einars Kopf auf der Ladefläche hin- und herschlug. Gullweig und Rúna folgten in einiger Entfernung.

Nach kurzem Suchen entdeckten sie zwischen frisch ausgehobenen Grabhügeln eine freie Stelle. Hier wollte Helgi seinen ermordeten Vater zur letzten Ruhe betten, von wo aus der Schmied seine Reise nach Walhall antreten sollte.

Helgi stieß den Spaten in die Erde und hob einen flachen, kreisförmigen Graben aus, in dessen Mitte er Einars Körper legte. Gullweig, gekleidet in ihr festliches Hochzeitsgewand, trat vor und legte einige Werkzeuge neben den Leichnam. Einen Hammer, zwei Feilen und eine Zange. So war es Brauch, denn Einar sollte nicht mit leeren Händen vor Odin treten. Der göttliche Heerführer würde Verwendung haben für einen guten Schmied. Auch ein von Einar gefertigtes Schwert war unter den Grabbeigaben. Mit diesen Dingen würde er Allvater Odin ganz sicher von seiner Kunstfertigkeit überzeugen können.

Als die kleine Trauergemeinschaft andächtig dastand, dauerte es nicht lange, bis die ersten Fliegen vom Geruch des Toten angelockt wurden. In diesem Sommer gediehen die Insekten auf dem Friedhof prächtig; sie waren fett und feist. Allein in den letzten Tagen waren Dutzende Menschen von der Hitze und dem Hunger dahingerafft worden. Vor allem die Schwächsten – die Neugeborenen, die Kleinkinder und die Greise – starben.

«Scheuch die Fliegen weg», sagte Gullweig zu Helgi.

Er wedelte mit der Hand die Insekten fort. Doch kurz darauf brummten sie wieder heran.

Gullweig erhob die Stimme, zunächst leise, dann schwoll ihr Gesang an: «… wo golden schimmert Walhalls weite Halle: Da wählt Odin alle Tage vom Schwert erschlagene Männer. Leicht erkennen können, die zu Odin kommen, den Saal, wenn sie ihn sehen: Aus Schäften ist das Dach gefügt und mit Schilden bedeckt, mit Brünnen die Bänke bestreut. Ein Wolf hängt vor dem westlichen Tor, über ihm ein Aar …»

Helgi wunderte sich über seine Mutter. Keine einzige Träne hatte sie vergossen, kein Wort der Klage war über ihre Lippen gekommen. Dennoch hatte der Tod ihres Mannes ihr Wesen grundlegend verändert. Wortkarg war sie geworden, abwesend und unfähig, den Haushalt in gewohnter Weise weiterzuführen. Rúnas Erscheinen hatte sie gleichgültig hingenommen und noch kein einziges Wort an sie gerichtet.

Helgi plagten heftige Schuldgefühle, weil er seinen Vater allein nach Sliesthorp hatte gehen lassen. Wäre er dabei gewesen, hätte Gizur sie niemals angegriffen.

Er befürchtete insgeheim, dass Gullweig Rúna für Einars Tod mitverantwortlich machte. Schließlich war sie der Grund dafür gewesen, dass er seinen Vater in jener Nacht nicht begleitet hatte.

Als die letzte Strophe verklungen war, kniete Gullweig zu Einars Füßen nieder und legte einen mit Bernsteinen, Glasperlen und einer Silbermünze gefüllten Lederbeutel zu den Werkzeugen. Es waren ihre letzten Wertgegenstände. Gullweig hatte auf dieser Grabbeigabe bestanden, obwohl sie dafür noch zwei oder drei Säcke Getreide und einige Fische hätten kaufen können. Aber Helgi hatte nicht den Mut aufgebracht, ihr zu widersprechen. Nun würden harte Zeiten anbrechen, zumal mit Rúna ein weiterer Magen gefüllt werden musste.

Gullweig küsste ihren Mann auf die Stirn, dann trat sie wieder hinter den kleinen Graben. Helgi schaufelte mit dem Spaten so lange Erde auf, bis Einar von einem Erdhügel bedeckt wurde. Helgi klopfte die Erde fest und beschwerte sie mit Steinen. Das Kopfende des Grabs markierte Gullweig mit einem Pfosten, in den sie einige Runen geschnitzt hatte. Als sie damit fertig war, las sie die Inschrift vor:

«Besitz stirbt, Verwandte sterben, und irgendwann stirbst du selbst wie sie. Aber eines weiß ich, das ewig lebt: des Toten Tatenruhm.»

Helgi traten Tränen in die Augen. Doch er schämte sich für seine Gefühle, ein Mann weinte nicht. Er wischte die Tränen mit dem Handrücken weg.

«Einar war der Beste», brachte er gepresst hervor. «Das werden wir niemals vergessen.»

Gullweig wandte sich seufzend ab und ging davon. Doch sie kam nicht weit.

Hovis Waffenmeister, der die Beerdigung beobachtet hatte, versperrte ihr den Weg.

«Ich muss mit deinem Sohn reden, Weib», sagte Olaf Skoðgætir.

Helgi stellte sich sofort schützend vor Rúna. Er befürchtete, Olaf wolle sie zu Gizur bringen. Drei Tage waren seit dem Feuer vergangen. Genug Zeit also für den Kryppa, sich von seiner Niederlage zu erholen und bei Hovi um Unterstützung zu betteln.

«Was willst du?», rief Helgi. Er hielt den Spaten wie eine Waffe.

Olaf trieb Gullweig mit seinem fetten Bauch vor sich her in Helgis Richtung. Er wankte leicht. In der Rechten hatte er einen Trinkschlauch mit Wein. Als er auf zehn Schritt herangekommen war, nahm er einen Schluck und sagte: «Was für ein kahlgeschorenes Luder versteckst du da vor mir, Junge?»

Helgi hob den Spaten. In Olafs Gürtel steckten ein Sax und eine Axt.

Der Waffenmeister verzog das Gesicht. «Das Weib kenn ich doch. Das ist die vom andern Schmied, die Stumme. Beackerst du jetzt diese Furche?» Er lachte dröhnend.

«Das geht dich einen Dreck an», erwiderte Helgi.

Olaf rümpfte die Nase. «Pass auf, wie du mit mir redest.» Er saugte erneut am Trinkschlauch. Dann sagte er: «Ich bin hier, um dir mitzuteilen, dass Hovi seine Waffen haben will.»

«Welche Waffen?», erwiderte Helgi.

«Stell dich nicht dümmer, als du bist, Einars Sohn! Der Jarl hat vom Tod des Schmieds erfahren. Und jetzt will er die Schwerter, Äxte und Messer haben, die der Alte bereits fertiggestellt hat.»

«Der Auftrag ist noch nicht erfüllt», entgegnete Helgi trotzig. «Ich bitte dich um einen weiteren Vorschuss, Olaf. Mein Vater hat mich das Schmieden gelehrt. Ich werde den Auftrag zu Ende führen.»

Olafs Nasenflügel weiteten sich. Er pumpte Luft. «Ich bin nicht hier, um mit dir zu feilschen, Junge. Hovi hat seine Güte bereits erwiesen, indem er gewartet hat, bis ihr den Alten unter die Erde gebracht habt. Jetzt will er seine Waffen.»

Er setzte den Trinkschlauch an. Wein tropfte in seinen Zopfbart. «Morgen», knurrte er. «Halt die Sachen bereit.»

Breitbeinig stapfte er über den Friedhof davon.

34.

Verdeckt vom Blaubeergestrüpp, beobachtete Odo den Dämon Ira.

Draupnir, der zornige Berserker, führte bei der Kampfübung auf der Hochburg eine Kriegergruppe an, sein Bruder Hrungnir eine andere. Jede dieser Gruppen war etwa fünfzig Mann stark. Zwischen ihnen war eine Entfernung von etwa sechzig Schritt. Sie waren mit Holzschwertern, Knüppeln und Schilden bewaffnet.

Stahlklingen waren verboten beim *Rekkrjafnaðr*, dem Kriegervergleich.

Die Männer belauerten sich, viele von ihnen hatten

niemals zuvor gekämpft. Ungeduldig warteten sie auf das Kommando des Hauptmanns.

Egil Blóðsimlir saß am Rande der Wiese auf einem umgekippten Baumstamm. Auf seinem Schoß hockte Mardöll, die siebzehnjährige und noch immer unverheiratete Tochter des Bernsteinschleifers Erik. Der Bluttrinker hatte ihr eine Hand in den Ausschnitt geschoben und tätschelte ihre Brüste. Mit der anderen Hand verscheuchte er die surrenden Mücken.

Egil flüsterte Mardöll etwas ins Ohr, woraufhin sie wie auf Kommando lustvoll zu stöhnen begann. Draupnirs Blick wanderte zur Tunika des Mädchens, unter der Egil die Brüste massierte.

Der Atem des Berserkers ging schwerer. Auch die anderen Krieger vergaßen für einen Moment den bevorstehenden Kampf. Sie starrten auf das Mädchen, das als Preis für den Sieger gedacht war.

Egil hatte Mardöll dafür bezahlt. Sie hätte es jedoch auch ohne Geld getan. Die Aussicht, das Lager mit einem starken Krieger zu teilen, reizte sie. Hätte sie allerdings gewusst, dass der Sieger einer der Berserker sein würde, wäre sie lieber zu Hause geblieben.

Hauptmann Egil eröffnete den Kampf. Angestachelt durch die Berserker, überzogen sich die Gruppen mit Schmähungen und Schimpfwörtern, um den Gegner herauszufordern.

«*Snerta netti!*», brüllten Draupnir und seine Männer. «Trinkt euren Urin in einem Schluck!»

Hrungnir ließ seine Gruppe entgegnen: «*Fúlnir skíta!*» – «Der Feind stinkt nach Scheiße!»

So ging es eine Weile hin und her. Die Krieger begleiteten jede ihrer Schmähungen mit ohrenbetäubendem

Getrommel, indem sie mit Holzschwertern und Knüppeln auf die Schilde hämmerten.

Schließlich gelang es Hrungnir, seinen Bruder zum Angriff zu reizen, als er ihn und die Seinen als Munkis beschimpfte.

Draupnir kochte vor Wut. Er schien längst vergessen zu haben, dass es sich nur um eine Übung handelte. Brüllend und mit erhobener Keule stürzte er sich auf die Gegner und nahm dabei keine Rücksicht darauf, dass er gegen seinen eigenen Bruder kämpfte. Auch seine Krieger stürmten kopflos hinterher. Hrungnirs Gruppe hatte den Vorteil, den Angriff erwarten zu können. Während die Feinde heranstürmten, formierte man sich rasch zu einem Schildwall. Dafür stellten die Männer sich in zehn Reihen zu jeweils fünf Mann auf. Die erste Reihe hielt die Schilde in Brusthöhe, die nachfolgenden schützten Köpfe und Flanken. Kaum war dies geschehen, prallte Draupnirs Gruppe in den Wall, der der ersten Angriffswelle standhielt. Holzschwerter zuckten unter den Schilden hervor.

Egil hatte angewiesen, dass diejenigen Krieger, die so getroffen waren, dass sie im richtigen Kampf tödlich verwundet worden wären, sich vom Kampfgeschehen zurückziehen sollten. Das setzte natürlich Freiwilligkeit voraus. Aber keiner der Krieger hielt sich daran, zumal Draupnir wie besessen gegen die feindliche Front anrannte. Er rammte seinen Knüppel in den Schildwall, riss mit bloßen Händen die Feinde daraus hervor. Bald war die Ordnung dahin. Selbst Hrungnir war der Brutalität seines Bruders nicht gewachsen. Draupnir zog ihm den Knüppel über den Schädel. Mit einer blutenden Kopfwunde ging Hrungnir zu Boden.

Egil zog seufzend seine Hand aus Mardölls Ausschnitt, hob das Mädchen von seinem Schoß und stellte es auf dem Boden ab. Dann stand der Hofðingi auf und zückte sein Schwert.

Der Übungskampf war längst zu einer Massenkeilerei ausgeartet. Die Krieger schlugen mit Fäusten, Knüppeln und Schilden aufeinander ein. Schmerzensschreie hallten über die Hochburg. Holz splitterte. Knochen brachen. Niemand wusste mehr, wer zu welcher Gruppe gehört hatte. Jeder kämpfte gegen jeden.

Egil befürchtete, dass bald das erste Todesopfer zu beklagen wäre. Draupnir schlug mit solcher Wucht auf seine Gegner ein, dass das Blut in Strömen floss.

Erst als Egil den Berserker mit dem Schwert bedrohte, beruhigte dieser sich wieder. Auch die anderen Männer unterbrachen ihre Schlägereien.

«Du sollst den Männern zeigen, wie man kämpft, und sie nicht umbringen», schnauzte Egil Draupnir an. Die Narbe im Gesicht des Hauptmanns zuckte.

Draupnir funkelte Egil an.

«Ich hab gewonnen», knurrte er. «Jetzt will ich das Weib.» Draupnir zeigte auf das Mädchen, das beim Baumstamm zurückgeblieben war.

Egil schüttelte den Kopf. «Du hast dich nicht an meine Befehle gehalten. Ich hatte gesagt: Jeder Verletzte muss raus. Wie sollen wir sonst einen Sieger ermitteln?»

Draupnir rang die Hände. Jeden anderen Mann, der so mit ihm geredet hätte, hätte er auf der Stelle getötet. Der Hofðingi war der Einzige, vor dem Draupnir Respekt hatte, zumindest ein bisschen.

Egil winkte Mardöll heran. Sie kam vorsichtig näher.

Draupnir, dessen Hände vor Blut trieften, machte ihr Angst.

«Nenn dem Bärenmann deinen Namen», forderte Egil das Mädchen auf.

«Mardöll», sagte sie folgsam.

Draupnir grunzte.

«Und jetzt zieh dich aus», forderte Egil sie auf.

Draupnir grunzte erneut. Wer von den anderen Kriegern noch gehen konnte, trat dichter heran.

Mardöll schlüpfte aus der Tunika und ihrem Baumwollhemd. Sie hatte sehr helle Haut. Ihre Brüste waren weich und schwer, ihre Scham beinahe weiß.

Mardöll war ganz sicher kein Kind von Traurigkeit. Sie hatte meist die Jungen bekommen, die sie wollte. Aber dies hier war etwas anderes. Sie war es nicht gewohnt, den lüsternen Blicken Dutzender Männer ausgeliefert zu sein, und am meisten Angst bereitete ihr der Berserker. Dennoch hatte sie getan, was der Hauptmann gesagt hatte. Niemand in Haithabu würde es wagen, Egil Blóðsimlir zu widersprechen.

«Das Weib», stieß Draupnir hervor.

«Hm. Du wirst sie bekommen», sagte Egil. «Aber nur, wenn du von nun an das tust, was ich dir befehle.»

Draupnir nickte eifrig. Er hätte seinem Hauptmann jetzt alles versprochen. Mit ausgestreckten Händen stapfte er auf Mardöll zu. Doch Egil rief den Berserker zurück. Um seinem Befehl das nötige Gewicht zu verleihen, zog der Bluttrinker das Schwert.

Draupnir hielt überrascht inne.

Egil sagte: «Nicht heute! Du kannst das Mädchen beim Regenfest haben – wenn du dich an meine Regeln hältst.»

Mardöll bückte sich schnell nach ihren Sachen und zog sich wieder an.

Draupnir ließ missmutig seine Hände sinken. Dann kehrte er zu den anderen zurück, und die Männer sammelten sich zu einem weiteren *Rekkrjafnaðr*.

Einen Steinwurf vom Kampfplatz entfernt raschelten Blaubeerblätter. Odo hatte genug gesehen und gehört. Rückwärts kriechend zog er sich zurück. Er war sehr zufrieden.

Nun wusste er, wann und wie der Dämon Ira zu vernichten war.

35.

Oh, wie sehr hatte sie dies alles vermisst!

Ein Lager, weiche Felle, ein Feuer, das in der Nacht wärmte – und Stille.

Eine halbe Woche lebte Rúna erst bei Helgi und dessen Mutter. Dennoch erschienen ihr die Tage beim Schmied und die Nächte im Sklavenviertel weit entfernt. Auch wenn sie noch immer eine Unfreie war. Sie gehörte jetzt Helgi. Aber der behandelte sie nicht wie seine Sklavin. Nein, er bemühte sich vielmehr, sie wie einen Gast zu umsorgen, ja, wie einen Freund.

Die Sklavin hatte ihre Sprache wiedergefunden. Es war ihr eigenartig vorgekommen, sich in den fremden Worten der Dänen auszudrücken. Sie hatte sie lernen müssen, um Gizurs Befehlen Folge leisten zu können. Es war eine Frage des Überlebens gewesen: Wenn sie ihren Herrn nicht verstanden hatte, hatte er sie ausgepeitscht und misshandelt. Also hatte sie schnell gelernt.

Auf den linken Ellenbogen gestützt, lag sie am Morgen des vierten Tages nach dem Brand im Sklavenviertel neben Helgi und betrachtete ihn. Er schlief noch. Sein Brustkorb hob und senkte sich gleichmäßig. Er schlief mit freiem Oberkörper. Haare kräuselten sich auf seiner Brust. Um den Hals trug er ein Lederband, an dem ein kleiner Silberring hing.

«Gefällt er dir?»

Seine Stimme ließ sie zusammenzucken. Sie hatte nicht bemerkt, dass er aufgewacht war.

Sie nickte.

«Einar und Gullweig haben mir den Ring geschenkt. Als Kind trug ich ihn am Finger. Aber später wurde er mir zu eng.»

Er nahm den Ring in seine Hand. «Möchtest du ihn dir anschauen?»

Sie nickte.

Er zog das Lederband über den Kopf und reichte es ihr.

«Siehst du die Zeichen auf der Innenseite?», fragte er. «Es sind keine Runen. Ich habe so etwas noch nirgendwo gesehen. Kennst du diese Zeichen?»

Sie schüttelte den Kopf. «Der Stamm der Ranen hat so etwas nicht.» Sie tippte auf ihre Lippen. «Wir gehören zum Volk der Slawen. Wir kennen nur Sprechen, kein Schreiben.»

Helgi hängte sich das Lederband wieder um den Hals. «Ranen», sagte er lächelnd. «Und du heißt Rúna. Das klingt ähnlich.»

Ihr Blick wurde finster. «Ich heiße nicht so. Böse Menschen haben mich so genannt.»

«Ja. Tut mir leid. Wie lautet denn dein richtiger Name?»

Sie schüttelte den Kopf. «Das … ich kann das nicht sagen. Mein Name gehört nicht hierher in diese Stadt, wo ich so viel Schreckliches erlebt habe.»

Dann schwiegen sie eine Weile.

Aus der Küche war das Schaben des Mühlsteins zu hören, Holzschalen klapperten. Gullweig hatte sich endlich wieder der Hausarbeit angenommen.

Die Sklavin rutschte vom Lager. Beim Schlafen trug sie eine alte Baumwolltunika von Gullweig, die ihr jedoch ein gutes Stück zu klein war. Als Rúna sich entkleidete, drehte sie dem Jungen den Rücken zu.

Helgi stöhnte, als er die Narben entdeckte. «Hat *er* dir das angetan?»

Sie nickte. Auch wenn sie ihren Rücken niemals betrachtet hatte, konnte sie sich vorstellen, dass die Narben und die noch nicht verheilten Wunden schrecklich aussehen mussten.

Helgi trat hinter sie. Sie spürte seine Finger auf ihrer Haut. Die Berührung verunsicherte sie.

«Hat der verfluchte Kryppa dich ausgepeitscht?»

Sie rührte sich nicht.

«Ich werde Gullweig bitten, dass sie deine Wunden behandelt», sagte er. «Sie kennt sich mit Heilkräutern aus.»

Die Sklavin zitterte. Rasch schlüpfte sie in Hemd und Hose, die Helgi ihr von seinem Vater gegeben hatte. Der alte Mann hatte etwa ihre Größe gehabt.

Helgi berührte sie an der Schulter. Sie drehte sich um und schaute zu ihm auf.

«Bitte sag mir, wie du heißt», forderte er sie auf.

Sie senkte den Blick. Sie hatte sich geschworen, dass ihr Name erst wieder über ihre Lippen kommen würde, wenn sie zu ihrem Volk zurückkehrte.

Helgi drang weiter auf sie ein: «Verrat ihn mir. Ich weiß überhaupt nicht, wie ich dich anreden soll.»

Sie hob den Kopf und schaute ihm fest in die Augen. «Nenn mich Sklavin. Denn das bin ich noch immer.»

Sie ging in die Küche, um Gullweig ihre Hilfe bei der Vorbereitung des *dogurðr*, des Frühstücks, anzubieten.

Bislang hatte die alte Frau ihre Unterstützung immer abgelehnt. In den vergangenen Tagen hatte Gullweig meist tatenlos neben dem Kuppelofen gesessen und Löcher in die Luft gestarrt. Heute war sie jedoch mit Backen beschäftigt.

«Kannst du mit einer Mühle umgehen?», fragte Gullweig, ohne aufzuschauen.

«Ja. In dem anderen Haus habe ich jeden Tag gemahlen und gebacken.»

Gullweig wischte sich mit der staubigen Hand über die Stirn. Weißes Mehl blieb an ihrer Haut haften. Sie gab der jungen Frau eine Handvoll Eicheln und forderte sie auf, diese zu zerkleinern und zum Strecken des Teigs unter das Roggenmehl zu mischen.

«Eicheln?», fragte das Mädchen. «Aber die sind bitter.»

«Soll ich etwa Kastanien nehmen? Die sind noch viel bitterer.»

«In deinem Garten wachsen Bohnen. Ich habe gesehen, dass sie reif sind. Warum nimmst du nicht sie für das Brot?»

Gullweig verzog mürrisch den Mund. «Seitdem ich ein junges Mädchen bin, kümmere ich mich um den Haushalt. Aber noch nie habe ich Bohnen für einen Brotteig verschwendet.»

«Man kann dem Teig auch gebratene Zwiebeln und Farnwurzeln zugeben. Das ist gegen den sauren Geschmack. Das Brot wird süß.»

Auf Gullweigs Wangen zeichneten sich rote Flecken ab. «Süßes Brot? Ich …»

Helgi trat hinzu und lehnte sich mit verschränkten Armen in den Türrahmen. «Versuche es doch einfach mal!», sagte er zu seiner Mutter.

«Ich wollte dich nicht ärgern, Frau», warf das Mädchen ein.

«Ach was», sagte Helgi. «Süßes Brot wäre genau das Richtige.»

«Ich habe überhaupt keine Farnwurzeln», protestierte Gullweig.

«Dann hol doch welche aus dem Wald, Mutter.»

«Wer hat in dieser Küche das Sagen?», regte Gullweig sich auf. «Bislang war es meine Aufgabe, das Essen zuzubereiten. Und das wird auch so bleiben.»

Helgi ergriff Partei für Rúna. «Aber sie wollte dir doch nur helfen.»

Gullweig nahm eine Schüssel mit Fischabfällen aus dem Regal und gab sie der jungen Frau. «Dann wollen wir doch mal sehen, ob deine Sklavin auch kochen oder nur gute Ratschläge erteilen kann.»

«Sie ist nicht meine Sklavin …»

Gullweig steigerte sich in ihren Ärger hinein. «Wenn du dich wie ein Mann benommen und Mardöll geheiratet hättest, anstatt einer Sklavin nachzustellen, dann …» Sie unterbrach sich selbst. Ihre Augen füllten sich mit Tränen.

Helgi wusste, was sie hatte sagen wollen: … *dann würde Einar noch leben!*

«Hört auf, bitte», sagte Rúna. Sie stocherte mit dem

Finger in der Schüssel herum. Darin lagen die Köpfe von zwei kleineren Hechten sowie einiger Brachsen.

Gullweig räusperte sich. «Björn hat sie uns geschenkt. Ich habe ihn vorhin darum gebeten. Nein, ich … ich habe ihn darum angebettelt.»

Rúna sagte: «Ich werde daraus eine Suppe kochen. Hast du Gewürze, Frau?»

Gullweig versuchte zu lächeln. «Alles, was du dafür brauchst, steht im Regal.»

Dann nahm sie einen kleinen Beutel und wandte sich zur Hintertür. «Ich werde im Wald nach Farnwurzeln suchen …»

Doch noch bevor sie gegangen war, hämmerte plötzlich jemand im Vorderhaus von außen an die Schmiede.

Olaf Skoðgætir war nicht allein gekommen.

Dieses Mal betrat der Waffenmeister die Schmiede in Begleitung von zwei Kriegern. Olaf ließ sich auf einen Schemel plumpsen und wischte sich mit beiden Händen über das Gesicht. Seine Haut war blass, die Augenränder waren gerötet.

«Gib mir etwas zu trinken», sagte er gallig.

«Wir haben nichts mehr», entgegnete Helgi. «Du hast bei deinem letzten Besuch alles ausgetrunken.»

Olaf spuckte Helgi vor die Füße. «Dann eben nicht. Kommen wir zu den Waffen, Einars Sohn!»

An die Krieger gewandt, deutete er mit dem Kopf zu der Truhe. «Nehmt die ganze Kiste mit.»

«Nein!» Helgi stellte sich den Männern in den Weg.

Die Krieger waren beide von normaler Körpergröße und daher einen guten Kopf kleiner als Helgi. Verunsichert griffen sie nach ihren Kurzschwertern.

«Ich hatte um einen Vorschuss gebeten», sagte Helgi unbeeindruckt. «Denn ich werde das beenden, was ich mit meinem Vater begonnen habe.»

Olaf rief die Krieger zurück. «Zeig mir erst die Waffen», schnaubte er.

Helgi trat zur Seite. Die Krieger klappten den Truhendeckel auf. Mit Messer- und Schwertklingen, Axtköpfen und Lanzenspitzen beladen, kehrten sie zu Olaf zurück. Olaf betrachte die Stücke eingehend.

Nach einer Weile sagte er: «Dein Vater war ein guter Schmied. Wirklich, er war ganz hervorragend.»

Olaf gab den Kriegern ein Zeichen, woraufhin sie die Werkstücke aus dem Haus brachten und in einen vor dem Haus abgestellten Handkarren luden.

Helgi hatte kein gutes Gefühl dabei. «Gib mir jetzt das Geld, damit ich neues Eisen kaufen kann», forderte er Olaf auf.

Der Waffenmeister grinste. «Du brauchst kein Geld, Junge. Hovi hat dir den Auftrag entzogen.»

«Aber du hast doch eben noch gesagt …»

«Nichts habe ich gesagt», fuhr Olaf dazwischen. «Der Jarl vertraut deinen Fähigkeiten nicht. Du hast bislang nichts abgeliefert, was dich als herausragenden Schmied ausgewiesen hätte.»

«Aber ich bin bei Einar in die Lehre gegangen. Ich kann ebenso gut schmieden wie er.»

«Hovi hat entschieden. Und jetzt halt dein vorlautes Maul.»

Doch Helgi gab sich noch nicht geschlagen. Er musste wenigstens die von Einar geschmiedeten Werkstücke zurückbekommen. In seiner Verzweiflung griff er nach dem großen Schmiedehammer und bedrohte Olaf damit.

Olaf zückte sein Schwert. «Lass den Unfug, Dummkopf!»

Er wich in Richtung des Eingangs zurück, ohne Helgi aus den Augen zu lassen.

Helgi folgte ihm mit dem Hammer. «Ihr dürft mir den Auftrag nicht wegnehmen. Gib Einars Waffen wieder her!»

«Hovi hat sie bereits bezahlt, indem er euch den Vorschuss gegeben hat.»

«Einar hat das ganze Geld für Eisen ausgeben müssen. Doch der Schmied Gizur hat meinem Vater die Barren gestohlen – und er hat Einar erschlagen.»

Olafs grinste breit. Er hatte die offen stehende Tür erreicht.

«Der Kryppa stellt die Sache ein bisschen anders dar», meinte er.

Helgi zuckte zusammen. Am Tag nach dem Feuer war er bei Egil Blóðsimlir gewesen und hatte den Mord an seinem Vater angezeigt. Doch bislang hatte er nichts wieder vom Hauptmann gehört.

«Was sagt denn der Mörder dazu?», zischte Helgi.

«Er sagt, dass er kein Mörder ist. Nachdem er in Sliesthorp die Barren gekauft habe, sei er auf dem Rückweg von Einar angegriffen worden. Der Kryppa habe sich wehren müssen und dabei sei Einar auf einem Stein aufgeschlagen.»

«Das ist eine Lüge!», rief Helgi aufgebracht. «Der Bastard hat meinen Vater getötet. Egil soll in Sliesthorp nachfragen, bei den Eisenschmelzern. Die werden ihm bestätigen, dass Einar zuerst dort war und das Eisen gekauft hat.»

Olaf lächelte verschlagen und machte einen raschen Schritt nach draußen.

In dem Moment gellte ein Schrei durchs Haus. Dann schrie erneut jemand auf, wie in höchster Lebensgefahr. Die Stimme gehörte Rúna! Helgi rannte in die Küche, während Olafs höhnisches Gelächter in seinen Ohren widerhallte.

Rúna war verschwunden. Die Hintertür stand offen. Auf dem Boden in der Küche kauerte Gullweig mit leichenblassem Gesicht. Sie hatte noch die Schüssel in der Hand, mit der sie Farnwurzeln sammeln wollte. Sie zeigte auf die Tür.

«Sie haben dein Mädchen mitgenommen.»

Helgi hechtete nach draußen.

Er sah, wie die beiden Krieger die Sklavin durch den schmalen Gang zwischen Weidenzaun und Hauswand zur Gasse zerrten. Rúna schrie wie von Sinnen.

Mit zwei Sätzen war Helgi bei den Kriegern. Er schlug mit dem Hammer nach ihnen. Doch die Krieger duckten sich unter dem Hieb weg. Der Hammer knallte in die Hauswand. Lehm und das darunterliegende Flechtwerk brachen ein. Der Hammer blieb in dem Loch stecken. Helgi ließ ihn los und rannte weiter.

Die Männer hatten die Gasse erreicht. Als Helgi ums Haus stürmte, sah er sich Olaf und einer Handvoll weiterer Krieger gegenüber. Kräftige Männer, denen die Lust am Töten in die Gesichter geschrieben stand. Sie richteten Lanzen und Äxte auf Helgi. Die beiden jungen Krieger versuchten unterdessen, die sich aus Leibeskräften wehrende Rúna zu fesseln.

Olafs Schwertklinge glänzte im Sonnenlicht. Langsam bewegten sich die Männer auf Helgi zu. Rúna schrie. Einer der Krieger verpasste ihr einen Fausthieb ins Gesicht.

Olaf richtete das Schwert auf Helgi.

«Du hast mich bedroht, Einars Sohn.» Olafs rote Augen quollen aus seinem Gesicht hervor. «Das tut niemand ungestraft.» Er hob seine Waffe.

Da ertönte eine Stimme aus dem Hintergrund. «He, Olaf – du versoffene Missgeburt!»

Olaf erstarrte. Seine roten Bartzöpfe schlackerten. Er wirbelte herum; die Stimme gehörte Björn. Der Fischer und ein gutes Dutzend anderer Nachbarn hatten sich in der Gasse versammelt.

Bera, die Frau des Glasperlenmachers, trat vor. «Lass den Jungen in Ruhe.»

Die Nachbarn waren unbewaffnet. Es waren Handwerker und Hausfrauen, keine Krieger.

Olaf und seinen Männern wäre es ein Leichtes gewesen, die Leute zu töten. Aber Olaf wollte kein Aufsehen erregen. Immer mehr Anwohner gesellten sich dazu.

«Warum entführst du das Mädchen, Olaf?», rief Bera.

Da erschien plötzlich Gizur in der Gasse. «Die Sklavin gehört mir. Ich habe viel Geld dafür bezahlt. Sie ist mein Eigentum. Der Junge hat sie mir gestohlen.»

Helgi ballte die Hände zu Fäusten. Der Kryppa hatte das alles eingefädelt. Wie hatte Helgi nur so blauäugig sein können?

«Der Schmied hat recht», sagte Olaf. Um die Situation nicht eskalieren zu lassen, steckte er das Schwert hinter seinen Gürtel. Auch die Krieger ließen ihre Waffen sinken.

«Macht den Weg frei, Leute. Geht wieder an eure Arbeit», rief Olaf.

Doch niemand rührte sich. Bera sagte: «Es heißt, Gizur habe Einar ermordet.»

Ein Raunen ging durch die Menge. Einige Leute hörten diesen schweren Vorwurf zum ersten Mal. Sie tuschelten und deuteten auf Gizur, der mit versteinerter Miene die Sklavin beobachtete. Die Krieger hatten ihr inzwischen die Hände auf dem Rücken zusammengebunden.

Aus den Reihen der Nachbarn flog plötzlich ein Stein. Gizur heulte getroffen auf.

Olaf hob beschwichtigend die Hände. «Hört damit auf. Es ist allein die Angelegenheit unseres Jarls, über Schuld und Unschuld in Haithabu zu befinden.»

«Hovi muss für Gerechtigkeit sorgen», rief Björn.

«Das wird er, das wird er», versuchte Olaf die Menge zu beschwichtigen. «Bis Hovi ein Urteil gesprochen hat, bekommt weder Gizur noch Einars Sohn die Sklavin. Der Jarl wird sich bis auf weiteres um sie kümmern.»

Olaf zeigte auf Gizur und sagte deutlich in Helgis Richtung: «Und niemand wird sich an dem Kryppa vergreifen. Wer ihm ein Haar krümmt, wird mit dem Tode bestraft.»

Auf Olafs Zeichen hin nahmen die Krieger den Karren mit den Werkstücken und das Mädchen in ihre Mitte. Dann setzte sich die Gruppe in Bewegung.

Dieses Mal traten die Nachbarn zur Seite. Bald darauf waren die Krieger am Ende der Gasse verschwunden. Die Leute kehrten in ihre Häuser zurück.

Helgi warf Gizur einen hasserfüllten Blick zu. Der Kryppa stand mit verschränkten Armen hinter seinem Weidenzaun. Er grinste.

36.

Das Regenfest sollte zum Anfang des Heumonats stattfinden, den die Nordländer *heyannir* nannten. An diesem Nachmittag holte Odo das Buch aus dem Versteck hervor. Er schlug es an der Stelle auf, an der das Lesezeichen den fünften Abschnitt markierte.

Ira, der Zorn.

Er kannte den Text auswendig. Hatte er ihn doch in den vergangenen Tagen wieder und wieder studiert, hatte jedes einzelne der Wörter inhaliert. Sie waren so tief in ihm verwurzelt, dass sie ein Teil seines Ichs geworden waren.

«… bis die Zeiten der Heiden erfüllt sind …»

Ja, so sagte sich Odo im Stillen, die Zeiten der Pagani werden bald erfüllt sein.

Er dachte an die in den Ländern des Nordens grassierende Hungersnot. Sie war von einer langen Dürreperiode ausgelöst worden und kündigte, wie Odo glaubte, die Apokalypse an. Diese Not war ein Zeichen des Allmächtigen, ein Zeichen, das an ihn, an Odo, gerichtet war.

Das himmlische Gericht stand unmittelbar bevor.

Ermutigt durch diese Gedanken, widmete sich Odo der Illustration neben dem Text. Das Bild zeigte die Verwerfungen des Zorns in den abscheulichsten Darstellungen. Da waren mit Schwertern und Lederpeitschen bewaffnete Männer zu sehen, die Männer, Frauen und Kinder folterten, töteten und verstümmelten. Da rannte ein Heer, bestehend aus menschlichen Knochenskeletten, auf einen Abgrund zu. Da kreisten verderbenbringende Totenvögel einer schwarzen Wolke gleich durch die Lüfte. Da ritt der

Tod auf einem fahlgelben Pferd mit seinem Gefolge, den Wesen aus dem Totenreich, daher.

Denn jenen war die Macht gegeben, ein Viertel der Menschheit zu töten durch Krieg, Hungersnot, Seuchen und wilde Tiere. Dieser Tod – das war der Dämon Ira.

Und Odo würde ihn in dieser Nacht vernichten.

Auf welche Art und Weise? Auch das zeigte ihm die Illustration. Am Rande der Zeichnung befand sich das Abbild der Steinkirche, über deren Dach das «I» dem Himmelreich entgegenschwebte, nachdem der Dämon gerichtet worden war. Der Sünder auf der Illustration war ein kräftiger, baumlanger Mann, so wie Draupnir. Zur Vernichtung des Dämons hatte man ihm Arme, Beine und Kopf abgehackt. Der gliederlose Torso war ausgeweidet worden.

Odo schloss die Augen. Er atmete gleichmäßig ein und wieder aus. Dann wiederholte er leise die Worte, die er den Brüdern nach dem Mittagsgebet zum Gedenken mit auf den Weg gegeben hatte.

«Und dann werden sie den Sohn des Menschen kommen sehen in einer Wolke mit großer Kraft und Herrlichkeit. Wenn ihr seht, dass dies geschieht, so erkennt, dass das Reich Gottes nahe ist. Himmel und Erde werden vergehen, aber meine Worte werden nicht vergehen.»

Von frischer Kraft erfüllt, packte Odo alles, was er in dieser Nacht benötigen würde, in die Holzkiste: das beidseitig geschliffene Messer, die eisernen Zangen und Spieße, Nadeln, kleine Reißmesser, den schwarzen Umhang und natürlich das Buch, die Quelle seiner Macht.

Odo versteckte die Kiste wieder und legte sich auf das Strohlager. Er faltete die Hände zum Gebet und erwartete die Nacht.

37.

Seit Tagen dämmerte er vor sich hin.

Er hatte das Bett nur verlassen, um in den Garten zu schleichen und seine Notdurft zu verrichten. Gullweigs Mahlzeiten hatte er verweigert. Geduldig hatte sie auf ihn eingeredet, hatte versucht, ihn aus seiner Trägheit zu reißen. Doch ihre Worte waren an ihm abgeperlt wie Wassertropfen von einer Schwertklinge.

Heute jedoch hatte sie eine Neuigkeit zu verkünden, die er nicht überhören konnte.

Sie saß neben seinem Lager und sagte: «Hovi hat einen neuen Wettbewerb ausgerufen. Alle Schmiede aus Haithabu und der Umgebung sollen daran teilnehmen.»

Helgi bedachte seine Mutter mit einem langen Blick.

Gullweig wurde wütend. «Hörst du nicht, was ich sage? Nun kannst du den Auftrag doch noch bekommen.»

Helgi verzog das Gesicht. «Aber jeder weiß doch, dass Gizur der beste Schmied nach Einar war. Er wird den Wettbewerb gewinnen.»

«Nein. *Du* wirst ihn gewinnen. Einar hat dich alles gelehrt, was ein Schmied können muss.»

«Was redest du da, Mutter? Du weißt ebenso gut wie ich, dass ich niemals ein so hervorragender Schmied wie Einar sein werde.»

Die Zornesröte stieg in Gullweigs Gesicht auf. «Du Gapuxi! Du dummer Gapuxi!»

Helgi schob beleidigt die Unterlippe vor. «Ich bin kein dummer Narr.»

«O doch! Du vergehst vor Selbstmitleid, anstatt alles dafür zu tun, das Mädchen zu befreien.»

«Aber was soll ich denn tun? Soll ich in Hovis Haus eindringen? Ich allein gegen hundert Krieger? Soll ich den Blóðsimlir mit rostigen Nägeln bewerfen?»

Gullweig konnte das Gejammer nicht mehr hören. Ihre Geduld war am Ende. «Du bist stärker als diese Berserker! Es wird Zeit, dass du kämpfen lernst. Einar würde sich schämen für dich. Wenn du Augen hättest, um zu sehen, und Ohren, um zu hören, dann wüsstest du, was zu tun ist.»

Sie sah ihm fest in die Augen und sagte: «Dann würde ich dir nämlich erzählen, dass Hovi dem Gewinner des Wettbewerbs nicht nur den Auftrag, sondern auch die Sklavin gibt.»

Helgi war verblüfft. «Der Jarl gibt Rúna dem Gewinner? Wieso das?»

Gullweig zuckte mit den Schultern. «Es ist so, wie es ist. Die Götter entscheiden den Schmiedewettbewerb. Und die Götter entscheiden, wer die Sklavin bekommt.»

Helgi fuhr sich durch die verfilzten Haare. «Wann soll der Wettbewerb stattfinden?»

«In sieben Tagen. Du hast also noch genug Zeit, um ein Schwert zu schmieden, das deines Vaters würdig ist.»

«Sieben Tage …»

«Steh endlich auf und mach dich an die Arbeit! Noch niemals hat sich ein Schwert von allein geschmiedet.»

«Aber der Kryppa hat unser Eisen. Wenn ich es zurückhole, wird Hovi mich zum Tode verurteilen. Du weißt, was Olaf gesagt hat. Für neues Eisen habe ich kein Geld. Und selbst wenn ich welches hätte – es gibt nirgendwo mehr welches zu kaufen.»

«Dann wende dich an jemanden, der dir weiterhilft.»

«Wer könnte das tun?»

«Ingvar.»

«Ingvar?»

«Ja, er wird dir helfen; er ist doch dein Freund.»

Der Gedanke, mit Ingvar zu reden, trieb Helgi einen kalten Schauer über den Rücken. «Aber er ist ein Kammmacher, kein Eisengießer.»

Gullweig ließ nicht locker. «Er ist Handwerker. Vielleicht kennt er Männer, die Eisenvorräte gehortet haben.»

Alles in Helgi sträubte sich dagegen, Ingvar um Hilfe zu bitten. Er musste an den Jüngling mit der rasierten Brust und den Ringen in den Brustwarzen denken.

«Was ist los? Habt ihr euch gestritten?»

«Das verstehst du nicht, Mutter.»

«Hältst du *mich* für eine Närrin?»

«Natürlich nicht ...»

«Iss etwas und dann mach dich auf den Weg!»

Gullweig holte ihm ein Stück Brot, das mit Roggen- und Bohnenmehl gebacken sowie mit gebratenen Zwiebeln und Farnwurzeln versetzt war. Es schmeckte angenehm süß.

Als Helgi sich gestärkt hatte, sagte sie: «Geh jetzt – und kehre nicht eher zurück, bevor du weißt, woher du das Eisen bekommst.»

38.

Er hatte dem Mann, in dem er sich so getäuscht hatte, niemals wieder in die Augen schauen wollen. Nun kam Helgi sich vor wie ein Bittsteller. Er stand vor dem kleinen Grubenhaus und rang mit sich. Zunächst klopfte er ganz leise und viel zu zaghaft, als dass jemand es hätte hören können.

Vielleicht ist Ingvar gar nicht allein, überlegte er. Vielleicht ist der Kerl mit den Brustringen bei ihm.

Die Sonne war bereits untergegangen. Der Himmel über Haithabu verdunkelte sich.

Helgi klopfte erneut, dieses Mal etwas kräftiger. Aber hinter der Tür regte sich noch immer nichts.

Ob er zur Feier gegangen ist?, dachte Helgi. Heute ließ Hovi zu Ehren des Donnergottes ein Regenfest feiern, um Thor um das Ende der Dürre zu bitten. Die meisten Menschen aus Haithabu und den umliegenden Dörfern waren auf der Hochburg. Kein anständiger Däne ließ sich ein Fest entgehen.

Helgi wollte sich gerade wieder abwenden, als er hinter der Tür ein Geräusch hörte. Dann wurde sie geöffnet. Ingvar hatte Ringe unter den Augen und zerzauste Haare. Er sah müde aus.

«Was willst du?», fragte er.

«Darf ich hereinkommen?»

«Warum?» In Ingvars Gesicht war nichts mehr von der Fröhlichkeit zu sehen, mit der er sonst die Menschen bezauberte.

«Ich … ich muss mit dir reden.»

Ingvar drehte sich um und verschwand wieder in der Hütte. Die Tür ließ er offen. Helgi trat ein. Drinnen schien sich nichts verändert zu haben seit Helgis letztem Besuch, bei dem er achtmal beim Taflspiel verloren hatte. In der Werkstatt, im vorderen Bereich des Grubenhauses, sammelte sich der Staub auf einer Werkbank, in die ein Stück Hirschgeweih eingespannt war. Weitere Geweihe waren an Wandhaken aufgehängt. Auf einem Tisch türmten sich Feilen, Messer, Sägen und Spachtel. Auch die Werkzeuge waren von einer Staubschicht überzogen.

Ingvar schürte das Feuer. «Zum Taflspielen bist du vermutlich nicht hergekommen, oder?»

Helgi stand unschlüssig herum. «Warum eigentlich nicht», meinte er schließlich.

Seufzend kramte Ingvar das Taflbrett hervor und schob die Figuren auf die Ausgangspositionen.

«Fang als Verteidiger an. Vielleicht gewinnst du ja mal», meinte Ingvar.

Doch nach wenigen Spielzügen hatten Ingvars Figuren die verteidigenden Reihen um den König mühelos durchbrochen.

«Sei nicht so verkrampft», sagte Ingvar.

Als Helgi in der zweiten Runde die Rolle des Angreifers übernahm, erinnerte er sich an Gullweigs Rat. Anstatt mit seinen Steinen sofort auf Ingvars Hnefi, einen aus Eibenholz geschnitzten König, loszugehen, versperrte er rasch die Eckfelder.

«Keine schlechte Idee», meinte Ingvar anerkennend.

Er versuchte, Helgi in Zugzwang zu bringen, damit dieser die diagonalen Dreierketten auflöste, mit denen die Ecken blockiert waren. Helgi ließ sich jedoch nicht beirren. Mit durchdachten Zügen trieb er Ingvars König in die Enge.

«Du hast dazugelernt», sagte Ingvar. «Aber nun erzähl mir endlich, was du nach all der Zeit noch von mir willst.»

«Du hast mich doch auch nicht besucht», entgegnete Helgi.

«Wenn ich mich recht erinnere, warst du es, der weggelaufen ist. Und warum? Weil du mich mit Swarim gesehen hast. Er ist ein guter Freund, ja und? Ich sage dir doch auch nicht, mit welchen Weibern du was haben darfst und mit welchen nicht. Und dass Swarim ein Mann ist, geht dich einen Dreck an. Die Götter zumindest haben nichts dagegen.»

Helgi vermied es, Ingvar in die Augen zu schauen.

«Also – was willst du?»

Helgi räusperte sich. «Ich möchte … dich um einen Gefallen bitten.»

Ingvar hob die Augenbrauen.

«Ich brauche Eisen», sagte Helgi.

Ingvar schüttelte den Kopf. «Ich bin Kammmacher und kein Eisengießer. Hast du das vergessen?»

«Nein, natürlich nicht.» Helgi seufzte. Er nahm den Hnefi in die Hand, drehte und wendete ihn zwischen seinen Fingern.

«Es ist … weil …», begann er stockend. Dann platzte es aus ihm heraus: «Gizur hat Einar ermordet, und ich bin schuld.»

Ingvar wurde vor Schreck blass und fragte: «Was sagst du da?» Er wirkte betroffen, was Helgi dazu ermutigte, ihm die ganze Geschichte zu erzählen. Dass er an jenem Abend so getan habe, als hätte er sich verletzt, um die Sklavin treffen zu können. Dass er am nächsten Tag seinen Vater im Wald entdeckt habe, mit zertrümmertem Schädel. Dass die Sklavenbaracke gebrannt und er das Mädchen gerettet habe, das dann zu ihm und seiner Mutter gekommen sei. Dass Hovi ihm den Auftrag entzogen und das Mädchen in seine Gewalt gebracht habe.

«Ich muss diesen Wettbewerb gewinnen», schloss Helgi. «Und dafür brauche ich Eisen, zehn Barren mindestens. Besser wären zwanzig.»

Ingvar nagte an seiner Unterlippe. Nach einer Weile schüttelte er entschuldigend den Kopf. «Meine Geschäfte laufen sehr schlecht wegen der Trockenheit und der Hungersnot. Die Menschen können sich kaum noch Lebensmittel leisten. Da hat niemand Geld übrig für einen Kamm. Man plagt sich lieber mit Läusen als mit einem knurrenden Magen.»

«Vielleicht kennst du jemanden, der mir einige Barren leihen könnte? Einen der Handwerker auf der Baustelle, der …»

«Was für eine Baustelle?»

Helgi biss sich auf die Zunge. «An dem Tag, als ich nach Sliesthorp gegangen bin, habe ich dich gesehen», gab er kleinlaut zu.

«Wo?»

«Bei den Munkis. Du hast an den Häusern mitgebaut.»

«Ich brauche das Geld, um nicht zu verhungern. Der Priester zahlt gut, besser als Hovi an den Wallanlagen.»

Ingvar lehnte sich mit dem Rücken an die Wand. «Warum fängst du nicht auch dort an? Die Munkis brauchen jeden Mann – und du hast Kraft für drei.»

Helgi schüttelte den Kopf. «Der Wettbewerb soll in sieben Tagen stattfinden. Ich brauche die Zeit, um eine Klinge zu schmieden.»

Ingvar erhob sich. Er ging in die Werkstatt und kehrte kurz darauf mit einem Lederbeutel zurück, den er in seiner Hand hin- und herwiegte. Auf seinem Gesicht lag ein Schatten.

«Ich hatte dich für einen Freund gehalten», sagte Ingvar. «Aber ich habe mich getäuscht.»

Helgi wollte etwas sagen, schwieg aber beschämt.

Ingvar fuhr fort: «Eine Freundschaft sollte schwere Stürme überstehen. Auf Freunde kann man sich verlassen. Ich bin nun einmal so, wie ich bin. Ich habe dir nichts davon erzählt, weil ich befürchtete, dich als Freund zu verlieren. Leider habe ich mich darin nicht getäuscht.»

Der Beutel glitt Ingvar aus der Hand und fiel zu Boden. Helgi hörte das Geräusch klingender Münzen. Ingvar hob den Beutel wieder auf.

«Du bist vor mir weggelaufen, und du meidest mich. Aber ich bin immer noch derselbe Mann, der dein Freund war, bevor du mich in jener Nacht im Badehaus mit Swarim gesehen hast. An mir hat sich nichts verändert, nur dein Wissen um mich.»

Er warf Helgi den Beutel zu. Er fing ihn auf. Drei kleine Silbermünzen kullerten heraus. Helgi schluckte.

«Das ist alles Geld, das ich besitze», sagte Ingvar. «Nimm es für dein Eisen. Du kannst es mir zurückgeben, irgendwann.»

Helgi schaffte es, Ingvar kurz in die Augen zu schauen. «Danke.» Seine Stimme war nur ein heiseres Krächzen. Er räusperte sich, bevor er weitersprechen konnte. «Aber das Problem ist nicht das Geld allein. Es gibt kein Eisen mehr zu kaufen. Weder in Haithabu noch in Sliesthorp, noch irgendwo anders. Die Dänen wollen im nächsten Jahr gegen England Krieg führen, und der verrückte Hovi will gegen Rom ziehen. Die Kriegsherren haben alles Eisen aufgekauft.»

Ingvar setzte sich wieder vor das Spielbrett. Er schlug die Beine übereinander, stützte die Ellenbogen auf die Knie und legte sein Kinn auf die gefalteten Hände. So saß er eine Weile mit geschlossenen Augen da.

Helgi betrachtete ihn. Er fand, dass Ingvar noch immer das lustige Knabengesicht besaß, das ihm früher so vertraut gewesen war. Die kleinen braunen Flecken auf Nase und Wangen, die Sommersprossen, traten wie jeden Sommer deutlich hervor. Ingvars Haut war blass, seine Lippen schmal, und das rote Haar stand struppig von seinem Kopf ab. Ingvar würde wohl immer aussehen wie ein siebenjähriger Junge.

Als Ingvar die Augen wieder öffnete, schaute Helgi rasch woanders hin.

Ein vages Lächeln umspielte Ingvars Lippen. Er sagte: «Mir ist etwas eingefallen.»

Sein Blick senkte sich auf das Spielfeld, und er begann, die Figuren neu aufzustellen. Als alle an ihren Plätzen standen, schaute er wieder hoch. «Wenn du mich ein zweites Mal schlagen kannst, erzähle ich es dir.»

«Was denn?»

Aus dem Lächeln wurde ein breites Grinsen. «Nein. Erst spielen wir. Ich glaube, dass du vorhin einfach nur Glück hattest. Beweis mir das Gegenteil – und ich verrate dir, wo es noch Eisenbarren gibt.»

Helgi stöhnte. Da war er wieder, der alte Ingvar, der das Leben nicht richtig ernst nahm. Der immer zu einem Spaß aufgelegt war.

Und der ein sehr guter Taflspieler war, wahrscheinlich der beste.

39.

Die Heiden feierten auf der Hochburg.

Bei Einbruch der Dunkelheit loderten die Birkenholzfeuer auf. Hunderte Menschen tranken und tanzten, Met und Bier floss in Strömen. Es dauerte nicht lange, bis die ersten Betrunkenen zu Boden sanken. Die Stimmung war gereizt. Einige Männer begannen zu streiten. Fäuste flogen, Lippen bluteten, und Nasenbeine brachen. Der Hunger hatte die Menschen so sehr ausgezehrt und aggressiv gemacht, dass sich stille Männer aufführten wie rasende Eber.

Odo beobachtete das Treiben von seinem Versteck zwischen den Bäumen aus. Er hatte sich in den schwarzen Umhang gehüllt und verschmolz mit dem nachtdunklen Wald. Neben ihm lag die Tasche, in der sich die Kiste befand.

Er entdeckte den Hauptmann Egil Blóðsimlir und die Berserker Draupnir und Hrungnir am Rande der Festwiese, wo sie Wein tranken und mit einigen anderen Kriegern herumstanden. Egil trug ein glitzerndes Kettenhemd. Die Berserker zeigten mit freien Oberkörpern ihre Muskeln. Scheinbar gelangweilt ließen sie die prügelnde Meute gewähren. Nach einer Weile schickte Egil einige Krieger aus, die die Streithähne trennten. Bald darauf herrschte wieder Ruhe. Egil trat vor eines der Feuer, hob die Arme und kündigte den Auftritt des Jarls an.

Hovi kam aus der Dunkelheit hervor, gefolgt von seinen drei Weibern. Der Jarl kletterte auf seinen hölzernen Thron, sein Gesicht war wie immer hinter der Silbermaske verborgen. Auf der Festwiese war Grabesstille eingekehrt. Niemand wagte es, einen Ton von sich zu geben. Alle Augen waren auf den maskierten Herrscher gerichtet.

Die brennenden Birkenhölzer knisterten und knackten. Flackernde Schatten huschten über die Gesichter.

Egil hob zu seiner Rede an und pries den Jarl. «Ich erinnere euch an eure Pflichten», rief der Blóðsimlir dem Volk zu. «Ihr habt eurem Führer auf Gedeih und Verderb zu folgen, wenn er es von euch verlangt. Er ist der Einzige, der euch von den Qualen des Hungers erlösen kann.

Er hält Zwiesprache mit den Göttern! Und er wird dafür sorgen, dass euer Leid bald ein Ende haben wird.»

Als Egil seinen Blick über das Volk schweifen ließ, schimmerte die Narbe in seinem Gesicht rötlich.

Da löste sich plötzlich ein junger Mann aus den Reihen der Zuhörer und rief: «Großer Hovi – wir brauchen den Regen sofort, nicht erst in einigen Tagen. Das Getreide verdorrt, das Vieh und unsere Kinder sterben.»

Anerkennendes Gemurmel über den Mut des Mannes erhob sich in der Menge. «Thor soll Regen bringen», riefen andere Männer.

Egil nickte den Berserkern zu, die die Streitäxte erhoben und ihre Muskeln spielen ließen. Das Gemurmel ebbte ab.

Egil rief: «Die Hungersnot ist eine Strafe der Götter. Es ist Odin, der zornig ist – auf euch!»

Der Bluttrinker ließ seine Worte eine Weile wirken, bevor er fortfuhr: «Odin zürnt, weil ihr eurem Führer die Gefolgschaft verweigert. Zu wenig Männer haben sich ihm angeschlossen. Zu wenige sind bereit, auf dem Schlachtfeld zu Rom den Tod eines Helden zu sterben und an der Seite Odins einen Platz in Walhall einzunehmen. Männer Haithabus! Die Schmach muss getilgt werden. Mit heißem Herzen sollt ihr eurem Führer folgen. Der Krieg wird kommen – er ist so unausweichlich wie die Hitze im Sommer und die Kälte im Winter. Folgt Hovi! Folgt dem Jarl! Wir beschreiten den Weg zum Sieg, zu Reichtum und Ruhm. Wir ebnen den Weg nach Walhall. Glaubt an Hovi, euren Führer! Glaubt an Odin!»

Egils Miene war verschlossen. «Odin erwartet von euch eine Leistung, die alles Gewesene in den Schatten stellt. Wir wollen das Zeichen des Allvaters erkennen. Wir wollen uns seiner Forderung nicht versagen. Wir wollen dem Gott, wir wollen Hovi folgen! Denn wie stolz wir auf ihn sind, so stolz soll unser Gott und Herrscher auf uns sein können.»

Atemlose Stille.

«Noch am heutigen Abend werdet ihr euch uns anschließen», fuhr Blóðsimlir fort. «Ihr werdet den feierlichen Schwur auf Hovi leisten. Eure Hände werden seine Waffen führen. Und in sieben Tagen – ja, in sieben Tagen soll nach dem Wettbewerb der Schmiede ein Gewitter über das Land hereinbrechen. Der Regen wird kommen! Heilsa Hovi! Heilsa Odin!»

Die Krieger stimmten ein: «Heilsa Hovi! Heilsa Odin!»

Nach und nach erhoben immer mehr Männer ihre Stimme. Sie priesen ihren Gott Odin und ihren Herrscher Hovi. Bald war die ganze Hochburg vom Gebrüll der aufgestachelten Menge erfüllt.

Egil drehte sich zu Hovis Thron um. Beinahe unmerklich hob der Jarl die rechte Hand von der Lehne. Die Finger waren mit kostbaren, glitzernden Ringen besetzt. Die Geste war das Lob für Egil, und der Hofðingi bedankte sich bei seinem Führer, indem er sich flüchtig verbeugte.

Dann wandte er sich wieder der tobenden Menge zu. Jetzt schleppten Krieger in großen Schüsseln und Schalen bergeweise Fleisch, Wurst, Käse und Brot herbei. Neue Wein- und Bierfässer wurden angestochen. Die Leute stürzten sich auf Essen und Trinken, füllten die leeren Mägen mit den Gaben, die der Herrscher Hovi ihnen schenkte.

Dann endlich erhielt Odo seine Gelegenheit.

Draupnir entfernte sich von den anderen.

Er schlug einen weiten Bogen um die feiernde Menge. Sein Ziel war die blonde Mardöll, die sich auf der anderen Seite der Wiese aufhielt, möglichst weit vom Berserker entfernt. Erst als es zu spät war, bemerkte sie Draupnir. Mit festem Griff packte er sie im Nacken und zerrte sie in den Wald.

Odo lief los. So schnell er konnte, hastete er durch Gestrüpp und Unterholz und kletterte über umgestürzte Bäume hinweg oder unter ihnen hindurch.

Auf dem Weg nach Haithabu, der unterhalb der Hochburg entlangführte, entdeckte Odo das ungleiche Paar wieder. Draupnir hatte Mardöll die Kleider vom Leib gerissen und sie vor sich auf die Knie gezwungen. Ihre blasse Haut schimmerte im Mondlicht. Er hatte sie an den Haaren gepackt und ließ sich von ihr befriedigen, wobei ihr Kopf ruckartige Bewegungen vor seinem entblößten Unterleib vollführte. Draupnir stöhnte, Schweißperlen glitzerten auf seiner Glatze.

Odo holte die Kiste hervor und nahm das Messer heraus. Mit vorgehaltener Klinge schlich er sich von hinten an. Er musste den Berserker an der Kehle erwischen. Ein Schnitt, ein rascher, tiefer Schnitt. Der Hüne durfte keine Gelegenheit zur Gegenwehr bekommen, sonst würde er Odo zerreißen.

Noch vier Schritte, noch drei, zwei …

Plötzlich zerfetzte ein Schrei die Nacht. Draupnir stieß Mardöll von sich. Er brüllte und fluchte. Sie hatte ihn gebissen, hatte ihre Zähne in sein hartes Glied gegraben. Draupnir schaute fassungslos an seinem Körper herunter. Blut spritzte auf seine Schenkel.

Dem Mädchen stand die Todesangst ins Gesicht geschrieben. Dennoch musste sie alles riskieren, um sich zu retten. Sie rollte sich von Draupnir weg, sprang auf und rannte davon.

Odo befand sich nur eine Armeslänge hinter dem Berserker. Aber er hatte zu lange gezögert. Draupnir stieß ein Wutgeheul aus und setzte dem Mädchen nach. Dann verschluckte auch ihn die Nacht.

Odo betete, dass der Allmächtige ihm den Weg weisen möge, und nahm die Verfolgung auf.

40.

Gott führte seinen Knecht zum Dämon Ira.

Das Wüten des Berserkers auf dem Marktplatz nicht zu überhören. Den Geräuschen folgend, rannte Odo durch die Gassen, bis an den Rand des Marktes, der um diese Zeit verlassen war. Hinter einer Marktbude ging er in Deckung.

Er beobachtete fasziniert, wie Draupnir einen Stand nach dem anderen zerlegte. Die Wut des Dämons war gewaltig, so wie seine Kraft. Das unbeherrschte Temperament, der Zorn! Der Berserker wütete wie ein blutgieriges Raubtier. Er trat Holzgerüste um, riss Verschläge auf und zerschmetterte alles, was ihm in die Hände kam: Schüsseln, Becher, Werkzeuge und Gussformen. Eine Spur aus zersplittertem Holz und Scherben zeichnete seinen Weg über den Marktplatz.

Draupnir arbeitete sich auf die Bude zu, hinter der Odo sich versteckt hielt. Rasch holte Odo das Messer wieder hervor und überlegte fieberhaft, wie er den Wütenden überwältigen könnte, ohne selbst in dessen Hände zu geraten. Die Messerklinge glänzte im Mondlicht. Die Kehle! Er musste die Kehle durchtrennen.

Ein leises Geräusch ließ Odo herumfahren. Erst jetzt bemerkte er die Gestalt, die keine fünf Schritte von ihm entfernt hinter einem leeren Fass hockte. Es war Mardöll, die vor Angst wie gelähmt zu sein schien. Sie biss in ihre Faust und schluchzte unterdrückt. Ihr Blick war auf Odo gerichtet. Ihre Augen spiegelten blankes Entsetzen. Doch als der Priester die schwarze Kapuze vom Kopf nahm und ihr sein Gesicht zeigte, entspannten sich Mardölls Züge ein wenig.

Unterdessen schlug Draupnir einen weiteren Marktstand zusammen. Berstendes Holz und wütende Schreie hallten in Odos Ohren wider. Der Berserker war höchstens noch fünfzehn Schritte entfernt.

Rasch winkte Odo Mardöll zu sich heran. Sie löste sich aus ihrer Starre und krabbelte zu ihm hinüber. Beruhigend legte er seinen rechten Arm um das zitternde Mädchen. Es schmiegte sich an ihn wie ein Kleinkind, das nach einem Albtraum Geborgenheit sucht.

«Hab keine Angst», flüsterte er.

Mardöll drehte ihm ihr Gesicht zu. Die Schminke um ihre Augen war verwischt, ihr hellblondes Haar zerwühlt. «Er … er will mich töten», brachte sie hervor. «Bring mich fort von hier.»

Odo zog sie fester an sich. «Du kannst mir einen Gefallen tun, Mädchen.»

Sie schaute ihn verunsichert an. «Ich tue alles für dich, alles, was du willst. Aber bring mich …»

Odo zog sich die Kapuze wieder über den Kopf. Dann legte sich seine Linke fest um Mardölls schlanken Hals, und mit der Rechten hielt er ihr den Mund zu. Mardöll schaute erst verwirrt, dann entsetzt. Sie verstand nicht, was mit ihr passierte. Als sie es begriff, versuchte sie, sich zu befreien, aber Odo war stärker. Ihre Augen quollen hervor, als sie versuchte, unter seinen Fingern nach Luft zu schnappen.

Nebenan fiel krachend die Bude in sich zusammen, als Draupnir die Bretter mit bloßen Händen zerfetzte. Er brüllte nach dem Mädchen.

Mardölls aufgerissene Augen waren auf Odo gerichtet. Ihr Blick fragte nach dem Warum. Als er spürte, wie ihr Körper erschlaffte, gab er ihr die Antwort, indem er sie dem Berserker vor die Füße schleuderte. Sie war der Köder.

Draupnir heulte triumphierend auf und stürzte sich auf das benommene Mädchen. Er zog ihren Rock hoch, warf sich auf sie und drang so hart in sie ein, dass ihr Körper unter seinen Stößen erbebte.

Da verließ Odo seine Deckung und näherte sich dem Berserker von hinten. Drei Schritt hinter Draupnir verharrte er. Gleich würde es so weit sein. Draupnirs Muskeln spannten sich. Sein Stöhnen verwandelte sich in ein Grunzen. Odo schoss vor und schnitt dem Berserker die Kehle durch. Aus dem geöffneten Hals ergoss sich ein Blutschwall über Mardöll. Draupnir schaute sich verwirrt um. Er begriff nicht. Was war mit seinem Hals geschehen? Wo kam all das Blut her? Dann hockte er sich neben Mardöll, die erstarrt auf dem Boden lag. Das Blut war überall. Hatte das Weib ihm das angetan? Wutschnaubend packte er ihren Kopf und brach ihr mit einer einzigen Bewegung das Genick.

In dem Moment stieß Odo dem Berserker die Klinge ins Herz. In Draupnirs Augen erschien das Weiße, dann kippte er vornüber und blieb regungslos liegen.

Odo atmete tief ein, dann langsam wieder aus. Der Riese war gefällt. Nun musste der Dämon vernichtet werden. Odo nahm seine ganze Kraft zusammen und schleifte den Berserker in eine abgeschiedene Gasse. Dort entfachte er ein Feuer und legte das Brandeisen hinein. Während das Eisen heiß wurde, begann er damit, Draupnirs Leiche zu zerlegen.

Der Blutgeruch lockte einen Raben an. Neugierig beobachtete der Vogel, wie eine schwarzvermummte Gestalt Fleischbrocken aus einem Menschenkörper schnitt. Der Rabe krächzte und verlangte seinen Anteil.

Aber die Gestalt beanspruchte ihre Beute für sich allein.

41.

Helgi hatte sich am Kopf einer Landebrücke auf eine Kiste gesetzt und blickte auf das schwarze Wasser des Hafens von Haithabu.

Dreizehn Runden Tafl hatte er gegen Ingvar spielen müssen, bis er endlich gewonnen hatte. Aber vielleicht hatte Ingvar auch einfach Mitleid mit ihm gehabt. Er hatte Wort gehalten und ihm schließlich verraten, wo Helgi doch noch Eisen herbekommen konnte: vom Priester Odo, dem Munki. Ingvar wollte einen Beutel voller Barren in einem Schuppen gesehen haben, ganz in der Nähe der Baustelle.

Helgi solle den Priester darum bitten, hatte Ingvar gesagt. Der Munki sei ein gütiger Mann, ein Christ eben.

Aber wird er mir wirklich helfen?, dachte Helgi. Warum sollte er das tun? Weil er ein Munki ist? Niemand verschenkt Eisenbarren. Niemand. Dafür sind sie viel zu kostbar. Und die drei Silbermünzen, die Ingvar Helgi gegeben hatte, würden bei weitem nicht ausreichen.

Es half alles nichts – Helgi brauchte mehr Geld. Er musste alles tun, um das beste Schwert zu schmieden und Rúna zu befreien.

Als ihn ein Geräusch aus seinen Gedanken riss, schaute er zum Fjord hinüber. Aber in der Dunkelheit war nirgendwo etwas zu erkennen. Hatte er sich getäuscht? Nein, da war es wieder. Es waren die Geräusche von Rudern, die ins Wasser eintauchten. Das musste ein Schiff sein, eindeutig, und es kam näher. Mitten in der Nacht? Nur Verrückte oder Lebensmüde befuhren nachts den Fjord, wegen der Untiefen war das lebensgefährlich.

Jetzt hörte Helgi auch Stimmen. Das Schiff konnte nicht mehr weit entfernt sein. Er strengte seine Augen an, erkannte aber noch immer nichts. Die an der Landebrücke festgemachten Boote schaukelten sanft hin und her. Masten knarrten, Wasser gluckste.

Dann tauchte mit einem Mal ein mittelgroßer Kahn mit eingeholtem Segel wie von Geisterhand geschoben aus der Dunkelheit auf und hielt auf die Landebrücke zu. Acht Männer ruderten, ein neunter hockte im Bug. Das Boot war noch gut dreißig Schritt entfernt.

Irgendetwas schien nicht zu stimmen: Die um Hilfe rufenden Männer ruderten aus Leibeskräften, aber das Boot schlingerte hin und her. Da erkannte Helgi den Grund für die Aufregung: Das Boot hatte Leck geschlagen, und das Wasser stand den Männern bis an die Knie. In wenigen Augenblicken würde der Kahn sinken.

Helgi winkte den Männern zu, um sie zu einem freien Liegeplatz zu lotsen. Doch plötzlich stellten sie das Rudern ein. Offensichtlich glaubten sie nicht mehr daran, die Landebrücke noch erreichen zu können, und rafften Kisten und Taschen zusammen.

Helgi entdeckte Björns Fischerboot, sprang hinein, löste die Taue und stieß ab. Gerade noch rechtzeitig erreichte er das Schiff. Einer der Männer war bereits von Bord gesprungen, in der Hoffnung, dass das Hafenbecken hier seicht genug zum Stehen war. Doch seine Füße fanden nirgendwo Halt, und die vollgesogene Kutte zog ihn in die Tiefe. Panisch klammerte er sich am sinkenden Schiff fest.

Helgi forderte die Männer auf, in sein Boot zu kommen. Sofort flogen Taschen, Beutel und Kisten zu ihm herüber. Einer der Männer wurde vorgeschickt. Er war alt, mindestens sechzig Jahre. Als Helgi ihm eine Hand reichte, griff der Alte danach. Mit einem Ruck zog Helgi ihn zu sich. Dann folgten sieben weitere Männer. Als der letzte von ihnen es in den nun vollbesetzten Fischerkahn geschafft hatte, verschwand ihr leckgeschlagenes Schiff gurgelnd im pechschwarzen Noor.

«Wir haben unseren Bruder vergessen», rief einer.

Helgi erinnerte sich an den Mann, der von Bord gesprungen war.

«Da vorne», brüllte einer der Männer und zeigte zu der Stelle, an der nur noch die Mastspitze des gesunkenen Schiffs aus dem Wasser schaute. Daran klammerte sich der Unglückliche.

«Ich hole ihn später raus», rief Helgi. «Wenn wir noch einen Mann aufnehmen, geht dieser Kahn unter.» Dann begann er, zur Landebrücke zurückzurudern.

Da öffnete der Alte den Mund und sagte: «Lasst uns beten für unseren Bruder!»

Die Männer stimmten an: «Hilf mir, o Gott, denn die Wasser gehen mir bis an die Seele. Ich bin versunken im tiefen Schlamm und habe keinen Stand, ich bin in tiefes Wasser geraten, und die Flut überströmt mich …»

Es sind Munkis, dachte Helgi entsetzt. Ich sitze mit lauter Christen in einem Boot!

Gebete murmelnd, erreichten sie die Landebrücke. Nachdem die Brüder den Kahn verlassen hatten, ruderte Helgi wieder hinaus.

Die Stimme des Alten verfolgte ihn: «Lass mich Rettung finden vor denen, die mich hassen, und aus den Wassertiefen, dass mich die Wasserflut nicht überströmt und mich die Tiefe nicht verschlingt …»

Als Helgi kurz darauf den Bruder an seine Gefährten übergeben hatte, bestürmten die Männer ihren Retter. Sie umarmten Helgi, küssten ihn, riefen ihm Dankesworte zu. Dann trat der Alte vor ihn und streckte seine knochigen Hände nach ihm aus.

«Wie lautet dein Name?», fragte er.

Helgi erkannte den Akzent der *Frankar*, der Franken. Das Gesicht des Alten war faltig, aber mit feinen Zügen gezeichnet; seine Nase war spitz und sein Kinn kantig.

«Ich heiße Helgi, ich bin der Sohn des Schmieds Einar aus Haithabu.»

Der Munki nickte. «Du hast uns vor dem Untergang bewahrt, Einars Sohn.»

Er öffnete einen Beutel, der an der Kordel seiner tropfnassen Kutte hing. Darin klimperte mindestens ein Dutzend Münzen.

Helgi schnappte nach Luft. Mit diesem Geld und den Münzen von Ingvar würde er dem Priester das Eisen abkaufen können. Doch der Alte zählte Helgi lediglich drei

Münzen in die Hand. Helgi war enttäuscht. Das war zu wenig, viel zu wenig! Auch wenn der Mann die Schuld mit dieser Summe angemessen beglichen hatte.

Als Helgi wieder aufschaute, war der Munki verschwunden. Er wandte sich an einen der anderen Männer. «Wo ist er hingegangen?»

«Wer?»

«Der alte Mann.»

«Das ist Ansgar, unser Priester.»

Noch ein Priester, dachte Helgi. Er glaubte, den Namen schon einmal gehört zu haben.

«Kennst du ihn nicht?», fragte der Mann.

Helgi zuckte mit den Schultern.

«Ansgar hat einst die Kirche von Haithabu errichtet.»

Helgi nickte verstehend. Jetzt fiel ihm wieder ein, dass Gullweig ihm einmal von dem Gotteshaus erzählt hatte.

«Mein Name ist Perm», fuhr der Mann fort. «Ich habe Ansgar nach Birka in Schweden auf seiner Missionsreise begleitet, zu der wir vor nunmehr zwei Jahren aufgebrochen sind.»

Perm machte ein betrübtes Gesicht. «Doch nun kehren wir nach Haithabu zurück, nachdem man uns mit Schimpf und Schande aus Birka fortgejagt hat. Wie Abschaum haben die Svea uns behandelt, denn sie sind nicht bereit für Gottes Wort …»

Während Perm von seinen leidvollen Erfahrungen berichtete, schweiften Helgis Gedanken zum Geld des Priesters. Zwölf Münzen – mindestens! Ihm wurde bewusst, dass von dem Geld alles abhing: sein eigenes Leben, das seiner Mutter – und das von Rúna!

Er warf einen Blick zu der im Dunkeln liegenden Stadt und fragte Perm: «Wo kann ich den Priester finden?»

Perm überlegte kurz. «Vielleicht ist er zu seiner Klause gegangen, um dort allein zu beten.»

«Klause?»

«Das ist eine abgelegene, kleine Hütte.» Perm streckte den Arm aus und deutete nach Süden. «Sie steht im Wald, bei den Überresten der alten Stadt.» Dann wandte er sich an die anderen Munkis und forderte sie auf, ihm zur Gemeinde zu folgen.

Als die Christen fort waren, blieb Helgi unschlüssig zurück. Was sollte er nur tun? Er wusste nun, wo es das kostbare Eisen gab, aber er hatte nicht genug Geld, um es zu kaufen. Sollte er es etwa stehlen? Nein, so etwas kam nicht in Frage. Er war Schmied, kein Dieb. Seine Eltern hatten ihn dazu erzogen, das Hab und Gut anderer Menschen zu achten.

Aber vielleicht würde der Munki ihm das Geld leihen. Hieß es nicht immer, dass diese Männer außerordentlich mitfühlend und hilfsbereit seien? Und er hatte doch selbst gesehen, wie sie ihr Essen mit den Armen teilten. Je länger Helgi darüber nachdachte, desto mehr kam er zu der Überzeugung, dass er zumindest versuchen musste, den Priester um das Geld zu bitten.

Den Kopf voller Gedanken, machte Helgi sich auf den Weg. Es war noch immer stockfinster. Erst in einigen Stunden würde die Sonne aufgehen. Aber er glaubte, die alte Stadt trotzdem finden zu können.

Er lief durch die Gassen, bis er an der Brücke nach Süden abbog. Kurz darauf kam er am Sklavenviertel vorbei, über dem noch der säuerliche Brandgeruch lag, der ihn an jenen Tag erinnerte, an dem er Rúna aus der brennenden Baracke gerettet hatte. Er ging weiter, bis er den Pfad entdeckte, der in den Wald führte. Unter den Bäumen war es still, nur seine eigenen Schritte waren zu hören. Hin und wieder knackte ein Ast unter seinen Füßen. Einmal schrie ein Käuzchen, ein anderes Mal brach ein dunkler Vogel flügelschlagend durch die Wipfel.

Je näher Helgi der alten Stadt kam, desto größer wurden seine Zweifel. Er hatte sich fest vorgenommen, den Munki zu überreden, ihm das Geld zu leihen. Doch was, wenn dieser es nicht tat? Nein, das durfte nicht geschehen! Helgi brauchte das Geld. Dringend!

Er war etwa eine Meile tief in den Wald eingedrungen, als ihm der Geruch von Rauch in die Nase wehte. Bald stieß er auf eine Lichtung, die er als den alten Siedlungsort erkannte. Man erzählte sich, dass hier vor vielen Jahren Menschen vom Volk der Svea ein Dorf gegründet hatten. Immer mehr Menschen kamen hinzu, und aus dem Dorf wurde eine kleine Stadt, die bald an ihre Grenzen stieß. Irgendwann entschlossen sich die Bewohner, am Bachlauf weiter nördlich eine neue Stadt zu gründen: Haithabu.

Helgi trat auf die Lichtung, auf der noch vereinzelt die Pfähle der inzwischen zerfallenen Häuser im Erdboden steckten. Die Holzreste waren von Unkraut überwuchert.

Über dem Dach einer winzigen Hütte am anderen Ende der Lichtung stieg heller Rauch empor. Gleich neben der Hütte stand eine Eiche, die ihre Äste über das Dach streckte. Helgi war dieser Verschlag nie zuvor aufgefallen. Aber es war auch etliche Jahre her, seit er das letzte Mal mit Ingvar hier gewesen war.

Aus dem Häuschen drang Gemurmel.

Helgi hangelte die Eiche hinauf, kletterte bis zu einem kräftigen Ast und rutschte darauf bäuchlings über die Hütte. Direkt unter ihm befand sich im Dach ein gut drei Fuß breites Loch, durch das er den Alten sah. Der Munki hockte neben einem Feuer. Er war völlig nackt, und Helgi bekam Mitleid mit dem Priester, als er den ausgemergelten Körper sah. Unter der Haut spannten die Knochen. Der Rücken war gebeugt, die Schultern hingen herab. Leise murmelnd nahm der Munki eine Haselnussgerte und begann, sie sich über den Rücken zu schlagen. Zunächst sachte, dann immer härter, bis das Blut aus den Striemen quoll.

Helgi schaute ihm ungläubig dabei zu. Warum tat sich der alte Mann das an? War er von einem bösen Geist besessen?

Da erregte ein Glitzern Helgis Aufmerksamkeit, und er beugte sich noch weiter hinab. Sein Gesicht schwebte nun dicht über dem Dach. Auf der anderen Seite des Feuers erblickte er einen Gegenstand, der im Feuerschein funkelte. Helgi erstarrte. Es war ein Kreuz, das etwa so groß wie eine Männerhand war und sehr wertvoll zu sein schien. Vermutlich bestand es aus reinem Silber. Die Oberfläche des Kreuzes war mit Rankenmustern versehen. An den Längs- und Querarmen waren Medaillons befestigt. Eine Figur mit ausgebreiteten Armen war mittig auf das Kreuz genietet.

Der Alte, der sich noch immer auspeitschte, begann mit einem Mal zu rufen: «Eile, o Gott, mich zu retten, o Herr, mir zu helfen! Es sollen sich schämen und schamrot werden, die mir nach dem Leben trachten; es sollen zurückweichen und zuschanden werden, die mein Unglück suchen. Es sollen sich zurückziehen wegen ihrer eigenen Schande, die da sagen: ‹Ha-ha, Ha-ha!› …»

Helgi achtete nicht auf die Worte des Munkis, sondern starrte gebannt auf das Kreuz. Es schien so kostbar zu sein, dass er dafür genug Eisen kaufen und somit all seine

Probleme lösen könnte. Doch würde der Munki es ihm überlassen …?

Da ging plötzlich ein heftiger Ruck durch den Ast, an dem Helgi hing. Es folgte ein lautes Knacken. Zu spät erkannte Helgi, dass er sich zu weit vorgewagt hatte. Bevor er sich zurückziehen konnte, zerbrach der Ast unter seinem Gewicht. Helgi stürzte durch das Dach und traf hart auf dem festgestampften Boden auf. Blitze durchzuckten seinen Kopf.

Aus weiter Ferne vernahm er einen entsetzten Schrei. Dann umhüllte ihn tiefe Dunkelheit.

42.

Odo kniete im Chor seiner Kirche und kochte vor Wut.

Mitten in der Nacht waren ein Däne und sieben Männer vom Volk der Svea in der Gemeinde eingetroffen. Sie hatten behauptet, mit einem Priester namens Ansgar von einer Missionsreise zurückgekehrt zu sein. Ihr Schiff sei im Hafen gesunken, allerdings habe ein junger Däne sie retten können. Ansgar sei zwar verschwunden, aber er werde sicher in Kürze nachkommen.

Odo schlug mit der Faust auf den Steinfußboden. Der alte Narr Ansgar hatte es tatsächlich nach Haithabu geschafft, bevor alles vollendet war. In wenigen Tagen sollte das Dachwerk der Kirche geschlossen und der Altar aufgestellt werden.

Nur noch wenige Tage! Der Dämon Ira war vernichtet. Nun fehlten noch die beiden letzten Dämonen: Invidia und Superbia.

Das Gefährliche an Ansgars Rückkehr war, dass der

Greis alles daransetzen würde, Odo aus seinem Priesteramt zu verdrängen. Zumal Ansgar mit Sicherheit bemerken würde, dass die päpstliche Urkunde des verstorbenen Adamnanus gefälscht war.

In diesem Moment betrat jemand die Kirche. Odo erhob sich und sah einen jungen Mann, der vom Licht der Morgensonne umflutet im offenen Portal stand. Er hatte schwarze Haare und war so groß, dass Odo zu ihm aufschauen musste. Sein Haar war voller Staub und seine Hose an den Knien aufgerissen.

Odo runzelte die Stirn. Es kam ihm vor, als habe er den jungen Mann schon einmal gesehen. «Wer bist du?», fragte er.

«Ich bin Helgi, der Sohn des Schmieds Einar.»

Da fiel Odo die Begegnung in der Stadt ein. Die Trauernden. Dieser Helgi war derjenige gewesen, der den Toten auf einem Karren geschoben hatte. Sollte der Verstorbene – diese kleine, schmächtige Gestalt – etwa der Vater dieses südländisch wirkenden Hünen sein?

«Was führt dich zu mir?», fragte Odo.

«Ich … ich möchte Euch um etwas bitten.»

«Worum geht es? Du kannst ganz offen reden.»

«Ich würde Euch gern etwas Eisen abkaufen. Zehn Barren, oder zwanzig.»

Odo war überrascht. Warum belästigte ein Däne einen christlichen Priester mit einem solchen Anliegen? «Wie kommst du darauf, dass ich dir so etwas verkaufen könnte? Sehe ich aus wie ein Eisenhändler?»

Helgi schüttelte den Kopf. «Ich kann Euch im Moment leider nur sechs Münzen als Anzahlung geben. Aber ich werde noch mehr Geld auftreiben, das ich Euch geben kann, wenn ich das Schwert geschmiedet habe.»

Ein Schwert geschmiedet? Der Däne redete wirres Zeug. Die Angelegenheit erschien Odo immer rätselhafter. Dennoch hatte der Kerl etwas an sich, das Odos Aufmerksamkeit erregte, auch wenn er sich nicht erklären konnte, was es war. Waren es die dunklen Augen? Oder die pechschwarzen Haare?

«Setz dich», forderte Odo ihn auf.

Helgi ließ sich auf einem Holzstapel nieder und nestelte an seinem Hemd. «Ich könnte das Eisen gegen ein Christenkreuz eintauschen.»

«Ein Kreuz?» Odo runzelte die Stirn.

Helgi steckte eine Hand unter sein Hemd und zog ein Kruzifix darunter hervor.

Odo stieß einen leisen Pfiff aus. «Darf ich es mir einmal ansehen?»

Helgi reichte es ihm. Odo betrachtete das Kruzifix eingehend und ließ seine Finger über die runden Medaillons und die ziselierte Oberfläche aus Gold und Silber gleiten. Das Abbild des Herrn Jesus war mit Nieten an das Kreuz geheftet worden. Es war eine herrliche Arbeit und mehr wert als alles Eisen, das es auf der Baustelle gab. Das wäre genau der richtige Schmuck für den Altar.

«Wo hast du dieses Kruzifix her?», fragte er den Dänen, wobei er sich bemühte, sich seine Erregung nicht anmerken zu lassen.

«Ich hab's … im Wald gefunden.»

«Niemand findet ein solches Kreuz einfach im Wald.»

Helgi scharrte mit den Füßen. «Das Ding lag da halt herum. Wenn Ihr es nicht haben wollt, verkaufe ich es auf dem Markt.»

«Nein», rief Odo etwas zu laut und etwas zu vorschnell.

Helgi hob den Blick. «Ihr könnt es haben, wenn Ihr wollt», sagte er. «Aber gebt mir dafür Euer Eisen.»

«Dieses ‹Ding›, wie du es nennst, mein Sohn, stellt das Kreuz dar, an dem der Herr Jesus für uns Menschen gelitten hat. Ich frage dich noch einmal: Woher hast du es?»

Helgi zuckte mit den Schultern. Die Sache schien aus dem Ruder zu laufen. Er wollte Eisen kaufen und sich nicht für dieses dämliche Kreuz rechtfertigen. Er wusste wirklich nicht, wie er dazu gekommen war. Als er im Morgengrauen aus seiner Bewusstlosigkeit erwacht war, war der Alte nicht mehr in der Hütte gewesen. Das Kreuz hatte jedoch noch immer dort gelegen. Vielleicht hatte der Alte es einfach vergessen. Vielleicht wollte er es auch gar nicht mehr haben …

Odo betrachtete den jungen Mann, der seinem Blick auswich. Es war offensichtlich, dass er ein schlechtes Gewissen hatte. Viele Möglichkeiten, woher er das Kruzifix hatte, gab es nicht, und diejenige, die am unangenehmsten war, erschien Odo am wahrscheinlichsten: Der Däne hatte es Ansgar gestohlen. Wenn das stimmte, dann würde Odo das Kreuz nicht für seinen Altar verwenden können. Womöglich würde man ihn verdächtigen, mit diesem Räuber unter einer Decke zu stecken.

Odo sagte: «Angenommen, ich gebe dir zehn Barren. Erzählst du mir dann, woher du das Kreuz hast?»

«Ich kann nur sagen, dass ich es gefunden habe.»

Bei Gott, war der Kerl stur!

«Dann erzähl mir wenigstens, wofür du das Eisen benötigst.»

Helgi kratzte sich am Kinn, dann an der Nase. Schließlich begann er zu erzählen.

Odo hörte aufmerksam zu, als der junge Mann vom Auftrag des Jarls berichtete, den sein Vater gewonnen hatte. Nach dem Tod des Schmieds sollte es nun einen neuen Wettbewerb geben. Aber ausgerechnet der Mörder des Vaters, ein gewisser Gizur, hätte die besten Aussichten, den Auftrag zu gewinnen.

«Warum sollte dieser Gizur deinen Vater ermordet haben?», warf Odo ein.

«Er hat ihn gehasst, weil er niemals ein so guter Schmied war wie mein Vater. Gizur gönnte es Einar nicht. Der Kryppa gönnt niemandem etwas.»

Odo wurde hellhörig. «Erzähl mir mehr von diesem Gizur. Wer weiß – vielleicht gebe ich dir dann das Eisen.»

Helgi zögerte. Aber warum sollte er dem Priester nicht von den Schandtaten des Kryppa berichten? Er musste Gizur für das, was er ihnen angetan hatte, nicht auch noch in Schutz nehmen. Mit seinen Worten zeichnete Helgi das Bild eines verkommenen, rachsüchtigen Mannes, der seine eigene Frau allmählich vergiftete. Das hatte Rúna ihm erzählt.

«Ich selbst habe Herkia gesehen», sagte Helgi. «Sie besteht nur noch aus Haut und Knochen. Dabei war sie vor kurzer Zeit noch eine schöne Frau.»

«Wie sieht denn dieser Gizur aus? Ist er ein schöner Mann?»

Helgi lachte bitter. «Er ist hässlich. Das widerlichste Wesen, das es gibt. Er ist ein Kryppa, ein Buckliger.»

«Und seine Frau, Herkia, war sie glücklich, bevor er anfing, sie zu vergiften?»

«Glücklich? Ich glaube schon.»

Odo nickte vielsagend. «Weil Menschen sich unglücklich fühlen, können sie den Anblick desjenigen nicht ertragen, von dem sie glauben, er sei glücklich.»

«Hm?»

Odo winkte ab. «Nicht so wichtig. Diese Weisheit stammt nicht von mir. Würdest du sagen, Gizur missgönnt anderen Menschen ihr Glück, weil er …» Odo suchte nach dem entsprechenden dänischen Wort.

«*Ofundsjúkr*?»

«Ja, neidisch. Würdest du sagen, Gizur ist neidisch?»

«O ja!»

Odo unterdrückte ein triumphierendes Lachen. Der junge Mann hatte sich in der Tat eine Belohnung verdient. Er forderte ihn auf, ihm zu folgen, und führte ihn zu dem Schuppen, in dem die Handwerker ihre Werkzeuge und Baumaterialien lagerten. Er zählte ein Dutzend Eisenbarren ab und verstaute sie in einem Hanfsack.

Als Helgi danach greifen wollte, sagte Odo: «Eines möchte ich zuvor noch von dir wissen. Ich habe gehört, dass heute Nacht ein Däne im Hafen Schiffbrüchige vor dem Ertrinken gerettet haben soll. Bist du das gewesen?»

Helgi lief rot an. Er befürchtete, dass der Alte inzwischen dem Priester von dem Vorfall in der Hütte erzählt haben könnte. «Ich wollte nur helfen», sagte er entschuldigend.

Odo machte schmale Augen. «Unter den Schiffbrüchigen müsste sich auch ein alter Mann befunden haben. Kannst du mir sagen, wo er ist?»

Helgi verneinte vehement, und das war nicht einmal gelogen.

«Dieses Kruzifix», sagte Odo und hielt es hoch, «gehörte doch aber dem alten Mann, oder?»

Helgi wusste weder ein noch aus. Ein Dutzend Barren! Das war mehr als genug, um damit eine Schwertklinge zu schmieden. Doch der Munki glaubte offensichtlich, dass er den Alten bestohlen hatte. Und es stimmte ja auch, dass Helgi in dem Moment, bevor der Ast gebrochen war, kurz darüber nachgedacht hatte, dem Munki das Kreuz zu entwenden. Aber er hatte es nicht getan. Er hatte das Kreuz genommen, weil die Hütte verlassen war, als er wieder zu Bewusstsein kam. Der Munki war verschwunden und hatte das Kreuz zurückgelassen. Hätte Helgi es nicht genommen, hätte es ein anderer getan.

Sein Blut geriet in Wallung. Er spannte seine Muskeln an. Er musste das Eisen haben! Wenn es sein musste, mit Gewalt.

Odo erkannte Helgis Absicht und sagte rasch: «Du sollst die Barren haben. Aber dafür behalte ich das Kruzifix.»

Helgi nickte heftig und nahm den Sack entgegen. Endlich!

Nachdem beide einen langen Blick gewechselt hatten, folgte er dem Priester an die frische Luft. Als sie zur Kirche kamen, hatten die Handwerker inzwischen ihre Arbeit wieder aufgenommen. Vorarbeiter Ulf teilte die Männer ein und gab Anweisungen.

Odo wollte Helgi gerade verabschieden, als mit einem Mal der Boden unter ihren Füßen erbebte.

43.

Auf dem Weg näherte sich eine Staubwolke.

Pferdehufe donnerten auf den Boden wie prasselnder Hagel. Eine Horde Krieger preschte auf die Baustelle zu. An der Spitze ritt Egil Blóðsimlir auf einem schwarzen Schlachtross. Hinter ihm galoppierte Hrungnir. Das Gesicht und die Glatze des Berserkers waren mit Kohle geschwärzt. Seine Augen funkelten wie glühende Eisenstücke. Er sah aus wie der reitende Tod. Hrungnir schwang über seinem Kopf eine Streitaxt. Auch Egil hatte eine Waffe gezogen, ein Langschwert mit glänzender Klinge.

Auf der Baustelle gingen die Arbeiter in Deckung. Sie hatten die letzte Begegnung mit Egil noch bestens im Gedächtnis.

Helgi und Odo blieben auf dem Weg stehen. Keine zehn Schritt von ihnen entfernt zügelte der Bluttrinker das Schlachtross. Steine knirschten unter den Pferdehufen.

Egils rote Narbe zuckte. Er wickelte etwas aus einem Leinentuch und warf es Odo vor die Füße. «Weißt du, was das ist?»

Natürlich erkannte Odo das Geschlechtsteil sofort. Draupnirs blutverschmierter Penis war im erschlafften Zustand noch immer so lang wie eine Männerhand.

Odo setzte eine überraschte Miene auf. «Warum bringst du mir dieses Gemächt?»

Egil beugte sich im Sattel vor. Speichel tropfte in seinen Bart: «Weil ich dir diesen *puntr* ins Maul stopfen werde, nachdem ich dir den Kopf abgeschlagen habe.»

Odo hob abwehrend die Hände.

Mit einem Kopfnicken in Hrungnirs Richtung sagte Egil: «Dieser Mann hier hat seinen Bruder verloren. Sein Name war Draupnir. Man hat ihm die Arme, die Beine und den Kopf vom Rumpf getrennt – und man hat ihm den *puntr* abgeschnitten.»

Der Priester versuchte, ruhig zu bleiben, um sich seine Erregung nicht anmerken zu lassen. Hatte er etwa einen Fehler begangen?

«Niemand», brüllte Egil, «hörst du, Munki – niemand konnte Draupnir besiegen. Kein Mann war so stark wie er. Nur ein Gott wäre dazu in der Lage. Dein Gott, Priester!»

Daher weht der Wind also, dachte Odo. Er schüttelte den Kopf. «Der Herrgott, der Allmächtige, ist ein Gott der Liebe und der Gnade.»

Egil trat seinem Schlachtross in die Flanken. Drohend näherte er sich Odo und spuckte ihm ins Gesicht. Aber Odo rührte sich nicht von der Stelle. Er will, dass ich fliehe, dachte er. Der Heide würde es als Schuldeingeständnis werten und mich erschlagen.

Aus den Augenwinkeln bemerkte Odo, dass der junge Däne neben ihm nervös von einem Fuß auf den anderen trat. Aber er versteckte sich nicht wie die anderen Feiglinge.

«Ein Gott der Liebe und der Gnade», brüllte Egil. Dabei spie er jedes einzelne Wort so angewidert aus, als habe er in vergammeltes Fleisch gebissen.

«Hovi kennt keine Gnade mehr mit dir und deinem Christenpack! Der Jarl hat die Götter befragt. Sie haben ihm die Schuldigen gezeigt: Die Munkis haben Draupnir getötet. Sie und ihr verfluchter Gott. Er ist schuld an der Hungersnot. Er hält die Männer von der Arbeit am Wall ab. Er stopft die Menschen voll mit Geld, sodass sie fett und faul werden und nicht mehr in den Krieg ziehen wollen. All dies geschieht, seit die Munkis in Haithabu ein Steinhaus bauen. Nicht einmal der große Jarl lebt in einem Haus mit Steinwänden.»

Egil richtete sich auf seinem Pferd zu voller Größe auf und drehte sich wutschnaubend zu den Kriegern um. «Hört durch mich Hovis Worte. Zerstört das Steinhaus und vernichtet die Kreuzanbeter! Tod den Christen! Schickt sie nach Hel!»

Odo wankte. Es war zum Verzweifeln. Eben noch hatte er geglaubt, dass Ansgar der Einzige war, der seine Pläne zu durchkreuzen drohte, doch jetzt schien alles verloren.

Die Krieger setzten sich in Bewegung. Egil wartete, bis sie zu ihm aufgeschlossen hatten. Dann riss er sein Schwert hoch, um Odo zu enthaupten.

Doch plötzlich zischte ein Schatten durch die Luft und knallte mit voller Wucht gegen Egils Brustpanzer. Der Hauptmann stieß einen keuchenden Laut aus und erstarrte in der Bewegung. Sein Gesicht lief rot an. Das Schwert entglitt seiner Hand. Egil rutschte aus dem Sattel und kippte wie ein gefällter Baum zu Boden.

Odo drehte sich zu dem Dänen um. Helgi starrte fassungslos auf seine Hände. Offensichtlich konnte er selbst nicht glauben, was er soeben getan hatte: Er hatte Blóðsimlir mit den Eisenbarren außer Gefecht gesetzt.

Während Helgi noch immer benommen war, preschte Hrungnir vor und schlug mit der Axt nach ihm. Geistesgegenwärtig riss Helgi seinen Kopf zur Seite. Doch der Axtstiel traf seine Stirn.

Er wankte, drehte sich einmal, zweimal um die eigene Achse, taumelte. Dann knickten seine Knie ein.

Ansgar schlug entsetzt die Hand vor den Mund.

Er versteckte sich seit dem Morgengrauen in einem Brombeergestrüpp nahe der Baustelle und versuchte zu begreifen, was er mit ansehen musste.

So vieles hatte sich verändert, seit er nach Birka aufgebrochen war. Die Gemeinde in Haithabu war aufgeblüht. Er hatte mindestens zwanzig Brüder gezählt, die auf der Baustelle zusammen mit den Handwerkern arbeiteten. Die

Christen sahen gepflegt aus, schienen gesund und wohlgenährt zu sein.

Und dann erst diese Kirche! Sie war schon jetzt wunderbar. Wie herrlich würde sie sein, wenn sie bald fertiggestellt wäre. Warum hatte er selbst niemals den Mut aufgebracht, in Haithabu eine Steinkirche zu errichten?

Ansgar wusste die Antwort: Weil er dafür zu schwach war.

Sein Herz verkrampfte sich. Er fühlte sich nutzlos und leer. Sein ganzes Leben lang hatte er danach getrachtet, ein Märtyrer zu werden. Er hatte seinem Herrn ein demütiger Diener sein wollen.

«*Vade, et martyrio coronatus ad me reverteris* – Gehe hin! Mit der Krone des Martyriums wirst du zu mir heimkehren.»

Aber nein! Die Krone des Martyriums war ihm verwehrt geblieben.

Nun hatte ein anderer Priester seinen Platz eingenommen. Ein dunkler, standhafter Mann, der den Heiden die Stirn geboten hatte. Beinahe wäre dieser Priester soeben selbst zum Märtyrer geworden. Aber dann war der Hauptmann von dem jungen Mann gefällt worden, der gestern zunächst Ansgar aus dem Hafenbecken gefischt hatte und später in die Klause gefallen war wie ein Geist aus heiterem Himmel.

Ansgars Finger drückten die Dornenzweige, bis das Blut zwischen seinen Fingern hervorquoll. Tränen verschleierten seinen Blick. Fassungslos verfolgte er, wie die Krieger ihren bewusstlosen Hauptmann auf das Pferd hievten und dann davontrabten. Unterdessen winkte der Priester einige Brüder herbei, die den hünenhaften Dänen auf ein Brett legten und ihn in das alte Gemeindehaus schleppten.

Ob er das Silberkreuz noch hat?, fragte sich Ansgar.

Nachdem der Däne durch das Dach gebrochen war, hatte Ansgar Angst bekommen und war zunächst Hals über Kopf aus der Klause geflohen. Als er jedoch später zurückkehrte, war der Mann verschwunden – und mit ihm das Kreuz, das Ansgar in seiner Panik vergessen hatte. Er war sich inzwischen absolut sicher, dass der junge Mann derjenige gewesen war, der sie vor dem Ertrinken gerettet hatte. Warum er Ansgar gefolgt war, war ihm indessen immer noch nicht klar. Hatte er ihn tatsächlich bestehlen wollen, oder hatte er das Kreuz an sich genommen, weil die Klause verlassen war?

Oder – und diese Möglichkeit erschien Ansgar am wahrscheinlichsten – Gott hatte ihm diesen Jungen geschickt. Der Allmächtige wollte nicht, dass Ansgar starb. Nicht im Hafen und nicht in seiner Klause, in die er sich zurückgezogen hatte, um das Ende seines irdischen Daseins zu empfangen.

Dieser Gedanke erschütterte ihn mehr als alles andere, das er in den vergangenen Jahren hatte durchleben müssen. Die Erkenntnis war schlimmer als der Verlust seines Bistums nach der Zerstörung der Hammaburg durch die Normannen vor nunmehr bald zwanzig Jahren. Sie war schlimmer als die Angriffe des Jarls Hovi auf die Christengemeinde von Haithabu. Sie war schlimmer als der Verlust des missionarischen Außenpostens in Birka.

Nein, Ansgar zweifelte nicht an seinem Glauben. Das hatte er niemals getan. Aber er fürchtete das Urteil Gottes: Der Allmächtige zeigte ihm deutlich, wie sehr er von ihm enttäuscht war. Deshalb hatte er ihn an diesem Morgen noch einmal an die alte Wirkstätte geführt. Er hatte sehen sollen, dass andere dazu in der Lage waren, wozu er nicht fähig gewesen war.

Ich habe versagt, dachte er. Ich habe Dich, o Gott, enttäuscht.

Er beschloss, sich bis zum Ende seiner Tage in die Einsamkeit der Waldklause zurückzuziehen. Dort wollte er betend und fastend den erlösenden Tod herbeisehnen. Das einzige Opfer, das er seinem Herrn noch darbringen konnte, war den irdischen Leib für seine Verfehlungen zu bestrafen. Sollten sich Füchse und Wölfe an seinem Fleische satt essen. Sollten Asseln und Ameisen seine Knochen blank nagen.

Vade, et martyrio coronatus ad me reverteris?

Nein, in Schande musste er sterben.

44.

Als Helgi die Augen aufschlug, schwebte über ihm das lächelnde, sommersprossige Gesicht seines Freundes.

«Ich dachte schon, du würdest überhaupt nicht mehr aufwachen», sagte Ingvar.

Helgi hatte höllische Kopfschmerzen. Er fühlte eine dicke Beule auf seiner Stirn.

«Du hast einen Dickkopf», meinte Ingvar. «Jedem anderen hätte Hrungnir den Schädel zertrümmert.»

Helgi versuchte sich zu erheben. Aber der Schmerz zwang ihn sofort wieder auf das Strohlager. Erschöpft sank er zurück. Sein Oberkörper war nackt, auf seiner Brust glitzerte der Ring am Lederband.

«Wo bin ich?», fragte er.

«Bei den Christen. Sie nennen es Gemeindehaus. Die Munkis sind in ihre Kirche gegangen, um ihren Gott anzubeten. Die Kuttenträger glauben, ihr Gott habe sie vor Hovis Rache bewahrt.»

«Warum hat Hrungnir dann nicht diesen verfluchten Gott niedergeschlagen?»

Ingvar lachte. «Du hast Blóðsimlir ein paar Rippen gebrochen. Seine Krieger haben ziemlich lange gebraucht, um ihn wieder zum Leben zu erwecken.»

Helgi stöhnte.

«Warum hast du den Munki beschützt?», wollte Ingvar wissen.

Gute Frage, dachte Helgi. «Ich weiß es nicht. Vielleicht, weil er mir das Eisen überlassen hat. Verdammt, das Eisen …»

Helgi biss die Zähne zusammen, stemmte sich auf die Ellbogen und schaute sich um. Er befand sich in einem saalartigen Raum. An den Wänden stand nebeneinander mindestens ein Dutzend Betten aus Stroh, Fellen und Decken. Der Raum wurde durch Trankerzen und ein Nachtfeuer erhellt.

«Wo ist das Eisen?», fragte er.

«Egils Krieger haben den Sack mitgenommen.»

Helgi fluchte. Dann war alles umsonst gewesen!

«Wir werden eine Lösung finden», meinte Ingvar. Er machte Anstalten, sich zu erheben. «Es ist mitten in der Nacht. Ich werde nach Hause gehen und deiner Mutter Bescheid sagen, dass du hier bist. Aber du bleibst hier. In deinem Zustand kommst du nicht weit.»

«Ich brauche das Eisen. Ich muss ein Schwert schmieden.»

«Heute Nacht wirst du gar nichts mehr schmieden»,

sagte Ingvar bestimmt und verschwand hinter einem Vorhang, der den Schlafraum abtrennte.

Helgi tastete nach seinem Ring. Er musste an Einar denken. Sein Vater hätte sicher von ihm erwartet, dass er das beste Schwert schmiedete, das es jemals in Haithabu gegeben hatte. Nein, nicht nur in Haithabu – im ganzen dänischen Reich. Und deshalb durfte er keine Zeit verlieren.

Er setzte sich auf und griff nach seinen Kleidern, die neben dem Stroh lagen.

In dem Moment hörte er das Geräusch einer sich öffnenden Tür. Ein Luftzug bewegte den Vorhang. Dann wurde die Tür wieder geschlossen, und der Priester trat in den Schlafraum. In der Rechten hielt er einen Leinensack.

«Es sind noch acht Barren übrig», sagte er. «Ich hoffe, dass sie ausreichen.»

Acht Barren, dachte Helgi. Immerhin, besser als nichts.

Der Priester machte einen Schritt in Helgis Richtung. Doch als der Munki ihm den Sack reichen wollte, zuckte er plötzlich so abrupt zurück, als habe er sich die Hände verbrannt. Er schien wie vom Donner gerührt. Seine Züge verhärteten sich, und sein Blick heftete sich auf Helgis Brust.

«Was … was hast du da?» Die Stimme war wie brüchiges Eis.

«Einen Ring, das sieht man doch.»

Der Munki leckte sich über die Lippen. Seine Finger näherten sich zitternd Helgis Brust. «Gib ihn mir. Los, gib ihn mir!»

Helgi trat einen Schritt zurück und bedeckte den Ring mit seiner Rechten. «Es ist nur ein Ring. Was wollt Ihr damit?»

«Anschauen. Nur einmal anschauen.»

Der Priester schob sich immer näher an Helgi heran. Als sein Zeigefinger Helgis Hand berührte, wich dieser einen weiteren Schritt zurück und stieß gegen die Wand.

Der Munki rückte nach. «Wo hast du ihn her?»

«Gebt mir erst das Eisen!»

«Ja, natürlich. Das ist eine gute Idee. Eine sehr gute Idee. Lass uns tauschen. Eisen gegen Ring. Ich will nur einen Blick darauf werfen.»

Helgi zögerte. Es schien, als habe er keine andere Wahl. Er zog das Lederband vom Kopf. Sofort griff der Priester danach, und Helgi nahm ihm gleichzeitig den Sack ab.

Acht Barren lagen darin, so wie der Mann gesagt hatte.

«Ich möchte den Ring jetzt zurückhaben», sagte Helgi vorsichtig.

Aber der Munki beachtete ihn nicht, sondern betrachtete das Schmuckstück, hielt es in die Höhe und drehte es zwischen Daumen und Zeigefinger hin und her, um im schwachen Feuerschein die innen eingravierten Zeichen erkennen zu können.

Helgi räusperte sich. «Das ist meiner.»

Der Priester öffnete die Lippen. Ohne Helgi anzusehen, sagte er: «Er ist für eine Frau gemacht worden. Für eine Frauenhand mit langen, zarten Fingern. Ich muss wissen, woher du diesen Ring hast.»

«Meine Eltern haben ihn mir geschenkt.»

«Aber es ist ein Frauenring.»

«Er gehörte meiner Mutter», sagte Helgi schnell.

«Wer ist deine Mutter?»

«Sie heißt Gullweig.»

«Gullweig?»

Helgi nickte und streckte seine Hand aus. «Wir haben eine Abmachung.»

Da schaute der Priester plötzlich auf und warf ihm einen bohrenden Blick zu. Helgi begann zu schwitzen. Wie erstarrt stand er da, unfähig, sich zu rühren. Der Ring pendelte an dem Lederband in der erhobenen Hand des Priesters hin und her … hin und her … hin und her.

In Helgis Kopf blitzten Bilder auf, die er nie zuvor gesehen hatte, als wäre er in eine andere Zeit, an einen anderen Ort versetzt. Wie ein Hagelschauer prasselten die Bilder auf ihn ein. Doch sie waren nicht fassbar. Es schien sich um flüchtige Eindrücke, um verwirrende und verstörende Gefühle zu handeln. Empfindungen wie Sehnsucht, Begierde, Einsamkeit und Misstrauen wallten in seinem Innersten auf in niemals zuvor erlebter Heftigkeit.

Und vor allem spürte er Angst, nackte, kalte Angst.

Er spürte den Tod – seinen Tod! Den seines Fleisches und den seiner Seele. Er ertrank in eisigem Wasser. Ein brennendes Haus stürzte über ihm zusammen. Er wurde mit Knüppeln und Äxten geschlagen, gefoltert, missbraucht. Dann war es ihm, als steige er aus dem Totenreich empor. Als werde er hinaufgesogen wie durch einen Schlund, werde ausgespien – und ins Licht zurückgeworfen. Und er wollte weiter, immer weiter, hinein ins Leben.

Da drang plötzlich von weit entfernt eine Stimme an seine Ohren. Es war die Stimme des Priesters, der fragte: «Wer bist du?»

«Mutter», hörte Helgi sich selbst sagen.

«Wer bist du?»

«Mutter!»

Der pendelnde Ring verschwand vor Helgis Augen, und er erwachte. Der Priester gab ihm den Ring zurück.

Er sagte: «Du bist nicht der, der du vorgibst zu sein.»

Helgi verstand nicht, was der Munki damit meinte. Er legte das Lederband wieder um den Hals und schlüpfte, so schnell er nur konnte, in seine Kleidung. Dann nahm er den Sack und eilte zum Vorhang.

«Grüß deine Mutter von mir», rief der Priester ihm hinterher. «Deine Mutter!»

45.

Der Schmiedewettbewerb sollte am siebten Tag nach dem Regenfest stattfinden.

Helgi arbeitete unermüdlich und schmiedete fünf Tage und fünf Nächte lang. Er schlief nur wenige Stunden. Unwillig ließ er sich von Gullweig zu kurzen Unterbrechungen überreden. Die Mahlzeiten schlang er hastig und ohne Appetit hinunter.

Seine Gedanken waren in dieser Zeit bei Einar gewesen. Alles andere, auch den Gedanken an Rúna, blendete er aus. Zunächst hatte er versucht, sich alles ins Gedächtnis zu rufen, was sein Vater ihm über Schmiedekunst beigebracht hatte. Er hatte sich den Kopf darüber zerbrochen, welche Glühfarben das Eisen bei welcher Temperatur annahm, wann und worin er es abschrecken musste. Er hatte sich daran erinnert, wie Hammer, Zange und Werkstück richtig zu halten und zu führen waren.

Dabei hatte er immer Einars Stimme gehört. *Das Werkstück muss auf dem Amboss aufliegen, Junge, sonst reißt es dir beim Schlag die Hand ab! Und sieh dich verdammt noch einmal vor, dass das Stabende nicht übersteht – nun pass doch auf!*

Einars mahnende Stimme. *Verdammt, Junge, muss man dir denn alles dreimal erklären!*

Entschuldige, Vater. Ich hätte dir aufmerksamer zuhören sollen, murmelte Helgi bei sich.

Schließlich hatte Helgi selbst zum Hammer gegriffen. Er hatte mit alten Werkstücken geübt, um keinen der kostbaren Eisenbarren zu verschwenden. Alles hatte er zusammengeklaubt, was Gullweig, wenn auch schweren Herzens, im Haushalt entbehren konnte. Und so landeten ein lange nicht mehr genutzter Grillrost, ein Dreibein, das als Topfhalter gedient hatte, sowie Dutzende alter Nieten und Nägel erneut in der Esse und anschließend auf dem Amboss.

Am dritten Tag nach dem Regenfest war Helgi der Meinung, mit dem Schmieden des Schwerts beginnen zu können. Dies war natürlich weitaus schwieriger, als rostige Nieten zu Lanzenspitzen zu verformen, was er bislang getan hatte. Er musste nun verschieden harte Stähle so miteinander kombinieren, dass die Klinge fest und zugleich elastisch werden würde. Dafür waren unzählige Hammerschläge erforderlich – und nur ein einziger Fehlschlag oder die falsche Schmiedetemperatur konnte die ganze Arbeit zunichtemachen.

Aber – er schaffte es. Mit einer Hingabe, die er selbst niemals für möglich gehalten hätte, formte Helgi eine Schwertklinge, die dem Andenken seines Vaters würdig war. Am Nachmittag des sechsten Tages war es endlich vollbracht! Der Stahl war gehärtet, die Klinge geschärft und mit einem Griff aus Eibenholz versehen. Das Schwert lag dem jungen Schmied gut in der Hand, so gut, dass er nun meinte, es zum ersten Mal einem anderen Menschen zeigen zu können.

Er rief nach seiner Mutter.

Gullweig schlug beim Anblick des Schwertes ihre Hände vors Gesicht.

«Mutter, du bist ja kreidebleich», sagte Helgi lachend.

Gullweig wischte sich mit dem Zipfel ihrer Schürze den Mehlstaub, den sie an den Händen gehabt hatte, und eine Träne aus dem Gesicht. «Es ist wunderbar geworden», flüsterte sie.

Helgi hielt die Klinge in die Höhe, sodass sie blitzte und funkelte. «Hart und elastisch, scharf und nicht zu schwer», rief er stolz.

«Es ist ebenso prächtig wie eines jener Schwerter, die Odin nach Asgard hat bringen lassen und in deren Glanz Asgards Trinkhalle heller erstrahlte als durch jedes Feuer», schwärmte Gullweig.

«Ja, Mutter! Dieses Schwert wird in Hovis Haus leuchten. Gizur wird vor Neid erblassen. Ich bin gespannt, was für eine jämmerliche Klinge der Kryppa gemacht hat.»

Gullweig runzelte die Stirn. «Zum Triumphieren ist es zu früh. Gizur ist ein sehr guter Schmied.»

«Ach was! Der Kryppa kann Nieten und Nägel herstellen. Aber er hat niemals einen Lehrer wie Einar gehabt.»

Nach einer Weile klopfte es an der Haustür. Es waren die Nachbarn, ein gutes Dutzend Frauen und Männer, die alle gekommen waren, um das Schwert zu begutachten.

«Wir haben kein Hämmern mehr gehört. Bist du etwa fertig?», fragte Bera Glerpæla und drängte in die Schmiede.

«Seht nur!», rief Aslak der Bootsbauer, der gleich hinter ihr hereinkam. «Der Junge hält das Schwert in der Hand.»

Sofort wurde Helgi umringt. Die Nachbarn klopften ihm auf die Schultern und murmelten anerkennende Worte.

Björn Fiskari bat als Erster, das Schwert einmal selbst in die Hand nehmen zu dürfen. Er führte es hin und her, prüfte die Schärfe mit dem Daumennagel. Es hatte den Anschein, als wolle er sich gar nicht mehr davon trennen, bis Aslak das Schwert forderte. Nachdem es reihum gegangen war und jeder lobende Worte gefunden hatte, gelangte es wieder zu Helgi. Er schob es in eine hölzerne Scheide, wo es bis zum morgigen Tage bleiben sollte.

«Wir haben gehört, wie du Tag und Nacht gearbeitet hast, Helgi. Du wirst sicher hungrig sein. Deshalb haben wir einige Sachen mitgebracht», sagte Bera und zeigte einen Weidenkorb vor. Darin lagen allerlei Lebensmittel: helles Weizenbrot, Ziegenkäse, frisch gepflückte Beeren und gekochte Eier.

«Und schau dir mal diesen Burschen an», rief Björn. In der Rechten hielt er einen geräucherten Aal in die Höhe, der beinahe so lang und dick war wie sein Arm. «Den hatte ich gestern am Haken. Einen Lebenswillen hatte der, das kann ich dir sagen! Der hat noch im Räucherofen gezappelt.»

«Macht mal Platz», rief Hrolf, der Glasperlenmacher und Beras Mann, als er ein Fass durch die Tür rollen wollte.

Bera wollte Hrolf aufhalten. «Der Junge kann kein Bier trinken, wenn er morgen …»

«Aber natürlich kann er das!», entgegnete Hrolf. «Ein Becher Bier hat noch niemandem geschadet!»

Der Meinung waren auch alle anderen. Man bat Gullweig, Trinkgefäße zu holen. Hrolf, den gefüllten Bierbecher bereits erhoben, sprach daraufhin aus, was einst Odin den Menschen geraten hatte: «Lang zum Becher nur, doch leer ihn mit Maß, sprich gut oder schweig. Niemand wird dein Benehmen tadeln, wenn du früh zur Ruhe fährst.»

Bera stemmte die Fäuste in die Hüften. «Wenn's denn dabei bliebe, Mann. Du findest doch keine Ruhe, ehe das Fass bis auf den Boden geleert ist.»

Hrolf verdrehte die Augen und murmelte: «Der schwatzt zu viel, der nimmer schweigt. Eitel unnützer Worte. Die zappelnde Zunge, die man im Zaum nicht hält, ergellt sich selten Gutes.»

Daraufhin leerte der Glasperlenmacher unter schallendem Gelächter das Bier in einem Zug. Da ließ sich auch Bera von der guten Laune anstecken und griff zu.

«Du musst den Wettbewerb unbedingt gewinnen», sagte Aslak zu Helgi.

«Ich habe das Schwert gefertigt, so gut es eben ging», erwiderte Helgi, der nur dann und wann von seinem Bier nippte, um einen klaren Kopf zu behalten. «Beim Wettbewerb sind wir Schmiede jedoch nur Zuschauer, weil andere Männer die Waffen prüfen und in verschiedenen Disziplinen gegeneinander ausspielen werden – bis nur noch ein Schwert übrig bleibt.»

«Na und?», sagte Aslak. «Dein Schwert ist unbesiegbar. Wer seinen Gegner damit nicht schlägt, der ist nicht würdig, ein Däne zu sein.»

«Der Bootsbauer spricht wahr», rief Hrolf, dem das Bier allmählich zu Kopfe stieg. Er schlug seinen Becher gegen jedes Trinkgefäß, das ihm hingehalten wurde. «Auf Helgi! Auf die Dänen! Auf unseren König! Auf Horick den Jüngeren! Und meinetwegen auch auf Hovi!»

Der Bootsbauer Aslak, der unter den Handwerkern großes Ansehen genoss, legte Helgi eine Hand auf die Schulter und sagte: «Wir alle wollen, dass du gewinnst. Gizur ist eine Schande für jeden ehrlichen Handwerker.»

«Ich warte heute noch auf ein Messer, das ich letztes Jahr bei dem Kerl bestellt und damals gleich bezahlt habe», warf Falr Leðrsniddari ein, der sich auf das Bearbeiten von Leder verstand und Schuhe, Hosen und Mäntel herstellte.

«Mir hat er zwei Pfund Bilsenkraut und Fliegenpilze abgenommen», klagte eine alte Frau. «Das Geld dafür habe ich noch immer nicht gesehen.»

«Und außerdem …», sagte Aslak und erhob die Stimme, damit alle anderen ihn hören konnten. «Außerdem werden wir nach dem Wettbewerb zu Hovi gehen. Er muss einen Thing einberufen. Dann sollen die Götter darüber urteilen, ob Gizur Einars Mörder ist oder nicht. Wenn er es ist, soll er an Yggdrasils dickstem Ast baumeln.»

«Dazu wird es aber nur kommen, wenn Gizur verliert», gab Björn zu bedenken. «Hovi wird niemals den Mann verurteilen, der ihm die Kriegswaffen schmieden soll.»

«Keine Sorge, Helgi wird gewinnen», entgegnete Aslak, und die anderen stimmten ihm zu.

Da rief Bera lachend: «Hört doch! Gizur arbeitet immer noch. Der wird niemals bis morgen fertig.»

Tatsächlich: Aus der Nachbarschmiede drangen die Geräusche wütender Hammerschläge bis in Helgis Werkstatt.

«Ich könnte dem Kryppa für den Wettbewerb mein Rasiermesser leihen», sagte Hrolf, worauf erneut Gelächter durch das Haus schallte.

Bei Einbruch der Abenddämmerung waren das Bier ausgetrunken und alle Köstlichkeiten aufgegessen. Satt und zufrieden wankten die Nachbarn in ihre Häuser zurück. Sie hatten es ja nicht weit. Nur Hrolf, der am Ende der Straße wohnte, brauchte etwas länger, weil er auf Bera gestützt die ganze Breite der Gasse ausnutzte.

Er sang mit schwerer Stimme: «Den Tag lob abends. Die Frau im Tode. Das Schwert nach dem Hieb. Die Braut nach der Hochzeit, und eh es bricht, das Eis. Das Bier lob, wenn's getrunken ist.»

Bera seufzte in sich hinein und sagte: «Ja, ja.»

Als die Nacht ihre Schwingen über Haithabu ausgebreitet hatte, lauschte Helgi am geöffneten Fenster dem Konzert der zirpenden Grillen.

Die Sterne glitzerten an der schwarzen Himmelsdecke. Eine beruhigende Stille hatte sich am Vorabend des entscheidenden Tages über die Stadt gelegt. Die Nachbarn waren längst zu Bett gegangen. Auch aus Gizurs Schmiede war kein Laut mehr zu hören.

Da bemerkte Helgi im fahlen Mondlicht einen Schatten, der sich in der Gasse von Norden her näherte. Der Schatten gehörte einer schwarzverhüllten Gestalt, deren Gesicht nicht zu erkennen war. Anhand der Art zu gehen, glaubte Helgi, dass es sich um einen Mann handelte, der geradewegs auf Gizurs Schmiede zusteuerte und gegen die Tür klopfte. Kurz darauf wurde geöffnet. Gizur erschien im Türrahmen. Die Männer wechselten leise Worte. Dann verschwanden sie in der Schmiede.

Was hatte das zu bedeuten?

Helgi schlich aus dem Hintereingang und legte sich hinter dem Weidenzaun auf die Lauer. Wenige Augenblicke später verließ der Mann Gizurs Haus wieder.

Helgi stockte der Atem, als er den Priester erkannte. Was hatte der Munki mit dem Kryppa zu schaffen?

46.

Am Tag des Wettbewerbs frischte von Westen her der Wind auf. Fauchende Böen trieben vom Friedhof den Geruch des Todes durch die Gassen der Stadt.

Als Helgi um die Mittagszeit ins Freie trat, schleuderte ihm eine Böe Straßenstaub ins Gesicht. Er spuckte aus und schaute nach oben. Die Farben des Himmels hatten sich verändert. Das satte Blau der vergangenen Wochen war verschwunden und abgelöst worden von grauen Wolken. Sie verdeckten die Sonne und jagten, vom Wind getrieben, über Haithabu und den Fjord wie eine vor dem Fenriswolf fliehende Schafherde.

Es war spürbar kälter geworden.

Jemand rief: «Regen! Jetzt kommt der Regen, Helgi!»

Er drehte sich um. Die Stimme gehörte Bera Glerpæla, die damit beschäftigt war, eine Ratte an den Türrahmen ihres Hauses zu nageln. Der tote Nager war ein Opfer für den Wettergott Thor.

Helgi nickte ihr zu, schulterte das in der Holzscheide steckende Schwert und machte sich auf den Weg zu Hovis Anwesen. Das Langhaus erhob sich am nördlichen Stadtrand hinter einer mannshohen Mauer aus aufgeschichteten Steinen. Es war das größte Gebäude in Haithabu, und es war allen Bewohnern bei Strafe verboten, ein noch größeres Haus zu bauen.

Er trat durch das Tor. Der Wind rüttelte an dem mit Holzschindeln gedeckten Dach und brauste durch die verwitterten, silbergrauen Stämme, mit denen die mehr als einhundert Fuß langen Seitenwände abgestützt worden waren. Hovis Fahne, zwei gekreuzte Schwerter auf blaugelbem Grund, knatterte über dem Eingang. Die Tür wurde durch zwei Krieger bewacht, von denen einer Swarim war.

Ausgerechnet der!, dachte Helgi.

Swarim baute sich mit entschlossener Miene vor ihm auf, auch wenn er ihm kaum bis an die Schultern reichte.

«Gib mir dein Schwert», forderte Swarim ihn auf.

Helgi zögerte. Hatte Ingvars Freund ihn wiedererkannt?

«Du bekommst es zurück, wenn du den Wettbewerb gewinnen solltest.»

Helgi händigte ihm das Schwert aus.

«Trägst du noch andere Waffen bei dir?»

Helgi verneinte. Doch die Krieger tasteten ihn ab und untersuchten die Kleidung. Erst als sie sicher waren, dass Helgi keine unerlaubten Gegenstände ins Haus schmuggelte, öffneten sie die Tür. Helgi kam in eine weitläufige Vorhalle. Stroh knisterte unter seinen Schuhen. Allein die Vorhalle war mindestens doppelt so groß wie sein eigenes Haus. An den Wänden hingen Teppiche. Darunter standen die Bänke, auf denen die Kontrahenten auf den Beginn des Wettbewerbs warteten.

Helgi zählte elf Schmiede, junge und ältere Männer. Einige von ihnen hatten weite Märsche auf sich genommen, waren aus Ribe, Jellinge, Aarhus oder Roskilde angereist. Gizur war nicht darunter.

«Wie heißt du?», rief einer der Schmiede Helgi zu.

Er nannte seinen Namen.

«Bist du Einars Sohn?», fragte der Mann. Helgi nickte. Der Mann stellte sich als Bawör vor und erklärte, dass er aus Ribe stamme. «Wir haben von seinem Tod erfahren, und wir trauern um ihn. Er war einer der Besten.»

«Aber jetzt, da er tot ist, können wir vielleicht auch mal gewinnen», warf ein zahnloser Alter ein, der auf den Namen Jafnhar hörte.

«Es sei denn, Einars Sohn versteht sich ebenso gut auf das Handwerk wie sein Vater», entgegnete Bawör.

«Tust du das denn?», raunte Jafnhar.

Helgi zuckte beiläufig mit den Schultern. Er hatte keine Lust auf ein Gespräch. Schließlich waren diese Männer seine Konkurrenten und nicht seine Freunde.

In dem Moment öffnete sich erneut die Eingangstür, und Gizur trat ein. Als Helgi sich zu ihm umdrehte, kreuzten sich ihre Blicke, und sie starrten sich hasserfüllt an.

«Wenn jetzt alle da sind», sagte Jafnhar, «kann ich euch's ja sagen: Ihr könnt alle wieder verschwinden. Denn ich habe ein Schwert geschmiedet, wie es die Welt noch nicht gesehen hat.» Er deutete die Länge seines Schwerts mit ausgebreiteten Armen an. «Und es ist so scharf, dass es sogar Daunenfedern schneidet.»

«Der Jarl will Köpfe abhacken und nicht mit Federn spielen», entgegnete Bawör.

Die anderen brachen in schallendes Gelächter aus.

Nur Helgi und Gizur lachten nicht. Sie ließen einander nicht aus den Augen. Beide waren sich bewusst, dass sie Todfeinde waren. Sie belauerten sich, um den Gegner einzuschätzen und dessen verwundbare Stellen zu finden.

Während sich Jafnhar, Bawör und die anderen Schmiede darum stritten, wer von ihnen ihrer Meinung nach das beste Schwert gefertigt habe, betrat Olaf Skoðgætir den Raum und blickte mit strenger Miene in die Runde. Sofort verebbten die Gespräche. Dann forderte Olaf die Wettbewerber auf, ihm zu folgen.

Niemals zuvor hatte Helgi eine so prächtige Halle gesehen. Die Zurschaustellung unermesslichen Reichtums raubte ihm den Atem. Die Wände des saalartigen Raums waren mit Fellen von weißen Hermelinen und schwarzbraunen Zobeln geschmückt. Überall hingen goldene Schilde. Von der Decke baumelten silberne Ketten, die mit faustgroßen Bernsteinen und Glasperlen bestückt waren. Steine und Perlen pendelten sanft hin und her und stießen mit leise klingenden Geräuschen gegeneinander, während sich das Licht unzähliger Öllampen und kleiner Feuer an den Schmuckstücken brach und sich im Gold und Silber spiegelte.

Auch die anderen erstarrten vor Ehrfurcht. Die Halle erschien wie ein Ort der Magie, der mit seinem Zauber alle Sinne verwirrte. Liebliche Düfte betörten ihre Nasen, und der Glanz blendete ihre Augen.

Wonach kann ein Mann, der so viele Reichtümer besitzt, noch streben?, fragte sich Helgi.

Die Antwort darauf gab ihm Egil Blóðsimlir. Der Hauptmann löste sich aus der Schar Krieger, die bis an die Zähne bewaffnet waren und an den Seiten des Saals Stellung bezogen hatten. Sie musterten aufmerksam die Schmiede, damit niemand auf die Idee käme, einen edlen Stein einzustecken.

«Männer!», rief Egil. «Ihr seid gekommen, damit durch eure Waffen die Ehre des großen und einzigartigen Hovi wiederhergestellt wird.»

Er wies die Schmiede an, sich am Rande einer freien Fläche in der Mitte der Halle niederzulassen, wo sie mit gekreuzten Beinen im Halbkreis Platz nahmen. Helgi und Gizur saßen sich an den äußeren Enden Auge in Auge gegenüber.

Der Bluttrinker baute sich mit verschränkten Armen vor den Teilnehmern auf und schaute der Reihe nach jedem einzelnen in die Augen. Es war eine Geste, mit der er jedem deutlich machte, wer bei diesem Wettbewerb das Sagen hatte: er, Egil, der Bluttrinker, und kein anderer.

Helgi war als Letzter an der Reihe, und bei seinem Anblick zögerte der Hauptmann. Das vernarbte Gesicht zuckte, und seine Augen verengten sich zu schmalen Schlitzen.

Er hat die Sache mit dem Eisensack nicht vergessen, schoss es Helgi durch den Kopf.

Doch dann wandte sich Egil wieder den anderen Schmieden zu und hob zu einer Rede an. «Denjenigen von euch, die zum ersten Mal in Haithabu sind, werde ich jetzt Hovis Geschichte erzählen: Vor vier Sommern fuhr eine gewaltige Dänenflotte, bestehend aus zweiundsechzig Langschiffen, vom Reich der Frankar aus in das Mittelländische Meer. Der große Seekönig Hástein und sein Ziehsohn Björn Eisenseite führten die Flotte an. Einige der Drachenschiffe wurden jedoch vom Kriegsherrn Hovi, dem Jarl der Stadt Haithabu, befehligt. Auch ich hatte die Ehre, in seinem Gefolge fahren zu dürfen. Wir plünderten Städte und raubten Sklaven, deren Haut schwarz wie Kohle war. Dann kamen wir zu einer Stadt, die die Frankar Rom nennen. Sie ist riesig, voller Schätze und Reichtümer. Hovi wollte diese Stadt einnehmen und plündern. Doch der vor vielen Jahren aus dem dänischen Reich vertriebene Jarl Hástein war zu feige und wandte sich gegen andere Städte. Odin zürnte deswegen dem Seekönig, denn er wollte Rom! Die Stadt, in der das Oberhaupt der Christen wohnt. Odin sandte uns in der Straße von Gibraltar einen furchtbaren Sturm. Vierzig Schiffe sanken. Der Feind erkannte unsere Schwäche, und wir wurden angegriffen. Es folgte Niederlage auf Niederlage. Unsere Schiffe wurden versenkt, die Zahl unserer Männer schwand dahin. Und das geschah alles nur, weil die feige Ratte Hástein Rom nicht angegriffen hat.»

Egil breitete die Arme aus wie ein Adler seine Schwingen und donnerte: «Unser Hovi hat diese Stadt nie vergessen. Er hat Odins Ruf erhört und wird gegen Rom ziehen, die Stadt plündern und zerstören. Wir werden die Schätze rauben, die Männer schlachten und ihre Frauen und Töchter versklaven. Heilsa Odin! Heilsa Hovi! Mit den Waffen, die vom besten Schmied unseres Reiches geschmiedet werden, sollen die treusten der treuen Krieger ausgerüstet und die Feinde getötet werden. Und nun möge der Wettkampf beginnen, denn hier ist …»

Er deutete mit einer ausladenden Geste hinter sich. Am anderen Ende des Saals loderten jetzt Birkenholzfeuer auf.

«… unser einzigartiger Führer Hovi.»

Im Schein der Feuer wurde der Jarl sichtbar, der auf einem aus Eichenstämmen gezimmerten Hochstuhl thronte. Wie immer war sein Gesicht hinter der Silbermaske verborgen. Helgi hatte ihn noch nie aus solcher Nähe gesehen. Er überlegte, ob die Maske ein Abbild des Gottes Odin darstellen sollte. Der Jarl trug ein purpurfarbenes Gewand, dessen Seide mit Edelsteinen verziert und von Goldfäden durchwirkt war.

Alle Geräusche erstarben. Atemlose Stille breitete sich aus. Der Jarl hob seine Hand, auf deren Fingern Bernsteinringe steckten. Das war das Zeichen. Die Schmiede stellten sich nebeneinander in einer Reihe auf, der Wettbewerb war eröffnet.

«Beweist dem Führer eure Demut», rief Egil.

Als Ersten ließ er den alten Jafnhar vortreten, der auf Knien zum Thron rutschte.

«Mein Herr, mein Herr», stammelte Jafnhar und begann, Hovis Lederstiefel zu küssen. «Nur für Euch habe ich das herrlichste Schwert geschmiedet. Es wird Euch zu Eurem Sieg verhelfen. Ich selbst habe damit einem meiner Sklaven beide Arme abgeschlagen, als Beweis dafür, wie unübertroffen scharf die Klinge ist.»

«Genug geredet», rief Egil, «reih dich wieder ein.»

Aber Jafnhar machte keinerlei Anstalten, vom Jarl abzulassen. Er bedeckte die Stiefel mit schmatzenden Küssen, bis der Speichel heruntertropfte. «Mein Schwert ist so wunderbar, wie Ihr es seid, mein Führer! Heilsa Hovi, heilsa.»

Da trat Hovi dem alten Schmied so fest ins Gesicht, dass das Geräusch von Jafnhars brechender Nase in der ganzen Halle zu hören war.

«Nichts ist so wunderbar wie der große Hovi, du Wurm», brüllte Egil.

Er wies zwei Krieger an, den Alten hinauszubringen. Doch Jafnhar dachte nicht daran, vom Jarl abzulassen, und klammerte sich an dessen Beine. Da zückte einer der Krieger einen Dolch, schnitt Jafnhar die Kehle durch und schleifte dessen Leiche aus der Halle. Damit waren es noch zwölf Bewerber.

Die anderen Schmiede waren über Jafnhars Tod entsetzt. Angst machte sich breit. Als sie dem Jarl ihre Unterwürfigkeit bezeugten, gingen sie deutlich vorsichtiger zu Werke.

Helgi und Gizur waren die Letzten. Egil zeigte zunächst auf Gizur.

Mit gesenktem Haupt schlich der Kryppa zum Thron. Er küsste die Stiefel und zischelte: «Eine Klinge habe ich Euch geschmiedet, an der niemals Rost haften soll und die in Eurer Hand zum Mörder wird, sooft Ihr sie zückt. Weitaus fester und schärfer noch ist meine Klinge, als es die Schwerter des Mannes sind, dem Ihr zuvor den Auftrag gegeben habt. Dieser Mann war es nicht wert, für Euch die Kriegswaffen herzustellen. Er war ein Blender, der Euch hintergangen hat und der von den Göttern für seine Tat zu Recht mit dem Tode bestraft worden ist ...»

Helgi ballte die Fäuste. Der Kryppa hatte offensichtlich nur eines im Sinn: Einar zu verunglimpfen – den er selbst ermordet hatte.

«Sein Sohn», schnaufte Gizur und deutete auf Helgi, «will sich nun von Euch den Auftrag erschleichen. Aber der Junge ist ebenso falsch, wie sein Vater es war. Er hat mir mein Eigentum gestohlen, meine Sklavin. Ein solcher Lügner und Betrüger darf auf keinen Fall an diesem Wettbewerb teilnehmen.»

Der Jarl beendete Gizurs Vorhaltungen, indem er dem Schmied mit einer beiläufigen Handbewegung zu verstehen gab, sich wieder zu entfernen. Dann winkte er seinen Hauptmann zu sich, um sich mit ihm im Flüsterton zu beraten.

Als sie ihre Unterredung beendet hatten, sagte Egil: «Der große Hovi hat verfügt, dass vergangene Taten, die mit diesem Wettbewerb nichts zu tun haben, an dieser Stelle nebensächlich sind.»

Helgi atmete auf, denn dies bedeutete, dass Egil ihn wegen der Sache mit dem Eisensack ebenfalls nicht belangen konnte.

«Freu dich nicht zu früh», zischte Gizur zu Helgi.

Nun war Helgi an der Reihe, dem Jarl seine Demut zu beweisen. Seine Lippen berührten flüchtig die Lederstiefel. Er sagte: «Mein Name ist Helgi, ich bin der Sohn des Schmieds Einar. Mein Vater hat Euch bereits viele gute Waffen gefertigt. Ich bin nun angetreten, um diesen Auftrag fortzuführen. Einar hat mich alles gelehrt, was man können und wissen muss, damit ein Schwert so hart und so scharf wird, dass es allen Feinden überlegen ist. Mit meinen Waffen werdet Ihr einen Ehrenplatz an Odins Seite einnehmen.»

Er erhob sich und schaute den Jarl an, um hinter den Sehschlitzen eine Gemütsregung auszumachen. Aber die Augen blieben starr wie die Maske.

Helgi verbeugte sich und kehrte zu den anderen Schmieden zurück.

Der zweite Durchgang des Wettbewerbs bestand aus der Präsentation der einzelnen Schwerter. Die Waffen wurden von barbusigen Mädchen hereingebracht und zu Füßen des Jarls auf den Boden gelegt. Zwei Schwerter hielten Hovis Urteil nicht stand. Die Klingen waren krumm und hatten bereits Rost angesetzt. Mit gesenkten Köpfen verließen die Verlierer die Halle.

Zwei weitere Schmiede fielen beim darauffolgenden Test durch. Dieser bestand darin, die Klingen gegen eine eiserne Stange zu schlagen, wobei Hovi die Qualität der Schwerter anhand des metallenen Klanges überprüfte.

Die verbliebenen acht Schwerter wurden von Olaf Skoðgætir eingesammelt. Man legte jeweils ein Schwert auf zwei Holzblöcke, um dessen Festigkeit zu prüfen. Der beleibte Waffenmeister stemmte seinen Fuß auf eine Klinge und trat fest darauf. Eines der Schwerter zerbrach unter seinem Gewicht.

Somit standen noch sieben Schwerter für die letzten drei Runden bereit.

Man brachte sieben Totenschädel in die Halle. Egil Blóðsimlir wollte daran nun die Schärfe der Klingen testen. Der Hauptmann nahm zunächst das Schwert des Schmieds Bawör und rammte es mit voller Wucht in einen der Schädel. Es gab ein knackendes Geräusch, und der Schädel zerfiel in zwei Hälften. Bawör hatte bestanden.

Die Krieger murmelten anerkennende Worte.

Auch Helgis und Gizurs Schwerter zerteilten die Totenschädel mühelos. Die Klingen der übrigen vier Schmiede blieben jedoch in den Knochen stecken. Damit war auch für sie der Wettbewerb beendet.

Einer der Schmiede witterte jedoch Betrug. Er protestierte lautstark und behauptete, Egil habe nicht fest genug zugeschlagen. Mit einem Fausthieb auf die Nase brachte der Hauptmann den Mann zum Schweigen.

Die Reihe der Bewerber hatte sich nun deutlich gelichtet. Drei waren noch im Rennen: Bawör, Gizur und Helgi. Ihre Schwerter waren allesamt hervorragend, doch nur eines würde gewinnen.

Beim folgenden Test, dem vorletzten, würde ein weiteres Schwert auf der Strecke bleiben müssen. Denn im Finale, der alles entscheidenden Prüfung, sollten die beiden besten Klingen in einem Zweikampf aufeinanderstoßen, in dem der Gewinner mit Blut besiegelt werden würde. Der Tod sollte Richter sein über Sieg und Niederlage.

Zuvor galt es jedoch, Schnelligkeit und Wendigkeit der Waffen zu testen. Dafür brachte man eine Holzkiste herein, in der drei Mäuse waren. Egil wählte einen jungen Krieger aus, einen geschickten und schnellen Schwertkämpfer. Nachdem man in der Mitte der Halle vier Balken zu einem Geviert zusammengelegt hatte, erhielt der Mann eines der Schwerter. Es war Gizurs Klinge. Der Krieger stieg mit der Waffe in die Absperrung. Egil fischte eine der fiependen Mäuse aus der Kiste und warf sie ihm zu. Das Schwert blitzte auf, und das Fiepen verstummte. Noch in der Luft hatte die Klinge das Tier in zwei Hälften zerteilt.

Helgi war fasziniert. Niemals zuvor hatte er ein derartiges Kunststück gesehen.

Jetzt war sein Schwert an der Reihe. Egil reichte es dem Krieger. Erneut flog eine Maus in das Geviert. Der junge Mann schlug blitzschnell zu, doch die Klinge verfehlte ihr Ziel. Helgi stockte der Atem, als die Maus davonsauste und auf einen der Balken zusprang, um dem Areal zu entkommen. Da holte der Krieger aus, und dieses Mal traf er den Nager.

Nun hing alles davon ab, wie er mit Bawörs Schwert umgehen würde. Sollte er das Tier mit dem ersten Hieb töten, wäre der Wettbewerb für Helgi vorbei.

Der Krieger machte sich bereit. Egil warf die Maus, aber die Klinge trennte dem Tier nur den Schwanz ab. Bawör biss vor Aufregung in den Ärmel seines Lederhemds. Ohne ihren Schwanz war die Maus jedoch nur noch halb so schnell. Sie wackelte in kreisförmigen Bewegungen hin und her und verharrte schließlich regungslos. Der Krieger stieß mit Bawörs Schwert zu. Doch im letzten Augenblick erwachte das Tier zu neuem Leben und schoss davon. Die Klinge hatte ihr Ziel verfehlt.

Egil stieg in das Geviert und zerquetschte die Maus unter seinen Füßen.

Damit standen die Finalisten fest. Bawör verließ mit versteinertem Gesicht den Raum.

Man entfernte die Balken und ließ Helgi und Gizur vortreten.

Der Kryppa sah die Gelegenheit gekommen, Helgi erneut schlechtzumachen. «Es gibt da noch etwas, das Ihr unbedingt über Einars Sohn wissen solltet, großer Hovi, denn diese Angelegenheit berührt unmittelbar den Wettbewerb.»

Egil verzog das Gesicht, forderte ihn aber auf zu reden.

Gizur kam ohne Umschweife zur Sache: «Einars Sohn hat sein Schwert aus Eisen geschmiedet, das er von den Munkis erbettelt hat. Wollt Ihr Euer Schicksal tatsächlich einem Mann anvertrauen, der mit den Christen gemeinsame Sache macht?»

Helgi stöhnte auf. Das war es also gewesen, was der Priester dem Kryppa gestern Nacht mitgeteilt hatte. Aber aus welchem Grund hatte der Priester das getan?

Der Jarl winkte Egil zur Beratung heran. Nach einer Weile sagte Blóðsimlir: «Wir unterbrechen den Wettbewerb. Der große Hovi wird sich bei einem Festmahl stärken, bevor er sein Urteil spricht.»

Der Hauptmann deutete auf Helgi und befahl seinen Kriegern: «Dieser Schmied wird bis auf weiteres festgenommen.»

Mehrere Männer umringten Helgi. Bevor er wusste, wie ihm geschah, warf man ihn nieder und fesselte ihn an Händen und Füßen. Den Kopf auf den Boden gedrückt, schaute er zu Gizur auf.

Sein Todfeind grinste verschlagen und beugte sich zu ihm hinunter. «Dein Freund, der dunkle Priester, hat mir versprochen, dass er für dich beten wird.»

47.

Das Unwetter kündigte das Ende der Welt an.

Bis zum Abend hatte der Sturm an Stärke zugenommen. Er brauste über die Dächer und fegte brüllend durch die Gassen. Der Wind riss Stroh von den Häusern und blies es zusammen mit dem Staub der ausgetrockneten Felder übers Land. Blitze zuckten, und es donnerte in immer kürzeren Abständen. Die Wucht der dumpfen Schläge ließ die Dächer erbeben.

Aber noch immer war kein einziger Tropfen des erlösenden Regens gefallen.

Donner und Sturmgeheul hallten in Odos Ohren, als er sich durch die sturmdurchfluteten Gassen der Stadt kämpfte. Über seiner Schulter hing der Beutel, in dem sich die Kiste mit den Geräten, dem Umhang und dem Buch befand.

Er empfand ein Gefühl von tiefer Dankbarkeit. Es war so weit. Er, der Knecht Gottes, hatte auf Erden den Weg bereitet für das heilige Jerusalem, für die Rückkehr des Allmächtigen. Odo hatte eine steinerne Kirche errichtet, hatte fünf Dämonen vernichtet, und nun würde er die letzten Dämonen Neid und Hochmut richten. Damit war der Weg frei für das Jüngste Gericht.

Einen Psalm murmelnd, zog er durch die menschenleeren Straßen. Die Bewohner hatten sich in ihre Häuser zurückgezogen, da sie befürchteten, der Himmel könne ihnen auf den Kopf fallen. Damit hatten sie nicht einmal unrecht, dachte Odo belustigt.

«Die Gottlosen werden nicht bestehen im Gericht, noch die Sünder in der Gemeinde der Gerechten», murmelte er.

«Denn der Herr kennt den Weg der Gerechten, aber der Weg der Gottlosen führt ins Verderben.»

Odo ging direkt zu Helgis Haus. Vom Buckligen hatte er erfahren, dass heute der Wettkampf der Schmiede ausgetragen wurde. Er hatte also noch ausreichend Zeit, um die Wahrheit über den Jungen zu erfahren.

Helgi. Der über Gott Erhabene. Der Sohn des Verderbers.

Ragnars Höllenbrut! Der Vater aller Sünden.

Der Ring hatte ihn verraten. *Ihr* Ring. Alexandras Ring. Oh, Mutter!

Die Erkenntnis hatte Odo mitten ins Herz getroffen. Tagelang hatte er sich im Wald verkrochen, hatte pausenlos gebetet und mit Gott Zwiesprache gehalten. Schließlich war Odo klar geworden, dass dies alles nur ein weiterer Streich des Teufels war.

Der Satan machte sich lustig. Er hatte sich im Leib des jungen Mannes verkrochen, den er selbst gezeugt hatte.

Der Teufel fühlte sich noch immer sicher.

Odo erreichte die Schmiede und klopfte an.

Eine kleine alte Frau mit schlohweißem Haar öffnete die Tür einen Spalt. Sie hatte weiche Haut und sanftmütige Züge. «Wer bist du?», wollte sie wissen.

«Mein Name lautet Odo. Ich bin der Priester der christlichen Gemeinde von Haithabu. Bitte lass mich herein.»

Gullweig wich nicht zur Seite. «Warum sollte ich das tun? Ich kenne dich nicht.»

«Ich muss mit dir über deinen Sohn reden.»

«Helgi? Er ist nicht zu Hause.»

«Das weiß ich, Gullweig.» Odo lächelte milde. «Dein Junge steckt in großen Schwierigkeiten.»

Die Alte verzog das Gesicht. «Was ist geschehen?»

«Lass mich eintreten, dann werde ich es dir erzählen.»

Gullweig zögerte, doch dann öffnete sie die Tür. Sofort schlüpfte Odo an ihr vorbei. Nachdem sie ihm gefolgt war, griff er hinter sich und verriegelte die Tür von innen.

«Was soll das?», rief die Alte.

«Deine Nachbarn sollen nicht alles erfahren.»

Die Frau starrte Odo ungläubig an. «Nun rede doch endlich – was ist mit Helgi?»

«Wie ich schon sagte, er steckt in Schwierigkeiten», erwiderte Odo und schaute sich in der Schmiede um. Hier hatte sich der Dämon also in all den Jahren versteckt. Die Werkstatt sah aufgeräumt aus. Odo lächelte. Das Chaos verbirgt sich in der Ordnung, dachte er.

Die alte Frau zupfte am Ärmel seiner Kutte. «Ich will, dass du wieder gehst. Du gefällst mir nicht. Du hast keine guten Augen. Sag sofort, was du mir zu erzählen hast, oder ich rufe die Nachbarn zu Hilfe.»

Odo griff zu und packte Gullweig mit der einen Hand im Nacken, mit der anderen hielt er ihr den Mund zu. Ihre Augen weiteten sich vor Angst. Sie versuchte, Odos Arm wegzuschieben. Doch als er den Druck in ihrem Nacken verstärkte, verstand Gullweig. Sie war eine kluge Frau, die wusste, wann sie sich in ihr Schicksal zu ergeben hatte. Odo schleppte sie in die Schlafkammer und warf sie auf eines der Lager. Dann band er ihr die Hände auf den Rücken und knebelte sie mit einem Stofffetzen.

«Du wirst mir nun die Wahrheit über den Jungen erzählen, den du deinen Sohn nennst», sagte er. «Ich nehme dir jetzt den Knebel wieder ab. Aber ich warne dich: Wenn du schreist, schlitze ich dich auf.»

Er holte das Messer aus dem Beutel und hielt es Gullweig vors Gesicht. Ihre Augen spiegelten sich auf der blanken Klinge.

«Hast du mich verstanden?»

Gullweig nickte, und Odo entfernte den Knebel.

«Der Junge wird nicht so bald zurückkehren», sagte er. «Ich habe eurem buckligen Nachbarn, den ihr Kryppa nennt, erzählt, woher der Junge das Eisen hat – von mir. Der Schmied wird es dem Jarl erzählen. Und du kannst dir vielleicht vorstellen, Frau, wie euer Herrscher darauf reagieren wird.»

«Verräter», zischte Gullweig.

Odo hob drohend die Klinge, ließ sie aber wieder sinken. «Mach dir keine Sorgen. Der Jarl wird den Jungen am Leben lassen.»

«Woher willst du das wissen?»

«Weil allein Gott, der Allmächtige, den Lauf der Welt bestimmt.» Odo bekreuzigte sich. «Und weil sich die Menschen in Haithabu erzählen, dass der Junge tatsächlich das beste Schwert geschmiedet hat. Das wird auch Hovi erkennen. Der Jarl ist schlau genug, sich nicht von allzu eilfertigen Rachegelüsten verleiten zu lassen.»

Odo betrachtete die alte Frau, deren Gesicht von tiefen Falten gefurcht war. Sie hatte ihr Leben gelebt. Bestimmt ist sie eine gute Mutter gewesen, dachte er. Und vielleicht wäre sie sogar eine gute Christin geworden.

Seufzend legte er das Messer beiseite. «Möchtest du meine Geschichte hören, Frau?»

Gullweig schwieg.

Odo begann trotzdem zu erzählen. Er berichtete von seiner Kindheit in Paris, einer reichen Inselstadt mit hohen Steinhäusern und einer herrlichen Kirche – Saint

Etienne! –, und von seinen Eltern, bei denen er in Liebe und Fürsorge aufgewachsen war. Odo ließ kein einziges Detail aus. Weder von dem blutigen Überfall der Normannen noch von seiner Zeit im Kloster. Er genoss es. Niemals zuvor hatte er einem Menschen seine Geschichte erzählt, auch wenn ihn viele danach gefragt hatten. Aber hier, in der Heimstatt des Verderbers, perlten die Worte wie an einer langen Kette aus seinem Mund.

«Und nun», schloss er seine Erzählung, «ist es an dir, Frau des Einar, mir deine Wahrheit zu offenbaren – die Wahrheit über den Jungen, den du als deinen Sohn ausgibst.»

Gullweig schaute an Odo vorbei zur Tür, als rechne sie damit, dass Helgi jeden Augenblick eintreten würde. Aber er kam nicht.

Odo sog geräuschvoll die Luft ein. «Nun?»

«Ich kann nicht.»

«Du kannst nicht?»

Sie schüttelte den Kopf.

Odo nickte verständnisvoll. «Für diesen Fall habe ich vorgesorgt und einige Dinge mitgebracht, die deinen Erinnerungen auf die Sprünge helfen werden.»

Er knebelte sie wieder und sagte: «Es tut mir leid.»

Er entfachte das Feuer mit frischen Scheiten. Als die Flammen hell loderten, legte er einen Schürhaken aus der Schmiede hinein und wartete, bis das Eisen glühte. Dann nahm er es heraus und begann, Gullweigs Zunge damit zu lösen.

Von außen rüttelte der Sturmwind am Haus. Das Gebälk krachte, das Dach knirschte. Ein loser Fensterladen schlug einen unsteten Rhythmus. Donner rollte heran, der Wind heulte.

Und noch immer war kein einziger Tropfen Regen gefallen.

Als Odo mit der Frau fertig war, hatte er wie erwartet alles erfahren, was er wissen musste. Er wischte sich die Tränen aus den Augen, packte seine Sachen wieder zusammen und bereitete sich auf das Ende vor.

Das Jüngste Gericht war nah.

48.

Die Festtafel war beladen mit reifen Früchten, gekochten Flusskrebsen, geräucherten Aalen, gedünsteten Schollen, goldgelbem Käse und dem gebratenen Fleisch zarter Ferkel.

Egil Blóðsimlir, Olaf Skoðgætir und andere auserwählte Krieger speisten an der Tafel. Jarl Hovi hingegen hatte sich in eine dunkle Ecke des Saals zurückgezogen, wo seine Sklavinnen ihn mit Köstlichkeiten versorgten. Denn nur seine Frauen durften ihn ohne die Maske sehen, die er zum Essen abnehmen musste. Nachdem man sich gestärkt hatte, wurden erneut die Feuer entzündet, und Egil verkündete Hovis Urteil.

«Der Wettbewerb wird fortgesetzt», rief der Hofðingi. «So hat unser Jarl entschieden. Eisen ist Eisen, egal ob es aus Sliesthorp, Haithabu oder von den Munkis stammt. Daher soll sich das Schwert im Kampf Mann gegen Mann beweisen. Das bessere Schwert möge gewinnen.»

Gizur grunzte zornig, als die Soldaten Helgi von seinen Fesseln befreiten.

Nun wurden zwei lediglich mit kurzen Hosen bekleidete Männer in die Halle geführt. Einer war blond, der andere schwarzhaarig. Beide waren von ähnlicher Statur: gedrungen und kräftig. Es waren Frankar, gefangene Soldaten des ostfränkischen Königs Ludwig.

Egil verkündete, es handele sich bei den Männern um Blutsbrüder, die sich ewige Treue geschworen hätten. Doch damit sei es nun vorbei. Hovi würde einen von ihnen den Göttern opfern.

Man reichte ihnen die beiden Schwerter. Der Blonde erhielt Helgis Klinge, der Schwarze Gizurs. Die Männer wussten noch nicht, was auf sie zukam, und verharrten unschlüssig in der Mitte der Halle. Erst jetzt erklärte Egil den Sklaven, dass sie auf Leben und Tod gegeneinander zu kämpfen hatten. Dem Gewinner würde die Freiheit geschenkt. Sollten sie sich jedoch weigern zu kämpfen, würden beide sterben.

Egil reichte ihnen Trinkhörner, die mit schwerem Rotwein gefüllt waren. Das Getränk sollte ihnen die Furcht nehmen und sie angriffslustiger machen. Aber erst als der Hauptmann sie mit einer Lanze bedrohte, begannen sie die Hörner zu leeren.

Dann kreuzten die Frankar die Klingen, und auf Egils Kommando hin wurde der Kampf eröffnet. Die Männer führten die Schwerter geschickt, und eine Zeit lang sah es so aus, als würde sich der ausgeglichene Zweikampf noch lange hinziehen. Da machte der Blonde plötzlich einen Ausfallschritt. Er stieß mit Helgis Schwert zu und fügte dem Schwarzhaar eine Schulterwunde zu, die sofort zu bluten anfing. Der Getroffene heulte auf. Aber der Schmerz stachelte ihn zu neuer Höchstleistung an. Es dauerte nicht lange, bis auch er mit Gizurs Schwert einen ersten Treffer landete und dem Blonden die Hüfte aufriss. Nach und nach steigerten sich die Männer in ihrer Kampfeswut. Von Wein und Schmerzen berauscht, hieben sie immer heftiger aufeinander ein. Bald spritzte das Blut aus unzähligen Wunden. Doch den tödlichen Schlag hatte noch keiner landen können.

Da ließ Hovi, der offensichtlich Spaß an dem Schauspiel gefunden hatte, den Kampf unterbrechen, um das Ende hinauszuzögern. Man versorgte die Wunden der Männer und gab ihnen noch mehr Wein.

Helgi warf Gizur einen Blick zu. Der Kryppa saß auf der gegenüberliegenden Seite des Kampfplatzes. Er beachtete Helgi nicht, sondern starrte auf die Trinkhörner in den Händen der Kämpfer.

Das Geräusch einer sich öffnenden Tür zog Helgis Aufmerksamkeit auf sich. Er stieß einen keuchenden Laut aus. Olaf zerrte an einer Kette ein nacktes Mädchen hinter sich her in die Halle. Entsetzt erkannte Helgi, dass es Rúna war, die wie ein Hund hinter dem Waffenmeister herkriechen musste. Olaf führte sie vor Hovis Thron und befahl ihr, sich zu setzen.

Helgi versuchte, Blickkontakt zu Rúna aufzunehmen. Doch ihre Augen starrten ins Leere.

Egil sammelte unterdessen die Trinkhörner ein. Dann hetzte er die Frankar erneut aufeinander, und der metallische Klang sich kreuzender Klingen erfüllte die Halle. Wie Todfeinde schlugen die einstigen Blutsbrüder jetzt aufeinander ein. Zunächst sah es danach aus, als ob der Blonde einen kleinen Vorteil hätte. Er schien ausdauernder zu sein und trieb den Schwarzhaarigen mit kraftvollen Schlägen vor sich her.

Plötzlich stolperte der Schwarze in der Rückwärtsbewegung über seine eigenen Füße. Sofort war der Blonde über ihm. Er hob die Klinge über den Kopf, bereit, den tödlichen

Hieb auszuführen. Da zerrte Egil ihn zurück und erklärte den Kampf erneut für unterbrochen.

Helgi schrie innerlich auf vor Empörung. Er hatte den Sieg schon vor Augen gehabt!

Rúna schien von alldem nichts mitzubekommen. Ihr Gesicht war so ausdruckslos, dass Helgi vermutete, sie stehe unter dem Einfluss eines Giftes oder einer Droge.

Als er wieder zum Platz schaute, wo Gizur gesessen hatte, konnte er den Kryppa nirgendwo entdecken. Auf dem Kampfplatz wurden die Sklaven mit Wein abgefüllt. Egil stand breitbeinig und mit vor der Brust verschränkten Armen bei seinen Soldaten. Doch wo war Gizur?

Schließlich entdeckte Helgi ihn bei dem Fass, aus dem einer der Soldaten den Wein für die Kämpfer zapfte. Beide hatten bereits mehrere Trinkhörner leeren müssen. Doch Egil glaubte offensichtlich, dass sie noch immer nicht genug hatten. Als der Soldat ein weiteres Horn füllte, das für den Blonden gedacht war, schüttete Gizur in einem unbeobachteten Moment den Inhalt einer kleinen Tonflasche hinein.

Bevor Helgi protestieren konnte, hatte der Blonde den Wein getrunken, und Egil eröffnete die nächste Runde. Es sollte die letzte sein. Auf Leben und Tod – nun kam es darauf an.

Zunächst kämpfte der Blonde unvermindert hart und jagte den anderen Mann über den Kampfplatz. Der war kaum noch in der Lage, die Schläge abzuwehren. Da brachte der Blonde seinen Gegner erneut zu Fall. Der Schwarzhaarige ging zu Boden, das Schwert entglitt seiner Hand.

Gizur stöhnte auf.

Der Blonde hob Helgis Schwert, um das Herz des anderen zu durchbohren, als er plötzlich in seiner Bewegung erstarrte. Sein Gesicht verkrampfte sich, Blut quoll ihm aus der Nase.

Sofort griff der Schwarzhaarige nach Gizurs Schwert und rammte es dem Blonden von unten so tief in den Bauch, dass die Spitze auf dem Rücken wieder austrat. Er ließ Helgis Schwert fallen, drehte sich um die eigene Achse und kippte um.

«Das Schwert hat entschieden!», rief Egil.

Er nahm dem Schwarzhaar Gizurs Schwert ab und brachte es Hovi. Mit einer triumphierenden Geste hielt der Jarl die Waffe in die Höhe. Der Wettbewerb war beendet.

Rúna wurde von ihrer Kette befreit und Gizur übergeben. Hovi hatte Wort gehalten: Der Gewinner erhielt nicht nur den Auftrag, sondern auch die Sklavin. Rúna gehörte wieder dem Kryppa.

Da konnte Helgi sich nicht länger zurückhalten. «Gizur hat den Mann vergiftet», brüllte er. «Er hat eine Giftflasche bei sich. Durchsucht ihn!»

«Halt dein vorlautes Maul», herrschte Egil ihn an. «Wir haben alle gesehen, dass dein Schwert verloren hat.»

Eine Handvoll Krieger näherte sich Helgi mit vorgehaltenen Lanzen.

Tatenlos musste Helgi mit ansehen, wie Gizur zum Sieger gekürt wurde. Der Kryppa erhielt eine mit Silber gefüllte Schatulle, die er sich unter den Arm klemmte. Mit der anderen Hand packte er Rúna und schleifte sie hinter sich her zum Ausgang. Sie verließen den Saal, krachend fiel die Tür hinter ihnen ins Schloss.

«Der Kryppa ist ein Mörder und Betrüger!», schrie Helgi.

Egil kochte vor Wut. «Niemand darf das Urteil des großen Hovi anzweifeln.»

Doch Helgi überhörte die Worte. Verzweifelt griff er nach der Lanze des Kriegers, der ihm am nächsten stand, und riss sie ihm aus der Hand. Die anderen Soldaten wichen vor dem tobenden Hünen zurück. Die Lanze schwenkend, stürzte Helgi auf den Kampfplatz und hob sein Schwert auf.

Egil befahl seinen Männern, Helgi zu töten, der sich sofort mindestens dreißig Männern gegenübersah. Um die Gegner auf Abstand zu halten, ließ er das Schwert mit wuchtigen Bewegungen über seinem Kopf kreisen. Doch Egil trieb die Krieger an. Der Kreis um Helgi schloss sich immer enger. Er ließ das Schwert rotieren und versuchte, sich Schritt für Schritt dem Ausgang zu nähern. Aber es war aussichtslos. Wie eine Wand standen die Krieger zwischen ihm und der Tür.

«Tötet ihn!», brüllte Egil. «Bringt Hovi seinen verdammten Kopf.»

Da sah Helgi eine Tranlampe, die auf einem Podest stand. Blitzschnell ergriff er sie und schleuderte sie in Hovis Richtung. In hohem Bogen flog das Gefäß über die Köpfe der verdutzten Krieger hinweg und traf den Jarl an der Brust. Brennendes Öl lief aus der Lampe und verteilte sich auf dem purpurfarbenen Seidenstoff, der sofort Feuer fing.

Hovi stieß einen gellenden Schrei aus. Der Thron begann zu schwanken, dann kippte er um, und der wie eine Fackel brennende Hovi stürzte in seine Hermelinfelle. In Windeseile breitete sich das Feuer aus. Schon züngelten die Flammen an den Wänden empor.

Niemand achtete jetzt mehr auf Helgi. Während sich die Halle mit Qualm füllte, versuchten die Krieger, den Jarl zu löschen.

Das war Helgis Gelegenheit. Mit dem Schwert in der Hand floh er aus dem Saal, rannte durch die Vorhalle und riss die Tür ins Freie auf. Doch ein mit einer Axt bewaffneter Krieger versperrte ihm den Weg.

Als über der Stadt ein Blitz aufzuckte, wurde es für einen Augenblick taghell. In dem gespenstischen Licht erkannte Helgi Swarim, dessen Haar vom Sturmwind zerzaust war.

«Ich weiß, wer du bist», rief Swarim gegen das tosende Unwetter an. «Das Hurenhaus. Du bist vor Ingvar geflohen.»

Eine Böe riss am Langhaus und ließ das Dach erbeben.

Auge in Auge standen sich die beiden gegenüber. Helgi machte sich zum Kampf bereit. Er würde sich von niemandem mehr aufhalten lassen.

Da ließ Swarim die Axt sinken, trat zur Seite und deutete mit dem Kopf in Richtung der Stadt. «Ingvar hat mir von deiner Sklavin erzählt. Beeil dich. Der Kryppa wird sie nicht freiwillig hergeben.»

Helgi drängte an Swarim vorbei.

Über Haithabu zuckte erneut ein grelles Licht auf. Der Blitz setzte das erste Dach in Brand.

49.

Der erlösende Tod wollte nicht kommen.

Mit ausgestreckten Armen und Beinen lag der alt gewordene Missionar auf dem Boden der Waldklause und schaute durch das Loch im Dach. Am von Blitzen erhellten Nachthimmel jagten tiefhängende Wolken vorüber.

Ohrenbetäubender Donner grollte über dem Wald. Der Sturmwind schüttelte die Wipfel hin und her.

Das Fasten der vergangenen Tage hatte Ansgars Körper so sehr geschwächt, dass er sich kaum noch bewegen konnte. In einem Dämmerzustand vegetierte er vor sich hin. Er sehnte den Tod herbei, sehnte sich nach dem göttlichen Gericht.

«O Herr, du Gott meines Heils, ich schreie Tag und Nacht nach dir! Ich liege unter den Toten, bin den Erschlagenen gleich, die im Grabe ruhen …»

Immer wieder sagte er das. Seit sechs Tagen.

Er hatte nichts gegessen, nur hin und wieder einen Schluck fauliges Wasser getrunken, das er mit der Hand aus dem Noor geschöpft hatte.

Die Zweifel, die ihn bereits sein Leben lang geplagt hatten, waren nun übermächtig geworden. Er hatte nach der Krone des Martyriums gestrebt, aber sie war ihm verwehrt worden. Warum? War er wirklich ein Sünder?

Der Missionar ließ sein Leben an sich vorbeiziehen, die zweiundsechzig Jahre, die Gott ihm gegeben hatte. Im Jahre des Herrn 826 war Ansgar das erste Mal in die Länder der Normannen gereist, in den rauen Norden. Er war fünfundzwanzig Jahre alt, ein junger Mann, den Kopf voller Ideen und Ideale. Er folgte dem dänischen König Harald Klak, der sich hatte taufen lassen.

Der Herr selbst war es gewesen, der ihm den Auftrag für die heilige Mission erteilt hatte.

«Ich habe dich zum Licht der Heidenvölker gemacht, auf dass du ihnen mein Heil seiest bis an der Erde Grenze.» So hatte der Herr gesprochen, und Ansgar hatte sein Leben der Mission geweiht.

«*Vade, et martyrio coronatus ad me reverteris* – Gehe

hin! Mit der Krone des Martyriums wirst du zu mir heimkehren.»

Die Krone!

Er hatte den Dänen eine Kirche errichtet und den dänischen König getauft. Er war nach Schweden gereist, zum Volk der Svea. Eine Glocke hatte geläutet in Haithabu, eine Glocke im Land der Heiden. Er war Bischof geworden.

Die Krone!

Er hatte Karl den Großen und Ludwig den Frommen überlebt, hatte den Erzbischof Ebo, die Missionare Gauzbert und Wittmar und viele andere zu Grabe getragen. Ansgar war Mönch, Priester, päpstlicher Legat, Bischof.

Aber die Krone?

Er hatte alles wieder verloren. Die Heiden hatten sein Bistum verwüstet, damals im Jahre des Herrn 845 beim Überfall auf die Hammaburg. Die Svea hatten ihn aus ihrem Land verjagt, die Dänen seine Kirche verwüstet und die Glocke Gottes gestohlen. Sie hatten Waffen daraus geschmiedet. Waffen zum Töten.

Die Krone? Gott hatte sie ihm versagt.

Der Missionar zitterte. Es war kühl geworden. Seine Glieder schmerzten. Sein Rücken war mit blutigen Striemen von den Gertenschlägen überzogen.

Eine kräftige Böe brauste über die Lichtung hinweg und ließ die Klause erbeben. Vom Dach löste sich ein großes Brett und landete mit einem dumpfen Geräusch neben Ansgar.

Er drehte den Kopf. Warum hatte das Brett ihn verfehlt? Warum hatten die Svea ihn nicht getötet? Warum war er nicht ertrunken?

Ansgar richtete sich auf. Er kannte die Antwort. Natürlich! Wie hatte er nur so blind sein können? Der Allmächtige hatte noch etwas mit ihm vor. Sein irdischer Auftrag war noch nicht vollendet. Aber was war es, was der Herr von ihm verlangte?

Ansgar nahm seine letzte Kraft zusammen und erhob sich. Seine Beine waren schwach, er schwankte. An die Wand gestützt, wartete er, bis sich der Schwindel in seinem Kopf gelegt hatte.

Der Wind heulte um die Hütte und pfiff durch die Ritzen. Da riss plötzlich eine Böe die Tür auf.

Ansgar trat ins Freie und setzte sich schwerfällig in Bewegung. Seine Füße trugen ihn in den Wald, immer weiter, trugen ihn zurück zur Stadt, zurück nach Haithabu.

50.

Helgi öffnete die Tür und brüllte den Namen des Kryppa in die dunkle Werkstatt.

Niemand antwortete ihm.

«Wo steckst du, Mörder?», schrie Helgi und ging ins Haus. «Zeig dich und kämpfe.»

Er fasste das Schwert fester.

Ein Lichtstreifen schimmerte durch den Spalt unter der Tür zur Schlafkammer. Helgi trat gegen die Tür, die krachend in den Raum dahinter fiel. Drinnen brannte ein helles Feuer, dessen Schein Helgi blendete. Er kniff die Augen zusammen. Dann sperrte er sie wieder auf und schreckte zurück.

Der Mörder seines Vaters lag neben dem Feuer. Helgis Magen krampfte sich zusammen. Er musste sich zwingen, ein zweites Mal hinzuschauen. Er presste die Lippen aufeinander und trat näher an das heran, was einmal ein Mensch gewesen war.

Der Kryppa.

Man hatte seine Leiche ausgeweidet, sie geschlachtet wie ein Tier. Körperteile und Eingeweide lagen verstreut herum. Blut, überall war Blut, auf dem Boden, an den Wänden. Gizurs fahles Gesicht war der Decke zugewandt, auf die Stirn ein Zeichen eingebrannt.

Aber wo war Rúna?

Helgi machte kehrt. Er bemerkte eine zusammengekrümmte Gestalt auf dem Schlaflager und beugte sich über sie. Herkia! Er berührte ihren Arm, der eiskalt war.

Helgi ging zurück in die Gasse. Staub und Stroh wirbelten umher. Es roch nach Rauch. Mehrere Häuser, die von Blitzen getroffen worden waren, brannten bereits. In dem Moment zuckte ein weiterer von Thors Speeren vom Nachthimmel herab, zerriss die Finsternis und schlug in das Haus ein, in dem Hrolf und Bera wohnten. Das knochentrockene Dach fing sofort Feuer. Menschen schrien um ihr Leben. Helgi sah, wie der Glasperlenmacher und seine Frau aus dem Haus rannten, ihre Kinder vor sich hertreibend. Andere Menschen eilten herbei. Da waren Björn Fiskari, Aslak der Bootsbauer, Falr Leðrsniddari und viele andere. Die Nachbarn wollten helfen. Sie füllten Eimer mit Wasser und schütten es in die Flammen. Die Menschen hatten Angst, das Feuer könne auf die anderen Häuser übergreifen. Doch es war ein ungleicher Kampf, das Feuer breitete sich rasend schnell aus. Schon griffen die Flammen auf Björns Haus über.

Helgi riss sich von dem Anblick los. Er musste Gullweig retten. Er stürmte durch die Schmiede und kam in die Schlafkammer. Seine Mutter lag auf ihrem Lager. Helgi packte sie bei den Schultern, um sie wach zu rütteln.

Der Schrei erstickte in seiner Kehle. Gullweigs Körper war schlaff, leblos. Ihre Augen waren weit geöffnet, ihr Gesicht verzerrt.

Die Erkenntnis, dass sie tot war, ließ ihn taumeln. Nein, nicht auch noch Gullweig!

Er nahm das Schaffell beiseite, mit dem seine Mutter bedeckt war. Sie war nackt, ihr Körper mit schwarzgeränderten Wunden übersät. Es stank nach verbranntem Fleisch. Auf ihrer linken Brust, dort wo sich ihr Herz befand, war ein tiefer Einstich. Das Blut an der Wunde war geronnen.

Helgi konnte keinen klaren Gedanken fassen. Seine Augen füllten sich mit Tränen, als er ihre weichen Haare berührte.

Ein Geräusch aus der Küche ließ ihn zusammenzucken. Aus dem dunklen Raum trat ein Schatten hervor.

«Sie ist sehr tapfer gewesen», sagte jemand und lachte heiser.

Helgi erkannte eine Gestalt, die in einen schwarzen Umhang gehüllt war. Er hob das Schwert. Unter der Kapuze ertönte ein verächtliches, tiefes Lachen, als die Gestalt, offenbar ein Mann, hinter sich griff und etwas nach vorne zerrte.

Rúna!

Der Vermummte drückte ihr ein Messer an die Kehle. «Liebst du diese Sklavin?»

Helgi war unfähig zu sprechen.

«Liebst du diese Sklavin mehr als dein eigenes Leben?», fragte der Mann erneut. «Wenn ja, dann wirf das Schwert zu mir herüber.»

Die Hand mit dem Messer bewegte sich, Blut tropfte von Rúnas Hals herab.

«Ich … nein, warte», stammte Helgi.

«Rette ihr Leben, indem du deines opferst.»

Helgi ließ das Schwert fallen.

«Schieb es mit dem Fuß zu mir herüber!»

Allmählich gewann Helgi die Kontrolle über seine Gedanken wieder. «Lass sie gehen», sagte er.

«Du musst mir vertrauen. Wenn ich das Schwert habe, ist das Weib frei.»

Helgi hatte keine andere Wahl. Er stieß gegen das Schwert, sodass es über den Boden rutschte. «Du hast mir dein Wort gegeben.»

Der Vermummte lachte. «Ich verhandle nicht mit Dämonen.»

«Was …?»

Der Mann zog sich die schwarze Kapuze vom Kopf. Darunter kam das Gesicht des Priesters zum Vorschein. Er rief: «Superbia!»

Odo schleuderte die junge Frau zur Seite und sprang vor. Das Messer schoss auf Helgi zu. Doch plötzlich strauchelte der Priester. Rúna hatte ihm ein Bein gestellt. Die Klinge verfehlte ihr Ziel und ritzte nur Helgis Wange auf. Er warf sich auf sein Schwert. Aber der Priester war schneller, trat die Klinge weg und griff erneut an. Helgi kam wieder auf die Beine und stellte sich schützend vor Rúna.

In dem Moment krachte eine Böe gegen das Haus, Stroh rieselte vom Dach herab.

Der Priester verzog keine Miene. Sein Gesicht war wie in Stein gemeißelt, und seine Augen funkelten, als er sich Helgi näherte.

«Das Jüngste Gericht», murmelte Odo. «Ich bin das A und das O, der Anfang und das Ende, der Erste und der Letzte …»

Wieder traf eine Böe das Haus mit voller Wucht. Balken ächzten und bebten. Wind fegte durch den Raum, riss einen Teil des Daches fort und fing sich in Odos Umhang. Schwarzer Stoff wallte auf und verdeckte dem Priester für einen Augenblick die Sicht.

Sofort schlug Helgi zu und traf den Kopf des Angreifers, der aufstöhnte und einen Schritt zurücktaumelte. Helgi ergriff Rúnas Hand und rannte mit ihr zum Ausgang. Im Laufen bückte er sich nach seinem Schwert.

Sie erreichten die Tür in dem Moment, als sich einige der Stützbalken lösten. Dann stürzte das Dach mit ohrenbetäubendem Lärm in sich zusammen. Alles, was sich noch in der Schlafkammer befand, wurde unter einer Lawine aus Holz, Stroh und Staub begraben.

In der Stadt war heillose Panik ausgebrochen.

Überall standen Häuser in Flammen. Noch immer zuckten Blitze in rascher Folge auf und setzten immer mehr Gebäude in Brand. Angefacht von Sturmböen, schossen meterhohe Flammen in den Nachthimmel, und der Wind trieb sie in der dichtbebauten Stadt von Haus zu Haus. Haithabu versank im Chaos. Das Tor zur Welt drohte in einem Feuermeer unterzugehen.

Ragnarök, der Weltuntergang! Thor schleudert seine Feuerspeere, dachte Helgi voller Entsetzen, als er ins Freie rannte und Rúna hinter sich herzog.

Menschen liefen schreiend umher und rafften zusammen, was sie tragen konnten, um das wenige Hab und Gut zu retten.

Schemenhaft erkannte Helgi in den Rauchschwaden Hrolf und Bera. Sie schleppten noch immer mit Wasser gefüllte Eimer heran und versuchten verzweifelt, ihr Haus zu löschen. Björn hatte diesen Kampf bereits aufgegeben; seine Hütte war nur noch Schutt und Asche. Nun wollte er seinen Nachbarn helfen. Aber es war aussichtslos: Das aus Holz, Stroh und Lehm errichtete Gebäude war ein gefundenes Fressen für die gierig um sich greifenden Flammen.

Helgi war hin und her gerissen. Sollte er die Nachbarn unterstützen, die so gut zu ihm gewesen waren und ihn nicht im Stich gelassen hatten? Nein, er musste fliehen und sich und Rúna in Sicherheit bringen. Hovi und Egil würden sie jagen und töten, wenn sie nicht so schnell wie möglich die Stadt verließen.

Die beiden hasteten in Richtung Hafen. Doch sie kamen nur langsam voran. Überall in den Gassen herrschte ein großes Durcheinander. Der Rauch war so dicht, dass man kaum die Hand vor Augen sah. Menschen brüllten aus Angst und Verzweiflung, stolperten, fielen hin, rappelten sich wieder auf, versuchten zu löschen. Helgi und Rúna drängten sich an den Menschen vorbei, weiter, immer weiter. Schließlich tauchte vor ihnen der Hafen und das sturmwindgepeitschte Noor auf.

Fieberhaft suchte Helgi nach einem Boot. Wellen schlugen gegen die Schiffe, deren Masten hin- und herwippten. Geisterhaft blitzten Schaumkronen in der Dunkelheit auf.

Helgis Wahl fiel auf Björns Fischerkahn, der am Ende einer Landebrücke im aufgewühlten Wasser schaukelte. Helgi löste die Leine, zog das Boot näher an die Brücke und forderte Rúna auf hineinzuspringen. Als sie drin war, reichte er ihr das Schwert hinunter. Bald würden sie in Sicherheit sein! Helgi wollte ihr gerade folgen, als sich eine Hand auf seine Schulter legte.

Helgis erster Gedanke galt Egil. Hatte der Hauptmann sie doch noch gefunden?

Aber als er herumwirbelte, blickte er in das wutverzerrte Gesicht des schwarzen Priesters. Der Munki blutete aus zahlreichen Wunden. In seinem Gesicht steckten Holzsplitter wie die Stacheln eines Igels. Er griff nach Helgis Kehle und drückte fest zu. Helgi rang nach Luft. Er war stärker als der Munki. Aber er hatte nur eine freie Hand, um sich zu wehren, denn mit der anderen musste er das Bootsseil festhalten.

Die Augen des Priesters waren aufgerissen. Er schrie: «Und der Himmel öffnet sich, und siehe Dämon, es kommt ein weißes Pferd, und darauf sitze ich, und ich heiße ‹Der Treue und der Wahrhaftige› – und in Gerechtigkeit richte und kämpfe ich. Und ich bin bekleidet mit einem Gewand, das in Blut getaucht ist, und mein Name heißt: ‹Das Wort Gottes› …»

Helgi drückte seine freie Hand auf Odos Gesicht und tastete nach dessen Augen. Aber der Priester brüllte weiter: «… und aus meinem Mund geht ein scharfes Schwert hervor, damit ich die Heidenvölker mit ihm schlage, und ich werde sie mit eisernem Stab weiden …»

Der Griff um Helgis Hals war fest wie ein Schraubstock. Ihm wurde schwarz vor Augen, seine Sinne schwanden.

Da löste sich mit einem Mal die Hand, die Helgi die Luft abgeschnürt hatte. Mit der Rechten zückte Odo ein Messer, in der Linken hielt er einen Gegenstand, den die Munkis ‹Buch› nannten. Doch in dem Moment, als der Priester mit dem Messer zustoßen wollte, schoss eine Gestalt aus der Dunkelheit hervor und rammte Odo von hinten. Helgi erkannte den alten Mann wieder, dem er zur Klause gefolgt war. Odo wurde von dem Angriff so überrumpelt, dass er das Gleichgewicht verlor. Buch und Messer entglitten seinen Händen.

Der Alte huschte an Helgi vorbei, stieß sich von der Landebrücke ab und landete im Fischerboot. Helgi sprang hinterher. Das Mädchen hatte inzwischen die Ruder bereitgelegt. Er warf sich auf die Bank und legte sich in die Riemen.

Er hatte noch keine zwei Schläge getan, als der Kahn erbebte. Auch Odo war hinterhergesprungen, hatte das Boot jedoch verfehlt und klammerte sich nun von außen daran fest. Helgi schlug mit einem Ruder nach ihm. Doch der Hieb ging ins Leere. Erst mit dem zweiten Versuch gelang es ihm, die Hände des Priesters zu treffen, mit denen dieser sich an der Bordwand festkrallte. Schreiend versank er in den schäumenden Fluten.

Helgis Boot nahm Fahrt auf.

Plötzlich schrie Rúna. Im gleißenden Licht eines aufzuckenden Blitzes sahen sie noch einmal Odos Kopf über der Oberfläche auftauchen.

Er schrie: «… die Feiglinge und die Ungläubigen und mit Gräuel Befleckten und Mörder und Unzüchtigen und Zauberer und Götzendiener und alle Lügner – ihr Teil wird in dem See sein, der von Feuer und Schwefel brennt …»

Helgi stieß die Ruder kräftig ins Wasser und legte sich mit seinem ganzen Gewicht in die Riemen. Kurz darauf wurde Odos Stimme vom tosenden Sturmwind übertönt – und von dem Geräusch unzähliger Regentropfen, die auf das Noor niederprasselten. Der Himmel hatte sich geöffnet. Die Götter schickten den erlösenden Regen. Wie eine Flutwelle brach das Gewitter über Haithabu herein. Das Himmelswasser löschte die Flammen, überschwemmte das geschundene Land.

Und für einen kurzen Moment befreite der sintflutartige Wolkenbruch die Welt von dem Bösen.

TEIL IV

RUJANA

Sommer bis Herbst 863

Und der vierte Engel goss seine Schale aus in die Sonne,
und ihr ward gegeben,
die Menschen mit Feuer zu versengen.

Offenbarung des Johannes 16, 8

1.

Im Morgengrauen schlich ein alter Dachs durch den regennassen Wald. Sein Fell war struppig und sein Blick über die Jahre trübe geworden. Schwerfällig tapste das Tier auf Nahrungssuche zum Strand hinunter. Es hielt kurz inne, als es unterhalb der Steilküste auf ein Boot stieß, aus dem ein Mast emporragte. Ein Teil des Rumpfs war mit einem Segeltuch abgedeckt worden.

Der Dachs reckte schnuppernd die Nase, um Witterung aufzunehmen. In dem Boot schien etwas Fressbares zu sein. Vielleicht ein Stückchen Fleisch? Vielleicht eine Maus? Nun, er würde sich auch mit Aas begnügen, denn um ein lebendiges Tier zu schnappen, war er viel zu langsam geworden. Sein Speiseplan bestand daher vornehmlich aus Schnecken.

Vorsichtig kam der Dachs näher. Plötzlich zog er den Kopf ein. Aus dem Boot drang ein eigenartiges Geräusch. Sofort flüchtete der Dachs und versteckte sich hinter einer entwurzelten Kiefer.

Das Unwetter der vergangenen Nacht hatte das Land verändert. Zu Dutzenden lagen die Baumstämme auf dem Strand, nachdem der Sturm Schneisen der Verwüstung in die Wälder geschlagen hatte. Es schien, als hätte der Donnergott Thor mit seinem Hammer Mjölnir auf der Erde gewütet: Buchen, Birken und Kiefern waren umgeknickt wie dürre Äste und kräftige Eichen waren aus dem sandigen Erdreich gerissen worden.

Der Regen hatte sein Übriges getan. Unmengen von Wasser hatten den Fjord anschwellen lassen. Schmutzig braun wälzten sich die Fluten in nordöstlicher Richtung davon, dem Baltischen Meer entgegen. Das Erdreich war aufgeweicht, Straßen und Wege waren unpassierbar geworden.

Jetzt, am frühen Morgen, atmete die Welt wieder durch. Der Himmel zeigte sich blassblau und wolkenlos. Tiere lugten aus ihren Verstecken hervor, um den frischen Duft aufzunehmen, den die feuchte Erde ausdünstete. Füchse und Hasen tapsten durch den gefurchten Wald; Vögel zwitscherten, als sei nichts geschehen.

Der Dachs beäugte aus sicherer Entfernung das Boot. Erst nach einer Weile wagte sich das Tier wieder hinter dem Baumstamm hervor und schlich, vorsichtig Pfote vor Pfote setzend, auf das Gebilde zu.

Da wurde mit einem Mal die Abdeckung fortgerissen, und aus dem Boot erhob sich ein riesenhaftes Wesen. Der Zweibeiner stieß einen lauten Fluch aus, als sich ein Schwall Regenwasser, das sich auf dem Tuch gesammelt hatte, über seinem Kopf ergoss.

Fauchend schoss der Dachs davon.

Helgi wischte sich das Wasser aus dem Gesicht und schaute sich um. Doch er musste die Augen zusammenkneifen, da die im Sonnenlicht glitzernde Wasseroberfläche ihn blendete. Unter dem Segeltuch, das er in der Nacht als Regenschutz über Björns Fischerboot gespannt hatte, war es stockfinster gewesen.

Trotz des Sturms und des peitschenden Regens war es ihnen gelungen, mit dem Kahn eine etwa vier Meilen östlich von Haithabu gelegene Bucht zu erreichen. Mit all seiner Kraft war Helgi gegen den aufgewühlten Slien angerudert; er hatte nicht aufgegeben und das wütende Unwetter besiegt.

Kurz schaute Helgi sich um, denn sie hatten keine Zeit zu verlieren. Hovi würde nicht zögern und ihnen seine Krieger hinterherschicken. Helgi machte sich daran, zunächst Rúna aufzuwecken. Während sie müde die Augen aufschlug, begann er, das Segeltuch einzurollen.

Der alte Munki erwachte von selbst. Er hatte sich kaum erhoben, als er schon die Arme ausbreitete und lauthals rief: «Da ging alles Fleisch zugrunde, das sich regte auf der Erde: Vögel, Vieh und wilde Tiere und alles, was wimmelte auf der Erde, samt allen Menschen …»

Rúna schaute den Alten entgeistert an. «Willst du den Mann wirklich mitnehmen?»

«Ich hatte noch keine Zeit, darüber nachzudenken», entgegnete Helgi. «Was sollen wir denn sonst mit ihm machen?»

Sie deutete zum Wald. «Schick ihn zurück in seine Heimat.»

Helgi betrachtete den Alten, der einen verwirrten, hilflosen Eindruck machte. «Aber er hat mir das Leben gerettet.»

Rúna verdrehte die Augen.

«He, alter Mann», rief Helgi, «komm raus aus dem Boot oder sei still.»

Ansgar nahm wieder Platz. Er zog die Beine an, schlang missmutig die Arme um seine Knie und murmelte vor sich hin: «… er vertilgte alles Bestehende auf dem Erdboden, vom Menschen bis zum Vieh, bis zum Gewürm und zu den Vögeln des Himmels – alles wurde von der Erde vertilgt …»

«Wir nehmen ihn mit», beschloss Helgi. Der alte Mann tat ihm leid, auch wenn ihm dessen Gerede gehörig auf die Nerven ging.

«... nur Noah blieb übrig und was mit ihm in der Arche war. Und das Wasser blieb hoch über der Erde, 150 Tage lang. Da gedachte Gott an Noah und an alles wilde Getier und an alles Vieh. Und er ließ Wind auf Erden kommen, und die Wetter fielen.»

Helgi schob den Kahn mitsamt dem lamentierenden Priester ins Wasser, und als der Kiel vom Grund abhob, half er Rúna ins Boot. Dann sprang er selbst hinterher und legte sich in die Riemen. Das Boot glitt rasch aus der Bucht hinaus. Bald darauf erreichten sie das Fahrwasser des Fjords.

Abgerissene Äste und ganze Bäume trieben in der Strömung. Helgi musste aufpassen, keinen der Stämme zu rammen. Er lenkte mit den Ruderblättern, während er Rúna in den Bug schickte, damit sie ihn vor treibenden Hindernissen warnen konnte.

In der Abenddämmerung erreichten sie die Mündung des Fjords.

Unmittelbar vor dem Baltischen Meer weitete sich der Slien zu einem flachen See, dessen Ufer von mannshohen Schilfgräsern gesäumt waren. Um sie vor neugierigen Blicken zu schützen, steuerte Helgi das Boot in eine verborgene Bucht. Rúna und Helgi stiegen aus, doch der Munki blieb mit angezogenen Knien im Heck sitzen und rührte sich nicht.

Helgi reichte ihm eine Hand, um ihm aus dem Boot zu helfen. Kaum hatte Ansgar festen Boden unter den Füßen, zog er etwas unter seiner Kutte hervor. Es war das Buch, das der dunkle Priester gestern Nacht dabeigehabt hatte, als er Helgi töten wollte. Das Buch bestand aus Pergamenten, die man in Helgis Sprache *bókfell* nannte. Es war auch im Norden allgemein bekannt, dass die Christen diese aus Tierhäuten hergestellten Pergamente nutzten, um sie mit Schriftzeichen zu versehen. Die Dänen verwendeten für ihre Runenbotschaften hingegen Knochen, Hölzer oder Steine. Pergament hielten sie für ungeeignet, denn die Häute konnten aufweichen – und genau das war offenbar mit diesem Buch geschehen.

Als Ansgar es aufschlug, betrachtete er voller Sorge die verschmierten Zeichen. «Das Buch muss sofort getrocknet werden», sagte er. «Zündet ein Feuer an.»

Doch Helgi schüttelte entschieden den Kopf. «Nicht, solange es noch hell ist. Das Treibholz ist noch immer sehr feucht. Der Rauch wäre weithin sichtbar – weiter als jeder Feuerschein.»

Auf Ansgars blassem Gesicht bildeten sich vor Erregung rote Flecken. «Siehst du denn nicht, wie die Tinte verschwimmt, Däne? Die Wörter sind kaum noch zu erkennen.»

Helgi wurde wütend. Er war den ganzen Tag gerudert, war erschöpft und hungrig – und der Alte sorgte sich um ein nutzloses Buch.

«Erst wenn es dunkel ist», sagte er bestimmt und beachtete den Alten nicht weiter. Stattdessen machte er sich daran, die Fischfanggeräte zu untersuchen, die sich im Boot befanden. Er hatte Björn gegenüber ein schlechtes Gewissen, da er ihm mit dem Boot und den Angelsachen die Lebensgrundlage genommen hatte. Aber Helgi hatte keine andere Wahl gehabt. Anerkennend betrachtete er die Geräte. Björn hatte Ordnung gehalten, das musste man ihm lassen. Fischmesser, Knüppel, Angelsehnen und eine auf ein Holzbrett gewickelte Langleine waren gepflegt und unversehrt; die gebogenen Haken waren frei von Rost. Unter den Sachen entdeckte Helgi auch einen dreizackigen Fischspeer, dessen Eisenzinken mit Widerhaken versehen waren.

«Kannst du damit umgehen?», fragte Rúna, als sie neben ihn trat.

«Natürlich. Ich werde es dir beweisen.»

Während er sich auszog, musterte sie ihn aufmerksam. Helgi genoss ihre Blicke auf seinem Körper, die ihm auch noch folgten, als er in den Slien stieg. Er stapfte hinein, bis ihm das Wasser bis zu den Oberschenkeln reichte und er den Grund gerade noch erkennen konnte.

«Geh noch weiter hinein», rief Rúna vom Ufer her. «Bei dem Hochwasser nach dem starken Regen stehen die Fische tiefer.»

Helgi machte eine beiläufige Geste, um ihr zu verstehen zu geben, dass sie sich keine Gedanken über seine Fischfangfähigkeiten zu machen brauchte. Schließlich war er der Mann, und Jagd und Fischerei waren eindeutig Angelegenheiten der Männer; Frauen hatten andere Aufgaben zu erfüllen. So war es schon immer gewesen, und so würde es immer sein. Die Götter selbst hatten in der Welt diese Ordnung eingerichtet.

Aufmerksam spähte Helgi ins Wasser und zog seine Bahnen unweit des Schilfgürtels. Doch er entdeckte keinen einzigen brauchbaren Fisch. Lediglich Plötzen und andere kleine Fische flitzten zwischen seinen Beinen hindurch, als wollten sie sich über ihn lustig machen.

Ob er doch ihren Rat befolgen sollte?, fragte er sich. Sie schien sich mit der Fischerei auszukennen.

Vorsichtig drehte er sich zum Ufer um, in der Hoffnung, sie würde ihn nicht mehr beobachten, damit er sich keine Blöße zu geben brauchte. Aber sie stand noch immer dort. Und als er sich ins tiefere Wasser aufmachte, erschien ein sanftes Lächeln auf ihrem Gesicht. Helgi tat, als würde er es nicht bemerken.

«Ich werde es einfach mal etwas tiefer versuchen», rief er ihr zu, als sei ihm dieser Gedanke gerade erst gekommen.

Rúna nickte verständnisvoll. «Taste mit den Füßen über den Grund, und wenn du auf eine Flunder trittst, musst du sofort zustechen. Aber achte auf deine Zehen.»

Helgi runzelte die Stirn. Hoffentlich hatten die Götter ihre Augen und Ohren gerade woanders, sonst würden sie sich über ihn lustig machen.

Als ihm das Wasser bis zum Bauch reichte, begann er mit den Zehen den Grund zu furchen. Auf diese Weise stapfte er langsam und mit vorgehaltenem Dreizack parallel zum Ufer voran. Da spürte er plötzlich unter seinem Fuß die Bewegungen eines Fisches. Eine Flunder! Helgi rammte den Spieß in den Grund. Doch anstatt des Fisches traf er nur seinen linken großen Zeh. Er verzog das Gesicht, um einen Schmerzensschrei zu unterdrücken. Die Flunder schoss in unerreichbare Tiefe davon.

Helgi fluchte leise. Es war zwar nur eine Kratzwunde, aber sie brannte wie Feuer.

Als er sich zum Ufer umdrehte, war Rúna verschwunden. Diese Peinlichkeit blieb ihm zumindest erspart.

Humpelnd kehrte er wieder ans Land zurück, rammte den Speer in den Sand und holte stattdessen die Langleine aus dem Boot. Dieses Fanggerät erschien ihm erfolgversprechender. Allerdings würde er für die Haken Köder benötigen. Er erinnerte sich daran, dass Björn Fischstückchen verwendete, manchmal auch Würmer. Doch wo sollte er Fische oder Würmer hernehmen?

Ratlos schaute er sich nach Rúna um. Er sah nur den alten Priester, der sich noch immer um sein Buch sorgte und die Pergamente zum Trocknen in die Luft hielt.

Helgi beschloss, nach Rúna zu suchen, um sie zu bitten, ihm bei der Ködersuche behilflich zu sein; außerdem fragte er sich besorgt, wo sie wohl steckte.

Nachdem er wieder in seine Kleidung geschlüpft war, ging er eine Weile am Schilfrand entlang. Da hörte er plötzlich aus einer abgelegenen Bucht ihre Stimme, begleitet von den Geräuschen plätschernden Wassers. Helgi schob die Schilfhalme zur Seite, und als er die junge Frau entdeckte, erstarrte er.

Sie hatte all ihre Kleider ausgezogen. Ihre Haut war bleich wie Schnee, und auf ihrem Rücken zeichneten sich deutlich die rosafarbenen Narben von Gizurs Peitschenhieben ab. Niedergeschlagen hockte sie am Ufersaum, wo sie immer wieder mit der hohlen Hand Wasser über ihren kahlen Kopf schöpfte. Ihr Körper bewegte sich vor und zurück, als würde er sich im Rhythmus einer geheimnisvollen Melodie wiegen.

Betroffen stellte Helgi fest, dass sie kein Lied sang, wie er zuerst gedacht hatte, sondern heftig schluchzte.

Eine sanfte Brise streichelte das Schilf, irgendwo auf dem Fjord schnatterten Enten. Möwen zogen kreischend ihre Bahnen am allmählich dunkler werdenden Himmel. Die Sonne tauchte glutrot unter – die Natur zeigte sich nach dem Unwetter von ihrer wundervollsten Seite. Doch die junge Frau, die man als Sklavin Rúna genannt hatte und die nun eine Freie war, weinte herzzerreißend.

Immer heftiger wurden ihre Bewegungen, wobei sie ihre Finger tief in den schlammigen Sand grub und damit ihre Brüste, ihren Bauch und ihr Gesicht beschmierte, bis große Teile ihrer blassen Haut von einer dreckig braunen Schicht bedeckt waren. Nun fing sie an, sich an den freien Stellen zu kratzen. Ihre Fingernägel hinterließen rote Striemen, aus denen Blutstropfen perlten.

Helgi war hin und her gerissen. Er wollte ihr helfen. Aber was sollte er tun? Er war ein begabter Holzschnitzer, vielleicht auch ein guter Schmied. Er war groß wie ein Bär und stark wie drei Männer.

Aber diese in Tränen aufgelöste Frau verunsicherte ihn mehr als der Jarl Hovi.

Schließlich gab er sich doch einen Ruck, sprang mit einem Satz über das Schilf hinweg, und als er bei ihr war, ergriff er ihre Handgelenke, damit sie sich nicht weiter verletzen konnte.

Entgeistert und wie aus einem bösen Traum gerissen, schaute sie zu Helgi auf. Ihre Augen schimmerten tränenfeucht.

«Ich wasche mich», stieß sie gepresst hervor. «Ich … ich muss mich waschen. Versteh doch. Der ganze Schmutz aus der Schmiede und dem Sklavenhaus hat sich in meine Haut gefressen. Ich stinke wie eine Ratte!»

Sie schlug die Hände vors Gesicht. «Ich bin hässlich, so hässlich …»

Helgi legte einen Arm um ihre Schultern, um ihr aufzuhelfen. Sie ließ es gewähren. Als sie voreinander standen, spürte er ihre feuchte Haut unter seinen Händen. Sie wandte ihm das Gesicht zu, und für einen Moment schaute sie ihn so eindringlich an, dass Helgi das Gefühl hatte, er würde in ihrem Blick versinken. Ihre Lippen öffneten sich. Doch als Helgi sich zu ihr hinunterbeugen wollte, landeten unweit von ihnen zwei Enten laut schnatternd auf der Wasseroberfläche.

Der Zauber des Augenblicks war zerstört.

Die Lippen des Mädchens schlossen sich wieder, und als Helgi sie durch das Schilf aufs Trockene führte, zitterte sie am ganzen Körper. Er ließ sich ins Gras nieder, während sie sich wieder anzog und sich schließlich neben ihn setzte. So verharrten sie für eine Weile schweigend und schauten verlegen aufs Wasser.

Es war die junge Frau, die sich schließlich einen Ruck gab. «Hast du einen Fisch gefangen?», fragte sie.

Helgi schob unauffällig seinen verletzten linken Fuß unter das rechte Bein. «Ich glaube, mit Haken und Ködern hätte ich mehr Erfolg. Vielleicht kannst du mir dabei helfen, ein paar kleine Fische zu fangen.»

Sie nickte abwesend, machte jedoch keine Anstalten, sich zu erheben. Stattdessen zupfte sie eine weißgelbe Blüte von einem Blumenstängel und warf sie ins Wasser. Rings um die Blüte breiteten sich auf der Oberfläche winzige Wellenringe aus. Der Wind war inzwischen völlig eingeschlafen.

Helgi räusperte sich. Wenn sie nicht bald zurückkehrten, wäre es zu dunkel zum Köderfangen.

Da wandte sie ihm das Gesicht zu. Ihre Stimme klang belegt. «Versuch mich zu verstehen, bitte … das Wasser … ich brauche es. In Haithabu mussten wir Sklaven in unserem Dreck hausen. Kannst du dir vorstellen, wie es ist, wenn so viele Menschen in einem Raum leben, schlafen, essen – und ihre Notdurft verrichten? Früher habe ich jeden Tag gebadet. Selbst im Winter, solange das Wasser eisfrei war.»

Sie stieß einen Seufzer aus. «Weil ich das Wasser so sehr liebe, nannte mich mein Vater, der Ranislav hieß, eine *víly*. So werden bei uns die Wassergeister genannt. Mir gefiel das. Wassergeister sind wunderschöne Wesen. Sie werden aus dem Tau geboren, wenn es regnet und sich ein Regenbogen bildet. Über ihrer weißen Haut tragen sie durchscheinende Kleider. So sitzen sie an den Gewässern und locken mit ihrem Gesang junge Männer an.»

«Du … du bist auch wunderschön», warf Helgi ein.

Sie schüttelte den Kopf. «Du solltest froh sein, dass ich keine *víly* bin. Denn sie können gefährlich werden. Wer sich von ihnen verführen lässt, den ziehen sie unter Wasser, um ihn zu ertränken.»

«Oh.»

Sie lächelte vage. Dann legte sich wieder ein Schatten über ihr Gesicht. «Das lange Haar ist das Zentrum ihrer Kraft. Wenn die *víly* nur ein einziges Haar verliert, bedeutet dies ihren Tod. Und nun schau mich an – mein Schädel ist kahl wie der eines alten Mannes.»

«Aber deine Haare werden nachwachsen, ganz bestimmt. Dann bist du wieder schön wie eine *víly*.»

Eine Böe strich über den Fjord und kräuselte die Oberfläche. Die Blüte wurde von dem Windhauch erfasst, der sie hinter das Schilf trieb, bis sie nicht mehr zu sehen war.

Helgi hätte Rúna gern nach ihrer Heimat und ihrer Familie gefragt, aber er wusste nicht, wie er anfangen sollte. Ob sie ihm nun endlich ihren wirklichen Namen verraten würde, jetzt, da sie frei war?

Er nahm all seinen Mut zusammen. «Du wolltest mir doch noch erzählen, wie dein Name …»

Sie lächelte ihn an. Doch bevor sie etwas sagte, wanderte ihr Blick an Helgi vorbei, und mit einem überraschten Ausdruck zog sie die Augenbrauen zusammen.

«Da ist Rauch», sagte sie.

Helgi wirbelte herum und erkannte sofort, was los war.

Über ihrem Lager erhob sich eine schwarze Rauchsäule in den klaren Frühabendhimmel. Der Qualm war meilenweit zu sehen. Wahrscheinlich bis nach Haithabu.

2.

Ansgar schürte das Feuer mit dem Fischspeer.

In der Nähe des Bootes hatte er einen großen Haufen Treibholz aufgeschichtet. Irgendwie war es ihm gelungen, das feuchte Holz zu entzünden. Während er mit dem Fischspeer in der Glut stocherte, hielt er mit der anderen Hand das Pergament zum Trocknen über das Feuer.

Helgi riss ihm den Dreizack aus den Händen. «Willst du uns Hovi auf den Hals hetzen?»

Hastig schob er die brennenden Hölzer auseinander, bis das Feuer kleiner und der Rauch heller wurde. Wütend drehte er sich zu dem Alten um. «Gib mir das verdammte Buch.»

«Nein», erwiderte Ansgar und versteckte die Pergamente hinter seinem Rücken. «Du bekommst das Buch nicht. Es ist zu wertvoll, als dass es von einem hitzköpfigen Dänen verbrannt werden dürfte. Ich selbst habe das Buch dem Priester abgenommen …»

Helgi runzelte die Stirn. «Ja, diesem verrückten Munki.»

«Verrückt?», entgegnete Ansgar. «Woher willst du wissen, dass er verrückt ist?»

«Er ist ein Mörder! Er hat meine Mutter getötet! Und wahrscheinlich auch noch andere Menschen.»

«Woher weißt du das?»

«Ich habe Gullweig gesehen. Er hat sie erstochen …»

Ansgar starrte ihn ungläubig an. «Das … das kann nicht sein. Er ist ein Christ. Ein Priester.»

«Und ein Mörder! Rúna hat mir erzählt, dass er ihren Herrn geschlachtet und ausgeweidet hat wie ein Tier. Außerdem warst du doch selbst dabei, Munki, als dieser Christ auch mich töten wollte.»

Ansgar versank in Gedanken. Nach einer Weile meinte er: «Aber dann wäre es doch umso wichtiger, dass wir herausfinden, was es mit diesem Buch auf sich hat.»

Helgi zuckte mit den Schultern. «Das Feuer wird erst entzündet, wenn es dunkel ist.»

«Interessiert es dich denn nicht, warum der Priester deine Mutter getötet hat?»

«Natürlich!» Helgi funkelte den alten Mann an. «Und es wird der Tag kommen, an dem ich den Munki dafür richten werde. Odin ist mein Zeuge.»

«Aber ich meine – willst du den Grund nicht wissen?»

«Die Götter werden den Grund kennen.»

Rúna war am Ufer damit beschäftigt, handlange Weißfische mit dem Messer zu zerteilen, um mit den Fischstücken die Haken der Langleine zu beködern.

«Woher hast du die Fische?», fragte Helgi überrascht.

«Aus dem Wasser.»

«Aber wie …?»

«Mit den Händen.»

Helgi lehnte sich gegen das Boot und beobachtete erstaunt, wie sie geschickt die Köder an den Haken befestigte.

«Was hast du mit dem alten Mann gemacht?», fragte Rúna, ohne aufzuschauen.

«Nichts. Ich habe nur das Feuer gelöscht, und nun sitzt er da und jammert darüber, dass sein Buch immer noch nicht trocknen ist.»

Sie schaute auf. «Wofür soll dieses Buch gut sein?»

«Die Munkis benutzen diese Dinge, um sich damit Nachrichten mitzuteilen, oder sie schreiben ihre heiligen Wörter darin auf.»

«Schreiben?»

«Schriftzeichen.» Ihm fiel ein, dass sie keine Schrift kannte. «So etwas Ähnliches wie Runen.»

Sie schaute ihn fragend an.

Helgi überlegte kurz. «Man kann damit Botschaften übermitteln.»

Sie nickte beiläufig und bestückte den letzten der insgesamt zehn Haken, die an der Langleine befestigt waren.

«Kümmern sich in deinem Volk die Frauen um Jagd und Fischfang?», wollte Helgi wissen.

«Wenn man auf einer Insel aufwächst, sollte sich jeder damit auskennen, egal ob Frau oder Mann. Mein Volk lebt von den Fischen. Im Frühjahr und Herbst fangen wir Heringe, im Sommer Plattfische, außerdem Dorsche, Hechte, Barsche und Aale.»

«Diese Insel, von der du stammst, wie nennt man sie?», fragte Helgi.

«Rujana.»

«Rujana? Und was bedeutet der Name?»

«Das weiß ich nicht. Ich gehöre zum Stamm der Ranen. Vielleicht kommt der Name daher.»

Sie reichte Helgi das Ende der Langleine, an das ein mit einem Loch versehener, rundgeschliffener Stein geknotet war. Dann forderte sie Helgi auf, die Angel so weit wie möglich ins Wasser zu bringen. Sie selbst würde am Ufer zurückbleiben und das andere Ende der Leine festhalten.

Helgi zögerte nicht, ihren Anweisungen zu folgen. Er entledigte sich erneut seiner Kleider. Dann stieg er ins Wasser, während er die Angelhaken hinter sich herzog. Als ihm das Wasser bis zur Brust reichte, schleuderte er die Leine hinaus und kehrte wieder um. Rúna hatte unterdessen die Angel an einem Haselstock, den sie tief in den Boden gesteckt hatte, festgebunden. Jetzt würden sie nur noch darauf warten müssen, bis ein Fisch anbiss.

Helgis Magen knurrte wie ein wütender Wolf.

Allmählich ging die Sonne unter.

Nach einer Weile kam Ansgar zu ihnen und bat darum, nun endlich das Feuer anzünden zu dürfen. Am dunklen Himmel leuchteten bereits die ersten Sterne, also stimmte Helgi zu. Ansgar kehrte zum Lagerplatz zurück. Kurz darauf loderten die Flammen auf.

Helgi nahm die Leine zwischen Zeigefinger und Daumen und zupfte daran. Aber am anderen Ende regte sich noch immer nichts.

«Wenn wir nichts fangen, werden wir noch das verfluchte Buch essen müssen.»

«Das Wichtigste beim Fischen ist Geduld», entgegnete Rúna.

Helgi stöhnte. «Ich habe ja Geduld, sogar jede Menge. Aber ich habe auch Hunger.»

«Ich musste lernen, den Hunger zu vergessen.»

Helgi kniff verlegen die Lippen zusammen. Er hatte ihr nicht zu nahe treten wollen.

Sie schaute gedankenverloren über den dunklen Fjord. Auf der glatten Wasseroberfläche spiegelte sich der fahle Halbmond. Weit draußen durchbrach ein Fisch mit einem platschenden Geräusch die Oberfläche. Dann wurde es wieder still.

Helgi räusperte sich. Die Stille bedrängte ihn. Er nahm seinen ganzen Mut zusammen. «Was ist damals mit deiner Familie geschehen?»

Sie schwieg eine Weile. Die Erinnerungen schienen sie zu belasten. Helgi befürchtete schon, dass er keine Antwort erhalten würde, als sie doch noch den Mund öffnete und mit leiser Stimme sagte: «Mein Vater und meine Mutter wurden getötet. Ich habe noch eine Schwester. Sie war nicht bei uns, als wir überfallen wurden.»

Helgi schluckte. «Deine Eltern wurden getötet? Weißt du, wer das getan hat?»

Sie senkte den Blick. «Ich will nicht darüber sprechen.»

Er nickte verständnisvoll. «Aber wenigstens ist dir ein Mensch aus deiner Familie geblieben», meinte er. «Ich habe niemanden mehr. Erst wurde mein Vater getötet und nun auch noch meine Mutter.»

«Ich habe auch niemanden mehr. Meine Schwester hasst mich.»

Während Helgi über die Antwort nachdachte, straffte sich plötzlich die Angelleine. Er sprang auf, um den Fisch an Land zu ziehen, doch Rúna hielt ihn zurück.

«Es sollen noch mehr Fische anbeißen.»

Helgi biss sich vor Ungeduld auf die Unterlippe. Er befürchtete, dass die Leine reißen könnte, denn es ruckte immer heftiger am Haselstock. Die Zeit verstrich quälend langsam. Jetzt waren bestimmt schon drei oder vier Fische an die Haken gegangen.

Endlich hatte Rúna ein Einsehen. Sie nahm prüfend die Leine in die Hand, um die Gegenwehr zu spüren. Dann forderte sie Helgi auf, die Angel einzuholen. Das ließ er sich nicht zweimal sagen.

Der Zug war gewaltig. Helgi stapfte bis zu den Knien ins Wasser, um den Fischen entgegenzugehen. Dabei holte er die gespannte Leine vorsichtig ein. Kurz darauf blitzte die helle Unterseite einer großen Flunder, einer *flóki*, im Wasser auf. Er packte den Fisch, riss ihm den Haken aus dem Maul und schleuderte ihn ans Ufer. Zwei weitere Flundern folgten. Rúna sammelte unterdessen die Fische ein und tötete sie durch einen kräftigen Schlag mit einem Knüppel.

Noch immer tobte etwas an der Leine. Nachdem Helgi einige leere Haken eingeholt hatte, war ihm klar, dass der starke Fisch am letzten Haken hängen musste. Helgi zog und zog, bis der Fisch endlich im Wasser vor ihm zappelte.

Doch als er danach greifen wollte, bekam er ihn nicht zu fassen. Es war ein Aal – und was für einer! Der schlangenförmige Körper war dick wie Helgis Unterarm. Die Leine auf Spannung haltend, stapfte er zum Ufer zurück, um so den Aal an Land zu ziehen. Doch auch dort ließ das Tier sich nicht bändigen. Die schleimige Haut verhinderte, dass Helgi den Fisch festhalten konnte. Immer wieder drehte sich das mindestens drei Fuß lange Tier aus seinen Händen, und bald war Helgi über und über mit stinkendem Schleim beschmiert.

Endlich griff Rúna ein. Sie krallte ihre Fingerkuppen in

die Flanken des Aals und trennte ihm mit einem Messer, das sie im Fischerboot gefunden hatte, den Kopf ab. Die Wirbelsäule knackte, und der Fisch war besiegt.

Helgi schaute ihr bewundernd dabei zu.

Vielleicht ist sie *doch* ein Wassergeist, dachte er.

Die über dem Feuer bratenden Flundern und Aalstücke verbreiteten einen unwiderstehlichen Geruch, der ihnen das Wasser im Mund zusammenlaufen ließ. Ungeduldig warteten sie darauf, dass die Fische fertig sein würden. Schließlich prüfte die junge Frau das Fleisch mit den Fingernägeln, und da es nun weiß und fest war, konnten sie endlich die Flundern mit Heißhunger verspeisen.

Doch als Helgi sich ein Stück vom Aal genehmigen wollte, sagte Ansgar: «Wir sollten die restlichen Fische für die weitere Reise aufheben. Es ist noch ein langer Weg nach Norden zu der Stadt Jellinge, wo wir den dänischen König aufsuchen werden.»

Helgi war überrascht. «Wie kommst du darauf, dass wir zu König Horick fahren?»

«Euer König wird sich dafür einsetzen, dass wir unter seinem Schutz nach Haithabu zurückkehren können», erklärte Ansgar. «Wie einst sein Großvater, Horick der Ältere – den ich eigenhändig getauft habe –, steht auch Horick der Jüngere auf der Seite der Christen. Als der ungläubige Jarl Hovi im Jahre des Herrn 854, also vor nunmehr bald zehn Jahren, die Kirche in Haithabu hat schließen lassen, sorgte Horick der Ältere dafür, dass sie wieder geöffnet wurde. Und noch vor meiner letzten Reise nach Birka vor zwei Jahren hat mir König Horick der Jüngere zugesichert, dass nicht nur in Haithabu, sondern sogar in der dänischen Stadt Ribe die Kirchenglocken läuten dürfen.»

Helgi dachte über Ansgars Worte nach. Die Idee, den König über die Vorfälle in Haithabu zu benachrichtigen, klang überzeugend. Wenn der König sich wirklich für sie starkmachen würde, könnte Helgi das Haus seiner Eltern wieder aufbauen, um dort mit Rúna einzuziehen. Gizur war tot, der Kryppa würde also keine Besitzansprüche mehr geltend machen können. Mit ihm war Helgis ärgster Konkurrent aus dem Weg geräumt, und nach der Feuerkatastrophe würde es für einen Schmied genügend Arbeit geben.

Aber was würde das Mädchen dazu sagen?

Als hätte sie seine Gedanken erraten, sprang Rúna wie von einer Wespe gestochen auf. «Niemals!», rief sie. «Ich bleibe keinen Tag länger in dem Land, in dem man mich zur Sklavin gemacht hat.»

Sie spuckte verächtlich ins Feuer, sodass die Glut zischte.

Ansgar hob beschwichtigend die Hände. «Mädchen – beruhige dich! Niemand wird dir mehr etwas zuleide tun.»

«Du bist keine Sklavin mehr», pflichtete Helgi dem Munki bei. «Gizur ist tot. Du bist eine Freie. Als solche wirst du mit mir nach Haithabu zurückkehren. Ich baue uns ein Haus und ...»

«Ich kehre nicht in diese Stadt zurück!», unterbrach Rúna ihn.

Helgi war verzweifelt. Er hatte doch alles getan, um sie für sich zu gewinnen – wollte sie ihn gar nicht?

«Wohin willst du denn stattdessen gehen?», fragte Helgi hilflos.

«Dorthin, wo ich herkomme.»

«Zu dieser Insel? Nach Rujana?»

Sie nickte.

Ansgar wurde blass und bekreuzigte sich. «Allmächtiger! Rujana! Im Osten des Baltischen Meeres liegt der finsterste Teil dieser Welt. Dort leben die *Sclavi*, die Slawen, und der schrecklichste Stamm dieses riesigen Volkes ist derjenige, die man die Ranen nennt. Diese Barbaren dienen abscheulichen Götzen.»

«Wir sind keine Barbaren», protestierte Rúna.

«Ihre Götter sind Wesen mit vielen Köpfen», entgegnete Ansgar. «Es sind blutrünstige Bestien. Die heidnischen Sclavi opfern ihren Götzen Menschenblut, sogar das ihrer eigenen Kinder.»

«Stimmt das?», wollte Helgi wissen.

Die junge Frau zuckte mit den Schultern. «Mein Vater hat gegen diese Blutopfer angekämpft. Aber ...»

Ansgar unterbrach sie. «Gott wird seinen Grimm über dieses Königreich ergießen, das seinen Namen nicht anruft!»

Rúnas Augen funkelten böse. «Wir lassen uns nicht sagen, an welche Götter wir zu glauben haben, alter Mann.»

Sie zeigte auf Helgi. «Du wolltest wissen, wie mein Name ist? Gut, ich werde es dir sagen, und dann kehre ich zu meinem Volk zurück, um meine Familie zu rächen und diejenigen zu vernichten, die für mein Schicksal verantwortlich sind.»

Sie holte tief Luft. «Meine Eltern haben mich Teška genannt. Und ich will niemals wieder hören, dass jemand den Namen Rúna verwendet!» Dann spie sie abermals aus, wirbelte herum und lief zum Ufer hinunter.

Als Helgi ihr folgen wollte, hielt Ansgar ihn zurück. «Es ist nur ein störrisches Weib. Lass sie. Glaub mir, mein

Sohn, sie wird wieder zur Besinnung kommen und dem Mann folgen, den sie liebt.»

Doch daran zweifelte Helgi in diesem Moment erheblich. Sein Blick wanderte hin und her zwischen Ansgar und der jungen Frau, die mit in die Hüfte gestemmten Fäusten am Ufer stand. Teška hieß sie. Er sagte den Namen leise für sich.

Helgi musste eine Entscheidung treffen, hier und jetzt. Die Aussicht auf eine gesicherte wirtschaftliche Zukunft in Haithabu war verlockend. Aber niemals würde er sein Leben wieder als lebenswert empfinden können, wenn Teška nicht bei ihm wäre. Und sie hatte ihn unmissverständlich vor die Wahl gestellt: entweder sie oder Haithabu!

Helgi sah Ansgar tief in die Augen. «Wir fahren nach Osten. Ich habe geschworen, das Mädchen zu beschützen, und wenn sie nicht davon abzubringen ist, in ihre Heimat zurückzukehren, dann werde ich sie begleiten.»

Ansgar stöhnte gequält auf. «Das ist dein Untergang, Junge.»

«Ich habe meine Wahl getroffen. Jetzt triff du deine: Du kannst mitkommen oder allein hierbleiben.»

Ansgar sah so unschlüssig aus wie ein Verurteilter, den man vor die Wahl gestellt hatte, ob man ihm die rechte oder die linke Hand abhacken solle.

«Das Weib hat dich verzaubert», raunte er.

Vielleicht hat der Alte recht, dachte Helgi. Aber welches Schicksal auch immer die Götter für sein weiteres Leben vorgesehen hatten – er würde mit Teška zusammenbleiben, und wenn es so sein sollte, dann eben auf Rujana.

3.

Das Meer schäumte.

In der Nacht war der Wind aufgefrischt. Heftige Böen schlugen den Reisenden entgegen und machten eine Fahrt unter Segel unmöglich. Hohe Wellen klatschten gegen den Bug. Die Luft war erfüllt von kühler Gischt.

Nachdem Helgi das Boot durch die Mündung manövriert hatte, zog er die Ruder kräftig durch, um auf den richtigen Kurs zu kommen. Zunächst würden sie eine Weile nach Süden fahren müssen, denn Helgi wollte in Sichtweite der Küste bleiben.

Er stemmte sich mit ganzer Kraft gegen die Ruder. Dennoch kam es ihm vor, als würde sich das Boot nicht von der Stelle bewegen. Kaum hatte er die Ruder durchgezogen, schoben Wind und Strömung den Kahn wieder in die entgegengesetzte Richtung zurück.

Ansgar hockte mit finsterer Miene im Heck und ließ Helgi nicht aus den Augen. Entgegen Helgis Erwartung hatte der Alte am Morgen seinen Platz im Boot wieder eingenommen. Das Buch hatte er wie einen kostbaren Schatz in ein Tuch gewickelt und unter seiner Kutte versteckt.

Über ihnen flogen zwei Schwäne an der Küste entlang nach Norden. Sie nutzten den Rückenwind und rauschten mit breiten Schwingen davon.

Ansgars Blick wurde noch düsterer. «Sieh dir die Vögel an, Junge. Den Südwind hat uns der Herr gesandt, um uns nach Jellinge zu führen. Du handelst gegen Gottes Willen – und das ist eine Sünde. Denn der Herr spricht: Wohl dem, der sein Vertrauen auf den Herrn setzt und der sich nicht zu den Aufgeblasenen wendet und zu den abtrünnigen Lügnern …»

Helgi verdrehte die Augen, verkniff sich aber einen Kommentar.

Als die Sonne gegen Mittag ihren höchsten Stand erreichte, nahmen die Böen weiter zu. Helgi schwitzte aus allen Poren. Immer wieder befeuchtete Teška seine Stirn und hielt einen mit Süßwasser gefüllten Trinkschlauch an seine Lippen. Helgi ruderte bis an den Rand der Erschöpfung. Aber er hielt durch – und sie kamen voran, langsam, Ruderschlag um Ruderschlag.

Am Abend legten sie in einer weitläufigen Bucht an.

Helgi ließ das Boot von den Wellen an den Strand tragen. Dann sprang er ins Wasser, zog mit seiner letzten Kraft den Kahn an Land und brach kurz darauf erschöpft zusammen.

Als Teška ihn wieder weckte, war es bereits dunkel. Im Windschutz des Bootes hatte sie einen Lagerplatz für die Nacht eingerichtet und ein kleines Feuer entzündet, über dem sie an Stöcken die am Vorabend gebratenen Aalstücke aufwärmten. Zudem briet Teška kleine Tiere, denen sie das Fell abgezogen hatte. Es waren Eichhörnchen. Sie bevölkerten zu Tausenden die Wälder rund um diese Förde, die die Menschen daher *íkornevórde* nannten.

Helgi schüttelte sich den Schlaf aus den Gliedern und kroch ans Feuer, wo er sich mit dem Rücken gegen das Boot lehnte.

Teška schenkte ihm ein mitfühlendes Lächeln und forderte ihn zum Essen auf. Als er jedoch versuchte, einen der Aalspieße zu nehmen, zitterte seine Hand so heftig, dass das Fischstück in die Glut fiel.

Teška ergriff seine Hände. Das angenehme Gefühl ihrer Berührung linderte für einen Moment seine Schmerzen. Am liebsten hätte er sie an sich gezogen, um das zu vollenden, wozu sie gestern nicht gekommen waren – sie zu küssen.

«Du bist ja verletzt», rief sie besorgt, als sie seine Handfläche sah.

Helgi nickte. Bereits heute Morgen, kurz nach ihrem Aufbruch, hatte er die ersten Blasen gespürt. Im Laufe des Tages war es immer schlimmer geworden. Viele der Blasen hatten sich durch das Rudern wund gescheuert und waren schließlich aufgeplatzt. Aber er hatte sich nichts anmerken lassen, um dem Priester diese Genugtuung nicht zu gönnen.

Teška nahm einen Aalspieß vom Feuer, befreite das Stück von Gräten und Haut und fütterte Helgi mit dem fettigen Fleisch, wie sie es bei Gizurs kranker Frau Herkia gelernt hatte.

«Wo ist eigentlich der Munki?», fragte Helgi kauend.

Teška deutete zum Meer hinunter, wo Ansgar auf einem großen Stein hockte, das gefurchte Gesicht zur dunklen See gewandt.

Helgi konnte sich ein Lächeln nicht verkneifen. «Wahrscheinlich beschwert er sich bei seinem allmächtigen Gott über mich.»

«Nein, ich glaube, er ist krank.»

«Krank?»

«Er hat …» Teška fiel kein dänisches Wort für das ein, was sie ausdrücken wollte. Sie ging in die Hocke und deutete es an. Dabei zog sie ein schmerzhaftes Gesicht.

Helgi verstand. «*Skíta.* Er hat Durchfall. Vielleicht ist ihm der Fisch nicht bekommen.»

«Oder die Wellen», meinte Teška.

Nachdem Helgi den restlichen Aal und zwei gebratene Eichhörnchen verspeist hatte, ließ er sich von Teška die Hände mit Leinenfetzen verbinden, die sie aus ihrer Tunika gerissen hatte. Anschließend legte er sich in den Sand und schlief sofort wieder ein.

Vor der Weiterfahrt am nächsten Morgen versorgte Teška seine Handflächen mit einer Heilsalbe aus Aalfett und Kräutern. Die Blasen brannten noch immer wie das Feuer von Hel, aber Helgi biss die Zähne zusammen, als er das Boot zu Wasser ließ.

Ansgar saß wieder im Heck. Doch heute schwieg er und starrte trübsinnig in die Ferne und litt still vor sich hin.

Die Küstenlinie verlief nach der Eichhörnchenbucht in südöstlicher Richtung, sodass der unvermindert stark wehende Südwind ihr Boot nicht mehr direkt von vorn traf. Dennoch kamen sie weiterhin nur sehr langsam voran.

Bei jedem Riemenschlag spürte Helgi die offenen Wunden. Er konnte nur noch mit halber Kraft rudern, und an ein Hissen des Segels war nach wie vor nicht zu denken. Der starke Wind hätte das Tuch sofort zerrissen.

Am späten Nachmittag gab Helgi auf.

Mit letzter Kraft landete er oberhalb einer Meeresbucht, die sich keilförmig ins Landesinnere erstreckte. Während sich Teška um Helgis Hände kümmerte, verschwand Ansgar sofort hinter den Dünen, um sich zu erleichtern.

Teška war besorgt. «Du kannst nicht mehr weiterrudern.»

Helgi betrachtete seine aufgeplatzten Hände. Die Wunden hatten sich an mehreren Stellen in das Fleisch gefressen.

«Was wir brauchen, ist ein günstiger Wind», sagte er betrübt.

Nach einer Weile kehrte Ansgar zurück. Er war blass und wirkte unglücklich. Anstatt sich zu den beiden anderen zu gesellen, schlurfte er zu einem Stein, der in einiger Entfernung am Ufer lag.

Dort saß er noch, als es dämmerte und Teška ein Feuer entfachte.

«Kennst du keine Kräuter, die seine Beschwerden lindern könnten?», fragte Helgi.

«Natürlich. Jede Frau auf Rujana weiß, welche Mittel gegen die Seekrankheit helfen.»

«Dann gib ihm doch diese Kräuter.»

Teška zog die Augenbrauen zusammen. «Warum sollte ich das tun? Der alte Mann hat mein Volk beleidigt.»

«Aber er wird uns nur aufhalten, wenn er richtig krank wird.»

«Es war seine Entscheidung, uns zu begleiten.» Sie verdrehte die Augen, erhob sich und stapfte davon.

Es war bereits dunkel, als sie mit den Händen voller duftender Kräuter zum Feuer zurückkehrte. Sie füllte Wasser in einen Topf, wartete, bis es kochte, und warf dann die Pflanzen hinein. Nachdem der Sud abgekühlt war, brachte sie ihn zu Ansgar. Wortlos überreichte sie ihm den Topf und ließ den Alten wieder allein.

Es dauerte nicht lange, bis Ansgar am Lagerfeuer erschien. Er sah zwar noch immer ungesund aus, aber sein Gesichtsausdruck hatte sich verändert. Der Alte lächelte milde. «Darf ich mich zu euch setzen?», fragte er leise.

Helgi nickte, während Teška unwillig zur Seite rückte.

Ansgar stellte den Topf neben dem Feuer ab. Er hatte

ihn bis auf den Boden geleert. «Ich möchte dir für deine Hilfe danken», sagte er zu Teška.

Sie reagierte nicht, sondern starrte ins Feuer.

Da wandte sich Helgi an Ansgar. «Kannst du deinen Gott nicht darum bitten, dass er uns einen Westwind schickt?»

Ein vages Lächeln umspielte Ansgars schmale Lippen. «Das habe ich bereits getan.»

«Und wann kommt endlich der Wind?»

«Wenn Gott will.»

Diese Antwort empfand Helgi als äußerst unbefriedigend. Ein bisschen mehr Unterstützung hätte er von dem mächtigen Gott schon erwartet.

Ansgar stocherte mit einem Stock in der Glut herum. Funken stoben auf. «Du warst sehr tapfer, junger Däne. Deine Kraft hat uns bereits bis in das Land der Slawen gebracht.»

Er zeigte mit dem angekokelten Stock in die Nacht. «Am Fuß dieser keilförmigen Meeresbucht mündet ein Fluss namens Sventine in das Baltische Meer. Dieser Flusslauf trennt das Gebiet der Sachsen von dem der Sclavi. Diese Grenze, der Limes Saxoniae, wurde einst von Kaiser Karl dem Großen, dem Imperator Carolus Magnus, festgelegt. Östlich dieser Grenze leben verschiedene slawische Stämme. Einige von ihnen haben sich zu einem großen Verband zusammengetan, den Obodriten. Sie haben sich nach einem Gott benannt, den sie Obodr nennen, das heißt: der Wachsame …»

Während Ansgar sein Wissen über die Slawen ausbreitete, fielen Helgi die Augen zu. Er streckte sich am Feuer aus und träumte von den Göttern. Von einem Gott namens Obodr und von dem, zu dem der Alte betete, Jesus.

Obodr, Jesus, die Ranengötzen – in Helgis Traum kamen alle diese Götter zusammen, um auf Asgard in der Walhalla ein riesiges Gelage zu feiern.

Den Vorsitz über alle Götter aber hatte Odin inne.

Mitten in der Nacht erwachte Helgi.

Das Feuer glomm noch, aber Teška und Ansgar schliefen. Helgi rieb sich mit dem Handrücken über die Augenlider. Alles schien wie immer. Am Himmel funkelten die Sterne. Der Mond hing über dem Meer. Die Luft roch würzig nach Salzwasser und Seetang. Dennoch glaubte Helgi, dass sich irgendetwas Grundlegendes verändert hatte.

Sie hatten ihr Lager unterhalb einer Erhebung an der Küste eingerichtet, um vor dem Wind geschützt zu sein. Als Helgi sich erhob, fuhr ihm eine Böe ins Gesicht, und da wusste er Bescheid.

Er lief zum Wasser hinunter. Die Wellen, die am Abend vom ablandigen Wind niedergedrückt worden waren, rollten nun deutlich hörbar am Strand aus. Im Mondschein blitzten Wellenkämme auf. Helgi leckte seinen Zeigefinger an und hielt ihn hoch, um die Windrichtung festzustellen. Ja, kein Zweifel, der Wind hatte gedreht und wehte nun aus westlicher Richtung.

Hinter Helgi knackte ein Ast, als Ansgar zu ihm trat.

«Dein Gott hat den Westwind geschickt», stellte Helgi anerkennend fest.

Ansgar nickte. «Dann werde ich euch von nun an ohne Widerstand begleiten. Ich habe Gott um ein Zeichen gebeten, und hier ist es.»

4.

Am nächsten Morgen hissten sie das Segel, und der Wind trieb sie nach Osten. Das Land zog an ihnen vorüber. Als die Sonne ihren höchsten Stand erreicht hatte, änderte sich der Küstenverlauf. Helgi musste das Segel neu ausrichten, da der Wind nun nicht mehr von hinten, sondern von der Seite kam. Aber inzwischen hatte Helgi ein Gefühl für das Segeln entwickelt, und es gelang ihm, das Boot auf Kurs zu halten.

Gegen Nachmittag tauchte eine große Insel vor ihnen auf. Als Helgi auf die Meerenge zwischen der Insel und der Küste zusteuerte, zeigte Teška aufgeregt auf das offene Meer.

Am Horizont war ein Schiff mit schwarzem Segel aufgetaucht. Es ritt mit großer Geschwindigkeit über die Wellen und hielt ebenfalls auf die Insel zu.

Bislang hatten sie nur wenige Schiffe gesehen. Drei Handelsschiffe waren weit entfernt auf dem offenen Meer vorübergezogen, ohne dass jemand ihren Fischerkahn beachtet hätte. Warum sollte es bei diesem Schiff anders sein?

Doch Teška sagte: «Wir müssen uns am Ufer verstecken.»

Helgi zögerte. Das große Schiff war viel schneller als der Fischerkahn. Es würde die Insel lange vor ihnen erreicht haben.

«Mach schon – schlag das Ruder ein», drängte Teška besorgt.

Auch Ansgar war aufmerksam geworden. «Sie hat recht. Es könnten Seeräuber sein.»

«Víkingr? Woher wollt ihr das wissen?», entgegnete Helgi.

«Sie haben ein schwarzes Segel», sagte Teška.

Diese Antwort überzeugte Helgi nicht. In Haithabu legten häufig Schiffe an, deren Segeltücher schwarz gefärbt waren, ohne dass es sich dabei gleich um Seeräuber handelte.

Dennoch kam er Teškas Wunsch nach und steuerte den Strand an. Die Wellen trieben sie ins flache Wasser. Als Helgi wieder zum offenen Meer schaute, war das schwarze Schiff verschwunden.

Sie nutzten die Zeit bis zur Nacht, um die Angelleinen vorzubereiten. Teška bestückte die Haken mit glitschigen Würmern, die sie im seichten Wasser aus dem sandigen Grund gebuddelt hatte. Das Beködern war eine schmierige Angelegenheit, denn die Tiere schienen fast nur aus Wasser und einer gelblichen Flüssigkeit zu bestehen, die aus ihnen herausquoll, sobald Teška sie auf die Haken spießte. Die Fische schienen die Würmer jedoch zu mögen. Mit Einbruch der Dämmerung bissen einige Flundern und Schollen an.

Ansgar, dessen Magenbeschwerden dank Teškas Heiltrank nicht zurückgekehrt waren, zeigte sich redselig. «Nicht weit von dieser Insel entfernt liegt die Burg Starigard. Dort leben die Wagrier, die zum Stammesverband der Obodriten gehören.»

«Wagrier sind Feiglinge», sagte Teška verächtlich. «Sie machen gemeinsame Sache mit den Sachsen und Franken.»

Ansgar überhörte den Vorwurf. «Die Slawen sind ein großes Volk», erklärte er. «Ihre Stämme besiedeln die ganze östliche Welt. Es könnte sich wohl kein anderes Volk auf Erden mit ihnen messen – weder die Franken oder die Sachsen noch die Dänen oder die Svea –, wenn es unter den zersplitterten Geschlechtern der Slawen nicht so viel Streit und Zank gäbe. Den Slawen scheint eine unbändige Streitlust zu eigen zu sein …»

Teška wollte etwas erwidern, schluckte ihren Ärger aber hinunter.

Ansgar fuhr fort: «Aber die Wagrier, die in dieser Gegend zu Hause sind, leben in Frieden mit den Franken, und daher sollten wir morgen eine ihrer Burgen ansteuern, um dort Lebensmittel zu kaufen. Wir können uns schließlich nicht nur von Fischen ernähren.»

«Du meinst, wir sollten zu dieser Starigard fahren?», warf Helgi ein.

Ansgar schüttelte den Kopf. «Die Burg Starigard liegt mehrere Meilen im Landesinnern. Bis dorthin ist es ein guter Tagesmarsch durch unwegsames Gelände. Wir wären Räubern schutzlos ausgeliefert. Es erscheint mir daher sicherer, wenn wir uns nicht zu weit von unserem Boot entfernen. Morgen müssten wir eine Flussmündung erreichen, an der eine andere Burg liegt …»

«L'ubici!», rief Teška angewidert.

Sie erhob sich, löste ungeduldig die Bänder ihrer Tunika und ließ ihre Kleider achtlos neben sich auf den Boden fallen.

Ansgar wandte schamhaft das Gesicht von ihrem nackten Körper ab.

«Ich gehe schwimmen», sagte Teška und verschwand in der Dunkelheit.

«Was ist L'ubici?», fragte Helgi, während er beobachtete, wie der schimmernde Körper des Mädchens vom schwarzen Wasser aufgesogen wurde.

«Eine befestigte Burganlage», antwortete Ansgar. «In meiner Sprache heißt sie *civitas liubice*, was so viel bedeutet wie ‹die Liebliche›. Von dort aus besteht eine Handelsverbindung mit der Hammaburg im Sachsenland. Wir werden in Liubice alles bekommen, was wir für unsere Reise benötigen.»

«Und womit willst du bezahlen?»

Ansgar holte den Lederbeutel hervor, aus dem er Helgi die drei Münzen gegeben hatte, nachdem der ihn in Haithabu vor dem Ertrinken gerettet hatte. Mit einem herausfordernden Blick hielt Ansgar Helgi den Beutel entgegen. Helgi senkte betroffen den Kopf und stocherte mit einem Stock in der Glut herum. Beinahe hätte er den Vorfall in der Waldhütte vergessen, als er durch das Dach gebrochen und dem alten Mann vor die Füße gefallen war. Dieser schien dagegen nicht vergessen zu haben.

«Was hast du eigentlich mit dem Silberkreuz gemacht?», fragte Ansgar, ohne die Augen von Helgi zu nehmen.

Der Stock zerbrach im Feuer, und Funken stoben auf. «Es … ich … ich habe es dem Munki gegeben. Ich habe es gegen die Eisenbarren eingetauscht. Wegen des Wettbewerbs. Es tut mir leid. Ohne das Schwert hätte ich die Sklavin, ich meine Teška, nicht aus Hovis Gewalt befreien …»

Ansgar legte Helgi eine Hand auf den Arm. «Schon gut. Man wird in der Kirche von Haithabu Verwendung für das Kreuz finden.»

Helgi war überrascht. «Bist du nicht böse?»

«Nein. Das Kreuz sollte einen Altar schmücken und nicht das Gepäck eines alten Mannes belasten.»

Sie schwiegen, bis Teška zurückkehrte. Im Schein des Feuers glitzerten die Wassertropfen wie Edelsteine auf ihrer blassen Haut. Ohne Anstalten zu machen, ihre Nacktheit zu verbergen, ließ sie sich am Feuer nieder, um sich aufzuwärmen. Ansgar wandte erneut den Blick ab.

Teška deutete fragend auf den alten Mann.

Helgi zuckte mit den Schultern. «Er ist ein Munki. Vielleicht darf er keine nackten Frauen sehen.»

«So ist es», murmelte Ansgar in die Dunkelheit.

Ob es nun dieser Jesus gewesen war, der wachsame Obodr, der Wettergott Thor oder Odin selbst – es war Helgi egal, welcher Gott für den günstigen Wind gesorgt hatte. Das Einzige, was zählte, war, dass sie schnell vorankamen. Sie fuhren wieder unter Segel. Dadurch konnte Helgi seine Hände noch eine Weile schonen, denn die aufgeplatzten Blasen, die ständig mit Salzwasser in Berührung kamen, verheilten nur langsam.

Das Sonnenlicht verfärbte sich bereits rötlich, als sie am Fuß einer weitläufigen Bucht die Mündung eines Flusses erreichten, der, wie Ansgar berichtete, Travena genannt wurde.

Nachdem Helgi das Segel eingeholt hatte, verband Teška seine Hände mit den eingefetteten Stofffetzen. Er biss die Zähne zusammen und legte sich in die Riemen. Die Stadt befand sich im Landesinnern, mehrere Meilen flussaufwärts.

In der Dämmerung erreichten sie L'ubici. Der runde Burgwall erhob sich auf einer kleinen Insel, die von der Travena und einem weiteren Fluss, der Szwartowe, umgeben war. Außerhalb des etwa einhundertfünfzig Schritt breiten Walls standen mehrere Dutzend schilfgedeckte Holzhütten. Am Ufer der Insel gab es einen kleinen Hafen, in dem Fischerboote, aber auch einige größere Handelsschiffe festgemacht hatten. Eine Brücke verband die Insel mit dem sumpfigen Gelände, das sich weithin erstreckte. Die Stadt selbst lag im Inneren der Burg und konnte nur durch ein bewachtes Tor betreten werden.

Auf Ansgars Rat hin fuhren sie zunächst am Hafen vorbei und steuerten dann die Feuchtwiesen unterhalb der Burg an.

«Es könnte durchaus sein», sagte Ansgar, «dass die Wagrier nicht besonders gut auf Dänen zu sprechen sind, da es in den letzten Jahren immer wieder Auseinandersetzungen gegeben hat. Daher werde ich morgen allein zur Burg gehen.»

Helgi zog ihr Boot in eine kleine Schilfbucht. Sie wagten nicht, ein Feuer zu entzünden, und schliefen hungrig ein. Helgi hatte sein Schwert griffbereit neben sich gelegt.

Als er am nächsten Morgen mit steifem Nacken erwachte, war Ansgar bereits aufgebrochen. Teška saß zwischen dem Schilf am Ufer der Travena, wo sie gedankenverloren mit den Füßen im Wasser plätscherte.

«Hast du den Munki gesehen?», fragte Helgi, als er sich neben sie setzte.

Sie verneinte.

Helgi bemerkte, dass ihr Haar allmählich wieder nachwuchs. Es war zwar erst eine knappe Woche vergangen, seit er sie aus Gizurs Gewalt befreit hatte, und die sprießenden Härchen auf ihrer Kopfhaut glichen im Moment eher einer frischgemähten Wiese. Aber er konnte sich noch gut an ihre langen, kastanienbraunen Haare erinnern, als er sie das erste Mal auf dem Sklavenmarkt von Haithabu gesehen hatte.

Bald würde sie wieder so schön sein wie damals.

Wie gern hätte er ihr über die raspelkurzen Haare gestrichen, doch er traute sich nicht, sie zu berühren.

«Ob der Munki überhaupt zu uns zurückkommt?», fragte er stattdessen. «Vielleicht hat er uns nur hierhergeführt, um sich abzusetzen.»

«Wir brauchen ihn nicht», erwiderte Teška kühl. «Von mir aus kann er bei den verräterischen Wagriern bleiben.»

«Ich glaube, du tust ihm Unrecht. Er hat es sicher nicht so gemeint, als er so abfällig über eure Götter gesprochen hat. Diese Munkis sind halt davon überzeugt, dass es nur ihren Gott gibt.»

Teška zuckte mit den Schultern. «Ich werde mich bemühen, freundlicher zu ihm zu sein.»

In dem Moment drückte eine kräftige Böe das Schilf nieder und ließ die Halme rascheln. Am Himmel waren dunkle Wolken aufgezogen. Das Wetter schlug um.

«Da braut sich etwas zusammen», sagte Helgi mit sorgenvollem Blick in den Himmel. «Wir werden hier wohl noch eine Weile ausharren müssen.»

Teška schüttelte energisch den Kopf. «Wagrier sind gefährliche Menschen. Sie werden uns an die Franken verkaufen – aber ich werde niemals wieder in die Sklaverei gehen. Lieber sterbe ich!»

Helgi zog demonstrativ sein Schwert. «Nicht, solange ich das hier bei mir habe.»

«Kannst du denn damit umgehen?»

Helgi wusste nicht, was er darauf antworten sollte. Natürlich war er stark. Aber er musste sich eingestehen, dass er noch niemals mit einem Schwert gefochten oder gar einen Mann getötet hatte. Aber das konnte er Teška nicht verraten.

«Ich werde dich beschützen», versprach er.

Teška schenkte ihm ein vages Lächeln.

Plötzlich waren in der Nähe laute Stimmen zu hören. Helgi sprang hoch und richtete sich zu voller Größe auf, um über das Schilf hinwegspähen zu können. Er stieß einen Fluch aus, als er Ansgar mit wehender Kutte in ihre Richtung rennen sah.

«Das Boot! Lasst sofort das Boot zu Wasser!», brüllte Ansgar.

Er wurde von einem Dutzend Männer verfolgt, die mit Rundschilden, Lanzen und Schwertern bewaffnet waren. Einer der Soldaten schleuderte eine Lanze hinter Ansgar her, doch sie verfehlte ihn um Haaresbreite.

Eilig rafften Helgi und Teška ihre Sachen zusammen, warfen sie ins Boot und schoben es in den Fluss.

«Wartet auf mich!», rief Ansgar, als er sich einen Weg durch den Schilfgürtel bahnte und auf die Bucht zuhastete.

Helgi hielt das Boot im knietiefen Wasser, bis der Alte bei ihm war. Er packte ihn unter den Armen und hievte ihn an Bord. Dann sprang er selbst hinterher, wobei er den Kahn kräftig abstieß. Sie hatten die Bucht kaum hinter sich gelassen, als die Soldaten aus dem Schilf hervorstürmten und wütende Worte in einer Sprache brüllten, die Helgi nicht verstand. Er ruderte, so schnell er konnte. Bald darauf waren die Stimmen der Männer nicht mehr zu hören.

«Schnell weiter», forderte Ansgar. «Wir müssen am Hafen vorbei sein, bevor sie uns eingeholt haben.»

Ihr Fischerkahn glitt unterhalb der Burg L'ubici an der Insel vorbei. Die aufgebrachten Wagrier verfolgten sie unterdessen an Land. Sie überquerten die Brücke und hielten auf den Hafen zu, den das Boot gerade passierte. Schon sprangen die Männer in ein schmales Kriegsschiff und lösten die Leinen. Ruder wurden ins Wasser getaucht.

Ansgar war erschüttert. «Ich dachte, die Stadt stünde noch immer unter fränkischer Verwaltung. Aber es scheint einen Konflikt gegeben zu haben. Als ich mich den Soldaten als Franke vorstellte, wollten sie mich töten.»

Ein Lächeln huschte über sein Gesicht. «Trotzdem habe ich das hier ergattern können!» Er öffnete eine Ledertasche, aus der er mehrere Laib Brot, geräucherten Fisch sowie Käse und Fleisch hervorholte. «Natürlich habe ich dafür bezahlt», fügte er hinzu.

Aber an Essen war jetzt nicht zu denken. Das Schiff der Wagrier holte rasch auf, und es war bald bis auf eine Schiffslänge herangekommen. Am Vordersteven machten sich zwei Soldaten mit Langbögen bereit und legten Pfeile auf die Flüchtenden an.

Helgi sah nur einen einzigen Ausweg. Er rief den anderen zu, sie sollten sich festhalten. Dann vollführte er mit dem Fischerkahn ein waghalsiges Manöver, indem er das linke Ruder hart durchzog. Das Boot drehte sich blitzschnell dem der Burginsel gegenüberliegenden Ufer zu, als die Pfeile durch die Luft zischten und nur knapp das Boot verfehlten.

«Hier sind große Steine im Wasser», warnte Teška.

Darauf hatte Helgi gehofft, denn die Wagrier nahmen sofort die Verfolgung auf – offenbar hatten sie in der Aufregung die Gefahr vergessen, die unter der Oberfläche lauerte. Der Fischerkahn schrammte dicht über die verborgenen Hindernisse hinweg. Das Wagrierschiff hatte jedoch mehr Tiefgang und knallte krachend gegen einen großen

Stein. Augenblicklich kam es zum Stehen. Mit einem hässlichen Geräusch brachen die Planken am Bug. Von dem Aufprall wurden die Bogenschützen ins Wasser geschleudert. Einer der Männer konnte sich an einem Stein festklammern, der andere versank von Waffen und Rüstung hinabgezogen in der Travena.

Helgi ruderte wieder in die Flussmitte zurück. Er dankte Odin, dass der Göttervater ihnen beigestanden hatte.

«O Herr!», rief Ansgar. «Der Herr Jesus hat uns beschützt.»

Helgi verzog das Gesicht. Für den Kampf war Odin zuständig, der Kriegsgott! Herr Jesus sollte sich lieber um das Wetter kümmern, und angesichts der sich am Himmel zusammenballenden Wolken würde er gleich eine Menge zu tun bekommen.

5.

Der Sturm brauste über das Meer und entfesselte seine Kräfte. Graue Wolken jagten dicht über das schäumende Wasser hinweg. Mannshoch türmten sich die Wellenberge auf. Das Wasser schien zu kochen.

Dennoch sah Helgi keinen anderen Ausweg, als den Kampf gegen das Meer aufzunehmen. Jederzeit konnten die Wagrier mit einem neuen Schiff auftauchen.

Teška stemmte sich gegen das Steuerruder, um den Kahn auf Kurs zu halten, während Helgi gegen die Wellen anruderte. Der Alte kauerte mit aschfahlem Gesicht im Heck; seine Magenbeschwerden waren offenbar zurückgekehrt.

Das Boot stieg hinauf und fiel dann klatschend in die

Wellentäler zurück. Auf und ab, immer wieder. Gischt tränkte die Luft. Binnen weniger Augenblicke waren ihre Kleider durchnässt.

Helgi sah bald ein, dass er unmöglich weiterrudern konnte. Seine Hände schmerzten, und die Ruder witschten immer wieder aus den Wellen, sodass das Boot bedrohlich schlingerte. Sie hatten sich erst gut dreihundert Schritt von der Küste entfernt.

«Halt das Steuerruder so, dass wir gegen die Wellen stehen», rief er Teška zu. Dann ließ er die Riemen los und wankte zum Mast, um die Stricke zu lösen, die das Segeltuch zusammenhielten.

«Um Himmels willen – was hast du vor?», stammelte Ansgar.

«Wir müssen das Segel hissen.»

Ansgar bekreuzigte sich. «Der Wind ist viel zu stark.»

Eine gewaltige Welle traf das Boot. Helgi verlor den Halt und prallte mit der Schulter gegen die Bordwand. Ein stechender Schmerz durchzuckte ihn, aber es gelang ihm, sich wieder aufzurichten und sich am Segel zu schaffen zu machen.

«Bete zu deinem Jesus», rief er zu Ansgar. «Wer einen solchen Sturm entfachen kann, der wird auch dafür sorgen, dass wir nicht kentern.»

Ansgar würgte und erbrach sich in das schäumende Wasser, während Helgi das knatternde Segeltuch aus dem Wind drehte, es festzurrte und anschließend hochzog. Dann zerrte er es mit einem Seil zu sich heran. Sofort griff der Wind mit voller Wucht hinein, und das Boot schoss wie von Geisterhand erfasst über die Wellen davon.

Teška überließ Helgi dankbar das Steuerruder, das sie kaum noch halten konnte, und schmiegte sich dicht an

Helgi, um an seinem Körper Schutz zu finden. Helgi genoss es, Teška so nah bei sich zu haben. Jetzt hing ihr Leben allein von ihm ab – von ihm, dem Sohn des Schmieds Einar.

Teškas Nähe, das knatternde Segel, die besiegten Naturgewalten – das alles verlieh Helgi ein ungekanntes Gefühl von Macht. Er glaubte, niemals zuvor sein Leben so sehr unter Kontrolle gehabt zu haben: das um sich schlagende Meer, den tobenden Sturm, das Boot, das wie ein Pferd über die Wellen dahinritt, und das Mädchen, das er liebte.

Sie jagten an der Küste vorbei. Meile um Meile machten sie gut. Bald war die Travenamündung aus ihrem Blickfeld verschwunden.

In seiner Hochstimmung erinnerte sich Helgi an ein Lied, das Gullweig ihm früher vorgesungen hatte. Es passte hervorragend zu dem Sturmgebraus, und Helgi sang es laut, ohne sich um irgendeine Melodie zu scheren.

«Wer reitet dort auf Räwils Hengsten – über wilde Wogen und wallendes Meer? Von Schweiße schäumen die Segelpferde: Die Wellenrosse werden den Wind nicht aushalten. Über die Schiffsschnäbel schlägt uns das Meer: Die Flutrosse fallen, wer fragt danach …»

Plötzlich ließ ihn ein knackendes Geräusch jäh verstummen. Es wurde abgelöst von einem lauten Krachen. Der Mast war in der Mitte zerbrochen wie ein dürrer Ast. Ein letztes Mal blähte der Wind das Segel, bevor es von einer Böe gepackt und ins Meer geweht wurde. Die Seile flatterten hinterher.

Für die Dauer eines Wimpernschlags schien die Welt stillzustehen. Fassungslos starrten Helgi und die anderen auf den zersplitterten Mast. Doch da rollte bereits die nächste Welle heran und riss die Seefahrer aus ihrer Ohnmacht. Helgi und Teška wurden von der Wucht des Aufpralls vom Steuerruder fortgeschleudert; Ansgar wäre beinahe über Bord gegangen.

Das Boot krängte und stellte sich quer zum Wind. Die nächste Welle erwischte den Kahn mit voller Breitseite. Wassermassen ergossen sich ins Boot. Helgi wurde erneut von den Füßen gerissen und knallte mit dem Kopf auf die Planken. Benommen raffte er sich wieder auf und schaffte es, die Riemen zu packen.

Teška deutete hektisch auf das Land vor ihnen. Der Küstenverlauf hatte sich geändert. Keine einhundert Schritt entfernt war eine Steilküste aus dem Dunst aufgetaucht.

Ansgar fand seine Stimme wieder. «Die Wellen werden uns zerschmettern.»

Nicht, wenn Odin uns beisteht, dachte Helgi zerknirscht. Dein Herr Jesus hat wieder einmal versagt.

Ansgar faltete die Hände. Er richtete den Blick in den grauen Himmel und begann zu beten.

«Noch zwanzig Schritt», rief Teška. «Noch zehn, noch fünf!»

Ein Sog erfasste das Boot. Helgi riss die Ruder aus dem Wasser, kurz bevor sie an Land geschleudert wurden. Knirschend bohrte sich der Kiel in den mit Kieselsteinen übersäten Strand. Sofort sprangen sie aus dem Boot, und Helgi zog es den Strand hinauf, damit die nächste Welle es nicht ins Meer zurücksaugen konnte.

Erschöpft schleppte er sich zu den anderen, die am Fuß der Steilküste um Luft rangen.

Ansgar warf Helgi einen zornigen Blick zu. «Gott spricht: Stolz kommt vor dem Zusammenbruch, und Hochmut kommt vor dem Fall. Merk dir das, du leichtsinniger Däne!»

Darauf wusste Helgi nichts zu erwidern.

Später verspeisten sie schweigend einen Teil der Vorräte aus L'ubici. Es schien eine Ewigkeit her zu sein, seit sie das letzte Mal solche Köstlichkeiten zu sich genommen hatten.

In der Nacht flaute der Sturm ab.

Als der Morgen dämmerte, hatten sich die dunklen Wolken aufgelöst. Der Himmel war strahlend blau; nur hier und da zeigten sich weiße Wölkchen, und am Strand rollten die Wellen gleichmäßig aus.

Helgi erwachte vor den anderen. Er ging zum Boot hinunter, das in einem Knäuel aus Seegras und anderem Treibgut lag. Vorsichtig ruckte er an den Planken und Steven. Das Boot schien weitgehend unbeschadet zu sein, von dem abgebrochenen Mast einmal abgesehen, dessen untere Hälfte noch in dem Balken steckte, den man *kölsvill*, Kielschwelle, nannte.

«Kannst du das Boot reparieren?», fragte Teška, als sie sich zu Helgi gesellte.

Ansgar war ihr gefolgt. Man sah dem alten Mann die Strapazen der Reise an. Er war blass, und unter seinen Augen zeichneten sich dunkle Ringe ab.

«Ich bin Schmied, kein Bootsbauer», sagte Helgi.

«Aber du kannst mit Holz umgehen», entgegnete Teška.

«Ich kann Figuren schnitzen. Aber einen Mast bauen …? Nein, ich werde wohl rudern müssen.»

Teška ließ sich Helgis wunde Hände zeigen und schüttelte den Kopf.

Helgi blieb stur. «Wir haben keine andere Wahl.»

«Wenn ich mich nicht täusche, gab es hier ganz in der Nähe einmal eine Stadt», warf Ansgar ein.

Sie waren am Südende einer Landzunge oder einer Insel, die dem Festland vorgelagert war. Es waren jedoch keinerlei Spuren einer Siedlung zu erkennen. Kein Rauch, keine Häuser, keine Arbeitsgeräusche. Nirgendwo weidete Vieh, nirgendwo wurden Äcker bestellt.

«Der alte Mann hat recht», sagte Teška. «Diese Stadt wurde aber bereits vor langer Zeit von den Dänen zerstört.»

Ansgar nickte eifrig. «Man nannte es das Emporium Reric. Im Jahre des Herrn 808 hat eine dänische Flotte unter dem damaligen König Göttrik die Stadt überfallen und viele der Bewohner nach Haithabu verschleppt.»

«Warum sollte der König das getan haben?», fragte Helgi mürrisch. Es ärgerte ihn, dass der Alte besser über die Dänen Bescheid zu wissen schien als er selbst.

«Reric war damals ein bedeutender Handelsort», erklärte Ansgar. «Es war viel größer als Haithabu. Göttrik hat sich die Konkurrenz vom Hals geschafft, indem er das Emporium zerstörte. In Haithabu ließ er die Handwerker und Kaufleute für sich arbeiten und machte sie tributpflichtig. Wenn man so will, verdankt deine Heimatstadt ihre heutige Bedeutung einem Überfall auf die Sclavi.»

Helgi kickte einen Kieselstein über den Strand. «Wenn Reric zerstört ist, werden wir dort kaum einen Bootsbauer finden.»

«Man sagt, dass es nur noch eine Geisterstadt ist», raunte Ansgar.

«Die Götter haben Reric mit einem Fluch belegt», sagte Teška. «Immer wieder haben die Menschen versucht, den Ort aufzubauen. Doch es dauerte jedes Mal nicht lange, bis die Stadt erneut niederbrannte. Irgendwann hat man sie aufgegeben.»

Je mehr Helgi darüber nachdachte, desto besser gefiel ihm der Gedanke, zu der alten Stadt zu fahren. Wenn sie dort auch keinen Bootsbauer finden würden, so doch vielleicht einen Balken oder etwas Ähnliches, das man als Mast verwenden konnte. Helgi hatte auf der Fahrt hinreichend Gelegenheit gehabt, die Konstruktion eines Schiffsmasts zu studieren. Vielleicht schaffte er es doch, das Boot zu reparieren.

«Wir fahren nach Reric», beschloss er.

«Aber der Fluch …», rief Teška.

«… und die Geister», warf Ansgar ein.

Helgi wischte die Einwände mit einer Handbewegung fort. «Mein Schwert wird uns beschützen.»

Das Ausmaß der Zerstörungen Rerics war verheerend und auch jetzt noch, mehr als ein halbes Jahrhundert später, gut zu erkennen.

Auf einer Länge von fast einer Meile säumten die Ruinen der Hütten und Grubenhäuser die Küstenlinie. Die meisten Gebäude waren niedergebrannt und in sich zusammengefallen. Oftmals ragten nur noch die Stützbalken aus der Erde. Unkraut wucherte mannshoch und bedeckte die verkohlten Überreste.

Der Stadt war ein Hafen vorgelagert. Vereinzelt konnte man noch Teile der Palisaden erkennen, die das Hafengelände einst umgeben hatten. Hier und da steckten schiefe Pfosten im Erdreich, die aussahen wie verfaulte Zähne im Kiefer eines alten Mannes.

Helgi ruderte das Boot durch eine schmale Einfahrt in den Hafen. Das Becken war stellenweise verlandet. Am

Ufer standen noch drei Landebrücken, deren Bohlen und Stützpfeiler aber weitgehend verrottet waren. Nur die Brücke, die der Hafeneinfahrt am nächsten lag, machte einen so stabilen Eindruck, als habe man sie vor nicht allzu langer Zeit ausgebessert.

Geräuschlos glitt das Boot durch den Hafen auf die Landebrücke zu. Nachdem sie den Kahn vertäut hatten und ausgestiegen waren, gingen sie vorsichtig über die Brücke. Die Holzbretter unter ihren Füßen erwiesen sich jedoch als haltbar. Bald darauf kamen sie auf einen Knüppelpfad, der ein kurzes Stück über eine Feuchtwiese und dann nach Reric führte.

Ein beklemmendes Gefühl beschlich Helgi, während sie sich den Trümmern näherten. In der Ruinenstadt war es totenstill. Selbst die Tiere schienen diesen Ort zu meiden. Keine Bienen summten, keine Möwen schrien. Nicht einmal Mücken sirrten durch die Luft.

Helgi legte die Hand an das Schwert, das er hinter seinen Gürtel gesteckt hatte. Sie hatten gerade die ersten zerfallenen Hütten passiert, da ergriff Ansgar plötzlich Helgis Arm und deutete aufgeregt auf eines der niedergebrannten Häuser.

«Ich glaube, da war etwas», flüsterte er.

Helgi konnte nichts erkennen.

«Es war eine Bewegung, ein Schatten», sagte Ansgar leise.

Da drang ein Geräusch aus der Ruine. Helgi zog sein Schwert. Aber es war nur ein Hund, der mit eingezogenem Schwanz auf den Weg humpelte. Das Tier hatte nur noch drei Beine. Ohne die Eindringlinge zu beachten, verschwand der Hund hinter einer mit Brombeerranken zugewachsenen Wand.

Sie wollten ihren Weg gerade fortsetzen, als unvermittelt zwei zerlumpte Frauen in die Gasse traten, die wie Vogelscheuchen aussahen. Ihre Kleider waren dreckverschmiert und ihre Gesichter verhärmt. Eine der beiden – sie war einen Kopf größer als die andere – öffnete ihren zahnlosen Mund und rief ihnen etwas zu.

«Sie wollen wissen, ob wir etwas zu essen haben», übersetzte Teška.

«Es ist noch etwas Brot, Fleisch und Käse übrig», sagte Ansgar.

«Zeig ihnen das Brot», forderte Helgi ihn auf, und zu Teška sagte er: «Frag sie nach einem Bootsbauer. Biete ihnen das Brot an. Wenn sie uns helfen, sollen sie es bekommen.»

Während Ansgar das Brot in die Höhe hielt, stellte Teška die Frage. Die Frauen schauten sich an, dann sagte die größere einige Sätze.

«Sie wissen nichts von einem Bootsbauer», übersetzte Teška. «Aber am Ende dieser Straße, unterhalb des Gräberhügels, soll noch ein sehr alter Mann leben. Dort soll früher das Handwerkerviertel gestanden haben. Vielleicht kann der alte Mann uns etwas über einen Bootsbauer erzählen.»

Während Teška übersetzte, hatten sich ihnen die Frauen genähert.

«Gib ihnen das Brot», sagte Helgi.

Als Ansgar es ihnen reichte, griffen sie gierig danach und schlangen es sofort hinunter. Dabei ließen sie ihre Augen nicht von dem Lederbeutel in Ansgars Hand, in dem sich die anderen Lebensmittel befanden.

«Sie wollen noch mehr», meinte Teška, nachdem eine der Frauen etwas zu ihr gesagt hatte.

«Nein», sagte Helgi und schüttelte demonstrativ den Kopf.

Die Frauen starrten ihn feindselig an. Doch als er einen drohenden Schritt auf sie zumachte, zogen sie sich in eine der Ruinen zurück, von wo aus sie misstrauisch beobachteten, wie die drei ihren Weg fortsetzten.

Nachdem sie etwa eine halbe Meile durch die alte Stadt gegangen waren, erhob sich vor ihnen der Gräberhügel.

«Ich frage mich, wovon die Weiber in dieser Geisterstadt leben», meinte Ansgar.

Da huschte eine Ratte über den Weg.

«Und ich frage mich», erwiderte Helgi, «welches Ungeziefer sich hier noch versteckt hält.»

Am Rande der Geisterstadt, unweit des Gräberhügels, entdeckten sie eine Hütte, die offensichtlich bewohnt war. Durch Ritzen in den Wänden drang dünner Qualm nach außen. Das Haus war aus alten Brettern gezimmert worden, die man aus den Überresten anderer Gebäude zusammengeklaubt hatte. Nichts passte zusammen: Die Wände und das Dach waren schief, die Fenster fehlten, und die Tür lehnte lose im Rahmen.

Helgi seufzte. Wer auch immer in dieser Behausung lebte – einen versierten Handwerker, gar einen Bootsbauer, würden sie in einer solch schäbigen Behausung kaum antreffen.

Als er an die Tür klopfte, hörte er aus dem Innern ein heiseres Husten, das von einer gequälten Stimme abgelöst wurde.

«Der Mann, der hier wohnt, fragt, was wir wollen», übersetzte Teška.

«Erklär ihm, dass wir Werkzeug brauchen», erwiderte Helgi.

Bevor Teška dies in die Hütte rufen konnte, wurde die Tür zur Seite gestellt, und von Rauchschwaden begleitet wankte ein altes Männlein aus der Hütte.

Im ersten Moment glaubte Helgi, einen zu groß geratenen, hässlichen Troll vor sich zu haben. Der mit einem zerschlissenen Mantel bekleidete Alte reichte Helgi kaum bis an die Brust. Seine Haut war grau wie ein Regentag und sein weißer Bart ungepflegt. Der deutlich vorstehende Bauch aber machte einen wohlgenährten Eindruck. Beim Gehen stützte sich der Mann auf einen Stock, denn sein linker Fuß fehlte.

Er starrte die Fremden aus milchig trüben Augen an und reckte die Nase, als wolle er ihre Witterung aufnehmen.

«Frag nach einem Bootsbauer», flüsterte Helgi Teška zu.

Teška wollte die Worte gerade übersetzen, als der Alte mit schnarrender Stimme sagte: «So etwas gibt's hier nicht mehr.»

«Du sprichst die Sprache der Nordmänner?», rief Helgi überrascht.

«Hm. Man nennt mich Vyšemer. Ich spreche viele Sprachen. Vielleicht alle Sprachen dieser Welt. Früher haben hier Slawen, Friesen, Dänen und Svea gelebt. Sogar Sachsen und Franken. Aber nun bin ich der Letzte, der hier noch lebt. Alle anderen sind tot oder haben sich davongemacht.»

«Uns sind vorhin zwei Frauen begegnet …», warf Helgi ein.

«Ha», blaffte Vyšemer, «das sind Zugezogene. Die sind nicht von hier – ich meine, nicht so wie ich. Du gehörst nur dazu, wenn du hier geboren bist und die Überreste deiner Vorfahren auf dem Gräberhügel verfaulen.»

Er kicherte meckernd, aber es klang nicht amüsiert. «Ich hab noch erlebt, wie deine Landsleute uns heimgesucht haben, Däne. Diese Barbaren! Ich habe gegen Dänen gekämpft. Das kannst du mir glauben, Junge. Ich hab sogar welche getötet.»

«Aber der Überfall war vor bald sechzig Jahren», warf Ansgar ein. «Damals musst du noch ein kleiner Junge gewesen sein.»

Vyšemer zuckte mit den Schultern. «Ich war mal fast so groß wie dieser Däne. Jetzt bin ich nur noch ein alter Knochen. Ich bin bestimmt älter als einhundert Jahre. Wer weiß das schon. Ich zähle die Winter nicht mehr. Sie kommen und gehen, es ist einerlei.»

Helgi runzelte die Stirn. «Kein Mensch wird so alt.»

«Doch, doch», sagte Ansgar, «Adams Lebenszeit betrug neunhundertdreißig Jahre und die seines Nachfahren Methusalah neunhundertneunundsechzig. So steht es geschrieben in der Heiligen Schrift …»

«Pah!», schnarrte Vyšemer. «Du bist einer von diesen Graukutten, diesen Mönchen. Ein Franke. Ich hasse Franken! Und ich hasse Dänen.»

Seine milchigen Augen musterten Teška. «Ranen kann ich auch nicht ausstehen. Geschieht euch recht, wenn man euch als Sklaven verkauft. Ihr seid weniger wert als verlauste Köter.»

In dem Moment schoss aus einer der Ruinen erneut eine Ratte, die von dem struppigen Hund mit den drei Pfoten verfolgt wurde. Er schnappte die Ratte, packte sie im Genick, tötete sie mit einem Biss und brachte sie zu Vyšemer.

Der Alte tätschelte dem Hund die Ohren. Dann bückte er sich nach der Ratte und forderte die anderen auf, ihm ins Haus zu folgen. Aber sie zögerten. Der Gedanke, diese dunkle, schiefe Hütte zu betreten, behagte ihnen ganz und gar nicht.

In der Tür drehte sich der Alte um. «Kommt schon. Ihr sucht doch einen Bootsbauer. Ich könnte euch erzählen, wo ihr die Werkzeuge findet, mit denen ihr euer Boot reparieren könnt. Ich hab euren Kahn gesehen, unten im Hafen. Ich sehe alles. Je eher ihr wieder verschwunden seid, desto besser. Ich kann euch nicht leiden. Ich kann niemanden leiden.»

Widerwillig folgten sie Vyšemer in die Hütte, und es dauerte eine Weile, bis sie etwas erkennen konnten, da es nicht nur finster war, sondern auch der Rauch ihre Augen reizte. Die fensterlose Hütte bestand aus einem einzigen Raum, der wie bei einem Grubenhaus bis etwa auf Kniehöhe in die Erde gesetzt worden war. Inmitten des Raums loderte als einzige Lichtquelle ein Kochfeuer, über dem in einem Topf Wasser kochte.

Ein Schlaflager aus schimmeligem Stroh und eine Truhe stellten neben dem Topf die einzigen Einrichtungsgegenstände dar. Die Truhe war mit einem ungewöhnlich massiven Schloss gesichert. Vermutlich befanden sich darin alle Sachen, die Vyšemer für wertvoll hielt. Auf dem Boden lagen achtlos verstreut mehrere Becher und Schüsseln.

Der Alte warf den Nager in den Topf und fischte mit einem Holzlöffel eine andere Ratte, die bereits zerkocht war, heraus. Er legte das Tier in eine Schüssel und bot es ihnen an.

«Habt ihr Hunger?», fragte Vyšemer.

Helgis Magen zog sich zusammen. Natürlich hatte er bereits Ratten gegessen. Jeder tat das, wenn er kurz vorm Verhungern stand. Aber das Fleisch war unangenehm zäh und sehnig. Hinzu kam, dass Vyšemers Ratte stank und der Boden der Schüssel mit Schimmel überzogen war.

Helgi, Teška und Ansgar lehnten dankend ab.

Vyšemer zuckte mit den Schultern und verspeiste die Ratte selbst. Die kleinen Knochen, die er ausspuckte, schleckte der Hund vom Boden.

Die anderen warteten ungeduldig, bis Vyšemer sein Mahl beendet hatte. Doch als er endlich fertig war, machte er noch immer keine Anstalten zu reden, sondern begann stattdessen, dem Hund das Fell zwischen den Ohren zu kraulen.

Helgis Geduld war am Ende. «Du wolltest uns etwas über den Bootsbauer erzählen», sagte er ungehalten.

Als Vyšemer jedoch noch immer keine Anstalten machte zu antworten, sondern lediglich gähnte, zog Helgi sein Schwert.

«Schon gut, Großer», sagte der Alte. «Eine Straße weiter, unten am Wasser, stehen ein paar Hütten. In einer hat Radegast gewohnt. Der war so alt wie ich. Aber viel dicker. Hat auch immer Ratten gegessen. Macht satt, und es gibt sie reichlich.» Vyšemer warf ihnen einen mehrdeutigen Blick zu. «Radegast hat früher mal Boote gebaut. Da gibt's noch Werkzeug.»

«Was ist mit dem Mann geschehen?», wollte Ansgar wissen.

«Tot ist er. Tot, wie alle anderen. Ich bin der Letzte. Das habe ich doch schon gesagt.»

Helgi drängte zum Aufbruch. Er wollte nach den Werkzeugen sehen.

Aber Ansgar zögerte. «Diese beiden Frauen … kannst du uns erklären, wovon sie leben?»

Ein Lächeln huschte über Vyšemers Gesicht. «Dummer Mönch! Sie lassen sich dafür bezahlen, dass sie ihre Schenkel breit machen.»

«Hast du nicht eben noch gesagt, du wärst der letzte Mensch hier?»

Vyšemer winkte mürrisch ab. «Ich will mit den Weibern nichts zu tun haben. Ich kann Huren nicht leiden. Aber manchmal kommen Männer, Soldaten aus den Burgen im Landesinnern, aus Ilow oder der Mikelenburg. Widerliche Kerle.»

«Aber was wollen die Soldaten in dieser Geisterstadt?», fragte Ansgar. «Huren gibt es auch woanders.»

Vyšemers Gesicht verfinsterte sich. «Das geht dich nichts an, neugieriger Franke. Ihr habt mir meine kostbare Zeit schon viel zu lange gestohlen. Ich hab zu tun. Verschwindet jetzt endlich!»

Unter seinem drohenden Blick wichen die drei zur Tür zurück. Als sie wieder auf der Straße waren, atmeten sie tief die würzige Meeresluft ein. Eine Wohltat nach dem Gestank in Vyšemers Hütte.

Als sie zum Hafen hinunterkamen, stellten sie erleichtert fest, dass der Alte nicht gelogen hatte. Unweit des Wassers stand ein Gebäude, das nicht verfallen war – das Haus des Bootsbauers Radegast.

Helgi wollte gerade eintreten, als Teška ihn zurückrief. Sie war an einer erhöhten Stelle stehen geblieben, von der aus man den ganzen Hafen überschauen konnte. Aufgeregt zeigte sie zu den Landebrücken: «Da sind Männer! Sie haben unser Boot entdeckt.»

Es waren Slawen, vier kräftige Kerle, offensichtlich

Soldaten, die mit Lanzen, Kurzschwertern und Schilden bewaffnet waren.

Helgi stöhnte. Ihr Boot war verloren.

Im Schutz von Radegasts Haus konnten sie beobachten, wie einer der Soldaten in den Fischerkahn kletterte und die Kiste mit den Angelgeräten entdeckte. Die drei anderen Männer beglückwünschten ihn zu seinem Fund und verteilten die Geräte untereinander, während sie zum Ufer zurückkehrten, wo sie bereits von den beiden Frauen erwartet wurden.

Helgi unterdrückte einen Fluch. Was sollten sie machen, wenn die Huren den Soldaten von ihnen erzählten? Vyšemer würde wohl ebenfalls nicht zögern, den Männern den Weg zu Radegasts Hütte zu weisen.

Sie hatten keine Zeit zu verlieren.

«Wir müssen die Werkzeuge holen und irgendwie versuchen, unser Boot zurückzubekommen», sagte Helgi.

«Sie haben Lanzen und du nur ein Schwert», entgegnete Teška.

Helgi sah ein, dass sie recht hatte. «Dann warten wir eben, bis es Nacht wird, und schleichen uns im Schutz der Dunkelheit zum Hafen.»

Das war ein dürftiger Plan, zumal Helgi dann mit seinen wunden Händen zunächst wieder rudern musste, bis sie das Boot später reparieren konnten. Aber etwas Besseres fiel Helgi auf die Schnelle nicht ein.

«Helgi, Teška – schaut doch nur!», rief Ansgar.

Ein Langschiff näherte sich der Hafeneinfahrt. Es hatte ein schwarzes Segel, und der Vordersteven war mit einem Drachenkopf geschmückt.

Die Víkingr!

Die slawischen Soldaten schienen das Schiff erwartet zu haben. Umgehend ließen sie die Huren stehen und marschierten zum Kopf der Landebrücke zurück, wo sie beim Festmachen halfen. Als die Seeräuber von Bord gingen, begrüßten sie die Slawen wie alte Freunde. Doch alle Gespräche verstummten, als mit einem Mal ein geheimnisvoller Mann auf dem Schiff erschien.

Offensichtlich handelte es sich um den Anführer der Seeräuber. Er trug einen dunklen Umhang, und sein Gesicht war hinter einer Wolfsmaske verdeckt. Mit festem Schritt ging der Wolfsmann über die Landebrücke von Bord.

Teška stieß einen erstickten Schrei aus.

«Hast du den Mann schon mal gesehen?», fragte Helgi verwundert.

Aber Teška antwortete nicht, sondern starrte entsetzt zu der maskierten Gestalt hinüber.

Nachdem die Seeräuber und die Slawen in der Stadt verschwunden waren, betraten Helgi und die anderen Radegasts Haus. Tageslicht flutete durch den zerbrochenen Laden eines Fensters. Ihre Schuhe hinterließen Abdrücke in der Staubschicht auf dem Boden.

Die Werkzeuge waren nirgendwo zu entdecken. Keine Hämmer, Messer, Stechbeitel oder andere Dinge, die ein Schiffsbauer benötigte. Das Haus war bis auf den letzten Nagel geplündert worden.

«Vyšemer hat uns reingelegt», sagte Helgi und trat wütend gegen einen Schemel, der gegen einen Haufen Gerümpel flog, sodass Bretter, Balken und Bündel mit verrottetem Schilfgras umfielen.

«Lasst uns von hier verschwinden», sagte Ansgar. «Wir

könnten uns auf dem Landweg durchschlagen. Bestimmt nimmt uns jemand auf seinem Ochsenkarren mit. Mit Gottes Hilfe …»

Er verstummte, als Teška die anderen zu sich rief. Sie hatte eine Tür entdeckt, die kaum größer als eine Luke und hinter den losen Brettern in die Wand eingelassen war.

Helgi legte die Tür frei und forderte die anderen auf, auf ihn zu warten, falls die Soldaten kommen sollten. Er musste sich klein machen, um durch die Luke zu passen. Dahinter war es vollkommen finster. Vorsichtig krabbelte Helgi auf allen vieren in die Dunkelheit, als unter seinen Händen etwas knackte, das sich anfühlte wie Holzspäne. Als er sich weiterbewegen wollte, stieß er mit dem Kopf gegen etwas Hartes.

Er richtete sich auf und befühlte den Gegenstand, und je weiter seine Hände daran entlangglitten, desto schneller schlug sein Herz.

Das konnte doch nicht wahr sein!

«Ich brauche Licht», rief er den anderen durch die Luke zu. «Ich glaube, hier steht ein … ein Boot.»

Sofort öffnete Teška in der Werkstatt die Fenster und die Eingangstür auf der dem Hafen abgewandten Seite, damit die Seeräuber nichts davon mitbekamen, um so viel Tageslicht wie möglich in das Haus zu lassen. Im Anbau dahinter konnte Helgi nun schemenhaft die Umrisse eines Bootes erkennen.

Radegast schien ein Meister seines Fachs gewesen zu sein. Der Bootskörper maß in der Länge etwa zwanzig Fuß, also etwas weniger als Björns Fischerkahn. Das bedeutete, dass Radegasts Boot leichter zu rudern sein würde. Helgi prüfte die Verarbeitung der Planken. Sie waren mit Werg und Pech abgedichtet sowie mit Eisennägeln am Kiel und dem Steven befestigt worden. Im Rumpf hatte Radegast zwei Ruderbänke und die Kielschwelle für den Mast angebracht. Ruder und der Mast lagen im Boot bereit, ebenso ein zusammengerolltes Segel.

Helgi hätte ihn umarmen können, diesen slawischen Bootsbauer. Der Kahn schien geradezu auf den ersten Wassergang zu warten. Einzig die hölzernen Zwingen, mit denen an einigen Stellen die Verplankung zusammengehalten wurde, und die Stangen, die die Steven stützten, mussten noch entfernt werden.

Doch wie sollten sie das Boot vom Haus zum Wasser bringen?

Helgi überlegte angestrengt. Er konnte sich nicht vorstellen, dass ein so umsichtiger Handwerker wie Radegast diese wichtige Sache vergessen haben sollte.

Er begann, die Wände des Anbaus abzutasten. Dabei stieß er mit dem Fuß gegen einen Holzstapel. Es waren Rundhölzer, von denen einige geräuschvoll über den Boden kullerten.

«Stimmt etwas nicht?», rief Ansgar aus der Werkstatt.

Da entdeckte Helgi, dass die hintere Wand weder mit Stützpfeilern versehen war, noch waren die Bretter im Boden verankert, sondern lediglich durch Zapfen an den Seitenwänden befestigt. Helgi befühlte die Halterungen. Kein Zweifel – mit einem kräftigen Stoß würde man die Wand herausbrechen können.

Zufrieden kehrte er in die Werkstatt zurück, um den anderen von seiner Entdeckung zu berichten. «Wahrscheinlich wollte Radegast vermeiden, dass jemand von diesem Boot erfährt», schloss er.

«Vor Vyšemer hat er es wohl kaum geheim halten können», warf Ansgar ein, «wenn die beiden tatsächlich die letzten Bewohner waren.»

«Dann vielleicht vor den Soldaten und den Huren.»

Ansgar nickte nachdenklich. «Ich frage mich, warum uns Vyšemer hierhergeschickt hat. Er muss doch gewusst haben, dass es hier kein Werkzeug gibt. Ob er wollte, dass wir das Boot entdecken?»

«Vielleicht hat er uns in eine Falle gelockt», sagte Helgi nachdenklich.

Obwohl es äußerst gefährlich war, sich noch länger in der Stadt aufzuhalten, blieb ihnen keine andere Möglichkeit, als auf die Nacht zu warten. Wenn sie das Schiff im Hellen zu Wasser bringen würden, würden sie sofort die Aufmerksamkeit der Slawen und Seeräuber auf sich ziehen.

Nachdem sie die Luke wieder mit Brettern zugestellt hatten, schauten sie sich draußen nach einem sicheren Ort um, an dem sie auf die Dunkelheit warten konnten. Sie entschieden sich für eine Ruine ganz in der Nähe. Deren Dach war zwar eingefallen, aber die Wände würden ihnen Sichtschutz bieten.

Es war früher Nachmittag. Sie würden also noch Zeit haben, um sich auszuruhen. Vor allem Helgi musste schlafen, da er nachher seine ganze Kraft benötigen würde, um das Boot ins Wasser zu schieben.

Teška übernahm die erste Wache.

Geräusche weckten ihn. Stimmen.

Helgi öffnete die Augen. Teška schlief an seiner Seite. Er blinzelte in den Himmel. Das dunkle Blau, das die Geisterstadt überspannte, zeigte an, dass der Tag an der Schwelle zur Nacht stand.

Dann hörte er wieder die Stimmen, nicht weit entfernt.

Wo war Ansgar? Der Munki hatte die zweite Wache übernehmen sollen. Als Helgi ihn entdeckte, stieß er einen Fluch aus. Ansgar war neben dem Eingang eingeschlafen.

Die Stimmen wurden lauter.

Helgi griff nach seinem Schwert, schlich zum Eingang und spähte hinaus.

Im Zwielicht waren fünf Männer zu erkennen, die vor Radegasts Haus standen. Es waren die vier Slawen, und der fünfte Mann war der einfüßige Vyšemer.

Der Bastard hat uns verraten, dachte Helgi grimmig.

Vyšemer redete auf die Männer ein, die die Umgebung mit Fackeln ausleuchteten. Immer wieder deutete der Alte auf Radegasts Haus, bis einer der Soldaten vortrat und die Tür mit einem Ruck aufriss. Sofort stürmten die Männer hinein.

Sie glauben, dass wir uns in dem Haus aufhalten, dachte Helgi.

Kurz darauf kamen die Slawen wieder ins Freie. Einer packte Vyšemer am Bart und zog so kräftig daran, dass der Alte einen Schrei ausstieß.

Als Ansgar durch die Geräusche geweckt wurde, beugte sich Helgi über ihn und legte mahnend einen Finger an die Lippen. Ansgar nickte schlaftrunken.

«Weck Teška. Beeil dich!», flüsterte Helgi.

Unterdessen zwangen die Slawen Vyšemer mit Schlägen in die Knie. Der Alte winselte und bettelte um sein Leben, bis sich die wütenden Männer endlich in Richtung des Hafens zurückzogen und den am Boden liegenden Vyšemer zurückließen.

Helgi spürte das Gewicht des Schwerts in seiner Hand. Es wäre ein Leichtes gewesen, den Verräter auf der Stelle zu erschlagen. Doch er wartete, bis Vyšemer sich aufgerappelt hatte und zwischen den Ruinen verschwunden war.

Am Hafen loderte ein großes Feuer, das die Seeräuber entzündet hatten. Nun hockten sie bei den wärmenden Flammen und tranken. Nach einer Weile gesellten sich die Slawen, die unverrichteter Dinge von Radegasts Haus zurückkehrten, zu ihnen. Trinkhörner wurden mit Wein gefüllt, man hörte Gelächter und Trinksprüche. Die Huren schrien, als man ihnen die Kleider von den Leibern riss, und ihre Schreie wurden noch lauter, als sie ins Hafenbecken geworfen wurden. Vermutlich sollten sie sich vorher waschen.

«Worauf warten wir noch?», fragte Teška und rieb sich den Schlaf aus den Augen.

Es war Nacht geworden, der Mond tauchte die Stadt in fahles Licht. Die Geräusche der feiernden Männer hallten durch die Gassen, irgendwo hatten Grillen ihr Konzert begonnen.

In Radegasts Haus war es still.

Glücklicherweise hatten die Slawen die Geheimtür nicht entdeckt. Helgi räumte Bretter und Strohballen zur Seite und kroch in den Anbau. Teška und Ansgar folgten ihm. Da sie keine Fackeln hatten, würden sie das Boot im Dunkeln vorbereiten müssen.

Helgi tastete nach dem Holzstapel, der sich an der Rückwand des Anbaus befand. «Hier sind Dutzende Rundhölzer», erklärte er den anderen. «Wir werden das Boot darüberrollen.»

Zunächst würden sie jedoch die Rückwand herausbrechen müssen. Helgi suchte die Wand nach den Halterungen ab. Wo waren nur diese verdammten Zapfen gewesen? Dann sah er sie plötzlich auf halber Höhe im Winkel zwischen Seiten- und Rückwand.

Aber warum konnte er mit einem Mal etwas erkennen?

Helgi wirbelte herum. Ein Lichtschein huschte über die Wand und warf flackernde Schatten.

«Hab ich euch!» Vyšemer lugte durch die Geheimtür und leuchtete den Anbau mit einer Fackel aus. Sein linkes Auge war von den Schlägen geschwollen, und an seinem Bart klebte Blut. Aber seine trüben Augen funkelten vor Habgier. Er stieß ein meckerndes Lachen aus, zog sich wieder zurück und schlug die Luke zu, die er von außen verrammelte.

Helgi stürzte im Dunkeln zur Tür und zerrte daran. Aber Vyšemer hatte auf der anderen Seite eine Stange durch den Bügelgriff geschoben.

«Du hast uns in eine Falle gelockt», rief Helgi zornig.

Rasch flüsterte er Ansgar und Teška zu, dass sie die Halterungen der Rückwand lösen sollten. Er musste Vyšemer hinhalten, bevor dieser die Slawen holen konnte.

«He, alter Mann, stimmt das nicht?», rief Helgi.

«Ja, natürlich», erwiderte Vyšemer. Seine Stimme drang gedämpft durch die Tür. «Einen solchen Fang lasse ich mir doch nicht entgehen. Ich wusste, dass ihr das Boot entdecken würdet. Der Dicke hat es gebaut. Feines Boot. Er wollte damit abhauen. Aber das konnte ich nicht zulassen. Er war ja mein Freund.»

«Warum wollte Radegast aus der Stadt verschwinden?»

Im Hintergrund konnte Helgi hören, wie Ansgar und Teška die Zapfen aus dem Holz zogen.

«Er wollte nicht gefressen werden.» Vyšemer lachte. «Er hatte nicht mehr lange zu leben. Und ich konnte nicht warten, bis er sterben würde. Dann verdirbt das Fleisch. Das wusste er.»

«Du wolltest deinen Freund … essen?»

«Jeder muss sehen, wo er bleibt.»

Ansgar und Teška mühten sich noch immer an den Zapfen ab. Einige steckten sehr fest.

Vyšemer rief: «Die Soldaten haben mir zwei Münzen versprochen. Eine für das Weib und eine für dich, Däne. Den alten Mönch können sie nicht gebrauchen. Ich werde ihn essen, so wie Radegast. Ein Teil davon wird gekocht oder gebraten. Den Rest pökele ich, für den Winter. Man muss sich Vorräte anlegen. Er wird zwar zäh sein …»

«Die Zapfen sind raus», flüsterte Ansgar.

«… aber besser schmecken als die Ratten. Man braucht auch mal Abwechslung …»

Helgi tastete nach den Schraubzwingen und begann sie von den Planken zu lösen.

«… Radegast war fett. Der Mönch ist zu dürr. Ich werde ihn mästen …»

Helgi machte sich an den Stangen zu schaffen, mit denen der Vorder- und der Achtersteven gestützt wurden.

Als er damit fertig war, flüsterte er: «Wenn ich die Wand herausgebrochen habe, legt einer von euch die Rundhölzer in einem Abstand von jeweils einem Schritt vor dem Bug aus. Ich werde mich erst um Vyšemer kümmern, dann schiebe ich das Boot über die Hölzer. Der andere sammelt sie am Heck wieder ein und bringt sie nach vorne. Verstanden?»

«He, Vyšemer – wie schmeckt eigentlich Menschenfleisch?», rief Helgi zur Luke.

Keine Antwort.

«Vyšemer?»

Helgi bewegte sich zur Rückwand. «Wir müssen uns beeilen. Der Mistkerl hat etwas gemerkt und ist abgehauen.»

Er trat mit dem Fuß gegen die Wand. Das Holz knirschte, gab aber nicht nach. Auch als er mit der Schulter dagegendrückte, geschah nichts. Sollte er sich doch getäuscht haben? Es gab nur eine Möglichkeit, dies herauszufinden. Er nahm Anlauf und warf sich mit seinem ganzen Gewicht gegen die Wand. Die Lehmschicht, mit der das Flechtwerk verputzt war, barst, und das Stützholz krachte. Dann kippte die Wand langsam nach außen auf.

«Du hast es geschafft», rief Teška und umarmte Helgi stürmisch.

Er rannte aus dem Anbau. Vyšemers Schatten bewegte sich humpelnd am Hafenbecken entlang auf das Feuer zu. Er kam zwar nur langsam voran, würde die Männer aber erreicht haben, bevor das Boot im Wasser war.

Ansgar begann damit, die Rundhölzer auszulegen, während Helgi achtern gegen den Steven drückte. Seine Schulter schmerzte von dem Aufprall an der Wand, aber er schüttelte den Schmerz ab. Endlich ruckte das Boot vorwärts, Stück für Stück. Zunächst nur eine Handbreit, dann aber rutschte es immer gleichmäßiger über die Rundhölzer. Das Gelände, das zum Ufer hin leicht abfiel, erleichterte die Arbeit. Teška konnte die Hölzer achtern immer schneller einsammeln und sie Ansgar bringen, der sie erneut zwischen Boot und Ufer auslegte.

Als sie etwa die Hälfte der Strecke überwunden hatten, erreichte Vyšemer das Feuer. Gestikulierend redete er auf die Männer ein, und es dauerte nicht lange, bis er sie überzeugt hatte. Die Männer ließen von den Huren ab und rannten in Richtung von Radegasts Haus. Dieses Mal kamen nicht nur die Slawen, auch die Seeräuber wollten sich den Spaß offensichtlich nicht entgehen lassen.

Noch zehn Schritt bis zum Wasser. Helgi stöhnte. Der Schweiß tropfte von seiner Stirn. Seine Schulter schmerzte bei jedem Schritt. Auch die Wunden auf seinen Händen waren wieder aufgeplatzt.

Vom Hafen her wurde das Grölen der Slawen und Víkingr lauter. Ihre Fackeln waren zuckende Lichtpunkte, die sich rasch näherten.

Noch acht Schritt. Ansgar erreichte mit den Rundhölzern bereits die Wasserkante. Noch sieben Schritt.

Ansgar und Teška packten am Achtersteven mit an und halfen Helgi beim Schieben. Noch fünf Schritt.

Das Gebrüll klang jetzt sehr nah.

Noch drei Schritt, zwei, einer. Der Kiel schrammte über den Grund. Das Wasser war zu seicht. Das Boot schwamm noch nicht. Sie mussten weiterschieben.

Neben dem Boot landete etwas platschend im knöcheltiefen Wasser. Es war ein Beil. Helgi riskierte einen Blick über die Schulter. Die Angreifer waren nur noch wenige Schritte entfernt. Ein weiteres Beil flog über Helgis Kopf hinweg und landete im Boot.

Endlich löste sich der Kiel vom Grund. Helgi packte Teška an der Hüfte und hob zunächst sie und dann Ansgar ins Boot. Wasser spritzte auf, als die ersten Angreifer das Ufer erreichten. Es waren mindestens zwei Dutzend Männer.

Während Teška und Ansgar die Ruder bereit machten, zog Helgi sein Schwert. Im Rückwärtsgehen schob er das Boot weiter ins Tiefe und brüllte, so laut er konnte: «Ich bin Helgi, Einars Sohn! Ich habe keine Angst!»

Das war zwar glattweg gelogen. Aber seine imposante

Erscheinung und Stimme ließen die Angreifer zumindest für einen Augenblick innehalten.

Das Wasser reichte Helgi nun bis an die Oberschenkel. Er wollte sich gerade ins Boot ziehen, als ein Pfeil abgeschossen wurde. Die Spitze bohrte sich in die Planken. Als sei dies ein Zeichen gewesen, nahmen die Krieger den Angriff wieder auf und schleuderten weitere Beile nach den Flüchtenden.

Helgi zog sich über den Achtersteven an Deck, warf sich auf die Ruderbank und legte sich in die Riemen. Doch einer der Angreifer sprang hinter dem Boot her und bekam den Achtersteven zu fassen. Über den Planken tauchte sein bärtiges Gesicht auf. Stirn und Wangen des Mannes waren mit blauen Ätzungen überzogen. Zwischen seinen Zähnen klemmte ein Messer.

Ein Beil war neben der Kielschwelle gelandet. Ohne zu zögern, hob Teška es auf und ging steifbeinig und mit starrem Blick auf den Krieger zu. Der Víkingr hatte seinen Oberkörper bereits über die Bordwand gestemmt, als sie zuschlug und ihm den Schädel spaltete. Lautlos versank er im Wasser.

Weitere Männer drängten jetzt hinter dem Boot her. Einer stolperte jedoch über den Körper des Erschlagenen, fiel hin, und andere stürzten über ihn. Ein Knäuel aus Armen, Beinen und Köpfen balgte sich im schäumenden Wasser.

Das Boot nahm Fahrt auf und war bald für die Angreifer unerreichbar. Siegessicher rief Helgi: «Ich bin Helgi, Einars Sohn. Ich habe keine Angst vor euch!»

Plötzlich deutete Teška hektisch in die Richtung, aus der sie gekommen waren. Am Ufer stand der Mann mit der Wolfsmaske und neben ihm Vyšemer.

In aller Ruhe nahm der Wolfsmann einen Pfeil aus seinem Köcher, träufelte eine Flüssigkeit aus einer kleinen Flasche über die Spitze und legte den Pfeil auf die Sehne seines Langbogens. Das silbergraue Wolfsfell schimmerte in der Dunkelheit, als der Mann den Bogen spannte. Die Sehne schnellte vor, und das Geschoss sauste durch die nachtdunkle Luft.

«Hinlegen», brüllte Helgi.

Doch er hatte zu lange gezögert. Ein glühender Schmerz loderte in seinem rechten Oberschenkel auf. Die Spitze hatte sich durch das Fleisch gebohrt und war im Knochen stecken geblieben.

Am Ufer jubelten die Seeräuber und Slawen.

Doch Helgi gönnte der Wolfsfratze den Triumph nicht. Nein, von einem Pfeil würde er sich nicht aufhalten lassen. Er zog die Riemen hart durch.

Der Wolfsmann spannte einen weiteren Pfeil ein, ließ dann aber den Bogen wieder sinken. Die Dunkelheit hatte das Boot verschluckt.

6.

Die Ereignisse waren in viel zu rascher Folge auf Teška eingestürzt, als dass sie alles sofort hätte begreifen können.

Sie waren von einem Menschenfresser verraten worden, von Obodriten und Seeräubern angegriffen worden, hatten ein Boot übers Land geschoben …

Und sie hatte einen Mann getötet. Vor ihrem geistigen Auge sah sie noch einmal den überraschten Ausdruck des Seeräubers, als die Axt in seinen Schädel fuhr. Sie hörte das Geräusch des Messers, als es aus seinen Zähnen rutschte und ins Boot fiel. Das Wasser gluckerte, als der Mann verschwand.

Der Pfeil!

«Mädchen, schau doch!», rief Ansgar. «Was geschieht mit ihm?»

Helgis Gesicht glänzte vor Schweiß. Seine aufgerissenen Augen quollen aus den Höhlen.

Ununterbrochen redete er, aber was er sagte, ergab keinen Sinn: «… sollen wir trinken köstlichen Trank, auch wenn wir Lust und Lande verloren …»

Er versuchte noch immer zu rudern. Aber die Ruderblätter trafen das Wasser nicht, sondern witschten unkontrolliert über die Oberfläche und ließen das Boot schlingern.

Bei Reric waren undeutlich die Fackellichter zu erkennen. Die Angreifer zogen sich zu ihrem Feuer zurück.

Teška schaute über die Schulter. Nicht weit entfernt befand sich zwischen der Landzunge und Küste eine schmale Durchfahrt, kaum breiter als dass dort zwei Handelsschiffe nebeneinander Platz gehabt hätten.

Helgi murmelte: «… stimme niemand ein Sterbelied an, schaut er durchbohrt die Brust mir auch …»

Teška und Ansgar knieten neben ihm nieder.

«Ist es der Pfeil?», fragte Ansgar.

Teška nickte stumm. Sie hatte gesehen, wie der Wolfsmann den Pfeil mit einer Flüssigkeit getränkt hatte. Die Spitze war vergiftet.

Helgi kreischte jetzt. «Nimm es weg, nimm es weg. Es steckt in meinem Bein. Ich will es nicht. Nimm es weg.»

Teška befühlte seine glühende Stirn und sagte zu Ansgar: «Hilf mir. Wir müssen ihn hinlegen. Ich werde weiterrudern.»

Sie zogen Helgi von der Ruderbank. Als er auf den Planken lag, krümmte er sich zusammen und bettelte um Wasser.

Teška erschauerte. Helgi schwebte in Lebensgefahr. Eine eiskalte Hand griff nach ihrem Herzen. Jetzt würde es auf sie ankommen. Nur auf sie.

«Können wir den Pfeil nicht herausziehen?», fragte Ansgar, während er Helgis fiebrige Stirn mit einem feuchten Stofffetzen abwischte.

Teška nahm zwischen den Riemen Platz. «Nein. Die Spitze hat Widerhaken.»

«Allmächtiger!», murmelte Ansgar.

Helgi griff sich an den Hals, als wolle er sich erwürgen. Er zitterte vor Kälte und schwitzte zugleich. Dann begann er, sich am ganzen Körper zu kratzen, als sei er von einem Schwarm Bienen angefallen worden.

Teška schlug die Ruder durch. Sie waren schwerer, als sie gedacht hatte. Schlag um Schlag nahm das Boot Fahrt auf.

Sie versuchte ihre Gedanken abzulenken und dachte an Rujana. Früher war sie häufig gerudert. Mit ihrem Vater Ranislav zum Fischen. Oder mit ihrer Schwester zum Schwimmen, bevor der Hass die beiden entzweit hatte.

Das Boot passierte die schmale Durchfahrt. Am landseitigen Ufer waren mehrere Ausbuchtungen an der Küste zu erkennen, die von einem dichten Schilfgürtel gesäumt war. Teška steuerte eine abgelegene Bucht an und zog die Riemen kräftig durch. Der Bug teilte das Schilf und ließ die Halme raschelnd auseinanderschlagen. Dann sprangen sie an Land und zogen den Kahn mit vereinten Kräften aufs Ufer, wo sie umgehend damit begannen, trockenes

Moos und Äste zu sammeln und ein kleines Feuer zu entzünden.

Mit vereinten Kräften hievten sie Helgi aus dem Boot. Er hatte inzwischen das Bewusstsein verloren und war unglaublich schwer. Aber irgendwie schafften sie es, ihn zum Feuer zu schleppen.

Während Ansgar sich im fahlen Mondlicht auf die Suche nach Feuerholz und Süßwasser machte, begann Teška damit, Helgi am wärmenden Feuer die schweißgetränkten Kleider auszuziehen. Das lange Wollhemd, das Unterhemd. Der Ring mit den geheimnisvollen Schriftzeichen glitzerte auf seiner Brust. Sie erinnerte sich daran, wie er ihr das Schmuckstück im Haus seiner Eltern in die Hand gelegt hatte.

Aus dem Boot holte sie das Messer, das der Seeräuber zwischen den Zähnen gehabt hatte. Damit zerschnitt sie Helgis Hose, um nicht gegen den Pfeilschaft, der aus seinem Oberschenkel ragte, zu stoßen. Dann betrachtete sie den nackten Körper des jungen Mannes.

Ansgar räusperte sich hinter ihr und warf trockene Äste neben das Feuer. Den Trinkschlauch hatte er an einem Bach mit Süßwasser gefüllt. Bald darauf loderten die Flammen auf. Helgis Körper fühlte sich heiß und zugleich kalt an. Sie hatten ihn auf seine linke Seite gedreht. Aus seinem Mundwinkel rann ein dünner Speichelfaden.

Teška hielt das Messer ins Feuer und wartete darauf, dass die Klinge heiß wurde. Sie hatte Angst vor dem, was sie tun musste.

Ansgar befeuchtete mit einem wassergetränkten Stofffetzen Helgis Stirn und Lippen. «Was für ein Gift könnte es gewesen sein?», fragte er.

Teška überlegte. «In meiner Heimat nimmt man dafür den Saft einer Pflanze, die wir Wolfstod nennen.»

Sie war froh über Ansgars Frage, da das Reden sie ablenkte. «Die Blume hat blaue Blüten», fuhr sie fort. «Mit dem Gift töten wir Wölfe oder Füchse, manchmal sogar Bären. Wir beschießen die Tiere mit den vergifteten Pfeilen oder legen in Wolfstod getränktes Lammfleisch als Köder aus. Es kommt immer wieder vor, dass hungrige Menschen das Fleisch essen und daran sterben.»

Ansgar nickte nachdenklich. «Diese Blüten – sind sie geformt wie winzige Soldatenhelme?» Er malte mit seinem Zeigefinger eine konische Form in die Luft.

«Hm.»

Ansgar atmete vernehmlich aus. «Aconitum napellus, der eiserne Hut. So nennen wir diese Pflanze. Es heißt, der Teufel habe sich unter ihren Blüten versteckt, nachdem der Erzengel Gabriel ihn aus dem Himmelreich vertrieb. In ihren Adern fließt das Blut Satans.»

«Das ist nicht gut.»

«Nein, ganz bestimmt nicht.»

Teška prüfte die Klinge, die inzwischen schwarz angelaufen war. Als sie Wasser darüber tröpfelte, zischte und dampfte es. Die Klinge war heiß geworden, aber sie glühte noch nicht. Da Teška absolut sichergehen wollte, schob sie das Messer unter ein glühendes Scheit.

Ihr Vater Ranislav und der Zauberer ihres Heimatdorfes, Damek, hatten vor längerer Zeit einmal eine Frau behandelt, die einen der Giftköder gegessen hatte. Daher wusste Teška, dass die Vergiftung erst nach einer gewissen Zeit ihren Höhepunkt erreichte. Das war der alles entscheidende Moment, den manche Opfer überlebten, andere jedoch nicht, so wie jene Frau.

Helgi war kräftig und hatte eine gute Konstitution. Doch seine körperliche Kraft war nur das eine, denn es kam auf die Menge des Giftes an. Gegen eine Dosis, die einen Bären töten konnte, würde auch Helgi nicht bestehen können.

Und selbst wenn er das Gift überlebte, steckte noch immer der Pfeil in seinem Bein. Die Wunde konnte sich entzünden und …

«Er ist ein guter Mensch», sagte Ansgar. «Der Allmächtige wird ihn beschützen.» Er begann zu beten.

Ein sanfter Wind streichelte das Land und ließ das Schilf rascheln. Teška schloss die Augen und ließ sich von der leiernden Stimme des Alten einlullen. Müdigkeit und Erschöpfung überkamen sie.

Dann dämmerte sie weg.

Ein Schrei holte sie ins Bewusstsein zurück. Sie brauchte einen Moment, bis sie begriff, dass sie selbst es gewesen war, die geschrien hatte.

Es war noch immer tiefe Nacht. Am Nachthimmel glitzerten die Sterne; über der Insel hing der Mond.

Helgi regte sich nicht. Ansgar hatte eine Decke über ihn und Teška ausgebreitet. Mit zitternden Fingern berührte sie Helgis Rücken. Seine Haut fühlte sich kalt an, viel zu kalt.

Ansgar saß mit verschränkten Beinen etwas abseits des Feuers und betete noch immer.

Teška beugte sich über Helgi und berührte seine Schläfe, um nach der Stelle zu suchen, an der man das pulsierende Blut fühlen konnte. Sie ließ ihre Fingerspitzen über seine Schläfe streichen – und endlich spürte sie den Puls.

Teška stöhnte erleichtert.

Ansgar unterbrach sein Gebet. «Hat er es überstanden?»

«Zumindest die Vergiftung. Aber die Pfeilspitze steckt noch in seinem Bein.»

Als sie das Messer aus der Glut ziehen wollte, ließ sie es mit einem Schrei fallen. Es war mittlerweile so heiß geworden, dass sie sich die Hand am Hirschhorngriff verbrannt hatte. Ansgar gab ihr ein feuchtes Tuch, das sie um den Griff wickelte. Dann drehten sie gemeinsam Helgi auf den Rücken.

Sein Gesicht war so bleich wie das einer Leiche.

Teška Vater hatte ihr einmal gezeigt, wie ein Widerhakenpfeil zu entfernen war, denn dies gehörte zum Handwerk eines jeden Jägers und Kriegers. Allerdings hatte der Pfeil damals im Hinterlauf eines toten Hirsches und nicht im Bein eines lebenden Menschen gesteckt.

Teška war sehr stolz gewesen, dass Ranislav ihr das Jagen beigebracht hatte: wie man einen Bogen spannte und einen Pfeil abschoss, wie man das Wild aufspürte und sich anpirschte. Und wie man die Pfeilspitze aus dem Hirschfleisch schnitt – allerdings, ohne dass das Messer dabei glühend heiß war.

Teška begann mit den Vorbereitungen. Sie entfernte vorsichtig den restlichen Hosenstoff rings um den Pfeilschaft, um die Wunde vom getrockneten Blut zu säubern. Anschließend wies sie Ansgar an, Helgis Kopf und Schultern festzuhalten.

Es war so weit.

Sie atmete tief ein und wartete, bis ihre Hände nicht mehr zitterten. Dann setzte sie das Messer neben dem Pfeil an und machte einen kleinen Schnitt. Der Geruch von verbranntem Fleisch erfüllte die Luft. Widerstandslos glitt die glühende Klinge durch das Fleisch, zertrennte Sehnen und Muskelfleisch. Das Bein begann zu zucken, als die Messerspitze auf den Knochen stieß. Teška schnitt sauber an der Pfeilspitze entlang, um die Widerhaken freizulegen, und zog anschließend die Klinge wieder heraus. Das glühende Metall hatte dafür gesorgt, dass die Wunde nicht blutete.

Teška legte das Messer beiseite und packte den Pfeilschaft. Jetzt! Mit einem kräftigen Ruck zog sie ihn heraus.

Helgis Körper bäumte sich auf, und Ansgar benötigte all seine Kraft, um ihn wieder auf den Boden zu pressen, bis der Widerstand nachließ und Helgi in sich zusammensackte.

Teška hielt den Pfeil ins Licht des Feuers. Die Spitze war blutverschmiert, an den Widerhaken klebten Fleisch- und Muskelfasern.

«Du … du hast es geschafft!» Ansgars Stimme überschlug sich vor Erleichterung.

Teška versorgte die offene Wunde mit Aalfett, schnitt aus Helgis Kleidungsresten einen Verband zurecht und bandagierte damit das Bein. Als sie sich erheben wollte, knickten ihre Knie ein. Völlig entkräftet fiel sie Ansgar in die Arme. Er legte sie behutsam auf dem Boden ab. «Du hast es geschafft, Mädchen. Du hast es wirklich geschafft!»

Sie hörte seine Stimme wie aus weiter Ferne, als er wieder zu beten begann.

«Gott ist unsere Zuflucht und Stärke, ein Helfer, bewährt in Nöten. Darum fürchten wir uns nicht, wenn auch die Erde umgekehrt wird und die Berge mitten ins Meer sinken, wenn auch seine Wasser wüten und schäumen und die Berge zittern vor seinem Ungestüm …»

Seine Worte verhallten in ihren Ohren, wie das Geräusch eines sich entfernenden Schiffs. Dann fiel sie in ein schwarzes Loch.

Ihr letzter Gedanke galt jedoch nicht *Gott dem Helfer*, zu dem Ansgar betete – nein, er galt einem Mörder, dessen Gesicht das eines Wolfes war.

7.

Wer zu Odin kommt, betritt einen gewaltigen Saal, eine Halle. Sie befindet sich im Himmelreich, in Asgard. Es ist die Walhall. Der Saal der ehrenvoll Gefallenen. Die Wände glänzen vor purem Gold. Das Dach ist aus Lanzen gefügt und mit Schilden bedeckt. Die Bänke sind mit Panzerhemden ausgelegt.

Odin ist der oberste aller Heerführer. Der Gott der Schlachten. Er hat nur ein Auge, und dieses funkelt grimmig, als jetzt ein Mensch vor ihn tritt.

Es ist Helgi, der Sohn des Schmieds Einar.

Rings um Odins Thron sitzen einhundert bärtige Krieger, die Einherjar. Die auf der Erde im Kampf gefallenen Krieger tragen polierte Rüstungen, Äxte und Langschwerter.

Ein Lichtstrahl fährt aus Odins Mund. Seine Zähne sind aus Gold. Seine Stimme dröhnt und hallt in der Walhall wider: «Ein Mensch! Aus Midgard, der Welt der Sterblichen. Er begehrt Einlass. Will er an der Schlacht der Schlachten teilnehmen?»

Helgi nickt vorsichtig.

Odin beugt sich vor. Sein Kettenhemd rasselt. «Seht, Krieger! Der Menschenwurm hat eine Wunde. Eine Pfeilwunde.»

Die Krieger umringen Helgi und mustern die Verletzung. Einige nicken durchaus anerkennend, andere furchen die Stirn.

Zwei Raben fliegen in die Walhall. Krächzend lassen sie sich auf Odins Schultern nieder, einer links, der andere rechts. Hugin und Munin, so heißen die Raben. Sie informieren Heervater Odin über die Geschehnisse. Was war, was ist, was kommen wird.

Odin lehnt sich zurück, dreht zunächst das rechte Ohr Hugin, dann das linke Ohr Munin zu. Er lässt Helgi nicht aus dem Auge. Streicht sich über den Bart.

Die Krieger stecken die Köpfe zusammen, murmeln, aber als Odin die Arme hebt, verstummen alle Gespräche. Odin hat sein Urteil gefällt.

Seine Stimme schmettert auf Helgi nieder. «Dieser Mensch ist unwürdig. Ich habe erfahren, dass er auf der Flucht verwundet wurde. Er ist fortgelaufen – anstatt gegen seine Feinde zu kämpfen.»

Die Krieger knurren wütend. *Skauð*! Feigling!

«Erbärmlicher Menschenwurm – ich erwähle nur vom Schwert erschlagene Männer», ruft Odin. «Geh zurück nach Midgard. Töte deine Feinde! Stirb mit dem Schwert in der Hand! Das ist die Prüfung, die ich dir auferlege. Bestehst du sie nicht, verbanne ich dich nach Hel, in das Erdreich. Zu den Niederträchtigen, die an der Schwäche des Alters oder an einer Krankheit gestorben sind. Feiglinge wie du kämpfen nicht in der Schlacht aller Schlachten.»

Da wird Helgi von kräftigen Händen gepackt. Die Krieger verhöhnen ihn lachend. Er wird aus der Walhall geschleift. Man versetzt ihm einen Fußtritt. Er fällt herab, von Asgard, dem Himmelreich, nach Midgard, zur Erde.

Dorthin, wo die Menschen zu Hause sind, die sich noch nicht bewährt haben.

Helgi schreckte hoch, und sofort rasten brutale Schmerzen durch seinen Körper. Sein Bein brannte wie glühende Kohle.

Hel!, war Helgis erster Gedanke. Odin hat mich in die Unterwelt verbannt.

Doch als er die Augen aufschlug, sah er wie durch einen Nebelschleier ein bekanntes Gesicht, das über ihm schwebte. Es gehörte Teška, deren Blick Sorge verriet, aber auch gleichzeitig Erleichterung. Er sah, wie sie ihre Lippen öffnete und seinen Namen rief.

Allmählich nahm Helgi auch seine Umgebung wahr. Blassblau schimmerte der Himmel, unter dem Schwalben im Tiefflug nach Mücken jagten. Nun bemerkte Helgi den Munki, der lächelnd und mit vor der Brust gefalteten Händen zu seinen Füßen saß.

Helgi bat um Wasser. Seine trockene Kehle fühlte sich an wie ein ausgedörrter Acker. Sogleich hielt ihm Teška das Mundstück eines Trinkschlauchs an die Lippen, und er sog gierig daran. Nachdem er getrunken hatte, versuchte er sich aufzurichten. Doch der Schmerz in seinem Bein zwang ihn sofort wieder nieder.

Teška strich ihm zärtlich eine Haarsträhne aus der Stirn. Wenn er still dalag und sich nicht bewegte, war der Schmerz erträglich. Nur sprechen konnte er nicht. Aus seiner Kehle kam nur ein Krächzen.

Teška legte einen Finger an seine Lippen und begann zu erzählen, was geschehen war. Sie berichtete von der Flucht aus Reric und vom Bogenschützen, dessen Pfeil mit Wolfstod vergiftet gewesen sei. Jetzt erinnerte sich

Helgi wieder an den großen Mann mit der Wolfsmaske.

Teška zeigte ihm den Pfeil, deutete auf seinen verbundenen Oberschenkel und hielt das Messer mit der schwarzverfärbten Klinge hoch.

«Sie hat dir das Leben gerettet», sagte Ansgar.

Helgi wollte ihr dafür danken, doch sie winkte beiläufig ab. Stattdessen starrte sie den Pfeil an, und ihr Blick wurde hart wie Stahl.

8.

Der Wettergott war ihnen wohlgesinnt.

Zwei Tage hatten sie in ihrem Versteck ausharren müssen, bis Helgis Schmerzen so weit nachgelassen hatten, dass er sich zumindest humpelnd wieder fortbewegen konnte. Auch seine Kraft und seine Sprache waren zurückgekehrt.

Als sie aufbrachen, wehte der Wind kräftig aus westlicher Richtung und blähte das Segel ihres neuen Bootes. Die Küstenlinie flog an ihnen vorbei. Sie passierten Strände, deren weißer Sand wie ein endloses Band in der Sonne leuchtete. Dahinter ragten Steilhänge empor, deren Kuppen mit dichten Wäldern bewachsen waren. Blaues Wasser, weißer Strand, grüne Wälder und darüber der strahlend blaue Himmel – das waren die Farben der Küste.

Helgi steuerte das Boot mit der Pinne, während er gleichzeitig das Segel im Wind hielt. Teška hatte sein verwundetes Bein mit Hilfe von Haselstangen geschient. Im Boot konnte er das Bein ausstrecken und brauchte es beim Segeln nicht zu belasten.

Der Munki betrachtete versonnen die Landschaft. Übermütig rief er den anderen zu: «Als Gott dieses Land erschaffen hat, hat er es mit besonderer Freude getan.»

«Aber es ist Slawenland», entgegnete Helgi. «Du hast gesagt, Slawen seien Barbaren und Götzendiener.»

«Was hat das eine mit dem anderen zu tun?», sagte Ansgar und schaute wieder in die Ferne.

Teškas Stimmung veränderte sich, obwohl sie allen Grund gehabt hätte, zuversichtlich zu sein. Mit jedem Wellenschlag und jeder Böe, die das Boot weiter nach Osten brachten, kamen sie Rujana näher. Dennoch zog sich Teška immer weiter zurück. Es schien, als hätten Gewitterwolken einen Schatten über ihre Seele geworfen.

In der Abenddämmerung stießen sie auf die Mündung eines Flusses, der von den Slawen *Varnova* genannt wurde. Als Helgi fragte, wo ein günstiger Lagerplatz sei, starrte Teška ihn an, als habe er sie aus einem Albtraum geweckt. Anstatt zu antworten, versank sie wieder in ihren Gedanken.

Helgi fragte sich, was sie bewegte. Es war offensichtlich, dass etwas sie zunehmend belastete.

Er reffte das Segel und steuerte die Mündung an, die er rudernd durchquerte. Die Varnova schlängelte sich eine Weile durch sumpfiges Gelände mit ausgedehnten Feuchtwiesen zu beiden Seiten. Nach einer Weile weitete sich die Mündung auf der östlichen Flussseite zu einem großen, von dichten Wäldern gesäumten See. Erst einige Meilen weiter flussaufwärts siedelten Menschen, die der Gegend den Namen *roztoc*, den auseinandergehenden Fluss, gegeben hatten.

Helgi legte am Ufer des Sees an. Ansgar bereitete das

Nachtlager vor. Anstatt sich daran zu beteiligen, entkleidete sich Teška und schwamm weit auf den See hinaus. Über ihr kreiste ein Fischadler.

Helgi ließ sich auf einem umgekippten Baumstamm nieder und beobachtete sie, als Ansgar sich zu ihm gesellte.

«Sie schwimmt sehr gut», bemerkte er.

Helgi nickte abwesend. «Sie ist eine Víly.»

Ansgar hob fragend die Augenbrauen.

«Víly bedeutet in ihrer Sprache ‹Wassergeist›», erklärte Helgi. «Sie hat es mir erzählt. Ihr Vater hat sie so genannt, weil sie das Wasser liebt. Früher ist sie jeden Tag geschwommen, sogar im Winter, wenn kein Eis auf dem Wasser war.»

Teška zog in der zunehmenden Dunkelheit draußen auf dem See ihre Bahnen.

«Du machst dir Sorgen um sie», sagte Ansgar.

«Sie ist so still geworden.»

«Was könnte der Grund dafür sein?»

«Hängt es mit dem Pfeil zusammen?», antwortete Helgi mit einer Gegenfrage.

«Vielleicht erinnert er sie an etwas.»

Helgi schaute den alten Mann hilfesuchend an. «Soll ich sie danach fragen? Ich habe Angst, dass die Erinnerungen sie traurig machen könnten.»

Ansgar schüttelte den Kopf. «Gib ihr Zeit. Sie wird mit dir reden, wenn sie es für richtig hält …»

«Aber sie ist eine Frau», warf Helgi ein.

Ansgar lächelte milde. «Sie ist eine besondere Frau. Es gibt nicht viele Männer, die auf so besonnene Weise einen Pfeil herausoperiert hätten. Dazu gehört Mut und Beherrschung.»

Helgi pulte Moos von der Rinde und zerrieb es zwischen seinen Fingern. Er wechselte das Thema.

«Warum hat mich dieser Priester in Haithabu angegriffen?»

«Interessiert es dich nun doch?»

«Ich habe in meinem Traum Odin gesehen. Er wird mich in die Unterwelt verbannen, wenn ich meine Feinde nicht töte. Er hat mich einen Feigling geschimpft, weil ich geflohen bin: vor dem Priester und vor dem Wolfsmann. Ich glaube, es sind beides Gestaltenwandler, so etwas wie Werwölfe, Mischwesen.»

Ansgar rümpfte die Nase. «Gestaltenwandler sind Ausgeburten heidnischer Phantasien – wie euer Gott Odin. Er ist ein Abbild des Hasses, der Zerstörung. Der Allmächtige hingegen ...»

«Ich will nicht über deinen Gott reden», unterbrach Helgi den Munki. «Ich will wissen, warum ich vor meinen Feinden immer weglaufe.»

Ansgar ließ sich nicht beirren. «Es ist klüger zu fliehen, als im Kampf zu sterben.»

«Nein!»

«Doch!»

Der Fischadler hatte bei der Jagd Erfolg gehabt und flog zu seinem Horst. Teška schwamm noch immer.

Nach einer Weile nahm Ansgar aus seiner Kutte die Leinentücher, in die er das Buch eingeschlagen hatte.

«Um auf deine Frage zurückzukommen», sagte er. «Ich glaube, die Antwort liegt hierin begründet.»

«In dem Buch?»

«Ja. Der Priester hat daraus zitiert, als er dich töten wollte.»

«Warum hat er das getan?»

«Das weiß ich nicht. Ich habe den Mann niemals zuvor gesehen, bevor ich nach Haithabu zurückgekehrt bin.»

Helgi ballte die Hände zu Fäusten. «Er ist ein Mörder!»

Ansgar nickte. «Nach allem, was du erzählt hast …»

«Was bedeuten die Zeichen?» Helgi deutete auf die Pergamente.

Ansgar schüttelte den Kopf. «Ich kann sie kaum noch entziffern. Meine Augen sind mit den Jahren zu schwach geworden. Außerdem sind die Schriftzeichen durch die Feuchtigkeit verwischt. Vielleicht gibt es auf der Insel jemanden, der diese Schrift entschlüsseln kann.»

In dem Moment kehrte Teška zurück. Sie stieg aus dem Wasser und schleppte sich erschöpft zur Lagerstelle. Ohne sich um die anderen zu kümmern, die sie vom Baumstamm aus beobachteten, trocknete sie sich ab, zog sich an und legte sich schlafen.

Helgi blieb an diesem Abend noch lange wach.

9.

Am achten Tag ihrer Reise tauchte im Osten die Insel Hedinsey auf.

Das langgestreckte Eiland hatte die Form eines umgedrehten Löffels. Hedinsey lief zum südlichen Ende flach aus, zum nördlichen hin erhoben sich Hügel, die mit dichten Eichenwäldern bewachsen waren. Hedinsey war der Mutterinsel Rujana vorgelagert, wie ein gewaltiger Wellenbrecher, den die Götter ins Meer gesetzt haben.

Helgi steuerte die im Norden gelegene Hügelkuppe an, die wie ein geschorener Munkischädel über den Baumwipfeln hervorlugte. Hier wollten sie die letzte Nacht verbringen, bevor sie am kommenden Tag Rujana erreichen würden.

Sie befanden sich etwa auf halber Höhe der Insel, als Ansgar plötzlich aufgeregt zum Strand zeigte. «Ein Schiff – da vorne!»

Helgi beschattete seine Augen mit der Hand. Ein etwa dreißig Fuß langes Handelsschiff, eine Knörr mit bauchigem Rumpf, dümpelte führerlos in der Brandung. Das Segel war zerfetzt.

Helgi drehte das Ruder.

«Fahr weiter», herrschte Teška ihn an.

«Warum?»

«Du kannst nichts mehr tun für die Leute.»

Helgi schaute sie überrascht an. Wie konnte sie sich dessen so sicher sein? Er hielt weiter auf das Schiff zu. Etwa einhundert Schritt vor dem Strand stießen sie auf die erste Leiche. Unweit des Bootes spielten die Wellen mit dem leblosen Körper.

Helgi holte das Segel ein. Wind und Strömung trieben sie langsam dem Ufer entgegen. Die Wellen rauschten. Möwen kreischten. Erst jetzt bemerkten sie die vielen Vögel, die über dem Handelsschiff kreisten und sich immer wieder auf den Strand stürzten.

Als sie näher kamen, sahen sie weitere Tote. Leblose Körper lagen zu Dutzenden am Strand oder trieben in der Brandung. Einigen Männern hatte man die Köpfe abgeschlagen, anderen fehlte ein Arm oder ein Bein. Zerbrochene Ruder, Holzstücke und leere Truhen schwammen im Wasser, auch ein Ochse, dem man den Bauch aufgeschlitzt hatte.

«Bitte fahr weiter», sagte Teška.

Aber Helgi konnte sich nicht losreißen von dem Anblick. Sie befanden sich jetzt auf gleicher Höhe mit dem Handelsschiff, das auf einer Sandbank auf Grund gelaufen war, etwa dreißig Schritt vom Ufer entfernt. Sie waren nah genug, um zu erkennen, dass in vielen Leichen gefiederte Pfeile steckten.

Schließlich hatte Helgi genug gesehen. Er legte die Ruder ein, drehte ab und ruderte parallel zum Ufer nach Norden. Nach einer Weile erreichten sie die Inselspitze, wo sie an Land gingen. Das Handelsschiff war von dieser Stelle aus nicht mehr zu sehen. Schweigend richteten sie ihr Nachtlager unterhalb der Steilküste ein.

Die Bilder der Toten gingen Helgi nicht aus dem Kopf.

Ansgar sprach es als Erster aus: «Ich glaube, es waren die Seeräuber.»

Helgi nickte steif. Mit Blick auf Teška fragte er: «Weißt du etwas über diesen Wolfsmann?»

Sie schüttelte den Kopf, sprang auf und fing an, sich wieder auszuziehen.

«Ich spüre, dass du etwas weißt», drängte Helgi.

Ohne eine Antwort zu geben, ging sie zum Wasser.

Helgi und Ansgar blieben ratlos zurück. Sie beschlossen, wegen der Seeräuber mit dem Feuer bis zum Einbruch der Nacht zu warten.

«Ich werde mich auf der Insel umschauen», sagte Helgi schließlich.

Ansgar legte sich in den Sand. «Weck mich, wenn du zurückkommst.»

Helgi humpelte eine Weile am Fuß der Steilküste entlang, bis er am Hang eine vom Regenwasser ausgespülte Rinne entdeckte. Er machte sich an den Aufstieg. Er hangelte sich an dornigen Büschen, an denen kleine orangefarbene Beeren wuchsen, hinauf. Die Schmerzen in seinem Oberschenkel loderten bei jedem Tritt auf.

Oben angekommen, stieß er auf einen Wildpfad. In der ausgetretenen Erde waren Spuren von Wildschweinen und Hirschen zu erkennen. Der Pfad führte zunächst entlang der Küste zwischen Büschen und vom Wind geformten Bäumen und bog schließlich in den Wald ab. Dichtes Blätterwerk überdeckte den Hügel wie das Dach einer riesigen Halle. Der Boden war mit Farnsträuchern überwuchert.

Helgi war dem Wildpfad einige Hundert Schritt gefolgt, als der Wald sich unterhalb des kahlen Hügels lichtete. Der Weg schlängelte sich nun einen Hang hinauf, vorbei an Heidekräutern, Ginstersträuchern und roten Wildrosen. Der angenehme Blütenduft war eine Wohltat nach dem Gestank, den die Leichen verströmt hatten.

Je näher Helgi dem höchsten Punkt der Insel kam, desto leichter fühlte er sich. Als er die Kuppe erreichte, raubte ihm der Ausblick den Atem. Er schaute nach Osten. Da lag Rujana. Das Ziel ihrer Reise.

Die Insel war von einer schier undurchdringlichen Walddecke überzogen. Hier und da schimmerten die Oberflächen großer Seen durch die Bäume. Nach Süden hin war die Insel vom Festland durch eine schmale Wasserstraße getrennt, dem Sund.

Helgi wandte sich nach Westen. Über dem Meer ging die Sonne unter. Ihre glutroten Strahlen tauchten alles in ein so geheimnisvolles Licht, dass es den Eindruck machte, die Welt würde in einem Flammenmeer aufgehen.

Die Insel der Götzen erwartet uns mit Feuer, dachte Helgi.

Ihm wurde kalt.

Im letzten Tageslicht machte sich Helgi an den Abstieg und erreichte bald darauf wieder die Steilküste. Von dort erblickte er Teška, die gerade ihre letzten Schwimmzüge machte und sich dann im seichten Uferbereich an Land treiben ließ, bis sie auf allen vieren auf den Strand krabbelte und sich im Wellensaum rücklings niederlegte. Schäumendes Wasser umspielte ihren blassen Körper.

Helgi beugte sich weiter vor, um besser sehen zu können. Dabei stützte er sich gegen einen kleinen Baum. Zu spät merkte er, dass der Stamm morsch war, er zerbrach unter Helgis Gewicht mit einem hohlen Knacken. Helgi verlor den Halt, stürzte den steilen Hang hinunter und landete auf dem Strand.

Stechende Schmerzen flammten in seinem Bein auf.

Teškas Gesicht erschien über seinem. «Hast du mich beobachtet?»

«Ich … ich habe nach den Seeräubern Ausschau gehalten.»

Sie drehte sich weg und schlang die Arme fest um ihre Knie. Wassertropfen perlten von ihrer Haut ab. Irgendwann begann sie, den Blick aufs Meer gerichtet, leise zu sprechen.

«Es waren Seeräuber, die uns damals überfallen haben», erzählte sie. «Sie haben meine Mutter erschlagen.» Ihre Augen schimmerten feucht.

«Das tut mir leid», flüsterte Helgi.

«Und dann kam ein Mann, der sich in ein Wolfsfell gehüllt hatte.»

«So wie der Kerl in Reric?»

Sie nickte. «Er hat meinen Vater getötet.»

Helgi setzte sich auf und berührte zärtlich ihren Arm.

Ihre Haut fühlte sich kühl an. Er zog sein Hemd aus und breitete es über ihren Schultern aus.

«Ich habe geschrien», fuhr Teška fort. «Dann haben sie mich entdeckt und auf ein Schiff gebracht.»

«Hast du den Mann mit dem Wolfsfell erkannt?»

Sie rang mit sich um eine Antwort. Schließlich wandte sie Helgi das Gesicht zu und sagte: «Nein!»

Er spürte, dass das nicht die Wahrheit war, sagte aber nichts, weil er sie mit ihren Erinnerungen nicht noch mehr quälen wollte.

Die Sonne war inzwischen untergegangen, und die Dunkelheit legte sich wie eine Decke über das Meer. Auch der Wind schlief ein. Nur noch leise plätscherten die Wellen an den Strand. Irgendwo, im Wald über der Steilküste, krächzte ein Rabe.

Nach einer Weile sagte Teška: «Wenn wir Rujana erreichen, werden dort Dinge geschehen, die du nicht verstehen wirst. Nur eins musst du wissen, Helgi: Ich kehre in meine Heimat zurück, um den Tod meiner Eltern zu rächen, und nur ich ganz allein kann das tun. Dabei wird mir niemand helfen können, auch du nicht.»

Helgi starrte sie überrascht an. Als er etwas sagen wollte, legte sie ihm ihren Zeigefinger auf die Lippen und sagte: «Da ist jedoch noch etwas anderes, was du wissen musst: Ich liebe dich.»

Helgi stockte der Atem. Er vergaß sein schmerzendes Bein, ebenso die Leichen im Wasser, den Wolfsmann, den schwarzen Priester; sogar Gullweig und Einar vergaß er für den Moment.

Ich liebe dich auch, wollte er sagen.

Aber sie verschloss seinen Mund mit ihren Lippen, die süß wie Honig schmeckten. Als das Hemd von ihren

Schultern rutschte, führte sie seine Hand an ihre Brüste, und sie ließen sich in den Sand sinken. Teška stöhnte leise, während Helgi ihren Körper küsste und seine Hand zärtlich über ihren flachen Bauch gleiten ließ, bis hinunter zwischen ihre Beine. Er streichelte sie zwischen ihren gespreizten Schenkeln. Als sein Finger in sie glitt, seufzte sie lustvoll. Er schlüpfte aus seiner Hose, ohne auf die schmerzende Wunde zu achten. Sie bewegten sich vorsichtig und küssten sich mit heißem Atem. Teškas Finger krallten sich in seinen Rücken.

Als es vorbei war, lagen sie eng umschlungen im Sand. Über ihnen funkelten die Sterne.

Helgi dachte: Was auch immer auf Rujana geschehen wird – ich liebe dich.

Aber er sprach es nicht aus.

10.

Schatten huschten über die Planken, als zwei Raben dicht über das Boot hinwegflogen.

Helgi, der an den Riemen saß, hob den Blick und schaute den Vögeln hinterher, bis sie in einem der dunklen Wälder auf Rujana verschwanden. Er dachte an Hugin und Munin, Odins Raben, die dem Allvater Bericht erstatteten über alles, was in Midgard geschah.

Teška wandte sich im Bug zu ihm um. «Wir nennen diese Vögel *krak* und verehren sie als heilige Tiere.»

Helgi nickte ihr lächelnd zu. Sie hatten sich gestern noch ein weiteres Mal geliebt und waren erst zum Lager zurückgekehrt, als Ansgar längst geschlafen hatte. Ein warmes Kribbeln durchfuhr Helgi, wenn er an die vergangene Nacht dachte, nach der nichts mehr so sein würde wie vorher. Auch bei Teška schien die Liebesnacht eine Veränderung bewirkt zu haben. Sie wirkte nicht mehr so grüblerisch wie in den Tagen nach der Begegnung mit dem Wolfsmann.

In der Morgendämmerung hatten sie Hedinsey an der Nordspitze unter Segel umrundet und bald darauf eine weitläufige Ausbuchtung erreicht, von denen es an Rujanas Küsten viele gab. Helgi hatte das Segel einholen müssen, da der Wind hier böig und unstet wehte. Die mit dem Meer verbundenen Gewässer nannte man Bodden, weil sie oftmals so flach waren, dass man bis auf den Grund schauen konnte, wie Teška erklärte. Die Boddenufer waren gesäumt von breiten Schilfgürteln und stillen, scheinbar undurchdringlichen Wäldern, in denen vor allem Eichen, aber auch Eschen und Ulmen wuchsen.

Nachdem sie einen schmalen Durchbruch passiert hatten, der von einem Bodden in den nächsten führte, stieß Ansgar plötzlich einen Schrei aus. Gleich hinter dem Schilfgürtel hatte man in der Nähe des Ufers den Kadaver eines Pferds auf einen Pfahl gespießt. Jenseits des toten Tieres, über dem Fliegen in einer schwarzen Wolke schwebten, erstreckten sich Ackerflächen. Die Pflanzen auf den Getreidefeldern waren vertrocknet, die Halme geknickt, die Ähren verkümmert.

Die Trockenheit dieses Sommers hatte auch Rujana fest im Griff.

Während Ansgar wegen des heidnischen Opfers noch ein Stoßgebet murmelte, drangen mit einem Mal Stimmen an Helgis Ohren. Sie schienen aus einer Bucht zu kommen, die in einer Entfernung von etwa fünfzig Schritt rechter Hand vom Bodden abging.

Auch Teška hatte die Stimmen vernommen. Sie deutete Helgi mit Handzeichen an, sofort ans Ufer zu fahren.

Helgi schlug die Ruder ein und ließ das Boot in die mannshohen Schilfgräser eintauchen. Nachdem es zum Stehen gekommen war, zog er den Mast aus der Kielschwelle, legte ihn ins Boot und lugte dann über das Schilf hinweg. Ein von gut zwei Dutzend Ruderern angetriebenes Langschiff – eine *skeið* – schnellte aus der Bucht hervor und steuerte in ihre Richtung.

Sofort duckte sich Helgi wieder und berichtete den anderen flüsternd, was er gesehen hatte. Es gab keinen Zweifel, dass es sich bei der Skeið um das Seeräuberschiff handelte, dem sie in Reric begegnet waren.

Von ihrem Versteck aus hörten sie, wie die Geräusche der ins Wasser tauchenden Ruder und die Kommandos der Mannschaft vorüberzogen. Erst nachdem es wieder still geworden war, wagte Helgi einen weiteren Blick. Die Víkingr hatten den Durchbruch erreicht und verschwanden kurz darauf aus Helgis Sichtfeld.

Den Wolfsmann hatte er an Bord nicht erkennen können.

Als Helgi den Mast wieder einrichtete, stieg ihm ein unerträglicher Gestank in die Nase. Er kam von dem verfaulten Pferdekadaver, der sich – wie er jetzt erst bemerkte – nur wenige Schritte entfernt befand.

«Es ist ein Opfer der Ranen», erklärte Teška. «Unsere Zauberer strangulieren manchmal Pferde und spießen sie auf, um die Götter zu besänftigen, damit sie uns eine reiche Ernte bescheren.»

«Das scheint ja in diesem Fall nichts bewirkt zu haben», raunte Ansgar und bekreuzigte sich. «Lasst uns weiterfahren. Das hier ist ein Ort der schwarzen Magie.»

Helgi stieß ein Ruder ins Wasser und stakte den Kahn durch das Schilf. Anschließend ließ er das Boot eine Weile in der Nähe des Ufers treiben, damit sie sich schnell verstecken konnten, falls die Víkingr zurückkehrten. Aber die Sorge war unbegründet.

Die Seeräuber hatten längst das offene Meer erreicht.

11.

Ralsvik.

Das war der Name der Siedlung, in der Teška aufgewachsen war. Ralsvik war einer der bedeutendsten Hafen- und Handelsplätze an der Küste des Baltischen Meeres und verdankte diese Stellung dem geschützten, gutausgebauten Hafen und der zentralen Lage. Der Standort in der Mitte der Insel Rujana hatte die Entwicklung des erfolgreichen Marktplatzes begünstigt. Handelsschiffe aus fernen Ländern steuerten den Ort an, um hier die Waren – Bernsteine, Felle, Bauholz, Salz oder Waffen – umzuschlagen, die dann von Ralsvik aus mit Pferden oder Ochsenkarren weiter in alle Regionen der Insel gebracht wurden.

Als die Stadt am südlichen Ufer eines Boddens, den man den Yasmunder Bodden nannte, auftauchte, forderte Teška Helgi auf, eine kleine Bucht anzusteuern, die sich etwa eine halbe Meile nördlich von Ralsvik befand. Teška sprang sofort ins Wasser, als der Kiel den Grund berührte, und wartete voller Ungeduld, bis die anderen beiden ihr folgten.

Teška geleitete sie durch dichtes Unterholz, bis sie auf einen Pfad stießen. Er führte auf eine bewaldete Erhebung, von der aus die Siedlung zu überblicken war.

Auf der in den Bodden ragenden Landzunge stand eine Ansammlung von mehreren Dutzend Häusern, über deren Dächern sich blasse Rauchfahnen kräuselten. Die meisten Gebäude waren aus Holzstämmen oder aus Flechtwerk errichtet, die Dächer mit Grassoden und Schilf gedeckt.

Die Landzunge war im Süden durch einen Bach vom Festland getrennt. Eine Straße führte von Ralsvik über eine Brücke in die Hügelkette, die sich am südlichen Ufer des Boddens erhob. Die Hügel waren weitgehend kahl, da man die Bäume zum Bau der Häuser gefällt hatte. Der Hafen befand sich am westlichen Ufer der Landzunge. Ein gutes Dutzend Molen ragte in einen sumpfigen Binnensee. Die Molen waren zwischen zehn und dreißig Fuß lang; einige waren zum Schutz der Waren, die hier umgeschlagen wurden, überdacht.

Über der Hafeneinfahrt thronte ein etwa fünfzig Fuß hoher Wachturm.

Helgi wunderte sich, dass nirgendwo Handelsschiffe zu sehen waren. Die einzigen Boote waren kleine Fischerkähne. Zudem hielt sich lediglich eine Handvoll Frauen im Hafen auf, die Wäsche wuschen.

Auch der Marktplatz, der etwa in der Mitte der Siedlung lag, war nahezu menschenleer. Nur ein paar Kinder prügelten mit Holzschwertern aufeinander ein. Am östlichen Siedlungsrand, wo das Gelände sich dem Bodden zuneigte, pulten Fischer Algen und andere vertrocknete Pflanzenreste aus Netzen, die auf Stangen aufgehängt waren. Frauen schleppten Feuerholz über die Brücke. Eine Hauptstraße führte durch den Ort, vorbei an eingezäunten Viehweiden, auf denen magere Ochsen, Kühe, Schweine, Schafe, Ziegen und Pferde nach Gras suchten.

Eine lähmende Stille lag über Ralsvik. Menschen, die

sich auf der Straße begegneten, begrüßten sich nicht. Niemand lachte. Auch die Kinder nicht, die sich mit den Holzschwertern schlugen.

Teška deutete auf ein hallenartiges Gebäude unweit des Hafens. «Dort hat meine Familie gelebt», erklärte sie mit belegter Stimme.

Es war das größte Anwesen der Siedlung und von einer mannshohen Steinmauer umgeben. Dahinter befand sich ein großzügiges Langhaus, zu dem mehrere Schuppen und kleinere Hütten gehörten.

Ein kaum erkennbarer Gegenstand, der an der Hafeneinfahrt auf einem Stab steckte, erregte Helgis Aufmerksamkeit. Als er Teška danach fragte, seufzte sie schwer. «Es ist der Kopf eines Menschen.»

«Ein Opfer? So wie das Pferd?»

Teška nickte mit düsterer Miene.

«Ich habe es doch gewusst!», schnaubte Ansgar. «Die Götzenanbeter sind Barbaren. Sie bringen sogar Menschenopfer dar.»

Sie blieben auf dem Hügel, bis die Dämmerung hereinbrach.

Unter ihnen waberten Nebelschwaden über den Bodden. In Ralsvik war es still geworden, nachdem die letzten Menschen in ihren Hütten verschwunden waren. Alle Arbeiten ruhten, die lärmenden Kinder waren verstummt. Nur das Vieh blieb auf den Weiden. Die Pferde, die ein besonders wertvoller Besitz waren, hatte man in die Häuser geholt oder in separaten Stallgebäuden untergebracht.

Eine Weile, nachdem Ruhe eingekehrt war, öffneten sich die Haustüren wieder. Im letzten Tageslicht sah man die Ranen aus ihren Hütten treten. Zunächst kamen die

Männer, die Hausherren. Ihnen folgten die Frauen, dann die Kinder. Viele Familien hatten drei oder vier, einige sogar sechs oder mehr Kinder.

Viele Menschen hatten Fackeln dabei, und bald bildete sich ein langer, leuchtender Tross, der sich von der Siedlung bis zu einem Gebäude zog, das nahe der landseitigen Holzbrücke stand.

«Das ist unsere Kulthalle», sagte Teška.

Ansgar schlang bei dem Anblick die Arme um seinen Oberkörper, als friere er. Der Fackelzug versammelte sich nach und nach um die Kulthalle, an deren First große Götzenbildnisse befestigt waren. Dann betraten einige Männer das von innen beleuchtete Gebäude.

Als habe sie darauf gewartet, wandte sich Teška zum Gehen. Mit sicherem Schritt führte sie Helgi und Ansgar durch den dunklen Wald den Abhang hinunter zum Boot.

Helgi ruderte so leise wie möglich über den Bodden, der vom Nebel eingehüllt wurde. Geisterhaft schimmerten die Schwaden im Mondlicht, als das Boot geräuschlos am Totenschädel bei der Hafeneinfahrt vorbeitrieb. Der Unterkiefer war bereits abgefault und heruntergefallen. Es schien, als würde der Schädel sie angrinsen und alle Ankömmlinge vor dem Betreten der Siedlung warnen.

Als Helgi an der vordersten Mole anlegte, schrammte das Boot knirschend an der aus Holzbohlen gefügten Spundwand entlang. Sie vertäuten den Kahn und kletterten auf die Mole, an deren Fuß eine lebensgroße Holzskulptur stand. Dabei handelte es sich um einfaches Schnitzwerk aus einem schwertförmigen Brett, auf dem ein menschliches Gesicht mit grimmig-traurigen Zügen dargestellt war.

Sie hatten kein gutes Gefühl dabei, das Boot unbewacht im Hafen zurückzulassen. Wenn sie fliehen müssten, waren sie darauf angewiesen. Doch Teška drängte zum Aufbruch.

Sie folgten einer mit Weidenruten befestigten Gasse, die zwischen den verlassenen Häusern hindurch quer durch Ralsvik führte und nach einer Weile auf eine breitere Straße stieß. Hier schwenkte Teška nach Norden, und bald darauf erreichten sie das Anwesen.

Teška trat, ohne zu zögern, durch das Tor und marschierte geradewegs auf das Langhaus zu. Das Gebäude machte einen gepflegten Eindruck; die Wände waren sauber mit Lehm verputzt, das Schilfdach war frisch gedeckt. Über der Tür hingen die blanken Knochen eines Pferdeschädels.

Helgi zuckte zusammen, als sich aus dem Giebel des Hauses der Schatten einer Eule löste und mit klatschenden Flügeln in die Nacht davonflog.

Teška hatte unterdessen ein Ohr an die Tür gelegt und lauschte. Da im Innern kein Geräusch zu vernehmen war, drückte sie gegen die Tür, die jedoch von innen verriegelt war. Unverrichteter Dinge mussten sie das Anwesen wieder verlassen.

Teška führte sie zum Boddenufer, von wo aus man die Kulthalle am anderen Ende der Siedlung sehen konnte. Die Menschen hatten das Gebäude inzwischen wieder verlassen, und nun zog sich die lange Lichterkette von der Kulthalle über eine Brücke bis hin zu den Hügeln jenseits der Stadt.

«Das ist eine heidnische Zeremonie», raunte Ansgar. «Wir sollten uns irgendwo verstecken, bevor uns die Götzenanbeter die Köpfe abschlagen und damit ihren Hafen schmücken.»

Aber Teška achtete nicht auf die mahnenden Worte

des alten Mannes, sondern ging ohne Umschweife auf die Kulthalle zu.

Ansgar war entsetzt. «Allmächtiger Vater – was hat sie vor?»

Helgi war hin und her gerissen. Auch ihm behagte das geisterhafte Treiben dieser Menschen nicht, aber er konnte Teška unmöglich allein lassen. Als er Anstalten machte, ihr zu folgen, versuchte Ansgar ihn zurückzuhalten. «Es ist zu gefährlich. Wir holen das Boot und kehren zum Hügel zurück. Teška ist eine von ihnen. Ihr werden sie nichts tun.»

Doch Helgi schüttelte Ansgars Hand ab. «Geh du nur. Ich muss mich um Teška kümmern.»

«Starrköpfiger Däne», schnaubte Ansgar.

«Das hat meine Mutter auch behauptet.»

«Und sie hat recht gehabt!»

Seufzend stapfte er Helgi hinterher.

12.

Teška wartete im Schutz einer Hütte in der Nähe der Kulthalle.

Als Helgi und Ansgar hinzukamen, überquerte das Ende des Fackelzugs gerade die Brücke, die Spitze hatte bereits die Hügel erreicht.

Helgi dachte an den Totenschädel. «Ob sie ein Menschenopfer darbringen wollen?»

Teška zuckte mit den Schultern. «Mein Vater hatte diese Zeremonien abgeschafft. Aber vielleicht hat man nach Ranislavs Tod die alten Bräuche wieder eingeführt. Ich werde es herausfinden.»

Sie verließen die Deckung, schlichen zur Brücke und überquerten sie. Die zuletzt gehenden Fackelträger waren ihnen etwa fünfzig Schritt voraus.

Als die drei die Hügelkette erreichten, verließen sie den Weg und krochen den mit Farnen und Büschen bewachsenen Hang hinauf. Helgi spürte bei jedem Schritt die Pfeilwunde in seinem Oberschenkel. Dennoch erreichten sie nach kurzer Zeit die Kuppe, wo sie sich hinter einem Erdhaufen versteckten.

Auf dem nächstgelegenen Hügel brannten mehrere Feuer – die Opferstätte. Sie war nur einen Steinwurf von ihnen entfernt.

Als Helgi sich umschaute, bemerkte er, dass es noch Dutzende weiterer Erdhaufen gab, die genauso aussahen wie die Gräber in Haithabu. Und dann wurde ihm klar, dass sie sich auf einem Friedhof befanden.

Der Fackelzug traf nach und nach auf dem gegenüberliegenden Opferhügel ein. Immer weitere Männer, Frauen und Kinder kletterten zu dem Kultplatz hinauf, wo sie sich weitläufig um vier frisch ausgehobene Erdmulden versammelten, aus denen hohe Flammen schlugen. Die Mulden säumten einen freien Platz, der etwa zehn Schritt breit und zehn Schritt lang war und in dessen Mitte man ein längliches, kniehohes Holzpodest gestellt hatte – den Opfertisch.

Als alle eingetroffen waren, breitete sich drückende Stille aus. Doch dann kam nach einer Weile Bewegung in die Versammlung. Wie auf ein Kommando traten einige Menschen ehrfürchtig zur Seite und bildeten eine Gasse, durch die ein hagerer Mann schritt.

Der Mann strahlte eine solche Autorität aus, dass selbst Helgi sie auf die Entfernung zu spüren glaubte. Er trug ein purpurfarbenes Gewand, das so lang war, dass es über den Boden schleifte. Sein längliches Gesicht wies harte, unerbittliche Züge auf. Sein Haar war kurz geschnitten und im Nacken ausrasiert, und die Enden eines eigenartig geformten Schnurrbarts hingen ihm wie Tannenzapfen bis über das Kinn. «Das ist Žilobog», flüsterte Teška erregt. «Er war der Hohepriester der Ranen, der mächtigste Mann Rujanas. Mein Vater hatte dafür gesorgt, dass die Ranen ihn absetzten. Der Hohepriester hat Tod und Verderben über unser Volk gebracht. Er …»

Sie verstummte unvermittelt. Ihre Augen weiteten sich, als man ein junges Mädchen von fünfzehn oder sechzehn Jahren auf den Opferplatz führte. Es war lediglich mit einem hauchdünnen Umhang bekleidet, unter dem man die Umrisse eines spindeldürren Körpers erkennen konnte. Steifbeinig folgte es dem Hohepriester, der zum Podest vorgegangen war.

Als es sich umdrehte, entfuhr Helgis Kehle ein heiserer Laut. «Bei Odin – schaut euch diese Haare an», stieß er aus.

Niemals zuvor hatte er einen Menschen mit derart langem und hellem Haar gesehen. Es reichte dem Mädchen bis zu den Kniekehlen und schimmerte schlohweiß.

Nun trat der Hohepriester hinter das Mädchen, nahm ihm den weißen Umhang ab und geleitete es zum Podest, auf das es sich rücklings legte.

Dieses Mal war es Ansgar, der nicht an sich halten konnte. «Sie wollen das Mädchen opfern», keuchte er. «Sie schlachten ihre Kinder für die Götzen …»

Der Hohepriester schlug seinen Purpurmantel zurück und zog aus seinem Gürtel ein Messer mit einer langen, schmalen Klinge. Demonstrativ, damit jeder der Umstehenden es sehen konnte, hielt er das Messer in die Höhe.

«Können wir nichts für das Mädchen tun?», fragte Helgi.

Doch Teška antwortete nicht, und als Helgi sich zu ihr drehte, war sie verschwunden. Aufgeregt stieß er Ansgar an, der mit aufgerissenen Augen zu dem Opferhügel hinüberstarrte.

«Da ist sie», raunte er.

Helgi folgte seinem Blick und sah voller Entsetzen, wie Teška bereits den anderen Hügel erreicht hatte und nun auf die Opferstätte zulief. Von den Menschen dort hatte noch niemand sie bemerkt.

Der Hohepriester kniete neben dem Mädchen nieder, das in den Nachthimmel starrte. Dann reckte er das Messer in die Höhe. Die Klinge glänzte im Feuerschein.

Teška stürmte auf die Menge zu und drängte die Menschen auseinander. Die Ranen, die ihr den Rücken zugekehrt hatten, protestierten gegen die Unterbrechung. Es entstand eine allgemeine Unruhe, die schließlich auch den Hohepriester erreichte. Er hielt in seiner Bewegung inne und schaute sich verärgert um.

Als einige Männer Teška den Weg versperren wollten, stieß sie spitze Schreie aus. Helgi sprang auf und zog sein Schwert.

«Jesus!», rief Ansgar. «Wenn du das tust, wirst du sterben!»

Auf dem Opferhügel hatte sich der Hohepriester mit wutverzerrtem Gesicht erhoben.

Teška kämpfte sich schreiend durch die Menge. Da begannen die ersten Kinder zu brüllen; auch unter den Erwachsenen machte sich Panik breit. Die Menschen waren so sehr von der Zeremonie gefangen gewesen, dass die unerwartete Störung für große Verunsicherung sorgte, und als Teška sich endlich durch die Menge gerungen hatte und vor die flackernden Muldenfeuer sprang, kam ihnen die kurzhaarige Frau wie eine bösartige Erscheinung vor.

Blankes Entsetzen griff um sich. Frauen flohen mit ihren Kindern den Hang hinunter, die Männer folgten ihnen. In Windeseile leerte sich die Opferstätte.

Nur der Hohepriester blieb zurück. Als er Teška gewahr wurde, die sich ihm mit hasserfülltem Gesicht näherte, verschwand alle Überheblichkeit aus seinen Zügen. Er wich einen Schritt zurück, das Messer auf sie gerichtet.

Teška ließ sich davon nicht beeindrucken. Obwohl der Hohepriester sie um zwei Köpfe überragte, kam sie näher. Der Priester machte einen weiteren Schritt rückwärts, als sich mit einem Mal seine Miene veränderte. Die Furcht wich einem überheblichen Grinsen.

Er hatte die Angreiferin wiedererkannt, und vor der Tochter seines alten Feindes Ranislav würde er nicht zurückweichen.

Teška war nur noch drei Schritte von ihm entfernt, als er auf sie zuschnellte. Die Messerklinge blitzte auf.

Helgi hastete ungeachtet der Schmerzen in seinem Bein so schnell er konnte den Hügel hinauf. Doch er war noch immer zu weit entfernt, um rechtzeitig bei Teška zu sein. Er würde zu spät kommen.

Plötzlich hielt der Priester inne und drehte sich überrascht um. Sein Umhang war in das Feuer geraten. Flammen züngelten an ihm empor. Er griff hinter sich und riss sich den brennenden Stoff vom Leib; dabei entglitt das Messer seiner Hand.

Teška nutzte die Ablenkung. Sie trat dem Mann mit voller Wucht zwischen die Beine. Der Hohepriester brüllte vor Schmerz, verlor das Gleichgewicht und stürzte den Abhang hinunter.

Helgi, der Teška in dem Moment erreichte, sah noch, wie der Priester am Fuß des Hügels zu einem weißen Pferd eilte, das an einem Baum angebunden war. Er saß auf, galoppierte mit dem Schimmel davon. Kurz darauf hatte die Nacht ihn verschluckt.

Helgi trat neben Teška, die ihn jedoch nicht zu bemerken schien. Sie starrte das Mädchen an, das sich aufgesetzt hatte. Das helle Haar fiel über ihre Schultern wie ein Schleier. Es erwiderte Teškas Blick aus stahlblauen Augen. Helgi roch einen süßlichen, betörenden Duft, der das Mädchen umgab.

Teška streckte ihre rechte Hand nach dem Mädchen aus. Anstatt danach zu greifen, sprang das Mädchen jedoch auf und lief in die Nacht davon.

Helgi schaute ihr fassungslos hinterher. «War das ein Geist?», fragte er.

Teška sagte eine Weile nichts. Nur ihr Atem war zu hören. Dann flüsterte sie: «Nein, das war Žiliška – meine Schwester.»

«Duša!», rief mit einem Mal eine Stimme aus der Dunkelheit.

Dann trat ein kleiner dicker Mann in die Opferstätte. Er war glatzköpfig. Sein breites, rundliches Gesicht wurde von einem langen Schnurrbart, der dem des Hohepriesters ähnelte, dominiert.

«Duša!», rief er immer wieder. «Duša! Duša!»

Tränen kullerten über seine Wangen, als er Teška so fest in seine Arme schloss, als wolle er sie nie wieder loslassen, und dann begann auch sie zu weinen.

Ansgar trat neben Helgi. «Was geht hier vor sich?»

Helgi schüttelte den Kopf. Er hatte nicht den Schimmer einer Ahnung.

13.

Der glatzköpfige Rane hieß Damek und beherrschte zu Helgis Überraschung die nordische Sprache. Dies demonstrierte er ihnen auch gleich, indem er redete wie ein Wasserfall, während er die drei zurück nach Ralsvik führte. Teška, deren Hand er nicht losließ, nannte er immer wieder «Duša», was in der Sprache der Ranen ‹Seele› bedeutete.

«Wir haben geglaubt, sie wäre tot», sagte er. «Oh, meine Duša! Ich kenne sie seit ihrer Geburt. Früher war ich der *toblac*, der oberste Zauberer von Ralsvik, müsst ihr wissen. Das war, als Teškas Vater Ranislav noch herrschte. Ranislav war mir wie ein Bruder, und seine Familie war auch meine Familie. Doch nun …» Ein Schatten legte sich über sein Gesicht.

Helgi nutzte Dameks Redepause und fragte nach der Bedeutung der Zeremonie, die sie gerade gesehen hatten.

Damek seufzte. «Žilobog wollte das Mädchen töten und ihr Herz den Göttern opfern, so wie es früher Brauch war.»

«Warum ausgerechnet Žiliška?»

Damek schüttelte den Kopf. «Sie war lange verschwunden, und auf einmal, vor einigen Tagen, verkündete er, sie sei zurückgekehrt, um sich dem Hohepriester als *žrtva*, als Opfer, anzubieten. Aber ich glaube das nicht. An dieser Geschichte stimmt irgendetwas nicht …»

Er verstummte abrupt, denn sie hatten die Siedlung erreicht, wo sich viele Menschen an der Kulthalle versammelt hatten. Neugierig betrachteten die Ranen die Frau und die beiden Männer an der Seite des Toblacs. Da baute sich Damek vor den Menschen auf und rief: «Ranislavs Tochter ist zu uns zurückgekehrt!»

Ein Raunen ging durch die Menge. Unzählige Hände wurden nach Teška ausgestreckt. Die Menschen berührten sie vorsichtig, als müssten sie ganz sichergehen, dass sie wirklich als leibhaftiger Mensch wiedergekommen war.

Damek, der die Aufmerksamkeit an Teškas Seite sichtlich genoss, schob sie und die anderen beiden durch die staunende Menge bis zur Kulthalle.

Als sie das Gebäude erreichten, weigerte sich Ansgar vehement, den heidnischen Tempel zu betreten. Auch Helgi zog es angesichts der vielen fremden Menschen vor, draußen zu bleiben, während die Ranen Damek und Teška hinein folgten, bis das Gebäude auf den letzten Platz gefüllt war.

Das Innere der Kulthalle war auch von außen gut einsehbar, denn ihre Bretterwände waren in regelmäßigen Abständen durch große Sichtfenster durchbrochen. Innen wurde die Halle durch Feuerschalen ausgeleuchtet. Im hinteren Bereich stand ein Podest. An den Wänden hingen bleiche Totenschädel von Pferden, Hirschen und gehörnten Ochsen. Das Spitzdach war mit Holzschindeln gedeckt; auf dem First hatte man vier verschiedene hölzerne Bildnisse angebracht. Diese stellten die Hauptgottheiten dar, die die Ranen auf Rujana anbeteten, wie Damek erklärt hatte: Rugiaevit, Porevit, Porenut und der Hauptgott Svantevit.

«Schrecklich», flüsterte Ansgar.

«Was meinst du?», fragte Helgi.

Ansgar deutete auf die Holzfiguren auf dem First.

«Aber das sind doch nur ihre Götter», meinte Helgi gleichgültig.

«Ihre Götter?» Ansgar hob mahnend einen Zeigefinger. «Der Herr Jesus spricht: Kehrt um und wendet euch ab von euren Götzen. Und jeder, der seine Götzen in sein Herz schließt, den werde ich ausrotten aus der Mitte meines Volkes …»

«Dieses Volk gehört nicht deinem Jesus», warf Helgi ein.

«Doch! Alle Menschen sind Gottes Kinder.»

Helgi wendete sich achselzuckend wieder dem Geschehen im Tempel zu; der alte Munki konnte bisweilen wirklich lästig sein. In der Halle erhoben sich Jubelrufe, nachdem Damek und Teška auf das Podest gestiegen waren und Damek eine flammende Rede hielt, die er mit ausladenden Gesten unterstrich. Es schien, als falle von den Menschen durch Teškas Rückkehr eine Last ab. Als würden sie neue Hoffnung schöpfen.

Nach einer Weile beendete Damek die Versammlung, und die Menschen gingen nach und nach in ihre Hütten zurück. Ihre Mienen wirkten deutlich entspannter als zuvor.

Der Toblac Damek hauste in einer erbärmlichen Hütte.

Es war kaum mehr als ein windschiefer Schuppen in der Nähe des herrschaftlichen Anwesens, in dem der *wojwode*, der Fürst von Ralsvik, residierte. An Dameks Hütte bröckelte der Lehm von den Wänden, das Flechtwerk darunter vergammelte. Vom Dach löste sich das Schilf bündelweise. Als sie eintraten, kamen sie in einen zugigen, nach kaltem Rauch riechenden Raum. In der Mitte war eine Feuerstelle, über der an einem eisernen Dreibein ein Topf hing. Sein Schlaflager hatte Damek mit Reisig und einem von Motten zerfressenen Ziegenfell gepolstert. Im hinteren Bereich der Hütte stapelten sich Truhen und alte Fässer, in denen der Zauberer Lebensmittel und seine Habseligkeiten aufbewahrte.

Damek entzündete das Feuer und wies die anderen an, sich zu ihm zu setzen.

Ansgar blieb jedoch stehen. Angewidert betrachtete er die heidnischen Gegenstände, die an den Wänden hingen: Es gab Dutzende Figurendarstellungen verschiedener Götzen, die aus Eiben- und Buchenholz geschnitzt waren und drei, vier oder gar sieben Gesichter mit langen Schnurrbärten und grimmigen Mienen hatten. Einige der handlangen Figuren hielten Schwerter, andere Trinkhörner. Außerdem gab es Pferdepuppen sowie dämonische Gesichtsmasken aus Ziegen- und Schafleder.

«Der Herr wird die Götzen vertilgen und die falschen Götter ausrotten …», murmelte Ansgar.

«Stimmt irgendetwas nicht mit eurem Freund?», fragte Damek.

«Er ist ein Munki», sagte Helgi.

Damek drehte sich zu Ansgar um. «He, Christ! Setz dich zu uns. Ich koche uns was Feines.»

Ansgar verzog die Miene. «Wenn du so kochst, wie du Ordnung hältst, dann verschone mich mit deinen Kochkünsten.»

Doch Damek sollte ihn und die anderen eines Besseren belehren. Nach einer Weile stieg aus dem Topf der angenehme Geruch einer Fleischbrühe auf. Während die Brühe köchelte, schüttete Damek grobes Getreidemehl in eine Holzschale. Das Mehl vermischte er mit Honig und Schweineblut und reicherte die zähe Masse mit Schmalz, Salz und anderen Gewürzen an. Anschließend knetete er alles kräftig durch und formte daraus kleine Klöße, die er behutsam in die Fleischbrühe legte. Nachdem die Klöße kurz gekocht hatten, fischte Damek sie aus der Brühe und schnitt sie in Scheiben. Dann holte er den Topf vom Feuer und legte stattdessen einen Rost darauf, auf dem er die Scheiben grillte. Als sie fertig waren, nahm Damek eine nach der anderen vom Grill und verteilte sie. Helgi und auch Ansgar, der seine Meinung über Dameks Kochkünste rasch geändert hatte, griffen beherzt zu. Einzig Teška lehnte ab.

«Duša, du musst essen», protestierte Damek.

Als sie erneut nur den Kopf schüttelte, wickelte er aus einem Tuch einen schwarzen Klumpen, von dem er einen Streifen abriss. Diesen tauchte er in Honig und hielt ihn Teška hin.

«Das ist gesüßter Birkenteer. Kannst du dich daran noch erinnern? Als Kind hast du diese Süßigkeiten geliebt. Deshalb hatte ich immer welche für dich auf Vorrat.»

Sie nahm das Teerstück, aß es jedoch nicht. Mühsam versuchte sie zu lächeln. Aber ihr Gesicht war wieder von jener traurigen Nachdenklichkeit überschattet, die Helgi schon während der Reise beunruhigt hatte.

«Ich muss wissen, was mit Tetěslav geschehen ist, Damek», sagte sie.

Die Miene des Toblacs verhärtete sich. «Dieser Bastard! Tetěslav hat die Herrschaft über Ralsvik an sich gerissen, nachdem dein Vater getötet wurde. So viel Gutes, wie Ranislav für die Menschen hier getan hat, so viel Schlechtes hat Tetěslav ihnen gebracht. Mich hat er als Zauberer abgesetzt. Dann erhöhte er die Abgaben der Fischer, Bauern und Handwerker …»

«Von wem redet ihr?», fragte Helgi.

«Vom größten Mistkerl, der jemals auf dieser Insel gelebt hat», sagte Damek. «Tetěslav stammt aus Berghe auf Rujana. Er hatte schon länger versucht, die Macht über Ralsvik zu erlangen, um über die Markt- und Handelsrechte verfügen zu können. Er hat alles versucht, doch bis zu jenem schrecklichen Überfall war es ihm nicht gelungen …»

«Warum hat niemand etwas gegen Tetěslav unternommen?», fragte Teška.

«Wie denn? Du kennst ihn doch! Der Mann ist unberechenbar, ein großes Unglück für die Ranen.»

Je mehr Damek über die Ereignisse berichtete, die seit Teškas Verschwinden geschehen waren, desto mehr steigerte sich seine Wut. Er erzählte, dass Tetěslav von den Fischern nicht mehr – wie zuvor üblich – jeden zehnten Hering oder jede zehnte Kiste Flundern als Abgabe verlange, sondern jeden dritten Teil eines Fangs. Genauso sei er mit den Einnahmen der Schmiede, Korbflechter oder Bernsteinsammler verfahren. Viele Menschen hätten diese Tribute jedoch nicht aufbringen können.

«Doch wer sich geweigert hat, den hat der Wojwode Tetěslav hinrichten lassen.»

«Ist das der Grund, warum die Menschen hier so niedergeschlagen wirken?», wollte Helgi wissen.

Damek nickte. «Der letzte Mann, der es wagte, gegen die Abgaben zu protestieren, war ein Bauer aus dem Dorf

Yaronyczs. Der Mann hat Tetěslav angefleht, ihm das letzte Schwein zu lassen, weil seine Familie sonst verhungern würde. Doch Tetěslav hat dem Mann eigenhändig den Kopf abgeschlagen und den Schädel am Hafen ausgestellt. Dass er mit solchen Maßnahmen nicht nur den Menschen, sondern auch sich selbst schadet, ist ihm in seiner Machtgier offenbar gar nicht bewusst. Ralsvik war früher ein blühender Ort. Doch seit Tetěslav hier herrscht, kommen kaum noch Handelsschiffe. Seine Grausamkeit hat sich überall herumgesprochen.»

Auf dem Grill verkohlten die Kloßscheiben. Selbst Damek schien das Essen vergessen zu haben. Sie hingen schweigend ihren Gedanken nach, lauschten dem Knacken des Feuerholzes und starrten in die Flammen.

Nach einer Weile sagte Teška endlich: «Ich kann nicht glauben, dass er so dumm ist, diese Einnahmen aufs Spiel zu setzen.»

«Ich kann nur das wiedergeben, was ich gesehen und gehört habe. Aber vielleicht hast du recht, Duša. Vielleicht verfolgt er mit seiner Grausamkeit ganz andere Ziele.»

«War dieser Tetěslav bei der Zeremonie auf dem Opferplatz?», fragte Helgi.

«Nein, er ist seit einiger Zeit nicht mehr gesehen worden. Man sagt, er sei mit seinen Kriegern auf die Jagd gegangen.» Damek stieß einen schweren Seufzer aus. «Sei nur froh, Duša, dass du diesen Mann nicht geheiratet hast.» Er griff nach einem der angekohlten Kloßstücke, das er jedoch nach dem ersten Bissen angewidert ins Feuer warf.

Helgi stockte der Atem. Teška hatte diesen grausamen Mann heiraten wollen? War sie etwa in ihn verliebt gewesen? Warum hatte sie niemals etwas davon erzählt?

Doch bevor er sie danach fragen konnte, sprang sie auf und lief zur Tür.

«Duša, wo willst du hin?», rief Damek.

Doch sie war bereits in der Dunkelheit verschwunden. Damek wuchtete seinen massigen Körper in die Höhe. «Wir müssen auf sie aufpassen!»

Ansgar und Helgi schnellten ebenfalls hoch. Zu dritt stürmten sie hinter Teška her aus der Hütte.

14.

Schon von weitem waren hämmernde Geräusche zu hören. Wie von Sinnen schlug Teška mit einem Knüppel auf die Tür ein, die ihr Vater einst aus Eichenholz hatte anfertigen lassen.

Sie war außer sich vor Wut und Hilflosigkeit. Dameks Worte hatten sie an ihrer empfindlichsten Stelle getroffen. Sie musste in ihr Elternhaus, musste herausfinden, was der Mörder aus dem gemacht hatte, was Ranislav einst aufgebaut hatte. Und sie musste nachschauen, ob die Pfeilspitze, die Ranislavs Schädel durchbohrt hatte, noch immer in der Wand steckte – die Pfeilspitze, mit der sie Tetĕslav belasten konnte. Damit würde sie ihn des Mordes an ihrem Vater überführen, und dann würden sich die Ranen gegen ihren Unterdrücker Tetĕslav auflehnen.

Dieser Plan war äußerst riskant, das war ihr bewusst, und um ihn zu erfüllen, waren weitaus mehr Beweise nötig als das tödliche Geschoss. Aber sie hatte keine andere Wahl.

Teška holte erneut aus und ließ den Knüppel gegen

die Tür krachen, wieder und wieder. Von den Schlägen schmerzten ihre Hände, und die Tür hielt noch immer.

Plötzlich packte jemand von hinten ihren Arm und hielt ihn fest.

Teška wirbelte herum. «Lass mich», fauchte sie Helgi an.

Aber er dachte nicht daran. Mit einem Ruck riss er ihr den Knüppel aus den Händen. «Du tust dir doch weh!», sagte er.

Damek trat auf Teška zu. «Tetĕslav ist nicht zu Hause. Bitte, Duša, komm wieder zur Vernunft.»

«Nein! Er hat alles zerstört. Den Handel, den Markt, die Landwirtschaft, die Fischerei! Unser Leben! Er hat die Menschen zu seinen Sklaven gemacht! Ich weiß, wie es ist, in Sklaverei zu leben! Ja, ich weiß es – ich habe es am eigenen Leib erleben müssen.» Ihre Stimme überschlug sich. «Und er hat …»

Doch die Worte wollten nicht über ihre Lippen. Zu schrecklich waren die Erinnerungen an jenen Tag, an dem das Böse – das unaussprechliche Böse – über ihre Familie gekommen war.

Teška zitterte am ganzen Körper. Sie taumelte. Ihr wurde schwarz vor Augen.

«Duša, bitte, Duša!» Damek fing die schwankende Teška gerade noch rechtzeitig auf.

Während er sie noch besorgt musterte, wurde mit einem Mal die Tür von innen entriegelt. Im Türspalt erschienen die rundlichen Gesichter von zwei jungen Frauen. Teška erkannte sie sofort wieder. Sie hießen Biula und Klenka und waren Zwillinge, etwa in Teškas Alter. Teška hatte die beiden noch nie ausstehen können. Sie ließen keine Gelegenheit aus, den Männern die Köpfe zu verdrehen. Zwar waren sie nicht besonders hübsch, aber Zwillinge waren begehrt, da man in ihnen die Wiedergeburt der Göttinnen sah.

Und einem Mann, der sich mit Göttinnen vereinte, war ewiges Leben versprochen. Das musste Tetĕslav ja gefallen.

«Geht zur Seite», herrschte Teška die beiden an.

«Das Haus gehört dir nicht mehr», entgegnete Biula.

«Wo kommst du überhaupt her?», fragte Klenka. «Alle haben gesagt, du bist tot!»

«Den Gefallen habe ich euch nicht getan. Jetzt lasst mich rein!»

«Nein. *Wir* wohnen hier.» Biula grinste schief. «Wir wärmen Tetĕslavs Lager.»

Teška zog und zerrte an der Tür, doch die Zwillinge hielten dagegen. Erst als Helgi mit einem kräftigen Ruck die Tür aufriss, purzelten Biula und Klenka ihm kreischend vor die Füße.

Teška machte einen Schritt über die Zwillinge hinweg. Die Männer folgten ihr in einen langen Saal, der von Tranlampen matt erleuchtet wurde. Hier hatte Ranislav früher die Versammlungen abgehalten, zu denen die Stammesältesten gekommen waren. Hier hatte er seine Pläne geschmiedet, mit denen er die Macht des Hohepriesters Žilobog gebrochen hatte.

Doch dann hatte von hier aus mit Tetĕslav die Herrschaft des Schreckens ihren Anfang genommen.

Teška schürte die Glut in einer der Feuerstellen, bis die Flammen aufloderten und das Innere erleuchteten. Nichts war mehr wie früher. Der Raum war zu einem Sinnbild für Verschwendung und Missbrauch von Macht geworden. Im Zentrum des Saals stand ein großes Podest, das Tetěslav als Bett diente. Es war mit weichen, kostbaren Fellen gepolstert. Die einst zurückhaltend geschmückten Wände waren nun mit Schilden, Schwertern und Langbögen sowie Dutzenden Tierschädeln und Geweihen behängt. Teška entdeckte sogar die Felle weißer Füchse, die von weit her kamen und ein Vermögen kosteten, ebenso wie die Silberteller und Bernsteinketten, die im Feuerschein glitzerten.

An der dem Eingang gegenüberliegenden Wand stand ein Thron, ein Holzstuhl, der mit feinen Schnitzereien verziert und eines Königs würdig war.

Tetěslav sieht sich schon jetzt als Herrscher aller Ranen, dachte Teška.

Sie ging zum Thron, rückte ihn ein Stück zur Seite und begann, die Wand dahinter zu untersuchen. Vorsichtig ließ sie ihre Fingerspitzen über die Holzbohlen gleiten, und es dauerte nicht lange, bis sie fand, wonach sie gesucht hatte – ein kleines Loch, etwa so breit wie ihr Zeigefinger. Hier war der Pfeil aus Ranislavs Hinterkopf ausgetreten und hatte sich in die Wand gebohrt. Sie steckte ihren Finger hinein und spürte, dass die Spitze noch im Holz steckte.

Tetěslav hatte es offensichtlich nicht für nötig gehalten, diese Spur zu verwischen. Vielleicht sah er es aber auch als Zeichen seiner Überlegenheit an, dass er die Spitze einfach hatte stecken lassen und den Thron an genau dieser Stelle platziert hatte.

Am anderen Ende des Saals war ein Streit zwischen Damek und den Zwillingen ausgebrochen. Sie beschimpften sich gegenseitig, unrechtmäßig in das Haus eingedrungen zu sein. Helgi und Ansgar standen abwartend daneben, da der Streit auf Slawisch war und sie nichts verstanden.

Nachdem Teška den Thron wieder zurückgeschoben hatte, begann mit einem Mal ihr ganzer Körper zu zittern. Vor ihrem geistigen Auge nahmen die grauenvollen Bilder der Erinnerung erneut Gestalt an.

Ranislav hört die Stimmen draußen vor dem Haus. Wir sind zu dritt, Miroslava, meine Mutter, Ranislav und ich. Žiliška ist nicht zu Hause. Ranislav versteckt mich in der Vorratskammer. Ich bin seine Tochter, sein ganzer Stolz, sagt er mir. Ich soll mich nicht fürchten; die Männer würden uns nichts tun. Aber ich habe schreckliche Angst. Bevor er auch Miroslava in Sicherheit bringen kann, dringen Männer in unser Haus ein und schlagen alles kurz und klein. Ich kann sie durch den Türspalt sehen. Es sind sechs Seeräuber, Víkingr. Sie sind betrunken. Lachen, grölen. Ranislav versucht, sie aufzuhalten. Die Seeräuber ergreifen ihn. Und dann erschlagen sie Mutter mit einer Axt. Ihr Schädel klappt auseinander, sodass jedes Auge in eine andere Richtung schaut. Ich stecke mir eine Hand in den Mund, um nicht aufzuschreien, und beiße mir die Finger blutig. Ranislav gibt den Männern alles, was er hat – damit sie das Haus verlassen und mich nicht entdecken. Er erzählt ihnen sogar von einem vergrabenen Schatz, um die Seeräuber fortzulocken. Doch die Männer schlagen ihn nieder. Er fällt gegen die Wand.

Dann öffnet sich die Tür. Ein weiterer Mann erscheint. Er hat sein Gesicht hinter einer Wolfsmaske verborgen. In der Hand hält er einen Bogen. Er baut sich vor Ranislav auf – und nimmt die Maske ab. Ich erstarre. Es ist Tetěslav, der Mann, der kurz zuvor bei meinem Vater um meine Hand angehalten hat. Ich mag ihn nicht, auch ohne die Maske hat er etwas Finsteres an sich. Und ich weiß, mein Vater traut ihm nicht.

Tetěslav verhüllt sein Gesicht wieder und zieht einen Pfeil aus seinem Köcher. Er legt auf Vater an und sagt: «Du hast mich unterschätzt, Ranislav! Hast wohl geglaubt, ich lasse mich von dir abweisen, du verdammter Narr. Aber ich bekomme immer, was ich haben will. Immer! Und wenn du mir deine Tochter nicht gibst, dann nehme ich sie mir ohne dein Einverständnis.»

Vater schüttelt entsetzt den Kopf. «Niemals! Außerdem – das Einzige, was du willst, ist die Herrschaft über Ralsvik.» Tetěslav lacht unter seiner Maske. Dann schießt er.

Der Pfeil durchbohrt Ranislavs rechtes Auge. Nagelt den Schädel an der Wand fest. Tetěslav lacht erneut. Dann verschwindet er wieder.

Jemand schreit. Ich bin es! Ich halte es nicht mehr aus und schreie.

Die Seeräuber stürmen zur Vorratskammer. Sie entdecken mich und werfen mich auf das Bett meiner Eltern. Reißen mir die Kleider vom Leib. Sie stinken nach Bier und Schweiß. Fauliger Atem. Keuchen, Stöhnen. Ihre blaugeätzten Gesichter grinsend über mir. Ich spüre nichts mehr. Mein Unterleib ist taub, tot. Ich drehe mich weg und schaue zu meinem Vater hinüber. Der Pfeil ragt aus seinem Auge hervor wie ein Geweih.

Später bringen sie mich auf eines ihrer Schiffe, die am Strand liegen. Sie sperren mich in einen Käfig. Tetěslav sehe ich nicht wieder.

Die Geräusche von Pferdehufen vor der Tür ließen Teškas Erinnerungen verblassen. Ihr wurde eiskalt. Sie wusste, wer mit den Pferden gekommen war.

Sie atmete mehrmals tief durch. Jetzt kam es darauf an. Sie musste ruhig bleiben, ganz ruhig und besonnen, denn sie durfte keinen Fehler machen.

Biula und Klenka stimmten ein Triumphgeheul an.

«Jetzt kommt unser Wojwode Tetĕslav zurück», kreischte Biula siegessicher. «Er wird euch den Hals durchschneiden.»

Als Helgi sein Schwert ziehen wollte, legte Teška ihm eine Hand auf den Arm. «Du kannst nichts gegen ihn ausrichten. Überlass ihn mir.»

Von draußen war scharfes Hundegebell zu vernehmen. Dann flog die angelehnte Tür auf und knallte gegen die Wand.

Der Mörder kehrte zurück.

Tetĕslavs Gestalt füllte den Türrahmen aus.

Seine dunklen Augen funkelten, als er Teška erblickte. In seinem harten, bartlosen Gesicht regte sich kein Muskel, als er ins Licht trat. Der Feuerschein fiel auf sein offenes schwarzes Haar. An seinen Unterarmen glänzten schlangenförmige Reifen aus purem Silber; die vergoldeten Sporen an seinen Stiefeln klirrten bei jedem Schritt. Er war nicht ganz so groß wie Helgi, aber seine Züge waren deutlich männlicher ausgeprägt. Tetĕslav war bereits siebenundzwanzig und damit zehn Jahre älter als Helgi. Am Gürtel des Wojwoden baumelte ein halbes Dutzend toter Tauben. Den Bogen hatte er über seinen Rücken gespannt, ebenso den ledernen Köcher mit den Widerhakenpfeilen.

Hinter ihm erschienen in der Tür fünf Krieger, seine Männer, die er mit zur Jagd genommen hatte. Sie hatten drei schwarze Hunde dabei. Es waren stämmige Tiere, deren Muskeln und Sehnen unter dem Fell zitterten. Angriffslustig fletschten sie die Zähne.

Biula zeigte anklagend auf Teška und rief: «Sie hat die Tür aufgebrochen. Wir konnten nichts dagegen tun.»

«Ja, bestraf sie! Schlag dem Weib den Kopf ab», forderte Klenka.

Tetĕslav hatte Teška bislang nicht aus den Augen gelassen. Doch nun wandte er sich den Zwillingen zu und befahl ihnen, vor ihm niederzuknien. Die Frauen machten einen überraschten Eindruck. Nichtsahnend folgten sie seiner Aufforderung. Ohne Vorwarnung hob er den rechten Stiefel und trat damit zunächst Biula und gleich danach Klenka ins Gesicht, sodass ihre Nasen brachen. Die Zwillinge kippten brüllend vor Schmerzen nach hinten. Auf ein Zeichen von Tetĕslav hin packten zwei der Krieger die Frauen und schleiften sie durch die Tür ins Freie. Die Hunde folgten ihnen knurrend.

Tetĕslav musterte die Eindringlinge, von denen keiner wagte, ihn direkt anzuschauen. Helgi hielt noch immer das Schwert in der Hand. Ansgar hatte die Hände zum Gebet erhoben. Damek presste die Lippen zusammen.

Einzig Teška hielt Tetĕslavs Blick stand. Es war unmöglich, seinem Gesicht abzulesen, was er dachte. Lähmende Stille breitete sich im Saal aus. Plötzlich begannen seine Mundwinkel zu zucken und zauberten ein Lächeln auf seine Lippen.

Er hat Vater umgebracht, aber er scheint tatsächlich nicht zu wissen, was damals noch geschehen ist, dachte Teška. Er weiß nicht, dass ich in der Kammer war und ihn erkannt habe. Er weiß nicht, dass die Seeräuber mich verschleppt haben. Er weiß das alles nicht! Mein Plan könnte also gelingen …

«Du bist zurück», stellte er fest.

Sie nickte.

«Ich habe geglaubt, du wärst tot.»

Sie nickte erneut.

«Was ist mit deinem Haar geschehen?»

«Man hat mich zur Sklavin gemacht.»

Plötzlich trat er auf sie zu und drückte sie fest an sich. Sie ließ sich von ihm umarmen und schloss die Augen. Er roch nach Laub und feuchter Erde. Und nach toten Tieren. Sie spürte die Muskeln unter seinem Lederhemd, als er sanft ihre Stirn küsste. Seine Lippen und sein Atem kitzelten ihre Kopfhaut.

Ihre Kehle war wie zugeschnürt. Ihr Herz hämmerte.

Bleib stark!, schoss es ihr durch den Kopf. Du darfst nicht nachlassen, musst das Spiel mitmachen, bis es vorbei ist. Mach ihm dein Angebot und dann vernichte ihn, wenn die Zeit gekommen ist!

Sie legte den Kopf in den Nacken, um ihm in die Augen schauen zu können, und fragte mit so leiser Stimme, dass niemand sonst es hören konnte: «Willst du mich noch immer heiraten?»

Für einen winzigen Augenblick überschattete Verwunderung Tetěslavs selbstsicheren Gesichtsausdruck. Genau darauf hatte Teška gehofft. Sie musste schnell sein, ihn überraschen.

«Warum sollte ich das tun?», entgegnete er, wobei seine Stimme jedoch nicht unfreundlich klang. «Ich habe viele Frauen.»

«Weil Ranislavs Erbe nur durch die Hochzeit mit mir an dich übergeht und du nur so der rechtmäßige Herrscher von Ralsvik werden kannst.»

«Ich bin bereits jetzt der Wojwode …»

«Aber nicht vor dem Gesetz der Ranen.»

Tetěslav spitzte die Lippen. Er wollte gerade etwas erwidern, als sowohl Teška als auch er den aufblitzenden Stahl sahen.

Teška stieß einen heiseren Schrei aus, als Helgi das Schwert hob. Bevor sich der Däne jedoch auf Tetěslav stürzen konnte, sprangen drei der Krieger auf ihn zu und rangen ihn zu Boden. Sie nahmen ihm das Schwert ab und mussten all ihre Kräfte aufbieten, um Helgi zu überwältigen. Kurz sah es so aus, als könne er sie abschütteln, aber in dem Moment eilten die anderen beiden Männer von draußen zu Hilfe und drückten ihn mit dem Gesicht zu Boden.

Teška stöhnte auf. Jede Faser ihres Körpers war zum Zerreißen angespannt. Sie fürchtete um Helgis Leben. Doch was sollte sie tun? Wenn sie Helgi jetzt vor Tetěslav verteidigte, gefährdete sie nicht nur ihren Plan, sondern ihrer aller Leben.

Der Wojwode löste sich überrascht von ihr und fragte mit Blick auf Helgi: «Wer ist der Kerl?»

«Ein … Freund. Er hat mich aus der Sklaverei befreit.»

Vier Krieger hielten unterdessen Helgis Arme und Beine fest, während der fünfte ihm gegen die Schläfe trat, um ihn ruhig zu stellen.

«Ein Freund?», sagte Tetěslav. «Sieh an – das ist also ein Freund von dir. Und warum wollte dieser Freund mich töten?»

«Er liebt mich», sagte Teška schnell. Lähmende Angst kroch durch ihren Körper. Sie versuchte ruhig zu atmen, sich zu beherrschen.

«Aha, er liebt dich also.» Tetěslav lächelte hintergründig. Aber seine Augen waren hart. Mit einer beiläufigen

Bewegung nahm er den Bogen vom Rücken, zog einen Pfeil aus dem Köcher und legte ihn an.

«Du sagst, dass du mich heiraten willst, und bringst einen Mann in mein Haus, der dich liebt – und der mich töten will», sagte Tetĕslav, während er den Bogen langsam spannte. Die Pfeilspitze zeigte noch zu Boden. «Das klingt ein wenig eigenartig, nicht wahr? Was denkst du also, Teška, soll ich mit diesem Mann tun?»

Sie versuchte, ihr Zittern zu unterdrücken, während sie mit aufgerissenen Augen auf die metallisch schimmernde Pfeilspitze starrte.

Wenn ich mir jetzt einen Fehler erlaube, wird Tetĕslav uns alle töten, dachte sie.

«Nun, Teška?» Jetzt bewegte Tetĕslav den Pfeil langsam in Helgis Richtung. Die Krieger, die ihn noch immer zu Boden drückten, rückten ein Stück zur Seite, um nicht selbst in die Schusslinie zu geraten.

Helgis Augen weiteten sich vor Entsetzen. Er konnte Tetĕslavs Worte nicht verstanden und keine Ahnung haben, was der Wojwode mit Teška besprochen hatte. Doch die Pfeilspitze, die nun direkt auf ihn zielte, sprach eine eindeutige Sprache.

«Lass ihn laufen, bitte», sagte Teška. «Ich … werde dafür sorgen, dass er dir nicht mehr zu nahe kommt. Er wird auf mich hören.»

Tetĕslav hatte die Sehne inzwischen voll durchgespannt und zielte auf Helgis Kopf. Dessen Blick wanderte panisch zwischen Tetĕslav und Teška hin und her.

«Liebst du diesen Mann?», fragte Tetĕslav. Und seine kalte Stimme ließ keinen Zweifel daran aufkommen, dass von dieser Antwort Helgis Leben abhing.

«Ich … ich liebe ihn nicht», flüsterte Teška.

«Ich kann dich nicht verstehen.»

«Ich liebe ihn nicht!», stieß Teška hervor, und ihre Stimme hallte durch den Saal. «Er ist doch nur ein … Freund.»

Tetěslavs rechte Hand, mit er das Hanfseil spannte, zuckte, als er die Sehne losließ. Gleichzeitig machte er mit der linken Bogenhand eine kaum merkliche Bewegung nach oben. Teška stieß einen Angstschrei aus. Aber der Pfeil schoss knapp über Helgi hinweg und bohrte sich hinter ihm in die Wand.

Tetěslav wandte sich ihr wieder zu.

«Bitte verschone ihn», flehte sie. «Er hat mich zu dir zurückgebracht. Ohne ihn …»

In dem Moment trat der Krieger erneut gegen Helgis Kopf. Sein schmerzverzerrtes Stöhnen zerriss Teška das Herz. Immer wieder wurde er von dem Stiefel getroffen.

Teška musste etwas tun, irgendetwas. Sie musste ihn retten!

In dem Moment hob Tetěslav mit einer herrischen Geste die Hand, um dem Krieger Einhalt zu gebieten. Helgis Gesicht war über und über mit Blut verschmiert.

Tetěslav schaute auf Teška herab. Seine Miene war so undurchdringlich wie ein Fels. Dann sagte er: «Ich werde dein Angebot überdenken.»

15.

Die erste Nacht auf Rujana verging, und es wurde Tag.

In dünnen Streifen sickerte das Sonnenlicht durch die undichten Wände in Dameks Hütte. Helgi hockte am Boden, mit dem Rücken an die Wand gelehnt. Er hatte die ganze Nacht kein Auge zugetan, hatte stattdessen gegrübelt und gegrübelt, während sein Gesicht schmerzte, als wäre er von einem Pferd getreten worden, auch wenn die Wunden längst nicht mehr bluteten.

Damek und Ansgar waren, bald nachdem die Krieger sie in die Hütte geschleppt hatten, eingeschlafen. Auch jetzt, am frühen Morgen noch, erfüllten ihre Schnarchgeräusche das Innere der Hütte.

Sie waren Tetĕslavs Gefangene. Für die Bewachung von Dameks Hütte hatte der Wojwode zwei seiner Männer abgestellt, die vor der Tür saßen und sich an einem Feuer wärmten.

Verzweiflung überkam Helgi, als er an die Ereignisse der Nacht dachte. Er fragte sich zum wiederholten Male, wie er sich so hatte täuschen können: Erst hatte er den Eindruck gehabt, Teška würde diesen Tetĕslav hassen – und doch war sie bei dem Kerl geblieben.

Du musst mir vertrauen. Ich liebe dich!

Helgi schüttelte sich, als er sich ihre Worte ins Gedächtnis rief, die sie ihm am Strand von Hedinsey zugeflüstert hatte, bevor sie sich geliebt hatten.

Ihre Worte hatten ehrlich geklungen. Aber wie sollte er ihr noch vertrauen? Sie hatte sich von Tetĕslav umarmen lassen. Oder hatte sie sich ihm nicht vielmehr selbst an die Brust geworfen? Helgi hatte doch genau gesehen, wie sie vor Wonne ihre Augen geschlossen hatte, während dieser aufgeblasene Jäger mit den lächerlichen Tauben am Gürtel sie küsste.

Sie hatte es genossen. O ja!

Teška war eine Verräterin. Einen anderen Schluss ließ ihr Verhalten nicht zu, und die bittere Erkenntnis darüber brach Helgi das Herz.

Er zog das Lederband mit dem Ring unter seinem Hemd hervor und drehte ihn zwischen seinen Fingern.

Für Teška hatte er seinen Vater ins Verderben ziehen lassen, hatte ihretwegen dessen Tod mit verschuldet. Er hatte sein eigenes Leben aufs Spiel gesetzt und sie aus Gizurs Gewalt befreit. Er hatte sich selbst zu einem Geächteten seines Volkes gemacht, hatte seine Heimat verlassen und das Andenken seiner Eltern beschmutzt. Er war ihnen ein schlechter Sohn gewesen. Hätte er doch auf Gullweigs Worte gehört, damals, und sich ein anderes Mädchen genommen.

Helgi hörte das Klackern von Krallen, als ein Vogel auf dem Dachfirst landete und darauf herumspazierte. Vielleicht war es einer von Odins Raben, Hugin oder Munin, die dem Allvater von Helgis Versagen berichteten …

Er hängte sich das Lederband wieder um den Hals und verbarg den Ring unter dem Hemd.

In dem Moment grunzte Damek und setzte sich auf. Seine Hand fuhr über sein Gesicht. Er schnaufte wie ein Wildschwein. Am frühen Morgen und im Zwielicht betrachtet sah er alt aus. Helgi schätzte ihn auf vierzig, vielleicht sogar fünfundvierzig.

Der Zauberer erhob sich und schleppte den Eimer, in dem sie nachts ihre Notdurft verrichtet hatten, zum Fenster neben der Tür. Er klappte den Laden auf und spähte hinaus. Dann schüttete er mit einem Schwung den Inhalt des Eimers durch das Fenster. Draußen erhoben sich wütende Stimmen.

Grinsend schloss Damek den Fensterladen wieder.

«Warum hast du den Wachen den Mist über die Köpfe geschüttet?», fragte Helgi verwundert. «Wir sollten die Kerle nicht noch mehr reizen.»

«Wenn ich schon sterben soll, will ich vorher wenigstens noch meinen Spaß haben.»

Ansgar, der Dameks letzte Worte gehört hatte, richtete sich mit einem Ruck auf. «Du glaubst, dass Tetĕslav uns töten wird?»

«Natürlich. Er schlägt uns die Köpfe ab, oder er wirft uns seinen schwarzen Bestien zum Fraß vor. Ich persönlich ziehe da das Beil vor, wenn ihr mich fragt.»

Während Helgi und Ansgar sich sprachlos ansahen, stellte Damek den Eimer zurück und machte sich daran, das Frühstück vorzubereiten. Es gab geräucherte Heringe. Als Damek ihm einen Fisch reichte, lehnte Helgi dankend ab.

«Der Mensch muss essen», sagte Damek und schob sich den Fisch in den Mund. Kauend sagte er: «Erst wenn du es schaffst, sieben Heringe zu essen, giltst du etwas auf Rujana.» Nachdem er den Fisch runtergeschluckt hatte, stieß er ein hohles Lachen aus und griff sogleich zum nächsten Hering.

Ansgar fehlte wie Helgi der Appetit. «O Herr, eile mir zu helfen. Ehre sei dem Vater», murmelte er, während er lustlos an einem Räucherhering nagte. «Mord und Totschlag regieren das Götzenland. Aber auch hier wird man sich nicht den Worten des Herrn entziehen können.»

Damek verzog das Gesicht. «Du redest wie der Mönch, der sich vor ein paar Jahren nach Rujana verirrt hat.»

Der Fisch entglitt Ansgars Hand. «Ein Mönch? Auf dieser Insel?»

«Er hieß Herimann. Niemand wusste, wo er herkam. Eines Tages war er einfach da. König Ratibor wollte ihn nicht auf seiner Königsburg Charenza haben. Stattdessen schickte er ihn nach Ralsvik, wo er unserem Wojwoden

Ranislav mit seinem Gerede in den Ohren lag. Der Herrgott hier, der Herrgott da. Böse, böse Götzen …»

«O Gott! Herimann!» Ansgar war sichtlich aufgeregt. «Er stammt aus Corvey, so wie ich. Wir haben zusammen die Klosterschule besucht. Der Papst hat Herimann auf Mission zu den Sclavi geschickt. Doch wir haben niemals wieder etwas von unserem Bruder gehört. Ist er noch hier?»

Damek pulte sich eine Gräte aus den Zähnen. «Ich glaube nicht. Ranislav hat ihm erlaubt, in Ralsvik ein Christenhaus zu errichten. Eine … *cartjiw* …wie heißt das bei euch?»

«Kirkja», antwortete Helgi.

«Kirche», ergänzte Ansgar.

«Ja. Herimann hat also ein Kreuz aufgestellt und die Kirkja einem Knaben geweiht, den er Veit nannte. Doch als alles fertig war, verschwand der Mönch plötzlich. Es gab damals nicht wenige Stimmen, die überzeugt waren, dass Žilobog das christliche Treiben zu viel wurde und er sich Herimann geschnappt und ihn geopfert hat.»

Ansgar schlug die Hände über dem Kopf zusammen. «Veit! Der heilige Vitus. Der Schutzpatron unseres Klosters Corvey. Seine Gebeine sind heilige Reliquien. Wo, sagtest du, steht Herimanns Kirkja?»

«Die Hütte gehört jetzt einer Frau namens Woislava. Sie hält darin ihre Schweine.»

«Schweine?» Ansgar bekreuzigte sich.

Damek zwirbelte seinen Schnurrbart. «Nun ja, Woislava ist weithin bekannt für ihr Pökelfleisch. Es schmeckt wirklich wunderbar – dem alten Vitus sei Dank!»

Ansgar schloss die Augen. Er wandte sich von den anderen ab, zog sich in eine Ecke zurück und faltete die Hände, um für Herimann zu beten. Währenddessen räumte Damek die verbliebenen Räucherheringe weg. Kurz darauf setzte er sich mit einem Holzbrett und einem Lederbeutel in den Händen zu Helgi.

«Nun kannst du zeigen, was du draufhast, Däne», sagte er auffordernd.

Helgi warf ihm einen verwunderten Blick zu.

«Sag bloß, du kennst das Spiel nicht», sagte Damek erstaunt. «Jeder Däne kennt es. Ich war lange mit deinen Landsleuten unterwegs. Damals, als ich noch schlank war. Wir gingen auf Víking. Die Menschen an den Küsten des Meeres haben gezittert, wenn sie unsere Schiffe sahen. Wir haben ihre Schätze geraubt und uns ihre Weiber genommen. Es war eine wunderbare Zeit. Damals haben mir die Dänen eure Sprache beigebracht – und dieses verfluchte Spiel.»

Er rückte die Spielsteine auf dem Hnefataflbrett zurecht.

Ansgar, der inzwischen zu ihnen zurückgekehrt war, rief entsetzt: «Du bist ein Seeräuber?»

«Das war vor langer Zeit. Ich war jung und wollte den Seewind im Gesicht spüren.» Mit einem Handstreich beendete Damek das Thema. «Los, Däne – spiel mit mir!»

Helgi schüttelte den Kopf.

«Hast du Angst, ich könnte dich besiegen?»

«Nein, mir ist nicht nach Spielen zumute. Schließlich hat man uns hier eingesperrt und wer weiß …»

«Ach, stell dich nicht so an. Sterben müssen wir sowieso.»

Als Helgi wütend aufsprang, flammte ein heftiger Schmerz von der Pfeilwunde in seinem Bein auf. Die Wunde war noch immer nicht verheilt. «Du verrückter Rane!

Die Frau, die ich liebe, hat mich verraten – und du willst spielen!»

«Das hat meine Duša nicht getan.»

«Sie hat sich von ihm küssen lassen!»

«Na und? Ich habe Dutzende Frauen geküsst.»

«Sie ist bei ihm geblieben …»

«Setz dich wieder hin», zischte Damek. «Niemand kennt Teška besser als ich. Niemand!»

Helgi ließ sich widerstrebend nieder und streckte das schmerzende Bein neben dem Spielbrett aus.

«Spiel mit mir, dann erzähle ich dir von ihr», sagte Damek.

Helgi stöhnte, gab aber schließlich nach.

Damek übernahm die Verteidigung mit den weißen Steinen, Helgi den Angriff mit den schwarzen. Zunächst konnte der Zauberer parieren. Aber er war ein schlechter Spieler, der noch weniger vom Taflspiel verstand als Helgi. Bereits nach wenigen Zügen hatte Helgi den weißen König, Dameks Hnefi, geschlagen, so wie Ingvar es regelmäßig mit ihm gemacht hatte.

«Jetzt erzähl endlich», sagte Helgi mürrisch.

Damek grinste. «Erst, wenn ich gewonnen habe.»

Helgi rang um Beherrschung. Am liebsten hätte er den Toblac verprügelt. Stattdessen bemühte er sich, so schlecht wie möglich zu spielen. Trotzdem gewann er immer wieder, und es dauerte drei Runden, bis er feststellte, dass Damek immer wieder dieselben Fehler machte. Nun stellte er sich darauf ein, und endlich wurde er von Damek geschlagen.

Der Zauberer jubelte wie ein Kind. Während er die Steine für die nächste Runde vorbereitete, begann er zu reden.

Teška habe einen älteren Bruder gehabt, der jedoch gestorben sei, als sie fünf Jahre alt war und Žiliška gerade erst geboren wurde. Da ihr Vater Ranislav keinen weiteren Sohn hatte, sei Teška die Rolle des Erben zugefallen.

«Sie gab ihr Bestes – und sie wurde die Beste», sagte Damek nachdrücklich.

Teška habe alles gelernt, was ein Junge können musste: Bogenschießen, Reiten, Jagen, Kämpfen und Töten.

Helgi erinnerte sich daran, wie Teška dem Seeräuber in Reric den Schädel mit einem Beil gespalten und ihm selbst das Leben gerettet hatte.

Bald sei Teška allen Jungen in Ralsvik überlegen gewesen, fuhr Damek fort. Was die Jungen ihr später an Körperkraft vorausgehabt hätten, habe sie durch Schnelligkeit und Geschicklichkeit wettgemacht. «Ranislav war stolz auf sein Mädchen», sagte er. «Er war so stolz, wie ein Vater nur sein kann auf sein Kind, auch wenn es kein Junge war.»

«Was wurde aus ihrer Schwester?», fragte Helgi.

«Žiliška? Sie war immer ein merkwürdiges Kind. Ganz anders als Teška. Žiliška war still und in sich gekehrt. Wenn man sie etwas fragte, hat sie den Mund kaum aufgemacht. Ich kann mir gut vorstellen, dass sie eifersüchtig auf ihre große Schwester war und wahrscheinlich noch immer ist. Ranislav hat sich ja fast nur um Teška gekümmert.»

«Teška hat erwähnt, dass ihre Schwester sie hasst.»

Damek zupfte sich am Schnurrbart. «Hm. Die Menschen erzählen sich, dass Žiliška sich der schwarzen Magie zugewandt hat – allein aus dem Grund, ihre Schwester zu verfluchen. Es würde mich nicht überraschen, wenn sie dies eines Tages tatsächlich tun würde, um sich an Teška zu rächen. Die beiden sind wie Feuer und Eis.»

Wer Feuer und wer Eis war, konnte Helgi sich gut vorstellen.

«Dann, im Winter vor eineinhalb Jahren», erzählte Damek, «tauchte Tetěslav in Ralsvik auf. Er ist der Sohn des Wojwoden unserer benachbarten Siedlung Berghe. Sie ist etwa zehn Meilen von hier entfernt und liegt unterhalb des Rugard, einem heiligen Berg. Tetěslav wollte Teška zur Frau nehmen, um als künftiger Herrscher die beiden Gebiete zu vereinen. Teška mochte ihn nicht, obwohl der Mistkerl sich redlich bemühte und ihr kostbare Geschenke machte – Bernsteine, Glasperlenketten, Felle. Als Tetěslav ihren Vater um ihre Hand bat, wies Ranislav ihn ab. Unser Wojwode hatte die falsche Schlange aus Berghe durchschaut.»

«Und nun hat er die Macht doch noch an sich gerissen und macht mit eurem Hohepriester gemeinsame Sache», warf Helgi ein.

«Die beiden sind aus einem Holz geschnitzt. Das Einzige, wonach sie streben, ist Macht und Reichtum. Der Hohepriester Žilobog bringt menschliche Blutopfer, um seinen Machtanspruch zu begründen. Angeblich habe unser höchster Gott Svantevit ihm dies befohlen.»

Damek zog eine Miene, die tiefste Verachtung verriet. «Žilobog und sein Priesterrat verschanzen sich hoch oben im Norden der Insel, in der Tempelburg Arkona. Dort horten sie Edelsteine und Silber und lassen die Schätze von dreihundert der besten Krieger bewachen. Wir, das Volk der Ranen, müssen die Priester und ihre Soldaten versorgen – obwohl viele von uns hungern.»

Was wohl kaum für dich zutrifft, dicker Zauberer, dachte Helgi. Er sprach es aber nicht aus, sondern fragte: «Ranislav war es also, der die Macht des Hohepriesters gebrochen hat?»

Damek nickte.

Ranislav habe über die Jahre ein Bündnis gegen den Hohepriester geschmiedet, erzählte er. Unterstützt vom Ranenkönig Ratibor, hätten sich ihnen immer mehr Wojwoden angeschlossen – aus Szabroda, Ghynxt und Rabyn im Westen, Seracowe im Osten sowie Wyttow im Norden bis nach Tizowe im Süden. Endlich sei es gelungen, die Macht der Priester zurückzudrängen. Kein Mensch sei mehr geopfert worden; die Abgaben an Arkona habe man auf ein erträgliches Maß zurückgefahren.

«Das Wort unseres Königs Ratibor stand mit einem Mal über dem des Hohepriesters Žilobog», erklärte Damek.

«Doch seit dem Überfall der Seeräuber ist alles wieder beim Alten», mutmaßte Helgi.

«Genau so ist es, Däne. Tetěslav hat sich selbst zum Wojwoden ernannt, und es gab niemanden, der ihn hätte aufhalten können. Denn er hat zusammen mit Žilobog die anderen Wojwoden so lange eingeschüchtert, bis sie aus dem Bündnis ausscherten. König Ratibor blieb nichts anderes übrig, als sich auf seine Burg Charenza zurückzuziehen.»

Helgi nickte betrübt. Tetěslav war auf dem besten Wege, der mächtigste Mann auf Rujana zu werden – mit Teška an seiner Seite.

16.

Die Tage und Nächte in Gefangenschaft vergingen, ohne dass sich Dameks Vorräte erschöpften. Auch am fünften Tag erfüllte der Geruch von gebratenem Fisch die Hütte. Heute sollte es frischen Dorsch geben, dazu reichte Damek Beeren und Pilze.

«Hast du den Fisch aus deinen Fässern gezaubert?», fragte Helgi überrascht.

«Stell keine Fragen – iss einfach», entgegnete Damek.

Sie verspeisten den Dorsch, und als Damek nach dem Essen eingeschlafen war, zog Helgi Ansgar zur Seite. «Niemand kommt in diese Hütte herein, und niemand kommt hinaus. Woher hat der Zauberer die Waldfrüchte und die Fische?»

Ansgar wusste darauf keine Antwort.

«Ob er wirklich zaubern kann?», wollte Helgi wissen.

«Zauberei ist eine Sünde, so wie Ungehorsam und Götzendienst.»

«Ich glaube, Damek ist es egal, ob es eine Sünde ist.»

Ansgar funkelte Helgi böse an und beendete das Gespräch.

Für Helgi war die Sache jedoch nicht erledigt. Ein schrecklicher Gedanke war ihm gekommen. Was war, wenn Damek mit Tetĕslav gemeinsame Sache machte? Wenn der Fürst ihnen Damek als Aufpasser an die Seite gestellt hatte? Vielleicht unterrichtete er Tetĕslav über alles, was sich in der Hütte tat – und wurde dafür mit Fischen und Beeren belohnt.

Je mehr Helgi darüber nachdachte, desto wahrscheinlicher erschien ihm dieser Gedanke. Er nahm sich vor, der Sache auf den Grund zu gehen.

In der nächsten Nacht tat Helgi so, als schliefe er. Damek und Ansgar schlummerten wie gewöhnlich nebeneinander auf dem Lager, während Helgi auf dem harten Boden lag. Er hatte die Augen geschlossen und atmete ruhig.

Damek schnarchte. Vor der Tür lärmten die betrunkenen Krieger, die die Hütte bewachten. Vom Bodden her rauschte eine Böe über das Schilfdach. Alles schien wie immer. Später wurden die Krieger leiser; Honigwein und Bier hatten sie müde gemacht.

Die Nacht zog vorüber. Helgi kämpfte gegen die Müdigkeit an und wäre beinahe doch noch eingeschlafen, als sich Dameks Schnarchgeräusche mit einem Mal veränderten. Er grunzte, stöhnte, zog Luft durch die Nase – und erwachte schließlich.

Helgi blinzelte unter halb geschlossenen Lidern hervor. Die Glut des niedergebrannten Kochfeuers spendete noch ein wenig Licht.

Er sah, wie Damek sich vom Lager rollte und zur hinteren Wand der Hütte schlich. Leise räumte er einige Fässer beiseite und rückte eine Truhe von der Wand ab. Dann war er plötzlich verschwunden.

Helgi sprang auf. Im Dunkeln ertastete er hinter der Truhe eine Luke, die sich aufklappen ließ. Eine geheime Tür!

Er nahm Dameks Küchenmesser und setzte sich auf eines der Fässer, um auf die Rückkehr des Verräters zu warten.

Es dauerte eine ganze Weile, bis sich an der Luke wieder etwas regte. Zunächst erschien Dameks Hand mit einem prallgefüllten Lederbeutel, dann tauchte sein Kopf auf. Erst nachdem der Zauberer seinen fetten Leib durch die Luke gezwängt hatte, schnellte Helgi vor und drückte Damek das Messer an die Kehle.

«Verräter!», zischte Helgi. «Du warst bei Tetĕslav.»

Damek japste nach Luft, der Angriff hatte ihn überrascht. Es dauerte einen Augenblick, bis er wieder Herr der Lage war.

«Deine Hand zittert, Däne», sagte Damek. Nichts deutete darauf hin, dass er Angst vor Helgi hatte.

«Meine Hand zittert nicht zu sehr, um dir den Hals durchzuschneiden.»

«Du bist kein Mörder.»

«Aber bei einem Verräter könnte ich ganz schnell einer werden.»

Damek seufzte. «Nimm das Messer weg!»

Die Geräusche hatten Ansgar geweckt. «Was um Himmels willen macht ihr da?»

«Der Däne will mich umbringen», erwiderte Damek.

«Er hat uns verraten», rief Helgi. «Er steckt mit Tetĕslav unter einer Decke.»

Helgi riss Damek den Beutel aus der Hand und warf ihn Ansgar zu.

«Schau nach», forderte Helgi ihn auf. «Bestimmt hat der Verräter Lebensmittel bekommen, weil er seinem Wojwoden immer brav erzählt, was hier alles so vor sich geht.»

Ansgar öffnete den Beutel. Darin befanden sich mehrere Stücke Käse, ein Brotlaib und Pökelfleisch. «Judas», zischte Ansgar.

«Na, los – stich zu», knurrte Damek. «Oder traust du dich nicht? Wie viele Männer hast du bereits getötet? Ein Dutzend? Fünf? Oder keinen einzigen?»

Helgi drückte die Klinge fester gegen Dameks Hals. Doch dann nahm er plötzlich das Messer weg und rammte ihm stattdessen die Faust in den Bauch. Damek blies die Backen auf. Sein Gesicht lief rot an, und er knickte keuchend zusammen.

«Gesteh endlich», sagte Helgi erregt.

Doch Damek dachte nicht daran. Als er wieder zu Atem gekommen war, sagte er: «Ich habe euch das beste Pökelfleisch gebracht. Und dafür schlägt mich dieser verrückte Däne zusammen!»

Helgi hob erneut die Faust.

«Pö-kel-fleisch!», wiederholte Damek. «Habt ihr vergessen, was ich euch erzählt habe? Von der Kirkja?»

«Die Kirche des heiligen Vitus, in der ein Weib seine Schweine hält?», fragte Ansgar.

Helgi verstand gar nichts mehr.

Damek raffte sich auf und schob die Truhe wieder an ihren Platz zurück.

«Das Weib heißt Woislava. Ich war bei ihr. Sie versorgt mich mit Essen, und ich lege mich dafür zu ihr.»

«Du hast eine Frau?» Ansgar war verblüfft.

«Eine?» Damek grinste schief und rieb sich den Bauch an der Stelle, an der Helgi ihn getroffen hatte. «Schaut mich an. Ich habe einen wohlgeformten Körper. Frauen mögen das.»

Schnaufend ließ er sich auf den Boden sinken. «Setzt euch. Wir werden etwas essen, und dann erzähle ich euch, dass Woislava noch andere Qualitäten hat als einen weichen Busen und einen gutgefüllten Vorratsschrank.»

Helgi rang mit sich, tat dann aber, was Damek gesagt hatte. Sie verteilten Brot, Käse und Pökelfleisch und aßen schweigend.

«Woislava hat scharfe Ohren», sagte Damek schließlich, während er sich den Mund am Hemdsärmel abwischte. «Sie hört viele Dinge, und die, die wichtig sind, teilt sie mir mit.»

Nachdem er die übrig gebliebenen Speisen in einem Fass verstaut hatte, sagte er mit ernster Miene zu den anderen: «Man hat in Ralsvik verkünden lassen, dass Teška Tetĕslav heiraten wird.»

Helgi stöhnte auf. «Ich habe mich also doch nicht getäuscht.»

Damek hob eine Hand. «Immer mit der Ruhe. Noch ist es nicht so weit. Die Hochzeit wird erst in einigen Tagen stattfinden. Es soll eine große Feier auf der Tempelburg Arkona geben.»

Helgi vergrub sein Gesicht in den Händen.

Eisiges Schweigen machte sich breit.

Nach einer Weile fragte Ansgar: «Warum hast du uns nichts von der Geheimtür erzählt?»

«Weil der Däne dann geflohen wäre.»

«Genau! Und warum sollte ich das nicht tun?», fragte Helgi.

Damek schaute ihn fest an. «Weil es deine Aufgabe ist, Teška beizustehen – wenn die Zeit dafür gekommen ist!» Er streckte gähnend die Arme aus. «Wir reden morgen weiter.»

Kurz darauf war er eingeschlafen; auch Ansgar dämmerte weg.

Helgi fand jedoch keine Ruhe. Die Gedanken rasten durch seinen Kopf. Schließlich stand er auf, schlich zu der verborgenen Luke und räumte sie frei. Gab es einen guten Grund, warum er nicht fliehen sollte? Er könnte versuchen, sich nach Haithabu durchzuschlagen. Aber was erwartete ihn dort? Hovi hatte den Vorfall nach dem Wettkampf bestimmt nicht vergessen. Helgi seufzte. Selbst ein ungewisses Ziel war besser als der Tod, der ihn hier erwartete.

In dem Augenblick, als er zu dem Schluss gekommen war, keine andere Möglichkeit zu haben, als zu fliehen, schoss ihm ein Gedanke durch den Kopf: Was genau hatte der Toblac damit gemeint, er müsse Teška beistehen? Führte sie etwas im Schilde, und wusste Damek mehr, als er vorgab?

Es werden auf Rujana Dinge geschehen, die du nicht verstehen wirst. Aber du musst mir vertrauen!

Während ihm Teškas Worte durch den Kopf geisterten, verharrte Helgi unschlüssig vor der Luke. Da hörte er plötzlich vom Bett her die Stimme des Zauberers.

«Wenn du jetzt gehst, Däne, wirst du die Wahrheit über meine Duša niemals herausfinden.»

17.

Helgi erwachte, als jemand vor der Hütte etwas rief. Dem schummrigen Licht nach war es noch früh am Morgen.

«Toblac! Toblac!», rief die Stimme von draußen. Damek wälzte sich aus dem Bett, schleppte sich zu dem schmalen Fenster neben der Tür und riss den Laden auf. Im nächsten Augenblick ergoss sich mit einem Schwall eine stinkende Flüssigkeit über ihn, begleitet vom höhnischen Gelächter mehrerer Männer. Fluchend knallte Damek den Laden wieder zu. Ein unangenehmer Geruch verbreitete sich in der Hütte. Helgi verzog das Gesicht. Damek wollte sich gerade wieder abwenden, als die Stimme von draußen erneut zu hören war. Der Zauberer erstarrte.

«Das war wohl die Rache für den Nachttopf neulich», sagte Helgi lachend.

Die Flüssigkeit tropfte von Dameks Kleidern, doch er machte keine Anstalten, sie auszuziehen. Stattdessen stand er immer noch wie erstarrt am selben Fleck. «Sie sind aufgebrochen», brachte er schließlich hervor.

«Wer?»

Langsam wandte sich Damek zu Helgi um. Das Grinsen, das sonst auf seinem Gesicht lag, war verschwunden. «Der

Kerl, der unsere Aufpasser befehligt, hat gesagt, dass Tetěslav und Teška heute früh nach Norden zur Tempelburg Arkona geritten sind. Ich dachte, wir hätten noch etwas Zeit. Aber schon morgen soll dort die Hochzeit stattfinden, und in drei oder vier Tagen, nach dem Erntedankfest, sollen wir hingerichtet werden.»

Helgi ballte die Hände zu Fäusten.

«Herr im Himmel!» Ansgar sprang aus dem Bett. «Können wir denn gar nichts dagegen unternehmen?»

Damek zuckte mit den Schultern. «Tetěslav hat weitere Krieger zurückgelassen, um die Wachen zu verstärken. Jetzt passen nicht nur die beiden Mistkerle vor der Tür auf, sondern auch noch zwei auf der Rückseite.»

«Wir müssen beten», rief Ansgar. «Nur der Herrgott kann uns retten.»

«Dein Herrgott kann mich mal», knurrte Damek. «Ich weiß, dass Teška irgendetwas im Schilde führt – auch wenn ich nicht sagen kann, was es ist. Sie will Tetěslav überlisten, so viel ist klar. Niemals würde sie sich auf eine Hochzeit mit dem Bastard einlassen …»

Wie gern hätte Helgi dem Toblac geglaubt, musste jedoch voller Verbitterung an das Wiedersehen von Teška und Tetěslav denken. Sie hatten sich umarmt, geküsst. Aber, verdammt nochmal, wenn sie nun dem aufgeblasenen Taubenjäger tatsächlich nur etwas vorgemacht hatte?

Währenddessen ging Damek zu einer Truhe, um seine Kleidung zu wechseln. Dabei fiel ihm das Buch in die Hände, das Ansgar darin versteckt hatte. Nachdem Damek die stinkenden Kleider in eine Ecke geworfen und sich neue angezogen hatte, nahm er das Buch heraus und hielt es Ansgar unter die Nase. Als der Missionar seine Hand danach ausstreckte, zog Damek es wieder fort.

«Diese Worte deines Herrn bringen uns kein Glück», zischte der Zauberer. «Ich sollte mir den Hintern damit abwischen.»

«Nein», kreischte Ansgar. «Es ist eine heilige Schrift. Nur der Herr kann uns vor dem Bösen bewahren. Gib mir das Buch!»

Damek schlug es auf, warf mit gerunzelter Stirn einen Blick auf die beschriebenen Pergamente und warf es dann Ansgar vor die Füße.

«Ich kenne etwas Besseres als diese nutzlosen Zeichen», sagte Damek. Aus einer anderen Truhe holte er einen kleinen Lederbeutel hervor, dessen Inhalt er bei der Feuerstelle auf den Boden schüttete.

«Jetzt kannst du etwas erleben, Christ», schnaubte er.

Helgi und Ansgar, der das Buch schützend an seine Brust drückte, traten neben den Zauberer. Schweigend beobachteten sie, wie Damek aus dem Sammelsurium von Kleinteilen einen scharfen Eckzahn auswählte, der so groß war, dass er nur von einem Bären stammen konnte. Der Zauberer nahm den Zahn und schlitzte die Haut an seinem Unterarm auf. Das herausquellende Blut ließ er in eine kleine Holzschüssel tropfen.

Ansgar atmete heftig. «Das ist … das ist schwarze Magie.»

«Nenn es, wie du willst, Graukutte», erwiderte Damek, ohne aufzuschauen. «Für uns Ranen bedeutet die *čáry*, die Zauberei, so viel wie für euch Christen eure heiligen Bücher. Ich werde nun die Untoten anrufen, die Wiedergänger. Sie sollen uns einen Rat geben, damit wir erfahren, was wir tun können.»

«Blasphemie!», hauchte Ansgar entsetzt und zog sich in eine dunkle Ecke der Hütte zurück.

Dessen ungeachtet streute Damek ein wenig Stroh und Reisig über das Blut in der Schüssel, tat trockenes Gewürzkraut und den Bärenzahn hinzu und entzündete das Stroh. Sofort breitete sich beißender Qualm in der Hütte aus.

Während Damek begann, mit geschlossenen Augen geheimnisvolle Worte zu murmeln, hielt Ansgar das Buch in die Höhe und betete in seiner fränkischen Heimatsprache: «*Gilaubiu in got fater almahtîgon, scepphion himiles enti erda* … – Ich glaube an Gott, den Vater, den Allmächtigen, den Schöpfer des Himmels und der Erde …»

Helgi verlor allmählich die Geduld. Er zweifelte stark daran, dass die Ranengötzen oder der Christengott ihnen aus der misslichen Lage helfen würden. Helgi war ein Mann der Tat, und er wusste, dass Odin genau dies von ihm erwartete: handeln!

«*… endi in heilenton Christ, suno sînan einagon, truhtîn unseran …*», rief Ansgar. «… und an den Heiland Christus, seinen einzigen Sohn, unsern Herrn …»

Auch Dameks Stimme wurde lauter, um die Worte des Missionars zu übertönen, der nun schon beinahe brüllte: «*Fleisges arstantnissi, liib eûuîgan* … – Fleisches Auferstehung und ewiges Leben …»

Da platzte es aus Helgi heraus: «Schweigt, verdammt nochmal!»

Damek und Ansgar verstummten und wandten sich ihm zu.

«Ich weiß, was ich zu tun habe», rief er, «und dafür brauche ich eure Götter nicht.»

«Ach ja? Dann mal raus mit der Sprache, du schlauer Däne», entgegnete Damek und schüttete den Inhalt aus der Schale über die Glut des Kochfeuers.

Helgi richtete sich zu voller Größe auf, wobei sein Kopf beinahe bis an die Querbalken des Daches reichte.

«Ich werde Tetĕslav töten!»

Damek und Ansgar starrten ihn entgeistert an. Für einen Moment beherrschte eine drückende Stille die Hütte. Dann begann Damek zu lachen; zunächst leise, dann immer lauter, bis ihm schließlich die Tränen über die Wangen liefen.

«Er will den Wojwoden umbringen», rief er japsend. «Was glaubst du eigentlich, wer du bist, Däne? Tetĕslav hat fast drei Dutzend Krieger bei sich. Außerdem wird Arkona von Hunderten bewaffneter Soldaten bewacht, und die sind ganz versessen darauf, einen Dänen zu töten …»

Helgi unterbrach ihn: «Lieber sterbe ich im Kampf, als dass ich tatenlos zusehe, wie Tetĕslav seine Köter auf mich hetzt.»

«Du hast doch nicht einmal ein Schwert!»

«Aber die Wachen haben welche.»

Damek schüttelte fassungslos den Kopf. «Das sind vier Männer, erfahrene Krieger. Du bist völlig verrückt geworden!»

Helgi bedachte beide mit einem finsteren Blick. «Ihr könnt hierbleiben und mit euren Göttern schwatzen – oder ihr begleitet mich.»

18.

Helgi sog tief die frische Nachtluft ein. Es war eine Wohltat nach der Gefangenschaft in der stickigen Hütte. Auch Damek und Ansgar, die ihn begleiteten, atmeten durch. In Helgis Gürtel steckten zwei Schwerter, eines mit langer und eines mit kurzer Klinge, die er den Wachen abgenommen hatte.

Es war leicht gewesen, die Krieger zu überwältigen. Wie an den Abenden zuvor hatten sie bei Einbruch der Dunkelheit angefangen, sich zu betrinken. Helgi hatte am Fenster gelauscht, bis ihre Zungen schwerer wurden. Schließlich war unter den Männern ein handfester Streit ausgebrochen. Worum es dabei ging, hatte Helgi nicht feststellen können, aber das war ihm auch egal. Er war durch die Luke gekrochen und hatte die Männer, die sich vor der Tür prügelten, einen nach dem anderen mit der Faust niedergestreckt. Dann hatte er sie mit Dameks Hilfe gefesselt und in der Hütte zurückgelassen, damit sie sie nicht verfolgen konnten.

Ralsvik lag still da, als die drei durch die dunklen Gassen schlichen und bald auf den Bohlenweg stießen, der am Marktplatz vorbei zum landseitigen Siedlungsrand führte. Vor einem abseits gelegenen Gehöft, das aus einem schilfgedeckten Wohnhaus, einigen Nebengebäuden sowie einer umzäunten Weide bestand, hielt Damek inne und legte einen Zeigefinger an die Lippen.

Dann ging der Zauberer zu dem Wohnhaus und klopfte an die Tür. Eine Frau mittleren Alters mit ausladenden Hüften öffnete. Sie trug eine vom Schlaf zerknitterte Tunika, unter der sich ein gewaltiger Busen abzeichnete. Sie blinzelte Damek aus müden Augen an, doch als sie ihn erkannte, hellte sich ihre Miene auf, und sie wollte ihn sofort ins Haus ziehen. Aber Damek löste sich von ihr und redete leise auf sie ein. Dabei deutete er immer wieder auf eines der Nebengebäude, zu dem ihn die Frau schließlich führte und in dem sie verschwand. Kurz darauf erschien sie mit drei Pferden wieder, die sie an Zügeln hinter sich herführte. Die Tiere waren von kleinem Wuchs, schienen jedoch kräftig und ausdauernd zu sein.

Damek küsste die Frau zum Dank auf den Mund und tätschelte sanft ihren Busen, was ihr sichtlich zu gefallen schien. Seufzend überreichte sie ihm die Zügel, eilte ins Haus zurück und kehrte mit einem gefüllten Proviantbeutel zurück.

Das Boddengewässer ruhte still, als sie die Holzbrücke überquerten. Auf der glatten Oberfläche spiegelte sich der Mond. Doch als sie den Fuß der Hügelkette erreichten, frischte mit einem Mal von Norden her der Wind böig auf.

Das friedliche Spiegelbild verzitterte.

19.

Damek übernahm die Führung auf einem betagten Grauschimmel, der unter dem Gewicht des dicken Ranen schnaubte. Auch das Pferd, auf dem Helgi saß, hatte schwer zu tragen. Ansgar folgte ihnen auf einem Rappen.

Sie folgten zunächst einem gewundenen Pfad durch die Schwarzen Berge, bis sie in den Wäldern jenseits der Hügel auf eine Weggabelung stießen, an der sie nach Osten abbogen. Es war noch immer tiefe Nacht, und sie kamen nur langsam voran, da das dichte Blätterwerk das Mondlicht schluckte. Nach etwa drei Meilen endete der Weg am Ufer eines Durchflusses, der den Yasmunder mit einem weiteren Bodden verband.

Sie ließen die Pferde anhalten. Helgi konnte weder eine Furt noch eine Brücke erkennen. Das nachtschwarze Wasser floss träge durch den Graben, gluckernde Strudel wiesen auf Untiefen hin. Ohne ein Wort zu sagen, rutschte Damek vom Rücken des Schimmels und verschwand hinter einem Hügel.

Eine eigentümliche, beinahe gespenstische Stille lag über dem Bodden, als Helgi seinen Blick nach Norden schweifen ließ. Irgendwo dort, an der äußersten Spitze der Insel, lag Arkona, der Tempel des Ranengottes Svantevit. Eine Böe zauste Helgis Haar, als ein Windstoß durch das Schilfgras fuhr.

In dem Moment kehrte Damek zurück. Bei ihm war ein dürrer Mann mit schütterem Haar und faltigem Gesicht. Damek stellte ihn den anderen als Fährmann Lisov vor. Der Mann, der nur aus Haut und Knochen zu bestehen schien, warf dem Zauberer mürrische Blicke zu. Doch Damek beachtete dies nicht weiter, als er ihn zum Wasser hinunterschickte. Dort holte Lisov aus einem Versteck im Schilf eine Fähre hervor, einen flachen Holzkahn mit breiter Ladefläche, auf die er die Pferde führte, um zunächst die Tiere auf die andere Seite zu bringen.

«Der Fährmann scheint dich nicht besonders zu mögen», meinte Helgi, während sie beobachteten, wie Lisov den Kahn mit einer langen Stange durch das Gewässer stakte.

«Das ist eine alte Geschichte», erwiderte Damek. «Lisov steht in meiner Schuld. Vor mehreren Jahren kam er zu mir, weil seine Frau ihm keine Kinder schenken konnte. Er bat mich, die Frau zu heilen – und das habe ich getan. Was soll ich sagen: Sie hat einen äußerst kräftigen Jungen bekommen.»

«Dann sollte er sich doch freuen», warf Ansgar ein.

«Der Junge sieht aber leider überhaupt nicht aus wie sein Vater, diese Bohnenstange.»

Helgi konnte sich ein Grinsen nicht verkneifen. «Soll das heißen, dass er vielmehr nach dir kommt?»

Damek nickte.

Ansgar schlug sich die Hand vor den Mund. «Ist die Mutter etwa die Frau, die dich während unserer Gefangenschaft mit Essen versorgt hat?»

«Nein. Das war Woislava, die Frau, von der wir die Pferde haben ...»

«... und die in der Kirche des heiligen Vitus einen Schweinestall eingerichtet hat», ergänzte Ansgar bitter.

Der Fährmann hatte die Tiere inzwischen am anderen Ufer abgesetzt und stakte zurück.

«Hast du noch weitere Kinder in die Welt gesetzt?», fragte Ansgar.

Damek nickte.

«Und wie viele?»

«Ich habe sie nicht gezählt.»

«Na, eher zwei oder eher drei?»

«Mindestens ein Dutzend.»

«Allmächtiger.»

Sie ritten durch die Nacht.

Die Wege führten über die Halbinsel Yasmund, dann über eine schmale Landbrücke mit sandigem Boden und dichtem Kiefernbewuchs. An einigen Stellen mussten sie prielartige Wasserläufe passieren, durch die der Bodden ins Meer entwässerte. Im Morgengrauen erreichten sie die nördliche Halbinsel Wyttow und beschlossen, eine Rast einzulegen.

Am Rande einer Waldlichtung stießen sie auf das kleine Dorf Reydervitze. Es bestand aus einem Dutzend eingegrabener und mit Grassoden bedeckter Erdhütten. Die

Gebäude scharten sich im Halbkreis um einen unbebauten Dorfanger. Hier vereinten sich zwei Wege, die aus südlicher und westlicher Richtung kamen, zu einer Straße, die nach Arkona weiterführte.

Die drei Männer saßen ab und führten die Pferde an eine Tränke.

Rings um das Dorf hatte man dem Waldboden in mühevoller Arbeit Ackerflächen abgerungen. Die Erde war ausgetrocknet und spröde. Weizen und Hafer waren wegen der Dürre längst abgeerntet. Vereinzelt wuchsen noch Bohnen und Linsen an welken Ranken.

Während die Pferde tranken und Helgi, Damek und Ansgar von Woislavas Vorräten aßen, kroch aus einer der ärmlichen Hütten ein alter Mann hervor. Er schien verkatert zu sein und ging mit steifen Beinen über den Acker. Am Waldrand ließ der Alte die Hose herunter, um sich zu erleichtern. Als er fertig war, winkte Damek ihn zu sich. Er schenkte ihm einen Kanten Brot aus dem Proviantbeutel und fragte ihn aus. Helgi und Ansgar saßen dabei, verstanden aber kein Wort, weil die beiden Slawisch sprachen.

Nachdem sie wieder aufgesessen waren und weiterritten, berichtete Damek, was der Alte ihm erzählt hatte: «Wir sind noch nicht zu spät dran. Die Hochzeit soll erst heute bei Sonnenuntergang vollzogen werden. Man erwartet zu diesem Anlass sogar König Ratibor auf der Tempelburg.»

Helgi nickte müde. Er konnte sich kaum noch aufrecht halten. Doch das Ziel war nun zum Greifen nah. Nach weiteren fünf Meilen lichtete sich der Wald. Vor ihnen tat sich eine weite Ebene auf, die sich bis zur steil abfallenden Küste hinzog.

Und dann erblickten sie in der Ferne die gewaltigen Mauern der Tempelburg Arkona. Die Anlage war auf der nördlichsten Spitze der Insel errichtet worden, sodass sie im hinteren Bereich durch die Küste geschützt wurde. Ein halbkreisförmiger Wall aus vielen übereinandergeschichteten, mit Erde gefüllten Holzkästen sicherte die dem Land zugewandte Seite. Die Kuppe hatte man zusätzlich mit Palisaden versehen. Insgesamt war die Wehranlage mindestens achtzig Fuß hoch. Über dem Eingangstor, etwa in der Mitte des Walls, ragte ein Wachturm empor.

Ansgar stöhnte. «Es heißt, der Tempel sei der Herd aller gläubigen Irrtümer und der Sitz des abscheulichsten Götzendienstes.»

In diesem Moment wehte von der Burg her eine kräftige Böe über die Ebene. Der Wind trieb ihnen die Staubkörner wie feine Nadelstiche ins Gesicht.

Helgi zog den Kopf ein. Der Ranengott Svantevit ließ sie seine Macht spüren.

20.

Unterhalb der Burg waren bei Tagesanbruch Hunderte Menschen damit beschäftigt, einen Markt aufzubauen. Die kleine Siedlung, die man Putgarde nannte, bestand aus einem Dutzend Häusern und Holzhütten. Zu normalen Zeiten gab es hier mehr Feldhasen als Einwohner. Aber heute blühte der Flecken auf.

Jedes Jahr lockte der Markt zum Erntedankfest Händler aus vielen Teilen der Welt nach Rujana, und viele von ihnen machten in Putgarde den Umsatz eines ganzen Jahres. Man hatte unzählige Zelte aufgeschlagen, über denen die verschiedensten Banner im Wind flatterten. Neben den Slawen kamen Händler aus dänischen und schwedischen Gebieten. Sachsen, Friesen und Franken kauften und verkauften hier ebenso wie Händler aus den im Osten gelegenen Ländern der Rus, etwa Nowgorod, oder sie stammten aus dem Süden, dort, wo die Sarazenen lebten.

Helgi, Ansgar und Damek saßen ab und führten die Pferde über den Marktplatz. Viele der Händler waren noch mit den Aufbauten beschäftigt und verschnürten Holzstangen zu Vorrichtungen, auf denen man die Bretter für die Auslage des Warenangebots befestigte. Im Gegensatz zum Markt von Haithabu gab es hier keine festen Buden. In der Stadt am Slienfjord hatte sich der Markt als eine tägliche Einrichtung etabliert, für die seltenen Ereignisse in Putgarde schienen sich solche Buden jedoch nicht zu lohnen.

Damek schlug vor, dass sie sich zunächst ausruhen sollten. Helgi stimmte sofort zu, und auch Ansgar konnte die Augen kaum noch offen halten.

Sie folgten einem von Ochsenkarren gefurchten Weg, der von der Hauptstraße abzweigte, und kamen bald darauf zu einer in das Steilufer eingebetteten Mulde. Diesen Anlandeplatz für Fischer- und Handelsboote bezeichneten die Slawen als *vitten*. Von hier aus wurden der Markt und die Tempelburg beliefert. In der Sohle der Mulde standen mehrere Fischerhütten. Dahinter schlossen sich ein steiniger Strand und schließlich das Meer an.

Helgi staunte über die vielen Schiffe, die im flachen Wasser festgemacht hatten. Dutzende Kähne, aber auch bauchige Handelsschiffe lagen vor Anker. Ihre Masten schwankten im aufkommenden Wind.

Im Fischerdorf herrschte zu dieser frühen Stunde schon

geschäftiges Treiben. Männer und Frauen pflückten Fische und Krebse aus Netzen oder säuberten die Haken der Langleinen von Tang und Algen. Flundern und Dorsche, aber auch silberglänzende Lachse und armdicke Aale wurden körbeweise auf Handkarren verladen. Die Schlote der Räucheröfen qualmten und verbreiteten einen würzigen Duft.

Mit knurrendem Magen ritten Helgi, Damek und Ansgar weiter, bis sie zu einem kleinen Küstenwäldchen kamen. Dort saßen sie ab, ließen sich ins Gras fallen und schliefen sofort ein.

Die Sonne stand bereits hoch am Himmel, als Damek die anderen mit einer Überraschung weckte. Der Zauberer hatte einen Korb dabei, der bis an den Rand mit Köstlichkeiten gefüllt war. Es gab helles Brot, Salzheringe und Räucherfisch.

Nachdem sie sich ausgiebig gestärkt hatten, kehrten sie nach Putgarde zurück, wo sie die Pferde an einen Baum banden.

Auf dem Marktplatz herrschte zur Mittagszeit Hochbetrieb. Hunderte Menschen schoben sich durch die engen Gänge zwischen den Ständen. Sie drängten sich in dichten Trauben um die Auslagen. Händler, die sich keinen Stand leisten konnten, hatten ihre Waren auf Tüchern ausgelegt.

Helgi kam aus dem Staunen nicht heraus. Fränkische Händler verkauften glänzende Schwertklingen, Messer und Töpferware. Slawen hatten Schüsseln, Krüge, Felle und Honigwachs im Angebot. Männer, die aus den im Osten gelegenen Ländern angereist waren, priesen edle Zobel- und Nerzfelle an. Es gab Fische in allen Größen,

Fleisch von Schweinen, Rindern und Wildtieren, frisch, gebraten oder gepökelt. Etwas abseits des eigentlichen Marktgeschehens wurden auf einem separaten Gelände Sklaven angeboten.

Damek hielt zielstrebig auf einen Stand zu, hinter dem ein Mann auf Kundschaft wartete. Der Händler hatte sich ein Tuch um den Kopf geschlungen, und auch seine bronzefarbene Haut ließ darauf schließen, dass er aus einem Land im Süden stammte. Er verkaufte Stoffe und kostbare Tücher in den verschiedensten Farben. Als der Sarazene Dameks Interesse bemerkte, öffnete er die Lippen und zeigte beim Lächeln seine weißen Zähne.

Damek sprach den Mann auf Dänisch an. «Woher stammst du?»

«Ah, meine Freunde – ich komme aus Konstantinopel», erwiderte der Händler. «Ich bin weit gereist, habe den Dnjepr befahren, den Lowat und den Wolchow. Aber all die Mühen und Strapazen habe ich gerne auf mich genommen, um Euch die herrlichsten Tücher zu bringen. Hier …»

Er hielt ihnen mehrere Stoffballen zur Probe hier. «Fühlt selbst, meine Freunde. So feines Gewebe bekommt Ihr nur bei Eurem Freund Ibrahim Ibn Rustah.»

Damek gab ihm die Stoffe zurück. «Ich suche etwas ganz Bestimmtes.»

«Nur heraus mit der Sprache. Ich habe alles, was Euer Herz begehrt. Seide, Leinen, Wolle – sprecht nur aus, was Ihr haben wollt.»

«Mich interessieren weniger die Stoffe als vielmehr die Farben, die Ihr im Angebot habt.»

«Es gibt keine Farbe, die ich Euch nicht besorgen könnte.»

Damek warf einen vorsichtigen Blick über die Schulter.

Dann beugte er sich zu dem Händler vor und sagte mit gedämpfter Stimme: «Purpur – kennt Ihr das?»

Der Händler setzte ein gespielt beleidigtes Gesicht auf. «Ts, ts, mein lieber Freund! Diese herrliche Farbe wird aus kleinen Schnecken gewonnen, die im Mittelländischen Meer leben. Und ich will nicht länger Ibrahim Ibn Rustah heißen, führte ich diese Farbe nicht in meinem Angebot.»

Damek nickte. «Dann verkauft mir drei purpurfarbene Priestergewänder.»

«Oh!», rief der Händler aus. «Jetzt verstehe ich. Ihr seid Priester des heiligen Tempels, der sich in dieser Burg befindet. Ich habe viel davon gehört.»

Damek legte rasch einen Finger an die Lippen.

Rustah verstand. Flüsternd erwiderte er: «Ein Geschäft ist ein Geschäft. Und dieses ist unser Geschäft. Niemand wird etwas davon erfahren.»

Er bückte sich unter seinen Stand, wo er die entsprechenden Gewänder heraussuchte und in ein neutrales weißes Leinentuch wickelte. Als er mit dem Paket wieder auftauchte, nannte er mit einem breiten Grinsen den Preis. «Zwanzig Silbermünzen, weil Ihr es seid, meine Freunde. Von jedem anderen Mann hätte ich gut und gern das Doppelte verlangt.»

Damek blies scheinbar überrascht seine Backen auf. «Ich gebe Euch zehn Münzen – und damit seid Ihr noch gut bedient.»

Das Grinsen verschwand aus Rustahs Gesicht. «Neunzehn, oder ich packe die Gewänder wieder weg», sagte er gereizt.

Damek ließ sich nicht beirren. «Elf, und keine Münze mehr.»

«Achtzehneinhalb.»

«Elfeinhalb.»

«Achtzehn.»

«Zwölf.»

Beim Kaufpreis von vierzehneinhalb Münzen wurden die beiden schließlich handelseinig. Das Grinsen kehrte in Rustahs Gesicht zurück. Er hielt Damek seine geöffnete Rechte hin. Damek fischte aus seiner Tasche fünfzehn Münzen und zählte sie Rustah in die Hand. Der Sarazene teilte eine der Münzen mit einem Messer und gab sie Damek zusammen mit den Stoffen zurück.

Helgi wunderte sich, wie der Zauberer an die vielen Münzen gekommen war, für deren Gegenwert man ein ganzes Schwein hätte kaufen können.

Der Händler verneigte sich tief und ehrerbietig zum Abschied.

Damek klemmte sich das Paket unter den Arm und drängte Helgi und Ansgar zu einem Wäldchen jenseits des Zeltlagers.

Auf dem Weg dorthin fragte Helgi: «Woher hast du das viele Geld?»

«Ich habe es einem reichen Kerl aus der Tasche gezaubert», erwiderte Damek. Er konnte sich ein Lächeln nicht verkneifen.

«Du bist ein Dieb!», stellte Ansgar entrüstet fest.

Damek zuckte mit den Schultern. «Ihr wollt in den Tempel, und ich helfe euch dabei. So einfach ist das. Wenn du dich beschweren willst, Christ, wende dich an deinen Herrgott.»

Damek drohte Ansgar mit dem Zeigefinger. «Aber ich warne dich, alter Mann – dies hier ist Svantevits Land. Hier hat dein Herr Jesus nichts zu sagen.»

Der Wind wurde stärker.

In dem Wäldchen, hinter Bäumen und Büschen versteckt, verwandelten sich Damek, Helgi und Ansgar in drei ranische Tempelpriester, indem sie sich die purpurfarbenen Gewänder überzogen und ihre Gesichter unter den weiten Kapuzen verbargen.

In dem kleinen Wald stank es nach Fäkalien. Viele Bewohner des Zeltplatzes nutzten diesen Ort zur Verrichtung ihrer Notdurft. Aber jetzt, zur Mittagszeit, hatte es die Menschen zu den Ständen gezogen. Wer nun ein Bedürfnis verspürte, scheute den weiten Weg zum Wäldchen. Stattdessen hockte man sich gleich beim Markt hinter einen Busch.

Dennoch schienen die drei nicht allein zu sein. Als sie das Dickicht verlassen wollten, knackte irgendwo ein Ast. Helgi spähte in den Wald, konnte aber niemanden entdecken. Um ganz sicherzugehen, drang er tiefer in das Unterholz vor bis zu einem dichten Brombeergebüsch. Mit einem Stock drückte er die dornigen Ruten zur Seite. Als er sich auf die Zehenspitzen stellte, um besser sehen zu können, flog von einem Baum ein schwarzer Vogel laut krächzend davon.

«Krak!», rief ihm Damek zu. «Es war nur ein Rabe. Das ist ein gutes Zeichen.»

Helgi kehrte zu den anderen zurück.

Damek grinste unter der Kapuze hervor. «Bringen wir die Sache hinter uns.»

Dennoch wurde Helgi das Gefühl nicht los, dass jemand sie beobachtete.

Er hatte sich nicht getäuscht.

Hinter dem Brombeergestrüpp verborgen, hockte ein Mann, ein Händler aus dem Örtchen Ventsutunitz im Südwesten der Insel. Der Mann reiste zu Fuß durch die Gegend, um Kleinzeug wie Nadeln oder Löffel zu verkaufen, die er von anderen Händlern stahl. Im Wäldchen hatte er sich Erleichterung verschaffen wollen und war dabei Zeuge geworden, wie drei Männer ihre gewöhnlichen Kleider gegen prächtige Priestergewänder ausgetauscht hatten. Dieser Vorgang schien ihm nicht mit rechten Dingen zuzugehen. Er war ja nicht dumm. Im Gegenteil, er hielt sich sogar für sehr schlau – besonders wenn es darum ging, Informationen zu Geld zu machen.

Er wartete so lange, bis er glaubte, dass die drei Männer sich weit genug entfernt hatten. Dann kroch er aus dem Gestrüpp hervor. Nun musste er nur noch jemanden finden, der ihn für sein Wissen bezahlen würde, und für so etwas hatte er eine ausgesprochen feine Nase.

Sein Weg führte ihn ins Zeltlager, wo sich zur Mittagszeit nur sehr wenige Menschen aufhielten. Als er hier die als Ranenpriester verkleideten Männer wieder entdeckte, zog er sich hinter eines der Zelte zurück. Diese Männer waren ihm nicht geheuer. Besonders der junge Kerl mit den breiten Schultern und dem schwarzen Haar flößte ihm gehörigen Respekt ein.

Die Männer überquerten den Zeltplatz in Richtung des Marktes. Plötzlich blieben sie abrupt stehen, als vor ihnen eine junge Frau mit auffallend kurzen Haaren sowie ein prächtig geschmückter Krieger aus einem der Zelte traten. Sofort senkten die drei Männer ihre Köpfe so tief, dass ihre Gesichter von den Kapuzen vollständig verdeckt wurden.

Die Männer hatten also tatsächlich etwas zu verbergen, frohlockte der Händler und beschloss, seine Information dem herausgeputzten Mann anzubieten, den sie so offensichtlich mieden. Er und die Frau sahen wie ein Hochzeitspaar aus. Die Braut trug ein weißes Leinenkleid, das an Säumen und Taille mit bunten Stickereien versehen war. Der Bräutigam war mit einem feinen Lederwams bekleidet und mit silbernen und goldenen Ketten, Armreifen und Ringen behängt. In seinem Gürtel steckte ein Schwert mit glänzender Klinge und Elfenbeingriff.

Nachdem die Priester verschwunden waren, verließ der Händler sein Versteck und neigte übertrieben demütig sein Haupt, als er den Bräutigam ansprach. Dessen Miene verfinsterte sich wie eine Gewitterwolke. Als der Händler jedoch erzählte, was er beobachtet hatte, hellte sich die Miene des Bräutigams auf. Er zog den Mann zur Seite, um sich, von allen anderen ungestört, berichten zu lassen, was er gesehen hatte.

22.

Teška war irritiert, als sie sah, wie Tetĕslav sich mit dem zerlumpten Mann unterhielt. Das war ungewöhnlich. Normalerweise verachtete Tetĕslav mittellose Menschen, und ihre Verwunderung wurde noch größer, als er dem Mann zwei Silbermünzen in die Hand zählte.

Als Tetĕslav zurückkehrte, fragte sie ihn nach dem Grund. Aber er schüttelte nur den Kopf. Dann ließ er sie stehen, um die weiteren Vorbereitungen für das Hochzeitsfest zu treffen. Teška stand unschlüssig zwischen den Zelten herum. Das Warten machte sie noch nervöser, als sie ohnehin schon war. Nach einer Weile ließ Tetĕslav sie zu sich ins Zelt rufen.

«Man hat den König gesichtet», eröffnete er ihr. «Der alte Ratibor wird in wenigen Augenblicken Putgarde erreichen. Leg Schleier und Schmuck an. Ich erwarte, dass du die schönste Braut bist, die jemals auf Rujana geheiratet hat.»

Nachdem sich Tetěslav auf einen Schemel gesetzt hatte, eilte eine Magd herbei, um seine Stiefel mit Dachsfett einzureiben. Teška legte unterdessen das Geschmeide an; sie gab sich redlich Mühe, die treuergebene Braut zu spielen.

Plötzlich brüllte Tetěslav das Mädchen an, weil es beim Wienern das Stiefelleder zerkratzt hatte, und schlug ihm mit der flachen Hand ins Gesicht. Schluchzend rannte das Mädchen davon und holte ein neues Paar Stiefel. Während es sich vorsichtig am Leder zu schaffen machte, betrat einer von Tetěslavs Kriegern das Zelt und verkündete, dass der König in Putgarde einreite.

Tetěslav musterte seine Braut. Sie hatte ihr Gesicht unter dem mit Sehschlitzen versehenen Schleier verhüllt. So verlangte es das Gesetz: Der Schleier war das äußere Zeichen der Braut für die Trennung von der bisherigen Gemeinschaft, von ihrem vergangenen Leben.

Bevor sie das Zelt verließen, fischte Tetěslav aus einer Truhe eine kleine Glasflasche. Teška beobachtete aus den Augenwinkeln, wie er das Gefäß verstohlen unter seinem Mantel verschwinden ließ. Als er sich wieder zu ihr umdrehte, wandte sie rasch das Gesicht ab.

Sie hatte diese Flasche schon gestern Abend nach ihrer Ankunft in Putgarde entdeckt – und sie ahnte, welch tödlichen Inhalt sie enthielt.

Teška erschrak beim Anblick des Königs, den sie von klein auf kannte.

So wie die anderen Menschen, die zu Hunderten den Weg säumten, ließ sie sich nicht vom äußeren Schein blenden. Ratibor trug zwar einen mit Zobel- und Eichhörnchenfellen besetzten Umhang, der mit Silber und Edelsteinen verziert war. Das gestriegelte Fell seines Rappen schimmerte wie schwarzer Bernstein. Aber der König war nur noch ein Schatten seiner selbst. Sein Gesicht wirkte verhärmt, er war abgemagert, und das Haar fiel ihm büschelweise aus. Teška sah ihm an, wie schwer es ihm fiel, die Schultern aufrecht zu halten.

König Ratibor, der an der Spitze seiner Männer über den Marktplatz ritt, war ein gebrochener Mann, der versuchte, seine Gefühle hinter einer ausdruckslosen Miene zu verbergen. Sein Blick war starr auf die Tempelburg gerichtet, als reite er zu seiner eigenen Hinrichtung.

Seit Ranislav tot und die Macht wieder an die Tempelpriester übergegangen war, hatte der König nichts mehr zu sagen auf Rujana. Zwar befehligte er ein Heer auf der Königsburg Charenza im Süden der Insel. Dennoch war sein Wort nur eines unter vielen – es war nicht ausschlaggebend, wie es eigentlich hätte sein müssen. Die Wojwoden waren reihenweise von ihm abgefallen, kaum einer hielt noch zu ihm.

Die Ankunft des Königs gab das Signal für den Aufbruch. Priester und Wojwoden setzten sich in seinem Gefolge in Bewegung. Die Wojwoden wurden von ihren eigenen Soldaten begleitet. Dies waren kleinere Einheiten, meist fünf bis zwanzig Krieger, je nach Größe des Herrschaftsgebiets und Geldmitteln des Führers. Bald schob sich ein Tross von annähernd fünfhundert Männern über die Straße nach Arkona.

Teška war die einzige Frau unter ihnen. Es galt als eine besondere Ehre, wenn der Priesterrat einer Frau die Tore Arkonas öffnete. Sie hielt sich dicht hinter Tetěslav, der gut dreißig Krieger im Schlepptau hatte und damit mehr als jeder andere Wojwode. Die Siedlungen Berghe und Ralsvik, die er befehligte, machten ihn zum mächtigsten Mann unter den Herrschern.

Teška wusste, dass er noch mehr wollte.

Je näher sie der Burg kamen, desto schärfer blies ihnen der Wind entgegen. Die Sonne neigte sich bereits dem Wasser zu, und über dem Meer, fern am Horizont, ballten sich dunkle Wolken zusammen.

Teška begann in ihrem dünnen Hochzeitskleid zu frieren.

Auf den Wehrgängen der Burg drängten sich die Tempelsoldaten, die als die besten Kämpfer der Insel galten. Nur wer sich als geeignet erwies, wurde nach einem strengen Auswahlverfahren in die dreihundert Mann starke Elitetruppe aufgenommen. Die Krieger beschützten den größten Schatz der Insel: das Heiligtum des Gottes Svantevit und die dort gehorteten Reichtümer.

Am Fuße des Walls trennten sich Ratibor und die anderen Wojwoden von ihren Kriegern. Als sie die Brücke unterhalb des Wachturms überquert hatten, musste Tetěslav vier Silbermünzen entrichten. Diese Abgabe wurde von jedem Mann verlangt, der das Heiligtum betreten wollte.

Jenseits des ersten Walls standen mehrere Holzhütten und Ställe, in denen die Tempelsoldaten und ihre Pferde untergebracht waren. Tetěslav und Teška mussten wie alle anderen absitzen, um zu Fuß zum zweiten Tor weiterzugehen, hinter dessen massiven Flügeltüren sich der heilige Tempel Svantevits befand. Nachdem die Männer auch ihre Waffen abgegeben hatten, versammelten sich alle vor dem geschlossenen Tor, über dem an einem Querbalken ein menschlicher Totenschädel hing.

Ein Schauer lief Teška über den Rücken. Im Angesicht des Gottes aller Götter würde sich alles entscheiden: Tod oder Freiheit, Hass oder Liebe, Krieg oder Frieden. Das Schicksal der Ranen hing nun ganz allein von ihr ab.

Der durchdringende Ton eines Horns erklang und hallte immer lauter durch die Burg. Das war das Signal.

Als sich die Flügel des Tores öffneten, trat zunächst König Ratibor hindurch. Ihm folgten die Priester des höchsten Rats, dann Tetĕslav mit Teška an seiner Seite.

Zum ersten Mal betrat sie die heilige Stätte. Der Tempel stand auf einer ebenen Fläche, hinter der die Küste zum Meer hin steil abfiel. Die Bauweise des Tempels erinnerte Teška an die Kulthalle in Ralsvik – allerdings war Svantevits Heimstatt mindestens dreimal so groß. Das Gebäude war mit Holzschindeln gedeckt. Am Dach hingen Hirschgeweihe und Pferdeschädel. Der Eingang war von purpurfarbenen Tüchern verdeckt, die mit funkelnden Edelsteinen besetzt waren, und jenseits der Vorhänge wohnte, von außen nicht sichtbar, der Gott Svantevit.

Der Seewind fegte in Böen über die Küste hinweg und blähte die Tücher des Tempels wie Segel. Dann fielen sie wieder in sich zusammen.

Svantevit atmet, dachte Teška.

Links vom Tempel befand sich ein Stallgebäude, rechts ein hüfthohes Podest. Darauf standen mit Schnitzereien versehene Stühle für den siebenköpfigen Priesterrat sowie den Hohepriester, den König und natürlich für Tetĕslav und Teška.

Die Sitze waren nach der Rangfolge der Machtverhältnisse angeordnet. Direkt neben dem Tempel war der Platz des Hohepriesters Žilobog; es folgten die Stühle für den

Priesterrat, dann diejenigen, auf denen das Brautpaar Platz nehmen sollte. Ganz nach außen hatte man einen kleinen Stuhl für König Ratibor gestellt.

Man demütigte ihn in aller Öffentlichkeit.

Der siebenköpfige Priesterrat hatte seit Ranislavs Tod wieder die unumschränkte Macht über das Volk der Ranen inne. Die heilige Aufgabe des Hohepriesters bestand darin, die Orakel Svantevits einzuholen und zu verkünden. Diese Weissagungen beeinflussten alle wichtigen Entscheidungen für das Volk: Svantevit hatte nach dem Glauben der Ranen die göttliche Fähigkeit, den Ausgang von Kriegen vorauszusagen, den Ertrag der Ernte – oder wer der neue König werden sollte, wenn der alte gestorben war.

Die Oberen nahmen ihre Sitze ein. Nur Žilobog fehlte noch.

Auch die Fläche vor dem Tempel füllte sich allmählich. Als alle Männer in den Innenbereich geströmt waren, wurde das Tor geschlossen und ein Balkenriegel vor die Flügeltüren geschoben.

Wieder hob der Klang des Horns an, das, wie Teška nun sehen konnte, von einem Tempeldiener geblasen wurde, der sich neben dem Götzenhaus postiert hatte. Die Gespräche erstarben. Alle Anwesenden richteten ihre Blicke auf das Haus des Gottes. Dann verebbte der Hornklang allmählich. Kurz darauf hörte man nur noch den Wind.

Teška atmete tief ein. Die Stunde der Wahrheit war gekommen.

23.

Die Zeremonie begann. Schwungvoll öffnete sich die Tür des Stalls. Ein weißes Pferd trabte aus dem Gebäude. Sein Fell glänzte wie frisch gefallener Schnee. Im Sattel saß der Hohepriester Žilobog. Aufrecht, würdevoll, ein Gesicht wie aus Stein.

Ein Raunen ging durch die Menge.

Der Schimmel tänzelte am Tempel entlang zum Podest. Am schwarzen Ledersattel glitzerten kostbare Edelsteine, in die Mähne des Pferdes waren Goldfäden eingeflochten. Als Žilobog das Podest erreichte, zügelte er das Pferd und stieg ab. Mit ausgebreiteten Armen wandte er sich zunächst den Oberen zu, dann den Männern auf dem Platz.

Kurzer Jubel erhob sich.

Auf eine knappe Handbewegung des Hohepriesters hin verstummte die Menge abrupt. Daraufhin schritt Žilobog zum Tempel, verschwand hinter den Vorhängen und kehrte sogleich mit einem aus reinstem Silber gefertigten Trinkhorn zurück.

Žilobogs Miene verriet große Sorge. Er erklomm das Podest und rief: «Volk der Ranen! Gestern habe ich unserem Gott Svantevit zur Weissagung dieses Gefäß gebracht. Es war bis zur Hälfte gefüllt mit Honigwein. Doch nun – seht selbst …»

Er drehte die Öffnung des Horns zum Boden. Nicht ein einziger Tropfen fiel heraus.

Priester und Wojwoden begannen zu tuscheln. Jeder wusste, was das zu bedeuten hatte. Wäre das Horn am heutigen Tag bis an den Rand gefüllt gewesen, so würde die Ernte im kommenden Jahr üppig ausfallen. Doch nun drohte angesichts des leeren Gefäßes eine weitere Missernte.

Entsetzen machte sich breit.

Žilobog wartete einen Moment, bis sich die erste Aufregung gelegt hatte. Dann rief er: «Das Volk der Ranen wird ein weiteres Jahr hungern müssen. Tod und Krankheit werden unser Leben bestimmen. Viele werden sterben müssen. Aber ...»

Er hielt kurz inne, bis ihm alle Aufmerksamkeit zuteilwurde.

«... noch können wir Svantevit gnädig stimmen.»

«Wir tun alles, was der Gott von uns verlangt», riefen die Männer.

Žilobog drehte sich zum Podest. «Dieser Mann, Tetěslav, Fürst von Berghe und Ralsvik, bittet Svantevit um Zustimmung für die Hochzeit mit der Tochter des ehemaligen Wojwoden von Ralsvik. Wir werden Svantevit um ein Orakel anflehen – und wenn der Gott die Verbindung gutheißt, wird er uns auch ein weiteres Ernteorakel gewähren.»

Die Menge stimmte lauthals zu.

Teška kochte innerlich vor Wut. Die Absicht des Hohepriesters war so eindeutig, dass sie sich für die Leichtgläubigkeit ihrer Landsleute schämte.

Das Hochzeitsorakel begann mit einem Blutopfer. Ein Tempeldiener entnahm einem Weidenkorb einen schwarzen Hahn, der krähend mit den Flügeln schlug; das Tier schien zu ahnen, was nun kommen würde. Der Diener schleppte den Hahn zu einem Holzklotz, den man vor den Eingang des Tempels gestellt hatte, und hackte ihm mit einem Beil den Kopf ab. Das Blut wurde in einer Silberschale gesammelt und Žilobog gebracht.

Teška zitterte vor Aufregung. Ihr großer Auftritt stand unmittelbar bevor. Der Hohepriester würde nun anhand des Opferblutes das Hochzeitsorakel lesen – und die Verbindung besiegeln.

Žilobog ließ Tetěslav und Teška auf dem Podest vortreten.

Teška musste Tetěslav die Hand reichen. Dies war das *záruky*, wie die Ranen die symbolische Vereinigung vor der eigentlichen Vermählung bezeichneten.

Žilobog stippte einen Zeigefinger in die Blutschale und leckte den Finger dann ab. Der Geschmack und die Konsistenz des Hahnenblutes würden das Orakel verkünden.

In diesem Moment zog Teška ihre Hand aus Tetěslavs.

Tetěslav schaute sie ungläubig an, und Žilobog erstarrte mit der Zunge am blutverschmierten Zeigefinger.

«Gib mir deine Hand, Weib», zischte Tetěslav. Sein Gesicht lief rot an vor Wut.

Doch Teška beachtete ihn nicht. Sie baute sich am Rand des Podestes auf und rief der Menge zu: «Dieser Mann, der Wojwode Tetěslav, ist ein Mörder!»

Zunächst herrschte atemlose Stille. Dann machte sich Empörung breit. «Das Weib erzürnt unseren Gott!», riefen manche. Andere forderten ihre sofortige Hinrichtung.

Teška hielt den Atem an. Die Stimmung war gegen sie – eine denkbar schlechte Grundlage, um Tetěslav vor aller Öffentlichkeit zu entlarven. Hatte sie zu lange gezögert?

Žilobog fing sich als Erster und versuchte, die Situation wieder unter Kontrolle zu bringen. «Das ist nur die Aufregung», rief er. «Es ist nichts. Beruhigt euch. Die Braut bekommt einen Schluck Wein, dann fahren wir fort.»

Plötzlich erhob sich der Ratsälteste. Sein Name war

Svjatoslav. Er war ein gefürchteter Eiferer mit schütterem Haar und gelblichen Augen.

Teška hatte nichts Gutes von dem Mann gehört. Als er vortrat, legte sich die Angst wie eine eiskalte Hand um ihr Herz. Doch Svjatoslav bedachte sie mit einem milden Lächeln, als er sie fragte: «Wen soll Tetěslav denn getötet haben?»

Teška wollte antworten, doch Žilobog fuhr ihr ins Wort. «Weiber dürfen in der Tempelburg nicht reden!»

Alle Blicke ruhten nun auf dem Ratsältesten Svjatoslav. Žilobog war zwar der Hohepriester; aber auch er benötigte für alle Entscheidungen die Zustimmung des Priesterrats.

Teška biss sich auf die Unterlippe.

Svjatoslav beriet sich kurz mit den anderen sechs Priestern, dann verkündete er in Žilobogs Richtung: «Ich gehöre seit langer Zeit dem höchsten Rat der Ranen an. Noch niemals habe ich jedoch erlebt, dass Svantevit bei dem Ernteorakel eine Ausnahme gemacht hätte – so wie es heute geschehen soll.»

Hoffnung keimte in Teška auf. Der Ratsälteste glaubte Žilobog offensichtlich nicht.

Svjatoslav fuhr fort: «Wenn aber heute der Tag der großen Ausnahmen sein soll, dann, so meint der Rat, wird unser Gott Svantevit auch bei dem Weib eine Ausnahme machen. Es soll reden.»

Teška rang unter ihrem Schleier nach Atem. Nun kam es darauf an. Sie rief: «Tetěslav hat meinen Vater Ranislav ermordet.»

Es wurde totenstill auf dem Platz. Selbst der Wind schien für einen Augenblick zu verstummen.

Der beschuldigte Tetěslav sprang vor. «Das Weib ist verrückt geworden …»

«Ruhe», fauchte Svjatoslav. «Du redest, wenn du gefragt wirst!»

Tetĕslav ballte die Hände zu Fäusten. Er war es nicht gewohnt, dass man ihm Befehle erteilte. Mit verkniffener Miene schoss er Blicke wie Giftpfeile auf Teška ab.

Svjatoslav wandte sich an Teška: «Warum sollte Tetĕslav deinen Vater getötet haben?»

«Um ihn aus dem Weg zu räumen, damit er in Ralsvik an die Macht kam. Mit Berghe zusammen ist er der mächtigste Fürst auf Rujana. Und als Nächstes wird er Ratibor töten lassen, um an dessen Stelle der neue König zu werden.»

König Ratibor zuckte zusammen, als habe ihm jemand einen Schlag verpasst.

«Kannst du deine Beschuldigungen beweisen?», fragte Svjatoslav.

Teška reichte dem Ratsältesten einen Beutel, in dem sich zwei Pfeilspitzen mit Widerhaken befanden.

«Eine dieser Spitzen steckte in der Wand des Hauses meines Vaters», erklärte Teška. «Sie gehörte zu dem Pfeil, mit dem Ranislav getötet wurde. Ich selbst habe dies beobachtet, bevor man mich entführt und in die Sklaverei verkauft hat. Die andere Spitze stammt von einem Pfeil, den Seeräuber auf das Schiff abgeschossen haben, mit dem ich vor wenigen Tagen nach Ralsvik zurückgekehrt bin. Beide Pfeilspitzen sind nicht nur identisch – sie tragen auch beide dasselbe Zeichen: einen Wolfskopf. Tetĕslavs Zeichen!»

Teška griff unter ihr Kleid und zog eine Maske hervor, die sie Svjatoslav reichte. «Diese Wolfsmaske trug der Mörder meines Vaters, und ich habe dieselbe Maske bei dem Bogenschützen gesehen, der uns auf der Flucht beschossen hat.»

«Woher hast du dieses Ding?», fragte Svjatoslav.

«Aus Tetěslavs Jagdhütte.»

Tetěslav und Žilobog steckten die Köpfe zusammen, wobei Tetěslav immer wieder auf die Menschenmenge auf dem Tempelplatz deutete. Irgendetwas führten die beiden im Schilde.

Sichtlich um Fassung bemüht, trat Žilobog vor Svjatoslav. «Das Weib hat nun lange genug Lügen verbreiten können. Jetzt ist das Wort an mir.»

Svjatoslav nickte.

Žilobog wandte sich an die Menge. «Diese Lügnerin macht mit den Feinden unseres Volkes gemeinsame Sache. Ihr braucht einen Beweis dafür? Bitte! Alle Priester sollen sofort ihre Kapuzen abnehmen. Alle!»

Auf dem Platz machte sich Verwirrung breit. Aber dann kamen die Männer der Aufforderung nach – bis auf drei Priester, die ihre purpurfarbenen Kapuzen aufließen.

«Das sind die Verbündeten der Lügnerin», keifte Žilobog. «Der erste ist der abgesetzte Zauberer des Wojwoden Ranislav, der zweite ein Däne – und der dritte ein Mönch. Ein Mönch! Ihr habt richtig gehört: Die Lügnerin hat einen verdammten Christen in Svantevits Heiligtum geschmuggelt.»

Starr vor Entsetzen, musste Teška mit ansehen, wie sich Dutzende Männer auf ihre drei Freunde stürzten und ihnen die Kapuzen herunterrissen. Teška taumelte. Der Hohepriester hatte recht gehabt. Irgendwie hatten die drei es geschafft, in die Tempelburg zu gelangen – und dadurch ihren Plan zerstört.

Die Ranen prügelten auf Ansgar, Helgi und Damek ein. Helgi versuchte zwar, sich mit all seiner Kraft gegen die Angreifer zu wehren, aber auch er wurde schließlich niedergerungen. Ebenso wie Damek und Ansgar, auf die man noch mit Stiefeln eintrat, als sie längst regungslos am Boden lagen.

Žilobog ließ die Menge eine Weile gewähren. Dann forderte er sie auf, die Verletzten vor das Podest zu bringen. Ihre Gesichter waren blutüberströmt.

«Nun», sagte Žilobog triumphierend zu Svjatoslav, «was glaubt Ihr, Ratsältester? Wer spricht hier die Wahrheit?»

Svjatoslav bedachte Teška mit einem feindseligen Blick. «Du und deine Freunde – ihr werdet sterben.»

Teškas Kehle war wie zugeschnürt. Sie war so dicht dran gewesen. Warum hatten sie ihr nicht vertraut?

Plötzlich fiel ihr die Flasche wieder ein. Es war zwar nur ein vager Verdacht, aber sie glaubte zu wissen, was sich darin befand. Was Tetěslav damit jedoch tatsächlich vorhatte, konnte sie nur vermuten. Aber es war ihre einzige Chance.

Teška nahm ihren letzten Mut zusammen und rief: «Tetěslav versteckt unter seinem Hemd eine mit Gift gefüllte Flasche. Er wird sie Žilobog geben, damit er den Priesterrat und den König vergiftet, wenn er euch zum Abschluss der Zeremonie aus der Blutschale trinken lässt. Die beiden wollen euch alle aus dem Weg räumen, um die Alleinherrschaft über die Ranen zu erlangen!»

Žilobog und Tetěslav tauschten Blicke, und Teška hätte beinahe triumphierend aufgeschrien, als sie die Angst in ihren Gesichtern erkannte. Dann wichen die beiden zurück. Auf dem Platz und dem Podest machte sich Unruhe breit. Einige der Ratsmitglieder waren aufgesprungen und redeten auf Žilobog und Tetěslav ein.

Als Einziger bewahrte Svjatoslav die Ruhe. «Das ist die

schrecklichste Anschuldigung, von der ich jemals gehört habe. Tetěslav – trägst du wirklich eine solche Flasche bei dir? Lass dich durchsuchen!»

«Dazu habt Ihr kein Recht», keifte Žilobog.

Svjatoslav winkte unbeeindruckt vier Tempeldiener herbei, die – neben dem Hohepriester – die einzigen Männer waren, die in dem Heiligtum Waffen tragen durften. Auf ein Zeichen von Svjatoslav hin zogen die Tempeldiener ihre Schwerter, als sie das Podest erklommen.

Plötzlich wirbelte Tetěslav herum und sprang auf das Pferd. Der Schimmel bäumte sich unter ihm auf. Die Männer in den ersten Reihen duckten sich unter den Hufen weg. Das Pferd bockte. Doch Tetěslav bekam es unter Kontrolle, er war ein hervorragender Reiter. Schreiend stob die Menge auf dem Platz auseinander, als Tetěslav durch sie hindurchpreschte. Vor dem Tor sprang ihm ein Tempeldiener mutig in den Weg, aber Tetěslav trat ihm ins Gesicht. Dann beugte er sich hinunter, riss dem Diener das Schwert aus der Hand und stach es ihm oberhalb des Kettenpanzers in den Hals.

Teška beobachtete Tetěslavs Flucht mit einer Mischung aus blankem Entsetzen und Freude. Er gestand dadurch seine Schuld ein. Wenn man ihn nicht aufhielt und tötete, würde sie nie vor ihm sicher sein.

Ungehindert schaffte es Tetěslav, den Balkenriegel zur Seite zu schieben und einen der Torflügel zu öffnen. Keiner der umstehenden Wojwoden oder Priester wagte es, gegen ihn vorzugehen. Auch die Soldaten zwischen den Schutzwällen griffen nicht ein, da sie nicht mitbekommen hatten, was sich soeben auf dem Tempelplatz ereignet hatte.

Teška wollte gerade vom Podest steigen, um ihren Freunden zu Hilfe zu eilen, als von hinten jemand ein Messer an ihre Kehle drückte. Die Klinge ritzte ihre Haut, Blut tropfte auf das Hochzeitskleid und besudelte das blütenreine Weiß.

24.

Helgi blinzelte mit dem rechten Auge, das linke war zugeschwollen. Schemenhaft erkannte er Teškas weißes Kleid oben auf dem Podest. Žilobog, der Hohepriester, hatte sie von hinten umklammert und hielt ihr ein Messer an den Hals.

Jemand rüttelte an Helgis Schulter.

«Tu was, Däne! Beweg deinen Hintern!», zischte Damek. Der Rane war schrecklich zugerichtet worden, sein Gesicht eine einzige blutige Masse.

«Žilobog wird sie töten. Rette sie!»

Helgi schaute wieder nach oben. Žilobog hielt Teška wie einen Schutzschild vor sich, während er sie vom Podest hinunterzog. Niemand wagte es einzugreifen, als er sie zu dem Tempel brachte, wo sie hinter den Purpurvorhängen verschwanden.

Der Tempel hatte sie verschluckt.

Helgi verspürte grausame Schmerzen am ganzen Körper, als er versuchte, sich aufzurichten. Ungeachtet seiner eigenen Verletzungen, half Damek ihm dabei. Ansgar hockte in ihrer Nähe. Er blutete zwar am Kopf, schien aber nicht schwer verletzt zu sein.

«Rette meine Duša, du lausiger Däne!», zischte der Zauberer.

Sie ließen Ansgar zurück und wankten, sich gegenseitig stützend, auf das Kultgelände zu. Helgi riss die Vorhänge beiseite. Edelsteine fielen mit klackernden Geräuschen auf die Holzdielen vor dem Tempel. Dann betraten sie Svantevits Heiligtum. Sie kamen in eine saalartige, zugige Halle, in deren Innenbereich ein Geviert durch bodenlange, purpurfarbene Tücher abgehängt worden war. Ein Windstoß fuhr durch die Öffnungen in den Außenwänden hinein und ließ die Vorhänge wallen wie blutgetränkte Wasserfälle.

Plötzlich hörte Helgi ein durchdringendes Geräusch. Es klang, als ob jemand Holz hackte. Damek stieß ihn voran; sie schoben sich durch weitere Vorhänge und kamen tiefer in das innere Geviert.

Und dann sahen sie ihn – den Gott der Ranen. Svantevit! Eine Holzstatue, groß wie drei Männer übereinander, mindestens fünfzehn Fuß hoch, ragte vom Boden bis unter das Spitzdach des Tempels. Der Anblick des aus einem Eichenstamm geschnitzten Götzen ließ Helgi erschauern. Svantevit hatte vier Gesichter, von denen jedes in eine andere Himmelsrichtung blickte.

Da drangen erneut die hämmernden Geräusche an Helgis Ohren.

Vorsichtig bewegte er sich mit Damek um die Statue herum, und auf der anderen Seite stießen sie endlich auf Žilobog. Er hielt das Beil, mit dem der Hahn geköpft worden war, und hackte damit immer wieder auf Svantevit ein, wobei er bereits einen keilförmigen Spalt in das Holz getrieben hatte.

«Der Narr zerstört unseren Gott!», stieß Damek fassungslos hervor.

Žilobog schien sie in seinem Wahn nicht zu bemerken. Er kehrte ihnen den Rücken zu und schwang wie besessen die Axt. Teška kauerte zu seinen Füßen zwischen ihm und dem Götzen. Späne rieselten bei jedem Schlag auf sie nieder. Die Axt traf das Holz nur eine Handbreit über Teškas Armen, mit denen sie versuchte, ihren Kopf zu schützen. Ein einziger falscher Schlag, und ihr Schädel wäre gespalten.

«Töte Žilobog!», zischte Damek.

Helgi schlich sich an den Hohepriester heran. Žilobog führte die Bewegungen so gleichförmig aus wie ein geübter Baumfäller. Er hob die Axt auf Schulterhöhe in einem Halbkreis nach hinten, dann schlug er mit aller Kraft zu und trieb die Kerbe jedes Mal tiefer ins Holz. Der Rumpf knirschte, und Svantevit erzitterte unter den Hieben. Schweißperlen glänzten auf Žilobogs ausrasiertem Nacken.

Helgi wartete, bis er die Axt ein weiteres Mal nach hinten führte. Dann griff er blitzschnell zu, bekam den Schaft zu fassen und riss ihn Žilobog aus den Händen. Zunächst schien der Hohepriester die fehlende Axt nicht zu bemerken. Seine leeren Hände fuhren in ihrer Bewegung fort. Dreimal, viermal. Dann erst hielt er inne, starrte auf seine Hände, dann auf Svantevit. Schließlich drehte er sich um.

Helgi hob die Axt.

«Schlag zu», brüllte Damek. «Er hat den Tod verdient.»

Doch Helgi zögerte. Seine Hände begannen zu zittern. Er dachte an Odin, an den Auftrag, den er ihm in der goldglänzenden Walhall gegeben hatte: Töte deine Feinde, *Skauð*! Feigling!

Teška ließ die Arme sinken. Die Holzspäne fielen wie Schneeflocken von ihr ab.

«Komm da weg», rief Damek ihr zu.

Helgi wartete, bis Teška davongekrabbelt war und

sich bei Damek in Sicherheit gebracht hatte. Aber als er sich wieder Žilobog zuwandte, war der Hohepriester verschwunden.

In diesem Moment knackte Svantevits Rumpf und begann hin- und herzuwanken. Ein irres Lachen ertönte. Helgi schaute zum Dach und sah, wie der vom Wahnsinn getriebene Hohepriester wie eine Spinne an der Holzstatue hinaufkletterte. Geschickt krallte er seine Finger in die Einkerbungen. Kurz darauf erreichte er die vier Häupter, zog sich noch weiter hinauf und hockte schließlich unter dem Dach auf dem Kopf des Gottes.

Svantevits Rumpf schwankte immer stärker. Späne rieselten aus der Kerbe. Der Wind blähte die Vorhänge. Holzstückchen wirbelten umher.

Helgi holte mit der Axt aus.

«Nein!», kreischte Damek. «Nicht den Gott schlagen, du verfluchter Däne!»

Helgi hielt inne.

In dem Moment traf eine weitere Böe den Tempel so heftig, dass die Dachschindeln klapperten. Balken ächzten. Wind erfüllte das abgehängte Geviert.

Helgi ließ die Axt sinken.

Plötzlich stieß Žilobog einen gellenden Schrei aus. Die Götzenstatue begann zu kippen, neigte sich langsam nach vorn. Dann brach der Rumpf mit einem krachenden Geräusch auseinander. Im Fallen riss Svantevit die Vorhänge von der Decke, purpurfarbene Wellen ergossen sich über den Tempelboden. Mit lautem Getöse durchbrach der Götze die Vorderwand des Gebäudes und prallte dumpf und hart auf den Boden. Staub wirbelte auf, den der Wind davontrug.

Die Axt entglitt Helgis Hand, als er zum Eingang schaute. Ein riesiges Loch klaffte in der Wand; zerfetzte Bretter und purpurfarbene Tücher bedeckten den Teil Svantevits, der noch im Tempel lag.

Helgi stieg über den hölzernen Rumpf hinweg nach draußen, wo er sich Dutzenden fassungsloser Männer gegenübersah. Auf Höhe der vier Häupter kniete er neben Svantevit nieder. Unter der Statue quoll Blut hervor, und als die Umstehenden dies sahen, kreischten selbst gestandene Männer wie Kinder. Sie dachten, es sei das Blut ihres Gottes.

Doch es war Žilobogs Blut. Svantevit hatte sein Urteil gefällt, den Hohepriester unter sich begraben und zerschmettert.

Als Helgi sich wieder erhob, flogen vom Dach des benachbarten Stallgebäudes zwei Raben mit ausgebreiteten Schwingen davon.

Über dem Meer ging die Sonne unter, und der Wind schlief ein.

25.

Die Tage wurden kürzer, es war Spätsommer geworden. Ein goldener Herbst kündigte sich an. An den Bäumen verfärbte sich das Laub braun und gelb; zwischen welken Gräsern webten Spinnen ihre Netze, in denen sich der Tau fing. Die fetten Herbstheringe sammelten sich in den Boddengewässern zum Laichen.

Zwei Wochen nach jenem Tag auf Arkona sollte es am heutigen Abend ein großes Fest in Ralsvik geben. Man wollte eine Hochzeit feiern – und das Ende der Unterdrückung durch Žilobog und Tetĕslav. Die Leiche des Hohepriesters hatte man verbrannt. Von Tetěslav fehlte jedoch noch immer jede Spur, obwohl Hunderte Krieger die Insel nach ihm durchsucht hatten. Einige vermuteten, er habe es über den Sund aufs Festland geschafft; andere wähnten ihn noch immer auf Rujana, irgendwo in einem sicheren Versteck.

Doch an Tetěslav dachte an diesem Abend, der ein Abend der Freude war, niemand.

Am westlichen Siedlungsrand hatte man jenseits der Kulthalle mannshohe Strohpuppen auf den Boddenstrand gestellt. Dazwischen reihten sich Tische aneinander, die mit Wacholder und Buchsbaumblättern geschmückt waren. Junge Mädchen trugen buntgemusterte Kleider; in ihre Haare hatte sie Blumenkränze geflochten. Ihre Mütter schleppten das Essen auf Holzplatten herbei. Ein herrlicher Duft breitete sich über der Festwiese aus. Trotz der schlechten Ernte hatten die Ranen ihre Vorratskammern für diesen Anlass weit geöffnet. Es gab gebratenes Fleisch von Wildschweinen und Hirschen, gebeizte Lachsfilets und – natürlich – geräucherte Heringe, außerdem Pilze, Beeren und fässerweise Honigwein.

Hunde flitzten zwischen den Mädchenbeinen umher. Über den Geräuschen des klappernden Geschirrs lag das befreite Lachen von Erwachsenen und Kindern. Bei Einbruch der Dunkelheit würde die Feier beginnen.

Es dämmerte bereits.

An einem der Tische saß Helgi.

Er war so aufgeregt wie selten zuvor. Seit dem Morgen hatte er seine Braut nicht mehr gesehen. Als er sie jetzt erblickte, wie sie sich dem Festplatz näherte, stockte ihm der Atem. Sie trug ein weißes Leinenkleid. Der Stoff war mit Silberfäden durchwirkt, in denen sich das Licht der untergehenden Sonne spiegelte. Ihre kurzen dunklen Haare waren mit weißen Blüten geschmückt, ihre Augenlider durch zarte Kohlestriche betont und ihre Lippen mit roter Farbe nachgezeichnet worden.

An ihrer Seite spazierte Damek mit stolzgeschwellter Brust. Er trug einen Mantel aus weichem Hirschleder, darunter ein Baumwollhemd, das sich über dem gewölbten Bauch spannte. Der Toblac hatte sich festlich zurechtgemacht, doch Teškas Glanz überstrahlte alles. Helgi sprang auf, rannte ihnen entgegen und führte Teška zu ihrem Platz. Auch er hatte feine Kleider angezogen, und an seinem Gürtel hing sein Schwert, das er in Teškas Elternhaus wiedergefunden hatte.

Bei ihnen befanden sich am Kopfende des Tisches König Ratibor und Svjatoslav, den der Rat als Žilobogs Nachfolger zum neuen Hohepriester bestimmt hatte, und natürlich Damek. Als Teška saß, ließen sich auch die übrigen Gäste nieder. Es waren gut vierhundert Menschen zum Fest gekommen, darunter die Bewohner Ralsviks und benachbarter Siedlungen, die Priesterräte sowie die Leibgarde des Königs und verdiente Soldaten aus der Tempelburg Arkona.

Aber einer fehlte. Helgi hatte Ansgar seit gestern nicht mehr gesehen. Der Munki erschien auch nicht, als die Nacht sich über Rujana ausgebreitet hatte und die Feier begann.

Rings um den Festplatz loderten Feuer auf.

Nun war es an König Ratibor, sich zu erheben, um zum Volk der Ranen zu sprechen. Helgi verstand jedoch kein Wort. Nur hin und wieder hörte er seinen eigenen Namen oder den seiner Braut.

Plötzlich ertönte Gelächter, und von überall her wurden Trinksprüche gerufen.

Damek klopfte Helgi so heftig auf die Schultern, dass ihm die Luft wegblieb. «Däne», rief Damek ausgelassen, «jetzt bist du einer von uns! Ratibor gibt seine Einwilligung für eure Hochzeit – nach allem, was du für uns getan hast. Und er möchte, dass du der neue Wojwode von Ralsvik wirst.»

«Wojwode – ich?», entgegnete Helgi. «Aber ich spreche doch nicht einmal eure Sprache …»

«Keine Sorge, Däne. Ich werde dich alles lehren, was ein Rane können und wissen muss. Auch wie du mit deinem Schwert umzugehen hast, damit endlich ein Mann aus dir wird.»

Dann beugte er sich zu Helgi und flüsterte ihm verschwörerisch ins Ohr: «Und zum Dank dafür wirst du mir dieses verfluchte Brettspiel beibringen …»

«Aber dieses Spiel können nur Männer mit Verstand lernen.»

Damek schaute ihn einen Augenblick überrascht an. Dann brach er in schallendes Gelächter aus, hob sein Trinkhorn und leerte es in einem Zug.

Während Damek stolz allen Männern in seiner Umgebung zuprostete und Trinksprüche auf seine Duša ausbrachte, sagte Teška leise zu Helgi: «Ich habe auch einen Wunsch an dich.»

«Wenn es in meiner Macht steht, werde ich alles tun, was du willst.»

«Nun, ich denke, dass deine Macht dafür ausreicht: Ich möchte ein Kind von dir.»

Helgis Augen strahlten. «O ja, einen Sohn!»

«Oder eine Tochter.»

«Aber ich habe Einar einen Sohn versprochen.»

«Dann musst du dich wohl ein bisschen anstrengen. Bislang spüre ich keinen Jungen in mir.»

Damek, der gelauscht hatte, sagte: «Wenn du willst, Däne, zeige ich dir auch, wie es geht mit dem Jungenmachen. Ich kenne mich damit aus. Das darfst du mir glauben! Es gibt da so einige Tricks, und manchmal funktionieren sie. Unseren alten Munki wirst du wohl kaum danach fragen können.»

Der Toblac schaute sich um. «Wo steckt der alte Knabe überhaupt?»

Helgi zuckte mit den Schultern. «Ich habe Ansgar seit gestern Nachmittag nicht mehr gesehen und dachte, er wäre bei dir.»

Helgi machte Anstalten, sich zu erheben, um nach dem Missionar zu suchen.

Doch Damek hielt ihn zurück. «Untersteh dich, Däne – heute ist deine Hochzeit! Jetzt wird gefeiert.»

Bevor Helgi dagegen etwas einwenden konnte, hatte man ihm einen Holzteller hingestellt, der randvoll mit gebratenem Hirschfleisch war, außerdem ein Ochsenhorn mit starkem Honigwein. Damek stieß mit ihm an, und beide leerten ihre Hörner.

«So ist es gut», sagte Damek, während er sich die Lippen abwischte. «Zumindest im Trinken kannst du dich mit den Ranen messen.»

Er rief eine Frau zu sich, die Wein aus einem Tonkrug ausschenkte, kniff ihr in den Hintern, ließ Helgis und sein Trinkhorn füllen und rief: «Wie heißt es bei euch Dänen, wenn man zusammen trinkt?»

«Snerta», antwortete Helgi.

«Snerta!», brüllte Damek.

An allen Tischen stimmten die Ranen mit ein; selbst Ratibor rief «Snerta!», bevor er das Trinkhorn hob.

Am Strand flammten weitere Feuer auf, und die Tänze begannen. Jünglinge mit Ledermasken sprangen im Feuerschein um blumenbekränzte Mädchen herum. Flöten aus ausgehöhlten Knochen wurden geblasen. Den Takt dazu gaben Männer, die auf mit Tierfellen bespannte Holztrommeln einschlugen. Je länger die Tänze andauerten, umso härter und schneller wurde der Rhythmus der Trommelschläge. Die Tänzer verausgabten sich und rissen sich die Kleider vom Leib. Es war eine juchzende und schreiende Ansammlung schwitzender, nackter Körper in flackerndem Licht, die auf Helgi einen geradezu gespenstischen Eindruck machte.

Er leerte ein Trinkhorn nach dem anderen. Wildfremde Männer kamen zu ihm, um mit ihm anzustoßen und unablässig seine Schultern zu klopfen. Damek übersetzte mit zunehmend schwerer Zunge die Dankesworte und Glückwünsche.

Nach einer Weile forderte der Wein seinen Tribut. Helgi entfernte sich von dem Tisch, um sich zu erleichtern, und wankte breitbeinig an der Kulthalle vorbei zu einem Baum am Ufer des Baches. Es war eine Esche, und sie war beinahe so hoch wie der Schöpfungsbaum Yggdrasil in Haithabu.

Nachdem er sich erleichtert hatte, hörte er hinter sich plötzlich Schritte. Als er sich umdrehte, sah er Ansgar aus der Dunkelheit auftauchen.

«Ich möchte mich von dir verabschieden», sagte der Munki mit belegter Stimme. «Ich werde nach Brema zurückkehren, denn ich spüre, dass meine Zeit gekommen ist. In meinem Sprengel will ich bei meinen Brüdern auf den Tod warten.»

Helgi schüttelte heftig den Kopf. «Was redest du da? Du kannst uns hier nicht einfach allein lassen.»

Ansgar hob abwehrend die Hände. «Die Ranen sind nicht bereit für Gottes Segen.»

Gräser raschelten, als Damek zu ihnen kam.

«Ansgar will uns verlassen», sagte Helgi. «Er will einfach so verschwinden!»

«So ein Unsinn», rief Damek. «Komm zu uns an den Tisch, alter Mann. Ich finde noch irgendwo eine Keule mit zartem Rehfleisch, das du auch mit deinen wenigen Zähnen noch essen kannst. Und es gibt Wein. Weiber brauche ich dir ja nicht anzubieten.»

Ansgar senkte den Blick und schüttelte traurig den Kopf. «Der Herr sagt: Der Genusssüchtige ist lebendig tot.»

«Huh», machte Damek. «Der Alte versteht wirklich keinen Spaß. Die Weisheiten seines Herrgotts werden mir fehlen. Komm, Däne, trinken wir eben ohne ihn.»

Helgi zögerte, doch Damek zog ihn am Arm hinter sich her. Dabei sagte der Toblac beiläufig: «Schade nur, dass der Alte nun niemals erfahren wird, dass Ratibor nichts dagegen hätte, wenn jemand wieder eine Kirkja in Ralsvik eröffnen würde.»

Ansgar stieß einen überraschten Schrei aus. Rasch hatte er die beiden schwankenden Gestalten eingeholt.

«Sankt Vitus?», rief er. «Herimanns Kirche?»

«Hm. Wenn Woislava einen neuen Schweinestall bekommt.»

Ansgar bekreuzigte sich und lachte leise in sich hinein.

Nach den Tänzen folgte die Hochzeitszeremonie, zu der sich die Ranen um ein großes Feuer versammelten. Es begann damit, dass Helgi und Teška mit brennenden Bienenwachskerzen das Feuer dreimal umkreisen mussten. Anschließend warfen sie mehrere Brotlaibe als Opfergabe in die Flammen. Dann führte man sie zu einem ausgebreiteten Ziegenfell, auf dem sich das Hochzeitspaar niederließ. Kichernde Jungen und Mädchen umringten die beiden und bewarfen sie mit Getreidekörnern, Samenkapseln und Nüssen. Die übrigen Gäste waren unterdessen auf die Tische geklettert, von wo aus sie den jungen Leuten zujubelten.

Helgi ließ die Zeremonie geduldig über sich ergehen, und nachdem sich die Jungen und Mädchen ausgetobt hatten, führte man Helgi und Teška zu Svjatoslav. Der Hohepriester forderte die beiden auf, sich die Hände zu reichen, und hielt ihnen eine hölzerne Puppe hin. Sie stellte das verkleinerte Abbild des vierköpfigen Gottes Svantevit dar. Nacheinander mussten sie die Puppe küssen.

Odin wird nichts dagegen haben, dachte Helgi, als er mit seinen Lippen Svantevits Abbild berührte.

«Sind wir nun endlich verheiratet?», flüsterte Helgi anschließend Teška zu.

Doch sie schüttelte nur lächelnd den Kopf und zog ihn zu einem Tisch, auf dem man einen Honigkuchen bereitgestellt hatte. In der Mitte des Kuchens thronte eine Holzfigur, aus der ein langer Phallus hervorragte.

Hoffentlich muss ich den nicht auch küssen, dachte Helgi.

Aber man verschonte ihn mit derartigen Forderungen. Stattdessen schnitt König Ratibor das erste Stück aus dem Kuchen, Svjatoslav das zweite.

«Wenn wir den Honigkuchen gegessen haben, ist unsere Hochzeit vollzogen», erklärte Teška.

Doch als sie nach dem Kuchen greifen wollte, hielt er sie zurück. «Warte, ich möchte dir noch etwas schenken.»

Er nahm das Lederband mit dem Silberring ab und reichte es ihr.

«Aber du hast ihn doch von deiner Mutter bekommen …», sagte sie leise.

Helgi schüttelte den Kopf. «Nimm ihn, bitte. Gullweig hat ihn einst mir geschenkt, und jetzt sollst du ihn tragen.»

Tränen der Rührung schossen Teška in die Augen, als sie sich das Band um den Hals legte. Dann griff Helgi nach einem Stück Kuchen, um es rasch hinunterzuschlingen. Diese Zeremonie dauerte ihm entschieden zu lang.

«He, nicht so hastig …», ermahnte Teška ihn zärtlich, doch plötzlich verstummte sie.

Auf der Festwiese breitete sich Unruhe aus. Laute Stimmen waren aus den hinteren Reihen zu vernehmen. Immer mehr Männer und Frauen schrien auf. Irgendetwas musste geschehen sein. Helgi stellte sich auf die Zehenspitzen, konnte aber nichts erkennen. Dann hörte er die Geräusche nahender Hufschläge und sah, wie aus Richtung der Kulthalle ein Pferd heranpreschte, das von einem Mädchen geritten wurde, dessen helles Haar hinter ihm wehte wie ein Schleier.

Es war Žiliška, Teškas Schwester!

Sie jagte durch die Menge, ohne auf die Menschen zu achten, die in Todesangst vor den wirbelnden Hufen zur Seite sprangen. Sofort zogen die Soldaten des Königs ihre Schwerter und bauten sich vor Ratibor und Svjatoslav auf.

Aber Žiliška hatte ein anderes Ziel. Unmittelbar vor dem Brautpaar brachte sie das Pferd zum Stehen. Ihr bleiches Gesicht war zu einer Maske erstarrt. Aus ihren wasserblauen Augen warf sie Teška einen vernichtenden Blick zu.

Teška löste sich von Helgi und trat an das Pferd, um ihrer Schwester die Hand zu reichen. Doch Žiliška dachte nicht daran, sie zu ergreifen. Stattdessen spuckte sie ihrer Schwester ins Gesicht. Mit zitternden Händen wischte Teška die Spucke weg.

Da begann Žiliška schrille Laute auszustoßen, die kaum etwas Menschliches an sich hatten. Die Schreie wurden abgelöst von scharfen Worten, mit denen sie Teška überschüttete. Schließlich griff sie nach einem Beutel, den sie am Gürtel trug, nahm etwas heraus und schleuderte es Teška entgegen. Es waren weiße Blüten, die auf ihre Schwester niederschwebten wie eine Wolke aus Schneeflocken. Helgi roch einen betörend lieblichen Duft, wie er ihn an Žiliška bei ihrer ersten Begegnung auf dem Opferplatz wahrgenommen hatte.

Dann schoss Žiliškas Hand blitzschnell vor. Sie riss Teška das Lederband mit Helgis Silberring vom Hals, ließ das Pferd herumwirbeln und jagte kreischend davon.

Helgi sah, dass Teška wankte, und konnte sie gerade noch auffangen, bevor sie zu Boden fiel. Bewusstlos sank sie in seine Arme.

Damek und Ansgar stürmten herbei. Helgi starrte den Toblac hilfesuchend an. «Was war das? Was hat Žiliška mit Teška gemacht?»

Damek schien schlagartig wieder nüchtern geworden zu sein. «Das Weib hat Teška verflucht», stieß er atemlos hervor. «Ein Fluch über eure Kinder …»

Er schüttelte fassungslos den Kopf. «Eure Kinder sollen tot geboren werden.»

TEIL V

HAITHABU

Herbst 863 – Frühjahr 864

Und der fünfte Engel goss aus seine Schale auf den Thron des Tieres,
und sein Reich ward verfinstert,
und sie zerbissen ihre Zungen vor Schmerzen

Offenbarung des Johannes 16, 10

1.

Unruhe breitete sich in der Kirche von Haithabu aus wie schleichendes Gift.

Das nach dem heiligen Johannes benannte Gotteshaus war an diesem Tag im Spätherbst des Jahres 863 bis auf den letzten Platz gefüllt. Mehr als vierzig Männer hatten sich im Schein brennender Fackeln versammelt: Arbeiter, die beim Bau geholfen hatten, und die Christen, deren Schar seit der Feuerkatastrophe im Sommer auf nunmehr fünfundzwanzig Mitglieder angewachsen war. Sie alle waren gekommen, um das bedeutendste Ereignis in der kurzen Geschichte der Gemeinde mit einem Gottesdienst zu feiern. Doch es fehlte ausgerechnet jener Mann, dem dies alles zu verdanken war: Priester Odo.

Es war früh am Morgen, draußen herrschte noch Dunkelheit.

Die Arbeiter hatten festliche Kleider angezogen. Ulf, der Vorarbeiter, trug einen knielangen roten Stoffmantel mit silberfarbenen Säumen, andere Männer hatten Fellkappen aufgesetzt und ihre besten Pumphosen übergezogen.

Je länger das Warten dauerte, desto lauter begannen die Arbeiter zu murren, auch die Christen blickten sich nervös um. Wo blieb ihr Priester?

Nach kurzer Beratung beschloss man, die Glocke ohne Odos Anwesenheit zum ersten Mal läuten zu lassen. Man erwählte dazu Hroar, einen bekehrten Dänen. Die versammelten Männer rückten zusammen, um eine schmale Gasse zur Kirchentür zu bilden, durch die Hroar nach draußen zum Glockenturm gehen konnte.

Ingvar und der kleine Folke standen in der vordersten Reihe der Festgemeinde, in der Nähe des Altars. Den beiden stand ein wichtiges Ereignis bevor, denn sie sollten heute durch Odo die Taufe empfangen.

«Wann hast du den Priester das letzte Mal gesehen?», flüsterte Ingvar.

«Gestern Abend», erwiderte Folke. «Ich habe an die Tür seiner Kammer geklopft und ihn gebeten, mit uns die Komplet zu begehen. Aber er wollte nicht mitkommen.»

Ingvar nickte nachdenklich. Seit das Feuer in Haithabn gewütet hatte, war der Priester mürrisch und wortkarg geworden, hatte sich zunehmend von allen anderen zurückgezogen. Und mit den Wochen war es immer schlimmer geworden. Er hatte seine Kammer kaum noch verlassen. Folke war der Einzige gewesen, der in den vergangenen Tagen hin und wieder Kontakt zu ihm gehabt hatte, wenn er dem Priester Essen und Trinken brachte.

«Welchen Eindruck hat er auf dich gemacht?», fragte Ingvar.

Folke runzelte die Stirn, als er nach einem passenden Begriff suchte. «Er sah aus wie ein … Dämon. Ja, wie ein Dämon. Seine Augen waren ganz rot und verquollen, und er war abgemagert.»

«Wie ein Dämon?», wiederholte Ingvar entsetzt.

Folke zeigte auf das Taufbecken, das man neben den Altar gestellt hatte. Es war nach Odos Plänen aus Sandstein gefertigt worden. In den Beckenkopf hatte der Steinmetz götzenhafte Wesen gemeißelt – drachenschwänzige Tiere mit mehreren Köpfen, langen Zungen und aufgerissenen

Augen. Diese Figuren symbolisierten die bösen Mächte, denen der Mensch durch die Taufe entrissen werden sollte.

«Er sieht aus wie eines dieser Wesen?», fragte Ingvar.

Folke schüttelte den Kopf. «Nein. Aber als er mich durch den Türspalt anstarrte, da habe ich Angst vor ihm bekommen – genau so eine Angst, wie ich sie beim Anblick dieser Wesen empfinde.»

Ingvars Blick wanderte zum Altar. Er bestand aus einem Holztisch, auf dem ein Leinentuch lag, das mit gestickten Rankenmustern verziert war. Auf dem Tuch standen die Kreuze, die Odo von dem einäugigen Metallgießer Gnupa hatte herstellen lassen, außerdem zwei silberne Vasen mit Herbstblumen und Blattgrün sowie zwei brennende Wachskerzen.

Die Kerzenflammen zuckten unruhig in der Zugluft.

Ingvar vermisste das große Silberkreuz, das gestern noch den Altar geschmückt hatte. Er stieß Folke an und fragte ihn nach dem Kreuz. Der Junge hob ahnungslos die Schultern.

In dem Moment begann draußen die Glocke zu läuten, die neben der Kirche in einem aus Holzbalken errichteten Turm hing. Bei dem durchdringenden Klang lief Ingvar ein Schauer über den Rücken. Das Geläut war bis nach Haithabu zu hören. Der Vorarbeiter Ulf hatte erfolglos versucht, Odo die Glocke auszureden. Nach dem Feuer war Hovis Hass auf die Christen immer größer geworden. Schließlich hatte der Jarl die Arbeiter unter Gewaltandrohung von der Baustelle abziehen lassen. Stattdessen setzte er die Männer für den Wiederaufbau seines Anwesens ein, das von den Flammen vollständig zerstört worden war. Es hieß, Hovi hause seither in seinem Pferdestall, was er als eine ungeheure Schmach empfand, zumal die Christen gleichzeitig eine Kirche bauten.

Ungeachtet der Gefahr, hatte Odo die Arbeiten an der Kirche weiter vorangetrieben. Dafür hatte er den Dänen so viel Geld versprochen, dass sie sogar noch nachts nach der Arbeit bei Hovi zu ihm gekommen waren. Die Mitglieder der Gemeinde hatten gehofft, dass der voranschreitende Bau ihren Priester fröhlicher stimmen würde. Aber je näher der Tag der Vollendung rückte, umso seltener war Odo auf der Baustelle erschienen. Immer häufiger hatte er sich in seiner Kammer eingeschlossen.

Perm, einer der älteren Christen, beugte sich zu Ingvar vor. «Gut fünfzehn Jahre ist es mittlerweile her, dass in dieser Stadt zum letzten Mal eine Glocke geläutet wurde.»

Perm war einer jener Mönche gewesen, die wenige Tage vor dem großen Brand in Haithabu erschienen waren. Es ging die Rede, dass sie mit einem Priester, einem Missionar namens Ansgar, aus Birka gekommen seien. Dort habe Ansgar den Stamm der Svea zum christlichen Glauben bekehren wollen. Allerdings ohne Erfolg, denn man habe die Christen bedroht und sie mit Schimpf und Schande aus dem Land gejagt. Ingvar hatte jenen Ansgar, von dem man sich wahrhaft wunderliche Dinge erzählte, niemals zu Gesicht bekommen, denn er war unmittelbar nach der Rückkehr spurlos verschwunden. Einige Männer behaupteten, der alte Mann sei heimgekehrt ins Frankenreich, um sich zum Sterben zurückzuziehen. Aber sicher wusste dies niemand.

«Ansgar selbst war es, der einst die alte Glocke nach Haithabu hat bringen lassen», erklärte Perm. «Dafür hatte er sogar die Erlaubnis des dänischen Königs. Aber Hovi hat den Glockenturm abreißen lassen. Auf Anweisung des Königs musste er die Glocke später wieder herausgeben. Viele glaubten, sie sei eingeschmolzen worden. Aber sie lagerte in einem Versteck, aus dem Odo sie nun wieder hervorgeholt hat.»

«Das war verdammt leichtsinnig», fand Ulf, der das Gespräch verfolgt hatte. «Hovi wird doch jetzt erst recht mit der Nase darauf gestoßen, dass die Kirche fertig ist. Wenn euer Priester nicht bald …»

In dem Moment verklang das Glockengeläut, und als Hroar zurückkehrte, blieb er mit einer hilflosen Geste in der Tür stehen.

Ulf trat nervös von einem Fuß auf den anderen. «Wir können nicht länger warten. Gleich bricht der Tag an, dann müssen wir auf Hovis Baustelle erscheinen. Wir können es nicht riskieren, dass der Jarl unseren Lohn streicht und uns auspeitschen lässt.»

Ein Arbeiter sagte: «Ja, lasst uns endlich gehen. Ich kann es mir nicht leisten, auf das Geld zu verzichten. Ich muss meine Familie über den Winter bringen.»

Andere Männer nickten zustimmend. Doch als sie aufbrechen wollten, bat Ingvar sie eindringlich um Geduld. «Folke wird einen letzten Versuch unternehmen, den Priester zu holen.»

Ulf sagte: «Dann soll der Junge sich aber beeilen.»

Folke verließ die Kirche. Ein schwacher Silberstreif schimmerte bereits durch das geöffnete Portal. Als Folke wiederkam, atmete er schnell und flach. Sein Gesicht war vom Laufen gerötet.

«Er … er ist verschwunden», rief er.

Ulf machte eine säuerliche Miene. «Hoffentlich nicht für immer! Euer Priester schuldet uns noch Geld, sehr viel Geld. Gebt uns sofort Bescheid, wenn er wiederaufgetaucht ist.»

Daraufhin verließen die enttäuschten Arbeiter geschlossen die Kirche. Sie hatten unter großer Gefahr auf diesen Augenblick hingearbeitet, und nun brachte Odo sie nicht nur um die feierliche Einweihung, sondern vielleicht auch noch um ihren Lohn. Ingvar ahnte, dass es äußerst unangenehme Folgen für die ganze Gemeinde haben könnte, wenn die Christen ihre letzten Fürsprecher in Haithabu verlieren würden.

Er ergriff das Wort. «Wir müssen den Priester unbedingt finden.»

Die Brüder schauten ihn ratlos an. «Und wo sollen wir ihn suchen?», fragte Perm.

Ingvar rang verzweifelt die Hände. «Überall! Wir schwärmen aus und durchkämmen die ganze Stadt. Irgendwo muss er ja sein.»

Aber sicher war er sich da nicht.

2.

Ingvar und Folke liefen zum Handwerkerviertel in der Nähe des Hafens.

In diesem Stadtteil hatten die Flammen besonders schlimm gewütet. Nur ein einziges Haus war vom Feuer verschont worden: das des buckligen Schmieds Gizur, dessen Leiche man bei den Aufräumarbeiten entdeckt hatte. Der Kryppa hatte einen schrecklichen Anblick geboten. Sein Bauch war aufgeschnitten und das Herz und andere Organe waren ihm aus dem Leib gerissen worden.

Natürlich hatte Gizurs Tod viele Fragen aufgeworfen,

und es gab nicht wenige Stimmen, die seinen Nachbarn Helgi für den Mörder hielten. Allerdings konnte man den jungen Schmied selbst nicht befragen, denn er war seit jener Nacht spurlos verschwunden.

Ingvar blieb vor der Ruine des Hauses stehen, in dem sein bester Freund Helgi gelebt hatte. Das Dach der Schmiede war eingestürzt. Unter den Trümmern hatten Nachbarn, die sich an den Holzresten für ihre eigenen Häuser bedienten, Helgis Mutter Gullweig gefunden. Man hatte sie auf dem Friedhof neben ihrem Mann bestattet. Alle wussten, dass dies ihr letzter Wunsch gewesen war.

Gullweig und Gizur waren bei weitem nicht die einzigen Opfer, die nach dem verheerenden Feuer zu beklagen waren. Insgesamt waren mehr als zweihundert Bewohner Haithabus ums Leben gekommen – und somit gut ein Fünftel der gesamten Stadtbevölkerung. Die Gassen und Straßen wurden noch immer von verkohlten, zerstörten oder notdürftig reparierten Hütten und Grubenhäusern gesäumt. Wer überhaupt keine Bleibe mehr hatte, konnte von Glück reden, wenn er bei Freunden oder Verwandten unterkam.

Oder bei den Christen.

Folke zupfte Ingvar an der grauen Mönchskutte, die dieser in Vorbereitung auf die Taufe zum ersten Mal hatte anziehen dürfen. «Wir müssen weiter», drängte der Junge.

Schweigend liefen sie durch die Gasse, vom allgegenwärtigen Brandgeruch umwabert, als plötzlich ein zerlumpter Mann auf den Weg sprang. Folke schrie auf. Dem Mann hing das Hemd in Fetzen vom Leib, sein Gesicht war eingefallen, der Bart ungepflegt. Auf allen vieren jagte er einer Maus hinterher, wobei er versuchte, den Nager mit den Händen zu erhaschen. Doch die Maus schlug einen Haken nach dem anderen und flitzte schließlich zwischen Ingvars Füßen hindurch, sodass der Mann mit dem Kopf gegen Ingvars Knie prallte. Die Maus verschwand hinter einem Weidenzaun. Fluchend setzte sich der Mann auf seinen Hintern.

Erst jetzt bemerkte Ingvar, dass es sich bei dem Mäusejäger um den Fischer Björn handelte.

«Du hast mein Frühstück entkommen lassen, Munki», zischte Björn. Früher war der Fischer ein hilfsbereiter Mensch gewesen, der das wenige, das er hatte, mit anderen teilte. Aber in seiner Not dachte er nur noch an das eigene Überleben. «Ich habe seit Tagen nichts mehr gegessen. Meine Angelgeräte sind verbrannt, und außerdem hat irgendein Bastard mein Boot gestohlen. Wenn ich den erwische, dann ...» Er ballte seine dreckverschmierte Hand zur Faust.

In dem Augenblick öffnete sich in einer der umstehenden Hütten eine Tür, in der Bera Glerpæla erschien. Sie war inzwischen eine *ekkja*, eine Witwe. Ihr Mann, der Glasperlenmacher Hrolf, war in den Flammen umgekommen, als er versucht hatte, sein Haus zu löschen. Seither hungerten Bera und ihre vier Kinder und teilten somit das Schicksal vieler Überlebender.

«Ich erkenne dich – du bist der Kammmacher», sagte Bera zu Ingvar. Sie war abgemagert, ihr Gesicht von tiefen Falten gefurcht.

Ingvar nickte zurückhaltend.

«Warum trägst du die Kleidung der Munkis?», fragte sie feindselig.

Folke bekam Angst und versteckte sich hinter Ingvars Rücken.

«Ich bin … ich lebe jetzt bei den Christen», stammelte Ingvar.

Björn erhob sich und fuhr sich durch den ungepflegten Bart, während er Ingvar abschätzig musterte. «Hovi sagt, die Munkis sind an dem Feuer schuld. Thor hat seine Feuerblitze geschickt, weil ihr eine Kirkja für euren Gott baut.»

Ingvar kannte diese Vorwürfe. Durch die Katastrophe sah sich Hovi umso mehr darin bestätigt, dass die Christen die Verantwortung für alles Unglück trugen. Bevor das Feuer gewütet hatte, hatten sich die meisten Bewohner von Haithabu kaum um Hovis Anfeindungen gekümmert. Aber nun, angesichts des großen Leids, kamen ihnen die Christen als Sündenböcke äußerst gelegen.

Bera stemmte ihre Hände in die Hüfte. «Du bist doch einer von uns, Kammmacher! Wie kannst du dich da diesen Leuten anschließen?»

«Weil ich, wie die meisten von euch, alles verloren habe», erwiderte Ingvar geradeheraus. «Mein Haus, meine Werkstatt und meine Werkzeuge sind verbrannt. Ich hatte nichts zu essen …»

«Wir müssen auch Ratten und Mäuse essen, trotzdem hängen wir uns nicht den Munkis an die Rockzipfel, nur weil deren Vorratskammern gefüllt sind wie die Trinkhörner der Götter», sagte Bera abfällig. «Ich habe gehört, dass ihr euch fett fresst an Fleisch und Fisch und Käse …»

«Wer erzählt denn so einen Unsinn?», protestierte Ingvar.

«Hovi, und der weiß, wovon er redet.»

Plötzlich machte Björn einen Hechtsprung in Ingvars Richtung. Ingvar dachte, der Fischer wolle sich auf ihn stürzen. Doch Björn jagte an ihnen vorbei, landete unsanft auf dem Bauch und begrub die wiederaufgetauchte Maus unter sich. Der Nager stieß verzweifelte Fieplaute aus, bis Björn ihn gepackt und ihm den Kopf umgedreht hatte.

Ingvar wandte den Blick ab. Der Hunger machte die Menschen zu Tieren. Da erinnerte er sich an den Kanten Brot, den er als Wegzehrung mitgenommen hatte. Er holte das Stück hervor und teilte es in zwei Hälften. Eines reichte er Björn, das andere Bera.

«Es stimmt nicht, was Hovi behauptet», sagte Ingvar. «Die Christen haben selbst kaum etwas zu essen. Und was sie haben, teilen sie mit den Armen.»

Björn schlang den kaum fingerlangen Kanten sofort hinunter, während Bera das Brot zögernd betrachtete. Als sie wieder zu Ingvar aufschaute, hatte sie Tränen in den Augen. Als wäre es eine unschätzbare Köstlichkeit, hielt sie das Brot unter ihre Nase, um sich an den Duft gebackenen Roggens zu erinnern, und schob den Kanten schließlich unter ihre Tunika.

«Wenn du das Brot nicht willst …», sagte Björn vorsichtig.

Bera schüttelte seufzend den Kopf. «Es ist für die Kinder.» Dann fragte sie Ingvar: «Warum bist du überhaupt hier?»

«Wir suchen unseren Priester. Odo, ein großer Mann mit dunklen Haaren und Augen …»

«Gestern Abend ist ein solcher Munki in der Stadt gesehen worden», erwiderte Bera. «Vielleicht war es euer Priester. Er soll nach Thora gefragt haben, der Kräuterfrau.»

«Die Kräuterfrau? Was wollte er von ihr?»

Bera zuckte mit den Schultern. «Das musst du sie

schon selbst fragen. Geh zum Marktplatz. Dort wirst du sie finden.»

Ingvar war überrascht. «Seit wann wird in Haithabu wieder Markt abgehalten?»

«Seit heute», erklärte Bera und deutete zum Hafen hinunter. An den Landebrücken hatte ein halbes Dutzend Handelsschiffe festgemacht.

«Hovi braucht die Abgaben, die der Markt für ihn abwirft», fügte Björn hinzu. Er lachte tonlos. «Man fragt sich allerdings, wer dort etwas kaufen kann. Ich jedenfalls nicht!»

Als Björn in den Bretterverschlag zurückschlurfte, den er nach dem Feuer auf seinem Grundstück gebaut hatte, pendelte zwischen seinen Fingern die tote Maus am Schwanz hin und her wie eine Kirchenglocke.

3.

Das Angebot, das auf dem Marktplatz feilgeboten wurde, war überschaubar.

Im Sommer hatten die Buden und Stände hier dicht an dicht gestanden. Am heutigen Tage verkauften jedoch höchstens zwei Dutzend Händler ihre Waren. Es gab eine bescheidene Auswahl an Lebensmitteln, Waffen, Töpfen, Stoffen und Sklaven. Die meisten Händler waren mit Schiffen angereist, nur wenige stammten aus Haithabu.

Zwar drängten sich zwischen den Auslagen bereits am frühen Morgen Hunderte von Menschen. Dennoch machten die Händler schlechte Geschäfte. Wie Björn gesagt hatte, konnte sich kaum jemand die Waren leisten. Hovi ließ daher viel mehr Krieger als sonst über den Platz patrouillieren, um die Händler vor Übergriffen der hungrigen Menschen zu schützen.

Während Ingvar und Folke nach der Kräuterfrau Thora Ausschau hielten, weckte einer der Stände Folkes Interesse. Mit großen Augen betrachtete er die Auswahl an Honigkuchen und Birkenteerbonbons. Lächelnd reichte der Händler Folke ein Stück Kuchen zum Probieren. Doch als der Junge es nehmen wollte, riss es ihm ein grobschlächtiger Mann aus der Hand.

«Gib dem Jungen den Kuchen zurück», rief Ingvar erbost.

Der freche Kerl baute sich vor Ingvar auf und stopfte sich das Stück demonstrativ in den Mund. «Wieso soll der kleine Munki etwas geschenkt bekommen und ich nicht?», fragte er kauend.

Sofort mischten sich andere Männer in den Streit ein, die Partei für den Dieb ergriffen. Ein Kerl mit aufgeplatzter Lippe und schlecht verheiltem Nasenbruch knurrte: «Eure Munkibäuche sind fett genug.»

Als er Ingvar am Kragen packte, bekam der Süßigkeitenhändler Angst um seinen Stand und rief die Krieger um Hilfe. Drei bewaffnete Männer eilten herbei, wollten sich jedoch gleich wieder zurückziehen, als sie sahen, dass es sich bei dem Angegriffenen um einen Christen handelte. Erst als die streitlustigen Kerle begannen, auch noch den Händler zu bedrängen, griffen sie ein.

Ingvar nutzte das Durcheinander und schob Folke schnell durch die Menge davon. Sie waren noch nicht weit gekommen, als Ingvar eine ihm unbekannte Stimme hörte.

«Ah, mein Freund», rief ihm jemand zu. «Wer schöne Frauen erobern will, der braucht schöne Kleider.»

Die Stimme gehörte zu einem dunkelhäutigen Händler, der sich hinter einer reichhaltigen Auswahl an Stoffen und Kleidungsstücken langweilte. Um den Kopf hatte er einen weißen Turban geschlungen, unter dem schwarze Haarsträhnen hervorlugten. Er winkte Ingvar und Folke auffordernd zu sich und empfing sie mit einem breiten Grinsen.

«Ich bin weit gereist, meine Freunde! Ich habe den Dnjepr befahren, den Lowat und den Wolchow. Aber all die Mühen und Strapazen habe ich gern auf mich genommen, um Euch die herrlichsten Kleider zu bringen. Fühlt selbst, meine Freunde. So feinen Stoff bekommt Ihr nur bei mir. Bei Eurem Freund – Ibrahim Ibn Rustah.»

Er hielt Ingvar einen dunkelgrauen Umhang hin, der wie eine Mönchskutte geschnitten war. Der Stoff fühlte sich angenehm weich an.

«Ich habe leider kein Geld», erwiderte Ingvar und gab den Umhang zurück.

Der Händler verzog das Gesicht. «Das sagen sie alle. Ich mache schlechte Geschäfte in dieser Stadt. Deshalb werde ich Euch dieses Stück für den halben Preis geben. Fünf Silbermünzen – und es gehört Euch.»

Gerne hätte Ingvar dem Mann etwas abgekauft. Er liebte feine Kleider. Bedauernd schüttelte er den Kopf und wollte gerade weitergehen, als sein Blick auf einen purpurfarbenen Stoff fiel.

Rustah bemerkte sofort Ingvars Interesse und rief einem Mädchen etwas zu, das hinter ihm auf einer Kiste hockte. Ingvar verstand nicht, was der Händler sagte, vermutete jedoch, dass es sich um slawische Worte handelte, die aus dem Mund eines Südländers sehr eigenartig klangen.

Das Mädchen hob träge den Kopf. Es hatte ein schmales, blutleeres Gesicht; sein hellblondes Haar war auf dem Hinterkopf zu einem dicken Knoten zusammengebunden. Das Mädchen schaute Rustah aus eisblauen Augen so abwesend an, als wäre es gerade aus einem Traum gerissen worden. Dann stand es auf, nahm aus der Kiste einen dunkelroten Umhang und brachte ihn dem Händler.

Rustah reichte den Stoff an Ingvar weiter. «Diese Farbe, mein lieber Freund, heißt Purpur. Auf der Insel, auf der ich gerade einige Wochen verbracht habe, tragen sogar die heiligsten aller heiligen Männer Gewänder, die aus diesem Stoff hergestellt werden.»

Ingvar machte eine entschuldigende Geste. «Es tut mir leid, aber ich habe wirklich keine einzige Münze …»

Der Händler nahm den Stoff kopfschüttelnd wieder entgegen und gab ihn dem Mädchen zurück. Es blieb unschlüssig bei Rustah stehen, und seine Finger spielten an einem kleinen Silberring, der an einem Lederband um seinen Hals hing.

«Ich hätte nicht herkommen sollen», murrte Rustah. «Die Menschen in dieser Stadt sind geizig. Dabei habe ich so wunderbare Geschichten über Haithabu gehört, das Tor zur Welt im Norden, wie es heißt. Doch was finde ich hier vor? Hungrige Gestalten, ohne eine einzige Silbermünze in der Tasche. Da ist es ja kein Wunder, dass sogar eure Landsleute aus dieser Stadt verschwinden. Stellt Euch nur einmal vor, auf der Insel, die man Rujana nennt, habe ich solch ein purpurfarbenes Gewand sogar an einen Dänen verkauft.»

Ingvar warf dem Händler einen zweifelnden Blick zu. Er konnte sich beim besten Willen nicht vorstellen, wozu ein Däne ein rotes Priestergewand brauchte. «Wo liegt denn diese Insel?», fragte er.

«Im Osten, jenseits des Meeres, das die Franken Baltisches Meer nennen.» Dann wies er seufzend nach Westen. «Aber gleich morgen werde ich nach Austrien und Andalusien weiterreisen. Die Iberer werden meine Stoffe zu schätzen wissen.»

Ingvar wusste, dass die Zeit drängte und sie nach der Kräuterfrau suchen mussten. Dennoch war er neugierig geworden und fragte nach dem Dänen.

«Oh, er war sehr, sehr groß – ein wahrlich stattlicher Kerl.» Rustah hob die Rechte über seinen eigenen Kopf, um die Größe des Mannes anzudeuten. «Etwa so alt wie Ihr, aber mit dunklem Haar, das beinahe so dunkel war wie meines.»

Ingvar legte grübelnd die Stirn in Falten. Bei dieser Beschreibung war ihm ein Gedanke gekommen. Aber – das war undenkbar. Dennoch fragte er: «Hat der Mann Euch seinen Namen genannt?»

Rustah schüttelte den Kopf, beugte sich aber zu Ingvar und dämpfte die Stimme. «Es gibt da ein Geheimnis, das ich Euch eigentlich gar nicht verraten dürfte. Aber die Insel ist weit weg, und außerdem hoffe ich, dass Ihr vielleicht doch noch irgendwo in Eurer Kutte zwei oder vielleicht drei Münzen findet …»

Ingvar lächelte hintergründig, um dem Südländer das Gefühl zu vermitteln, er könne sich tatsächlich noch das eine oder andere Geldstück verdienen.

Rustahs Miene hellte sich auf. «Der Däne war nicht allein», sagte er leise. «Er war in Begleitung eines alten Mannes, vermutlich ein Franke, und eines dicken Ranen, wie der Slawenstamm auf der Insel heißt.»

Er zeigte auf das Mädchen. «Sie ist übrigens eine von ihnen.»

Ingvar betrachtete das hellhäutige Mädchen, das noch immer mit dem Stoff in der einen und dem Ring in der anderen Hand neben dem Händler stand. Während es den Ring zwischen den Fingern drehte, blitzte er plötzlich in einem Sonnenstrahl auf – und Ingvar lief ein Schauer über den Rücken.

«Diese drei Männer haben sich also bei mir, dem großzügigen Ibrahim Ibn Rustah, ganz preiswert diese Purpurstoffe gekauft. Ihr glaubt nicht, was sie damit vorhatten: Sie wollten sich in den Tempel schleichen, in das Heiligtum der Ranen. Könnt Ihr Euch das vorstellen? He! Habt Ihr mir überhaupt zugehört?»

«Was?» Ingvar konnte die Augen nicht von dem Ring lassen. «Wer ist dieses Mädchen?»

«Das sagte ich doch bereits, es gehört zu den Ranen», erwiderte Rustah unfreundlich. Doch dann änderte sich seine Stimmung schlagartig wieder. Er hatte einen ausgesprochen guten Blick für Leute, die sich für etwas interessierten – und die bereit waren, viel Geld dafür auszugeben.

«Sie ist noch unberührt», zischelte er Ingvar zu. «Ihr versteht schon, was ich meine. Ich habe es selbst gespürt, als ich mich ihr nähern wollte. Sie hat sich gewehrt. Obwohl unser Handel vorsah, dass sie mir während der Überfahrt die Zeit vertreibt und ich ihr dafür die Passage zahle.»

Rustah reckte das Kinn und strich sich über eine verschorfte Kratzwunde am Hals. «Das Weib hat spitze Fingernägel. Aber schaut sie Euch einmal an. Dieses blonde Haar, Ihr müsst es sehen, wenn es geöffnet es. Es reicht ihr fast bis an die Füße. Und wenn Ihr sie erst gezähmt habt, dann werdet Ihr sicher viel Freude an ihr haben.» Er kicherte leise.

Ingvars Kehle war wie zugeschnürt. Er hatte Helgis Ring wiedererkannt und musste unbedingt in Erfahrung bringen, woher diese Frau ihn hatte!

«Wie viel?», fragte er heiser.

«Dreißig Silberstücke», sagte Rustah blitzschnell. «Das ist geschenkt. So viel habe ich allein für die Überfahrt für sie gezahlt …»

«Dreißig Silberstücke», wiederholte Ingvar.

«Die Mauren würden mir den doppelten Preis dafür zahlen, mindestens sechzig Silbermünzen. Sie lieben Mädchen mit blonden Haaren.»

Ingvar dachte fieberhaft nach. Wo sollte er nur so viel Geld hernehmen? Odo hätte bestimmt eine solche Summe zur Verfügung gehabt.

Plötzlich zupfte Folke an Ingvars Kutte und deutete zum Rand des Marktplatzes, wo die alte Thora in dem Augenblick eine Decke ablegte. Sie nahm einen Weidenkorb vom Rücken und begann, Kräuter, Gräser, Pilze und Blätter auszubreiten.

Rustahs Miene verfinsterte sich. Offensichtlich glaubte er, Ingvar habe das Interesse an dem Mädchen verloren. Sofort wandte er sich einem älteren Paar zu, das an seinem Stand vorbeischlenderte.

«Ah, meine Freunde!», rief er ihnen zu. «Ich habe keine Mühen gescheut, um Euch die herrlichsten Stoffe zu bringen …»

Ingvar packte Folke am Arm und zog ihn schnell zur Kräuterfrau. Thora trug eine zerschlissene Tunika, ihr Gesicht war faltig, das Haar weiß und schütter. An ihrer Tunika klebten welke Blätter. Sie verbrachte viel Zeit in den Wäldern rings um Haithabu. Es hieß, sie kenne hier jeden Baum.

Als Ingvar sie ansprach, wühlte sie gerade in ihrem Weidenkorb nach weiteren Kräutern.

«Ein Priester soll dir gestern etwas abgekauft haben, Thora.»

«Hä?» Thora hörte schlecht.

Ingvar beugte sich zu ihr hinunter und rief ihr ins Ohr: «Ein Priester! Ein Munki! Er soll bei dir gewesen sein.»

«Ein Munki? Ja, ein großer Munki mit dunklen Augen.»

«Was wollte er?»

«Bilsenkraut und getrocknete Fliegenpilze.»

Ingvar erschrak. Das waren gefährliche Pflanzen, die bei falscher Dosierung eine tödliche Wirkung haben konnten.

«Wofür?», rief er.

Thora kicherte: «Vielleicht, um zu seinem Gott zu fliegen.»

«Wo ist er mit den Sachen hingegangen?»

Das Kräuterweib deutete mit dem Daumen über die Schulter in Richtung des Weges, der am Sklavenviertel vorbei in den Wald südlich von Haithabu führte.

«Die alte Stadt …», murmelte Ingvar.

«Was?»

Ingvar tätschelte Thoras Schulter. «Danke für deine Hilfe. Ich werde dir später ein Brot bringen.»

«Was soll ich mit einem Boot, Junge? Sehe ich aus, als wollte ich Fische fangen?»

Ingvar forderte Folke auf, ihm zu folgen, und rannte los. Im Laufen schaute er noch einmal zu dem Stoffhändler zurück, der mit dem hellblonden Mädchen wieder allein an seinem Stand war und sehr finster dreinblickte.

Morgen, hatte er gesagt, wolle er abreisen.

4.

Nichts war geschehen!

Er hatte versagt. Gott hatte ihn als seinen Knecht auserwählt, doch er war unwürdig gewesen. Er hatte den siebten Dämon nicht gerichtet. Hatte sich das Buch entreißen lassen. Hatte das Paradies verloren.

Odo öffnete blinzelnd die Augen. Sonnenlicht sickerte durch die Ritzen zwischen den morschen Brettern. Es brach sich an dem Kreuz aus massivem Silber, das er auf den Schemel gestellt hatte, der ihm als Altar diente.

Der Brand hatte das Leben der Menschen in Haithabu verändert: Viele hatten ihre Existenz verloren, die ganze Stadt hungerte. Auch Odo hatte jegliche Hoffnung begraben müssen, diese Welt verändern zu können. Es war eine schwere Zeit für ihn gewesen. Eine Zeit, in der alles bedeutungslos geworden war – auch die Fertigstellung der Kirche. All das, woran er geglaubt hatte, hatte sich in Luft aufgelöst. Und das Schlimmste war, dass er den Dämon hatte entkommen lassen. Dass er nicht in der Lage gewesen war, Gottes Prophezeiung zu erfüllen.

Odo seufzte. Nein, so wollte er nicht weiterleben. Auch wenn er wusste, dass es nicht in Gottes Sinne war, sehnte er die Finsternis herbei, die das Ende seines irdischen Daseins bedeuten würde.

Oh – ewige Dunkelheit, komm!

Als das Wasser im Topf über dem Feuer köchelte, warf Odo das Bilsenkraut hinein und gab die Handvoll Fliegenpilze hinzu. Anschließend streute er den restlichen Schlafmohn in den Sud, den er noch von der Zubereitung der Schlafschwämme übrig behalten hatte. Es zischte und gluckerte im Topf. Winzige Bläschen stiegen auf und zerplatzten an der Oberfläche.

Odo klappte die Holzkiste auf, nahm all seine Sachen heraus und legte sie behutsam vor den Altar, wobei er alles ordentlich sortierte: das Messer mit der beidseitig geschliffenen Klinge, die Zangen und eisernen Spieße, den schwarzen Umhang und die Reliquien seiner Mutter, den Fingerring und die feingliedrige Halskette mit dem Silberkreuz.

Dann wartete Odo.

Er beobachtete, wie die Sonnenstrahlen über den Boden krochen und nach einer Weile über das Kreuz wanderten. Er erinnerte sich an jenen Tag, an dem der Dämon ihm das Kreuz gebracht und vorgegeben hatte, es gegen Eisenbarren eintauschen zu wollen. Dabei hatte er nur eines im Sinn gehabt: sich ihm, Odo, zu offenbaren. Der Teufel hatte sein Spiel gespielt – und Odo war darauf hereingefallen. Der Dämon hatte sich ihm gezeigt. Er hatte Gottes Knecht aus der Deckung gelockt und ihn dann vernichtend geschlagen.

Odo hatte sein Leben verwirkt!

Er tauchte einen Becher in den Sud und roch an der Flüssigkeit. Ein widerlicher Gestank stieg ihm in die Nase. Er würde das Gebräu in kleinen Schlucken zu sich nehmen müssen, um es nicht gleich wieder zu erbrechen.

Odo schwenkte den Becher und pustete hinein, um den Trank etwas abzukühlen. Nach einer Weile nippte er vorsichtig und zuckte zurück. Seine Zunge und seine Lippen brannten. Er atmete tief ein, hielt die Luft an und zwang sich, einen Schluck zu nehmen.

In dem Moment knackte draußen ein Ast.

Odo stellte den Becher ab und lugte durch eine der Ritzen. Die Sonne schien, und es war noch immer helllichter Tag. Wahrscheinlich war noch nicht einmal der Nachmittag angebrochen.

Die verfallene Hütte, in die er sich zurückgezogen hatte, stand am Rande einer Waldlichtung. Ringsumher waren Überreste anderer Gebäude zu erkennen. Das Gelände bot Odo die Einsamkeit und Abgeschiedenheit, die er jetzt mehr benötigte als alles andere.

Da hörte er erneut ein Geräusch. Es war ein Reh, das auf die Lichtung gekommen war und schnuppernd die Nase hob, wobei es die Hütte beobachtete.

«Du kannst beruhigt sein», flüsterte Odo bei sich. «Ich tue dir nichts. Denn du bist rein und unschuldig.»

Das Reh senkte den Kopf in die trockenen Gräser und begann zu äsen.

Odo zog sich zurück und nahm einen weiteren Schluck.

Allmählich begann das Gift zu wirken. Vor Odos Augen veränderte das Silberkreuz seine Form. Es schien, als dehne es sich aus. Ja, es wuchs. Wurde größer und größer und schien bald bis an das Dach zu reichen, in dem ein großes Loch klaffte. Odos verwirrter Blick fiel auf den blassblauen Himmel darüber, während das Loch die Form eines riesenhaften Auges annahm.

Er murmelte: «Siehe, er kommt mit den Wolken, und jedes Auge wird ihn sehen, auch die, welche ihn durchstochen haben …»

Immer stärker breitete sich eine angenehme Leichtigkeit in seinem Körper aus. Odo fühlte sich zurückversetzt in die Kathedrale seiner Kindheit, Saint Etienne. Er war sich sicher, die Stimme des Priesters Jakob zu hören. So wie damals, an jenem Tag, an dem die Normannen den Tod nach Paris brachten.

Der König dieser Heuschrecken ist der Engel aus dem Abgrund, rief Jakob, *er heißt: der Verderber.*

Plötzlich drangen andere Stimmen in Odos Bewusstsein. Zunächst leise und weit entfernt, dann immer deutlicher. Saint Etienne verblasste.

Er wischte sich mit der Hand übers Gesicht. Was war los? Sein Blick war so verschwommen wie seine Gedanken. Er hatte doch erst einen kleinen Schluck von dem Gift genommen.

Da waren die Stimmen erneut! Odo erstarrte. Hatte nicht gerade jemand seinen Namen gerufen?

Er kroch wieder zum Spalt in der Wand hinüber. Das Reh verharrte noch immer am selben Fleck. Aber es äste nicht mehr, sondern hatte den Kopf gehoben und die Ohren wachsam aufgestellt. Mit einem Mal schoss es davon und verschwand im Unterholz.

Und Odo hörte erneut die Stimme. Aber nein, es war nicht eine, es waren zwei verschiedene Stimmen, eine hohe und eine tiefere.

«Priester Odo?»

«Vater, wo seid Ihr?»

Im Wald knackten Äste. Dann traten zwei Gestalten zwischen den Bäumen hervor. Odo stöhnte. Es waren Folke und der Kammmacher.

Odo traten Tränen in die Augen. Warum konnten sie ihn nicht das vollenden lassen, wozu er gezwungen war? Wie hatten sie ihn nur gefunden?

Oder hatte der Herrgott sie geschickt?

5.

Der Südländer und das Mädchen waren bereits aufgebrochen, als Odo, Ingvar und Folke am späten Nachmittag den Marktplatz von Haithabu erreichten. Die anderen Händler, die nach Westen weiterreisen wollten, waren damit beschäftigt, ihre Waren einzupacken, und verluden Kisten, Fässer und Taschen auf Ochsenkarren.

Sie kamen zu spät! Odo fluchte innerlich.

Als der Kammmacher ihm von dem blonden Mädchen mit dem Ring berichtet hatte, war sein Rausch schlagartig vergangen. Die Beschreibung des Dänen ließ keinen Zweifel zu: Der Dämon versteckte sich auf der Slaweninsel. Das konnte nur bedeuten, dass Gott seinen Knecht doch nicht aufgegeben hatte. Odo sollte eine letzte Gelegenheit erhalten – und die würde er nutzen!

Er hatte Ingvar und Folke erzählt, dass er gebetet habe, sehr lange und in Einsamkeit. Ein Zwiegespräch – nur er und der Allmächtige. Sie hatten nicht weiter nachgefragt, aber ihren Blicken war anzumerken, dass sie Zweifel hegten. Odo hatte sich bemüht, sich seine Aufregung nicht anmerken zu lassen, als der Name Helgi fiel. Er hatte Ingvar versprochen, alles in seiner Macht Stehende zu tun, um ihm bei der Suche nach seinem Freund zu helfen. Denn, so betonte Odo, dies sei ein selbstverständlicher Akt christlicher Nächstenliebe.

Auf dem Markt sprach Odo einen Lederwarenhändler an, der gerade Gürtel, Stiefel und Kappen auf einem Karren verstaute. Sie erfuhren, dass Ibrahim Ibn Rustah bereits kurz nach Mittag zum Treenehafen aufgebrochen war.

«Wie weit ist es bis zu diesem Ort?», fragte Odo, als sie wieder unter sich waren.

«Vierzehn Meilen», erwiderte Ingvar.

«Also ein guter Tagesmarsch, wenn wir uns beeilen.»

Ingvar nickte.

Odo schaute zur Sonne, die sich bereits dem Horizont zuneigte. Sie würden die ganze Nacht laufen müssen, um den Hafen vor dem Morgengrauen zu erreichen. Jetzt, im Herbst, legten die Schiffe morgens sehr früh ab, damit sie die kürzer gewordenen Tage für die Reise voll nutzen konnten. Viel Zeit blieb ihnen nicht. Allerdings war die Schifffahrt auf der Treene von den Gezeiten abhängig, denn der Fluss mündete ins Nordmeer.

Vielleicht haben wir Glück, dachte Odo, und die Abfahrt wird sich wegen der Ebbe hinauszögern. Dann könnten wir es schaffen.

Er schulterte die Tasche, in die er vorhin das Silberkreuz und seine Kiste gepackt hatte.

«Wollt ihr auf dem Ochsenkarren mitfahren?», fragte der Lederhändler. «Für eine Silbermünze pro Nase nehme ich euch mit.»

«Mit welchem Schiff fährst du?», entgegnete Odo.

Der Franke kratzte sich am Kopf, wobei seine Lederkappe seitlich herunterrutschte. «Ich werde frühestens übermorgen abreisen. Bis morgen schaffe ich es nicht mehr.»

«Aber wir werden es schaffen!»

Sie liefen los. Der Lederhändler schaute ihnen hinterher, zuckte mit den Schultern und gab dem Ochsen die Peitsche.

Ingvar wunderte sich über den Eifer, den der Priester plötzlich an den Tag legte. Er schien wie ausgewechselt zu sein, nachdem er in den vergangenen Wochen und Monaten kaum noch ansprechbar gewesen war.

Aber Ingvar sagte dazu nichts. Schließlich war Odos Hilfe ganz in seinem Sinne.

Sie folgten dem ausgebauten Handelsweg, der sie nach Westen führte.

Die Sonne ging gerade unter, als sie in der Nähe eines Sees auf den alten Verteidigungswall stießen. Das Bauwerk war etwa sieben Fuß hoch, die Front durch einen Graben und die Kuppe mit Holzpalisaden gesichert. Der Wall war vor etwa einhundert Jahren zum Schutz gegen die Sachsen und Franken errichtet worden. Inzwischen hatte Haithabu jedoch an Bedeutung gewonnen. Daher ließ König Horick der Jüngere weiter südlich einen weiteren Wall bauen, um die jütländische Halbinsel abzuriegeln.

Entlang des alten Danewerks, das im Gegensatz zu der neuen Grenze nicht ständig bewacht wurde, setzten die drei ihren Marsch fort. Bald darauf passierten sie den Heerweg, der sich vom Norden des dänischen Reichs bis zur Hammaburg bei den Sachsen im Süden zog. Am Heerweg lichtete sich der Wald. Der Pfad führte sie bis zu dem Punkt, wo das Danewerk in einer weitläufigen Niederung endete. Von nun an folgten sie einem mit Knüppeln befestigten Weg durch sumpfiges Gelände. Niedrige Büsche und verkrüppelte Birken krallten hier ihre Wurzeln in den weichen Boden.

Über dem nachtdunklen Land lag bleierne Stille.

Odos Beine wurden immer schwerer, und er spürte jeden einzelnen seiner Knochen. Aber er ließ sich seine Erschöpfung nicht anmerken. Das taten auch die beiden anderen nicht, sie gingen weiter, immer weiter. Erst als sie sich einem in der Dunkelheit schemenhaft zu erkennenden Hügel näherten, blieben sie für einen Augenblick stehen. Es war der Hügel, der dem Ort Hygelac seinen Namen gegeben hatte. Dahinter befand sich der Hafen. Odo blickte über seine Schulter zurück. Im Osten graute der Morgen. Der Tag brach an.

Odo begann zu laufen.

Die Treene führte nur wenig Wasser.

Das bedeutete, dass die Schiffe noch nicht auslaufen konnten. Die Menschen in der Hafensiedlung erwachten gerade. Es gab nur ein knappes Dutzend Hütten, die in der Nähe des Ufers standen. Die Bewohner beachteten die Munkis nicht. Im Ort war man es gewohnt, seltsamen Reisenden zu begegnen.

Am Fluss gabelte sich die Straße. Der eine Weg führte weiter nach Westen zu einer Holzbrücke, der andere zog sich parallel zum Ufer etwa einhundert Schritt flussabwärts zu dem kleinen Hafen, den man mit Spundwänden aus Holzbohlen befestigt hatte. Das einzige Schiff, das dort lag, war eine Knörr. An Land stand ein halbes Dutzend Ochsenkarren, mit denen die Händler hergebracht worden waren. Nun warteten die Wagenführer darauf, dass das nächste Schiff vom Nordmeer kam und in Hygelac anlegte, damit sie den Rückweg nach Haithabu nicht ohne Ladung antreten mussten.

Auf dem Schiff zog die Mannschaft gerade die Laderampe ein. Die Händler, ihre Sklaven, Helfer und die anderen Reisenden waren bereits an Bord gegangen. Mittschiffs lagerten in einem offenen Laderaum die Waren in Fässern, Kisten und verschnürten Ballen. Die *flotnar*, die Schiffsleute, hielten sich mit ihren langen Stakstangen an Bug und Heck bereit, während der Schiffsführer mit einem am Seil befestigten Stein die Wassertiefe auslotete. Die Riemen würde die Mannschaft erst später einsetzen, da der Fluss bei Hygelac zu schmal zum Rudern war.

Odo ergriff Ingvars Arm. «Wo ist dieser Händler?»

Ingvar zeigte auf einen schmalen Mann mit bronzefarbener Haut, der einen Turban auf dem Kopf trug und auf einem Stoffballen saß, wo er offenbar seinen Gedanken nachhing.

Odo trat ans Ufer.

«He, *serkir*!», rief er. Serkir war die nordirische Bezeichnung für einen Sarazenen, und Odo hoffte, dass der Mann ihn verstand. Aber der reagierte nicht, sondern starrte in den Fluss, dessen trübes Wasser langsam anstieg.

Odo legte sich in die Brust und brüllte erneut: «Serkir – bist du der Mann mit dem Purpurstoff?»

Dieses Mal hatte Ibn Rustah ihn gehört und drehte sich um.

«Ich möchte Euch etwas abkaufen», rief Odo.

Rustah kam nach vorn, und als er auch Ingvar und Folke bei Odo erblickte, hellte sich seine Miene auf. «Ah, meine Freunde! Seid ihr den weiten Weg gegangen, um mir doch noch etwas abzunehmen?»

Odo nickte.

Ibn Rustah fragte den Schiffsführer, wie viel Zeit noch bis zur Abfahrt verbleiben würde. Der Schiffsführer ließ den Stein zu Wasser und las anhand der Knoten die Tiefe ab.

«Noch drei Fuß», sagte er.

Ibn Rustahs Augen funkelten wie Edelsteine. «Purpur sagtet Ihr, mein Freund? Eine gute Wahl. Sehr gut. Wie viel darf es sein?»

«Ich bin wegen des Mädchens gekommen», entgegnete Odo. «Meine Brüder haben berichtet, dass Ihr es verkaufen wollt.»

Die anderen Händler und die Schiffsleute an Deck grinsten, während Ibn Rustah hinter den aufgestapelten Stoffballen verschwand und gleich darauf mit der jungen Frau zurückkehrte, die er am Arm hinter sich herzerrte.

«Ihr Preis ist leider noch etwas gestiegen, denn ich musste ihre Passage von Haithabu bis hierher bezahlen», sagte Ibn Rustah.

«Wie viel?»

Der Händler spitzte die Lippen. «Nun, vierzig Silbermünzen – weil Ihr es seid, mein Freund.»

«Das ist eine Menge Geld», erwiderte Odo.

«Nicht zu viel für eine so blonde Jungfrau. Bei den Mauren wird sie den doppelten Preis erzielen …»

Die anderen Männer auf dem Schiff hatten sich genähert. Einer rief lachend: «He, Munki! Ich verkaufe dir mein fettes Eheweib. Da ist mehr dran als an dieser Hungerstange. Für fünf Silberstücke gehört meine Frau dir. Ach was, ich schenke sie dir!»

Die Männer brachen in schallendes Gelächter aus.

Ibn Rustah beachtete sie nicht. Er ließ die Rampe zurück ans Ufer schieben und brachte das Mädchen an Land. Odo musterte die junge Frau aufmerksam von Kopf bis Fuß. Das Lederband hing um ihren Hals, den Ring hatte sie jedoch unter ihrer Tunika verborgen. Sie schien keine Sklavin zu sein, sonst hätte man sie geschoren. Ihr Blick war völlig ausdruckslos. Die Aussicht, an einen Christen verkauft zu werden, schien sie nicht im Geringsten zu beeindrucken.

«Fünfunddreißig – mein letztes Wort», sagte Odo schließlich.

Die Händler auf dem Schiff fuhren unterdessen mit ihren Anzüglichkeiten fort. «Warum besorgst du es ihr nicht gleich hier, Munki? Dann sagen wir dir, welchen Preis sie wert ist. Reiß ihr die Kleider vom Leib!»

Die Männer grölten: «Ausziehen! Ausziehen!»

«Habt Ihr denn überhaupt Geld dabei, mein Freund?», fragte Ibn Rustah.

Odo öffnete die Tasche und ließ den Sarazenen einen Blick auf das Silberkreuz werfen.

Ibn Rustah stieß einen leisen Pfiff aus. «Ein herrliches Stück. Aber es ist kaum mehr als … nun ja, fünfundzwanzig Münzen wert. Ihr müsst noch etwas drauflegen.»

«In dieser Kiste hier», sagte Odo leise, «sind jede Menge Münzen.»

Als Ibn Rustah die Hand nach der Kiste ausstrecken wollte, zog Odo sie weg und sagte mit Blick auf die Männer auf dem Schiff: «Ihr solltet vermeiden, dass Eure Mitreisenden erfahren, mit wie viel Geld Ihr reist.»

Ibn Rustah zwinkerte Odo zu. «Ihr seid ein kluger Mann. Was schlagt Ihr also vor?»

Odo zeigte zu dem Hügel. «Dort werden wir unseren Handel in aller Verschwiegenheit abschließen.»

Ibn Rustah wandte sich an den Schiffsführer. «Wie lange noch?»

«Zwei Fuß», erwiderte der Mann. «Beeilt Euch! Wenn Ihr nicht rechtzeitig zurück seid, legen wir ohne Euch ab.»

Auf der dem Hafen abgewandten Seite war der Hügel mit Bäumen und mannshohen Büschen bewachsen, die zusätzlichen Sichtschutz vor neugierigen Blicken boten. Ein idealer Platz für das, was Odo vorhatte.

Er schickte Ingvar und Folke fort und wies sie an, bei der Treenebrücke auf ihn zu warten, bis er die Angelegenheit erledigt habe. «Ich muss mich zunächst von ihrem körperlichen Zustand überzeugen. Der Junge soll nicht durch den Anblick eines entblößten Weibes Schaden nehmen.»

Nachdem die beiden durch die Büsche davongestapft waren, forderte Odo den Händler auf, das Mädchen zu entkleiden.

Doch Ibn Rustah war plötzlich misstrauisch geworden. «Gebt mir erst das Kreuz und das Geld.»

Odo nahm das Kruzifix aus der Tasche und reichte es Rustah. Der Händler betrachtete das Schmuckstück eingehend.

«Das Geld erhaltet Ihr, wenn ich mit ihr fertig bin», sagte Odo.

Ibn Rustah verstand. «Aha, Ihr wollt sie Euch vornehmen. Nun gut. Aber seht Euch vor, sie ist widerspenstig.»

«Kann sie uns verstehen?»

Ibn Rustah schüttelte zwar den Kopf, doch Odo bemerkte, dass der ausdruckslose Blick aus den Augen der jungen Frau verschwunden war. Sie starrte Odo mit einer Mischung aus Panik und Feindseligkeit an, als ob sie ahnte, was die Männer mit ihr vorhatten.

Im Hintergrund ertönte die Stimme des Schiffsführers. «Nur noch ein Fuß!»

Blitzschnell packte Ibn Rustah die Frau, warf sie mit dem Gesicht nach unten zu Boden und kniete sich auf ihre Schultern. Dann zerrte er ihr die Tunika über das Hinterteil. Sie wehrte sich, schrie und strampelte mit den Beinen.

«Macht schon!», zischte Rustah, während er versuchte, mit seinen Händen ihre Schenkel zu spreizen.

Aber Odo hatte keine Eile. Er spürte endlich wieder jene Überlegenheit, die ihm bei all seinen Opfertaten die nötige Ruhe gegeben hatte, um sein Werk zu vollenden. Er klappte die Kiste auf, nahm das Messer heraus und verbarg es hinter seinem Rücken.

«Worauf wartet Ihr?», rief Ibn Rustah. «Ich muss zum Schiff zurück.»

Odo tat so, als würde er seine Kutte hochziehen. Dabei kniete er sich zwischen die zuckenden Schenkel des Mädchens, sodass er nun direkt hinter Ibn Rustah saß.

«Das Schiff wird ohne Euch ablegen müssen», sagte er beinahe zärtlich.

Der Händler wirbelte herum. Darauf hatte Odo gewartet. Er zog das Messer hinter seinem Rücken hervor und genoss für einen kurzen Augenblick den überraschten Blick seines Opfers. Dann schnellte die Klinge vor. Odo schlitzte dem Händler mit einem Schnitt die Kehle auf. Ibn Rustah fasste sich an den Hals, das Blut quoll zwischen seinen Fingern hervor. Er versuchte sich aufzurichten, doch er stolperte über das Mädchen und fiel rücklings zu Boden. Odo beugte sich lächelnd über ihn. Als sich Ibn Rustahs Mund zu einem Hilfeschrei öffnen wollte, stieß ihm Odo das Messer durch die Rippen tief ins Herz.

Der Schiffsführer rief: «Ein halber Fuß!»

Ibn Rustahs Blut tränkte den Boden.

Die junge Frau hatte ihren Unterkörper wieder verhüllt und sich auf die Knie gehockt. Odo machte eine Bewegung mit der Messerklinge, um ihr zu bedeuten, dass sie sich erheben sollte. Sie zögerte kurz, folgte dann aber doch seiner Anweisung. Wie beiläufig wischte sie eine lange

Strähne aus ihrem Gesicht, die sich aus dem Haarknoten gelöst hatte. Dabei warf sie Odo aus ihren wasserblauen Augen einen so feindseligen Blick zu, dass er beinahe zurückgeschreckt wäre.

Diese Frau hat keine Angst vor mir, dachte er irritiert und ahnte gleichzeitig, dass er all seine Kunstfertigkeit würde anwenden müssen, um sie zum Reden zu bringen.

Im Sklavenviertel von Haithabu kaufte Odo gleich nach ihrer Rückkehr eine etwa vierzig Jahre alte Frau. Sie beherrschte sowohl die Sprache der Slawen als auch die der Dänen. Der Sklavenhändler hatte lediglich fünfundzwanzig Silbermünzen für sie verlangt, die Odo sofort entrichtete. Er besaß jetzt genug Geld, da er die prallgefüllte Lederbörse des Sarazenen an sich genommen hatte. Ibn Rustahs Leiche hatte Odo mit Ästen und Blättern sorgfältig abgedeckt und dann gewartet, bis das Schiff abgelegt hatte. Er hatte Ingvar und Folke gegenüber so getan, als sei der Handel erfolgreich verlaufen. Die junge Frau hatten sie in ihre Mitte genommen. Doch die Vorsicht war unbegründet, denn sie hatte keinen Versuch unternommen wegzulaufen.

Die Brüder der Gemeinde waren überglücklich, als sie Odo wiedersahen. Sie baten ihn, umgehend den ersten Gottesdienst in der neuen Kirche abzuhalten. Odo vertröstete sie jedoch. Er gab vor, für eine solche Zeremonie noch zu erschöpft zu sein.

Den wahren Grund verriet er niemandem. Einen Gottesdienst in der Kirche des heiligen Johannes durfte es erst geben, wenn er den siebten Dämon vernichtet hatte. Dass er sein Werk vollenden würde, davon war Odo nun endlich wieder überzeugt. Der Schlüssel dazu war das Mädchen.

Noch in dieser Nacht begann er mit dem Verhör.

Er brachte die Sklavin und die junge Frau in die Priesterkammer des alten, leerstehenden Gemeindehauses. Hier würde er Zeit und Ruhe haben, um herauszufinden, wohin der Dämon entflohen war. Er schob einen Riegel vor die Tür, entzündete auf der Feuerstelle trockene Birkenscheite und wartete, bis die Flammen hell aufloderten. Dann trat er vor die beiden Weiber, die mit dem Rücken an der Wand hockten, und betrachtete im flackernden Schein ihre Gesichter. Die Ältere wich seinen Blicken aus, während die Jüngere ihn standhaft anstarrte.

Odo setzte sein gütigstes Lächeln auf. «Frag sie nach ihrem Namen und woher sie kommt», forderte er die Sklavin auf.

Sie beugte sich zu der jungen Frau und sagte leise etwas zu ihr, das Odo nicht verstand. In seinen Ohren klang die slawische Sprache sehr eigenartig. Sie schien voller Zischlaute und Konsonanten zu sein. Zunächst hatte Odo den Eindruck, sie würde schweigen. Er begann bereits zu überlegen, mit welcher Methode er ihr die Zunge lösen könnte, als sie plötzlich doch antwortete.

«Sie heißt Žiliška, Herr», übersetzte die Sklavin. «Sie gehört zum Volk der Ranen und lebte auf Rujana. Das ist eine Insel im Osten.»

Odo nickte. Er hatte zwar noch nie von dieser Insel gehört, aber die Hauptsache war, dass sich das Mädchen offenbar entschieden hatte, mit ihm zusammenzuarbeiten. Das würde die Angelegenheit ungemein erleichtern, und es würde es Odo ersparen, dem jungen Ding grauenvolle Dinge antun zu müssen.

«Warum ist sie ausgerechnet mit einem Sarazenen gereist?», fragte er.

«Sie sagt, sie habe die Insel überstürzt verlassen müssen und keine Zeit gehabt, wählerisch zu sein.»

«Hm. Und was war der Grund für ihre überstürzte Abreise?»

Als die Sklavin die Frage übersetzte, schüttelte das Mädchen nach kurzem Nachdenken den Kopf.

«Sie will es nicht sagen», sagte die Sklavin.

Odo überlegte kurz, entschloss sich aber, der Frau in diesem Punkt ihren Willen zu lassen. Es gab Wichtigeres, das er in Erfahrung bringen musste. «Ich will wissen, ob sie auf der Insel einen Dänen gesehen hat.»

Während die Sklavin seine Worte übersetzte, beobachtete Odo Žiliška genau. Erst zögerte sie, dann schüttelte sie mit einem Mal heftig den Kopf. Viel zu heftig!

Sie lügt, dachte Odo. Sie kennt ihn!

Er versuchte es ein weiteres Mal im Guten. «Der Name dieses Dänen lautet Helgi. Sie soll mir alles erzählen, was sie über ihn weiß.»

Aber sie schüttelte wieder nur den Kopf.

Odo verzog das Gesicht. Nun würde er doch das Eisen einsetzen müssen. Seufzend öffnete er die Kiste, nahm eines der Brandeisen heraus, steckte es auf einen Stab und legte es ins Feuer.

Während er darauf wartete, dass das Eisen heiß wurde, sagte er: «Wenn sie mir nicht sagt, was ich wissen will, werde ich sie dazu zwingen müssen.»

Nachdem die Sklavin dies übersetzt hatte, flackerten Žiliškas Augen auf. Sie hatte Angst. Trotzdem verweigerte sie erneut die Antwort. Daraufhin zog Odo das glühende Eisen aus dem Feuer.

«Sie soll sich ausziehen.»

«Sie … sie will nicht», erwiderte die Sklavin stockend.

«Dann wirst *du* ihr die Kleider ausziehen, Weib.»

Die Sklavin nickte gehorsam. Odo schloss aus dem panischen Tonfall ihrer Stimme, dass sie das Mädchen anflehte, die Fragen des Herrn zu beantworten. Da erhob sich das Mädchen, zog sich zu Odos Verwunderung die Tunika über den Kopf und kniete sich nackt vor Odo hin.

Ihre Haut war so hell wie ihr Haar, und ihre Brüste waren flach. Odo stutzte, als sein Blick über ihren zarten Körper glitt und zwischen ihren Brüsten hängen blieb. Der Ring! Er glitzerte verlockend, und Odo war versucht, danach zu greifen. Doch er wagte es nicht, weil er dann ihre bloße Haut hätte berühren müssen.

Dennoch war Odo fest davon überzeugt, dass es der Ring seiner Mutter war, den der Dämon in seinen Besitz gebracht hatte. Nun hatte Gott diesen Ring erneut zu Odo geführt.

Sein Herz schlug rasend, und wie er entsetzt feststellen musste, pulsierte das Blut nicht nur hinter seinen Schläfen. Er verspürte einen heftigen Drang, ein unüberwindbares Gefühl der Erregung.

Immer hatte er geglaubt, er sei gegen jegliche fleischlichen Gelüste gefeit. Aber dieses schmale Mädchen mit der schneeweißen Haut, deren Makellosigkeit weder Dreck noch blaue Stellen trüben konnten, trieb ihm die Hitze in den Unterleib.

Das Brandeisen entglitt seiner Hand. Er schnellte vor und schlug dem Mädchen mit der flachen Hand ins Gesicht.

«Zieh dich sofort wieder an», stieß er keuchend hervor.

Dann ergriff er hastig seine Kiste, lief zur Tür und schob den Riegel zur Seite. Seine Hände zitterten, während er die Tür öffnete und sogleich von außen wieder verschloss. Tränen rannen über seine Wangen, als er aus dem Gebäude eilte. Er lief durch die Nacht, bis er zu einem Gebüsch kam, hinter dem er zum Gebet auf die Knie sank. Es dauerte eine ganze Weile, bis er wieder einen klaren Gedanken fassen konnte. Vor seinem geistigen Auge sah er den verführerisch glitzernden Ring; er sah die winzigen Brüste des Mädchens, die Haut, den langen, dünnen Hals, das vorgestreckte, spitze Kinn, die eisblauen Augen – und das Haar.

Odo richtete sich ruckartig auf.

Irgendetwas stimmte nicht mit dem Haar. Während er darüber nachdachte, war Odo sich immer sicherer, dass nicht Žiliškas nackte Erscheinung ihn derart erregt hatte, sondern das Haar, von dem eine unheimliche Kraft auszugehen schien.

Er holte das Messer hervor und rannte zurück in die Kammer, wo die Frauen nebeneinander an der Wand kauerten. Žiliška hatte sich wieder angezogen und den Ring unter der Tunika verborgen. Dabei hatten sich einige der langen Strähnen gelöst, die über ihr Gesicht und ihre Schultern fielen.

Ohne zu zögern, packte Odo sie im Genick und warf sie mit dem Gesicht nach unten zu Boden.

Die Sklavin kreischte.

«Halt den Mund!», fauchte Odo.

Dann hockte er sich rücklings auf die junge Frau, öffnete den Haarknoten, griff hinein und zog eine Handvoll Strähnen so stramm, als wolle er ihr das Haar vom Kopf reißen. Žiliška drehte und wand sich unter ihm wie ein Aal und schrie.

Odo setzte die Klinge an und schnitt die Strähnen ab.

Das Messer ging schwerer durch sie hindurch, als er angenommen hatte. Dann stand er auf, drehte Žiliška auf den Rücken und hielt ihr das abgeschnittene Haar vor die Augen.

«Ich werde dir den Schädel rasieren und dein ganzes Haar verbrennen», zischte er drohend. «Oder redest du jetzt?»

Bevor die Sklavin übersetzen konnte, nickte die junge Frau stumpf. Daraufhin zog Odo sie unsanft hoch und schleuderte sie gegen die Wand. Es gab einen dumpfen Aufprall, und sie rutschte kraftlos neben der schluchzenden Sklavin zu Boden. Odo trat vor die junge Frau, nahm ihr das Lederband ab und steckte den Ring unter seine Kutte.

Žiliškas Haarsträhnen ließ er achtlos ins Feuer fallen.

6.

Noch vor dem Morgengrauen verließ Odo das Gemeindehaus und nahm den Waldweg nach Haithabu. Rings um ihn herum begann sich die Natur zu regen. Mäuse und andere Kleintiere raschelten durchs Unterholz, von den Bäumen rieselte goldenes Herbstlaub herab. Eine Schar Möwen kreischte am wolkenverhangenen Himmel. Es würde ein grauer Tag werden. Die Kälte kroch unangenehm feucht unter Odos Kutte. Er bedeckte seinen Kopf mit der Kapuze und beschleunigte seinen Gang.

Die Gassen von Haithabu waren noch menschenleer. Ohne jemandem zu begegnen, erreichte er den Hafen, dessen Landebrücken nahezu verwaist waren, nachdem die meisten Handelsschiffe bereits gestern wieder abgelegt hatten. Nur hier und da dümpelten Fischerkähne in den Wellen des auffrischenden Windes. Alle größeren Boote, die Bewohnern der Stadt gehörten, hatte man schon vor Tagen ans Ufer gebracht und zu den inzwischen fertiggestellten Langschiffen von Hovis Flotte gelegt.

Als Odo seinen Blick über das Hafenbecken schweifen ließ, bemerkte er in einiger Entfernung einige Männer. Sie waren damit beschäftigt, eine aufs Land gezogene Knörr mit Segeltüchern abzudecken, um das Schiff winterfest zu machen.

Odo näherte sich den Männern. «Ich bin auf der Suche nach einem Schiff, das nach Osten fährt», rief er.

Einer der Männer, wohl der Schiffsführer, sprang vom Deck herunter, baute sich breitbeinig vor Odo auf und musterte ihn abschätzig.

«Da kommst du einige Tage zu spät, Munki.»

Odo zog die Geldbörse des Sarazenen hervor und ließ die Münzen klimpern.

«Ich bezahle jeden, der mir weiterhelfen kann, sehr gut.»

Der Schiffsführer zuckte mit den Schultern. «Der Herbst ist angebrochen, Kuttenträger. Bald ziehen die ersten Stürme auf. Nur Lebensmüde und Verrückte wagen sich jetzt noch aufs Meer.»

Doch Odo wollte sich noch nicht geschlagen geben. «Wenn ihr mich nach Osten bringt, entlohne ich euch mit sechzig Münzen und mit einem Kreuz aus reinem Silber. Ihr könnt alles unter euch aufteilen, wie es euch beliebt.»

Der Mann schüttelte den Kopf. «Nicht einmal für die dreifache Summe würde ich mein Schiff und mein Leben aufs Spiel setzen. Aber du kannst mich gern im nächsten Frühjahr wieder fragen.»

Als er zu seinem Schiff zurückging, blieb er noch einmal stehen und rief: «Warum fragst du nicht unseren Jarl Hovi? Der braucht im Moment jede Münze, die er kriegen kann. Vielleicht bemannt er eines seiner Drachenschiffe und fährt dich dorthin, wo du hinwillst.»

Odo drehte sich zu der Kriegsflotte um. Sie bestand lediglich aus sechs Schiffen, die zwischen fünfzig und einhundert Fuß lang waren. Drei davon waren kleinere Schiffe, die man *snekkja* nannte und die mit jeweils dreizehn Riemenpaaren ausgestattet waren. Die anderen drei waren größere Langschiffe mit bis zu dreißig Riemenpaaren. Die Rümpfe der über den Sommer gebauten Schiffe hatte man mit gefetteten Tüchern abgedeckt.

Auf diesen Drachenschiffen würden kaum mehr als dreihundert Männer in den Krieg ziehen können, und das waren viel zu wenig für Hovis wahnsinnige Absicht, die von Steinmauern umgebene Stadt Rom anzugreifen.

Da kam Odo plötzlich eine Idee. Doch bei näherer Betrachtung erschien ihm dieser Gedanke ebenso verrückt wie Hovis tollkühner Plan. Ernüchtert wandte er sich zum Gehen.

Aber würde er wirklich bis zum Frühjahr warten können? Was wäre, wenn der Dämon bis dahin weitergezogen wäre? Vielleicht hatte ihm der Allmächtige genau aus diesem Grund das Weib und den Ring gerade jetzt geschickt?

Nein!

Er blieb abrupt stehen und schaute nach Osten, wo der Slien jenseits des Noors zwischen Wäldern und sanften Hügeln in Richtung des Meeres verschwand. Aus der Richtung zogen dicke, graue Wolken auf. Ein Windstoß fuhr unter Odos Kapuze und riss sie von seinem Kopf.

Lange stand er so da und dachte nach. Dann machte er sich auf den Weg zu Hovis Anwesen.

Das einst so prächtige Langhaus war bei der Feuerkatastrophe bis auf die Grundpfosten niedergebrannt. Offiziell hieß es, das Gebäude sei von einem Blitz getroffen worden. Aber es gab auch Stimmen, die behaupteten, das Haus sei einer Brandstiftung zum Opfer gefallen.

Nur wenige Tage nach dem großen Feuer hatte man die Reste des alten Langhauses weggeräumt. An dessen Stelle entstand nun ein neues, deutlich größeres Gebäude. Seine Dachkonstruktion ruhte bereits auf Pfosten, und ein Teil der Wände war mit Bohlen befestigt worden. Odo fragte sich, ob Hovis neues Haus noch vor dem Winter fertig werden würde. Aber das war nicht nur eine Zeit-, sondern vor allem eine Geldfrage. Es hieß, Hovi hätte in den Flammen die meisten seiner Schätze verloren.

Als Odo mit gemischten Gefühlen durch das Tor trat und auf den Jarlshof kam, hörte er auf der Baustelle die Geräusche Dutzender Hämmer und Beile. Zahlreiche Arbeiter waren bereits am frühen Morgen an dem Bauwerk beschäftigt. Unter ihnen entdeckte Odo einige der Männer, die auch bei der Errichtung seiner Kirche geholfen hatten. Einer von ihnen war Ospak. Odo rief ihn beim Namen und fragte nach seinem ehemaligen Vorarbeiter Ulf.

Ospak zuckte zusammen, als er Odo erblickte. Offenbar wollte er nicht mit dem Christenpriester in Verbindung gebracht werden. Dennoch nickte er kurz und verschwand hinter einer der Bohlenwände. Kurz darauf kehrte er mit Ulf zurück, der sich vorsichtig umschaute. Die einzigen Männer, die ihm hätten gefährlich werden können, waren eine Handvoll Krieger, die vor einem größeren Stallgebäude herumlungerten und irgendein Spiel veranstalteten. Aber sie beachteten weder Ulf noch Odo.

Ulf näherte sich Odo auf wenige Schritte. «Ihr solltet Euch hier nicht blicken lassen, Priester. Das ist zu gefährlich.»

Odo lächelte sanft. «Ich möchte nur den Jarl besuchen, mehr nicht.»

Ulf atmete tief ein und ließ die Luft geräuschvoll entweichen. «Nein, tut das nicht! Geht nicht zu Hovi. Er hasst Euch noch viel mehr, seit die Kirche fertiggestellt ist. Ich hatte Euch doch vor der Glocke gewarnt …»

Ospak trat neben Ulf. «Und was geschieht, wenn Hovi Euch tötet, Priester? Wer soll dann unseren Lohn bezahlen?»

Odo dachte für einen Augenblick an die Silbermünzen in seiner Tasche. Damit hätte er die Arbeiter, die das Geld dringend benötigten, bezahlen können. Aber es gab Wichtigeres zu erledigen – und alles, was im Sinne Gottes geschah, hatte Vorrang vor den irdischen Bedürfnissen.

«Habt keine Angst, ihr bekommt euren Lohn bald», sagte Odo. «Das habe ich euch versprochen, und ich werde zu meinem Wort stehen. Gleich nachdem wir unseren ersten Gottesdienst in der Kirche gefeiert und das heilige Haus geweiht haben, zahle ich euch aus.»

Ulf seufzte. «Du findest den Jarl dort drüben.» Er zeigte zum Stallgebäude und verschwand mit Ospak wieder auf der Baustelle.

Außer dem Langhaus waren alle anderen Gebäude im Jarlshof von den Flammen verschont geblieben. Odo kam an kleineren Hütten vorbei, in denen Sklaven, Mägde und Knechte wohnten, sowie an einer Baracke, vor der ein

Dutzend Schweine in der aufgewühlten Erde nach Nahrung suchte.

Die Krieger vor dem langgezogenen Stall hatten ihn noch nicht bemerkt. Zwei von ihnen saßen auf alten Weinfässern und beobachteten die anderen drei Männer, die runde Kieselsteine und Glaskugeln gegen die Wand schnippten. Die Aufgabe des Spiels war denkbar einfach: Wessen Stein am dichtesten an der Wand landete, der hatte gewonnen.

Odo räusperte sich vernehmlich. Die Krieger, die lediglich mit Kurzschwertern bewaffnet waren, drehten sich zu ihm um.

Odo verneigte sich und sagte dann schnell: «Bringt mich bitte zu eurem Führer, dem Jarl Hovi.»

Die Männer starrten ihn überrascht, aber auch belustigt an. Einer von ihnen trat auf Odo zu und baute sich mit vor der Brust verschränkten Armen auf. Er grinste schief. «Was glaubst du eigentlich, wer du bist, Kuttenträger? Unser Jarl empfängt keine Munkis. Das hat er noch nie getan.»

Ein anderer Krieger kam hinzu und zückte demonstrativ sein Schwert. «Überlass den Kerl mir», sagte er. «Hovi wird mich belohnen, wenn ich dem Munki den Bauch aufschlitze.» Er spuckte Odo vor die Füße.

Die übrigen Männer lachten roh.

Da legte sich plötzlich von hinten eine Hand auf Odos Schulter, und als er sich umdrehte, sah er sich Auge in Auge mit Egil Blóðsimlir, dem Bluttrinker.

«Lasst den Skitr reden», schnaufte Egil. «Ein Munki, der so dumm ist, freiwillig hierherzukommen, muss uns etwas Wichtiges mitzuteilen haben. Oder bist du einfach nur lebensmüde, Priester?»

«Ich möchte dem Jarl ein Angebot machen», erwiderte Odo.

«Ein Angebot – oho!» Egil starrte Odo ungläubig an. «Was hast du denn zu bieten?»

«Ich möchte Frieden mit Hovi schließen.»

«Frieden?» Egils Mundwinkel zuckten, als könne er sich nicht entscheiden, ob er darüber amüsiert oder verärgert sein sollte. Er legte seine Hand auf den Knauf seines Schwerts, doch dann verzog sich seine Miene zu einem Grinsen, und er begann dröhnend zu lachen.

«Der Munki lässt in Haithabu eine *klokka* läuten», stieß er hervor. «Der Kerl wirbt Hovis Arbeiter ab und baut eine Kirkja aus Stein – während der große Jarl, der Herrscher dieser Stadt, in einem Pferdestall leben muss. Du weißt selbst, Munki, dass dich nur das Wort des Königs bislang am Leben gehalten hat. Trotzdem kommst du hierher und redest von Frieden?»

Odo nickte standhaft.

«Ich sollte deine Eingeweide an die Schweine verfüttern», sagte Egil. «Dann bist du wenigstens noch für irgendetwas zu gebrauchen.»

Odo schaute Egil fest in die Augen.

Eine Weile maßen sie sich mit Blicken, dann sagte Egil: «Nun gut! Du bist zwar weniger wert als eine Ratte, aber ich will dich dennoch für deinen Mut belohnen. Warte hier.»

Mit einem zweideutigen Grinsen öffnete er die Stalltür und verschwand im Gebäude. Trotz der Kälte spürte Odo den Schweiß unter seinen Achseln.

Innen hatte man den Pferdestall zu einem geräumigen Wohnhaus umgebaut, in dem es nach Rauch und Tiermist roch. Im hinteren Bereich, durch den man das Gebäude betrat, standen in abgetrennten Boxen einige Pferde.

Odo folgte Egil, und sie kamen in einen saalartigen Raum, dessen Wände mit den Fellen und Schilden behängt waren, die man bei dem Brand hatte retten können. Der Raum wurde erhellt durch den Schein eines Feuers, dessen Flammen die Umgebung in ein gespenstisch flackerndes Licht tauchten.

Es dauerte einen Moment, bis sich Odos Augen an das Halbdunkel gewöhnt hatten – dann sah er sich dem Jarl gegenüber. Hovi, dessen Gesicht wie immer hinter der silbernen Maske verborgen war, thronte auf einem hölzernen, mit Schnitzereien versehenen Stuhl. Er trug einen roten Mantel mit goldenen Knöpfen und Schulterstücken aus Marderpelz. Und er war nicht allein. Links und rechts des Throns standen lange Bänke, auf denen mindestens zwei Dutzend ältere Krieger saßen. Offensichtlich war Odo mitten in eine wichtige Verhandlung geplatzt. Im Hintergrund ertönte ein dumpfes Geräusch, als die Tür von innen verriegelt wurde.

«Bevor du dem großen Hovi dein Angebot vorträgst, wirst du ihm die Stiefel küssen», befahl Egil.

Die Krieger auf den Bänken stießen sich lachend an.

Odo zögerte. Mit einer solchen Erniedrigung hatte er nicht gerechnet. Einem Gotteslästerer die Füße zu küssen, war für ihn undenkbar. Aber hatte er eine andere Wahl?

Egil legte drohend eine Hand an sein Schwert.

Schnell machte Odo zwei Schritte auf den Thron zu, vor dem er sich tief verbeugte.

«Das ist nicht genug Ehrerbietung, Munki», zischte Egil. «Auf die Knie mit dir!»

Odo versuchte es mit einem Ablenkungsmanöver und

kam sofort auf den Anlass seines Besuchs zu sprechen. «Hovi, Jarl von Haithabu, ich weiß, dass es zwischen uns einige Meinungsverschiedenheiten gibt und dass Ihr den Gott der Christen, den Allmächtigen, für Euer Ungemach verantwortlich macht. Aber ich bin nicht zu Euch gekommen, um über den wahren Glauben zu reden, sondern um Euch etwas anzubieten, das Euch zum reichsten Mann der nordischen Welt macht. Ich weiß, wie Ihr an die herrlichsten Schätze kommen könnt.»

Die Männer auf den Bänken erstarrten. Hovis gedrungene Gestalt regte sich auf dem Thron. Er hob seine Rechte, winkte Egil zu sich und beriet sich leise mit ihm.

Als Egil sich wieder Odo zuwandte, sagte er: «Der große Hovi zweifelt an deinen Worten, Kuttenträger. Dennoch ist seine Güte groß, und er gestattet dir, ihm zu verraten, wo sich diese Schätze befinden sollen.»

«Auf einer Insel, die einige Tagesreisen östlich von hier im Baltischen Meer liegt. Man nennt das Eiland Rujana.»

Egil zog finster die Augenbrauen zusammen. «Wir kennen diese Insel. Jeder hier hat schon einmal von ihr gehört und von dem Slawenvolk, das darauf lebt. Die Ranen tragen lange Schnurrbärte und schneiden sich das Haar über der Stirn.»

Egil machte eine Bewegung, als wolle er seinen Bart zwirbeln. Die Krieger auf den Bänken lachten.

«Hört mich an, Jarl Hovi. Ich habe erfahren, dass auf dieser Insel ein Tempel steht, in dem die Bewohner ihre Reichtümer horten. Es gibt dort Gold, Silber und Bernstein in solchen Mengen, dass Ihr Euch aus dem Erlös einen neuen Palast bauen könntet. Und nur ich allein kann Euch zu diesem Tempel führen.»

Das Lachen erstarb. Alle Blicke richteten sich auf Egil und Hovi.

«Woher willst du all das wissen, Munki?», fragte Egil, dessen Stimme mit einem Mal nicht mehr so herablassend klang.

«Von jemandem, der von dieser Insel stammt.»

Egil drehte sich zu Hovi um, der kaum merklich nickte. Dann sagte Egil: «Dein Angebot lautet also, dass du Hovi verrätst, wie wir an die Schätze kommen, und dafür sollen die Christen ungestört in Haithabu die Klokka läuten.»

«Nein», erwiderte Odo. «Meine einzige Bedingung lautet, dass Ihr mich mitnehmt – und dass wir sofort dorthin aufbrechen.»

«Sofort?» Egil runzelte zweifelnd die Stirn. «Warum diese Hast? Wie können wir sichergehen, dass du uns nicht belügst?»

«Ich werde die ganze Zeit an Eurer Seite sein, und wenn ich die Unwahrheit gesprochen habe, könnt Ihr mich jederzeit töten.»

Hovi winkte Egil erneut zu einer Unterredung zu sich. Während sich die beiden mit gedämpften Stimmen berieten, ließen die anderen Männer Odo nicht aus den Augen. Er bemerkte ihre vor Gier glänzenden Augen. Die älteren Krieger schien er bereits überzeugt zu haben, und die Aussicht auf reiche Beute ließ sie jede Vorsicht vergessen. Aber was war mit Hovi?

Endlich wandte sich der Bluttrinker wieder an Odo. Nachdem er ihn eine Weile gemustert hatte, winkte er vier Soldaten herbei, die im hinteren Bereich des Raums gewartet hatten. Auf Egils Zeichen hin umringten sie Odo und richteten die Spitzen ihrer Lanzen auf ihn.

Odo trat nervös von einem Fuß auf den anderen. Was hatte das zu bedeuten?

Währenddessen war Egil ans Feuer getreten. Er steckte eine kleine Schaufel in die Glut, auf die er rotglühende Holzstücke häufelte. Dann forderte er Odo auf, die linke Hand zu öffnen und auszustrecken.

Odo schüttelte den Kopf. «Das werde ich nicht tun.»

«Gib mir deine Hand, Munki», zischte Egil. Glutbrocken rieselten von der Schaufel.

«Nein!»

Als Egil den Soldaten zunickte, stürzten sie sich auf Odo und rangen ihn nieder. Einer von ihnen packte seine linke Hand, bog die Finger auseinander und drehte die Handfläche nach oben.

«Die Götter werden entscheiden, ob du die Wahrheit sprichst», sagte Egil und schüttete die Glut auf die geöffnete Hand. Heftige Schmerzen durchzuckten Odos Körper, als sich die Hitze durch sein Fleisch brannte. Aber er presste die Lippen fest zusammen, um nicht zu schreien. Er schrie auch nicht, als Egil seine Finger zusammendrückte und Odos Faust fest um die Glut schloss.

Der süßliche Geruch seines eigenen verbrannten Fleisches stieg Odo in die Nase. Ihm wurde schwarz vor Augen. Die Schmerzen waren kaum zu ertragen. Aber er bemühte sich, ruhig und gleichmäßig zu atmen, um nicht die Besinnung zu verlieren. Diesen Triumph wollte er den verfluchten Heiden nicht gönnen.

Nach einer Weile öffnete Egil Odos Hand wieder und kratzte mit der Schaufel die eingebrannte Glut ab. Zwei Männer schmierten eine Fettsalbe auf die Wunde und verbanden anschließend seine Hand. Als Egil daraufhin den Priester durchsuchte, entdeckte er den Geldbeutel und steckte ihn schnell ein, ohne dass jemand dies bemerkte. Soldaten mussten Odo stützen, als man ihn aus dem Pferdestall führte.

Er nahm zunächst an, dass sie ihn vom Jarlshof jagen würden. Stattdessen brachte man ihn in die Baracke, vor der sich die Schweine im Schlamm suhlten. Drinnen legten ihn die Männer in Ketten, die sie an einem Stützbalken befestigten. Dann trieben sie die Schweine hinein.

Und Egil, dessen gewaltiger Schattenriss den Eingang ausfüllte, lachte, als man Odo mit dem grunzenden Borstenvieh allein zurückließ.

7.

Endlose Tage vergingen, bis man Odo eines Morgens die Ketten abnahm, um ihn aus dem Stall zu holen.

Es war ein stürmischer Herbsttag. Dunkle Gewitterwolken hingen tief über den Dächern Haithabus. Obwohl der Monat *novem* gerade erst angebrochen war, lag bereits der Geruch von Schnee in der Luft. Aber noch goss es in Strömen. Der Regen der vergangenen Tage hatte den Boden so sehr aufgeweicht, dass Odos Füße bis zu den Knöcheln im Schlamm versanken, als man ihn über den Jarlshof führte.

Die frische Luft tat ihm gut, er atmete sie gierig ein. Im Stall war die Luft unerträglich. Odo war gezwungen gewesen, seine Notdurft wie die Schweine an Ort und Stelle zu erledigen. Der Gestank hatte sich in seine Kutte, seine Haare und die Poren seiner Haut gefressen.

Die Krieger hatten ihm die Hände auf dem Rücken gefesselt und eine Schlinge um seinen Hals gelegt. Die verbrannte Hand war noch immer verbunden. Die einst weißen Stofffetzen waren schwarz geworden, denn man hatte den Verband nie gewechselt.

«Beweg dich schneller, du *prekkrsvin,* du Dreckschwein», rief einer der Soldaten und knuffte ihm in den Rücken.

Odo trug nur noch einen Schuh, den anderen hatten die Schweine gefressen. Beim Gehen schmerzten seine Beine, denn die vergangenen Tage hatte er liegend oder sitzend verbringen müssen. Die Länge der Kette war so bemessen, dass er gerade einmal zum Trog kriechen konnte, an dem er sich mit den Schweinen um das Fressen gestritten hatte. Sklaven hatten täglich die Abfälle aus der Jarlsküche gebracht.

Von der Baustelle drangen die vertrauten Arbeitsgeräusche herüber. Man hatte inzwischen alle Wände gesetzt, und auch am Dach waren nur noch Restarbeiten zu erledigen. Als einige der Handwerker Odo bemerkten, ließen sie ihre Werkzeuge sinken. Sie beobachteten, wie die schwerbewaffneten Krieger den zerlumpten, vor Dreck starrenden Mann an einer Halsschlinge hinter sich herzogen. Als die Krieger die neugierigen Arbeiter bemerkten, rief einer in Richtung der Baustelle: «Ihr werdet nicht fürs Gaffen bezahlt!»

Daraufhin gingen die Handwerker schnell wieder an die Arbeit.

Die Soldaten näherten sich mit dem Gefangenen dem Pferdestall, in dem Hovi noch immer wohnte. Sie stießen Odo in das Gebäude, und als er am Eingang über einen Wassereimer stolperte, zog sich im Fallen die Halsschlinge fest zusammen und schnürte ihm die Luft ab. Sofort zerrte man ihn wieder hoch und lockerte das Seil. Odo rang nach Luft.

Wie bei ihrer letzten Begegnung saß Hovi auf dem Holzthron. Seine silberne Maske schimmerte im Feuerschein. Auf den Bänken hatten wieder gut zwei Dutzend Männer Platz genommen, die jede von Odos Bewegungen aufmerksam verfolgten.

Egil Blóðsimlir trat aus dem Halbdunkel hervor und winkte die Soldaten zu sich. Daraufhin führten sie Odo heran und ließen ihn zu Boden fallen wie den Kadaver eines erlegten Tieres.

Mühsam hob Odo den Kopf. Direkt vor seinen Augen glänzten Hovis eingefettete Lederstiefel.

«Küss dem großen Jarl die Füße!», schnaubte Egil.

Odo bewegte sich nicht.

Da beugte sich Egil zu ihm, packte ihn im Nacken und drückte seinen Mund auf die Stiefel. Das weiche Leder stank nach Dachsfett.

«Leck sie ab!», fauchte Egil. «Ich will sehen, wie du die Stiefel ableckst!»

Odos Lippen blieben fest geschlossen. Die Heiden hatten ihm die Freiheit genommen. Sie hatten ihn schlimmer behandelt als einen Sklaven, und wahrscheinlich würden sie ihm nun auch noch das Leben nehmen. Aber er würde mit erhobenem Haupt dem Tod entgegensehen.

Nach einer Weile ließ der Druck in Odos Nacken nach. Kurz darauf entfernte man ihm die Halsschlinge und die Handfesseln.

Olaf Skoðgætir, der Waffenmeister, hatte einen mit Wasser gefüllten Eimer herbeigeschleppt und begann nun, Odos Verband abzuwickeln. Die unteren Schichten hatten sich mit Blut vollgesogen und klebten an seiner

Haut, sodass Olaf die Hand in das Wasser tauchte. Mit einem Ruck riss er die aufgeweichten Fetzen ab. Odo biss die Zähne zusammen.

Nachdem Olaf den Dreck und das verkrustete Blut abgewaschen hatte, betrachtete er die Hand eingehend. Dann hob er den Blick, schaute zunächst Egil und dann Hovi an und sagte: «Die Wunde eitert.»

Einen Augenblick erfüllte gedämpftes Gemurmel den Raum, bis Egil das Wort ergriff. «Die Götter haben also entschieden. Wenn Odin dem Munki wegen der Klokka und der Kirkja verziehen hätte, hätte er die Wunden nicht eitern lassen.»

Was spielen diese Barbaren für ein Spiel mit mir?, dachte Odo verwirrt. Brandwunden eiterten immer. Das Blut rauschte in seinen Ohren, während er über die widersinnige Probe nachdachte, die Egil mit ihm veranstaltete.

Es war totenstill geworden im Pferdestall. Nur der ums Gebäude heulende Wind, die aufs Dach trommelnden Regentropfen und das Knistern des Feuers waren zu hören.

Egils Stimme unterbrach jäh die Stille: «Hört nun das Urteil, das Odin unserem großen Führer Hovi eingeflüstert hat.» Er wies mit einer verächtlichen Geste auf Odo. «Der Munki hat die Götter herausgefordert, indem er zu Ehren seines Gottes ein Steinhaus gebaut hat. Der Munki hat uns verhöhnt mit dem Geläute der Klokka. Und dann wollte er …»

Egil drehte sich zu Hovi um. «… unseren großartigen Jarl aus Haithabu fortlocken, um ihn daran zu hindern, im nächsten Frühjahr die Stadt Rom zu verheeren. Denn in dieser Stadt lebt der Anführer der Munkis – man nennt ihn *páfi*, den Papst. Und wisst ihr was, Krieger von Haithabu? Dieser Papst sieht aus wie ein fettes Weib.»

Als Egil mit einer ausladenden Geste dicke Brüste andeutete, brachen die anderen Männer in lautes Gelächter aus.

Egil hob die Hand, und der Lärm verebbte. «Bis zum Julfest soll der Munki weiterhin unter seinesgleichen leben dürfen – bei den Schweinen.»

Einige der Männer ahmten Schweinelaute nach.

«Und dann wird er sterben!», rief Egil in das Gegrunze.

Odo nahm sein Todesurteil äußerlich gefasst auf. Er hatte damit gerechnet, nach alldem, was man ihm angetan hatte. Aber er hatte keine Angst vor dem irdischen Tod. Weitaus schlimmer jedoch als alle Qualen, die er würde erleiden müssen, war, dass er seinen heiligen Auftrag nicht erfüllt hatte. Und er war selbst schuld daran, hatte er sich den Barbaren doch eigenhändig ausgeliefert.

«Wir werden den Munki an ein Kreuz nageln», rief Egil. «So wie man es einst mit seinem Gott gemacht hat. Und dann werfen wir ihn in den Slien, damit die Aale seine Eingeweide fressen.»

Odo legte allen Hass, zu dem er fähig war, in den Blick, den er dem Bluttrinker zuwarf. Doch als er gerade die Stimme erheben wollte, um den Barbaren Gottes Zorn entgegenzuschleudern, stutzte er. Da war ein eigenartiger Ausdruck in Egils Augen, den er nicht deuten konnte. Es erschien ihm, als wolle der Bluttrinker ihm auf diese Weise eine Botschaft übermitteln. Ein Geheimnis, von dem niemand etwas wissen durfte.

Und dann zwinkerte Egil ihm verschwörerisch zu.

8.

Ein Spalt zwischen zwei Brettern war Odos einzige Verbindung zur Außenwelt.

Sogar den Schweinen gestattete man tagsüber den Gang ins Freie, damit sie sich im Schlamm suhlen konnten. Odo blieb jedoch immer angekettet. Nur wenn er sich auf dem Boden lang ausstreckte, erreichte er den Spalt, durch den er auf die Baustelle schaute.

Als der Monat *decem* im Jahre des Herrn 863 anbrach, war die äußere Hülle des Gebäudes fertiggestellt. Anschließend machte man sich an die Innenarbeiten. Odo sah die Arbeiter nur noch, wenn sie morgens zur Arbeit kamen und am Nachmittag den Jarlshof wieder verließen oder zwischendurch Material besorgten.

Und da war noch etwas, das Odo sehen konnte. Eines Morgens hatten Arbeiter ein Holzkreuz errichtet und es an die Außenwand des Langhauses gelehnt. Es war Odo sofort klar, welche Absicht die Heiden verfolgten: Sie wollten den Christengott verhöhnen, indem sie seinen treuen Diener darannagelten.

Die Tage wurden kürzer. Irgendwann war Odo beim Zählen durcheinandergekommen. Er wusste nicht mehr, welcher Tag gerade war und wie lange es noch bis zum Julfest zur Wintersonnenwende dauern würde, das die Heiden um den einundzwanzigsten Tag des Monats *decem* feierten.

Einmal bekam Odo heftiges Fieber. Hunger und Kälte hatten seinen Körper ausgezehrt. In der Nacht erwachte er schweißgebadet, und als er sich zwischen den Schweinen aufsetzte, blickte er in ein gleißendes Licht. Inmitten des

Stalls war eine Gestalt aufgetaucht, von der ein flackerndes Leuchten ausging. Zunächst glaubte Odo, Jesus zu sehen, dann bildete er sich ein, es sei der heilige Johannes. Als die Gestalt sich ihm jedoch näherte, wurde sie zum Barbaren Ragnar Loðbrœk, der Odos Familie vernichtet hatte, dann zum Dänen Helgi.

Die Gestalt beugte sich zu ihm herab und nahm nun vor Odos getrübtem Blick das Aussehen Egils an, der Odo mit einem wärmenden Schaffell zudeckte und ihm anschließend eine bittere Flüssigkeit einflößte.

Als Odo am nächsten Tag erwachte, war das Fieber verschwunden. Aber die Gestalt war keine Erscheinung gewesen, denn das Fell lag noch über ihm. Er zerbrach sich den Kopf darüber, warum ausgerechnet Egil ihm das Leben gerettet hatte. Doch ihm fiel keine Lösung ein.

Kurz darauf fiel der erste Schnee. Die Flocken wirbelten von Böen gescheucht umher und bedeckten den Jarlshof unter einer weißen Schicht, in der Arbeiter und Krieger ihre Fußabdrücke hinterließen.

Dass das Julfest unmittelbar bevorstand, merkte Odo daran, dass die Schweine eines Nachmittags nicht in den Stall zurückgebracht wurden. Stattdessen hallten Quieklaute über den Hof. Durch den Spalt beobachtete Odo, wie man die geschlachteten Tiere in das neue Jarlhaus schleifte. Das Blut der Borstentiere färbte den Schnee rot. Am nächsten Morgen wurde das Kreuz aufgestellt. Arbeiter, unter ihnen auch Ulf und Ospak, mussten ein tiefes Loch in Schnee und Erde graben. Dort hinein hievte man den Fuß des Kreuzes, schüttete das Loch wieder zu und stampfte die Erde fest.

In der darauffolgenden Nacht, der letzten vor der Wintersonnenwende, erhielt Odo zum zweiten Mal Besuch.

Frierend und mit angezogenen Beinen hockte er neben dem Futtertrog, als plötzlich die Tür in den Angeln knarrte und eine leuchtende Gestalt den Stall betrat. Zunächst glaubte Odo, erneut eine Erscheinung zu haben. Doch als die Gestalt sich ihm näherte, erkannte Odo, dass es Egil war. In der Linken hielt er eine brennende Lampe, in der Rechten ein langes Messer, dessen Klinge im Schein aufblitzte.

«Setz dich an den Pfahl», sagte der Bluttrinker.

Odo rutschte vom Trog weg, sodass die Kette nicht mehr spannte, und lehnte sich gegen den Balken. Da zog Egil einen Schlüssel aus seinem Mantel und steckte ihn in das Kettenschloss.

«Du wirst erwartet», sagte er knapp.

«Aber das Julfest …?», stieß Odo verwirrt hervor. Seine eigene Stimme hörte sich in seinen Ohren unwirklich an. Er hatte wochenlang mit keinem Menschen mehr gesprochen.

«Das Fest findet morgen statt», erwiderte Egil. Die Lampe beleuchtete sein von Narben verunstaltetes Gesicht. «Doch heute lasse ich dich frei.»

Odo schüttelte verwirrt den Kopf. «Hovi … er lässt mich gehen?»

Egil schüttelte den Kopf. «*Ich* bin es, der dich gehen lässt, nicht der Jarl. Allerdings nur unter einer Bedingung. Du musst etwas für mich tun.»

«Und was, in Gottes Namen?»

«Ich werde dich zu Hovi bringen», erwiderte Egil und reichte ihm die Hand, um ihm beim Aufstehen behilflich zu sein.

Odo folgte Egil durch den Schnee. Am wolkenfreien Nachthimmel funkelten unzählige Sterne. Es war windstill und eiskalt. Atemwölkchen bildeten sich vor Odos Mund. Sie kamen an dem Kreuz vorbei und erreichten kurz darauf das neue Gebäude, wo sie zu einer Seitentür gingen, die im hinteren Bereich in die Wand eingelassen war. Hier gab Egil Odo das Messer und zog gleichzeitig sein Schwert, damit Odo nicht auf dumme Gedanken kam.

«Wenn du mich angreifst», warnte Egil, «schlitze ich dich auf.»

Dann öffnete er vorsichtig die Tür und schickte Odo mit einem Kopfnicken in das Haus. Odo kam in einen schmalen, dunklen Raum, in dem es verführerisch nach geräuchertem Fleisch und Fisch duftete. Die Tür schloss sich hinter ihm. Egil war draußen geblieben.

Unmittelbar über dem Boden an der gegenüberliegenden Seite des Vorratsraums schimmerte ein Lichtschein. Odo tastete sich voran, streckte eine Hand aus und fühlte den Riegel einer weiteren Tür. Er legte ein Ohr daran und lauschte. Dahinter waren Schnarchgeräusche zu hören.

Sachte schob er den Riegel zur Seite und ließ die Tür aufschwingen. Der Raum dahinter wurde erhellt vom Licht mehrerer Ölfeuer, die in Silberschalen brannten. In der Mitte des Raums befand sich ein breites Schlaflager, ein Podest, das mit weichen Fellen und Stroh gepolstert war. Darauf lagen drei Frauen und ein Mann.

Als Odo einen Schritt in den Raum machte, richteten sich die Frauen so plötzlich auf, als hätten sie auf Odo gewartet. Schweigend und darauf bedacht, kein Geräusch zu machen, krochen sie unter den Fellen hervor. Odo erkannte in ihnen Hovis Gespielinnen wieder. Unschlüssig, was er tun sollte, beobachtete er, wie die Frauen nach ihrer Kleidung griffen. Sie schlichen an ihm vorbei, gingen durch die Vorratskammer und klopften leise an die

Außentür. Egil öffnete ihnen und ließ sie hinaus. Dann wurde die Tür wieder geschlossen.

Odo schlich an das Bett und beugte sich über den Mann, der niemand anderes sein konnte als Hovi. Der Jarl trug keine Maske. Trotzdem war sein Gesicht nicht zu erkennen, da es im Schatten lag.

Da schreckte der Jarl plötzlich hoch.

Odo stieß vor Schreck einen Schrei aus und prallte zurück, als habe man ihm einen Stoß verpasst.

Hovi richtete sich auf, wobei Licht auf sein Gesicht fiel. Es war völlig entstellt und sah aus, als habe man den Kopf in kochendes Wasser getaucht. Die Haut war eine einzige rötliche, vernarbte Masse. Hovis Lider fehlten, und er starrte Odo aus unnatürlich weit aufgerissenen Augen an. Auch Lippen hatte er keine mehr. In dem offenen Mund waren gelbe, faulige Zähne wie bei einer grinsenden Totenmaske zu sehen.

Blitzschnell griff der Jarl nach einem Messer, das neben dem Bett lag, und wälzte sich aus den Fellen. Er war nackt. Mit vorgehaltener Klinge näherte er sich Odo, wobei er zischelnde Laute ausstieß, die nicht zu verstehen waren.

Da begriff Odo, was Egil von ihm erwartete: Er sollte den Jarl töten.

Er war zwar einen Kopf größer als Hovi, doch der Jarl war äußerst wendig, und Odo war nach der Gefangenschaft entkräftet. Hovi schoss auf ihn zu, wobei er mit dem Messer nach ihm stieß. Odo konnte sich gerade noch mit einem Sprung zur Seite vor der Klinge retten, die ihn um Haaresbreite verfehlte. In der Bewegung verlor Odo das Gleichgewicht und stolperte.

Mit einem Mal hatte Hovi einen Knüppel in der Hand.

Er schlug nach Odo und traf ihn an der Schläfe. Odo wurde schwarz vor Augen. Der zweite Schlag erwischte ihn am Hals, sodass es ihm die Luft abschnürte. Seine Knie knickten ein. Blitze zuckten in seinem Kopf auf, als Hovi ihn am Ohr traf. Dann sprang der Jarl vor, riss Odo zu Boden und warf sich auf ihn. Er hob das Messer. Die Klinge glänzte im Feuerschein.

In dem Moment riss Odo sein Messer hoch, um es Hovi in den Hals zu stoßen. Aber der Hieb war zu schwach, er schien nur die Haut aufgeritzt zu haben. Doch plötzlich quoll das Blut in Strömen aus der Wunde. Die Klinge hatte die Hauptschlagader durchtrennt. Hovi schrie auf und wich zurück. Dabei verlor er sein Messer, wankte, stürzte und wälzte sich schließlich brüllend vor Schmerzen auf dem Boden.

Sofort setzte Odo ihm nach, warf sich auf Hovis Oberkörper und hielt ihm die Klinge an die Kehle. Aus Hovis Mund kamen erneut Zischlaute. Dieses Mal konnte Odo einzelne Worte verstehen.

«Nicht so … ich muss … im Kampf sterben … ein Mann mit durchschnittener Kehle … stirbt wie ein Feigling. Steck mir die Klinge ins Herz, Munki. Sonst wird Odin mich nicht in Walhall aufnehmen …»

Der Jarl wusste, dass er dem Tode geweiht war. Das Blut floss rasch aus seinem Körper.

Odo beugte sich tief über ihn. «Siehst du nun, Gottloser, wohin der Hochmut dich gebracht hat. Bereue alle deine Sünden. Dann werde ich deiner letzten Bitte nachkommen.»

«Ja, ja … ich bereue … aber stich endlich zu», nuschelte Hovi. «Sag, dass ich tapfer gekämpft habe. Laut! Du musst es mit lauter Stimme sagen!»

Odo setzte die Messerspitze auf Hovis Brust an.

«Sag es … ich habe tapfer gekämpft … sag es … ich war tapfer … sag es!»

Da legte Odo sein ganzes Gewicht auf das Messer und stieß die Klinge in Hovis Herz. Zwischen Hovis Zähnen quollen Blutblasen hervor, die zerplatzten. Der Jarl röchelte im Todeskampf.

«Sag es … ich … ich bin tapfer.» Er atmete stoßweise aus rasselnden Lungen.

Während Odo die Klinge in Hovis Herz drehte, beugte er sich über ihn und sagte: «Du hast gekämpft wie ein altes Weib. Wie eine feige Ratte. Dafür wirst du in der Hölle schmoren, Götzenanbeter.»

Ein verzweifelter Ruck ging durch Hovis Körper. Er bäumte sich ein letztes Mal auf, wobei sich die lidlosen Augen nach oben verdrehten.

«Nein. Ich … Odin …»

Dann erschlaffte sein Körper.

Odo zog die Klinge wieder heraus, wischte sie an den Fellen, die auf dem Bett lagen, ab und lehnte sich erschöpft mit dem Rücken gegen die Wand. Um Hovis Leiche hatte sich eine schimmernde Blutlache gebildet.

Der Christenhasser war tot.

«Jetzt kannst du gehen, Munki.»

Odo drehte sich langsam zu Egil um, der neben ihn getreten war und Hovis Leiche betrachtete.

«Warum hast du ihn nicht selbst getötet?», wollte Odo wissen.

«Er war mein Freund, mein bester Freund. Wir kannten uns, seit wir Jungen waren. Odin sieht es nicht gern, wenn ein Mann seinen Freund tötet. Der Tod ist ehrenvoller, wenn man durch die Hand eines Feindes stirbt. Und Herrscher sind zur Ehre geboren – nicht zu einem langen Leben.»

Egil deutete auf die Tür. «Geh jetzt. Du bist ein freier Mann.»

«Aber ich habe den Jarl getötet.»

«Ich begnadige dich. Dieses Recht steht mir zu. Ich bin der neue Jarl von Haithabu. Es wird sich kein anderer Mann zur Wahl stellen.»

Odo erhob sich schwerfällig. Er überlegte, ob Hovis Tod für die Menschen in Haithabu eine Erleichterung bedeutete, wenn Egil an dessen Stelle trat.

«Aber warum musste der Jarl sterben?», wollte er wissen.

«Seine Zeit war abgelaufen. Er hat vergessen, wie man den Ruhm erlangt, der einen Mann nach dem Tode zum Helden macht. Sein Plan, Rom anzugreifen, war der Plan eines Verrückten. Niemals hätte er genügend Männer aufbieten können. Hovi war ein *Gjoflati*, ein Geizhals. Aber ein Herrscher muss sich durch Großzügigkeit auszeichnen. Nur dann folgen ihm seine Krieger in die Schlacht und in den Tod. Hovi hat seine Schätze vergraben, anstatt die Männer mit Edelsteinen und schönen Mädchen zu beschenken.»

Egil warf sich in die Brust. «Ich weiß, wovon ich rede, Munki! Vor vielen Jahren bin ich mit dem großen Krieger Ragnar Loðbrœk gefahren. Ich war damals noch ein Junge. Wir haben eine große Frankenstadt überfallen, die von Steinmauern umgeben ist. Und wir haben, ohne zu fragen, Ragnars Befehle befolgt. Jeder von uns wäre für ihn in den Tod gegangen, denn er hat uns für die Einnahme von Paris großzügig belohnt …»

«Paris?» Odo zuckte bei der Erwähnung seiner Heimatstadt zusammen. Er starrte den Krieger entgeistert an, als ihm bei dessen Anblick ein schrecklicher Gedanke kam. «Diese Narbe in deinem Gesicht – stammt sie von dem Überfall auf Paris?»

Egils alte Wunde zog sich von der linken Augenbraue über das Augenlid, die Wange und die Nase bis hinunter zum Kinn, wobei sie den Bart teilte wie ein Pfad einen Wald. Die Narbe veränderte ihre Form, als Egil ein stolzes Lächeln aufsetzte. «Ich bin im Kampf verletzt worden.»

«Und dann hast du dein eigenes Blut getrunken …», sagte Odo.

Egil warf ihm einen überraschten Blick zu. «Ja, genau so war es.»

Odo schloss die Augen. Die Erinnerung an jenen Tag, an dem er dem jungen Egil vor der Kathedrale Saint Etienne in Paris begegnet war, war grauenvoll. Doch er durfte sich jetzt nicht der Vergangenheit hingeben. Odo öffnete die Augen wieder und wandte sich zum Gehen.

Bevor er den Raum verließ, drehte er sich noch einmal zu Egil um. «Wird der neue Jarl meine Kirche dulden?»

«Da Hovi nun tot ist, werde ich an seiner Stelle auf dein Angebot eingehen», erwiderte Egil. «Du darfst die Klokka läuten, so laut und so oft du willst, wenn du mich zu dieser Insel führst. Sobald der Winter vorüber ist, werde ich Hovis Schätze heben. Damit werde ich König Horick Hunderte Krieger abwerben. Wir werden die Slawen angreifen und ihren Tempel plündern. Und mit den Reichtümern werde ich noch mehr Männer kaufen – so viele, bis ich Horick stürzen kann.»

Odo lächelte schwach. Egils Herrschaft würde den Menschen keine Erlösung bringen. Im Gegenteil. Dennoch war Odo zu einem Pakt mit diesem Teufel gezwungen. Aber auch dessen Tage waren gezählt.

Egil zog Odos Geldbeutel unter seinem Mantel hervor, wog ihn kurz in der Hand, dann gab er ihn dem Priester. «Es sind noch alle Münzen da. Nimm sie an dich und betrachte es als Beweis für meine Großzügigkeit.»

Odo steckte den Beutel ein.

«Und nun verschwinde», sagte Egil, «der Tag bricht bald an. Halte dich bereit. Wenn der Mond sich dreimal gefüllt hat, werde ich dich aus deiner Kirkja holen lassen, und dann fahren wir nach Osten.»

Als Odo aus dem Hintereingang kam, hinterließen seine Füße im Schnee rote Spuren. Er wanderte durch die schlafende Stadt nach Norden, zu seiner Gemeinde. Zu seiner Kirche.

Aber sein Blick ging nach Osten. Irgendwo dort, in weiter Ferne, lag die Insel Rujana. Und der erste Normanne, den Odo damals in Paris zu Gesicht bekommen hatte, würde ihn hinbringen.

9.

Am zwölften Tag des Monats *martius* im Jahre des Herrn 864 versammelten sich Hunderte Menschen im Hafen von Haithabu. Ihnen bot sich ein Bild, wie man es selten zuvor in der Stadt gesehen hatte. Mehr als zwei Dutzend Kriegsschiffe hatten an den Landebrücken festgemacht, wo sie in Zweier- oder sogar Dreierreihen nebeneinanderlagen. Die Drachenköpfe schaukelten in den Wellen, an den Masten flatterten bunte Wimpel im Wind.

Es herrschte Aufbruchstimmung.

Egil, der als neuer Jarl eingesetzt worden war, hatte zusätzlich zu den von Hovi gebauten Booten weitere Schiffe gekauft. Nun wartete eine Streitmacht von annähernd achthundert Kriegern ungeduldig auf die Abfahrt. Die Männer, die aus allen Gegenden des dänischen Reichs stammten, waren dem Ruf des Silbers gefolgt. Zehn Silbermünzen hatte Egil jedem in die Hand gezählt. Den restlichen Lohn sollten die Krieger nach der siegreichen Schlacht erhalten und natürlich auch einen Anteil an der Beute aus dem Ranentempel.

Dass die Dänen den Kampf gewinnen würden, daran zweifelte niemand an diesem herrlichen Morgen in Haithabu, an dem die Frühlingssonne vom blassblauen Himmel schien. Der Schnee war längst geschmolzen, der Slienfjord wieder eisfrei. Der Wind wehte kraftvoll aus westlicher Richtung – es war der Fahrtwind in den Sieg.

Männer, Frauen und Kinder jubelten den Kriegern zu. Selbst Greise, die keine Schwerter mehr führen konnten, brüllten: «*Sikr! Sikr!*» Sieg! Sieg!

Mit reicher Beute würden die Krieger zurückkehren. Die geschundene Stadt hatte die Schätze bitter nötig, damit Haithabu nach der Feuerkatastrophe seine alte Bedeutung als Tor zwischen den Welten im Norden und Süden wiedererlangen konnte.

«Sikr! Sikr!»

Die Krieger auf den Schiffen antworteten den Jubelnden, indem sie mit Schwertern und Beilen auf ihre Schilde trommelten.

Und in das Schlachtengetöse mischte sich der Klang der Kirchenglocke.

Als Odo sah, dass Folke weinte, kniete er vor dem Knaben auf der Landebrücke nieder und wischte ihm mit einer väterlichen Geste die Tränen von den Wangen.

Folke schaute ihn aus geröteten Augen an. «Werdet Ihr zu uns nach Haithabu zurückkehren?»

Odo lächelte sanft. «Das, mein Sohn, liegt allein in der Hand des Allmächtigen.»

Er entnahm seiner Tasche ein kleines Silberkreuz, das an einem Lederband hing. «Trage es immer bei dir. Dann wird der Herr dich am Jüngsten Tag, zur Wiederkunft Christi, als einen der Seinen erkennen.»

Folke neigte den Kopf, damit Odo ihm das Kreuz umlegen konnte.

«Nun gehe hin zu deinen Brüdern», sagte Odo und erhob sich. «Ich werde dich niemals vergessen. Und glaube mir: Wir werden uns wiedersehen in einer neuen Welt. In einer Welt, in der Gott seinen Platz hat.»

Folke schluckte schwer.

Odo küsste ihn auf die Stirn, schulterte seine Tasche, in der sich die Holzkiste befand, und ging zu einem der Langschiffe, auf dem er bereits erwartet wurde. Ingvar stand im Heck bei dem blonden Ranenmädchen und der Sklavin, deren Übersetzungsdienste Odo weiterhin benötigen würde.

Jarl Egil fuhr auf einem anderen Schiff. Es war eine prächtige Skeið, ein Langschiff, das er *hárknífr* genannt hatte – Rasiermesser. Nachdem Odo an Bord gegangen war, gab Egil das Zeichen zum Aufbruch. Sein Schiff führte die Flotte an. Odo fuhr auf dem zweiten Schiff in der Reihe, in der die Kriegsschiffe hintereinander wie an einer Perlenkette den Hafen verließen. Kräftige Ruderschläge ließen das braune Wasser des Slien schäumen, die hölzernen Drachenköpfe zogen in den Kampf. Nachdem die Flotte das Noor hinter sich gelassen hatte, schwenkte sie nach Osten in den Fjord, um Kurs zu nehmen auf das Baltische Meer.

Žiliška starrte mit versteinerter Miene ins Wasser. Eine blonde Strähne hatte sich aus ihrem Haarknoten gelöst und bewegte sich im Wind.

Odo beobachtete Žiliška von der Seite. Ihr Wesen war ihm ein Rätsel geblieben. Er hatte noch ein Mal mit ihr gesprochen, wobei sie ihm bereitwillig alle seine Fragen nach der Tempelburg und den günstigsten Anlandeplätzen in der Nähe beantwortet hatte, doch ansonsten waren die beiden Frauen unter sich geblieben.

Nach einer Weile wandte sich Odo von dem Mädchen ab. Warum sollte er sich über das eigenartige Geschöpf den Kopf zerbrechen? Sie war eine Heidin, und sie würde bald ihrer gerechten Strafe zugeführt werden, so wie alle anderen Ungläubigen.

Die Schiffe glitten an ausgedehnten Schilfwiesen und dichten Wäldern vorbei. In der Luft lag der angenehme Duft des Frühlings. Die Welt erwachte aus ihrem Winterschlaf.

In wenigen Tagen würden sie Rujana erreichen.

«Und siehe», flüsterte Odo in den Wind, «ich bin das A und das O, der Anfang und das Ende, der Erste und der Letzte.»

TEIL VI

RUJANA

Frühjahr 864

Und der sechste Engel goss aus seine Schale
auf den großen Wasserstrom Euphrat,
und sein Wasser vertrocknete,
damit den Königen vom Aufgang der Sonne der Weg bereitet würde.

Offenbarung des Johannes 16, 12

1.

Wie ein Heer dunkler Schattenkrieger jagten graue Regenwolken von Westen heran. Unaufhaltsam wurden sie vom Sturmwind an der Küste des Baltischen Meeres entlang auf Arkona zugetrieben.

Damek fluchte, als er am frühen Nachmittag zusammen mit Helgi nach einem langen Ritt den Waldrand erreichte. Ungebremst toste der Wind über die weite Küstenebene, an deren Ende sich dunkel und drohend die Tempelburg erhob. Helgi und Damek zogen ihre Fellkappen tiefer, um sich vor den erbsengroßen Regentropfen zu schützen.

«Beschissenes Wetter», fluchte Damek abermals, während er sich das Wasser aus dem Gesicht wischte.

«Treffender hätte ich es nicht ausdrücken können», erwiderte Helgi gelassen.

Er beugte sich nach vorn und tätschelte den Hals seines Pferdes. Wie Dameks Reittier war es schwer bepackt mit Decken, Taschen und Zeltbahnen. Helgis Schwert steckte in einer Holzscheide, die ihm ein Handwerker aus Ralsvik gefertigt hatte und deren Spitze unter dem Saum seines Mantels hervorschaute.

«Wir hätten zu Hause bleiben sollen», knurrte der Toblac. «Dann hätte ich mich an Dobricas Brüsten wärmen können, anstatt mir hier …»

«Dobrica?», unterbrach ihn Helgi erstaunt. «Du meinst doch nicht etwa die Tochter von Plivnik, dem Fischer?»

Damek zuckte mit den Schultern. «Na und? Sie ist sechzehn und reif für die Liebe.»

Helgi stöhnte. «Wie viele Weiber gedenkst du noch zu schwängern?»

Damek warf ihm einen finsteren Blick zu. «Willst du mir den Spaß verderben? Vergiss nicht, wem du es zu verdanken hast, dass König Ratibor dich zum Wojwoden ernannt hat.»

Helgi stieß einen Seufzer aus. «Wenigstens sorgst du dafür, dass unser guter Ansgar nicht arbeitslos wird. Hast du dich wenigstens mal bei ihm dafür bedankt, dass er sich aufopfernd um deine abgelegten Frauen und deine Nachkommen kümmert?»

«Warum sollte ich? Eine Hand wäscht die andere. Ich habe meinen Spaß, und der Munki bekommt die Jünger, die er braucht, um seine heiligen Worte predigen zu können. Und außerdem …», Damek bedachte Helgi mit einem schiefen Grinsen, «bin ich unter uns beiden stattlichen Männern nicht der Einzige, der dafür sorgt, dass sich die Schar der Kinder in Ralsvik mehrt. Meine zarte Duša ist ja inzwischen rund wie eine Kugel.»

Ein Lächeln umspielte Helgis Lippen, als er an Teška dachte – und an das Kind, das in ihrem Körper heranwuchs. Bis zur Niederkunft dauerte es zwar noch, aber ihr war immer öfter unwohl, daher war er gestern alleine aufgebrochen. Seitdem sie Tetĕslav in die Flucht geschlagen hatten, waren Teška und er nicht einen einzigen Tag getrennt gewesen. Doch der Anlass für diese Reise nach Arkona war zu wichtig. Sosehr er es auch vorgezogen hätte, bei ihr zu bleiben, er hatte hierherkommen müssen.

Denn am heutigen Abend sollte der Gott zu den Ranen zurückkehren.

«He, Däne!», rief Damek. «Wenn wir hier noch lange herumstehen, bin ich nicht nur nass bis auf die Knochen, sondern auch noch verhungert. Willst du das? Willst du verantworten, dass dein Lehrmeister den Hungertod stirbt?»

Er deutete in Richtung der Siedlung Putgarde, wo wie im vergangenen Herbst Dutzende Zelte errichtet worden waren, über denen die unterschiedlichen Wimpel der Wojwoden Rujanas im Regenwind flatterten. Auf dem Marktplatz waren viele Menschen damit beschäftigt, Stände und Buden zu errichten und gegen das Unwetter zu befestigen.

«Ich kann's kaum erwarten, in einen fetten Aal zu beißen», rief Damek in den Wind. Sein triefender Schnurrbart zitterte, als er sich voller Vorfreude die Regentropfen von den Lippen leckte.

Trotz des Wetters an diesem Nachmittag war der Markt gut besucht. Längst hatte es sich an den Küsten des Meeres herumgesprochen, dass die Schreckensherrschaft des Hohepriesters Žilobog gebrochen war. Auch hatte es seit Tetěslavs Flucht keine Piratenüberfälle in den Gewässern um Rujana mehr gegeben. Dem Seehandel stand ein gutes Jahr bevor.

Wegen der Einweihung der neuen Statue des Gottes Svantevit hatten König Ratibor und der Priesterrat den Frühlingsmarkt in diesem Jahr früher angesetzt. Mit der Herstellung der Statue hatte man im Herbst die besten Holzschnitzer beauftragt, und sie hatten den ganzen Winter über hart daran gearbeitet, das Abbild ihres vierköpfigen Götzen aus dem Stamm einer gewaltigen Eiche zu schälen.

Heute Abend nun würde Svantevit endlich auf die Burg gebracht werden. Die besten Soldaten des königlichen Heeres hatten ihn in den vergangenen Wochen auf einem

Ochsenwagen über die ganze Insel gekarrt, um dem Volk seinen Gott zu präsentieren. Wo auch immer Svantevit hinkam, drängten sich die Menschen an den Wegen und jubelten ihrem Gott zu. Denn dies war die einzige Gelegenheit, ihn jemals leibhaftig zu sehen, bevor er hinter den uneinnehmbaren Mauern der Tempelburg verschwinden würde.

«Da wäre noch eine Sache», druckste Damek herum, als sie sich Putgarde näherten. «Ich bräuchte etwas Geld. Ein paar Silbermünzen müssten ausreichen.»

«Geld?», erwiderte Helgi. «Willst du Räucheraal kaufen?»

«Ja, natürlich. Und Heringe. Aber … außerdem soll ich ein Kleid kaufen, das aus einem kostbaren Stoff hergestellt wird. Man nennt ihn Seide.»

«Ein Seidenkleid? Doch nicht etwa für Dobrica?»

«Doch. Sie will sich mir nur noch hingeben, wenn ich ihr ein solches Geschenk mitbringe.»

Helgi verdrehte die Augen, konnte sich aber ein Lächeln nicht verkneifen.

Inzwischen hatten sie die Ausläufer des Zeltlagers erreicht, und je näher sie Putgarde kamen, desto tiefer versanken die Pferdehufe im Schlamm des von Radspuren gefurchten Weges. Helgi wählte für ihr Zelt einen freien Lagerplatz, der etwas höher gelegen war. Andere Besucher, die bereits in den Vortagen bei Sonnenschein eingetroffen waren, hatten ihre Zelte in windgeschützten Mulden aufgeschlagen, in denen sich jetzt das Regenwasser sammelte.

Helgi und Damek luden die Pferde ab und begannen mit der Errichtung ihres Zeltes. Eigentlich war dies keine Arbeit für einen Wojwoden. Helgi hatte jedoch nur Damek als Begleitung mitgenommen, denn in Ralsvik gab es nach dem Winter reichlich zu tun. Heringe, Dorsche und Plattfische mussten gefangen, Saatgut ausgebracht und Hausdächer nach dem Winter geflickt werden. Dabei wurde jede helfende Hand gebraucht – und jede Hand, die mit einer Waffe umgehen konnte. Helgi rechnete zwar nicht mit einem Angriff von Seeräubern oder Obodriten, war aber wachsam, solange Tetĕslav noch immer frei herumlief. Die Suche nach dem Flüchtigen war erfolglos gewesen. Das war kein Wunder: Rujana war von dichten, sumpfigen Wäldern überzogen, in denen sich ein erfahrener Jäger wie Tetĕslav jahrelang verstecken konnte. Es gab aber auch Männer, die glaubten, er wäre längst über den Sund auf das Festland geflohen.

Nachdem sie die Haselstangen zu einem Zeltgerüst montiert, die breite Stoffbahn darüber ausgebreitet und sie am Boden fixiert hatten, schleppten sie ihr Hab und Gut unter das schützende Zeltdach. Damek wollte gerade die Felle für ihr Lager ausbreiten, als Helgi ihm einen Lederbeutel reichte, in dem einige Münzen klimperten.

«Hier drin ist unser ganzes Geld», sagte er. «Tu mir den Gefallen und gib nicht alles aus.»

Damek grinste breit, ließ den Beutel unter seinem Mantel verschwinden und machte sich in Richtung des Marktplatzes davon. Helgi folgte ihm zum Zelteingang und beobachtete lächelnd, wie sich der beleibte Toblac mit watschelnden Schritten entfernte.

Während Helgi noch damit beschäftigt war, das Zelt einzurichten, rief plötzlich von draußen jemand seinen Namen. Als er die Stimme erkannte, spannte er sich unwillkürlich an. Er atmete tief durch, trat an den Zelteingang und schlug die Bahnen auseinander.

König Ratibor erwartete ihn mit einem guten Dutzend weiterer Männer, unter denen sich zu Helgis Unbehagen auch Anatrog befand. Anatrog war der Wojwode der Provinz Ghynxt, die im Westen an die Provinz Ralsvik grenzte, und er hatte Helgi mehrfach seine Abneigung spüren lassen.

«Ich freue mich, dich zu sehen», grüßte Ratibor freundlich. «Wir sind uns lange nicht mehr begegnet. Geht es dir gut?»

Helgi suchte fieberhaft nach den richtigen Ausdrücken in der Sprache der Ranen. Er wollte unbedingt einen guten Eindruck auf den König machen. Zwar hatte dieser sich überaus großzügig gegen ihn gezeigt, Helgi hatte aber noch immer das Gefühl, unter Beobachtung zu stehen.

«Ich danke Euch, König Ratibor», erwiderte er, indem er die Worte sorgfältig wählte. «Ich bin zufrieden. Nur das Wasser fließt aus den Wolken …»

Er deutete gen Himmel und bemerkte erst jetzt, dass der Regen eine Pause eingelegt hatte.

Ratibor hob eine Augenbraue, ein Lächeln umspielte seine Lippen. «Man könnte auch sagen, es ist ein beschissenes Wetter.»

Helgi nickte schnell. «Ein beschissenes Wetter, genau.»

Die Männer lachten. Nur Anatrog bedachte Helgi weiterhin mit finsteren Blicken. Anatrog galt als ehemaliger Verbündeter Tetĕslavs, hatte sich jedoch nach dessen Flucht wieder dem König angedient, und der gutmütige Ratibor hatte ihm offenbar verziehen.

Der König machte einen Schritt in Helgis Richtung. «Ich habe Erkundigungen über dich eingeholt, und ich kann dir sagen, dass man nur Gutes über den Wojwoden von

Ralsvik hört. Die Menschen scheinen dich sehr zu mögen und als ihren Herrscher zu akzeptieren.»

Helgi atmete durch. «Auch ich liebe das Volk der Ranen.»

Anatrog stieß einen verächtlichen Laut aus.

Ratibors Blick ließ ihn verstummen. Dann wandte sich der König erneut Helgi zu. «Ich habe zudem gehört, dass Ranislavs Tochter ein Kind von dir erwartet.»

«Oh, ja!» Helgi warf sich in die Brust und richtete sich zu voller Größe auf. Er überragte den König und die anderen Männer deutlich. «Ich hätte Euch meine schwangere Teška gern gezeigt. Aber die Reise hierher ist beschwerlich. Ich hoffe, Ihr versteht, dass ich sie in Ralsvik zurückgelassen habe.»

Ratibor nickte bedächtig. «Dann wünsche ich dir, dass es ein Junge wird. Es wird der Tag kommen, an dem du einen Nachfolger brauchst, Wojwode Helgi.»

Nach diesen Worten drehte der König sich um und stapfte davon. Es dauerte einen Augenblick, bis Helgi die Tragweite seiner Worte begriffen hatte. Ratibor hatte soeben öffentlich seine Entscheidung bekräftigt, einen Fremden zum Wojwoden zu ernennen, und ihm damit sein Vertrauen ausgesprochen!

Außer Anatrog waren alle Männer dem König zurück ins Zeltlager gefolgt. Der Wojwode von Ghynxt aber harrte noch immer vor Helgis Zelt aus und starrte ihn feindselig an.

«Tetěslav war mein bester Freund», zischte Anatrog. «Du hast ihm genommen, was ihm gehört.» Er klappte seinen Mantel zurück und legte drohend seine Hand an den Schwertgriff.

Helgi hatte sein Schwert im Zelt liegen lassen. Vorsichtig bewegte er sich rückwärts zum Zelteingang, jederzeit zur Flucht bereit. Doch in diesem Moment nahm Anatrog seine Hand vom Schwert und schlug den Mantel zu. Dann machte er kehrt.

Helgi fühlte einen Wassertropfen auf seiner Nase. Der Regen hatte wieder eingesetzt.

2.

Er entdeckte den Toblac an einem der Fischstände, wo er sich ein fingerlanges Stück Räucheraal in den Mund stopfte und sich anschließend genüsslich kauend das Fett von den Lippen wischte. Unter seinem linken Arm klemmte ein Paket.

«Du hast den Stoff also bekommen», sagte Helgi.

Damek nickte. Nachdem er noch ein weiteres, vor Fett triefendes Stück Aal verspeist hatte, schlenderten sie über den Markt, auf dem ungeachtet des immer heftiger werdenden Regens dichtes Gedränge herrschte. Der schlammige Boden zwischen den Ständen war aufgewühlt, und überall sammelte sich braunes Wasser in tiefen Pfützen.

Während Damek sich bei einem Fleischhändler eine Blutwurst gönnte, bemerkte Helgi an dem benachbarten Stand einen Mann, der sein Interesse weckte. Es war ein stämmiger Kerl mit tätowiertem Gesicht, offensichtlich ein Krieger, in dessen Gürtel ein Schwert und ein Beil steckten. Er trug eine Regenkappe auf dem Kopf, das blonde Haar war auf dem Rücken zum Zopf geflochten. Helgi beobachtete, wie der Mann mit dem Waffenhändler um ein Messer feilschte. Je länger er das tat, desto überzeugter war Helgi, den Krieger schon einmal gesehen zu haben. Aber wo, verdammt nochmal?

Helgi schob sich so unauffällig wie möglich an den Waffenstand heran. Die beiden Männer unterhielten sich auf Dänisch, wobei der Krieger die Sprache beherrschte, der Händler aber vor jedem Wort überlegen musste, während er die Vorzüge ranischer Messer erklärte. Der Däne hingegen pries die Qualität dänischer Eisen, offenbar um den Preis zu drücken.

Damek knuffte Helgi in die Seite. «Jetzt brauche ich noch einen ordentlichen Becher Wein. Hm – das ist das Leben. Da vergisst man das Wetter! Lass uns weitergehen.»

Aber Helgi schüttelte den Kopf, legte einen Finger an seine Lippen und zeigte auf den Krieger. «Dieser Kerl kommt mir bekannt vor.»

Helgi bedeutete Damek mit einer Geste, sich nicht von der Stelle zu rühren und auf ihn zu warten. Dann ging er langsam weiter, bis er neben dem Dänen stand. Helgi tat so, als betrachte er die Klingen. Der Däne wollte dem Händler das Messer gerade zurückgeben, da sie sich über den Preis nicht hatten einigen können, als der Händler sein letztes Angebot noch einmal verbesserte. Der Krieger war einverstanden. Er bezahlte und steckte das Messer so beiläufig zu den anderen Waffen hinter seinem Gürtel, als hätte er schon jetzt jegliches Interesse daran verloren. Stattdessen nahm er weitere Münzen aus seinem Beutel, hielt sie dem Händler auffordernd hin und stellte eine Frage, die Helgi aufhorchen ließ.

«Ich gebe dir diese Silbermünzen, wenn du mir sagst, wie viele Soldaten die Tempelburg bewachen.»

Der Händler zögerte einen Augenblick, warf dann aber

einen Blick auf das Schwert des Kriegers. Er antwortete in gebrochenem Dänisch, dass es an die dreihundert Männer seien, die den Gott und die Priester schützten.

«Und gibt es nur diesen einen Eingang bei dem Wachturm?»

Der Händler nickte. Aber mehr wisse er nicht über die Tempelfeste zu sagen, fügte er schnell hinzu. Niemand außer den Soldaten, den Adligen und den Priestern dürfe die heilige Stätte betreten. Dann beugte er sich über den Tisch und erklärte mit gedämpfter Stimme, dass heute ein ganz besonderer Tag sei. Svantevit, der Gott der Ranen, kehre zurück und mit ihm der Schutz vor bösen Mächten.

Der Däne verzog sein Gesicht zu einem Grinsen. Er ließ die Münzen auf den Tisch fallen und stieß beim Weggehen mit Helgi zusammen. Helgi, der davon völlig überrascht wurde, rutschte auf dem weichen Boden aus und landete auf seinem Hintern im Schlamm.

Sofort griff der Däne nach seinem Schwert. Helgi hob beschwichtigend die Hände. Während er sich wieder erhob, grüßte er den Mann auf Dänisch. «Heilsa, frændi!»

Der Däne bedachte ihn mit einem kurzen Nicken. «Auch ich wünsche dir Glück, Freund!», entgegnete er knapp.

In diesem Augenblick, als er dem Mann direkt gegenüberstand, erinnerte sich Helgi an ihn. Er war einer von Hovis Soldaten, die in Haithabu die Leiche bewacht hatten, die im Weltenbaum Yggdrasil gehangen hatte.

Der Krieger musterte Helgi skeptisch. «Du bist Däne? Warum trägst du die Kleidung dieser Leute hier?»

«Ich … bin Händler …»

«Händler?» Der Däne glaubte ihm offensichtlich nicht.

Helgi versuchte das Gespräch von sich abzulenken. «Was führt dich auf diese Insel?»

Jetzt war es an der Reihe des Dänen, ausweichend zu antworten. «Ich bin auf der Durchreise. Wir fahren morgen weiter, nach Wollin in der Odermündung.»

«Woher stammst du?»

«Aus Haithabu.» Er deutete rasch mit dem Kopf nach Westen und machte Anstalten zu gehen. «Wir müssen noch Vorbereitungen für die Abreise treffen.»

Kurz darauf war er im Gedränge verschwunden.

«Ein Freund von dir?», fragte Damek, als er neben Helgi trat.

«Ein was? Ach so. Nein, kein Freund, ganz sicher nicht. Aber irgendetwas stimmt nicht mit dem Mann.»

Damek machte eine wegwerfende Handbewegung. «Er ist Däne – das sagt alles», entgegnete er grinsend. «Lass uns endlich weitergehen. An dem Stand da vorn gibt es Wein.»

Am frühen Abend erreichte Svantevit Putgarde. Bei diesem Ereignis hatte selbst der Himmel ein Einsehen. Hier und da riss die Wolkendecke auf; es nieselte nur noch. Hunderte Menschen versammelten sich links und rechts der Straße, um dem Einzug des Gottes beizuwohnen. Der von Soldaten begleitete Ochsenkarren, auf dessen Ladefläche man die Statue aufrecht stehend mit Seilen fixiert hatte, rumpelte über den glitschigen Untergrund an den Schaulustigen vorbei. Die vier Augenpaare des Götzen blickten streng auf die Menschen herab.

Überall erhob sich lauter Jubel, und die Soldaten hatten alle Hände voll zu tun, die begeisterte Menge von Svantevit fernzuhalten.

Damek zupfte sich zufrieden am Schnurrbart. «Jetzt hält Svantevit seine schützende Hand wieder über unser

Volk. Schau doch nur, wie stolz und prächtig er aussieht. Das Volk, das unter dem Schutz eines so mächtigen Gottes steht, ist unbesiegbar.»

Helgi nickte abwesend. Gern hätte er seinem Freund zugestimmt. Aber die Begegnung mit dem Dänen ging ihm nicht aus dem Kopf.

Als die Nacht hereingebrochen war, folgten Helgi und Damek der Einladung des Königs zu einer Feier in seinem Zelt. Damit wollte Ratibor die Herrscher der Siedlungen auf das große Fest einstimmen. Der König empfing seine Gäste auf einem Thron sitzend, den man eigens zu diesem Anlass von der Burg Charenza nach Putgarde gekarrt hatte. Die Wojwoden nahmen an Tischen Platz und tauschten Neuigkeiten aus. Sie ließen sich gegrilltes Hirschfleisch und gebratene Dorschfilets schmecken; dazu wurde reichlich Honigwein ausgeschenkt.

In allen Gegenden Rujanas hatten die Ranen den Winter über hungern müssen. Die Vorratskammern waren nach der Missernte des Vorjahrs nur spärlich mit Getreide, Pökelfleisch oder Räucherfisch gefüllt. Doch in diesem Jahr sollte alles anders werden. Niemand zweifelte daran, dass Svantevit für die kommende Ernte ein günstigeres Orakel vorhersagen würde. Dementsprechend war die Stimmung unter den Wojwoden ausgelassen wie lange nicht mehr, und es verleitete den einen oder anderen dazu, mehr Wein zu trinken, als für ihn gut war. So wie Anatrog, der mit jedem Schluck streitsüchtiger wurde. Helgi beobachtete dies mit Sorge.

Als die Feier sich bereits dem Ende zuneigte und die ersten Männer mit den Köpfen auf den Tischen eingeschlafen waren, beschlossen Helgi und Damek zu gehen.

Doch da wankte der Wojwode von Ghynxt zu ihrem Tisch hinüber, baute sich breitbeinig vor ihnen auf und fuchtelte mit seinem Trinkhorn herum, als wolle er Fliegen verscheuchen. Dann schüttete er Helgi unvermittelt einen Schwall Wein ins Gesicht. Die umsitzenden Männer hielten den Atem an.

Helgi zögerte, begann dann aber, sich den klebrigen Wein abzuwischen. Anatrog hatte ihm einen guten Grund für einen Streit gegeben. Doch Helgi wollte sich nicht provozieren lassen. Er war glücklich, dass Ratibor ihn anerkannte, und wollte alles vermeiden, was schlechtes Licht auf ihn warf.

«Verräter!», brüllte Anatrog.

Augenblicklich verstummten die Gespräche im ganzen Zelt.

Damek schnellte hoch. «Verschwinde! Trink, wenn du trinken willst. Aber belästige keine ehrenwerten Männer.»

Doch Anatrog beachtete den Zauberer nicht. «Er ist ein Verräter! Ein dänischer Verräter!»

Da dröhnte die Stimme des Königs durch das Zelt. «Was hast du gegen den Wojwoden von Ralsvik vorzubringen, Anatrog? Sprich jetzt – oder schweig!»

Anatrog wandte sich zum König um. «Die Dänen sind unsere Feinde. Sie sind es immer gewesen und werden es immer bleiben! Ich traue diesem Hundesohn nicht weiter, als ich pissen kann.»

«Dann solltest du nicht immer gegen den Wind pissen», fuhr Damek dazwischen.

Ratibor bat um Ruhe. «Was redest du da, Anatrog? Der Wojwode soll ein Verräter sein? Es hat lange keinen Krieg mit den Dänen gegeben. Hast du Beweise?»

Anatrog setzte das Trinkhorn an. Doch er hatte bereits den ganzen Wein verschüttet. «Nein, die habe ich nicht», knurrte er. «Noch nicht!»

Dann schleuderte er das leere Horn wutentbrannt gegen die Zeltwand. Ratibor gab einigen Kriegern, die den Eingang bewachten, einen Wink. Aber Anatrog verließ ohne ein weiteres Wort das Königszelt.

Ratibor ließ Helgi zu sich kommen, beugte sich in seinem Thron vor und ergriff Helgis Hand. «Anatrog ist nicht bei Sinnen. Morgen wird Svantevit uns ein gutes Orakel verkünden, und dann wird sich Anatrog wieder beruhigen.»

Helgi rang sich ein zustimmendes Lächeln ab. Doch er musste wieder an den Dänen denken, der sich nach der Tempelburg erkundigt hatte, und Anatrogs Vorwurf, die Dänen seien die Feinde der Ranen, erschien mit einem Mal gar nicht mehr so unwahrscheinlich.

3.

Helgi durchlebte eine schreckliche, von Albträumen geplagte Nacht. Kaum dass er weggedämmert war, wachte er wieder auf und wälzte sich auf den Fellen hin und her. An seiner Seite schnarchte Damek, dass sein Schnurrbart zitterte.

Immer wieder wanderten Helgis Gedanken zu Teška, die in dieser Nacht allein in ihrem gemeinsamen Heim schlafen musste. Ob seine schwangere Frau die nötige Ruhe fand?

Aber es war nicht die Sorge um Teškas Schwangerschaft allein, die Helgi vom Schlaf fernhielt. Nein, was ihn bedrückte, war das Gefühl, plötzlich ein Fremdkörper zu sein. Heute war ihm zum ersten Mal, seit Ratibor ihn als Wojwoden eingesetzt hatte, Feindseligkeit entgegengeschlagen. Trotz der gutgemeinten Worte des Königs befürchtete Helgi, dass nicht nur Anatrog ihn hasste.

Was würde geschehen, wenn von den Dänen Gefahr drohte? Wenn dänische Víkingr Handelsschiffe angriffen? Würde man dann nicht ihn dafür mitverantwortlich machen? Und nicht nur ihn, sondern auch Teška und das Kind?

Für einen Augenblick schob sich ein anderer Gedanke in Helgis Grübeleien. Er erinnerte sich an den Fluch, den Teškas Schwester Žiliška ausgestoßen hatte. Das Bild des Mädchens mit dem hellen Haar tauchte vor seinem inneren Auge auf. Er sah, wie es Teška verfluchte.

Aber nein!

Nein! Das war doch alles nur Einbildung! Teška hatte ihm versichert, dass ihre Schwester nicht die Gabe hatte, einen solchen Fluch auszusprechen. Das Kind würde lebend und gesund zur Welt kommen. Die meisten Menschen hier respektierten und mochten Helgi. Sie hatten nicht das Gefühl, von den Dänen könne Gefahr ausgehen. Die wenigen Gerüchte, die nach Rujana gelangt waren, besagten, dass König Horick der Jüngere für einen Krieg gegen die Sachsen in England rüstete und dass Hovi, der verrückte Jarl von Haithabu, die Stadt Rom angreifen wollte. Aber …

Helgi setzte sich abrupt auf und schlug das Fell, unter dem er gelegen hatte, zur Seite. Der Wind zerrte an den Zeltwänden und ließ die Gerüststangen erbeben. Es war noch immer dunkel, auch wenn der Morgen unmittelbar bevorzustehen schien.

Plötzlich erinnerte Helgi sich an die Fragen, die der Däne auf dem Marktplatz gestellt hatte. Was, wenn es sich nicht nur um eine Handvoll vorbeiziehender Dänen handelte, die sich von den dreihundert Mann Bewachung auf der Burg abschrecken ließen? Was, wenn sich in Haithabu einiges geändert hatte und Hovi nun nicht mehr Rom angreifen wollte …

Helgi kroch aus dem Lager, schlüpfte in seine klammen Lederstiefel und trat vor das Zelt. Über dem Horizont schimmerte ein schmaler Silberstreif, die Vorhut der Morgendämmerung. Bald würde der Tag anbrechen – der Tag, der für die Ranen von so großer Bedeutung war.

Eine Weile blieb Helgi unschlüssig vor dem Zelt stehen. Im Lager war es noch still; nur hin und wieder hustete irgendwo jemand. Allmählich hellten sich die tief über dem Meer hängenden Wolken etwas auf, und als die ersten Vögel zwitschernd den neuen Tag begrüßten, ging Helgi, von Unruhe getrieben und ohne ein bestimmtes Ziel, durch das schlafende Lager. Vor einigen Zelten kauerten Krieger am Boden, die die Eingänge bewachten und Helgi mit müden Blicken bedachten, ohne sich weiter um ihn zu kümmern.

Es schien ein Morgen wie jeder andere zu sein. Dennoch hatte sich eine bedrohliche Stille über die Insel gelegt. Selbst der Wind schlief mit einem Mal ein.

Helgis Stiefel schmatzten durch den feuchten Boden, während er vom Zeltlager zum Marktplatz ging. Sein Blick fiel auf die weite, nebelverhangene Ebene, die sich bis zur Küste erstreckte, über der die Tempelburg thronte. Nirgendwo war etwas Auffälliges zu erkennen, das Helgi hätte beunruhigen müssen.

Dennoch ging er immer weiter.

Der Marktplatz war verwaist bis auf ein paar Krieger, die darüber wachten, dass sich niemand an den Ständen und Buden zu schaffen machte. Auch sie beachteten Helgi nicht, als er an ihnen vorbeikam.

Eine Weile folgte er der mit Bohlen befestigten Straße, die nach Arkona führte, bis zu der Stelle, an der oberhalb eines Tümpels rechter Hand der Weg abzweigte, über den man zu der Vitten, dem Anlandeplatz von Arkona, gelangte. Hier und da riss nun sogar die graue Wolkendecke auf. Darüber verblassten die Sterne im heller werdenden Tageslicht. Auch der Nebel, der über den Feldern und Wiesen waberte, löste sich auf. Alles deutete darauf hin, dass es ein sonniger, angenehmer Frühlingstag werden würde.

Je länger Helgi durch die erwachende Natur wanderte, desto freier wurde sein Kopf, und die bedrückenden Gedanken der schlaflosen Nacht lösten sich auf. Geradezu beschwingt näherte er sich der Mulde in der Küstenlinie, in der die Fischersiedlung eingebettet lag. Ein sanfter Windhauch wehte Helgi den Duft würziger Meeresalgen in die Nase.

Am oberen Rand der Mulde hielt er inne und schaute zwischen den Bäumen hindurch auf das gute Dutzend schilfgedeckter Dächer hinab. Jenseits der Hütten standen aufgereiht am Kiesstrand mehrere Holzgestelle, auf denen die Fischer ihre Netze zum Trocknen gehängt hatten; außerdem befanden sich dort etliche Fischkisten, Pökelfässer und Flechtkörbe. Dahinter glitzerte das Meer silberfarben. Unweit des Ufers lagen Handelsschiffe vor Anker.

Die Siedlung an der Vitten schien noch in tiefem Schlummer zu liegen. Helgi wollte sich gerade von dem friedlichen

Anblick lösen, als ein älterer Mann aus einer der Hütten trat. Der Alte schlurfte über einen Gehstock gebeugt zu einem Abort in der Nähe des Kiesstrandes. Doch plötzlich blieb er so unvermittelt stehen, als sei er gegen eine Wand geprallt. Der Stock entglitt seiner Hand, und sein Mund öffnete sich zu einem Schrei.

Der entsetzte Blick des Alten war gen Norden auf das Meer gerichtet. Das, was ihn zu Tode erschreckt hatte, war von Helgis Standpunkt aus durch die Steilküste verdeckt. Da drangen Geräusche an seine Ohren. Platschende Geräusche, als würden Ruderblätter das Wasser teilen, und er hörte Stimmen, ein undeutliches Gewirr an Männerstimmen.

Der Alte hatte inzwischen seinen Stock wieder aufgehoben und hinkte eilig zu den Hütten zurück. Dabei schrie er immer wieder etwas, das Helgi auf die Entfernung nicht verstehen konnte. Erst als der Mann die erste Hütte erreichte und mit seinem Stock gegen die Tür hämmerte, verstand Helgi den Alten. Er rief: «Angriff!»

Helgi erstarrte.

In dem Moment tauchten hinter der Steilküste Langschiffe auf. Erst zwei, dann vier, dann immer mehr. Die Schiffe wurden von unzähligen Rudern vorangetrieben, und sie bewegten sich atemberaubend schnell und unaufhaltsam auf die Küste zu. Ihre Kiele zerschnitten die Wasseroberfläche wie Schwerter. Und an den Masten, deren Segel man eingeholt hatte, knatterten die dreieckigen, blaugelben Wimpel des Jarls von Haithabu.

Helgis Herz trommelte gegen seine Brust. Seine Landsleute – die Dänen griffen an!

Fassungslos und starr vor Entsetzen, beobachtete er, wie sich die Flotte unaufhörlich dem Strand näherte. Er zählte mindestens zwei Dutzend Schiffe. An den Vordersteven thronten Drachenköpfe – zähnefletschende Gespensterwesen. Schon erreichte das erste Langschiff das flache Uferwasser. Der Kiel bohrte sich knirschend und mit voller Wucht so tief in den Kiesstrand, dass die Steine aufspritzten und davonflogen wie Schwärme aufgescheuchter Hornissen. Als das Schiff zum Stehen gekommen war, neigte sich der Rumpf leicht zur Seite. Der Drachenkopf war drohend auf die Siedlung gerichtet, in der der Alte mittlerweile einige Bewohner hatte wecken können.

Menschen schrien in Panik. Frauen rissen ihre Kinder aus dem Schlaf und nahmen ihre Neugeborenen in die Arme, während die Männer versuchten, wenigstens ihr wertvollstes Hab und Gut zusammenzuraffen, damit es den Barbaren nicht in die Hände fiel.

Doch es war zu spät zur Flucht.

In rascher Folge landeten weitere Schiffe, und bald war der ganze Strand von Schiffen übersät. Männer sprangen an Land – Hunderte Männer, die mit Schilden, Schwertern, Langäxten und Lanzen bewaffnet waren. Sie liefen auf die Fischerhütten zu, ihre Klingen blitzten im Schein der aufgehenden Sonne. Vor Mordgier brüllend, setzten sie den Bewohnern nach, die den Hang hinauf zur Steilküste flohen.

Helgi stand wie angewurzelt am oberen Rand des Küsteneinschnitts und musste hilflos mitansehen, wie die Krieger über Männer, Frauen und Kinder herfielen. Ihre Todesschreie drangen zu ihm hinauf, als die Waffen der Dänen in die Körper der Opfer fuhren. Einige Dänen griffen zudem die Handelsschiffe an. Bald trieben Dutzende Leichen im seichten Wasser vor der Küste. Das Meer färbte sich rot vom Blut.

Doch sosehr dieser Anblick Helgi auch verstörte, ihm war sofort klar, dass das eigentliche Ziel der Dänen nicht das Fischerdorf war. Sie hatten es auf Arkona und Putgarde abgesehen. Helgi versuchte, die Zahl der Dänen abzuschätzen. Es waren mindestens sechshundert Männer, wahrscheinlich noch mehr.

Er musste die Ranen warnen!

4.

Helgi stürmte über den Marktplatz. Mit Einbruch der Morgendämmerung war hier und im Zeltlager das Leben erwacht. Wojwoden, Priester und Soldaten wuschen sich mit kaltem Wasser den Schlaf aus den Gesichtern. Händler brachten ihre Waren zu den Ständen, wo sie bereits von den ersten Kunden erwartet wurden. Helgi hielt direkt auf das Königszelt zu, dessen Eingang von mehreren Soldaten bewacht wurde.

Als sie Helgi bemerkten, stellten sie sich ihm in den Weg. «Was willst du, Wojwode?»

«Lasst mich vorbei», brüllte Helgi.

Die Männer wichen vor dem großgewachsenen Mann zurück, gaben das Zelt aber nicht frei. Der völlig aufgelöste Helgi machte nicht den Eindruck, als wolle er dem König einen Höflichkeitsbesuch abstatten.

In dem Moment wurde die Zeltbahn zur Seite geschoben. Ratibor trat von Helgis lauter Stimme angelockt ins Freie. Das Gesicht des Königs sah alt aus, sein Haar war vom Schlafen zerzaust.

«Wir werden angegriffen», rief Helgi und versuchte, sich an den Wachen vorbeizudrängen. Doch erst als Ratibor ihnen befahl, Helgi zu ihm durchzulassen, traten sie zur Seite.

«Angegriffen? Von wem?», fragte der König, der plötzlich hellwach wirkte.

«Unten an der Vitten sind viele Schiffe gelandet. Es sind Hunderte Krieger. Sie töten die Fischer und ihre Familien.» Helgis Stimme überschlug sich fast, während er die grauenvollen Szenen beschrieb, die er gesehen hatte.

Unterdessen kamen immer mehr Männer zum Königszelt, denn die Nachricht über einen Angriff hatte sich in Windeseile im Lager verbreitet. Bald bildeten die Wojwoden einen Ring um Helgi. Da drängte ein Mann durch die Reihen nach vorn und baute sich neben Ratibor auf. Es war Anatrog, dem man an den geröteten Augen die Nachwehen des übermäßigen Weinkonsums der vergangenen Nacht ansah.

Seine Stimme schnitt scharf durch die kühle Morgenluft: «Es sind Dänen, oder? Sag, dass es Dänen sind – du Verräter!»

Alle Augen richteten sich auf Helgi, der das Gefühl hatte, als würde ihm der Boden unter den Füßen fortgezogen.

«Sind es deine Dänen, du Verräter?», wiederholte Anatrog.

Helgi suchte verzweifelt Ratibors Blick.

«Antworte!», sagte der König streng.

Helgi nickte traurig. «Ich habe nichts davon gewusst, das schwöre ich Euch. Wenn ich Euch verraten hätte, hätte ich Euch doch nicht gewarnt.»

«Er lügt!», schrie Anatrog. «Ich habe euch alle gewarnt vor diesem Hundesohn. Er hat sich unter unser Volk geschlichen, um uns an seine Landsleute auszuliefern. Und jetzt will er sich herausreden. Dabei ist er nur aus einem einzigen Grund zurückgekehrt: Er will unseren König töten!»

Unruhe breitete sich unter den Wojwoden aus.

«Nein … ich …», stammelte Helgi.

Ratibor schaute ihn mit ernster Miene an. Er schien Anatrogs Worte abzuwägen, kam dann aber zu einer Entscheidung. «Ich habe dir vertraut, Däne. Ich habe geglaubt, du wärst unser Freund. Ja, das habe ich wirklich.» Dann forderte er seine Soldaten auf, Helgi zu entwaffnen und ihn zu ergreifen. Helgi ließ sich widerstandslos das Schwert abnehmen und leistete auch keine Gegenwehr, als die Männer ihn packten und in den Schlamm zu Ratibors Füßen warfen.

Ohne Helgi eines weiteren Blickes zu würdigen, stapfte der König an ihm vorbei in Richtung des Marktes, von wo aus man die Küstenlinie überblicken konnte. Aus dem ganzen Lager eilten Männer herbei, um dem König zu folgen.

Das Heer der Dänen sammelte sich oberhalb des Küsteneinschnitts. Mehrere Hundert Krieger hatten den Hang bereits erklommen, und noch immer kamen weitere nach. Die Dänen bildeten zwei Gruppen, machten jedoch keinerlei Anstalten vorzurücken. Sie schienen auf irgendetwas zu warten.

Plötzlich ertönten von Arkona her durchdringende Hornklänge. Das Alarmsignal! Nun hatte man auch auf der Tempelburg die Dänen bemerkt.

«Wir rücken gegen sie vor», sagte Ratibor zu Anatrog. «Die Wojwoden sollen ihre Männer zusammenziehen.»

«Das sollten wir nicht tun», widersprach Anatrog. «Wir haben zu wenig Soldaten.»

«Ich weiß, dass wir kaum mehr als zweihundert waffenfähige Männer haben», erwiderte Ratibor ungeduldig. «Es hat keinerlei Vorzeichen für einen Angriff gegeben. Sonst hätte ich unser Heer nicht auf der Burg Charenza zurückgelassen. Und nun haben die dänischen Hundesöhne mindestens dreimal mehr Männer hier als wir – soweit sich das aus der Entfernung einschätzen lässt. Aber wir müssen etwas tun! Die Tempelsoldaten müssen uns zu Hilfe kommen.»

«Sie werden die Burg nicht verlassen», gab ein anderer Wojwode zu bedenken, «weil sie unseren Gott nicht schutzlos zurücklassen können.»

Ratibor seufzte. Er wusste, dass seine Männer recht hatten. Mit geballten Fäusten drehte er sich zu den Wojwoden um. «Dann gehen wir in die Burg.»

Für einen Moment sagte niemand etwas. Der Wojwode, der als Letzter gesprochen hatte, fand als Erster die Sprache wieder. «Und wenn die Dänen schneller sind?»

Ratibor drückte den Rücken durch. «Wir haben keine andere Wahl.»

Dann eilten sie ins Lager zurück, um ihre Pferde zu holen.

Inzwischen hatten auch die Menschen auf dem Markt von dem Angriff erfahren. Panik machte sich breit. Hastig rafften die Händler ihre ausgelegten Waren wieder zusammen und packten sich die Arme voll mit allem, was sie tragen konnten.

Helgi saß mit auf dem Rücken gefesselten Armen vor dem Königszelt und verfolgte das heillose Durcheinander auf dem Marktplatz. Zurückgebliebene Händler verstauten ihr Hab und Gut auf Karren.

Bald darauf zog ein langer Tross über den Weg von Putgarde nach Arkona. An der Spitze ritt der König, gefolgt von Soldaten und berittenen Wojwoden und schließlich von jenen Händlern, die ebenfalls Pferde hatten. Die Menschen, die zu Fuß laufen mussten, fielen immer weiter zurück.

Und dann setzten sich die Dänen in Bewegung, um den Ranen den Weg abzuschneiden.

Die drei Soldaten, die Ratibor zu Helgis Bewachung zurückgelassen hatte, wurden immer unruhiger. Schließlich kamen sie überein, entgegen dem Befehl ihren Posten zu verlassen und ebenfalls auf die Burg zu fliehen. Es schien gerade noch genug Zeit zu sein, um Arkona zu erreichen.

Da tauchte plötzlich Anatrog zwischen den Zelten auf. Er hatte sein Schwert umgegürtet und trug einen Schild und einen Helm.

«Wollt ihr den Verräter etwa hier zurücklassen?», herrschte Anatrog die Soldaten an.

«Wenn wir den anderen nicht folgen, werden die Dänen uns töten», erwiderte einer.

Anatrog zog sein Schwert. «Vielleicht sollten sie das tun. Ratibor hat euch klare Anweisungen erteilt. Wenn ihr euch seinem Befehl widersetzt, sorge ich dafür, dass ihr hingerichtet werdet.»

«Aber was sollen wir mit dem Wojwoden machen?», fragte der Soldat.

Anatrog näherte sich Helgi bis auf einen Schritt und bedachte ihn mit einem vernichtenden Blick. «Der Mistkerl ist die längste Zeit Wojwode gewesen. Ratibor hat mir aufgetragen, ihn auf die Burg zu bringen, wo man über sein Schicksal Gericht halten wird. Allerdings …» Er richtete die Schwertspitze auf Helgis Kehle. «Allerdings befürchte ich, dass wir es mit diesem Ballast nicht rechtzeitig bis nach Arkona schaffen werden, und wenn die Dänen uns angreifen, werden sie ihren Freund hier befreien – und er wird ihnen haarklein alles erzählen, was er über die Tempelburg weiß.»

Anatrog drückte die flache Seite der Klinge unter Helgis Kinn und hob es an. Ihre Blicke trafen sich, als Anatrog seine Stimme dämpfte, damit die Soldaten ihn nicht hören konnten.

Mit einem verächtlichen Grinsen sagte er: «Ich soll dir einen Gruß ausrichten, Däne. Von Tetĕslav. Er hat mich gebeten, dich zu töten – diesen Wunsch kann ich meinem alten Freund nicht abschlagen.»

«Wo ist Tetĕslav?», entfuhr es Helgi.

«Oh, er hat ein gutes Versteck gefunden. Aber er wird sich bald um dein Weib kümmern. Ja, das wird er ganz sicher!»

Anatrogs Schwerthand zuckte und führte die Klingenspitze zwei Finger breit vor Helgis Kehle. Es würde dem Ranen wenig Mühe bereiten, Helgi das Schwert in den Hals zu stoßen.

«Ich wünsche dir eine gute Reise zu deinen verfluchten Göttern», flüsterte Anatrog. Er spannte seine Muskeln an. Doch in dem Moment, als er zustoßen wollte, zischte etwas durch die Luft. Es war ein Messer, das gegen das Naseneisen von Anatrogs Helm prallte. Er schrie auf und taumelte rückwärts. Das Schwert entglitt seiner Hand. Brüllend vor Schmerz, griff sich Anatrog ans Gesicht. Ein Blutstrom quoll zwischen seinen Fingern hervor. Das Naseneisen hatte die Klinge direkt in sein rechtes Auge abgeleitet und war bis zum Heft eingedrungen. Anatrog ging auf die Knie und wälzte sich schreiend auf dem schlammigen Boden.

Als die drei Soldaten dies sahen, ergriffen sie die Flucht.

Vom Königszelt her näherten sich Schritte, und eine Stimme sagte: «Wer hätte das gedacht? Ich kann noch immer mit einem Messer umgehen.»

Helgi hatte sich noch nie so gefreut, Damek zu sehen. Der Toblac hatte ein purpurfarbenes Priestergewand übergezogen, das er dieses Mal zur Feier auf Arkona offiziell tragen durfte. Mit einem Ruck zog er dem Sterbenden das Messer aus dem Auge und wischte die blutverschmierte Klinge an Anatrogs Mantel ab. Dann machte er sich daran, Helgis Fesseln durchzuschneiden.

«Man darf dich wirklich nicht allein lassen, Junge», sagte er seufzend.

Helgi und Damek waren beim Königszelt stehen geblieben und schauten nun entsetzt über den menschenleeren Marktplatz hinweg auf das Schlachtfeld. Sie sahen, dass der König und sein Gefolge die Tempelburg gerade noch erreichten, bevor die Dänen nahe genug herangekommen waren, um sie anzugreifen. Das Tor unterhalb des Wachturms wurde geöffnet, als Ratibor und die anderen ihre Pferde über die Brücke führten. Immer mehr Menschen drängten hinter die schützenden Mauern Arkonas. Auf den Palisadengängen glänzten Lanzenspitzen und die Helme Hunderter Tempelsoldaten in der Morgensonne.

Der König und alle anderen Berittenen waren in Sicherheit. Doch das Fußvolk war zu langsam gewesen.

Wie eine gewaltige Sturmwelle prallten die dänischen Krieger etwa eine halbe Meile unterhalb von Arkona auf den Tross. Schwertklingen blitzten auf, Menschen schrien um ihr Leben. Binnen weniger Augenblicke hatten die Angreifer ohne Gegenwehr all jene erschlagen, die es nicht rechtzeitig in die Burg geschafft hatten. Wer zu fliehen versuchte, dem setzten die Dänen nach. Wie Hasen trieben sie ihre Opfer über die Felder, bis die Menschen entweder vor Erschöpfung zusammenbrachen oder sich ergaben. Doch es wurden keine Gefangenen gemacht, und so tränkte sich der Boden mit dem Blut der Ranen.

«Lass uns endlich von hier verschwinden», knurrte Damek.

Auf dem Schlachtfeld hatten die Dänen damit begonnen, den Leichen alle Wertsachen abzunehmen: silberne Armreifen, Fingerringe, Fibeln, Halsketten, Ohrringe und Ledergürtel wanderten in ihre Kisten. Selbst Kleidungsstücke, die nicht zu sehr durch die Schwerthiebe zerfetzt worden waren, zogen die Krieger ihren Opfern aus.

«Wir müssen versuchen, den Wald zu erreichen», beschloss Damek.

Helgi nickte. Aber zuerst musste er sein Schwert holen, das man in Ratibors Zelt gebracht hatte. Er entdeckte es auf einem der Tische und kehrte damit zu Damek zurück. Wie angegossen stand der Toblac da und starrte entsetzt in die von Arkona aus gesehen entgegengesetzte Richtung.

«Es ist zu spät – sie haben uns umzingelt!», sagte er. Sein Gesicht hatte alle Farbe verloren.

Weder Helgi noch Damek hatten bemerkt, dass die Dänen zwei Gruppen gebildet hatten. Während die weitaus größere Gruppe die Flüchtenden angriff, hatten sich gut einhundert Dänen an der Küste in südlicher Richtung bewegt. Diese Krieger waren nun unterhalb von Putgarde auf die Ebene vorgerückt. Was sie vorhatten, war offensichtlich: Sie wollten alle Zurückgebliebenen auf dem Marktplatz einkesseln, sie töten und ausrauben.

Und jetzt schnitten diese Krieger Helgi und Damek den Fluchtweg ab.

Die Dänen näherten sich in einer breiten Linie dem Zeltlager und dem Markt. Plötzlich sah Helgi huschende Schatten zwischen den Zelten. Offensichtlich waren er und Damek nicht die Einzigen, die zurückgeblieben waren. Immer mehr Menschen krochen aus ihren vermeintlich sicheren Verstecken unter Ständen oder Karren hervor und suchten panisch nach einem Ausweg; doch es gab keinen. Der Ring der Angreifer schloss sich unerbittlich um Putgarde.

Helgi zog sein Schwert.

Damek bedachte Helgi mit einem fragenden Blick. «Vielleicht lassen sie dich am Leben? Schließlich bist du einer von ihnen.»

Helgi erwiderte nichts. Er dachte an Odins Worte: Töte deine Feinde! Aber waren die Dänen wirklich seine Feinde?

Sein Schwert glänzte in der Morgensonne; Teška hatte die Klinge in den vergangenen Tagen mit Sand abgerieben und allen Rost, der sich über den Winter angesetzt hatte, entfernt.

Die ersten Dänen drangen bereits auf den Marktplatz vor. Sie waren jetzt so nah, dass Helgi ihre Gesichter sehen konnte. Einer der mit Kettenhemden und Helmen geschützten Männer war mit einer langen Streitaxt, einer *barða*, bewaffnet, die er mit beiden Händen über seinem

Kopf schwang. Sein Bauch wölbte sich über dem Gürtel, und sein rötlicher Bart war zu zwei langen Zöpfen geflochten. Helgi erkannte den Mann sofort wieder. Es war der Waffenmeister von Haithabu, Olaf Skoðgætir, der sich damals an Teška hatte vergreifen wollen. Helgi hasste den Kerl, und er wusste, dass auch Olaf ihn hasste. Nicht auszudenken, was geschah, wenn der Waffenmeister ihn wiedererkannte.

In dem Moment streckte dessen kreisende Axt zwei Ranen nieder, die sich um Gnade flehend vor ihm niedergekniet hatten. Es bestätigte Helgis Vermutung, dass weder Olaf noch die anderen Dänen einen von ihnen verschonen würden.

«Heilsa, frændi!», rief plötzlich jemand von den Zelten her.

Helgi wirbelte herum. Breit grinsend näherte sich ihnen der Däne, den Helgi gestern auf dem Markt belauscht hatte. Und die Erkenntnis, dass Helgi den Angriff womöglich hätte verhindern können, wenn er die Ranen rechtzeitig gewarnt hätte, legte sich um sein Herz wie eine eiskalte Faust.

Der Krieger warf ihm und Damek belustigte Blicke zu. «Sieh an, sieh an! Der Däne, der angeblich ein Händler ist.»

Helgi erwiderte den Blick. «Hat es dir in Wollin nicht gefallen, frændi?»

«Nein, warum sollte ich nach Wollin fahren, wo es hier doch alles umsonst gibt? Silber, Weiber, Wein …»

«Der Jarl hat befohlen, keine Gefangenen zu nehmen», rief eine raue Stimme aus dem Hintergrund. «Erschlag die Bastarde endlich, Eric!»

Olaf tauchte mit geschulterter Axt hinter dem Königszelt auf. Sein Kettenhemd war rot vom Blut seiner Opfer. Er wurde begleitet von einem halben Dutzend Krieger.

«Ja, aber hier ist einer, der behauptet, er sei Däne», erwiderte Eric.

«Däne?» Olaf musterte Helgi mit gekrauster Stirn. Dann, nachdem er eine Weile überlegt hatte, legte sich ein Schatten über seine Miene.

«O ja! Ich kenne ihn», knurrte er. «Er hat das Haus unseres Herrn Hovi angezündet …» Er nickte lachend. «Da hast du dir ein gutes Versteck ausgesucht, Schmied. Aber leider haben wir dich nun gefunden.»

Als der Waffenmeister die Axt von seiner Schulter wuchtete, richtete Helgi das Schwert auf ihn. Kampflos würde er sich nicht ergeben. Neben ihm zog Damek sein Messer. Olaf näherte sich den beiden mit vorgehaltener Axt, von deren Schaft frisches Blut tropfte. Als er bis auf fünf Schritte herangekommen war, hob er die Waffe über seinen Kopf und machte sich bereit für den tödlichen Schlag. Doch dazu kam es nicht.

«Halt dich zurück, Olaf!», ertönte eine scharfe Stimme. Egil Blóðsimlir kam nach dem siegreichen Überfall mit Dutzenden Männern im Gefolge vom Schlachtfeld her auf sie zu.

Der Waffenmeister ließ widerstrebend die Axt sinken.

«Nimm ihm die Waffe ab und leg ihn in Fesseln», sagte Egil. «Ich bin überzeugt, dass er lebendig von größerem Wert für uns ist als tot. Wenn er unter den Ranen lebt, wird er sich hier auskennen.»

«Du hast gehört, was der Jarl gesagt hat», knurrte Olaf.

Helgi, der überrascht hörte, dass Egil Hovi offensichtlich abgelöst hatte, sah ein, dass es besser war, keinen Widerstand zu leisten. Er ließ sein Schwert fallen, und auch Damek warf das Messer fort. An die dreißig schwerbewaffnete Dänen hatten sich mittlerweile um die beiden geschart.

Egils Narbe zuckte gefährlich, während er beobachtete, wie man Helgi und Damek die Arme und Beine mit Hanfseilen zusammenband.

«So, so, der Schmied», zischte Egil. Er trat vor den gefesselten Helgi und tippte sich auf sein poliertes Kettenhemd, um Helgi auf die gebrochenen Rippen hinzuweisen, die der ihm mit dem eisengefüllten Sack beschert hatte.

Egil grinste, und die Narbe in seinem Gesicht dehnte sich. «Ich will nicht nachtragend sein. Eigentlich hast du mir einen großen Dienst erwiesen. Erinnerst du dich an den Munki, den du damals beschützt hast? Was soll ich sagen – der Priester ist jetzt mein bester Freund. Stell dir mal vor, ich hätte ihn getötet. Ohne die Graukutte wären wir niemals auf diese Insel gekommen, auf der wir die Schätze nur noch einsammeln müssen.»

Ein Schauer kroch Helgi über den Rücken. «Der dunkle Priester hat euch hergeführt? Woher wusste er …»

Egil schlug Helgi mit der flachen Hand ins Gesicht. «Du redest nur, wenn du gefragt wirst, Schmied. Und ich habe noch eine Menge Fragen an dich.» Er deutete zur Tempelburg hinüber. «Wie viele Soldaten haben die Schnauzbärte in ihrer Burg zusammengezogen? Vor unserem Angriff sollen es dreihundert gewesen sein. Und jetzt?»

Als Helgi zögerte, antwortete Damek für ihn: «Es sind so viele Männer, dass sie euch mit ihrer Scheiße ersticken könnten!»

Egil starrte den Toblac entgeistert an. «Wer ist denn das?»

«Ich bin ein dänischer Hurensohn und habe mich als Rane verkleidet», erwiderte Damek.

Egil wandte sich an Helgi. «Gehört dieser Maulheld zu dir?»

Helgi nickte. Egil holte aus und rammte Damek seine Faust in den Magen. Der Toblac knickte keuchend zusammen.

Dann drehte sich der Bluttrinker zu seinen Männern um. «Wir kümmern uns später um die beiden. Jetzt wollen wir erst einmal unseren Spaß haben!»

Die Dänen reckten jubelnd ihre Waffen in die Höhe.

Egil ordnete an, dass man Helgi und Damek zu einem Hügel bringen und dort an einen Baum binden solle. Von dieser Anhöhe aus, die sich etwa auf halber Strecke zwischen Putgarde und Arkona befand, hatten die beiden einen guten Blick auf das Geschehen. Zu ihrer Bewachung ließ Egil vier Männer zurück; einer von ihnen war Eric, dem Olaf Helgis Schwert gegeben hatte.

Mittlerweile hatte die Sonne ihren höchsten Stand erreicht. Ihre Strahlen wärmten und trockneten allmählich die vom Regen der vergangenen Tage durchweichte Erde. Vom Meer her wehte ein sanfter Seewind herüber. Mit ihm waren scharenweise Möwen und andere Vögel gekommen, die über den Leichenbergen kreisten und immer wieder auf die Toten herabflogen, um sich ihren Anteil der Beute zu holen.

Unterdessen hatten die Dänen bewegliche Güter wie Ochsenwagen, Handkarren, Verkaufsstände und anderes sperriges Holzgut vom Markt herbeigeschleppt. Die Sachen hatte man in einer Entfernung von etwa dreihundert Schritt unterhalb der Tempelburg zu einem mannshohen Wall aufgeschichtet. Dahinter sammelte sich die gesamte dänische Streitmacht, um von dort aus den Angriff auf Arkona zu starten. Auch Ratibors Thron hatten die Dänen aus dem Königszelt geholt. Darauf machte es sich nun Egil, als Jarl der oberste Feldherr, gemütlich. Er ließ die Anführer zu sich kommen, um sich mit ihnen zu beraten.

Anschließend rückten die ersten Krieger aus.

Die Schlacht um Arkona begann mit einer Provokation.

Zwanzig Dänen rannten auf den Burgwall zu; die meisten waren blutjunge, bartlose Knaben, fast noch Kinder. Jedem von ihnen hatte man eine Lanze mitgegeben. Während sie sich der Burg näherten, spießten sie abgeschlagene Köpfe der Ranen auf, die sie wie Bannerträger stolz in die Höhe reckten. Die Herausforderung erzielte den erhofften Effekt. Als sie sich der Festung bis auf etwa zweihundert Schritt genähert hatten, verschossen die Ranen von den Palisaden aus ihre ersten Pfeile, die jedoch allesamt ihre Ziele verfehlten, da die Jungen noch zu weit entfernt waren.

Die Dänen hinter dem Holzwall grölten und verhöhnten die Tempelsoldaten.

Davon angestachelt, wagten sich die Knaben weiter vor. Jeder von ihnen wollte sich beweisen, damit er vor den anderen als *hetja*, als besonders mutiger Krieger, galt. Immer näher brachten sie die Köpfe an den Wall. Erst als sie die ersten im Boden steckenden Pfeile erreicht hatten, hielten sie inne und rammten die Lanzen ins Erdreich, um somit die Pfeilfluggrenze zu markieren. Bis hierher konnte später das dänische Heer vorrücken, ohne die feindlichen Pfeile fürchten zu müssen.

Die Ranen hatten unterdessen den Beschuss eingestellt,

um keine weiteren Pfeile zu verschwenden. Dies nutzten die Knaben aus und näherten sich der Burg noch weiter. Als sie bis auf etwa einhundert Schritt herangekommen waren, drehten sie sich wie auf ein Kommando um, ließen ihre Hosen herunter und zeigten den Ranen ihre blanken Hintern. Sofort ging ein Pfeilregen auf sie nieder. Als einer der Jungen getroffen wurde, sprang er wild kreischend auf, halb vor Freude, halb vor Schmerzen. Zwei andere Dänen nahmen ihn in ihre Mitte und zogen sich zum Wall zurück.

«Was für eine Verschwendung», kommentierte Damek das Geschehen. «Unsere Soldaten haben Hunderte Pfeile verschossen, und das Einzige, was sie getroffen haben, ist eine Arschbacke!»

Jenseits des Walls wurde der getroffene Junge mit lautem Jubel empfangen. Man führte ihn zu Egil, der die Pfeilwunde anerkennend betrachtete und den Knaben für seinen Mut lobte.

Dann schickte Egil seine Bogenschützen in den Kampf. Etwa einhundert Dänen schwangen sich auf die Pferde, die sie auf den Schiffen mitgebracht oder auf der Insel erbeutet hatten. Jeder von ihnen hatte einen Pfeil, dessen Spitze mit in Teer getauchter Wolle umwickelt war. Andere Krieger schritten die Reihen der Reiter ab und entzündeten die Brandpfeile an Fackeln. Als Egil das Kommando gab, setzten sich die Reiter in Bewegung und näherten sich Arkona auf breiter Front. Die Ranen empfingen sie mit einem Pfeilhagel. Einige Dänen stürzten tödlich getroffen von ihren Pferden. Doch die anderen drangen weiter vor, bis sie nahe genug herangekommen waren, um ihrerseits zu schießen. Binnen weniger Augenblicke war die Luft erfüllt von funkensprühenden Pfeilen, die dünne

Rauchfahnen hinter sich herzogen. Kurz darauf fingen die hölzernen Palisaden an mehreren Stellen Feuer.

Während die Ranen mit Löschen beschäftigt waren, bot Egil für den nächsten Angriff mit dreihundert Männern gut die Hälfte seines Heeres auf. Dabei bildeten die Krieger drei Schildwälle, die sich aus drei unterschiedlichen Richtungen auf die Tempelburg zubewegen sollten. Jeder Schildwall bestand aus zehn Reihen, wobei die vorderen Männer ihre Schilde vor die Körper hielten. Die jeweils nachfolgenden Reihen bildeten mit ihren Schilden ein Dach, sodass es kaum eine Lücke gab, durch die ein Pfeil dringen konnte.

Die Ranen beobachteten die Angreifer. Die Palisaden brannten zwar noch immer an mehreren Stellen, aber die Feuer richteten an dem regenfeuchten Holz kaum Schaden an und waren bald gelöscht.

Ohne dass ein einziger Pfeil auf sie abgeschossen wurde, näherten sich die Männer des mittleren Schildwalls der Brücke, während die anderen beiden Gruppen die Flanken sicherten. Der Aufgang in die Tempelburg war jedoch so schmal, dass immer nur vier Dänen nebeneinander gehen konnten. Eine heikle Situation. Denn nun mussten die Angreifer die strenge Ordnung aufgeben. Aber es gab keine andere Möglichkeit, das Tor anzugreifen.

Die Dänen warteten ab. Irgendetwas schienen die Ranen zu planen. Warum sonst hatten sie den Beschuss eingestellt?

Da ging plötzlich ein Ruck durch den mittleren Schildwall. Die zwanzig Dänen der ersten beiden Reihen stürmten über die Brücke und begannen sogleich, mit ihren Beilen auf das Tor einzuschlagen. Die Geräusche der Hiebe hallten über die Ebene, als das Holz zersplitterte.

Darauf hatten die Ranen gewartet. Mit einem Mal öffnete sich im Wachturm über den Köpfen der Dänen eine Luke, durch die aus einem Kessel siedendes Öl herabgeschüttet wurde. Die Männer stießen Schreie aus und krümmten sich vor Schmerzen.

Schnell bargen die Dänen die Verletzten, bevor die Ranen weiteres Öl heranbringen konnten. Als die Schildwälle sich zurückziehen wollten, setzte der Pfeilbeschuss wieder ein. Doch die Pfeile richteten kaum Schäden an, und die Dänen wären ohne große Verluste hinter ihren Wall gelangt – wenn die Ranen nicht in diesem Moment den Feldkampf eröffnet hätten.

Das Tor öffnete sich, und berittene Tempelsoldaten jagten in voller Rüstung aus der Burg. Einige Dänen flohen in Panik, als sie dies sahen. Innerhalb weniger Augenblicke hatten die Ranen mit ihren Lanzen Dutzende Dänen durchbohrt, und noch immer kamen weitere Reiter aus der Burg. Es entbrannte ein offener Kampf. Die Dänen wehrten sich aus Leibeskräften und beeilten sich, die Schildwälle wieder zu schließen.

Egil Blóðsimlir schickte Nachschub auf das Feld, und die dänische Übermacht mit ihren Reitern und den restlichen Feldkämpfern stürzte in das Kampfgetümmel.

Auf dem Hügel lief Eric ungeduldig hin und her. Sein Kurzschwert und das Schwert von Helgi schlackerten an seinem Gürtel. Er wollte dabei sein, wenn Arkona fiel. Stattdessen war er dazu verdammt, auf die Gefangenen aufzupassen. Von all dem Ruhm und all der Ehre würde er nichts abbekommen – rein gar nichts!

Auch die anderen drei Bewacher hatten es satt, untätig zuzuschauen. Sie hatten Blut geleckt und wollten kämpfen. Nach langer Diskussion entschloss sich Eric, gegen

Egils Befehl zu handeln. Er ließ die Männer Stillschweigen schwören und schickte sie in den Kampf. Johlend stürmten sie davon.

Eric dagegen blieb. Er zog sein Kurzschwert aus dem Gürtel und wandte sich an Helgi und Damek. «Wenn ich euch töte, wird mir niemand vorwerfen können, ich hätte nicht auf euch aufgepasst.»

Er betrachtete die beiden abschätzend. «Du bist der Erste», entschied er dann und richtete die Schwertspitze auf Helgi.

Helgi brach der Schweiß aus. Dieses Mal würde Damek ihn nicht retten. Nein, dieses Mal würde ihm nur noch ein Wunder helfen. Eric richtete das Schwert auf Helgi, der den Druck des Stahls auf seiner Brust spürte. Wie aus weiter Ferne hörte er Erics Stimme, der ihn wüst beschimpfte. Zugleich hörte er Damek, der seinerseits Eric anbrüllte.

Und der Druck der Schwertspitze wurde immer stärker.

Dann wurde es mit einem Mal völlig still. War das das Ende? Die absolute Stille? Das Nichts?

Helgi öffnete die Augen – und stellte überrascht fest, dass er weder in Asgard noch in Hel sein konnte, denn Eric stand noch immer vor ihm, und neben ihm saß der gefesselte Damek. Dann sah Helgi das Kurzschwert. Es lag auf dem Boden. Eric hatte es verloren. Der Krieger machte ungelenk einen Schritt rückwärts, wankte, taumelte und fiel dann mit einem dumpfen Aufprall hin. Aus der ungeschützten Stelle seines Nackens zwischen Helm und Kettenhemd ragte der Hirschhorngriff eines Messers.

Hinter Eric stand ein schmaler, verunsichert dreinblickender junger Mann mit rotem Haar und unzähligen

Sommersprossen im Gesicht. Er trug eine Mönchskutte, über der ein hölzernes Kreuz hing.

«Ein Munki», rief Damek aus. «Bei allen Geistern! Wir sind von einem Munki gerettet worden!»

Der junge Mann hatte seinen Blick starr auf Helgi gerichtet. Dann verzogen sich seine Lippen zu einem Lächeln.

Es dauerte einen Augenblick, bis Helgi seine Sprache wiederfand. «Ingvar», rief er. «Ingvar – wie ist das möglich?»

«Du kennst den Munki?», fragte Damek überrascht.

Aber Helgi antwortete nicht. Er hatte nur noch Augen für seinen Freund, der Erics Schwert aufhob, um damit die Fesseln zu durchtrennen. Kurz darauf waren sie frei, und Helgi umarmte Ingvar so fest, dass dem Kammmacher die Luft wegblieb.

Und dann begann Ingvar zu erzählen. Ohne eine Pause berichtete er von dem Feuer in Haithabu, von der Hungersnot und dass er sich deswegen den Christen angeschlossen hatte. Er wollte gerade von Odo berichten, als Damek ihn unterbrach und aufgeregt zum Schlachtfeld hinüberdeutete.

Dort hatte sich das Blatt gewendet. Den Dänen war es gelungen, die Ranen wieder in die Burg zurückzudrängen. Erst im letzten Moment hatten sie das Tor vor den nachrückenden Angreifern schließen können, woraufhin die Tempelsoldaten die Dänen von den Palisaden aus wieder mit Pfeilen beschossen. Die Dänen mussten den Rückzug antreten. Immer mehr Leichen lagen auf den Feldern unterhalb Arkonas.

«Die Krieger werden bald hier sein», sagte Damek mahnend, während er das Messer aus Erics Nacken zog. Anschließend nahm er dem Toten das Langschwert ab und reichte es Helgi.

«Du wolltest gerade von dem dunklen Priester berichten», sagte Helgi. «Egil hat behauptet, der Munki habe die Dänen hierhergeführt!»

Ingvar nickte heftig. «Ja, so war es. Er hat den Dänen versprochen, dass sie hier unschätzbare Reichtümer erbeuten würden …»

«Wo ist der Munki jetzt?», unterbrach Helgi seinen Freund.

«Während die meisten Schiffe hierher zur Nordspitze gefahren sind, wo wir die Nacht unweit von dieser Burg in einer Bucht verbracht haben, sind drei weitere nach Süden gefahren …»

Helgi wurde abwechselnd heiß und kalt.

«Wir müssen verschwinden», warf Damek ein. «Die Dänen haben sich wieder hinter ihrem Wall verkrochen. Jeden Moment kann dieses hässliche Narbengesicht uns holen lassen.»

Helgi ignorierte ihn. Aufgeregt packte er Ingvar bei den Schultern. «Wohin sind die anderen Schiffe gefahren?»

«Sie wollten über die Bodden ins Innere der Insel vorstoßen», erwiderte Ingvar, von der heftigen Reaktion seines Freundes überrascht. «Ihr Ziel war eine Hafensiedlung. Den Namen habe ich vergessen …»

«Ralsvik?»

«Ja, ich glaube, so hieß der Ort.»

5.

Der Angriff auf Ralsvik stand unmittelbar bevor.

Odo, dem Egil das Kommando über die drei Schiffe gegeben hatte, ließ die Dänen in einer Bucht auf die Dämmerung warten. Als die letzten Sonnenstrahlen das Boddenwasser glutrot färbten, gab der Priester dem Schiffsführer, einem Mann namens Ottar, das Signal für den Aufbruch. Odo stützte sich gegen den Drachenkopf am Vordersteven, ein schauriges Heidenwesen mit spitzen Zähnen und grellrot bemalten Augen. Dann tauchten die Dänen die Ruder ins Wasser, und die Schiffe nahmen Fahrt auf.

An Bord waren zweihundert Krieger – genug Barbaren, um eine wehrlose Siedlung einzunehmen.

Odo hatte von der blonden Frau alles erfahren, was er wissen musste. Er wusste, an welchem Ort sich der Dämon versteckt hielt. Er wusste, in welchem der Häuser er lebte. Und er wusste, wie man zu ihm gelangte …

Die Schiffe schnellten über die spiegelglatte Oberfläche des Boddens dahin. Am Ufer flüchteten Enten ins Dickicht, zwei Schwäne erhoben sich schimpfend. Irgendwo sprang ein großer Fisch aus dem Wasser. Wenige Augenblicke später tauchte am südlichen Ufer die Siedlung auf. Die Hütten standen auf einer Landzunge. Auf der dem Bodden abgewandten Seite ragten mehrere Molen in eine sumpfige Bucht. Odo wies Ottar an, die Seeseite anzusteuern, wo im Zwielicht der Sandstrand zu erkennen war, von dem das Mädchen erzählt hatte.

«Das wird ein Kinderspiel», sagte der Schiffsführer. «Die Slawen ahnen nichts.»

Ottar grinste voller Vorfreude. Doch der Priester bedachte ihn mit einem so finsteren Blick, dass Ottar zusammenzuckte.

«Vergiss nicht, Däne», warnte Odo. «Ihr nehmt die Siedlung ein und macht Gefangene. Aber töten werdet ihr niemanden. Und wenn sich jemand wehrt, schlagt ihr ihm die Hände ab. Es wird kein Feuer geben, keinen Raub, keine Vergewaltigungen. Erst wenn ihr den Mann gefunden habt, nach dem ich suche, könnt ihr euch nehmen, was ihr wollt.»

Dann setzte er mit strengem Blick hinzu: «Wiederhole! Wie lautet euer Auftrag, wenn ihr das von einer Mauer umgebene Langhaus erreicht?»

«Wir umstellen es, damit niemand herein- oder herauskommt», antwortete Ottar kleinlaut.

Odo nickte. Er hasste diesen Schiffsführer, so wie er alle anderen Heiden auf diesen Schiffen hasste. Doch sie waren seine Handlanger. Diese Barbaren glaubten tatsächlich, sie wären hergekommen, um Schätze zu erbeuten, Weiber zu schänden und Menschen abzuschlachten. Doch sie ahnten nicht im Geringsten, dass sie kurz davor waren, ihren eigenen Untergang zu besiegeln. Denn nun war die Zeit gekommen, Rache zu nehmen an dem Bösen – Rache an dem Engel, der aus der Tiefe kam. Odo, der treueste Knecht Gottes, würde den siebten Dämon vernichten, und dann würde die sündige Welt reingewaschen werden und der Himmel sich auftun und der Allmächtige auf die Erde kommen – und Er würde das Böse hinwegfegen am Tag des Jüngsten Gerichts.

Odo ließ Žiliška zu sich bringen, die während des Angriffs in seiner Nähe bleiben sollte. Begleitet wurde sie von der Sklavin. Die Frauen stellten sich schweigend an seine Seite.

Unaufhaltsam näherten sich die Dänenschiffe dem Strand, auf dem einige Fischerboote lagen. Zwischen den Kähnen hockte ein grauhaariger Mann auf einem Schemel und flickte im Dämmerlicht ein Netz. Er war tief in seine Arbeit versunken. Erst als die Drachenschiffe vor dem Ufer auftauchten und die Ruderschläge deutlich zu hören waren, schaute der Mann irritiert zum Wasser. Es dauerte nur einen Herzschlag, bis er die Gefahr erkannte. Sofort ließ er das Netz fallen, stieß beim Aufspringen den Schemel um, verhedderte sich mit einem Fuß in den Maschen, stolperte, fiel hin, rappelte sich wieder auf und rannte schreiend auf die Siedlung zu.

In dem Augenblick bohrten sich die Schiffsrümpfe tief in den weichen Sandstrand. Die Wucht des Aufpralls hätte Odo beinahe über Bord gerissen, hätte er sich nicht an dem dämonisch grinsenden Drachenkopf festgehalten.

Die Dänen ließen die Ruder los und griffen nach ihren Waffen. Dann sprangen sie ins Wasser und hasteten an Land. Hundert Krieger liefen zum südlichen Ende der Siedlung, um den Bewohnern den einzigen Fluchtweg über die Brücke abzuschneiden. Die anderen hundert Männer nahmen Kurs auf die Siedlung. Die Luft war erfüllt von Geschrei und vom Klappern der Waffen.

Odo blieb mit Žiliška und der Sklavin auf dem Schiff, bis alle Dänen von Bord gegangen waren. Dann nahm er seinen Beutel und befahl den beiden Frauen, ihm zu folgen. Als sie sich der Siedlung näherten, drangen die ersten Schreie an Odos Ohren. Die Dänen stürmten in jede Hütte und jagten die zu Tode verängstigten Bewohner auf die Gassen. Von dort aus wurden sie auf den Strand getrieben, wo man die Gefangenen versammelte. Weinende Kinder klammerten sich an ihre Mütter; Männer signalisierten mit erhobenen Händen, dass sie sich kampflos ergaben.

Odo beobachtete zufrieden, wie die Menge der Gefangenen rasch anwuchs.

Žiliška hatte unterdessen ihren Haarknoten geöffnet. Die hellen Strähnen fielen über ihren Rücken wie ein Wasserfall. Ihr Gesicht war versteinert, ihr Blick eiskalt und starr. Aber ihre Augen schienen zu flackern: Es war das Feuer der Rache.

Odo hatte sie niemals gefragt, warum sie ihr Volk verriet und was der Anlass für ihren Hass war. Aber sie hatte sicher ihren Grund dafür.

Nach einer Weile kam Ottar zu ihnen. «Es ist alles so abgelaufen, wie du angeordnet hast. Niemand konnte fliehen. Alle Menschen, die in der Siedlung waren, sind jetzt am Strand. Willst du nun gleich nach dem Mann suchen?»

Odo schüttelte den Kopf. Er war überzeugt, dass er den Dämon längst erkannt hätte, wenn dieser unter den Gefangenen gewesen wäre.

«Wir gehen zum Langhaus.» Er wandte sich nach Norden, wo sich der Wachturm über den Dächern Ralsviks erhob. «Habt ihr das Anwesen umstellt?»

«Ich habe zwanzig Männer hingeschickt», bestätigte Ottar.

Odo setzte sich in Bewegung. Er ließ Žiliška den Vortritt, damit sie ihn durch den Ort führen konnte. Die Sklavin und Ottar folgten ihnen durch die menschenleeren Gassen.

Mit einem Mal hörten sie lautes Geschrei.

«Die Krieger haben offenbar nicht gründlich gearbeitet», sagte Odo zu Ottar.

Der Schiffsführer zuckte mit den Schultern. «Vielleicht haben sie ein paar Leute übersehen ...»

«Das darf nicht geschehen», herrschte Odo ihn an. Es mussten alle Bewohner versammelt werden, falls der Dämon sich doch auf irgendeine Weise getarnt haben sollte. Odo durfte nicht das geringste Risiko eingehen. Notfalls, so hatte er sich vorgenommen, würde man jeden einzelnen Mann erschlagen, damit der Dämon nicht entwischen konnte.

Das Geschrei wurde immer lauter, und Odos Herz setzte einen Schlag aus, als er plötzlich glaubte, Worte in seiner fränkischen Muttersprache zu vernehmen. Aber – das war unmöglich! Dennoch hatte die Neugier ihn gepackt, und obwohl er eigentlich keine Zeit verlieren durfte, wollte er der Sache auf den Grund gehen und folgte dem Geschrei.

Bald darauf kamen sie zu einer kleinen Hütte, die, obwohl es nicht viel mehr als ein Stallgebäude zu sein schien, einen stabilen, gutausgebauten Eindruck machte. In der geöffneten Tür stand ein zerbrechlich wirkender Alter. Er stritt sich mit einigen Dänen, die ihn mit vorgehaltenen Schwertern dazu zwingen wollten, ihnen zu folgen. Doch der Alte weigerte sich beharrlich.

Odo trat dichter heran. Als er sich der Hütte auf wenige Schritte genähert hatte, blieb er so abrupt stehen, dass Ottar auf ihn prallte.

Allmächtiger, dachte Odo.

Vor der Hütte erhob sich das Symbol der Christen; es war ein hölzernes Kreuz, eine saubere Schnitzarbeit. Das bedeutete, dass es sich bei dieser Hütte um eine Kirche handelte – um eine Kirche auf heidnischem Boden!

Da begriff Odo. Der Dämon, schoss es ihm durch den

Kopf. Er will mich verwirren, mich durch Trugbilder blenden. Doch du täuschst mich nicht noch einmal!

Das Gezeter des Alten riss Odo aus seinen Gedanken. Die Krieger hatten von dem Mann abgelassen, als die anderen hinzugekommen waren, und beschwerten sich bei Ottar, dass sie den Munki nicht töten durften.

In diesem Moment erkannte Odo den Alten wieder, und es überraschte ihn nicht wirklich, dass es sich um den Nordmissionar handelte, der dem Dämon schon einmal beigestanden hatte, damals im Hafen von Haithabu. Odo hatte nicht vergessen, dass der Alte einen Bund mit dem Teufel geschlossen und ihm das heilige Buch gestohlen hatte.

Mit vorgehaltener Hand streckte Ansgar den Dänen ein Kruzifix entgegen, als handele es sich dabei um eine Waffe. Lachend ahmten die Krieger seine hilflose Geste nach.

«Der Munki will uns nur über seine Leiche die Hütte durchsuchen lassen», beklagte sich einer der Krieger. Mit seinem Schwert deutete er einen beiläufigen Hieb an, um zu demonstrieren, wie einfach es wäre, den Alten zu töten.

«Ihr kennt meine Befehle», entgegnete Odo.

Der Missionar war so aufgeregt, dass er Odo noch nicht bemerkt hatte. Odo baute sich vor ihm auf, zeichnete das Kreuzzeichen in die Luft und rief in der Sprache der Franken: «Forsahhistu unholdun? – Entsagst du den Dämonen?»

Ansgar erstarrte wie vom Blitz getroffen.

Odos Stimme schwoll an: «Forsahhistu unholdun uuerc indi uuillon? – Entsagst du der Dämonen Werk und Willen?»

Ansgar machte unwillkürlich einen Schritt zurück in die Hütte, blieb aber in der Tür stehen, das Kruzifix auf Odo gerichtet. Seine Hand zitterte. «Bei Gott – der schwarze Priester …»

«Gib die Tür frei», zischte Odo.

«Niemals!»

«Was versteckst du da drinnen?»

«Nichts! Gar nichts! Dies ist ein Haus Gottes. Das müsstet Ihr doch …»

«Halt den Mund, alter Mann», fauchte Odo.

Das Zittern hatte nun Ansgars ganzen Körper ergriffen. Odo schlug ihm das Kruzifix aus der Hand und kam so dicht heran, dass seine Nasenspitze fast Ansgars Stirn berührte.

«Wo ist das Buch?», flüsterte Odo mit einer Stimme, die kalt wie ein Eisgrab war. «Ich muss es haben! Ich *muss* es haben! Ist es da drinnen? In deiner Kirche? Willst du deshalb niemanden hereinlassen?»

«Nein … ich habe dein Buch nicht mehr …»

«Und der Herr spricht, du sollst kein falsches Zeugnis reden wider deinen Nächsten. So lautet das Gebot Gottes, und du verstößt dagegen, Sünder. Der Teufel ist zu dir herabgekommen! Geh zur Seite!»

Aber Ansgar weigerte sich vehement. Mit aller Kraft warf er sich gegen Odo, um ihn aus der Kirche zu drängen. Doch Ansgar war alt und schwach und Odo ein groß gewachsener, stämmiger Mann. Er packte den Alten am Kragen seiner verdreckten Mönchskutte und schleuderte ihn so mühelos in die dunkle Hütte, als sei er ein Sack Federn. Plötzlich waren aus dem Innern Stimmen zu hören – spitze Schreie, Angstschreie.

Odo ließ sich von einem der Dänen eine Fackel geben

und betrat die Hütte. Sie hatte nur einen einzigen Raum, dessen Einrichtung aus einer Feuerstelle, einem Tisch, einigen Schemeln sowie einer zugedeckten Truhe, die als Altar diente, bestand. Ansgar lag mit weitaufgerissenen Augen am Boden – und dann sah Odo den Grund für die Weigerung des Alten, jemanden hereinzulassen. Gut zwei Dutzend Frauen und Kinder zwängten sich in einer der hinteren Ecken zusammen. Ihre Todesangst war so groß, dass die rauchgeschwängerte, nach verbrannten Kräutern riechende Luft zu vibrieren schien.

Odo bedachte die Frauen und Kinder mit einem geringschätzigen Blick. Dann ging er zu der Truhe, auf der ein Holzkreuz sowie einige Schüsseln mit Blumen und Kräutern standen. Mit einer Armbewegung fegte er die Sachen zur Seite und klappte die Truhe auf.

Ein heiseres Stöhnen entrang sich seiner Kehle, als er das Buch entdeckte. Er nahm es vorsichtig aus der Truhe, schlug den schweinsledernen Einband auf und betrachtete die Seiten. Ein Teil der Buchstaben war verwischt, das Pergament an den Rändern durch Feuchtigkeit leicht wellig geworden. Aber die Worte waren noch zu erkennen, genau wie die Zeichnungen. Diese wunderbaren Darstellungen, die zeigten, wie die sieben Dämonen der Sünde ihrer gerechten Strafe zugeführt werden mussten. Odo hatte sechs davon ausgelöscht: Gula, Acedia, Avaritia, Luxuria, Ira und Invidia.

Nur Superbia, der Teufel selbst, war noch nicht vernichtet worden!

Er klappte das Buch wieder zu, schob es in den Beutel, den er über der Schulter trug, und wandte sich an Ansgar, der sich schützend vor die Frauen und Kinder gestellt hatte.

«Du kannst hier bleiben», sagte Odo lächelnd, «hier in deiner Kirche, zusammen mit deiner ... Gemeinde. Wir werden euch nichts tun.»

Ansgar schaute ihn zweifelnd an. Doch Odo überließ den Alten seinem Schicksal und trat wieder vor die Hütte.

«Sollen wir den Munki rausholen?», fragte einer der Krieger.

Odo schüttelte den Kopf. «Niemand darf die Hütte verlassen. Der Alte soll eine letzte Nacht mit den Seinen um Vergebung seiner Sünden beten. Wenn der Morgen graut, zündet ihr das Gebäude an.»

«Mitsamt dem Munki?»

«Mit allem Ungeziefer, das sich darin verkrochen hat!»

6.

Die Dänen hatten das Anwesen eingekreist.

In regelmäßigen Abständen hatten schwerbewaffnete Krieger rings um die schulterhohe Steinmauer Stellung bezogen, so wie Ottar es auf Odos Befehl hin angeordnet hatte. Als Odo, Ottar, Žiliška und die Sklavin vor das Tor mit dem blanken Pferdeschädel traten, stießen sie dort auf zwei Krieger. Auf Odos Frage hin berichteten diese, dass sich seit ihrer Ankunft in dem Gebäude nichts geregt habe.

«Vielleicht ist das Haus leer», mutmaßte einer der beiden.

Odo musterte die Männer, die robuste Burschen zu sein schienen. Er fragte sie nach ihren Namen. Der eine hieß Asgaut, der andere Svart.

«Es sind hervorragende Krieger, kampferprobt und zäh», warf Ottar ein. «So wie du es verlangt hast.»

Odo nickte. «Dann werden die beiden jetzt herausfinden, ob sich jemand in diesem Haus aufhält.» Er nahm einen Lederbeutel voller Münzen aus seinem Mantel. «Eure Belohnung!»

Als Asgaut und Svart nach dem Geld greifen wollten, steckte Odo den Beutel wieder ein. «Ihr erhaltet die Münzen, wenn ihr das Haus durchsucht habt.»

Die Krieger übergaben ihre Lanzen an Ottar, da diese Waffen sie bei einem Nahkampf nur behindern würden. Stattdessen zogen sie ihre Schwerter.

Bevor er sie durch das Tor schickte, ermahnte Odo sie eindringlich: «Ich muss den Mann lebend haben. Ihr könnt ihn verletzen und kampfunfähig machen, hackt ihm meinetwegen Arme und Beine ab. Aber er *muss* leben!»

Inzwischen war die Nacht hereingebrochen. Die Umrisse des Langhauses hoben sich wie ein Schattenriss vor dem mondbeschienenen, sternklaren Himmel ab. Als Asgaut und Svart auf den Bohlenweg traten, der zum Eingang des Gebäudes führte, schwebte aus dem Giebel eine Eule in die Nacht davon. Vorsichtig näherten sich die beiden Krieger in geduckter Haltung der geschlossenen Tür. Holz knackte unter ihren Stiefeln, als einige der Bohlen nachgaben. Sie erreichten ohne Zwischenfall das Haus, und Asgaut legte seine Linke an den Türgriff. Das Schwert hielt er fest in der Rechten.

Die Tür war nicht verriegelt. Als Asgaut daran zog, schwang sie knarrend nach außen auf. Dahinter gähnte dunkel das Innere des Gebäudes. Asgaut lauschte, doch es war kein Geräusch zu hören. Er gab Svart mit einem Kopfnicken das Zeichen, ihm ins Haus zu folgen.

Da hörte er plötzlich ein Zischen.

Asgaut warf sich sofort zur Seite, aber es war zu spät, schon durchschlug eine stählerne Pfeilspitze sein Kettenhemd, drang tief in seine Brust ein und durchstieß die Lunge. Asgaut stürzte rücklings zu Boden. Svart, der sich neben dem Eingang in Deckung gebracht hatte, tastete nach Asgauts Stiefel, um seinen Freund aus der Schusslinie zu ziehen.

Der zweite Pfeil traf Asgauts Unterleib. Svart sah ein, dass er dem sterbenden Asgaut nicht mehr würde helfen können. Er blieb in Deckung und machte eine hilflose Geste in Richtung des Tors, wo die anderen sich hinter der Mauer duckten.

«Verdammt, ein Bogenschütze», fluchte Ottar. «Der Hurensohn wird die Männer abschießen wie Hasen. Wir müssen das Haus anzünden, um ihn rauszutreiben …»

«Nein!», zischte Odo. «Kein Feuer! Ich kann nicht riskieren, dass der Mann dabei getötet wird.»

Ottar presste die Lippen fest zusammen. An seinem Gesichtsausdruck war abzulesen, dass er Odo für verrückt hielt. Aber er verkniff sich einen Kommentar. Egil hatte es befohlen, also würden sie alles so machen, wie dieser Kuttenträger es haben wollte.

«Und was schlägst du stattdessen vor?», fragte Ottar.

«Ruf Svart zurück. Ich gehe selbst hinein.»

Ottar starrte den Priester entgeistert an. «Du? Aber du bist kein Krieger! Du bist ein …»

«Ein Diener Gottes», unterbrach Odo ihn. «Und deshalb wird der Herr mich beschützen.»

Ottar zuckte mit den Schultern und rief nach Svart.

Unterdessen nahm Odo den Beutel von der Schulter und holte das Messer aus der Kiste. Dann wollte er sich an Žiliška wenden, um herauszufinden, ob das Langhaus einen Hintereingang hatte. Doch er sah nur die alte Sklavin, die schreckensbleich an der Mauer lehnte. Wo war Žiliška? Als Odo die Alte fragte, schüttelte sie den Kopf und flüsterte: «Sie ist weggelaufen …»

«Weggelaufen? Verdammtes Weib, warum hast du sie nicht daran gehindert?»

Die Sklavin brach in Tränen aus.

Odo schüttelte sie grob an der Schulter. «Wo ist sie hin?»

Die Sklavin deutete an der Mauer entlang, die sich in einem weitläufigen Rund um das Anwesen zog. In einer Entfernung von etwa zwanzig Schritt konnte Odo einen der Dänen erkennen, der dort Posten bezogen hatte.

«Frag die Männer, ob sie sie gesehen haben», herrschte Odo die Sklavin an.

Als sie kurz darauf wiederkam, sagte sie: «Ja, sie ist an ihnen vorbeigekommen. Aber die Männer haben sich nichts dabei gedacht, weil sie zu Euch gehört, Herr.»

Odo atmete tief ein und ließ die Luft langsam wieder entweichen, um seinen rasenden Herzschlag zu beruhigen. Inzwischen war Svart zurückgekehrt. Sein Gesicht war schmerzverzerrt. Ein Pfeil hatte beim Rückzug seinen rechten Oberarm durchbohrt.

Ich bin der Einzige, der es mit dem Dämon aufnehmen kann, dachte Odo. Er befahl Ottar, unter keinen Umständen weitere Krieger ins Haus zu schicken.

Dann machte er sich bereit, dem Dämon gegenüberzutreten.

Er nahm Anlauf und hechtete durch das Tor in den Hof. Neben dem Bohlenweg rollte er sich ab und kroch auf allen vieren weiter auf das Haus zu, indem er einen weiten Bogen beschrieb, um nicht in die Schusslinie zu geraten. Als er die Vorderwand des Langhauses erreichte, schlich er von der Seite her an die Tür heran.

Nun kam ein äußerst riskanter Moment. Odo musste ins Haus gelangen, bevor der Dämon einen Pfeil auf ihn abschießen konnte. Während Odo überlegte, wie er seinen Gegner überlisten konnte, fiel sein Blick auf Asgaut. Der Krieger schien noch immer am Leben zu sein. Im fahlen Licht des inzwischen aufgegangenen Mondes sah Odo, wie sich der Pfeilschaft, der aus Asgauts Brust ragte, hob und senkte.

Da hatte Odo eine Idee. Flach auf dem Boden schob er sich so dicht an Asgaut heran, bis er dessen rechten Arm berühren konnte. Er nahm sein Messer, setzte die Spitze auf Asgauts Oberarm an und trieb die Klinge mit einer kräftigen Bewegung durch das Hemd tief in die Muskeln des Kriegers. Der Däne erwachte aus seiner todesähnlichen Starre, und als Odo das Messer wieder aus dem Fleisch zog, bäumte sich Asgaut auf und schrie. In dem Moment geschah das, worauf Odo gehofft hatte. Ein Pfeil zischte durch die offene Tür und drang in Asgauts aufgerissenen Mund.

Odo zögerte keinen Moment. Bevor der Dämon einen neuen Pfeil anlegen konnte, setzte er mit einem gewaltigen Sprung über Asgaut hinweg durch die Tür in das Innere des Hauses. Er rollte sich ab und kroch schnell von der Tür fort. Kaum hatte er innegehalten, als von irgendwoher das Geräusch einer sich spannenden Bogensehne zu hören war.

Die Dunkelheit schützte Odo, aber sie verbarg auch seinen Gegner.

Odo musste den Schützen herausfordern, um dessen Position festzustellen. Noch immer ausgestreckt auf dem Boden liegend, tastete er die nähere Umgebung ab. Nur wenige Handbreit entfernt spürte er den rauen Lehmverputz einer Wand, und als seine Finger daran entlangglitten, trafen sie auf ein Stück Holz. Es war das Bein eines Schemels, der vor der Wand stand. Mit einem Ruck stieß Odo den Schemel um. Das Poltern hallte wie ein Gewitterdonner durch die finstere Stille.

Dann schnappte die Sehne, und ein Pfeil bohrte sich in Odos Nähe in die Lehmwand. Winzige Putzbrocken rieselten auf ihn.

Sein Herz trommelte gegen seine Brust. Er versuchte, tief und geräuschlos zu atmen, als er nach dem Pfeil tastete, der über ihm in der Wand steckte. Dem Einschusswinkel nach zu urteilen befand sich sein Gegenüber halbrechts.

Gut, sehr gut. Nun wusste er, aus welcher Richtung der nächste Angriff zu erwarten war. Sein Herzschlag beruhigte sich ein wenig.

Und der Dämon kam. Leise näherten sich die Schritte. Die Bogensehne spannte sich erneut. Der Schütze war höchstens noch zehn Fuß entfernt. Odo machte sich bereit, ihn anzuspringen. Er spannte seine Muskeln an. Die Geräusche waren jetzt sehr nah.

Da loderten plötzlich Flammen auf, helle, tanzende Flammen, die die Dunkelheit fortrissen wie eine Decke, und mit einem Blick erfasste Odo die Umgebung. Er erkannte die Umrisse des Schützen, der mit gespanntem Bogen keine fünf Schritt von ihm entfernt war, den todbringenden Pfeil auf Odos Brust gerichtet. Doch der Mann schien von der plötzlichen Helligkeit ebenso überrascht zu sein wie Odo. Anstatt auf ihn zu schießen, drehte er sich weg, hin zu einer Gestalt, die mitten in dem saalartigen Raum stand. In der Linken hielt sie eine brennende Fackel, mit der sie durch eine Hintertür den Saal betreten hatte – und in der Rechten eine Lanze.

Als der Feuerschein über das Gesicht des Bogenschützen huschte, hätte Odo beinahe einen Schrei ausgestoßen. Dieser Mann hier sah zwar aus wie ein Dämon: Über seine Schultern hing ein graues Fell, und auf dem Kopf trug er den Schädel eines Wolfes. Aber das Profil des Gesichts ließ Odo die harten Züge eines Mannes erkennen, der ganz sicher nicht der Däne war.

Der Wolfsmann schoss auf die Gestalt mit der Fackel. Doch die Helligkeit blendete ihn. Der Pfeil verschwand in den Tiefen des Langhauses. Mit einer blitzschnellen Bewegung zog der Mann einen weiteren Pfeil aus dem Köcher, der über seinem Rücken hing. Da schnellte die Gestalt vor, und bevor der Schütze die Sehne seines Bogens erneut spannen konnte, stieß sie ihm die Lanze in den Hals. Röchelnd ging der Wolfsmann in die Knie, während das Blut wie ein Sturzbach aus seiner Kehle quoll.

Stille breitete sich aus, die nur unterbrochen wurde von den Atemzügen des Sterbenden und dem Knistern der Fackel. Ohne Odo zu beachten, wandte sich die Gestalt ab, und als sie ihm den Rücken zukehrte, leuchtete ihr wallendes, langes Haar im Zwielicht.

Es war Žiliška.

Odo beobachtete, wie sie mit der Fackel zur gegenüberliegenden Wand des Saals ging, wo ein Bett stand. Žiliška hielt die Fackel an einen Haufen trockener Späne, die auf einer Feuerstelle lagen. Als das Feuer aufloderte, trat sie an das Bett, auf dem eine nackte Frau lag. Ihr deutlich gewölbter Bauch verriet, dass sie ein Kind erwartete. Die Schwangere war mit gespreizten Händen und Füßen an das Bett gefesselt und ihr Mund mit einem Knebel verschlossen. Ein Beben fuhr durch den Körper, als Žiliška neben das Bett trat.

Odo erhob sich, machte einen Schritt über den Wolfsmann hinweg und näherte sich Žiliška. Sie hatte ihm den Rücken zugedreht, während sie die Fackel über den Bauch der Schwangeren hielt. Die Frau stieß unter dem Knebel verzweifelte, wehklagende Laute aus. Ihre Haut glänzte schweißnass. Da blitzte in Žiliškas Hand plötzlich eine Messerklinge auf. Die Schwangere bäumte sich auf und wand sich in den Fesseln.

Als Odo hinter Žiliška trat, fuhr ihm der Schreck durch alle Glieder. Er erkannte die Frau auf dem Bett: Es war das Weib aus Haithabu, das zu dem Dänen gehörte. Und die Frau war schwanger! Bei Gott! Hatte der Verderber sich etwa fortgepflanzt?

Žiliška war in den Anblick der Frau versunken. Sie bemerkte nicht, wie Odo sich ihr von hinten näherte. Mit sanften Bewegungen ließ sie die Messerschneide über den Bauch gleiten. Dann setzte sie schließlich die Spitze über dem Nabel an und spannte ihre Muskeln, um die Klinge hineinzustoßen.

In dem Moment schnellte Odo vor und riss Žiliška das Messer aus der Hand. Sie stieß einen Schrei aus, der Odo das Blut in den Adern gefrieren ließ. Ein von glühendem Hass erfüllter Blick traf ihn. Er schlug ihr mit der Rechten so hart ins Gesicht, dass sie gegen die Wand geschleudert wurde und regungslos liegen blieb.

Odo hob die Fackel auf und steckte sie in eine Halterung an der Wand. Dann beugte er sich über die Schwangere, legte seinen Zeigefinger an seine Lippen und bedeutete ihr, still zu sein. Als die Frau mit tränenfeuchtem Gesicht nickte, riss er ihr den Knebel aus dem Mund.

«Ist Helgi der Vater deines Kindes?», fragte er.

Die Frau nickte verschüchtert.

«Wo ist er?»

Doch sie starrte Odo nur mit aufgerissenen Augen an. Ihr Atem ging stoßweise.

Er wiederholte seine Frage, dieses Mal etwas lauter. Aber die Schwangere antwortete noch immer nicht. Seufzend nahm Odo die Tasche von der Schulter, legte sie neben der Frau aufs Bett und holte die Kiste und das Buch hervor. Er würde ihr wehtun müssen, aber letztlich würde sie ihm den Aufenthaltsort des Dämons verraten. Nun, er hatte Zeit.

Odo öffnete die Kiste und nahm eine Zange heraus. Er bedauerte, keines der Brandeisen verwenden zu können. Es würde zu lange dauern, das Eisen zum Glühen zu bringen. Als er jedoch gerade einen der Finger mit der Zange abtrennen wollte, spürte er plötzlich an seiner linken Schulter einen Stoß und unmittelbar darauf einen heftigen Schmerz.

Odo wirbelte herum. Gerade setzte Žiliška zum nächsten Angriff an. In ihrer Hand blitzte die Messerklinge auf, mit der sie ihn an der Schulter verletzt hatte. Odo schnellte vor und rammte ihr die Faust ins Gesicht. Ihre Nase brach mit einem hässlichen Knacken. Sie schrie auf und stürzte rücklings zu Boden. Odo stellte sich über sie, zog sein Messer und schüttelte bedauernd den Kopf.

«Warum», sagte er, «kannst du nicht abwarten, bis deine Zeit gekommen ist? Warum hast du es so eilig zu sterben?»

Dann beugte er sich über sie, um ihr das Messer ins Herz zu stoßen. Doch sie war schnell. Ehe Odo sichs versah, war sie unter ihm weggeglitten und befand sich plötzlich hinter ihm. Er verlor das Gleichgewicht. Sein Kopf prallte dicht neben der Feuerstelle auf. Blitze zuckten durch seinen Kopf, und es dauerte einen Moment, bis er wieder einen klaren Gedanken fassen konnte.

Da züngelten mit einem Mal dicht neben ihm Flammen empor, die sich rasch ausbreiteten. In ihrem Schein sah er Žiliška am Feuer stehen. Und als er erkannte, womit sie es entfacht hatte, wollte er schreien, doch der Laut erstickte kläglich in seiner Kehle.

Das Buch! O allmächtiger Vater – das heilige Buch verbrannte vor seinen Augen! Er streckte seine Hand danach aus. Doch das Feuer versengte sein Fleisch.

Žiliška verfolgte Odos Rettungsversuche mit versteinertem Blick. Die Flammen, die das Buch fraßen, spiegelten sich in ihren Augen wider. Ihre Finger schlossen sich um den Messergriff, und sie machte sich bereit, den dunklen Priester zu töten.

Doch dann hielt sie mitten in der Bewegung inne und richtete ihre ganze Aufmerksamkeit auf die weitgeöffnete Eingangstür des Langhauses. Von draußen hörte sie die aufgeregten Stimmen der Dänen.

Auch Odo hörte die lauten Rufe. Vor dem Anwesen schien irgendetwas vor sich zu gehen. Die Stimmen wurden immer panischer. Und dann verstand Odo, was die Aufregung zu bedeuten hatte: Die Dänen flohen.

Die Ranen griffen an.

7.

Helgi lauerte in der Dunkelheit.

Er stand auf einem Hügel in den Schwarzen Bergen und blickte hinab auf die haushoch lodernden Flammen der Feuer, die die Dänen am Strand entzündet hatten. Ringsum saßen dicht zusammengedrängt Hunderte Ranen. Die Angreifer hatten alle Bewohner zum Boddenufer getrieben, und nun standen die schwerbewaffneten Männer bei ihren Gefangenen, als warteten sie auf etwas.

Helgi schätzte die Zahl der Dänen ab. Sie waren mit drei Langschiffen gekommen. Das bedeutete, dass es gut zweihundert Männer waren, vielleicht ein paar mehr, vielleicht ein paar weniger. Auf jeden Fall viel zu wenige, um gegen das Heer der Ranen bestehen zu können.

«*Skauð*! Feigling! Töte deine Feinde!» Odins Worte hallten in seinem Kopf wider.

Aber waren die Dänen seine Feinde? Er war selbst Däne, und nun würde er gegen sie kämpfen. Er liebte die Ranen, denn sie hatten ihn aufgenommen wie einen Freund. Sie hatten ihm vertraut, hatten ihm ihre Hochachtung und ihren Respekt erwiesen, indem sie ihn bereitwillig zu ihrem Wojwoden gemacht hatten. Und genau das war es, was Freundschaft ausmachte: Vertrauen und Respekt.

Doch nun hielten ihn sowohl die Ranen als auch die Dänen für einen Verräter …

Helgi schüttelte die belastenden Gedanken ab. Längst war die Nacht hereingebrochen. Wie viel Zeit würde noch bleiben, bevor die Dänen sich über ihre Gefangenen hermachten, um ihre Blutgier zu stillen?

«Ob die Inselsoldaten überhaupt kommen werden?»,

fragte Ingvar, der nicht von Helgis Seite gewichen war, seit sie vor den Dänen bei Arkona geflohen waren. In atemberaubend kurzer Zeit hatten sie die Strecke nach Ralsvik zurückgelegt, wo sie sich bei den Schwarzen Bergen von Damek getrennt hatten. Während Helgi und Ingvar hier warteten, war der Toblac weiter zur Königsburg Charenza geritten, um die Soldaten des Königs in die Schlacht zu rufen.

Helgi blickte hinauf zu den Sternen, die am nahezu wolkenlosen Himmel funkelten. Dann senkte er den Blick auf ihren Widerschein, der sich auf der glatten, schwarzen Wasseroberfläche des Boddens spiegelte.

«Ja», antwortete er, «das werden sie.»

«Dann sollten sie sich ein bisschen beeilen», murmelte Ingvar und deutete auf den Strand.

Unter einigen Dänen war ein Streit ausgebrochen. Zwei Krieger hatten eine junge Frau aus der Menge gezerrt und ihr die Kleider vom Leib gerissen. Andere Dänen versuchten nun, die Männer daran zu hindern, die Frau zu vergewaltigen. Offenbar hatten einige der Angreifer die Geduld verloren, und sie würden nicht die Einzigen bleiben, denn die Weinfässer, die sie aus der Siedlung herbeigeschafft hatten, leerten sich rasch.

Da hörte Helgi die Geräusche nahender Pferde. Wie ein endloser Lindwurm zog sich das Heer der Ranen im fahlen Mondlicht durch die Hügelkette. Polierte Helme und Waffen glitzerten wie Sterne. Damek war mit gut eintausend Männern gekommen, der Hälfte der königlichen Streitmacht. Die andere Hälfte, so hatte Damek es angekündigt, würde er nach Arkona schicken, wo sie den Dänen in den Rücken fallen sollte.

Sofort liefen Helgi und Ingvar zu dem Pfad, der sich

zwischen den Hügeln hindurchschlängelte. Die Geräusche wurden immer lauter. Auf einer Anhöhe oberhalb des Wegs hielten die beiden inne.

Damek ritt dem Heer ein Stück voraus. Als Helgi und Ingvar vor ihm auf den Weg traten, zügelte er sein Pferd und schaute mit dem gewohnt breiten Grinsen auf die beiden herab.

«Ich habe ein paar Freunde mitgebracht», sagte er so beiläufig, als sei er auf dem Weg zum Erntedankfest. Er trug jetzt ein Kettenhemd und einen Helm, an seinem Gürtel hingen Schwert und Streitaxt. «Ich musste all meine Überredungskünste anwenden, um Ratibors Hauptleute von der Gefahr zu überzeugen. Aber du kennst mich, Däne – wenn einer gut reden kann, dann ich!»

«Wir kämpfen gegen eure Landsleute», fuhr er fort. «Werdet ihr trotzdem mit uns ziehen?»

Helgi und Ingvar nickten gleichzeitig, und als Helgi demonstrativ sein Schwert zog, wurde Dameks Grinsen noch breiter. Dann zogen tausend Ranen durch die Schwarzen Berge nach Ralsvik, um zweihundert Dänen nach Asgard zu schicken.

Die Dänen waren sich ihrer Sache zu sicher gewesen und hatten ihre Posten von der Brücke abgezogen. Daher erreichte die Streitmacht der Ranen ungehindert die Landzunge, wo sie sich im Schatten der unteren Stadtgrenze sammelte. Damek beriet sich kurz mit den Hauptleuten, dann teilte man das Heer in zwei Gruppen auf. Der Plan lautete, dass eine Gruppe sich den Feinden durch die Gassen Ralsviks nähern sollte, während die andere am Strand angreifen und die Dänen somit in eine tödliche Zange nehmen würde.

Das Heer machte sich zur Schlacht bereit. Damek saß ab und mit ihm einige Hundert Ranen, die die Vorhut bilden würden. Man hatte beschlossen, die Dänen am Strand zu Fuß anzugreifen, damit die durchgehenden Pferde die Gefangenen nicht gefährdeten. Helgi und Ingvar hielten sich dicht an Dameks Seite. Helgi wollte so schnell wie möglich zu den Ranen vorstoßen, um Teška zu befreien.

Die Soldaten stellten sich in mehreren Reihen hintereinander auf. Als Helgi sich umblickte, bemerkte er die grimmige Entschlossenheit auf den Gesichtern der Ranen, die gekommen waren, um ihre Feinde zu vernichten.

«Dein Freund trägt ja gar keine Waffe», sagte Damek zu Helgi und drückte Ingvar sein Schwert in die Hand.

«Willst du wirklich mit uns kämpfen?», fragte Helgi seinen Freund.

Ingvar zuckte mit den Schultern. «Ich habe gestern einen Mann getötet. Warum sollte ich das nicht noch einmal tun?»

«Weil du aussiehst wie ein verdammter Munki», sagte Damek, wobei seine Stimme nicht unfreundlich klang. «Halt dich einfach immer dicht hinter mir, Rothaar, dann wird dir nichts passieren.» Mit einem schiefen Grinsen auf Helgi fügte er hinzu: «Und dann könnt ihr endlich lernen, wie man richtig kämpft.»

In dem Moment ertönte das Kommando zum Angriff. Ein Bote hatte die Nachricht überbracht, dass sich die anderen Soldaten in der Siedlung bereithielten.

«Keiner von den Scheißkerlen darf entkommen!», brüllte Damek den Ranen zu.

Die Feldkämpfer setzten sich in Bewegung und eilten im Laufschritt auf die Lagerfeuer zu. Helgi und Ingvar folgten Damek, der darauf bestanden hatte, in der ersten Reihe zu kämpfen. Der Boden erbebte unter den Füßen Hunderter Männer, deren keuchender Atem durch die Nacht drang. Helgi spürte Sand und Kieselsteine unter seinen Stiefeln. Immer heller loderten die Feuer vor seinen Augen auf, und erst als sie auf etwa einhundert Schritt herangekommen waren, bemerkten die Dänen die Angreifer.

Die Schlacht begann.

Mit gnadenloser Wucht prallte die vorderste Ranenfront gegen die überraschten Feinde. Panisch griffen die Dänen nach ihren Waffen. Doch sie waren zu langsam. Dutzende der betrunkenen Krieger wurden von Schwertern und Äxten erschlagen, bevor auch nur ein einziger Rane starb. Die Schreie erfüllten die Nacht, und ihr Blut versickerte im Sand.

Damek schwang seine Langaxt immer wieder gegen die Feinde. Binnen weniger Augenblicke hatte er drei Dänen niedergestreckt, die sich blutüberströmt am Boden wälzten. Trotz seiner Leibesfülle bewegte sich der Toblac im Kampf geschmeidig wie ein Raubtier. Als Helgi ihn dabei beobachtete, konnte er sich gut vorstellen, wie Damek früher als Víkingr an den Küsten des Meeres Angst und Schrecken verbreitet hatte. Er wollte es dem Zauberer gleichtun und rückte mit seinem Schwert vor. Doch er fand keinen Gegner. Jedes Mal, wenn er einen Dänen angreifen wollte, ergriff der beim Anblick des hünenhaften Mannes die Flucht.

«Schneidet den Hurensöhnen den Weg zu den Schiffen ab», schrie Damek den Ranen zu. «Zerstört ihre Boote!»

Als viele der Dänen zum Wasser flüchteten, setzten ihnen die Ranen nach. Andere Dänen versuchten, zwischen den Hütten Schutz zu finden – doch da brach der zweite Ranensturm los.

Wie ein Geisterheer lösten sich die Schatten Hunderter Reiter aus der nachtdunklen Siedlung, jagten die Dänen vor sich her zum Strand zurück, trieben ihnen Lanzenspitzen in die Leiber, und die Pferde zermalmten ihre Knochen unter den Hufen. Den Feldkämpfern gelang es unterdessen, einen Keil zwischen die Dänen und ihre Gefangenen zu treiben, sodass die Feinde keine Geiseln nehmen konnten.

Helgi begann sofort, unter den Gefangenen nach Teška zu suchen. Doch wen er auch fragte, niemand hatte seine Frau gesehen.

Als er zu Damek und Ingvar zurückkehrte, zitterte Ingvar noch immer am ganzen Leib. Er hatte beim Angriff das Schwert verloren, und sein Gesicht war mit dem Blut der Männer bespritzt, die Damek erschlagen hatte.

Demonstrativ hielt der Toblac Helgi seine blutverschmierte Rechte entgegen und spreizte alle Finger. «Fünf», stieß er keuchend hervor. «Ich habe fünf von den Mistkerlen erledigt. Und du?»

«Ich hatte keine Zeit zum Zählen», erwiderte Helgi mürrisch. Seine Gedanken waren bei Teška. Er machte sich große Sorgen.

Ein breites Grinsen legte sich über Dameks vom Kampf erhitztes Gesicht. «Stimmt, Junge. Du warst sogar so schnell, dass nicht einmal das Blut deiner vielen Opfer an deiner Klinge kleben geblieben ist.»

Helgi machte eine wegwerfende Handbewegung. «Wir haben keine Zeit für Prahlereien.»

«Verdammt, wie konnte ich Teška vergessen?», rief Damek, und das Grinsen verschwand augenblicklich aus seinem Gesicht. «Ich werde mir später noch ein paar Dänen holen.»

Helgi berichtete, dass er Teška unter den Gefangenen nicht gefunden habe.

«Vielleicht ist sie noch in eurem Haus», schlug Damek vor.

Helgi schob sein Schwert in die Scheide, rief Ingvar zu sich und rannte los. Die Grünflächen zwischen der Siedlung und dem Strand waren mit Leichen und Sterbenden übersät. Die berittenen Soldaten hatten die restlichen Dänen inzwischen zum Ufer zurückgedrängt, wo die Überlebenden sich sammelten, um sich mit dem Mut der Verzweiflung gegen die Übermacht zu stemmen.

Helgi stürmte durch die menschenleeren Gassen. Als sie an Woislavas Hof vorbeikamen, rief plötzlich jemand seinen Namen. Helgi erkannte den alten Ansgar, der ihm aus Richtung der Kirche entgegeneilte. Vor dem Gotteshaus lagen die Leichen mehrerer Krieger, die von den Ranen getötet worden waren.

«Er ist hier», rief Ansgar. «Der schwarze Priester! O Gott, Helgi, du musst ihn aufhalten.»

Helgi packte Ansgar am Kragen und schüttelte ihn. «Wo ist Teška?»

«Ich weiß es nicht. Aber der Priester hat das Buch gefunden. Er hat irgendetwas damit vor. Erinnerst du dich noch daran, wie er daraus zitierte, als er dich in Haithabu töten wollte …»

«Dieser verfluchte Priester!», schrie Helgi, und Ansgar zuckte vor Schreck zusammen.

Helgi ließ den Munki wieder los und lief weiter.

Die Tür des Langhauses war weit geöffnet, und das Innere dahinter gähnte dunkel wie ein unergründlicher Schlund. Helgi rang nach Atem und hielt am Hoftor inne. Kurz darauf schlossen Damek und Ingvar auf. Als Helgi ins Haus gehen wollte, hielt Damek ihn zurück.

«Da vorne liegt ein Mann», sagte er und deutete zum Hauseingang.

Jetzt bemerkte auch Helgi den leblosen Körper. «Scheint ein Krieger zu sein», sagte er.

«Sieht so aus, als habe ihn jemand mit Pfeilen gespickt», erwiderte Damek.

«Ihr bleibt hier, falls der Schütze noch irgendwo hier draußen sein sollte», sagte Helgi.

«Sei vorsichtig», warnte Damek. «Vielleicht wartet der Bogenschütze im Haus auf dich.»

Doch Helgi achtete nicht auf die Warnung des Toblacs und trat auf den Bohlenweg. Er warf einen Blick auf den Toten, bei dem es sich augenscheinlich um einen Dänen handelte. Dann machte er einen Schritt über die Leiche hinweg und trat ins Haus. Stille empfing ihn. Er wagte kaum zu atmen. Das Blut rauschte in seinen Ohren wie ein Wasserfall. Einen kurzen Moment verharrte er bei der Tür, bis sich seine Augen an die Dunkelheit gewöhnt hatten. In der Feuerstelle glommen Glutreste, die ein schwaches Licht spendeten.

Von draußen hörte er, wie sich Damek am Tor aufgeregt mit jemandem unterhielt. Helgi glaubte Ansgars Stimme zu erkennen, der den anderen offenbar nachgeeilt war. Und dann war da plötzlich noch ein Geräusch. Es kam aus dem Innern des Hauses und klang wie stockende, unregelmäßige Atemzüge. Helgi dachte sofort an die schwangere Teška.

Bei Odin, flehte er, lass es noch nicht zu spät sein!

Er ging an der Feuerstelle vorbei und näherte sich dem Bett. Im Zwielicht sah er darauf die Umrisse eines menschlichen Körpers. Teška? Irgendetwas stimmte nicht. Die Atemgeräusche waren ganz schwach, auch schienen sie aus einer anderen Richtung zu kommen.

Helgi flüsterte Teškas Namen, doch er bekam keine Antwort. Das Herz schlug ihm bis zum Hals, als er seine Hand nach ihr ausstreckte. Er spürte das Haar – und erstarrte. Es war nicht Teška, die auf dem Bett lag.

In dem Moment waren von der Tür her die Geräusche von Stiefeln zu hören. Damek stürmte herein und rief nach Helgi. Der Toblac warf frische Scheite auf die Feuerstelle und entzündete an den emporzüngelnden Flammen eine Fackel. Feuerschein erfüllte den Saal.

«Wo ist meine Duša?», stieß Damek keuchend hervor, als er neben das Bett trat.

Helgi schüttelte fassungslos den Kopf. Er hatte Žiliška seit der Hochzeit nicht mehr gesehen. Nun war sie zurückgekehrt und lag auf seinem Bett. Ihre Lippen waren wie zu einem letzten Schrei geöffnet, ihre Augen weit aufgerissen. Ihr Gesicht war aschfahl und der Stoff ihrer Tunika vom Blut getränkt, das aus einer Wunde über ihrer rechten Brust ausgetreten war.

«Aber … wo ist meine Duša?», wiederholte Damek.

Plötzlich waren wieder die Atemzüge zu hören, und dieses Mal schienen sie sehr nah zu sein. Helgi wirbelte herum und glaubte seinen Augen nicht zu trauen. Was da auf ihn zukam, schien mehr tot als lebendig zu sein: Im ersten Augenblick glaubte er, einem Untoten gegenüberzustehen, einem Wiedergänger. In der Kehle des Mannes klaffte ein großes Loch. Blut pulsierte in Stößen aus der klaffenden Wunde. Dann endlich erkannte Helgi den Mann, der gerade seinen Langbogen spannte und einen Pfeil auf Helgis Oberkörper richtete.

«Tetĕslav!», rief Helgi entsetzt.

Das Gesicht des Jägers verzog sich zu einer Grimasse. Tetĕslav schwankte wie ein Betrunkener, doch die Pfeilspitze zeigte noch immer in Helgis Richtung.

«Lass den Bogen sinken», zischte Damek und machte mit der Fackel einen Schritt auf Tetĕslav zu.

Der Mund des Jägers öffnete sich. «Ich … ich nehme den Dänen mit ins Reich der Toten …» Seine Pfeilhand zitterte. Der Bogen war zwar nur zur Hälfte gespannt, aber auf die kurze Entfernung würde die Wucht ausreichen, um die Pfeilspitze tief in Helgis Brust zu treiben.

Helgis Gedanken überschlugen sich. Er sah keine Möglichkeit, sich aus der Schusslinie zu werfen. Der todgeweihte Feind brauchte nur Daumen und Zeigefinger zu öffnen und den Pfeil freizugeben. Dennoch schoss Tetĕslav noch immer nicht.

In dem Moment tauchten Ingvar und Ansgar in der Tür auf. Ingvar wollte nach Helgi rufen, brachte aber keinen Laut hervor, als er den Bogenschützen entdeckte.

«Gib auf, Tetĕslav», zischte Damek und machte einen weiteren Schritt in dessen Richtung. «Du hast verloren. Wirf den Bogen weg. Du wirst eine ordentliche Verhandlung bekommen. Das verspreche ich dir.»

Tetĕslav beachtete Damek nicht. Es schien ihm die größte Anstrengung zu bereiten, den Bogen noch länger auf Spannung zu halten. «Der Däne muss … er muss …» Doch er brachte den Satz nicht zu Ende. Blut quoll aus seinem Mund.

Währenddessen hatte sich Ingvar Tetĕslav von hinten genähert und griff nach dessen linker Hand, mit der dieser den Bogen hielt. «Ich lasse nicht zu, dass du Helgi erschießt. Er ist mein Freund!»

Der Pfeil löste sich mit einem schnappenden Geräusch. Doch er verfehlte sein Ziel und zischte so dicht über Helgis Kopf hinweg, dass dieser den Luftzug auf seiner Haut spürte.

Tetĕslav schrie auf wie ein verletztes Tier. Erschrocken wich Ingvar von ihm zurück. Helgi zog sein Schwert und hastete auf Tetĕslav zu. Bevor er ihn jedoch erreichte, hatte der Jäger sich umgedreht, mit einer blitzschnellen Bewegung einen neuen Pfeil aus dem Köcher gezogen, eingespannt und auf Ingvar angelegt.

«Ingvar!», schrie Helgi entsetzt auf.

Aber es war zu spät.

Der Pfeil durchschnitt die Luft. Tetĕslav stieß gurgelnde Geräusche aus. Seine Beine knickten ein, und er stürzte wie ein gefällter Baum zu Boden. Der Bogen entglitt seiner Hand und schlitterte zwei, drei Schritt über den Boden, bis er liegen blieb. Ein Beben durchfuhr Tetĕslavs Körper. Dann starb er mit einem Röcheln.

Helgi wandte sich Ingvar zu, der ihn mit vor Schreck geweiteten Augen anstarrte. Er schien noch nicht begriffen zu haben, was geschehen war. Tetĕslavs Pfeil war in seine Brust eingedrungen. Um den Schaft hatte sich ein faustgroßer Blutfleck gebildet, der sich rasch ausbreitete. Taumelnd streckte Ingvar seine Arme nach Helgi aus.

«Helgi …?», stammelte er.

Helgi griff nach ihm. Er spürte, wie der schmächtige Körper im Todeskampf zuckte. Tränen schossen in seine Augen. Seine Stimme klang brüchig. «Ich bin bei dir, Ingvar. Hab keine Angst.»

«Aber wo ist die Sklavin … deine Frau? Ich wollte sie … wollte sie so gern kennenlernen.»

«Das wirst du, Ingvar. Das wirst du ganz bestimmt.»

«Aber warum weinst du? Ist ihr etwas … zugestoßen?»

«Es geht ihr gut.»

«Du liebst sie sehr, nicht wahr?»

Helgi nickte. Seine Kehle war wie zugeschnürt.

Ingvars Unterlippe zitterte. «Ich … ich liebe dich … auch …»

«Ja.»

Dann erschlaffte Ingvars Körper, und mit einem Seufzer wich das Leben aus ihm.

«… ich liebe dich auch, mein Freund», brachte Helgi mit tränenerstickter Stimme hervor. Behutsam legte er Ingvar auf den Boden und schloss ihm die Augen.

Ansgar kniete neben den beiden nieder und murmelte ein Gebet. Nach einer Weile spürte Helgi Dameks Hand auf seiner Schulter. Der Toblac räusperte sich. «Vergiss nicht, dass wir Teška suchen müssen.»

Helgi erhob sich mit steifen Gliedern. Er bückte sich nach seinem Schwert, das er fallen gelassen hatte, und schob es in die Scheide.

Im Hintergrund stieß Ansgar einen Laut aus. «Allmächtiger! Das Buch! Schaut nur – es ist verbrannt.» Der Missionar hockte neben der Feuerstelle und klaubte verkohlte Pergamentreste vom Boden auf. Asche rieselte durch seine Finger.

«Hat dein Munkischädel nichts anderes im Sinn als dieses verfluchte Buch?», herrschte Damek ihn an.

«Verfluchtes Buch? Du heidnischer Zauberer – diese Schrift ist heilig! Dieses Buch kündet von der Apokalypse, dem Untergang der Welt und der Entstehung des Gottesreiches auf Erden …»

Damek schnaubte. «Na, damit wird's ja nun nichts

mehr, mit deinem Gottesreich – jetzt, da das Buch endlich verbrannt ist.»

Entgeistert griff Ansgar nach einem zur Hälfte verkohlten Pergamentrest, auf dem noch einzelne Wörter zu erkennen waren. «Dieses Buch ist der Schlüssel. Es ist die Antwort auf alle Fragen.»

Damek schäumte vor Wut. Teška war verschwunden, Helgi hatte einen Freund verloren, und außerdem gab es noch zwei weitere Leichen. Und der Munki lamentierte wegen eines verbrannten Buches! «Dann weiß dieses Buch bestimmt auch, wo meine Duša ist, oder?»

Ansgar erhob sich und wandte sich Damek und Helgi zu. Mit ernster Miene sagte er: «Vielleicht weiß das Buch tatsächlich, wo der dunkle Priester Teška hingebracht hat.» Er warf einen bedauernden Blick auf die Pergamentreste in seiner Hand. «Es ist nur eine Vermutung, aber …»

«Der Munki weiß gar nichts, und sein erbärmlicher Gott auch nicht», knurrte Damek.

«Halt endlich den Mund», sagte Helgi. «Ansgar soll reden!»

«Also, wenn es so abgelaufen ist, wie ich vermute», begann Ansgar, «dann hat der Priester Teška in seine Gewalt gebracht. Er war hinter Helgi her, und seine Suche nach dir hat irgendetwas mit diesem Buch zu tun, mit der Offenbarung. Ich hatte im Winter hinreichend Gelegenheit, den Text zu lesen, auch wenn meine Augen nicht mehr die besten …»

«Komm endlich zur Sache, Munki!», sagte Damek. «Wo, verdammt nochmal, ist dieser Bastard, von dem ihr die ganze Zeit redet, mit meiner Duša hingegangen?»

Ansgar bedachte den fluchenden Toblac mit einem scharfen Blick. Dann sagte er: «Nach Sankt Gallen.»

«Was ist Sankt Gallen?», riefen Damek und Helgi wie aus einem Munde.

Ansgar hob die Hände und machte eine beschwichtigende Geste. «Ein großes Kloster. Es ist vor langer Zeit an der Grabstätte des heiligen Gallus errichtet worden …»

«Und warum sollte der Priester Teška dort hinbringen?», fragte Helgi beunruhigt.

«Offenbar hat diese Schrift einen unschätzbaren Wert für Odo. Es ist die Alaetheia Apokalypsis – die *wahrhaftige* Offenbarung Jesu Christi, die Gott ihm gegeben hat, seinen Knechten zu zeigen, was in Kürze geschehen soll. So steht es geschrieben. Odo scheint davon überzeugt zu sein, dass darin nicht nur der Weg zum Jüngsten Gericht aufgezeigt wird, sondern dass sogar er selbst es durch entsprechende Taten herbeiführen kann – indem er nämlich die sieben Dämonen der Sünde vernichtet …»

«Also, gleich reicht's mir wirklich mit diesen Munkisprüchen», rief Damek.

«Lass ihn ausreden», herrschte Helgi den Toblac abermals an.

«… und dadurch den Untergang der sündigen Welt besiegelt», fuhr Ansgar fort. «Helgi, aus irgendeinem Grund scheint Odo zu glauben, du wärst einer dieser Dämonen. Er glaubt offensichtlich an die Erbsünde, und da er dich nicht fassen konnte, hat er Teška mitgenommen, die dein Kind in sich trägt …»

«Was hat das alles mit dem Kloster zu tun?», unterbrach ihn Helgi.

«Das Buch wurde im Skriptorium Sankt Gallens abgeschrieben. Der Mönch, der es einst transkribiert hat, hat darin den Namen des Klosters angegeben. Es ist gut möglich, dass Odo sich dorthin auf den Weg gemacht hat, um eine andere Abschrift in die Hände zu bekommen. Offenbar benötigt er ein unbeschädigtes Exemplar für das, was er glaubt, tun zu müssen.»

«Warum stehen wir dann noch hier rum?», rief Damek. «Der Bastard kann noch nicht weit gekommen sein. Um zu diesem Kloster zu gelangen, muss er erst einmal von der Insel runter. Wir nehmen die Fähre, die zwischen der Insel und dem Hof Stŕalov über dem Sund verkehrt …»

Helgi nickte nachdenklich. «Wie weit ist es bis zu dem Kloster?»

«Oh, weit! Sehr weit», erwiderte Ansgar mit düsterem Gesicht.

Damek schlug Ansgar so heftig auf die Schultern, dass dem Missionar die Luft wegblieb. «Das hast du gut gemacht, alter Mann. Ich bin stolz auf dich. Auf geht's! Ich besorge uns Pferde …»

«Nein», sagte Helgi bestimmt.

«Nein? Was soll heißen?»

«Du bleibst hier, Damek.»

«Auf keinen Fall …»

«Doch!» Helgi schaute dem Toblac fest in die Augen. «Wir haben keine Gewissheit, dass der Priester Teška tatsächlich in dieses Kloster bringen will. Du musst dafür sorgen, dass die ganze Insel nach ihr abgesucht wird. Und außerdem braucht dich dein Volk nach dem Überfall mehr als je zuvor.»

«Die Ranen sind auch dein Volk, verdammter Däne! Wir haben dich zu unserem Wojwoden ernannt. Hast du das vergessen?»

«Mein Volk?», erwiderte Helgi zweifelnd. «Der König hält mich für einen Verräter.»

Damek stemmte die Fäuste in die Hüften. «Ich werde Ratibor vom Gegenteil überzeugen.»

Helgi schüttelte bedauernd den Kopf. Dann forderte er Ansgar auf, ihm zu folgen. An der Tür drehte sich Helgi noch einmal zu Damek um. «Bitte sorg dafür, dass mein Freund Ingvar an einem angemessenen Ort zur letzten Ruhe gebettet wird.»

Der Toblac nickte, und als ihm eine Träne über die Wange lief, wandte er rasch das Gesicht ab.

8.

Die meisten Ranenkrieger hatten Ralsvik unmittelbar nach der siegreichen Schlacht wieder verlassen, um nach Arkona weiterzuziehen. Bislang hatte das Heer nur wenige Opfer zu beklagen. Von den Dänen jedoch, die mit der trügerischen Verheißung eines raschen Sieges nach Ralsvik gekommen waren, war niemand mehr am Leben. Ihre Leichen lagen wie hingestreut am Strand oder dümpelten im seichten Uferwasser des Boddens. Bei Tagesanbruch würde man ihre Leiber den Flammen übergeben.

Als Helgi und Ansgar auf zwei von Woislavas Pferden durch den Ort ritten, bemerkten sie bei der Kulthalle eine Menschenmenge. Alle Bewohner Ralsviks waren zusammengekommen, um ihrem Gott Svantevit zu danken. Befreites Gelächter drang zu den Reitern herüber.

«Wir sollten uns von ihnen verabschieden», meinte Ansgar.

Helgi schüttelte traurig den Kopf. «Sie haben allen Grund, mich zu hassen. In ihren Augen bin ich ein Verräter.»

Ansgar seufzte. Er bedauerte es, nicht die Zeit zu haben, um Helgis Ansehen wiederherzustellen. Der Däne hatte den Menschen viel Gutes gebracht.

Sie ließen die belebte Kulthalle links liegen und hielten weiter auf die Brücke zu. Aber als sie sich dem Ende der Landzunge näherten, blockierte mit einem Mal eine beleibte Gestalt den Weg. Schnaubend hielten die Pferde an.

«He, ihr beiden!», rief Damek. «Ich muss euch noch etwas sagen, bevor ihr die Insel verlasst und vielleicht niemals wiederkehrt.»

Der Toblac trat dicht vor die Pferde und fuhr sich mit dem Ärmel über seine feucht schimmernden Augen. «Meine Weiber und die Kinder haben es gut bei dir gehabt, alter Mann, verdammt gut. Ich habe dir das niemals gesagt … aber ich … aber ich danke dir dafür.»

Ansgar lächelte milde. «Ich liebe deine Frauen und deine Kinder. Und ich liebe auch dich, du bärbeißiger, ewig fluchender Zauberer. Ich werde euch im Herzen immer bei mir tragen und euch in meine Gebete einschließen.»

Damek gab den Weg noch nicht frei. «Ich habe ein Geschenk für dich und deinen Gott.» Er zog eine kleine, aus Holz geschnitzte Figur unter seinem Mantel hervor und reichte sie Ansgar. Es war die Darstellung des Gottes mit den vier Häuptern. Ansgar bedankte sich und verstaute gerührt die Figur in der Tasche, in die Woislava den Proviant eingepackt hatte.

Damek wandte sich Helgi zu. Ihre Blicke trafen sich. «Ich hoffe, wir sehen uns eines Tages wieder», sagte der Toblac mit gepresster Stimme. Tränen rannen aus seinen Augen. «Du wirst immer unser Wojwode bleiben …»

Erst jetzt bemerkte Helgi, dass die Ranen die Kulthalle

verlassen hatten und auf den Weg getreten waren. Hunderte Menschen umringten die beiden Reiter. «Wir vertrauen dir, Helgi», rief ein Mann. «Du bist unser Wojwode!» Die anderen stimmten lauthals zu.

Helgi nickte und rang sich ein Lächeln ab. Er brachte kein einziges Wort hervor, seine Kehle war wie zugeschnürt. Die Zuneigung der Ranen überwältigte ihn.

«Eines musst du noch wissen», sagte Damek. «Du glaubst wohl, Däne, ich hätte damals nicht bemerkt, dass du mich hast gewinnen lassen bei diesem Spiel, diesem … diesem … ich habe den verfluchten Namen schon wieder vergessen.»

«Hnefatafl», sagte Helgi leise.

«Von mir aus. Aber ich werde üben, und eines Tages fege ich deine Steine vom Brett. Also, mach dich auf etwas gefasst, wenn du mir meine Duša zurückbringst.»

Dann trat er endlich zur Seite. Helgi und Ansgar trieben ihre Pferde an ihm vorbei, und als sie die Brücke erreichten, riefen die Ranen noch immer den Namen ihres Wojwoden. Das Klappern der Pferdehufe auf den Holzbohlen ging unter in den lauten Stimmen der Menschen.

Sie verabschiedeten ihn wie einen Freund.

TEIL VII

SANKT GALLEN

Ostern 864

Und der siebte Engel goss aus seine Schale in die Luft,
und es ging eine laute Stimme aus dem Tempel
des Himmels vom Thron her,
die sprach: Es ist geschehen!
Und es geschahen Stimmen und Donner und Blitze,
und ein großes Erdbeben geschah,
wie es dergleichen noch nie gegeben hat,
seit es Menschen gab auf Erden,
ein solches und gewaltiges Erdbeben!

Offenbarung des Johannes 16, 17–18

1.

Dem Kloster Sankt Gallen stand ein bedeutender Tag bevor, auch wenn sich das Wetter an diesem Ostersonntag im Jahre des Herrn 864 alles andere als feierlich gebärdete. Bereits seit einer Woche schüttete es wie aus Kübeln. Die Wege in der verwinkelten Klosteranlage waren so aufgeweicht, dass die Mönche nicht mehr trockenen Fußes von einem Gebäude zum nächsten kamen. Den kleinen Bach, die Steinach, hatten die sintflutartigen Güsse zu einem reißenden Fluss anschwellen lassen. Die Straße, die von den Wäldern zur Kathedrale hinaufführte, erstickte unter einer schmierigen Schlammschicht.

Und so wälzte sich an diesem nassen Morgen ein dreckverschmierter Tross über den Weg. Knöcheltief versanken die Klosterbesucher in Pfützen und Schlamm. Pferde- und Ochsenhufe pflügten den Boden. Hunderte Pilger, Mönche und adlige Bürger stiefelten durch den Matsch, trotteten den Hang hinauf, vorbei an den Stallungen, um kurz darauf in die Kathedrale einzutreten.

Denn niemand wollte sich das große Ereignis entgehen lassen.

Auf einem Stein unterhalb des nördlichen Kathedralenturms standen zwei Mönche, die den vorüberziehenden Menschenstrom beobachteten. Sie trugen gewachste Kutten, deren Kapuzen sie vor dem Regen schützten. Einer der beiden war der Mönch Notkar Balbulus, den man den Stammler nannte; der andere war Iso, der Schreiblehrer des Klosters.

Seit Stunden erwarteten sie ungeduldig das Erscheinen des Bischofs Salomon von Constantia.

«Da!», rief Iso plötzlich und wies zur äußeren Klostermauer.

Notkar lugte unter seiner Kapuze hervor.

Ein Ochsenkarren rumpelte über den Weg. Er wurde begleitet von einer Schar Soldaten, die eine Schneise in die Menge drängten. Der Bischof saß unter einem gespannten Stoffdach, das den Regen fernhielt. Der Geistliche trug einen kostbaren roten Mantel, dessen Kragen mit weißen Hermelinpelzen besetzt war. Darüber schimmerte Salomons breites Gesicht durch den Regenschleier.

«Er ist noch fetter g-g-geworden», stellte Notkar leise fest.

«Soll er ruhig», erwiderte Iso. «Hauptsache, er erfüllt uns endlich unseren sehnlichsten Wunsch.»

Die Mönche von Sankt Gallen hatten lange darauf gewartet, dass Otmar, der Gründer und frühere Abt des Klosters, heiliggesprochen wurde. Genau dies sollte heute endlich geschehen.

«Ob der Bischof Otmars R-r-reliquien mitgebracht hat?», fragte Notkar.

«Ich hoffe es doch sehr», sagte Iso. «Durch die Translation der Reliquien könnten wir nach Otmars Kanonisierung die neue Grabkirche bauen. Das würde die Pilger zu Tausenden anlocken und uns eine weitere Einnahmequelle sichern.»

«Vielleicht könnten wir dann endlich den Nordturm ausbessern lassen», warf Notkar ein und schaute besorgt zu dem Bauwerk hinauf, das neben ihnen in den grauen Himmel ragte.

Iso nickte. «Es wäre nötig. Wenn nicht bald etwas geschieht, stürzt der Turm noch eines Tages ein.»

Da rollte von ferne ein anhaltender Donner heran.

«Weiter oben in den Bergen soll es bereits Erdrutsche ge-ge-gegeben haben», sagte Notkar.

«Der viele Regen hat die Erde aufgeweicht», bestätigte Iso.

«Aber unser T-t-turm wird doch halten?»

«Selbstverständlich. Nun, ich meine natürlich: so Gott will.»

Notkar warf erneut einen sorgenvollen Blick zum Nordturm hinüber. Er hätte sich von seinem Lehrmeister eine zuversichtlichere Antwort gewünscht.

Der Ochsenkarren des Bischofs hatte unterdessen das Portal der Kathedrale erreicht. Salomons Diener machten sich bereit, ihren Herrn die letzten Schritte zu tragen, damit seine Lederstiefel nicht mit Schlamm besudelt wurden.

Iso stieg vom Stein herunter und stapfte in Richtung der Klosterpforte davon. Im Gegensatz zu den Besuchern betraten die Mönche ihre Kathedrale nicht durch das Portal, sondern meist über den Kreuzgang.

Notkar blieb zurück und beobachtete, wie die Diener den Bischof schleppten. Dessen Gewicht schien sich durch den schweren Mantel und die glitzernden Silberketten verdoppelt zu haben. Dennoch schafften es seine Männer, ihn sicher auf der Steintreppe abzusetzen. Salomon raffte seinen Mantel und stampfte eilig in die Kathedrale.

Notkar wollte sich gerade abwenden, als er in der Menschenmenge einen Mann erblickte, der über alle anderen hinausragte und unter seiner Kapuze hervor in Notkars Richtung starrte. Als sich ihre Blicke trafen, winkte der Mann ihm zu. Instinktiv hob Notkar ebenfalls die Hand.

Der Mann kam näher. Hinter sich zog er an einem Strick einen abgemagerten Esel, auf dessen Rücken eine unter Decken verhüllte Gestalt kauerte. Der Mann machte einen verwahrlosten Eindruck. Sein Mantel triefte vor Nässe, sein Gesicht war schmutzig und von einem struppigen, schwarzen Bart überwuchert.

Wenige Schritte vor dem Stein hielt er an. Als der Esel sich schüttelte, stöhnte die Gestalt und krümmte sich wie unter starken Schmerzen.

Notkar sagte: «Wenn Ihr den Gottesdienst besuchen möchtet, Fremder, dann betretet die Kathedrale bitte durch das Tor, so wie alle anderen.»

Der Mann neigte flüchtig das Haupt und nahm die Kapuze ab. Als er wieder aufblickte, schüttelte er den Kopf. «Führt mich zu Eurem Subprior, Bruder Notkar!»

Notkar stutzte. Der Mann kam ihm bekannt vor. Diese Stimme. Diese dunklen Augen. Dieser zwingende Blick. Aber es wollte ihm nicht einfallen, wo er den Mann schon einmal gesehen hatte.

«Wer seid Ihr?», fragte Notkar.

«Erinnert Ihr Euch nicht an mich? Vor einiger Zeit sind wir uns hier begegnet. Ich bat Euch damals, mir Eure Bibliothek zu zeigen.»

Da dämmerte es Notkar. Der Fremde war der Mönch, der aus dem Kloster Saint Geneviève im Westen stammte. Aber wie lautete noch sein Name? Odo? Ja, Odo von Lutetia. Der kurze Besuch des Mannes war für Notkar mit äußerst unangenehmen Erinnerungen verbunden – und das nicht nur wegen des Rasiermessers, das dieser ihm nicht zurückgegeben hatte. Nachdem Odo aufgetaucht war, hatte es große Unruhe gegeben. Wie aus heiterem Himmel hatten die römischen Legaten, die damals zu Besuch waren, die Gallener Mönche beschuldigt, ein Buch gestohlen zu haben. Ihre Soldaten hatten daraufhin das ganze Kloster auf den Kopf gestellt. Doch sie waren schließlich unverrichteter Dinge wieder abgereist.

Notkar hatte sich damals gefragt, wo der Bruder aus Geneviève nach diesen Ereignissen abgeblieben war. Er hatte den Verdacht gehegt, dass der Fremde etwas mit dem Verschwinden des Buches zu tun hatte.

«Ihr seid damals sehr p-p-plötzlich aufgebrochen, Bruder», erinnerte sich Notkar.

«Ich war nur auf der Durchreise», erwiderte der Mönch.

«Heute habe ich leider überhaupt k-k-keine Zeit für Euch», sagte Notkar schnell. «Ihr habt ja gesehen, was hier los ist. Bischof Salomon von Constantia wird unseren Gründerabt O-o-otmar heiligsprechen.»

Er stieg schnell vom Stein herunter und wandte sich zum Gehen.

Ein vages Lächeln huschte über Odos dunkles Gesicht. «Das freut mich für Euch und für Eure Brüder. Aber Ihr werdet mir dennoch helfen müssen.»

«Warum?», erwiderte Notkar und blieb stehen. Der fordernde Tonfall in der Stimme des Mannes gefiel ihm überhaupt nicht.

«Weil ich etwas habe, das Euer Subprior ganz bestimmt vermisst.»

Notkar schnappte nach Luft. «Das B-b-buch …», raunte er heiser, «*Ihr* habt es also genommen …»

Odo schaute sich schnell nach allen Seiten um. Noch immer drängten Menschen in die Kathedrale, die bald bis auf den letzten Platz gefüllt sein musste. Aber niemand beachtete die beiden Männer oder die Gestalt auf dem Esel.

«Ihr seid ein D-d-dieb!», stieß Notkar hervor. «Die Legaten hätten uns damals beinahe umgebracht, so w-w-wütend waren sie. Es hieß, das Buch sollte an P-p-papst Nikolaus gehen.»

«Nein», entgegnete Odo scharf. «Das Buch war für mich bestimmt – für mich ganz allein!»

Notkar stemmte die Fäuste in die Hüften. «Ihr glaubt doch nicht w-w-wirklich, dass ich ein zweites Mal einen solchen Fehler begehe und einen Dieb in das K-k-kloster einschleusen werde!»

Ein unangenehmes Grinsen zeichnete sich auf Odos Gesicht ab. «O doch! Genau das werdet Ihr tun. Vergesst nicht: Ohne Euch hätte ich das Buch niemals entwenden können. Schließlich habt Ihr mir das Rasiermesser gegeben, mit dem ich die Kiste öffnen konnte. Was würden wohl Eure Klosteroberen dazu sagen, wenn sie das wüssten?»

Notkar war entsetzt.

Die Schlange vor dem Portal der Kathedrale wurde immer kürzer. In wenigen Augenblicken würde der Gottesdienst beginnen.

«Subprior R-r-raban befindet sich in der Kathedrale, so wie alle anderen Mönche auch», sagte Notkar leise.

«Aber das Hospiz wird doch wohl besetzt sein.» Odo deutete zu der Gestalt auf dem Esel. «Hier ist jemand, der ärztlicher Hilfe bedarf.»

«Wer ist d-d-das?»

«Stellt nicht so viele Fragen», zischte Odo ungehalten. Regenwasser tropfte aus seinem Haar, und er wischte sich mit einer flüchtigen Bewegung über die Augen.

Ich habe keine andere Wahl, dachte Notkar verzweifelt. Er wandte sich der Pforte zu. «F-f-folgt mir.»

Odo half der Gestalt vom Esel hinunter. Dabei verrutschte die Decke, unter der das schmerzverzerrte Gesicht einer Frau zum Vorschein kam. Sie stieß einen spitzen Laut aus und griff sich an den gewölbten Bauch. Rasch bedeckte Odo sie wieder.

Notkar erstarrte. Der Fremde zwang ihn, ein schwangeres Weib ins Kloster zu schmuggeln. Beim heiligen Benedikt – dieser Mann war sein Unglück!

2.

Notkar öffnete die Pforte, um die beiden hindurchzulassen. Odo stützte die Schwangere beim Gehen. Sie hatte sich wieder in die Decke gehüllt, stöhnte aber bei jedem Schritt so laut, dass Notkar das Schlimmste befürchtete. Doch es war niemand in der Nähe, der sie hätte aufhalten können.

Odo blieb Notkar dicht auf den Fersen, während sie an der Nordseite der Kathedrale entlang durch den Matsch stapften. Hinter dem Gotteshaus befand sich der Bereich, der der Versorgung der Kranken diente. In den Gebäuden waren der Krankentrakt, die Wohnung des Arztes, das Haus für den Aderlass sowie eine kleine Kirche für die Kranken untergebracht.

Natürlich wusste Odo, dass die Krankenversorgung innerhalb der Klostermauern ausschließlich Männern vorbehalten war. Einzig bei adligen Damen machte man hin und wieder eine Ausnahme. Er hoffte jedoch, dass die Benediktiner ein schwangeres Weib nicht verstoßen würden, wenn es erst einmal im Hospiz wäre.

Notkar steuerte den Krankentrakt an. Es dauerte einen Augenblick, bis auf sein Klopfen hin geöffnet wurde. Ein älterer Mönch erschien in der Tür. Der Cellerar, der alle wirtschaftlichen Bereiche des Klosters verwaltete, starrte sie aus milchig trüben Augen an und nuschelte: «Was gibt's, Bruder?»

«Ich grüße dich, Bruder L-l-liutolf», sagte Notkar, «wir bringen einen Kranken.»

«Der Arzt ist bei der Feier in der Kathedrale», erwiderte Liutolf. «Wenn es dringend ist, musst du ihn holen.»

Notkar warf Odo einen unsicheren Blick zu.

Odo sagte: «Die Behandlung kann bis nach dem Gottesdienst warten.»

Liutolf starrte in Odos Richtung: «Wer ist da bei dir?»

«Ein Bruder aus dem Kloster Saint G-g-geneviève», antwortete Notkar, «und … äh, der Kranke.» Notkar schwitzte unter seiner Kutte. Nicht nur, dass er sich zum Helfer eines Diebes machte, jetzt musste er auch noch den Cellerar anlügen!

«Dann folgt mir», sagte Liutolf, drehte sich um und schlurfte voran ins Innere des Krankentraktes. Während sie durch einen dunklen Flur gingen, befragte der Alte sie nach den Beschwerden des Patienten.

«Sein B-b-bauch – er ist aufgebläht», sagte Notkar.

In dem Moment stöhnte die Schwangere gedämpft unter der Decke. Liutolf hielt kurz inne, ging dann aber weiter. Offenbar hatte auch sein Hörvermögen mit den Jahren gelitten.

«Ich hoffe, es ist nichts Ernstes, ein Geschwür oder so etwas», sagte er nach einer Weile. «Vielleicht hat er nur etwas Falsches gegessen. Ich werde ihm einen krampflösenden Trank zubereiten.»

Sie kamen in einen größeren, von Trankerzen matt erleuchteten Raum, in dem mehrere Lager aus Stroh, Fellen und Decken für die Kranken bereitstanden. Erleichtert stellte Odo fest, dass alle Betten leer waren. Er geleitete die Frau zu einem der Lager und half ihr, sich niederzulegen. Da stieß sie plötzlich einen markerschütternden Schrei aus.

Liutolf zuckte zusammen. Seine trüben Augen weiteten sich erstaunt. «Ist das etwa …»

«Ja! Es ist eine Frau», sagte Odo. «Und zwar eine hochschwangere!»

Liutolf bekreuzigte sich. «Allmächtiger – ein Weib! Warum habt Ihr sie nicht ins Pilgerhaus gebracht? Ihr wisst doch …»

«Dafür ist es jetzt zu spät», warf Odo ein. «Sie ist kaum noch in der Lage zu gehen.»

Liutolf schnaubte. «Bist du der Vater des Kindes, Bruder?»

Odo musste bei der Vorstellung innerlich lachen. «Nein. Bei Gott, ich schwöre, dass ich es nicht bin.»

Liutolf starrte in Odos Richtung. Dann gab er sich einen Ruck, krempelte seine Ärmel hoch und kniete neben der Schwangeren nieder. «Dann soll es wohl so sein», sagte er. «Ich werde mich um das Weib kümmern. Geht ihr in die Kathedrale und benachrichtigt den Bruder Arzt. Er soll unmittelbar nach dem Gottesdienst herkommen.»

Vorsichtig befreite der Cellerar die Frau von den klammen Decken. Darunter trug Teška ihr Hochzeitskleid, dessen mit Silberfäden durchwirkter Stoff einst glänzend weiß gewesen war. Jetzt war das Leinenkleid mit Schmutzflecken übersät und an vielen Stellen zerrissen. Liutolf zog es über ihr Becken und entblößte den prallen

Bauch. Schluchzend biss Teška sich auf die Unterlippe. Der Cellerar legte seine Hand auf straffe Haut, unter der er die Bewegungen des ungeborenen Kindes spürte.

«Es scheint, als ob das Menschenkind bald zur Welt kommen wird», sagte er und lächelte milde.

Ja, das wird es, dachte Odo. Der Verderber drängt ans Licht!

Der Gottesdienst hatte bereits begonnen, als Odo und Notkar die Kathedrale über den Kreuzgang betraten. Sie kamen in die vollbesetzten Seitenkapelle und mischten sich unter die Mönche. Die dreischiffige Basilika schien vor Menschen fast zu platzen. Hunderte von Mönchen, Adligen und Pilgern drängten sich zwischen den Säulen zusammen. Die Luft war stickig, und die feuchten Kleider dünsteten unangenehme Gerüche aus.

Der Abt des Klosters, Grimald, beendete gerade seine Predigt.

Gemurmel erhob sich.

Grimald verbeugte sich tief in Salomons Richtung. Der Bischof erhob sich ächzend von einer Bank in der gegenüberliegenden Seitenkapelle. Langsam ging er zu der Ambo, einer erhöhten Lesebühne vor den Chorschranken, hinüber. Dabei schleifte Salomons kostbarer Umhang hinter ihm über den Boden. An seinen Stummelfingern glitzerten mehrere goldene Ringe.

Alle Gespräche verstummten.

Odo reckte den Kopf. Er entdeckte den Subprior Raban einige Reihen entfernt zu seiner Linken. Raban hatte wie alle anderen den Blick auf den Bischof gerichtet.

Salomon streckte mit salbungsvoller Geste die Arme aus.

Auf dieses Zeichen hin begannen die Mönche im Sängerchor einen Psalm anzustimmen, der von den Menschen in der Basilika erwidert wurde. Die Mönche psalmodierten: «Dankt dem Herrn; denn er ist freundlich.»

Alle anderen – auch Odo – antworteten im Wechselgesang: «Denn seine Gnade währet ewiglich!»

Als der Psalm verklungen war, breitete sich angespannte Stille aus. Salomon stellte sich in Positur und genoss sichtlich die Aufmerksamkeit, die ihm zuteilwurde. Gerade wollte er seine Stimme erheben, als ein donnerndes Geräusch durch die Mauern der Kathedrale drang. Auf dem Dach klapperten die Holzschindeln. An einigen Stellen rieselte Staub herab. Ein kleiner Lehmbrocken landete auf der weißen Spitzhaube des Bischofs.

Dann erstarb der Donner so plötzlich, wie er gekommen war.

Salomon räusperte sich und rief: «Brüder des Klosters zum heiligen Gallus! Dies ist für euch und für uns alle ein besonderer Tag. Die Reliquien des Gründerabtes sind heute durch mich überführt worden. Denn wir wollen Otmar heiligsprechen!»

Der Bischof lächelte. «Und diese Reliquien», fuhr er fort, «sollen von allen Gläubigen in einer neu zu errichtenden Kirche besucht werden können.»

Ein Raunen ging durch die Menge. Odo konnte die Erleichterung der Mönche spüren. Abt Grimald nickte mühsam beherrscht, wobei er versuchte, sich seine allzu irdische Freude nicht anmerken zu lassen.

Notkar murmelte an Odos Seite: «Danke, o Herr!»

Nachdem die Gemeinde weitere Psalmen und Lieder gesungen hatte, beschloss sie den Gottesdienst mit dem

Vaterunser: «Pater noster, qui es in caelis, sanctificetur nomen tuum …»

Allmählich lichteten sich die Reihen in der Kathedrale. Die meisten Männer zwängten sich durch das Portal ins Freie. Pilger und Gäste von niederer Herkunft gingen ins Pilgerhaus, während die Adligen sowie der Bischof und sein Gefolge in die Gästehäuser zogen. Die Mönche verließen die Basilika durch den Seiteneingang.

Odo wartete, bis Raban in seiner Nähe war, und trat dann dem Subprior in den Weg. Raban starrte ihn mit einem Blick an, der scharf war wie eine frisch geschliffene Schwertklinge.

«Kenne ich dich?», sagte er und zog dabei vernehmlich Luft durch die Hakennase ein, die wie ein Vogelschnabel aus dem hageren Gesicht vorsprang.

Odo verbeugte sich kurz und nannte seinen Namen. «Vor etwa zwei Jahren habe ich als Peregrinus, als Fremder, Euer Kloster aufgesucht, um die Bücher Eurer berühmten Bibliothek zu studieren.»

Rabans verkniffener Mund zuckte.

«Ihr werdet Euch an jenen Tag erinnern», fuhr Odo fort. «Damals verschwand ein Buch aus der geheimnisvollen Lade, die Ihr den Legaten übergeben wolltet.»

«Du?» Rabans Züge wurden hart wie Stein. «Du warst es, der das Buch entwendet hat?»

Odo nickte und sagte schnell: «Ich muss Euch in dieser Sache sprechen!»

«Willst du deine Sünden beichten, Dieb?», zischte Raban. «Du hast ein Verbrechen begangen, das mit dem Tode bestraft werden kann.»

Rabans Augen fuhren unruhig umher. Er schien vermeiden zu wollen, dass andere das Gespräch bemerkten.

Aber die Mönche zerstreuten sich. Niemand nahm Notiz von ihnen.

Nur Notkar beobachtete sie aus einiger Entfernung mit besorgter Miene.

Odo sagte: «Wir sollten unser Gespräch an einem ruhigeren Ort fortführen.»

«Du bist nicht in der Position, mir Anordnungen zu erteilen, Peregrinus!»

«Dies ist keine Anordnung, sondern eine Bitte, Subprior Raban. Es sollte in Eurem Interesse sein, mit mir zu reden – denn ich habe das Buch zurückgebracht.»

Rabans Augen funkelten. «Nun gut. Ich erwarte dich nach der Vesper in meiner Zelle. Doch nimm dich in Acht, dass niemand dich bemerkt. Verstanden?»

Odo nickte. Der Fisch hatte angebissen.

In der Ferne hallte ein gewaltiger Donner wider.

3.

Odo streifte durch das Kloster, um sich die Wartezeit bis zur Vesper, dem Abendgebet, zu vertreiben. Als er den Kreuzgang verließ, zog er sich die Kapuze über den Kopf. Es regnete noch immer unvermindert heftig. Im östlichen Bereich des Klosters stieß er auf den Friedhof. Zwischen den Gräbern standen kahle Apfel-, Birn- und Pflaumenbäume, deren Äste wie Gerippe durch den Regenschleier schimmerten. Odo studierte die Inschriften einiger Kreuze.

Allmählich verdunkelte sich der graue Tag.

Odo zog sich in einen abgelegenen Winkel des Friedhofs zurück und schaute sich um. Niemand beobachtete ihn. Er öffnete den Beutel, den er die ganze Zeit über bei sich getragen hatte.

Annähernd acht Wochen hatte die Reise gedauert. Gott hatte in all der Zeit die schützende Hand über seinen Knecht gehalten. Nach seiner Flucht aus Ralsvik und der Fährfahrt über den Sund war Odo pausenlos geritten, das schwangere Weib vor sich im Sattel, auf einem Pferd, das er einem slawischen Bauern abgenommen hatte. Ohne Zwischenfälle hatten sie das Slawenland durchquert. Auf der Hammaburg hatte er das Pferd an einen Rossschlachter verkauft und mit dem Geld eine Schiffspassage bezahlt, die sie über die Elbe, das Nordmeer und den Fluss Weser bis zur Klosterstadt Fulda führte. Als sie das Schiff in Fulda verlassen hatten, setzte der große Regen ein. Auf den aufgeweichten Wegen war das schwangere Weib immer wieder ausgerutscht, und Odo hatte für sein letztes Geld einen Esel erstanden. Er hatte es nicht riskieren können, dass die Frau gebar, bevor sie das Kloster erreichten. Von Fulda aus waren sie einem Pilgerweg gefolgt, der sie an Städten und Burgen vorbeiführte, die man Swinfurdin, Wirziburg oder Ulma nannte. Sie hatten den riesigen See überquert, an dessen Ufern gewaltige Berge in den Himmel ragten.

Und endlich hatten sie das Kloster erreicht.

Nun stand die Geburt unmittelbar bevor. Odo musste nur noch das verbrannte Buch gegen ein intaktes Exemplar eintauschen – und den Dämon vernichten.

Er schloss die Augen. Leise sagte er: «Und das Meer und das Totenreich und der Tod werden die Toten herausgeben – und sie werden gerichtet, ein jeder nach seinen Werken! Wenn jemand nicht im Buch des Lebens gefunden wurde, so wird der Herr ihn in den Feuersee werfen.»

Er öffnete die Augen wieder.

«Ich … sehe einen neuen Himmel und eine neue Erde. Und Gott wird bei mir wohnen, wenn der Verderber gerichtet ist.»

Er nahm das Messer aus der Kiste und versteckte es unter seiner Kutte. Dann verließ er den Friedhof und kam am Novizentrakt vorbei, an den sich das Hospiz anschloss.

Schon von weitem hörte er aufgeregte Stimmen. Als er näher kam, sah er in der Dunkelheit etwa ein Dutzend Mönche vor dem Eingang zum Krankentrakt stehen. Sie hatten das Abendgebet gerade beendet. Odo war bewusst, dass inzwischen das ganze Kloster von der Schwangeren erfahren hatte. Aber dies musste er in Kauf nehmen, und es würde ihn nicht daran hindern, Gottes Werk zu vollenden.

Verborgen hinter einer Ecke, belauschte er das Gespräch der Mönche. Er erkannte die Stimme des Abts Grimald, der auf einen schmalen Mann einredete, der offenbar der Arzt war.

«Liutolf meinte, ein Fremder habe die Frau in das Kloster gebracht», sagte der Arzt.

«Aber wie ist er hereingekommen?», wollte Grimald wissen.

Der Arzt zuckte mit den Schultern.

«Hast du die Frau untersucht?», fragte Grimald.

«Ja, Vater. Ihr Zustand ist sehr bedenklich. Sie hat keine Kraft mehr. Ihr Körper ist völlig ausgezehrt. Es scheint, als habe sie große Strapazen hinter sich.»

«Wird sie das Kind zur Welt bringen können?»

Der Arzt ließ sich Zeit mit einer Antwort. Schließlich sagte er: «Ich denke ja. Aber es könnte sein, dass die Frau die Geburt nicht überlebt.»

«Hm. Hat sie irgendetwas gesagt? Hat sie Angehörige, Menschen, die man nach ihrem Tode benachrichtigen sollte?»

«Das weiß ich nicht. Aber manchmal schien es mir, als wollte sie mir etwas mitteilen. Doch ich kann sie nicht verstehen. Sie redet in einer merkwürdig fremden Sprache, die ich niemals zuvor gehört habe.»

Grimald nickte nachdenklich. Dann wandte er sich an die Mönche. «Brüder, es will mir scheinen, als sei die bevorstehende Geburt ein Zeichen Gottes, denn heute ist ein bedeutender Tag für unser Kloster. Eine Frau, die kurz vor der Entbindung steht, ist von weit her zu uns gekommen. Also werden wir uns um sie kümmern. Wenn sie einen Knaben gebärt, so wollen wir ihn bei uns aufnehmen – und ihm den Namen Otmar geben.»

Die Mönche tuschelten. Sie konnten es kaum erwarten, einen Blick auf die Schwangere zu werfen.

Odo harrte aus, bis die Mönche im Krankentrakt verschwunden waren. Dann schlug er den Weg zu Rabans Zelle ein, die sich gegenüber der Bibliothek befand. Odo lauschte in die Nacht. Der Regen trommelte auf die Dächer und platschte in die Pfützen. Weitere Geräusche waren nicht zu hören. Er klopfte an Rabans Tür, die sofort von innen geöffnet wurde. Raban hatte ihn erwartet. Sein hageres Vogelgesicht erschien, und er bedeutete Odo mit einem kurzen Nicken einzutreten. Dann schloss er hinter ihm die Tür. Die karge Einrichtung der Zelle bestand aus einer Pritsche, einer Truhe, einem Tisch und zwei Stühlen. Auf dem Tisch brannten eine Tranlampe und mehrere Kerzen, die in einem silbernen Kerzenständer steckten.

Raban nahm auf einem der Stühle Platz. Odo blieb mitten im Raum stehen.

«Du hast Mut, das muss man dir lassen», sagte Raban. «Hast du das Buch in diesem Beutel bei dir?»

«Ja.»

«Dann gib es mir.»

Odo trat vor den Tisch. «Ich weiß, dass es ein zweites Buch geben muss. Jenes Exemplar, von dem Ihr einst eigenhändig als junger Mönch die Abschrift angefertigt habt.»

Raban hob die Augenbrauen. «Du weißt sehr viel. Viel zu viel für einen Peregrinus!»

«Ich habe Euch in jener Nacht in der Bibliothek belauscht.»

Rabans Nasenflügel zitterten vor Wut. «Und dann hast du die Kiste aufgebrochen und das Buch gestohlen?»

Odo nickte. «Ich habe mein Leben lang nach dieser Schrift gesucht. Gott hat mich hierhergeführt, damit ich das Buch finde, um das zu vollenden, was darin geschrieben steht.»

Raban starrte ihn ungläubig an. «Die Apokalypse?»

«*Alaetheia Apokalypsis*», sagte Odo. «Die wahrhaftige Offenbarung.»

Raban straffte seinen Oberkörper und erhob sich ruckartig. «Lautet die Wahrheit nicht vielmehr, dass du im Auftrag der lasterhaften Königshäuser gehandelt hast?»

«Nein. Ich handele allein in Gottes Auftrag.»

«Das soll ich dir glauben?» Es fiel Raban sichtlich schwer, sich zu beherrschen. «Das Buch der Sünden war für Papst Nikolaus bestimmt, der sich seit Jahren in erbittertem Streit mit Kaiser Lothar von Lotharingen und König Ludwig befindet. Es sollte die Position des Papstes gegenüber den weltlichen Mächten stärken. Denn in dem Buch wird den Abweichlern ein Spiegel ihrer heidnischen

Taten vorgehalten. Es ist ein heiliges Buch, dessen Worten sich keiner entziehen kann. Allen Sündern drohen die Höllenstrafen!»

«Nein! Es ist kein Spiegel», rief Odo. «Es ist das Instrument zur Vollendung des Reichs Gottes auf Erden. Es geht darum, alles – ja, alles! – Böse auf der Welt zu vernichten!»

«Halt dein vorlautes Maul, Dieb», brüllte Raban. Auf seiner Stirn traten die Adern hervor. «Vor einigen Wochen ist der verfluchte König Ludwig mit einem Heer in Rom eingefallen. Diese Kreaturen plünderten und mordeten, sogar Kirchen wurden geschändet. Der Papst entging dem Morden nur, weil er sich im Lateran eingeschlossen hatte. Dies alles hätte verhindert werden können, wenn du das Buch nicht gestohlen hättest.»

Odo ließ sich von Rabans Wutausbruch nicht beirren und bedachte ihn mit einem verächtlichen Blick. «Ihr solltet nicht so tun, als ob Euch irgendetwas am Papst oder an den sündigen Königen gelegen wäre, Subprior! Ihr seid einzig und allein daran interessiert, dass man Euch zum Prior dieses Klosters ernennt!»

Raban kochte vor Wut. Als er seine knochige Hand nach Odo ausstreckte, zitterten seine Finger.

«Gib mir das Buch, Fremder!»

Odo öffnete den Beutel, nahm das Bündel verkohlter Pergamente heraus und reichte es Raban.

Der Subprior zuckte entsetzt zurück. «Was in Gottes Namen ist damit geschehen?»

«Das Buch ist verbrannt», erwiderte Odo kalt.

Raban taumelte für einen Augenblick. Dann fing er sich wieder und brüllte: «Herein mit euch!»

Odo wirbelte herum, als die Tür aufflog. Zwei Männer

drängten in die Zelle. Sie waren gekleidet wie Soldaten des Bischofs, und in ihren Händen blitzten Kurzschwerter auf. Die Tür fiel ins Schloss.

«Tötet den Dieb!», zischte Raban.

Noch ehe Odo das Messer hervorholen konnte, schlug einer der Soldaten nach ihm. Odo duckte sich unter dem Hieb weg und schleuderte dem Mann die Pergamente ins Gesicht. Schwarze Fetzen verdeckten dem Angreifer die Sicht. Sofort sprang der zweite Soldat hinzu. Aber Odo war schneller, nahm sein Messer und rammte es ihm in den Hals. Die Klinge drang bis zum Schaft ein. Der Mann schrie auf. Als Odo die Klinge wieder herauszog, schoss eine Blutfontäne aus der Wunde.

Der zweite Soldat wich überrascht zurück. Offensichtlich hatte er nicht damit gerechnet, dass Odo bewaffnet war. Schnell griff Odo nach der Tranlampe auf dem Tisch und schleuderte sie dem Mann entgegen. Die Flamme erlosch im Flug, doch das Öl ergoss sich über Haar und Mantel des Soldaten. Odo nutzte das Überraschungsmoment, um eine der Kerzen aus dem Leuchter zu ziehen. Als er sie an den Mantel hielt, entzündete sich das Öl, und binnen weniger Augenblicke loderten Flammen empor. Der in Todesangst schreiende Mann drehte sich um die eigene Achse. Es sah aus, als würde er tanzen. Lichterloh brennend, versuchte er die Tür zu erreichen, um die Flammen im Regen zu löschen. Doch in seiner Panik verfehlte er die Tür und prallte gegen die Wand.

Odo trat einige Schritt zurück. Der Geruch von verbranntem Fleisch erfüllte die Luft. Raban hatte sich unterdessen in die hinterste Ecke verzogen. Der Hochmut war aus seinem Raubvogelgesicht gewichen, und in seiner Miene spiegelte sich blankes Entsetzen.

Dann endlich schlug auch der zweite Soldat lang hin. Er bewegte sich nicht mehr, während die Flammen auf seinem Körper züngelten und zischten.

Odo wandte sich Raban zu. «Setz dich!», befahl er.

Der Subprior hustete. Beißender Rauch hatte die Zelle eingehüllt. Er schnappte nach Luft. «Wer … bist du wirklich?»

«Setz dich!», wiederholte Odo.

Raban nahm Platz.

«Du willst wissen, wer ich bin?», sagte Odo. «Ich bin ein Knecht Gottes – wie Johannes. Ich bin der Erlöser. Der Herr hat *mich* auserwählt, das Böse zu richten und das Gute zu empfangen.»

Odo schaute auf Raban hinab. Die Hände des Subpriors lagen flach auf der Tischplatte.

«Du … du bist vollkommen verrückt», stieß Raban gepresst hervor.

Da schnellte Odo vor und stieß das Messer durch Rabans linke Hand. Die Klinge nagelte sie am Tisch fest und blieb in der Platte stecken. Raban schrie vor Schmerzen.

Odo schlug ihm mit der Faust ins Gesicht. «Wo hast du das Buch versteckt?», herrschte er ihn an. «Ich muss das Exemplar haben, von dem du einst die Abschrift angefertigt hast.»

Raban bebte am ganzen Körper. «Lässt du mich am Leben, wenn ich es dir verrate?»

«Gott allein wird dich richten», erwiderte Odo und riss das Messer aus der Tischplatte. Dabei zerschnitt die Klinge Rabans Hand vom Gelenk bis zu den Fingerknöcheln. Raban brüllte und sprang auf, um sich auf Odo zu werfen. Aber Odo trat blitzschnell gegen die Tischplatte und keilte den Subprior zwischen Tisch und Wand ein. Dann packte er den Kopf des Subpriors und drückte ihn auf die Platte nieder.

«Wo ist das Buch?», zischte er Raban ins Ohr.

Plötzlich rollte ein ohrenbetäubender Donner über das Kloster hinweg.

«Es ist … in der Bibliothek», brachte Raban keuchend hervor.

«Das habe ich mir gedacht. Es gibt kein besseres Versteck für ein Buch als eine Bibliothek. Aber wo steht es?»

«Ich … ich führe dich hin.»

Das Beben erstarb. Nur die trommelnden Regengeräusche blieben zurück.

«Ich traue dir nicht, Bruder. Sag es mir hier, und ich lasse dich am Leben.»

Immer mehr Blut quoll aus Rabans Hand, verteilte sich auf dem Tisch und tropfte auf den Boden.

«Such das Bücherverzeichnis, das *brevarium librorum.*» Raban schnappte nach Luft. «Vergleiche die Einträge mit den Zahlen, die du aus der Offenbarung kennst.»

Odo hielt Raban drohend die Klinge vor die Augen. «Ich habe dich nicht nach einem Rätsel gefragt.»

Raban lächelte gequält. «Wenn du das Buch nicht findest, bist du auf meine Hilfe angewiesen. Also wirst du mich am Leben lassen müssen …»

Odo zog Raban an den Haaren hoch. Für einen Moment starrten sich die Männer an, Auge in Auge. In Rabans Blick glomm ein Funken Hoffnung auf.

Dann beschrieb das Messer einen weiten Bogen, als Odo dem Subprior die Kehle durchschnitt.

4.

Raumhohe Regale, darin Bücher – Hunderte Bücher.

Odo würde Tage benötigen, um das Werk in der Bibliothek zu finden. Auf einen glücklichen Zufall konnte er sich nicht verlassen.

Die Zeit drängte. Als Odo vor wenigen Augenblicken Rabans Zelle verlassen hatte, hatte er gesehen, wie die Mönche aufgeregt vor dem Krankentrakt hin- und herliefen. Wahrscheinlich hatte der Arzt die Brüder hinausgeschickt, denn der Anblick eines nackten Frauenleibes war tabu für sie.

Odo suchte das *brevarium librorum*. Er entdeckte das Bücherverzeichnis in einem separaten Regal in der Nähe des Eingangs. Der Katalog enthielt zweihundertvierundneunzig Einträge, die ganze vierhundertsechsundzwanzig Bände umfassten. Einer dieser Bände sollte das Buch der wahrhaftigen Offenbarung sein.

Aber welcher war es?

Vergleiche die Einträge mit den Zahlen, die du aus der Offenbarung kennst, hatte Raban gesagt.

Die Einträge waren im Brevarium unter fortlaufenden Ziffern registriert: von eins bis zweihundertvierundneunzig. Dahinter standen die Buchtitel und die Angaben, in welchem Regal das jeweilige Buch stand. Odos Zeigefinger glitt über die erste Seite des Katalogs und blieb bei der Sieben haften, der heiligen Zahl der Offenbarung: sieben Gemeinden, sieben Leuchter, sieben Donner, sieben Köpfe des Drachen, sieben Kronen – und die sieben Sünden. Als Nummer sieben war in dem Verzeichnis die *recapitulatio* des heiligen Augustin verzeichnet.

Odo stellte die Kerze, die er aus Rabans Zelle mitgenommen hatte, auf einen Tisch und nahm das Buch aus dem Regal. So wie angegeben enthielt es Augustins Werk – aber nicht die Offenbarung. Natürlich nicht! So einfach hätte Raban es Odo nicht gemacht.

Er suchte weiter. Probierte es mit der Zwei, der Zahl der Teilung, der Drei, der Zahl der Räumlichkeit, der Zwölf, der Zahl, die die göttliche Drei mit der irdischen Vier vereint. Nichts! Odo griff auch den Band vierundzwanzig heraus, eine Chronik des Eusebius, dann die einhundertvierundvierzig, das Homiliar des Johannes Chrysostomus. Aber noch immer nicht die wahrhaftige Offenbarung!

Plötzlich tönten aus der Gasse unterhalb der Bibliothek laute Stimmen. Odo stellte rasch das Homiliar zurück, ging zu einem der Fenster und schaute auf den Weg hinunter. Dutzende Mönche liefen aufgeregt zum Krankentrakt, vor dem sich bereits eine Traube regennasser Brüder drängte.

Odo ballte die Hände zu Fäusten. Jeden Moment konnte der Verderber auf die Welt kommen, und er hatte das Buch noch immer nicht gefunden.

Er wandte sich wieder den Regalen zu. Vielleicht handelte es sich um eine Zahl, die Johannes in seiner Schrift nicht explizit erwähnt hatte? Aber welche?

Odo schritt unruhig die Regale ab. Plötzlich erinnerte er sich an etwas. Der Legat Radoald hatte den Subprior ebenfalls nach dem Versteck der Urfassung gefragt. Doch Raban hatte es ihm nicht verraten, stattdessen hatte er etwas über die Vollkommenheit der Sünden gesagt. Wie war der Wortlaut gewesen? Odo überlegte angestrengt.

Dann fiel es ihm wieder ein.

Wer nach der Vernichtung der Sünden strebt, muss ihre Vollkommenheit erkennen.

Die Zahl der Vollkommenheit war die Sieben, und es gab sieben Sünden. Sieben und sieben ergab vierzehn. Odo zog das entsprechende Buch hervor. Doch die Ziffer Vierzehn war ein Hymnenbuch.

Enttäuscht ließ er sich auf einem Schemel nieder und vergrub das Gesicht in seinen Händen. Er war so dicht vor dem Ziel. Nur noch ein Wimpernschlag trennte die Welt von der Erlösung, wenn …

Odo fuhr auf. Vielleicht errechnete sich die Vollkommenheit der Sünden aus sieben *mal* sieben?, überlegte er.

Mit vor Aufregung zitternden Fingern suchte er im Brevarium nach der Neunundvierzig. Unter der Ziffer war nur ein einziges Wort verzeichnet. Es war ein griechisches Wort und lautete *harmartia* – Verfehlung.

Es ist die Verfehlung gegen Gott und zugleich die Betonung der Schuld. Damit kann nichts anderes als die Sünde gemeint sein, dachte Odo.

Das Werk stand ganz oben im Regal bei den Büchern, die anscheinend nur sehr selten hervorgeholt wurden, höchstens alle paar Jahre zum Abstauben.

Odo rückte die Leiter ans Regal, stieg hinauf und zog den Band heraus. Er war in braunes Schweinsleder gebunden. Odo schlug das Buch auf. Sein Herz trommelte, während seine Augen über die Zeilen flogen. Der Text war auf Griechisch verfasst. Odo verstand ihn, denn er hatte die alte Sprache in Saint Geneviève studiert.

Er übersetzte: *Die wahrhaftige Offenbarung Jesu Christi, die Gott ihm gegeben hat, um seinen Knechten zu zeigen, was rasch geschehen soll …*

Er hatte es gefunden!

Odo blätterte weiter. *Diese Dämonen trugen die Namen*

Gula, Acedia, Avaritia, Luxuria, Ira und Invidia. Er selbst, Diabolos, er hieß Superbia, der über Gott Erhabene.

Odo schloss die Augen, um seine rasenden Gedanken unter Kontrolle zu bringen.

Diabolos! Superbia!

Langsam öffnete er die Augen wieder.

Der Verderber und seine Brut: Ragnar Loðbrœk, Helgi Einarsson und der ungeborene Bastard.

Schwindelnd stieg Odo die Leiter hinunter, verstaute das Buch in seinem Beutel und spähte erneut aus dem Fenster. Mindestens zwei Dutzend Mönche hielten sich mittlerweile vor dem Krankentrakt auf. Drinnen bei dem Weib waren vermutlich der Arzt, seine Helfer und Abt Grimald.

Odo musste die Männer vom Hospiz fortlocken, denn er würde unmöglich alle Brüder töten können.

Er drehte sich zu den Regalen um. Sein Blick fiel auf die Kerze. Ein Feuer in der Bibliothek würde die nötige Aufmerksamkeit erzeugen. Die Mönche würden alles tun, um ihre Schätze zu retten. Aber Odo schrak vor der Vorstellung, die kostbaren Bücher brennen zu sehen, zurück.

Doch es gab noch eine andere Möglichkeit.

Er stieg hinab ins Skriptorium, suchte nach einem Korb und warf alles hinein, was ihm als leicht entzündbar erschien: hölzerne Leisten, Lappen, Dutzende Federkiele, Talgkerzen und mit Öl gefüllte Lampen. Wieder oben in der Bibliothek, rückte er die Lesetische an die Fenster. Unter einem der Tische schichtete er die Sachen aus dem Skriptorium zu einem Haufen zusammen, goss aus einer Lampe das Öl darüber und hielt die Kerzenflamme daran. Das Feuer sprang sofort über. Zunächst glomm es nur, und es entwickelte sich dichter Qualm. Dann endlich schossen die Flammen empor, züngelten unter dem Tisch, bis auch der Rest Feuer fing. Odo ging zu einer Sitzbank, stemmte sie hoch und schleuderte sie durch eines der Fenster. Mit lautem Krachen zerbarst das Glas, und der eindringende Sauerstoff ließ die Flammen weiter auflodern. Binnen weniger Augenblicke brannten alle Tische. Die Hitze wurde unerträglich.

Odo schulterte seinen Beutel, lief die Treppe hinunter und durchs Skriptorium ins Freie. Es regnete noch immer. Er schaute nach oben. Über ihm quoll dichter Rauch aus dem zerstörten Fenster. Hinter den Scheiben zeichneten sich die Flammen ab.

Am Hospiz hatten die Mönche auf die Entfernung noch nichts vom Feuer bemerkt. Ihre Aufmerksamkeit war zu sehr auf die bevorstehende Geburt gerichtet.

Odo stapfte über den schlammigen Weg. Als er sich ihnen näherte, rief er so laut er konnte: «Feuer! Feuer! Die Bibliothek brennt!»

Einige der Mönche drehten sich überrascht zu ihm um. Da bemerkte der erste den Qualm. Er streckte den Arm aus und zeigte aufgeregt nach oben. Jetzt sahen es auch die anderen.

«Feuer!», riefen die ersten, und die anderen stimmten in die verzweifelten Rufe ein.

Odo hatte sich die Kapuze seiner Mönchskutte übergezogen, sodass er in der Dunkelheit nicht von den anderen zu unterscheiden war. Niemand beachtete ihn, als er sich zu ihnen gesellte.

Die Mönche waren in heller Aufregung. Abt Grimald erschien und schlug sich vor Entsetzen die Hände vors Gesicht. Wenn die Bücher verbrannten, würde das aufstrebende Kloster in seiner Entwicklung um Jahrzehnte zurückgeworfen. Es drohte gar in völliger Bedeutungslosigkeit zu versinken.

«Löschen!», rief er mit heiserer Stimme. «Löschen! Rettet unsere Bücher!»

Sofort löste sich die Menge vor dem Hospiz auf. Die Mönche rannten los, rafften in den umliegenden Gebäuden alles zusammen, was sich zum Wasserschöpfen eignete: Eimer, Krüge, Töpfe, Schalen, sogar Suppenkellen. Grimald führte das Kommando. Er dirigierte einige Mönche ins Skriptorium; andere bildeten eine Schlange zu einem Brunnen. Weitere Mönche füllten ihre Gefäße in den tiefen Pfützen.

Odo wartete, bis er allein war. Dann zog er sein Messer und ging hinein.

5.

Die Schreie der Schwangeren wiesen ihm den Weg.

In einem abgelegenen Bereich des Hospizes hatte man eine Ecke mit Tüchern verhängt. Dahinter waren Männerstimmen zu hören. Odo riss den Vorhang zur Seite. Das Messer verbarg er hinter seinem Rücken. Der Arzt, ein rundgesichtiger Mönch mittleren Alters, und der Cellerar Liutolf fuhren herum. Der Arzt kniete zwischen den gespreizten Schenkeln der Frau. Sie lag rücklings auf einem Strohlager. Schweiß rann in Strömen über ihre Haut. Der aufgeblähte Bauch bebte, als drohe er jeden Moment zu platzen.

«Hier gibt es nichts für dich zu sehen, Bruder!», rief der Arzt erbost.

«Ich muss wissen, ob das Kind kommt», sagte Odo.

«Ja – und nun geh wieder raus», erwiderte der Arzt. Er wandte sich der Schwangeren zu und schob seine Rechte in ihr weitgeöffnetes Geschlecht, um nach dem Kopf des Kindes zu tasten.

Odo blieb beim Vorhang stehen und sagte: «Die Bibliothek brennt.»

Der Arzt schaute überrascht auf. «Allmächtiger! Ist ein Blitz eingeschlagen?»

«Nein», erwiderte Odo kühl. «Ich selbst habe sie angezündet.»

Die Mönche starrten ihn entgeistert an. Liutolf bekreuzigte sich und wich vor Odo zurück. Der Arzt zog seine Hand wieder hervor und wischte sie, ohne den Blick von Odo zu nehmen, an einem Lappen ab. Ein markerschütternder Schrei erfüllte den Raum. Der Körper der Schwangeren spannte sich unter einer Wehe wie ein Bogen.

«Warum hast du das getan?», fragte der Arzt, der sichtlich um Beherrschung rang.

Liutolf fuchtelte mit den Armen. «Jetzt erkenne ich die Stimme wieder», rief er. «Das ist der Mann, der die Frau ins Kloster gebracht hat.»

Der Arzt erhob sich und machte einen Schritt auf Odo zu. Mit ruhiger Stimme sagte er: «Du kannst dich nützlich machen, Bruder. Über dem Feuer hängt ein Topf mit warmem Wasser. Fülle eine Schüssel und bringe sie uns. Die Frau leidet unter so grausamen Schmerzen, wie ein Mann sie niemals ertragen muss. Aber sei unbesorgt, alles wird gut werden. Dein Kind wird in wenigen Augenblicken auf die Welt kommen.»

Odo rührte sich nicht. Das Messer war noch immer hinter seinem Rücken verborgen.

«Er hat behauptet, er sei nicht der Erzeuger», warf Liutolf ein.

Der Arzt hob die Augenbrauen. «So, hat er das. Nun, wer auch immer der Vater sein sollte, Abt Grimald hat entschieden, dass das Kind, wenn es ein Junge wird, Otmar genannt und in die Obhut des Klosters gegeben wird.»

Der Arzt war nur noch eine Armlänge von Odo entfernt. Er lächelte, und Odo erwiderte das Lächeln. Aber sein Blick blieb eiskalt. Mit einer blitzschnellen Bewegung zog er das Messer hervor und stieß es dem Arzt in den Hals. Röchelnd taumelte der Mann zwei, drei Schritte rückwärts, bis er gegen Liutolf prallte. Der Cellerar kreischte.

Ohne auf Liutolf zu achten, ging Odo zu der Schwangeren, verhüllte ihren Körper mit einer Decke und zog sie auf die Beine. Sie wand sich in seinem Griff und schrie, als brenne sie im Höllenfeuer. Als sie auf wackeligen Füßen stand, fasste Odo sie unter die Achseln, um sie fortzubringen. Es war zu riskant, den Dämon im Hospiz zu vernichten, da jederzeit andere Mönche hereinkommen konnten.

Außerdem, dachte Odo, gab es in dem Kloster nur einen einzigen Ort, der für die endgültige Überwindung des Bösen den angemessenen Rahmen bot.

«Du bist … der Teufel!», brüllte Liutolf.

Odo bedachte den Cellerar mit einem verächtlichen Blick. «Nein! Der Teufel steckt in diesem Weib. Ich bin nur ein Knecht Gottes, dem das Schicksal dieser Welt in die Hände gelegt wurde.»

Odo überlegte kurz, ob er den Alten ebenfalls töten sollte. Dafür hätte er jedoch die Frau loslassen müssen, um an das Messer zu kommen, das wieder in seiner Tasche lag. Also ließ er den Cellerar am Leben und schleifte das schreiende Weib durch die Gänge davon.

Als er vor die Tür trat, entlud sich das Gewitter über dem Kloster gerade in einem grellen Blitz, der von Donner begleitet wurde.

Die Mönche waren noch immer mit dem Löschen der Bibliothek beschäftigt.

Unbemerkt gelangte Odo mit der Schwangeren an der Rückseite der Kathedrale zum Kreuzgang. Er öffnete die Seitentür und schob die Frau ins Innere des Gotteshauses. Aus dem Dach hatten sich mehrere Schindeln gelöst, und der Sturmwind heulte durch die Säulen der Basilika. Odos Stiefel knirschten auf den Resten herabgefallener und zerbrochener Schindeln, Lehmbrocken und Holzsplittern. Er blickte nach oben. Im Spitzdach klafften große Löcher.

Er ergriff eine brennende Fackel, die die Mönche nach dem Gottesdienst zurückgelassen hatten, und zog das Weib weiter. Sie kamen an den Chorbänken vorbei und gingen eine Steintreppe hinab bis in das Mittelschiff unterhalb des Ambos.

Die Schwangere krümmte sich in seinen Armen. Odo durchfuhr ein Schauer der Erregung. Die Zeit der Ungläubigen war abgelaufen. In wenigen Augenblicken würden sich Himmel und Erde öffnen und alles Böse verschlingen. Das Paradies, das heilige Jerusalem, würde sich auftun – und Gott zu seinen Jüngern kommen.

Als sie sich auf Höhe des Kreuzaltars befanden, begann unter ihren Füßen der Boden zu beben. Auf den Altären ringsherum kippten Kreuze und Kerzenleuchter um. Das Dachgebälk knirschte. Späne, Mauerbrocken und Holz rieselten herab und hüllten Odo und die Frau in eine Staubwolke. Odo ging weiter. Sein Ziel war der Altar, der zu Ehren des heiligen Johannes im Mittelschiff zwischen zwei Säulen aufgestellt worden war.

Immer schwerer hing die Schwangere in seinen Armen.

Am Johannesaltar steckte er die Fackel in eine Halterung und ließ die Frau zu Boden gleiten. Sie hatte das Bewusstsein verloren. Odo holte aus und schlug ihr ins Gesicht, damit sie wieder zu Sinnen kam. Doch sie regte sich nicht. Odo schlug erneut zu. Ihr Kopf pendelte hin und her. Haarsträhnen fielen über ihr dreckverschmiertes Gesicht.

Odo ließ sie zurücksinken. Er überwand seinen Ekel vor dem entblößten Frauenkörper, wickelte ihn aus der Decke und betrachtete ihn.

Er musste handeln! So wie er es bei dem Arzt beobachtet hatte, ließ er die Finger seiner Rechten in die Frau gleiten. Fleisch, Gewebe und Muskeln waren zum Zerreißen gespannt. Plötzlich stießen seine Fingerspitzen auf etwas Hartes. Er fühlte etwas, das kaum größer war als eine Männerfaust. Odo begann am ganzen Leib zu zittern. Der Kopf des Dämons!

In dem Moment kehrte Leben in die Frau zurück. Sie stöhnte herzzerreißend. Ihr Bauch blähte sich noch weiter auf. Deutlich erkannte Odo die zuckenden Auswölbungen, die sich auf der Haut abzeichneten. Als eine dunkle Flüssigkeit über seinen Unterarm schwappte, zog er entsetzt die Hand zurück.

Die Frau stieß einen anhaltenden Schrei aus. Das Geschlecht weitete sich. Der Kopf des Dämons drängte heraus. Odo sah die dünnen, verklebten Haare. Dann kam mit einem weiteren Schwall Flüssigkeit ein Stück des verschrumpelten Gesichts zum Vorschein.

Odo atmete tief ein, um seinen Puls zu beruhigen. Er

nahm die Kiste aus dem Beutel und legte das Buch und das Messer bereit. Er schlug die letzte Seite der Offenbarung auf und las im Fackelschein mit lauter Stimme daraus vor. Dann hob er seinen Blick, schaute durch eines der klaffenden Löcher in den wolkenumtosten Nachthimmel und rief: «Ja, komm, Herr Jesus!»

Die Frau brüllte vor Schmerzen. Ihre Laute hallten durch die Basilika und übertönten für einen kurzen Augenblick das Brausen des Sturms.

Plötzlich hörte Odo noch andere Geräusche. Es klang, als würden tonnenschwere Steine mit knirschenden und knackenden Lauten zermahlen. Das Geräusch schwoll bedrohlich an, und mit einem Mal ertönte ein ohrenbetäubendes Donnern, als ein Teil der Kathedrale in sich zusammenbrach.

Odo wirbelte herum. Dort, wo sich an der Stirnseite der Kirche das Portal befunden hatte, gähnte nun ein riesiges Loch. Die Vorderwand war eingestürzt. Überall lagen Steine, Schutt und riesige Mauerstücke herum. Offensichtlich war eine der Turmspitzen abgefallen und hatte die Wand eingerissen.

Wieder stieß die Frau unter einer Wehe einen gellenden Schrei aus. Sie warf sich hin und her und trommelte mit den Füßen auf den Boden. Und dann kam der Dämon ans Licht! Sein winziger Körper drängte aus ihrem Leib.

Es war … ein Junge!

Odo packte das schlüpfrige Wesen sofort an einem Beinchen, hob es mit der Linken in die Höhe und hielt in der Rechten das Messer bereit. Eine in sich verdrehte, pulsierende Schnur führte vom Bauch des Knaben in den Mutterleib. Als Odo sie durchtrenntc, glitt die Klinge durch das Gewebe wie durch Weißbrot.

«Schrei!», zischte Odo. «Schrei endlich – Ausgeburt der Hölle!»

Denn erst durch seinen Schrei würde der Satan zum Leben erwachen.

Aber das Neugeborene schrie nicht. Es hing leblos in Odos Hand.

Von der Stirnseite der Kathedrale hallte erneut ein bedrohliches Grollen herüber.

Odo wandte den Kopf und riss erschreckt die Augen auf, als sein Blick durch die eingestürzte Vorderwand auf den Nordturm fiel. Etwas stimmte nicht. Der Turm bewegte sich und kippte langsam auf die Kathedrale zu. Ungeheure Mengen an Schutt durchschlugen das Dach. Schindeln prasselten auf den Boden wie ein infernalischer Hagelschauer. Tausende Steine gingen nieder und jagten eine Lawine aus Staub vor sich her.

Wie der Finger Gottes näherte sich der fallende Turm der Kathedrale.

Odo wandte sich dem Knaben zu und brüllte: «Dies irae! Dies illa! – Tag des Zorns! Jener Tag!»

Er musste das Wesen töten, musste den Dämon vernichten.

Da durchzuckte plötzlich ein greller Blitz Odos Kopf. Er taumelte. Ein herabfallender Stein hatte ihn getroffen und eine blutige Wunde in seinen Hinterkopf geschlagen. Sein Blick wurde unscharf. Nur noch schemenhaft konnte er den Dämon erkennen.

Benommen rief er: «Ja, komm, Herr Jesus!»

Und stach zu.

Doch die Klinge verfehlte ihr Ziel und streifte nur den Oberschenkel des Kindes.

Bevor Odo ein zweites Mal zustechen konnte, erhob sich aus den Trümmern eine Gestalt. Es war die Frau. Sie hielt einen Gegenstand in der Hand – Odo konnte nicht erkennen, was es war. Irgendetwas traf ihn hart an der Schläfe. Odos Griff lockerte sich, und er ließ das Neugeborene fallen.

Wie aus weiter Ferne drang ein dünner Schrei an seine Ohren. Der Dämon war zum Leben erwacht.

Dann stürzte der zweite Turm ein.

Als Odo wieder zu sich kam, schmerzte sein Körper, als wäre eine Ochsenherde über ihn hinweggetrampelt. Mühsam versuchte er, sich zu erheben. Er quälte sich erst auf die Knie, dann auf die Füße. Er schüttelte den Kopf, um das lähmende Gefühl loszuwerden. Aber dadurch loderten die Schmerzen nur noch heftiger auf.

Lange konnte er das Bewusstsein nicht verloren haben. Noch immer war die Luft von herumwirbelndem Staub erfüllt. Im östlichen Teil der Kathedrale war das Deckengewölbe nun beinahe vollständig eingebrochen. Außerdem hatten die eingestürzten Türme Teile der Seitenwände niedergerissen, sodass die halbe Basilika nur noch ein Schutthaufen war. Unmittelbar neben Odo lagen gewaltige Gesteinsbrocken, zwischen denen zersplitterte Balkenreste steckten. Es war ein Wunder, dass er nicht zermalmt worden war.

Doch Odo lebte – und das war *kein* Wunder. Nein! Es war Bestimmung. Der Herr hatte ihn noch immer nicht zu sich geholt, weil sein Knecht den Auftrag noch nicht vollendet hatte.

Er musste den Dämon suchen!

Fieberhaft begann Odo, sich mit bloßen Händen durch

den Schutt zu wühlen. Unter den Steinen entdeckte er zuerst sein Messer, dann das Buch; es war staubig, einige Pergamente waren angerissen, aber es war nicht zerstört.

Von dem Weib und dem Dämon fehlte jedoch jede Spur.

Da gellte plötzlich ein helles Stimmchen durch die zerstörte Basilika. Odo krabbelte über Dutzende Schuttberge hinweg in den westlichen Teil der Kathedrale, der weitgehend unversehrt geblieben war. Der Knabe schrie jetzt ununterbrochen. Odo nahm an, dass die Frau ihr Kind in die Krypta gebracht hatte.

Ein schlechtes Versteck! In der Grabkammer waren Mutter und Kind vielleicht vor herabfallenden Trümmern sicher, nicht aber vor dem Knecht Gottes. Denn aus der Krypta unter der Apsis gab es kein Entkommen.

Odo arbeitete sich weiter voran. Bei jedem seiner Schritte flammten höllische Schmerzen in ihm auf. Er vermutete, dass er sich etliche Knochen gebrochen hatte, deren Splitter sich in sein Fleisch bohrten. Doch das war jetzt nicht wichtig! In wenigen Augenblicken würde er seine sterbliche Hülle verlassen.

Er schleppte sich voran durch den Sängerchor, bis sich unmittelbar vor ihm der Abgang in die Krypta öffnete.

Odo richtete sich auf. Neue Lebenskraft durchflutete seinen Körper. Nur noch wenige Schritte trennten ihn vom Paradies!

Doch was war das?

Odo blieb abrupt stehen. Keine fünf Schritt vor ihm tauchte im herumwirbelnden Staub ein Mann auf, der geradewegs der Krypta zu entsteigen schien. Ein kleiner, schmaler Mann, der Odo in der ausgestreckten Rechten ein Kreuz entgegenhielt.

Was hatte das zu bedeuten? Der Mann drohte Odo mit dem Kreuz, als wolle er den Leibhaftigen abwehren. Ihn? Aber er war doch der Erlöser!

Odo hob drohend das Messer und machte zwei Schritte auf den Mann zu. Dann erkannte er ihn. «Du?»

Der Nordmissionar nickte stumm. Seine Miene war ernst. Er zeigte keinerlei Furcht.

Seit Odo ihn das letzte Mal auf der Heideninsel gesehen hatte, schien er deutlich gealtert zu sein. Die Falten hatten sich noch tiefer in sein Gesicht gegraben, und unter seinen Augen hingen dunkle Tränensäcke.

Der schmallippige Mund des Alten öffnete sich. «Weiche von mir, Satan.»

«Was redest du da?», brüllte Odo. «Nicht *ich* bin der Satan. Der Teufel schreit da unten in der Krypta. Begreifst du denn nicht? Du bist doch ein Mann Gottes – so wie ich, ein Diener des Glaubens.»

«Entsage dem Teufel!», erwiderte Ansgar.

Odo schäumte vor Wut. «Nein!», schrie er. Die gebrochenen Rippen stachen in seine Lungenflügel. Er spürte den metallischen Geschmack des Blutes auf seiner Zunge.

«Ich bin nicht der Teufel!», brüllte Odo. «Das Kind ist es. Es wurde aus dem Samen des Verderbers gezeugt. Genau wie der Vater, der Däne, dem du zur Flucht verholfen hast.»

Der Missionar zeigte keine Regung. «Warum sollte *er* der Teufel sein?»

Odos Messerhand zitterte. Aus der Krypta gellten noch immer die Schreie des Knaben.

«Der Däne wurde gezeugt von Ragnar Loðbrœk, einem Mörder, der vom Dämon Superbia besessen war.»

«Woher willst du das wissen?»

«Von der Mutter des Dänen. Sie hat mir verraten, dass der Junge nicht ihr leibliches Kind war. Ihr Mann Einar hatte den Knaben bei einer sterbenden Frau an der Küste des Nordmeeres gefunden. Dort hatte Ragnar Loðbrœk sie über Bord geworfen.»

Odo keuchte. Seine Lungen rasselten. Das Atmen fiel ihm zunehmend schwerer. «Wenn du einen Beweis brauchst, dann sieh dir diesen Ring an.»

«Welchen Ring?»

Odo zog sich mit der Linken das Lederband über den Kopf. Daran hing der Ring, den er der toten Žiliška unmittelbar vor seiner Flucht aus Ralsvik abgenommen hatte. «Diesen … hier …» Ein Hustenanfall schüttelte ihn. «Der Däne trug ihn, als ich ihn das erste Mal sah. Er … gehörte Alexandra.»

Ansgars Hand mit dem Kreuz senkte sich leicht. «Alexandra?»

Odos Augen füllten sich mit Tränen. «Sie war … meine Mutter. Ragnar Loðbrœk hat sie geschändet. Alexandra war meine Mutter – und die des Dämons …»

Er fingerte unter seiner Kutte nach den Reliquien, Alexandras Fingerring und dem Silberkreuz, das sie verloren hatte, als sie ihn vor vielen Jahren vor den Heiden versteckte. Er fand beides und reichte Ansgar die Schmuckstücke zusammen mit dem Ring am Lederband.

Der Missionar nahm ihm die Sachen ab und starrte Odo ungläubig an. «Aber dann bist du … Herrgott! Du willst deinen eigenen Bruder töten?»

Ein Beben durchfuhr Odos Körper. Als er hustete,

strömte Blut aus seinem Mund. «Ich will nicht … töten – ich muss …»

In diesem Moment entstieg die Frau der Krypta. In den Armen trug sie ihr Kind. Sie hatte den Ausschnitt ihrer Tunika weit geöffnet und ließ den Knaben an ihrer Brust saugen. Für einen kurzen Moment erfüllte Odo der friedvolle Anblick der stillenden Mutter mit einer Sehnsucht, die grausamer war als all seine körperlichen Schmerzen.

Doch er überwand das sentimentale Gefühl, nahm seine letzten Kräfte zusammen und machte sich bereit, das Messer in den zarten Kindsleib zu stoßen. Plötzlich blitzte wie aus dem Nichts eine Schwertklinge auf, und ein wuchtiger Hieb trennte Odos Messerhand vom Arm ab.

Verwirrt drehte er sich um. Neben ihm stand der Däne. Ihre Blicke trafen sich. Odo glaubte, in die Augen seiner Mutter zu schauen. Es waren gütige Augen, die voller Liebe sein konnten, in denen sich aber in diesem Moment Entschlossenheit spiegelte.

Eine Erinnerung zuckte in Odos schwindendem Geist auf. Er sah Alexandra an seinem Bett sitzen, am Morgen jenes Tages, an dem die Normannen den Tod nach Paris gebracht hatten. Es war der Tag gewesen, der Odos Schicksal besiegelt und ihm den Lebensweg vorgegeben hatte, den Gott für ihn vorsah: den Weg der Rache. Und er war ihn gegangen, sein ganzes Leben lang.

Das Gesicht des Dänen war wie versteinert, als er das Schwert zum zweiten Mal hob.

Doch der Missionar fiel Helgi in den Arm. «Nein! Tu es nicht!»

Der Däne hielt in der Bewegung inne.

Odo atmete schnell und flach. Jeder Zug brannte wie

Glut in seinen Lungen. Ein Beben durchfuhr ihn, und er erbrach Blut.

Er hörte den Missionar sagen: «Helgi – bitte lass ab. Er stirbt! Er stirbt von allein. Gott wird über seine Seele richten.»

Odo ging in die Knie. Wie ein Büßer neigte er sein Haupt unter das Schwert – in Erwartung des todbringenden Hiebs. «Erlöse mich … Bruder! Erlöse *du* mich!»

Doch der Däne ließ das Schwert sinken.

Odo hob den Kopf und starrte ihn aus gebrochenen Augen an. Ein letztes Mal öffnete sich sein Mund. «Die Gnade unseres Herrn Jesus sei mit uns allen! Amen.»

Dies waren die letzten Worte, die Gott seinem Knecht Johannes eingegeben hatte. Und dies waren Odos letzte Worte, bevor sein irdisches Leben verging.

Es versank in ewiger Finsternis.

Epilog

Das Tor zur Welt im Norden empfing sie mit Gestank und Lärm.

Am frühen Abend eines klaren Sommertages im Jahre 864 erreichten Helgi und Teška mit ihrem Sohn Haithabu. Der Junge schlief friedlich in dem Tuch, das sich Teška um den Oberkörper geschlungen hatte. Ansgar hatte sie nicht begleitet; er war bei seinen Brüdern in Brema geblieben.

In der alten Hafenstadt wimmelte es von Menschen wie in einem Ameisenhaufen. Überall begegnete ihnen munteres, buntes Stimmengewirr in den verschiedensten Sprachen, als habe es nie eine Hungersnot oder Feuerkatastrophe gegeben.

Helgi und Teška schlenderten durch die Gassen, drängten sich vorbei an Stadtbewohnern und Durchreisenden, Bauern, Kriegern, Händlern, Handwerkern und Sklaven. Helgi stellte fest, dass die Spuren des verheerenden Feuers weitgehend beseitigt worden waren. Nur bei näherem Hinsehen konnte man die neuerrichteten Hütten mit ihren frischgedeckten Schilfdächern von jenen Häusern unterscheiden, die den Flammen nicht zum Opfer gefallen waren.

Als sie am Friedhof vorbeikamen, führte Helgi Teška zur Grabstätte seines Vaters. Gleich neben dem kleinen Hügel war ein zweiter aufgeschichtet worden. Helgi war überzeugt, dass man hier Gullweig bestattet hatte. Die Gräber waren durch eine Reihe von Steinen verbunden, als habe man eine Brücke zwischen den Verstorbenen schließen wollen. Irgendjemand schien die beiden regelmäßig zu besuchen und die Erde vom Unkraut zu befreien.

Vorsichtig wickelte Helgi seinen schlafenden Sohn aus dem Tuch und legte ihn vor die Grabhügel. Dann kniete er nieder, senkte den Kopf und sagte leise: «Auch wenn ihr nicht meine leiblichen Eltern gewesen seid, so bin ich euch doch unendlich dankbar für alles, was ihr für mich getan habt. Odin hat mich in eure Hände gegeben, und ihr habt mich aufgezogen wie euren eigenen Sohn – Einar, mein Vater, und Gullweig, meine Mutter. Nun bin ich zurückgekehrt, um euch meinen Sohn zu bringen. Ich gebe ihm den Namen Einar.»

Als Helgi sich nach einer Weile wieder aufrichtete, fiel sein Blick auf den Runenstab am Grab seines Vaters. «Besitz stirbt, Verwandte sterben», las Helgi, «und irgendwann stirbst du selbst wie sie. Aber eines weiß ich, das ewig lebt: des Toten Tatenruhm.»

Helgi nahm behutsam seinen Sohn auf, gab ihn Teška und lächelte sie an. Auch sie schenkte ihm einen Blick, der voller Liebe war. Dann verließen sie den Friedhof und kehrten zurück ins Leben.

Nachwort

Das Buch der Sünden ist eine fiktive Geschichte, die an realen Stätten spielt, von denen die meisten heute noch existieren. Allerdings ist keiner dieser Orte nach mehr als 1100 Jahren noch in der Form erhalten, wie ich sie für das 9. Jahrhundert beschrieben habe. Das gilt für Paris ebenso wie für das Kloster Sankt Gallen oder die Hammaburg, das heutige Hamburg.

Von der Tempelburg Arkona auf der Insel Rügen (Rujana) sind mittlerweile nur noch die Überreste der einstigen Wallanlage zu besichtigen – wegen Abbruchgefahr der Steilküste allerdings nur noch aus der Ferne. Ralswiek (Ralsvik) am Jasmunder Bodden auf Rügen existiert natürlich nach wie vor. War es damals ein bedeutendes Handelszentrum im Ostseeraum, ist es heute eine beschauliche Siedlung. Allerdings ist der kleine See, in dem sich früher der Hafen befand, längst verlandet.

Die Geisterstadt Reric, die in meinem Roman vorkommt, ist mit dem heutigen Rerik nicht identisch. Das alte Reric, das einst von den Dänen zerstört wurde, befand sich an der Wismarbucht in der Nähe des heutigen Groß Strömkendorf gegenüber der Insel Poel. Das alte Hafengelände ist überflutet, aber das ehemalige Becken auf Luftbildern als Vertiefung im flachen Meeresgrund noch zu identifizieren.

Oberirdisch nicht mehr vorhanden ist der slawische Ursprung der heutigen Hansestadt Lübeck am Zusammenfluss von Trave und Schwartau. Dort hatten die Wagrier

Anfang des 9. Jahrhunderts die Burg L'ubici errichtet, die in der Sprache der Franken «civitas liubice» genannt wurde, was der Überlieferung zufolge etwa die oder der «Liebliche» bedeutet.

Die Grundidee für diese Geschichte ist an einem Ort entstanden, an dessen von Erde und Gras bedeckten Überresten sich lange Zeit hauptsächlich Archäologen erfreuen konnten: Haithabu bei Schleswig, das in diesem Buch Sliesthorp heißt. Allerdings hat man in den vergangenen Jahren einige Gebäude anhand archäologischer Erkenntnisse neu aufgebaut. Zusammen mit dem Wikinger-Museum und dem ab dem 10. Jahrhundert errichteten Halbkreiswall bietet das Ensemble ein hervorragendes Beispiel für erlebbare Geschichte. Ich habe bei meinen Besuchen dort immer wieder gern die Häuser von Helgi, Björn, Bera oder Gizur besichtigt.

Eine ähnlich beeindruckende Anlage wie Haithabu stellt das Archäologische Freilichtmuseum Mecklenburg-Vorpommern in Groß Raden dar, wo auf den Resten einer altslawischen Siedlung ein Tempelort aus dem 9. und 10. Jahrhundert nachgebaut wurde. Dieser Ort spielt im *Buch der Sünden* keine Rolle. Aber er vermittelt, ebenso wie Haithabu, einen Einblick in das Leben der Menschen im frühen Mittelalter.

Bei der Benennung der zahlreichen Handlungsorte habe ich mich weitgehend an die alten, historisch überlieferten Namen und Schreibweisen gehalten. Als Grundlage dafür diente das unter anderem von Rudolf Fischer herausgegebene Büchlein «Namen deutscher Städte». Weitere Anregungen holte ich mir bei mittelalterlichen Chronisten wie Thietmar von Merseburg oder Adam von Bremen. Die Schreibweise der Orte auf Rujana habe ich teilweise einer

Ausstellung in Bergen entnommen. Diese bezogen sich allerdings zumeist auf die ersten urkundlichen Erwähnungen und stammten somit aus dem 12. und 13. Jahrhundert. Wie man die alten Siedlungen, Burgen und Handelsplätze Ralsvik (heute: Ralswiek), Arkona, Putgarde (Putgarten) oder Charenza (Garz) im 9. Jahrhundert nannte (bzw. ob sie überhaupt einen Namen hatten), ist mangels schriftlicher Dokumente nicht bekannt. Wenn eine historische Benennung nicht möglich war, habe ich die gegenwärtige Schreibweise verwendet. Das gilt auch für Haithabu, das ich korrekterweise Hedeby (oder altnordisch Heiðabýr) hätte nennen müssen, da es ja damals dänisch war.

Ergänzend führe ich an dieser Stelle auch einige der Orte mit den heutigen Namen auf, die im Buch nur am Rande eine Rolle spielen. Dazu gehören auf Helgis Reise nach Rujana Ikornevórde (Eckernförde), Starigard (Oldenburg i. Holst.), Vyšemer (Wismar, kommt im Buch als Personenname vor), Mikelenburg (Mecklenburg), Roztoc (Rostock) und Hedinsey (Hiddensee). Auf der Insel Rügen werden neben den oben genannten Orten auch erwähnt: Szabroda (Schaprode), Ghynxt (Gingst) und Rabyn (Rambin), Seracowe (Zirkow), Wyttow (Wittow), Tizowe (Thiessow), Yaronyczs (Jarnitz), Reydervitze (Reidervitz) und Ventsutunitz (Venzvitz). Die Flucht nach Sankt Gallen führt Odo unter anderem über Swinfurdin (Schweinfurt), Wirziburg (Würzburg) und Ulma (Ulm). Zu Ansgars Diözese gehört die alte Domstadt Brema (Bremen).

Aus dramaturgischen Gründen war es teilweise nötig, bei der Ausgestaltung der Schauplätze in der Zeit zu springen. So ist beispielsweise das alte Reric den Überlieferungen zufolge im Jahre 808 zerstört worden. Die Beschreibungen der Burganlage Arkona und des Svantevit-Tempels lehnen sich jedoch an die um das Jahr 1200 entstandene Darstellung des Geschichtsschreibers Saxo Grammaticus in seiner «Gesta Danorum» an. Es ist also höchst fraglich, ob diese Orte parallel existierten oder die Ruinen Rerics zu dem Zeitpunkt nicht schon längst verrottet waren. Ich hoffe, die geschichtsinteressierten Leserinnen und Leser mögen mir derartige Kunstgriffe verzeihen. Denn wie formulierte schon Stephen King: Es geht hier nicht um Raketenwissenschaft, sondern vor allem um Spannung und Unterhaltung.

Im Roman spielen hauptsächlich erfundene Figuren ihre Rollen. Ob Helgi, Odo, Damek oder Teška – sie sind allein meiner Phantasie entsprungen. Aber ich habe mir auch erlaubt, einige historisch überlieferte Personen einzubauen und deren Biographien – zugegeben! – teilweise arg nach meinen Bedürfnissen zurechtzubiegen. Das gilt insbesondere für den Nordmissionar Ansgar, der zwar tatsächlich um das Jahr 849 die Kirche in Haithabu begründet hat. Aber der «Apostel des Nordens» ist wohl niemals auf die Insel Rujana gereist und hat sich dort um den vielköpfigen Nachwuchs eines dicken, ewig fluchenden Zauberers gekümmert. Gesichert ist hingegen, dass Ansgar auf seinen Missionsreisen mehrfach das später zerstörte schwedische Handelszentrum Birka besuchte.

Zumindest als Sagafigur überliefert ist der dänische Krieger Ragnar Loðbrœk, der im Jahre 845 angeblich mit einer Flotte von 120 Schiffen Paris überfiel. Notkar der Stammler sowie der Schriftgelehrte Iso aus dem Kloster Sankt Gallen sind den Überlieferungen zufolge ebenso historische Figuren wie die am Rande erwähnten König Horick, Papst Nikolaus und die Frankenkönige Karl, Lothar und Ludwig.

Danksagung

Bei der Realisierung dieses umfangreichen historischen Romans haben mich viele Menschen tatkräftig unterstützt. Daher möchte ich mich ganz herzlich beim Rowohlt Verlag bedanken und hier insbesondere bei der Lektorin Grusche Juncker sowie dem Programmleiter der Belletristikabteilung, Marcus Gärtner. Vielen Dank auch der Redakteurin Katharina Rottenbacher, die mit großem Einsatz geholfen hat, etliche Schnitzer auszubügeln. Wichtig für das Gelingen waren mein kritischer Erstleser Thomas Reinecke sowie Nina Gottschalk, die so manche inhaltliche und stilistische Ungereimtheit aus den Hunderten von Manuskriptseiten gefischt und mir unter die Nase gerieben hat. Mein Dank gilt ebenfalls dem Dozenten am Literaturhaus Rostock, Dr. Wolfgang Gabler.

Bei der Recherche hat mir Dr. Sebastian Messal vom Deutschen Archäologischen Institut wertvolle Hinweise gegeben. Einige der im Buch verwendeten altnordischen Begriffe habe ich dem im Internet frei verfügbaren Lexikon von Gerhard Köbler entnommen. Das Gleiche gilt für die altslawischen Wörter, die auf der Internetseite witzlaw.de aufgelistet sind. An dieser Stelle all jene Bücher, in denen ich recherchiert und mir Anregungen für meine Geschichte geholt habe, anzuführen, würde den Rahmen sprengen. Daher möchte ich stellvertretend einige Autoren und Herausgeber populärwissenschaftlicher historischer Sachliteratur nennen wie Rudolf Pörtner, James Graham-Campbell, Peter Sawyer, Kurt Schier, Norbert Ohler, Joachim

Herrmann, Rudolf Simek, Zdenek Vana und Peter Hawel. Bei der Suche nach wissenschaftlicher Literatur habe ich aus dem Fundus der Universitätsbibliothek Rostock, Fachbereich Geschichte, schöpfen können.

Zum Schluss, aber nicht zuletzt, möchte ich ganz besonders meiner Familie danken, vor allem meiner Tochter Svenja («Papi, was ist eigentlich eine Sünde?»).

Bernard Cornwell
Der Winterkönig
Die Artus-Chroniken

Britannien im 5. Jahrhundert: Die heidnischen Götter weichen vor dem Christentum zurück. Über das Meer dringen die Heere der Sachsen auf die Insel. Als der Großkönig Uther Pendragon stirbt, gibt es nur einen Mann, der den Thron halten kann: Uthers Bastardsohn Arthur ... rororo 24624

rororo

Historische Abenteuerromane

Als Männer noch echte Kerle waren

Brad Geagley
Der Narrenkönig
Kriminalroman aus dem alten Babylon

Pharao Ramses ist schwer erkrankt, nur der Himmel kann noch helfen. So wird der bewährte Ermittler Semerket entsandt, um eine heilkräftige Götterstatue an den Nil zu holen. Er taucht ein in die finsteren Gassen zwischen den Tempelbauten Babylons. Und die Feinde Ägyptens warten schon ... rororo 24330

Berndt List
Das Gold von Gotland
Ein Störtebeker-Roman

Der junge Spanier Feliciano erbt eine rätselhafte Schatzkarte und macht sich auf den Weg in den Norden. Doch er hat die Gefahren unterschätzt. Ritter, Ratsherren und ein Bischof sind hinter dem Gold her. Sein gefährlichster Gegner aber ist ein berüchtigter Pirat: Klaus Störtebeker. rororo 24302

BW 2/4

Weitere Informationen in der Rowohlt Revue *oder unter* www.rororo.de